Die Mafia übte schon immer eine besondere
Faszination auf mich aus. Jedoch ist
bisher nur wenig über ihren Ursprung
geschrieben worden, über die Entwicklung
des organisierten Verbrechens und seine
Expansion von Sizilien nach Amerika.
Darum geht es in meinem Roman. Der Stoff
stützt sich auf Nachforschungen, die ich
in New Orleans anstellte, dem Ort, wo der
»matin« in Nordamerika anbrach, und
nicht, wie alle Welt glaubt, in New York.
Der Roman ist, so hoffe ich, historisch
stichhaltig. Jedenfalls war die Arbeit
spannend und hat ungemein Spaß gemacht.

Peter Watson

DIE EHRENWERTE FAMILIE

Roman

Deutsch von Monika Hahn-Prölss

Marion von Schröder

Titel der englischen Originalausgabe: Capo
Originalverlag: Richard Cohen Books, London
Übersetzt von Monika Hahn-Prölss
© 1995 by Peter Watson

Die Deutsche Bibliothek – CIP-Einheitsaufnahme

Watson, Peter:
Die ehrenwerte Familie: Roman / Peter Watson. Dt. von Monika Hahn-Prölss. –
Düsseldorf: Marion von Schröder, 1997
ISBN 3-547-79501-X

Veröffentlicht im Marion von Schröder Verlag.
© 1997 by ECON Verlag GmbH, Düsseldorf.
Lektorat: Claudia Schlottmann. Gesetzt aus der Janson und Castellar, Linotype.
Satz: Josefine Urban – KompetenzCenter, Düsseldorf. Druck und Bindearbeiten:
Bercker Graphischer Betrieb GmbH, Kevelaer. Printed in Germany.
ISBN 3-547-79501-X

INHALT

Dieser Roman basiert teilweise auf Ereignissen, die sich zwischen 1879 und 1891 auf Sizilien und in New Orleans zutrugen. Ereignisse, die zeigen, wie sich die sizilianische Mafia in Nordamerika etablierte. Die chronologische Abfolge gewisser Vorfälle wurde den Erfordernissen des Romans entsprechend geändert. Ich danke der New Orleans Public Library und der Historic New Orleans Collection für ihre Hilfe bei meinen Recherchen.

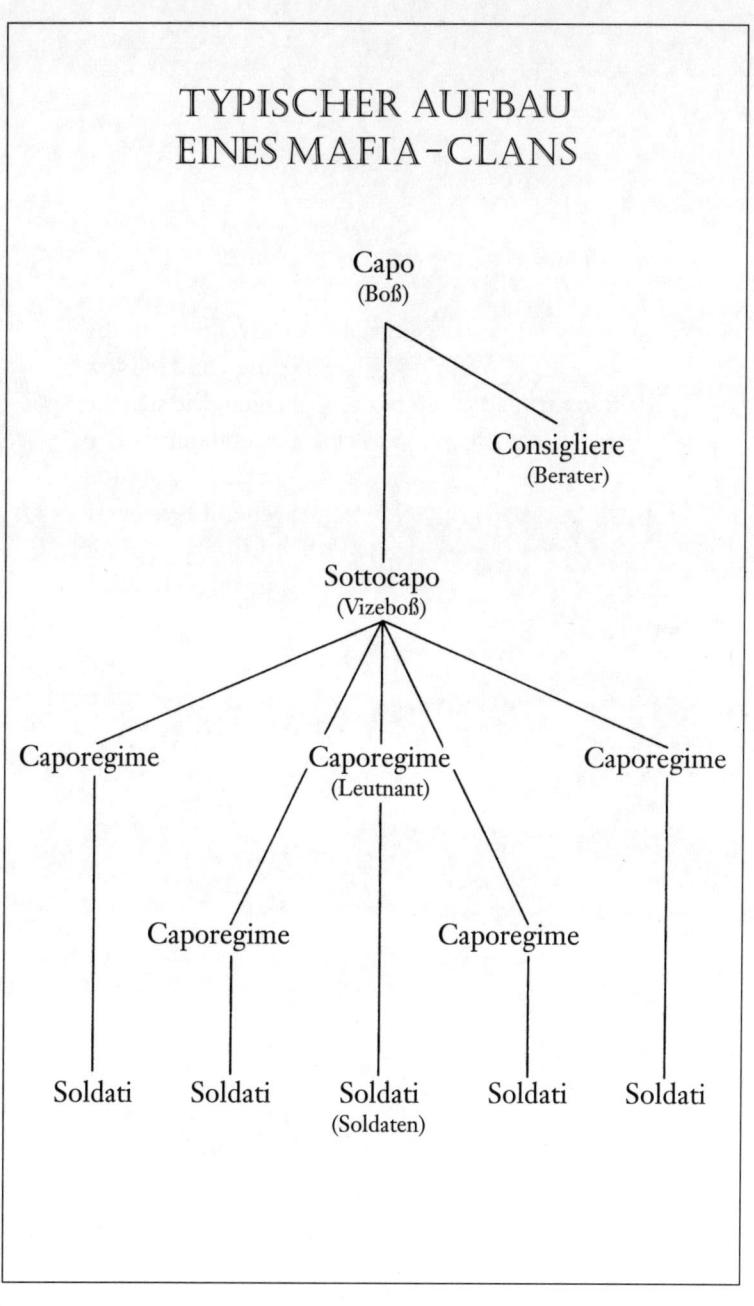

TYPISCHER AUFBAU
EINES MAFIA-CLANS

Capo
(Boß)

Consigliere
(Berater)

Sottocapo
(Vizeboß)

Caporegime

Caporegime
(Leutnant)

Caporegime

Caporegime

Caporegime

Soldati

Soldati

Soldati
(Soldaten)

Soldati

Soldati

TEIL I

SOLDATO

1879

1. KAPITEL

Sylvano, dies ist das gefährlichste Päckchen, das du je befördert hast. Und auch das kostbarste. Wenn du erwischt wirst, kommst du ins Gefängnis, obwohl du noch so jung bist. Vielleicht foltert man dich sogar, um herauszukriegen, wo ich bin. Das ist dir doch klar, oder?«

Sylvano Randazzo nickte. Er mochte seinen Namen in dieser Form nicht. Alle anderen nannten ihn Silvio.

»Deine Jugend ist dein bester Schutz. Einer der Gründe, warum wir dich ausgewählt haben. Außerdem bist du kräftig. Wenn du so wenig wie möglich schläfst, müßtest du übermorgen in Palermo sein, wo man dich erwartet. Du triffst dich mittags mit Anna Scafidi vor dem Portal von San Domenico. Sie weiß, wo das Postamt ist, und bringt das Päckchen dorthin. Sie wird auch die Adresse schreiben, was du ja nicht kannst. Und vergiß nicht, die Verpakkung ist genauso wichtig wie der Inhalt.«

Silvio nickte wieder. Er hörte das nun schon zum zweiten Mal. So vergeßlich war er nun auch wieder nicht.

»Warte, bis das Päckchen aufgegeben ist. Dann reitest du sofort wieder zurück. Ist das klar? Hast du verstanden?«

»Ich bin doch kein Esel«, murmelte Silvio. Natürlich hatte er verstanden. Laut sagte er:»Si, Signore.« Er war hochgewachsen und schlank, ein dunkler, gutaussehender Junge mit dem Haar der Sizilianer, das so glänzend schwarz war wie Oliven.

Der ältere Mann musterte ihn lächelnd.»Du wirst deinem Vater von Tag zu Tag ähnlicher.« Als er den Arm um Silvios Schulter legte, wurde er plötzlich ernst.»Du hast seine Augen, seine Art, dir auf die Lippe zu beißen, und ... seinen Verstand, wie behaup-

13

tet wird. Dein Vater sagte immer, nur drei Dinge im Leben seien wichtig: Verstand, Blut und Mut.« Er lachte. »Allerdings sagte er auch, er wisse nicht, was davon am wichtigsten ist. Nun, vielleicht findest du eines Tages die Antwort.« Er überlegte kurz. »Und nenn mich nicht mehr ›Signore‹. Wenn du deine Sache gut machst, Sylvano, dann bin ich für dich hinterher ›Nino‹. Wir werden Kameraden sein.«

Das ist wirklich eine große Ehre, dachte Silvio voller Stolz. Nino – Antonino Greco – war der berühmteste Mafioso von ganz Italien. Jeder hatte schon einmal vom »Steinbrecher« gehört, wie sein Spitzname lautete, und in den Cafés des nahegelegenen Ortes Bivona munkelte man, über seine Taten werde sogar in London und Amerika berichtet. Den Beinamen hatte er bekommen, weil er seit seiner Arbeit in den Steinbrüchen bei Gela als Sprengstoffexperte galt. Seine Führungsqualitäten begeisterten die Leute, doch sein Jähzorn, so explosiv wie Dynamit, jagte ihnen auch Angst ein.

Sizilien war eine karge Insel, von Gott und von Rom verlassen, doch die Gefolgsleute des Steinbrechers, so an die hundert oder mehr, hatten gut zu essen. Es gab Fisch, Kaninchen, Lamm, Eier und Wein. Obwohl sie hoch oben in den Bergen hinter Palermo lebten, sorgte Nino immer für ausreichend Nahrung. Von nun an würde Silvio also vielleicht zu den wenigen Auserwählten zählen, die ihn mit dem Namen anreden durften, der ihm selbst am liebsten war.

»Geh jetzt«, sagte Nino. »Ich erwarte dich nach vier Nächten zurück.« Für einen Moment verfinsterte sich sein Gesicht. Mit seinem Vollbart und den buschigen Augenbrauen sah er nun zum Fürchten aus. »Enttäusch mich nicht!«

Silvio schaute erst ihn und dann seinen Onkel Bastiano an, der in den zehn Jahren, seit Silvio Waise war, wie ein Vater für ihn gesorgt hatte. Nein, er durfte sie nicht enttäuschen. Bastiano Randazzo war Ninos *consigliere*, sein Berater und seine rechte Hand, aber er verdankte Nino alles. Falls Silvio versagte, würde auch Bastiano es zu spüren bekommen.

Sein Onkel ließ sich nichts anmerken. Er war zu stolz, um etwas zu sagen, aber Silvio konnte in seinen Zügen lesen. »Enttäusch uns nicht! Bitte, enttäusch uns nicht!«

Silvio hatte nicht mit Regen gerechnet, obwohl schon den ganzen Nachmittag über der Himmel bewölkt gewesen war. Doch nun, als er vom Maultier stieg, seine zusammengerollte Decke und natürlich auch das Päckchen herunternahm und sich unter eine alte Brücke ins Flußbett des Azzirioli legte, prasselten Regentropfen auf den gelblichen Sandstein der Brücke und ließen die silbriggrünen Blätter der Olivenbäume erzittern.

Nachdem er mit Brot und Salami seinen Hunger gestillt hatte, versuchte er einzuschlafen, war aber wie so oft mit den Gedanken bei Annunziata. Mit Nino Greco und seiner »Familie« in den Bergen zu leben war für einen Siebzehnjährigen in vieler Hinsicht aufregend. Das Dörfchen Bivio Indisi – *bivio* bedeutet Weggabelung –, das auf dem Berg Indisi lag, hatte Nino einige Jahre zuvor zu seinem Hauptquartier gemacht, nachdem ein Erdrutsch das Dorf von der Außenwelt abgeschnitten hatte. Nach Ansicht Ninos und der Familie war Bivio Indisi absolut sicher. Vom Cammarata-Gebirge aus betrachtet wirkte das halbe Dutzend arg zerfallener Häuser wie aus Parmesan geschnitzt.

Doch einiges machte Silvio auch zu schaffen, und das hing unter anderem mit Annunziata zusammen. Sie war Silvios erste große Liebe, und soweit er es beurteilen konnte, liebte sie ihn auch. Das Problem bestand darin, daß Annunziata Silvios Cousine war, da ihre Mütter Schwestern gewesen waren. Annunziatas Vater, Nino, lebte zwar noch, doch ihre Mutter war im Kindbett gestorben, und Silvios Eltern waren beide getötet worden. Durch diese schweren Verluste wurden die beiden schon von klein auf schier unzertrennlich.

Silvio versuchte, die Gedanken an den Tod seiner Eltern zu verdrängen, doch manchmal, meistens spätabends, verfolgte ihn die Erinnerung. Zu fünft waren sie von Filaga nach Santo Stefano geritten, drei Erwachsene und zwei siebenjährige Jungen. Zu der Gruppe gehörten Silvios Mutter Sylvana, sein Vater Lorenzo, den

15

jeder Renzo nannte, sowie Aldo, Renzos und Bastianos Bruder, also Silvios Onkel. Der andere Junge war Aldos Sohn und somit Silvios Cousin. Die beiden Jungen bildeten die Nachhut. Ihre Maultiere waren kleiner und langsamer als die der anderen, und außerdem wollten sie über Dinge reden, die die Erwachsenen nichts angingen.

Sie überquerten gerade die Brücke über den Fluß Capraria, als die Schüsse fielen. Silvios Vater und sein Onkel waren auf der Stelle tot. Silvios Mutter wäre vielleicht verschont worden, doch ihr Pferd ging mit ihr durch und warf sie ab. Beim Sturz ins Flußbett brach sie sich den Hals, und ihr Schädel wurde zerschmettert. Silvio erschauerte immer noch beim Gedanken an diesen Tag. Sein Kummer war mit den Jahren zwar schwächer geworden, doch etwas ließ ihn nie los. Bei der Tat hatte es sich um Blutrache gehandelt, wie jeder wußte, begangen von dem rivalisierenden Clan Carculipo. Dessen Mitglieder hegten den Verdacht, Aldo Randazzo sei ihnen geschäftlich in die Quere gekommen. Renzo hatte man gleich mit umgebracht, da sich gerade die Chance bot. Was Silvio nachts immer noch zum Schwitzen brachte, war die Tatsache, daß er kurz vor den Schüssen etwas zwischen den Bäumen hatte aufblitzen sehen, sich aber nichts dabei dachte. Natürlich war ihm hinterher klar geworden, daß er gesehen hatte, wie ein Sonnenstrahl einen Gewehrlauf traf. Wäre er cleverer gewesen, hätte er seinen Eltern und seinem Onkel vielleicht den Tod ersparen können – und sich selbst ein Leben als Waisenkind. Nino hatte seinen Verstand gelobt, doch Silvio wußte, bei jener einen Gelegenheit, als es wirklich darauf ankam, hatte er nicht schnell genug geschaltet. Na schön, er war erst sieben Jahre alt gewesen, aber was machte das für einen Unterschied? Verstand, Blut und Mut. Man wurde damit geboren.

Nach dieser Tragödie schlug Silvio viel Sympathie seitens seiner Familie entgegen, und er wurde ziemlich verwöhnt. Dennoch waren er und Annunziata klug genug, ihre Gefühle füreinander geheimzuhalten. Nino und Bastiano wären alles andere als begeistert gewesen, wenn sie erfahren hätten, daß die beiden Kinder

(für manche in der Familie waren sie immer noch Kinder) inein-
ander verliebt waren. Die katholische Kirche hatte diesbezüglich
strenge Regeln. Silvio und Annunziata wären womöglich getrennt worden, und das war undenkbar. Das Schlimmste an seinem Auftrag, das Päckchen zu befördern, war nicht, daß es sich
um eine Bewährungsprobe handelte, sondern daß er Annunziata
vier Tage nicht sehen würde.

Während sich immer neue Wolken über ihm zusammenzogen,
schlummerte Silvio schließlich ein, im Kopf wunderbare Bilder
von Annunziatas Brüsten. Er hatte sie noch nicht gesehen, noch
nicht...

Beim Aufwachen am nächsten Morgen hörte er als erstes das leise,
gleichmäßige Prasseln des Regens. Es gab so selten Niederschlä-
ge in Sizilien, daß ein Regenschauer eigentlich immer willkommen war, doch gerade jetzt paßte es Silvio gar nicht. Das Päckchen mußte trocken bleiben. Man hatte ihm das nicht extra eingeschärft, aber er wußte, es hatte eine lange Reise vor sich, bis nach
England, und wenn seine Verpackung feucht war, würde es vom
Postamt vielleicht nicht angenommen werden. Außerdem würde
die Nässe womöglich das verwischen, was auf die Innenseite des
Packpapiers gezeichnet war, und damit wäre der erwünschte
Effekt sicher zunichte gemacht.

Silvio trug keinen Regenmantel – er besaß gar keinen –, und der
Beutel, den er sich beim Reiten um den Körper band und in dem
sein Proviant und das Geld für Anna Scafidi steckten, schützte
auch nicht vor dem Regen. Er überlegte kurz und beschloß, das
Päckchen in seine Schlafdecke einzuwickeln. So würde es vielleicht etwas zerdrückt, blieb aber auf jeden Fall trocken. Dann
machte er sich wieder auf den Weg. Bastiano hatte ihm auf die
Reise eine Uhr mitgegeben, damit er rechtzeitig zur Verabredung
mit Anna Scafidi käme. Silvio konnte zwar nicht lesen, aber die
Uhrzeit konnte er entziffern. Jetzt war es kurz nach fünf.

Es regnete den ganzen Vormittag. Die Düfte der Insel wurden
durch die Nässe intensiver, vor allem die der überreifen Oliven

und der Nadelbäume. Selbst die Erde strömte einen würzigen Geruch aus. Wenn es auf Sizilien regnete, tauchten bald aus dem Nichts kleine Bäche auf, die in versteckten Rinnen gurgelten und plätscherten. Die Vögel blieben stumm. Einer dieser Wildbäche floß an Castronuovo vorbei, wo Silvios Eltern begraben lagen. Er ging nicht oft dorthin, weil es ihn zu traurig stimmte.

Der Regen bewirkte noch etwas Gutes: Die Bauern blieben in ihren Häusern. Es waren heute weniger Leute unterwegs als gestern. Das konnte ihm nur recht sein, wenn er bedachte, was er bei sich trug. Alles schien gut zu klappen.

Doch er hatte sich zu früh gefreut. Kurz nach Mittag näherte er sich wieder einem Fluß, dem Catala. Über die tiefe Schlucht führte eine schmale Brücke, und von seinem Bergpfad aus konnte Silvio dort drei Gestalten erkennen. Sie trugen Mützen und graublaue Uniformen. Sbirren, wie die Einheimischen die Polizei verächtlich nannten.

Silvio zügelte sein Maultier. Er wußte, so etwas konnte immer passieren. Nach Meinung der Regierung – der italienischen Regierung wohlverstanden – wimmelte es in dem Gebiet hinter Palermo nur so von Banditen und Mafiosi. Die Sizilianer dachten natürlich anders darüber. Obwohl sie nun fast zwanzig Jahre zum Königreich Italien gehörten, fühlten sie sich immer noch nicht als Italiener und ärgerten sich über die Einmischung des Festlands in ihre Angelegenheiten, wie sie sich schon mehr als tausend Jahre über jegliche Einmischung geärgert hatten. Aber momentan hatten die anderen die Oberhand. Zumindest verfügten sie über eine Polizei, die Straßensperren wie diese hier errichtete, um irgendwelche Leute zu schnappen.

Silvio stieg aus dem Sattel und setzte sich auf einen Felsblock hinter einem Baum, von wo aus er alles beobachten, aber nicht gesehen werden konnte. Das Geräusch des Regens wirkte irgendwie beruhigend auf ihn. Er mußte nachdenken. Er steckte in einer unangenehmen Situation, die Verstand und Mut erforderte. Unter anderen Umständen hätte er die Brücke einfach umgangen, denn er kannte sich in der Gegend gut aus, und wäre unbemerkt über die Berge in Richtung Cerruda geritten. Das jedoch brauchte Zeit, mehr Zeit, als er in diesem Fall zur Verfügung hatte. Schließlich sollte er morgen mittag in Palermo sein. Also mußte er auf der Straße bleiben und die Brücke überqueren.

Während Silvio überlegte, was er tun sollte, aß er eine Orange. Sobald er zur Brücke kam, würde er durchsucht werden. Fand man das Päckchen, würde man es öffnen. Der Inhalt war dergestalt, daß man Silvio garantiert ins Gefängnis warf. Der nun ausgepackte Gegenstand würde nie seinen Bestimmungsort erreichen, und alle Zeitungen würden über den spektakulären Fund berichten. Silvio hätte versagt.

Je mehr er über seine knifflige Lage nachdachte, desto klarer wurde ihm, daß es an einem Maultier nur einen einzigen Ort gab, an dem man etwas verstecken konnte. Er stand auf, warf den Rest der Orange weg und wickelte das Päckchen aus der Decke. Er öffnete es, faltete das Papier zusammen und steckte es für einen Moment in die Hosentasche, damit es trocken blieb. Der Inhalt war klein und roch immer noch unangenehm. Silvio hielt ihn mit einer Hand und versuchte, die aufkommende Übelkeit zu bekämpfen. Mit der anderen Hand griff er nach dem Schwanz des Maultiers.

Die drei Sbirren saßen rauchend auf dem Brückengeländer und schauten vor sich hin. Ab und zu beschwerten sie sich lautstark über das Wetter. Als sie Silvio auf seinem Maultier erblickten, standen sie auf und drückten ihre Zigaretten aus. Einer griff nach seiner Pistole.

Silvio zögerte nicht, sondern ritt direkt auf sie zu.

»Absitzen!« sagte der Polizist mit der Waffe.

Silvio gehorchte.

»Nehmt alles herunter«, befahl der Anführer mit einer Kopfbewegung zum Maultier hin. »Sattel, Zaumzeug, alles.« Er trug Abzeichen auf seinen Schultern. Aufwendige Messingknöpfe. Offenbar ein Hauptmann.

Einer der beiden anderen Männer hielt das Tier am Kopf fest, während sein Kamerad den Sattelgurt löste.

Der Hauptmann steckte seine Pistole ins Halfter zurück. Ungeduldig zündete er sich eine neue Zigarette an. »Nun zu dir«, begann er und zupfte sich Tabakkrümel von der Zunge. »Wer bist du, woher kommst du, und wohin willst du?« »Ich heiße Silvio Randazzo. Ich komme aus Bivona und reite nach Palermo.«

»Wie alt bist du?«

»Ich werde nächsten Monat achtzehn.«

»Ist das nicht ein bißchen zu jung, um ganz allein zu reisen?« Silvio warf sich in die Brust. »Ich bin ein Mann.«

Der Hauptmann grinste säuerlich. »Und immer noch Jungfrau, wetten?«

Silvio errötete, als hätte Annunziata das gesagt, und der Hauptmann lachte laut los. Doch gleich darauf fragte er in scharfem Ton: »Warum willst du nach Palermo?«

»Um meine Tante zu besuchen. Mein Vater – ihr Bruder – ist krank. Es gibt sonst keinen, zu dem ich gehen kann.«

»Was ist an deiner Tante so besonderes?«

»Sie hat Geld. Für Medikamente.«

Der Hauptmann verzog das Gesicht. Vermutlich schoß ihm der Gedanke durch den Kopf, daß sie den Jungen besser auf seinem Heimweg gefilzt hätten, wenn er Geld bei sich hatte. Schroff wandte er sich zu seinen Untergebenen um. »Nun?«

Der Sattel lag mit der Unterseite nach oben auf dem Boden. Die Decke war ausgebreitet, das Zaumzeug abgeschnallt. Der eine Polizist hatte dem Maultier seinen Gürtel um den Hals gebunden, um es festhalten zu können.

»Hier ist nichts«, sagte der zweite. »So sauber wie das Chorhemd eines Bischofs.«

»Durchsucht ihn«, ordnete der Hauptmann an.

»Zieh dein Hemd aus.«

»Bei dem Regen?«

»Zieh dein Hemd aus.«

Silvio tat, was von ihm verlangt wurde.

»Nun deine Hose. Und den Beutel, den du dir um den Bauch gebunden hast.«

Einer der Polizisten griff in Silvios Hosentaschen. In dem Beutel fand er ein Stück Salami und etwas Geld. Er steckte die Wurst zurück und zeigte das Geld.

»Gib's ihm«, brummte der Hauptmann. »Wir sind schließlich nicht die Mafia.« Er deutete auf Silvios Beine. »Jetzt noch deine Stiefel.«

Danach bekam Silvio die Erlaubnis, sich wieder anzuziehen und das Maultier aufzuzäumen und zu satteln.

Er nahm die Zügel und schwang sich etwas unbeholfen auf den Rücken des Maultiers. »Darf ich jetzt weiter?«

Der Hauptmann musterte ihn argwöhnisch. »Bivona. Das ist Steinbrecher-Gebiet. Da wurde der englische Pfarrer entführt.«

»Ja«, stimmte Silvio zu. »Alle reden darüber.«

»Bist du diesem Mann je begegnet, diesem Nino Greco?«

»Nein. Aber ich würde es Ihnen auch nicht verraten, wenn's so wäre.« Der Hauptmann zog finster die Brauen zusammen, bis Silvio hinzufügte: »Ich habe nämlich schreckliche Angst vor ihm.«

»Noch eine Frage«, sagte der Hauptmann und trat etwas näher. »Warum hast du den Schweif deines Maultiers geflochten?«

Silvio brach der Schweiß aus. Fast hatte er es geschafft, und nun dies! Er versuchte, so beiläufig wie möglich zu antworten. »Das habe nicht ich gemacht, sondern meine Schwester. Vor zwei Tagen. Wir haben alle Maultiere geschmückt, weil mein Vater Geburtstag hatte. Und dann wurde er plötzlich krank.«

Der Hauptmann trat hinter das Tier, um sich den geflochtenen Schweif genauer anzusehen. Er zündete sich wieder eine Zigarette an und zupfte erneut Tabakkrümel von seiner Zunge.

»Es ging alles so schnell«, erklärte Silvio. »Da blieb keine Zeit, ihn aufzuflechten.« War dem Hauptmann etwas aufgefallen? Plötzlich begann es noch stärker zu regnen, und die Sbirren hatten genug von der Nässe.

»Ab mit dir«, sagte der Hauptmann zu Silvio und rief dem eilig Davonreitenden noch hinterher: »Ich hatte meine erste Frau mit sechzehn.« Und wieder lachte er laut auf. Silvio ritt eine halbe Stunde zügig durch den strömenden Regen, um möglichst weit von den Sbirren wegzukommen. Da er jedoch vermeiden wollte, daß der kostbare, grausige Päckcheninhalt naß wurde, trieb er schließlich das Maultier zwischen die Bäume, bis er von niemandem mehr gesehen werden konnte. Er saß ab und begann, den Schweif aufzuflechten.

Harriet Livesey zog die Gardinen zur Seite und schaute hinaus in den Garten, der an diesem Julimorgen von Sonnenlicht durchflutet war. Normalerweise hätte dieser Anblick ihr Herz mit Freude erfüllt, aber nun beschäftigte sie nur der Gedanke an ihren Bruder. Wann würde sie ihn endlich aus einer Kutsche steigen sehen?

Harriet ging zum Frühstück ins Erdgeschoß hinunter und nahm ihren Highlandterrier Rhum gleich mit. Er war ihr einziger Trost, seit ihr Bruder vor zwei Monaten von Kidnappern verschleppt worden war. Im Frühstückszimmer wurde auf ihre Anordnung der Tisch immer für zwei gedeckt. Sie würde ihren Bruder nicht aufgeben, nur weil er von ein paar lächerlichen sizilianischen Banditen gefangengehalten wurde.

»Guten Morgen, Edna«, begrüßte sie die junge Frau, die neben der Anrichte stand.

»Guten Morgen, Miß«, erwiderte das Dienstmädchen mit einem angedeuteten Knicks. Die Familie gehörte nicht zur Aristokratie, aber Pfarrer Henry Livesey verfügte über ein ansehnliches Einkommen, seit sein älterer Bruder, der im Wessex-Regiment gedient hatte, in Indien getötet worden war.

»Ich habe keinen Appetit, Edna. Bitte nur Tee.«

Bevor Harriet die Morgenzeitung zu lesen begann, schaute sie sich im Zimmer um. Sie hatte sich vorgenommen, daß während Henrys Abwesenheit jederzeit alles zu seinem Empfang bereit sein sollte. Nichts war verändert. Diese zwei verdammten Gemälde beherrschten immer noch die Wand gegenüber der Fensterfront. Verdammt waren sie deshalb, weil auf dem einen ausgerechnet jenes Tal abgebildet war, das Henry bei Fontana Murata auf Sizilien besaß. Wegen der wertvollen Schwefelminen war er ins Hinterland von Palermo gereist, wo er dann entführt worden war. Das zweite Bild war ein Porträt von Sir Thomas Lawrence, das Henrys und Harriets Urgroßvater, General Sir James Livesey, darstellte, dessen Feldzüge für Wellington den Grundstein für das Vermögen der Liveseys gelegt hatten. Das Porträt war nicht außergewöhnlich, aber es war eben ein echter Lawrence, und bei Christie's hatte man es erst drei Monate zuvor, zwei Wochen vor Henrys Abreise nach Italien, auf 4000 Guineen geschätzt. Der Zufall wollte es, daß dies fast genau die Summe war, die der sizilianische Bandit Nino Greco nun forderte.

Edna stellte die Teekanne auf den Tisch.

Harriet hatte die Lösegeldsumme bezahlen wollen. Was bedeutete denn ein Gemälde mehr oder weniger? Leider dachte jedoch der Anwalt der Familie, William Baldwin, der während Henrys Abwesenheit die Verfügungsgewalt über dessen Finanzen besaß, anders darüber. Baldwin war empört über die Forderung gewesen und hatte sich an den für diesen Distrikt zuständigen Abgeordneten, Sir Rupert Farrar, gewandt. Farrar hatte die Angelegenheit im Unterhaus vorgetragen, und danach war an ein Eingehen auf die Lösegeldforderung nicht mehr zu denken gewesen. Der Außenminister hatte versprochen, sich mit der italienischen Regierung in Verbindung zu setzen. Als er im Parlament harsche Kritik an den Italienern übte, die nicht in der Lage seien, Reisende in ihrem Land zu beschützen, wurde seine Rede in vielen Zeitungen abgedruckt. Doch trotz des wutschnaubenden Gehabes von Farrar und dem Außenminister blieb Henry verschollen.

Harriet überflog gerade die Titelseite der *Morning Post*, als es an der Tür klingelte. Inzwischen reagierte sie auf unerwartete Besucher nicht mehr so aufgeregt wie anfangs, als sie immer gehofft hatte, es könnte Henry sein. Sie warf einen Blick zur Uhr auf der Anrichte. Viertel nach zehn. Vermutlich der Postbote.

Kurz darauf klopfte es, und Venables, der Butler, kam herein.

»Die Post, Miß.«

Harriet machte eine Handbewegung zur Anrichte hin.

»Nein, Miß.« Venables wich nicht von der Stelle, und Harriet sah ihn erstaunt an. »Dieses Päckchen kommt aus Italien.«

Harriet stellte die Teetasse ab, stand auf und nahm das Päckchen von dem Silbertablett, das Venables ihr hinhielt. Der Butler verließ den Raum. Die Briefmarke war vor zwei Wochen in Palermo abgestempelt worden. Harriets Namen hatte jemand mit nicht allzu schreibkundiger Hand in unterschiedlich großen Druckbuchstaben geschrieben. Das Päckchen war mit Bindfaden verschnürt, aber nicht mit Wachs versiegelt.

Sicher stammte es von den Kidnappern. Sollte sie Baldwin holen lassen? Oder die Polizei? Noch während sie überlegte, fingerte sie schon an der Schnur. Warum ein Päckchen? Was mochte darin sein? Bei der ersten Kontaktaufnahme war es nur ein kurzer Brief gewesen. Sie löste die Schnur und faltete das Papier auseinander.

Als Harriet den Inhalt des Päckchens sah, stieß sie einen Schrei aus und wurde ohnmächtig.

Das Päckchen fiel neben ihr auf den Teppich. Rhum war einen Moment beunruhigt über das Verhalten seiner Herrin, schnüffelte dann aber interessiert an dem Gegenstand, den sie hatte fallen lassen. Venables, der den Schrei gehört hatte, stürzte ins Zimmer.

Er erkannte das Ding auf dem Teppich ebenso rasch wie Harriet.

Es war das Ohr eines Menschen.

2. KAPITEL

Der knapp vierzigjährige Nino Greco stammte aus Campobello bei Licata. Seine Mutter war bei seiner Geburt gestorben, und seine langjährige Geliebte, Tomasetta Priola, hatte die Geburt von Annunziata nicht überlebt. Ninos Vater, Fermo, hatte es zum Vorarbeiter in einem Steinbruch bei Gela gebracht, und bereits mit dreizehn Jahren fing Nino ebenfalls dort an. Zwei Jahre lang lief alles gut. Dann jedoch kam heraus, daß Ninos Vater die Mafia mit Sprengstoff belieferte. Die Polizei konnte nachweisen, daß der Sprengstoff, der bei einem Banküberfall in Catania verwendet worden war, aus dem Steinbruch von Gela stammte, und Ninos Vater wurde zusammen mit mehreren anderen angeklagt, verurteilt und eingesperrt.

Während der drei Jahre, die sein Vater im Gefängnis saß, blieb Nino im Steinbruch, wo er das Handwerk erlernte. Man brachte ihm bei, wie Sprengladungen hergestellt und so geschickt angebracht werden, daß die richtige Menge an Felsgestein weggesprengt wird, wieviel davon nötig ist, um eine ganz spezielle Wirkung zu erzielen, wie man mit Lunten umgeht und vieles mehr.

Als Fermo Greco seine Haftstrafe abgesessen hatte, kümmerte sich die Mafia um ihn. Da er nicht in den Steinbruch zurückkonnte, gab man ihm den Posten des *guardino*, der in den Olivenhainen rings um Licata Schutzgelder einkassierte. Drei Jahre genoß Nino ein ruhiges, stetes Leben, wie er es nie gekannt hatte und vielleicht nie mehr kennen würde. Sein Vater war ein harter Mann, der aber ein gewisses Pflichtgefühl besaß, was seinen Sohn betraf. Er versorgte Nino mit einer Reihe wichtiger Tips über

Sprengstoff. Nicht weniger wichtig war, daß er seinen Sohn mit nach Palermo nahm, wo er Nino in das Leben – hauptsächlich das Nachtleben – im Hafen mit all seinen Kneipen und Bordellen einführte.

Fermo und Nino standen bis zu einem gewissen Grade unter dem Schutz der Familie Priola, mit der sie verwandt waren. Da die Priolas mehrere große Dampfschiffe besaßen, brauchten sie gelegentlich Schützenhilfe, um auf den Piers keine Probleme mit den Arbeitern zu bekommen. Die Priolas aus Palermo galten als reiche, angesehene Leute, doch hinter dem offiziellen Schiffahrt- und Transportunternehmen gab es weniger seriöse Geschäfte, die von einigen ihrer Verwandten erledigt wurden.

Mit siebzehn Jahren lernte Nino die Freuden der käuflichen Liebe in der berüchtigten Via Scina von Palermo kennen. An einem Wochenende hatten zwei der Priola-Brüder Nino mitgenommen, hatten ihm mehrere *puttane* verschafft, wie die Nutten dort hießen, und ihm viele Gläser des starken sizilianischen Weins spendiert, für den der junge Mann eine große Vorliebe entwickelte. Völlig ausgepumpt und stolz auf sich, weil er an einem Tag vier Frauen gehabt hatte, war er eingeschlafen.

Als er wieder zu sich kam, befand sich ein fremder Mann im Zimmer. Ein unangenehmer Typ mit langer Nase und schiefen Zähnen, der sich gleich erkundigte, ob Nino sich gut amüsiert habe.

»Was geht Sie das an?«

»Weil es nichts umsonst gibt, mein Freund. Du hast gestern deinen großen Tag gehabt. Jetzt mußt du dafür zahlen.«

Nino geriet in Panik. »Zahlen? Ich bin erst siebzehn. Ich arbeite in einem Steinbruch und verdiene nicht viel ...«

»Ich weiß, wer du bist und was du tust.«

»Aber ... aber ich gehöre in gewisser Weise zur Familie.«

»Ja, auch das weiß ich. Ich gehöre nämlich selbst dazu.«

Nino überlegte kurz, ob er an dem Kerl vorbei aus dem Zimmer stürzen sollte. Doch er war nackt und sah auch nirgends seine Kleidung. Irgend jemand hatte sie entfernt. Plötzlich wurde ihm mulmig zumute. Der gestrige Tag und die Nacht waren geschickt inszeniert worden, um ihn in die Falle zu locken.

Es war unnatürlich still im Zimmer. Schließlich lächelte der Fremde. »Wie ich sehe, hast du begriffen.«

Er zündete sich umständlich eine Zigarette an und blies den Rauch in die abgestandene Luft.

»Du bist Sprengstoffexperte. Du arbeitest in einem Steinbruch. Du hast Zugang zu gewissen Substanzen, die wir brauchen.«

»Wer ist ›wir‹?«

»Mit deinen siebzehn Jahren solltest du alt genug sein, um zu wissen, welche Fragen man nicht stellen darf. Hör zu. Ich werde dir jetzt deine Kleidung geben und dich mit rausnehmen. Dann bringe ich dich zu einer Bank hier in Palermo. Ich führe dich in das Gebäude und zeige dir eine Tür. Eine Metalltür zu einem Tresorraum. Den Rest kannst du dir zusammenreimen. Du sollst ausrechnen, wieviel Dynamit nötig ist, um die Tür aufzusprengen. Nur die Tür, nichts sonst. Und dann mußt du uns soviel Dynamit beschaffen.«

Als der Mann fertig war, zitterte Nino am ganzen Leib. Welch perfekt ausgetüftelter Plan! Er dachte fieberhaft nach, schwieg aber verstockt.

Der andere rauchte genüßlich seine Zigarette. Schließlich meinte er: »Kein Grund, wütend zu sein oder zu schmollen. Wenn du den Auftrag gut erledigst, kannst du in Häusern wie diesem Stammkunde werden.«

Er ließ ein paar Sekunden verstreichen, bevor er weiterredete. »Wir haben dich beobachtet. Du bist gut, vielleicht sogar besser als dein Vater. Als er dich auf unsere Anweisung hin anlernte, wußten weder er noch wir, was aus dir werden würde. Es war eine gute Investition.«

Er drückte die Zigarette aus und stand auf. »Nino, dein Vater ist einer von uns. Akzeptier es, und basta. Los, gehen wir.« Er wandte den Kopf und rief: »Beppo!«

Die Tür wurde sofort geöffnet. Ein Mann kam mit Ninos Kleidung herein und warf sie achtlos auf das Bett.

Nino hatte diesen ersten Auftrag höchst widerwillig ausgeführt. Doch es war ein voller Erfolg geworden, und er hatte mehr Lire verdient als in sechs Monaten im Steinbruch. Binnen kurzem wurde er geradezu süchtig nach den Bordellen Palermos und gab all sein Geld dort aus. Ebenso rasch mauserte er sich zu einem Bankräuber ohne Skrupel. Noch vor seinem achtzehnten Geburtstag hatte er den Sprengstoff für vier größere Bankeinbrüche besorgt. Er liebte den Nervenkitzel, er liebte das Geld, und vor allem liebte er die Bordelle.

Und das wurde ihm natürlich zum Verhängnis. Welcher achtzehnjährige Steinbrucharbeiter kann sich die Lasterhöhlen Palermos leisten? Schon bald bekam er Besuch von den Sbirren, die wissen wollten, wo er das Geld herhatte, das er bei den Huren in der Via Scina ausgab. Seine Erklärung, er habe es beim Glücksspiel im Foro Biondo gewonnen, konnte von den Sbirren schwer widerlegt werden, überzeugte sie aber auch nicht. Von da an stand er unter Beobachtung.

Ein Jahr später brach im Hafen von Palermo ein Bandenkrieg aus. Bisher waren die Dockarbeiter von den Priolas kontrolliert worden, die die Arbeiterführer beschützten, sofern die Priola-Schiffe als erste und möglichst rasch beladen wurden. Sizilien exportierte Orangen, Zitronen und Oliven nach Frankreich, England, Holland und Amerika. Da es keine Möglichkeit gab, die Ladung zu kühlen, kam es ganz besonders auf Schnelligkeit an. Als die Eigner einer neuen Schiffahrtslinie, die Orestanos, Verträge mit einigen unabhängigen Besitzern von Orangenplantagen in der Nähe von Platani schlossen, drohte dies die Organisation der Priolas zu schwächen. Die Orestanos wollten nämlich auch eine besonders rasche Abfertigung und benutzten dieselben Piers.

Die wichtigsten Leute im Hafen waren die *mandatori*, die Agenten, die Ware und Käufer zusammenbrachten. Es handelte sich dabei um erbliche Posten, die vom Vater auf den Sohn übergingen und immer von der lokalen Mafia vergeben wurden. Bis zu dem Zeitpunkt hatten die meisten von ihnen unter dem Schutz der

Priolas gestanden. Als man zwei *mandatori* fand, die garottiert worden waren – die herkömmliche sizilianische Art des Erwürgens –, war es mit dem guten Ruf der Priolas als Beschützer der Agenten nicht mehr weit her. Andere *mandatori* begannen sofort damit, die Fracht der Orestanos bevorzugt abzufertigen.

Da mußte rasch Vergeltung geübt werden, und zwar viel massiver, als es sich die Orestanos hätten träumen lassen. Eine Vergeltung mit Sprengstoff.

Nino wußte, daß er immer noch von der Polizei beschattet wurde, doch für ihn gehörte es schon fast zur Routine, die Sbirren zu bestechen, wenn es gelegentlich nötig war, seinem »Schatten« wenigstens einige Stunden lang zu entkommen. Der Sprengstoff wurde geliefert, am nächsten Tag flog das Lagerhaus der Orestanos in die Luft, und es regnete Orangen. Als Gegenmaßnahme äußerst wirkungsvoll. Unglücklicherweise explodierten aber nicht nur Orangen, sondern ein Mensch wurde getötet.

So hatte die Polizei keine andere Wahl, als Nino zu suchen und ihn nach Möglichkeit zu verhaften. Der Zusammenhang zwischen ihm und dem Vorfall war zu offensichtlich, als daß man ihn hätte übersehen können. Die Polizei brauchte einen Schuldigen. Die Beweise würde man später dann schon nachliefern.

Nino verschwand von der Bildfläche. Es war nicht allgemein bekannt, daß die Schwester des Abtes von Quisquina mit einem Priola verheiratet war, und die Familie hängte es auch nicht an die große Glocke. Doch mitunter waren solche Familienbande recht nützlich. Nino verbrachte zwei Monate in Quisquina – manchmal sogar als Mönch verkleidet –, bis sich die ganze Aufregung über den Zwischenfall mit dem Lagerhaus gelegt hatte.

Natürlich konnte er nicht ewig im Kloster bleiben, und außerdem brauchte er Geld. Viehdiebstahl schien die beste Lösung zu sein. Tunesien war ein guter Markt für billiges Fleisch aus Sizilien, und gestohlene Rinder waren am allerbilligsten. Das damit verbundene Risiko war minimal, und speziell umgebaute Boote oder Barken verließen mit zwanzig bis vierzig Tieren an Bord regelmäßig die Südküste Siziliens.

Die Tatsache, daß durch seine Mithilfe jemand getötet worden war, verlieh Nino eine traurige Berühmtheit, die er nie gewollt hatte. Als es mit dem Viehdiebstahl nicht mehr so recht klappte, stahlen er und einige Freunde aus einem Steinbruch bei Chiaramonte weiteren Sprengstoff, mit dem sie einen Anschlag auf die Bahnlinie zwischen Messina und Palermo verübten, die gerade im Bau war. Sie raubten den Waggon aus, in dem die Lohngelder für die Bahnarbeiter transportiert wurden, und erbeuteten außerdem eine große Menge Dynamit. Nino wurde noch berühmter.

Inzwischen hatte er ein neues Standquartier in Bivio Indisi gefunden, nachdem der Ort durch einen Erdrutsch von der Außenwelt abgeschnitten und von seinen Bewohnern verlassen worden war. Dahinter ragten die Berge Indisi und Catera auf. Die Straße von Filaga, die in Erd- und Geröllmassen endete, konnte mühelos überwacht werden. Jeder andere Zugang erforderte eine zweitägige Tour durchs Gebirge. Bivio Indisi war so sicher wie ein Adlerhorst auf dem Berg Cammarata.

Nino war nicht nur ein harter Mann, sondern er war auch clever. Er wußte von Anfang an, daß seine Art zu leben nur von Dauer sein konnte, wenn er eine Machtbasis hatte. Ein Mafioso auf Sizilien mußte aber nicht nur Macht, sondern auch Stil haben, und genau das wollte Nino erreichen. In den Städten hatten die Mafiabosse Erpresserbanden, die einen Teil vom Verdienst vieler Bürger einkassierten, dafür aber auch deren Interessen notfalls mit brutaler Gewalt verteidigten. Nino verfügte über gute Beziehungen zu den Priolas in Palermo, durfte sie aber nicht zu häufig und nicht zu offenkundig in Anspruch nehmen. Er mußte allein zurechtkommen. Und so hatte er seine eigene Form der *malavita* gefunden, wie die Unterwelt genannt wurde.

Aus der Erlöserkirche in Erice wurde ein Madonnenbild von Tintoretto entwendet, für das Nino dann viel Lösegeld forderte. Eigentlich also ein unpopuläres Verbrechen, doch Nino verteilte viel von dem erpreßten Geld an die Bauern der Gegend, in der er lebte. Er spendete sogar einen gewissen Betrag der Lösegeldsumme dem Kloster in Quisquina, doch darüber wurde natürlich

Stillschweigen bewahrt. Diese Tat war in zweierlei Hinsicht für ihn ein Erfolg, verhalf sie ihm doch zu noch größerer Berühmtheit und verbesserte zudem seine Sicherheit, denn die Nutznießer von Ninos Großzügigkeit würden sein Versteck nie verraten. Außerdem bekam er fast so etwas wie einen politischen Nimbus. Die Raubzüge des Steinbrechers wurden von den Einheimischen gewissermaßen als Protest angesehen, denn indem er die Bauern unterstützte, schien er die italienische Regierung wegen ihrer Vernachlässigung Siziliens anzuprangern.

Dies führte dazu, daß Nino alle möglichen Gefolgsleute anzog, die zum großen Teil selbst auf der Flucht vor der Justiz waren. »Ein Hund ist kein Hund ohne seine Flöhe.« So hatte es der Kardinalerzbischof von Palermo einmal ausgedrückt. Einige von diesen Leuten waren entfernte Verwandte, manche brachten sogar ihre Frauen und Kinder mit. In Kürze war daraus eine »Familie« mit fast hundert Mitgliedern geworden. Etwa zweimal im Jahr planten sie irgendeinen spektakulären Überfall und zogen sich hinterher in das abgelegene Bergnest zurück, das nun ihr Zuhause war.

Die Polizei unternahm gelegentlich Versuche, Nino gefangenzunehmen, meistens auf Drängen irgendeines Politikers oder sogar auf Anordnung vom Festland. Diese Versuche scheiterten jedoch immer. Dank eines raffinierten Systems von Warnpfiffen, das die Schafhirten ausgeklügelt hatten, erfuhr Nino es stets rechtzeitig, wenn die Polizei hinter ihm her war. Manchmal versteckte er sich, manchmal wurden die Polizisten in einen Hinterhalt gelockt und mußten unverrichteter Dinge wieder abziehen. Der Steinbrecher schien unverwundbar zu sein.

Dann wurde plötzlich Taddeo Panero, ein italienischer Richter, nach Sizilien versetzt, um die Verbrechen der Mafia aufzuklären. Zwei Mafiosi wurden wegen des Verdachts der Erpressung verhaftet, und Panero schien stichhaltige Beweise zu haben. Er wußte jedoch nicht, daß einer der Verdächtigen, ein Arzt, zwei Babys der Priolas entbunden hatte und somit unter dem Schutz der Familie stand. Die Explosion, die Paneros Hotel zerstörte und ihn tötete, trug die Handschrift des Steinbrechers. Bei der verqueren Moral, die in Sizilien herrschte, erhöhte diese Tat noch Ninos Ruhm. Außerdem standen die Priolas nun in seiner Schuld. Etwa zu dieser Zeit wurde der nun fünfunddreißigjährige Nino als Don anerkannt. Damit galt er nicht mehr nur als gefürchteter Anführer, sondern als Respektsperson, die Gunstbeweise verteilte und Ratsuchenden half. Die dem Bergnest nächstgelegene Stadt war Bivona, wo Nino manchmal zu Abend speiste oder ins Bordell ging. Die Polizei wurde bestochen, so daß er sich dort gefahrlos ein, zwei Nächte aufhalten konnte. In der *malavita*, der Welt der Mafiosi und ihrer Freunde, sprach es sich schnell herum, wenn Nino sich in Bivona aufhielt, und dann kamen alle möglichen Leute mit ihren Problemen zu ihm.

Gleich in der Anfangszeit hatte ihm eine junge Lehrerin geklagt, das Klavier der Schule sei gestohlen worden, nun gebe es keine Musik mehr, und die tägliche Andacht sei beeinträchtigt. Nino hatte genickt und geflüstert: »Ich bin ein umgänglicher Mann.« Er fand das Klavier, ließ es in die Schule zurückschaffen und brach den beiden jungen Dieben die Finger. Die elementare Gerechtigkeit dieses Vorgehens hatte Nino bei den Einheimischen sehr beliebt gemacht. Es hieß, keiner, der sich an den Don um Hilfe wandte, ginge mit leeren Händen weg.

Es war sein fast schon politisches Ansehen, das ihn auf die Idee brachte, einen im Ausland lebenden Großgrundbesitzer zu kidnappen. Diese waren auf Sizilien äußerst unbeliebt, da sie das Land ausbeuteten, aber woanders lebten. Es war ein Zufall, daß es sich bei dem auserwählten Großgrundbesitzer um einen englischen Pfarrer handelte. Wie es auch ein Zufall war, daß ein amerikanischer Künstler mit daran glauben mußte, nur weil er sich gerade in Begleitung des Pfarrers befand. Man entführte die beiden, als sie unterwegs waren von Valledolmo zu den Schwefelminen bei Fontana Murata, die sich im Besitz des Engländers befanden und die der Maler zeichnen wollte. Pech für sie, daß der Steinbrecher einen spektakulären Coup geplant hatte, um den Leuten erneut zu beweisen, daß er der Don war.

Das Café Bivona am Hauptplatz von Bivona war nicht so großartig wie einige der Cafés in Palermo, aber es war das beste, was dieser Ort zu bieten hatte. Im Freien standen ein paar Tische, wo Silvio nach seinen seltenen Besuchen in der gegenüberliegenden Kirche gern etwas trank. Ihm war immer klar gewesen, daß im rückwärtigen Teil des Cafés irgendwelche Geschäfte abgewickelt wurden, aber nun erst erfuhr er, um was es wirklich ging.

Seit Silvios erfolgreicher Rückkehr aus Palermo behandelte ihn Nino Greco wie seinen eigenen Sohn. Es hatte ihm imponiert, daß Silvio das Ohr des Pfarrers und das Packpapier im geflochtenen Schwanz des Maultiers versteckt hatte. »Das erforderte Verstand und Mut«, hatte er gelobt und Silvio den Arm um die Schulter gelegt. »Und das richtige Blut hast du ja sowieso.« Danach hatte er seinen jungen Schützling aus dem Haus, in dem die Kinder wohnten, umgesiedelt in das Quartier der Junggesellen. Außerdem hatte er ihm ein eigenes Maultier und ein Gewehr gegeben. Bastiano brachte Silvio nun das Schießen bei.

Am meisten gefiel Silvio aber, daß er Nino an diesem Tag nach Bivona begleiten durfte, wohin der Don jeden Sonntag mit einem halben Dutzend Leibwächtern ritt. Zwei der Männer wurden an den Stellen postiert, wo die Straße in den Ort hinein- und wieder hinausführte. Weitere zwei saßen vor dem Café, und die letzten beiden, von denen einer Silvio war, nahmen rechts und links von Nino an Nebentischen Platz. Was Silvio betraf, so war dies offensichtlich extra arrangiert, damit er alles beobachten konnte.

Als sie sich gesetzt hatten, nahm Nino eine Olive aus einer Schüssel und hielt sie hoch. »Außen weich, innen hart. So muß ein Mann sein, ein Anführer. Denk immer daran.« Er hatte Silvio zugelächelt und sich die Olive in den Mund gesteckt.

Während der nächsten Stunde empfing Nino einen Strom von Besuchern, und Silvio hörte zum ersten Mal, wie die Leute seinen Onkel mit »Don Bivona« oder »Capo« anredeten. Sie waren sehr respektvoll und sprachen nur halblaut, damit sie von anderen nicht belauscht werden konnten.

Als erstes kam an diesem Vormittag Calogero Lanzone, ein Bauer, der sich bei Don Bivona beklagte, sein Nachbar flußaufwärts habe den Simeto gestaut, so daß nicht genug Wasser bis zu seinen eigenen Feldern und Wiesen floß. Alles war verdorrt, Schafe und Ziegen gaben kaum noch Milch. Konnte man dagegen etwas unternehmen?

Nino antwortete, der andere Bauer werde bestimmt zur Vernunft kommen. Dann schwieg er wieder.

Nino war ein guter Zuhörer. Er saß unbeweglich da. Während die Leute ihm ihre Probleme schilderten, forschte er in ihren Mienen und zwang sie, wahrhaftig zu sein.

Nie erhob er seine Stimme, und bevor er etwas äußerte, trommelte er immer mit den Fingerspitzen auf seinen Lippen. Im Gegensatz zu den meisten Menschen störten Nino Gesprächspausen nicht. Nun wartete er darauf, daß der Bauer weiterredete.

Lanzone erklärte, ein Verwandter von ihm gehöre der Polizei im nahegelegenen Cammarata an. Falls Don Bivona dort einmal Hilfe brauche, werde dieser Verwandte ihm zu Diensten sein, das könne er versprechen.

Nino trommelte wieder mit den Fingerspitzen auf seinen Lippen. Offenbar gefiel ihm dieses Versprechen, denn er versicherte Lanzone nun, er brauche sich keine Sorgen mehr zu machen. Seine Wasserversorgung werde bald wiederhergestellt sein. Dann sprach er die Worte, die Silvio immer wieder von Nino hören sollte: »Das ist kein Hahnenblut.« Silvio wußte, in manchen Kirchen auf Sizilien gab es Heiligenstatuen, die aus Kummer über die Menschheit manchmal »bluteten« und dann verbunden wurden. Die blutgetränkten Verbände wurden anschließend für viel Geld als heilige Reliquien verkauft, die angeblich Wunder bewirken konnten. In Wahrheit war das Ganze ein Schwindel, denn das Blut stammte von Hähnen. Nino wollte mit seinen Worten also ausdrücken, daß es kein leeres Versprechen war, sondern ernst gemeint.

Lanzone erbat keine Erklärung. Er bedankte sich bei Nino und ging.

Als nächstes wandte sich Maria Camastra an den Capo, eine Frau in mittleren Jahren, deren Tochter vom Sohn des Luca Mancuso, einem Weinbergbesitzer aus Borgo Regalmici, geschwängert worden war. Der Sohn, Gaetano, weigerte sich, Marias Tochter zu heiraten, und entehrte somit die Familie.

Nino zögerte. Ein schwieriges Problem. Luca Mancuso war ein reicher und angesehener Landbesitzer, ein großes Tier. Wie konnte Maria Camastras Tochter nur so töricht gewesen sein? Das gab Maria sofort zu, aber die Kleine sei eben erst achtzehn. Don Bivona habe doch auch eine Tochter von achtzehn Jahren ...

Dies verfehlte nicht seine Wirkung. Nino überlegte.

Dann verriet ihm Maria Camastra, sie arbeite als Putzfrau im Amt des Bürgermeisters von Santo Stefano, wo auch das Polizeihauptquartier untergebracht sei. Könnte es für den Don nicht nützlich sein, an einem so wichtigen Ort ein Paar Augen und Ohren zu haben?

Nino nickte und flüsterte: »Ich bin ein umgänglicher Mann.« Maria Camastra lächelte erleichtert. Nino fügte hinzu, er werde mit Luca Mancuso reden. »Kein Hahnenblut.« Maria Camastra war zufrieden.

Den größten Schock bereitete es Silvio, als Federico Imbaccari das Café betrat. Wie sich herausstellte, war er der Direktor einer Bank in Santo Stefano. Ein kleiner, aber elegant gekleideter Mann. Er brachte Nino einen Korb Orangen mit. Nino bedankte sich, ließ ihn jedoch auf dem Tisch stehen.

»Was kann ich für Sie tun, Signor Imbaccari? Ich fühle mich geschmeichelt, daß ein Bankdirektor mich aufsucht.«

Imbaccari räusperte sich. »Ich habe ein Problem, Don Bivona. Aber ich komme nicht in meiner Funktion als Bankdirektor zu Ihnen, sondern als Mann. Vor fünf Jahren kaufte mein Cousin Vito Raffadali Land von mir, zahlte mir aber nichts dafür. Wir vereinbarten, Vito solle Orangenbäume pflanzen. Sobald sie Früchte trugen, sollte er sie verkaufen und mir vom Erlös allmählich das geschuldete Geld zahlen. Die Bäume tragen inzwischen, er macht einen guten Profit, weigert sich aber, seine Schuld zu begleichen. Als ich ihn zur Rede stellte, drohte er, falls ich vor Gericht ginge, werde er meiner Frau von meiner Geliebten in Cammarata erzählen.«

»Welch ein Pech, daß Sie so verwundbar sind. Vito Raffadali wußte sicher schon über Ihre Liebschaft Bescheid, bevor er das Land von Ihnen bekam. Er hatte nie die Absicht, es zu bezahlen.«

Imbaccari senkte den Blick. »Ja, das ist mir jetzt auch klar.«

Wieder ließ Nino das Schweigen zwischen ihnen fast spürbar werden.

»Es ist eine Frage des Respekts, Don Bivona. Natürlich möchte ich das Land zurückhaben, denn Vito hat sich schändlich verhalten, aber ich überlasse Ihnen gern den Ertrag aus dem Orangenhain für, sagen wir, fünf Jahre.«

Nino überlegte. »Erzählen Sie mir von Ihrer Frau.«

Imbaccari zögerte, gab dann aber doch Auskunft. »Sie ist eine gute Frau. Sehr religiös. Sie hilft im Waisenhaus von Santo Stefano. Wir sind glücklich. Sie weiß nichts von Rosa in Cammarata, aber ... da gehe ich auch nur einmal in der Woche hin.«

Nino wandte sich an Silvio. »Du hast den ganzen Vormittag zugehört. Nun begreifst du, was ich tue. Die meisten Menschen haben einfache Probleme, wie du siehst. Leicht zu lösen. Aber diese Situation ist komplizierter.«

Bat Nino ihn um Rat? Einen Siebzehnjährigen? Silvio wurde reichlich nervös. Nein, dachte er bei genauerer Überlegung, Nino wollte keinen Rat, erwartete aber eine Reaktion von Silvio. Deshalb hatte er ihn heute mitgenommen. Es war ein Test, wie es ein Test gewesen war, als er das Päckchen nach Palermo bringen sollte. Dabei war sein Mut erprobt worden, hier kam es auf seinen Verstand an.

Er mußte rasch antworten. »Wäre es nicht fair«, sagte er halblaut, »wenn das Waisenhaus davon profitieren würde?«

Nino musterte ihn und nickte dann lächelnd: »Du hast recht.« Leise fügte er hinzu: »Fast höre ich aus dir deinen Vater sprechen.« Einen Moment schien Nino in Gedanken versunken zu sein. Dann wandte er sich wieder an den Bankier.

»Also gut, ich rede mit Vito Raffadali. Ich denke, ich werde ihn zur Einsicht bewegen können. Kein Hahnenblut. Sie kriegen Ihr Land zurück. Aber ich will nur die Hälfte Ihrer Orangen, und auch nur drei Jahre lang.«

Imbaccari machte ein überraschtes Gesicht.

»Ich möchte, daß Sie die andere Hälfte fünf volle Jahre dem Waisenhaus geben, in dem Ihre Frau soviel Gutes tut. Und vergessen Sie nicht, dort zu erwähnen, daß diese Schenkung meinen Segen hat. Ist das klar?«

»Aber natürlich«, stimmte Imbaccari begeistert zu. »Eine hervorragende Lösung, wenn ich mir die Bemerkung erlauben darf.«

Kaum hatte Imbaccari das Café verlassen, wandte Nino sich an Silvio. »Gut gemacht. Wer weiß, vielleicht wirst du irgendwann mal mein Nachfolger.« Er machte eine Handbewegung zur Piazza, die Imbaccari gerade überquerte. »Niemand geht mit leeren Händen fort. Das ist wichtig.« Er suchte sich eine Orange aus, zerteilte sie mit dem Messer, das er immer bei sich trug, und hielt eine Hälfte hoch. Das Fruchtfleisch war tiefrot. »Schau her«, sagte er leise. »Hör auf einen älteren Mann und lerne aus seinen Fehlern. In Sizilien bluten sogar die Orangen.«

»Rhum! Wirst du wohl folgen! Komm sofort her! Entschuldigen Sie bitte, Sir Rupert. Er findet Besucher immer so aufregend.«

Harriet Livesey nahm den Highlandterrier hoch, der sich an den Hosenbeinen des Baronets zu schaffen gemacht hatte. Nachdem sie sich gesetzt hatte, den Hund auf ihrem Schoß, schenkte sie Tee ein. »Ich danke Ihnen, daß Sie gleich nach der Ansprache des Premierministers zu mir kommen.«

Sir Rupert Farrar machte eine abwehrende Handbewegung. »Aber das ist doch das mindeste, was ich tun kann, Harriet, als Freund Ihrer Familie und als Ihr Abgeordneter. Nur schade, daß Sie selbst nicht dabei waren.«

Sie reichte ihm eine Tasse Tee. »Wie lief es im Parlament?«

»Die Sitzung war gut besucht, und beide Seiten waren sich einig. Gladstone brachte die Angelegenheit gleich zu Beginn zur Spra-

37

che. Der Vorsitzende der Opposition hat bekanntlich eine kräftige Stimme, doch er mußte schreien, um sich Gehör zu verschaffen. Er erwähnte, wie ›tief empört‹ er und seine Parteikollegen darüber seien, was Ihnen neulich zugemutet wurde. Die Abgeordneten bekundeten ihre Zustimmung zu seiner Rede, indem sie kräftig mit den Füßen trampelten und ›Hört, hört‹ riefen. Gladstone erinnerte an das zweimalige Versprechen der italienischen Regierung, Henry zu suchen, einmal direkt nach seiner Entführung und ein zweites Mal, als die erste Lösegeldforderung eintraf. In Wirklichkeit sei aber kaum etwas unternommen worden.«

»Sehr richtig«, sagte Harriet. »Es freut mich, daß er so deutliche Worte wählte.«

»Oh, aber das beste habe ich ja noch gar nicht erzählt«, erwiderte Farrar. »Er kam sogar auf das Papier zu sprechen, in dem das… Ohr verpackt war. Sie wissen schon, das mit der Zeichnung.«

Harriet nickte und schloß einen Moment lang voller Abscheu die Augen.

»›Dieser Verbrecher legt sich mit der britischen Regierung an‹, sagte Gladstone, wenn ich mich recht erinnere. Er schlug dabei auf das Rednerpult, was für ihn sehr ungewöhnlich ist. Und er sagte, er wolle Taten vom Premierminister, nicht nur Worte. Es war ein großartiger Auftritt.«

»Wie hat Disraeli darauf reagiert?« erkundigte sich Harriet und setzte Rhum, der sich beruhigt hatte, auf den Teppich.

Farrar lächelte. »Disraeli kann gelegentlich ein streitsüchtiges Scheusal sein, aber heute begann er geradezu verhalten, stimmte Gladstone zu, daß Ihnen Gräßliches angetan wurde. Er fügte sogar hinzu, er sei angewidert von den Geschehnissen, und erwähnte dann noch beiläufig, Sie hätten einen Kondolenzbrief von der Queen bekommen. Ist das wahr?«

Harriet nickte. »Ihre Majestät war so gütig.«

Farrar hielt ihr seine Tasse hin. »Nun, wie üblich hat der Premierminister das Abgeordnetenhaus perfekt manipuliert. Nach der Erwähnung der Queen legte er eine Pause ein. Erwartungsvolle Stille im Saal. Dann sagte er rasch: ›Beileidsbezeugungen reichen nicht.‹ Am vergangenen Freitag, als er von der neuesten Entwicklung erfuhr, habe er den italienischen Botschafter zu sich bestellt. Diesem habe er kurz und bündig erklärt, die italienische Regierung habe Hilfe versprochen, aber noch nichts erreicht. Anscheinend habe Italien keine Macht über Sizilien. Falls Signor Falfani heute keine befriedigende Antwort für ihn vorweisen könne, sei er sicher, die Abgeordneten würden ein entschiedeneres Vorgehen unsererseits befürworten.«

Harriet hatte gespannt zugehört. »Meine Güte. Wie haben die Italiener reagiert?«

»Tja, es sieht ganz so aus, als weite sich die Angelegenheit zu einem internationalen Zwischenfall aus«, erwiderte Farrar. »Laut Disraeli war Signor Falfani heute morgen erneut bei ihm. Der Botschafter hatte Nachricht aus Rom. Anscheinend wird ein Regiment der Lazio-Brigade, vierhundertvierundachtzig Mann, das zur Zeit bei Caserta in Süditalien stationiert ist, noch vor dem Wochenende nach Sizilien verlegt. Die Soldaten werden in Trapani an Land gehen, an der Westspitze der Insel. Ihr Befehl lautet, den Mafioso festzunehmen, der als der Steinbrecher bekannt ist, und Pater Livesey zu befreien.«

Harriet seufzte. »Endlich! Wie lange hat es gedauert, Rupert? Fast drei Monate? Drei Monate voller Kummer und schlafloser Nächte. Aber nun geschieht etwas. Ich hoffe, die Italiener meinen es diesmal ernst mit dem, was sie sagen.«

Farrar stellte seine Tasse ab. »Disraeli sagte zu dem italienischen Botschafter, Rom scheine also tatsächlich Maßnahmen ergreifen zu wollen. Doch für alle Fälle habe er sich inzwischen über die Position der Schiffe der Royal Navy im Mittelmeer informiert. Ich muß schon sagen, Harriet, der Premierminister wirkte sehr überzeugend. Die Royal Navy! Kaum zu glauben, nicht wahr? Jedenfalls erklärte Disraeli weiter, unser Kreuzer *Hook* liege vor Tripolis und der Zerstörer *Clarendon* bei Gibraltar. Eine Stunde vor der Parlamentssitzung wurden beide Schiffe per Funksprüchen nach Sizilien beordert. Am Wochenende müßten sie dort eintreffen, Harriet, meine Liebe. Der Premierminister hat Falfani erklärt, die Regierung Ihrer Majestät werde den Mannschaften der beiden Schiffe Befehl erteilen, an Land zu gehen und die Angelegenheit zu regeln, falls die italienische Regierung nicht Wort halte und das Lazio-Regiment nicht wie geplant in Sizilien eintreffe. Sie können sich vorstellen, wie wenig begeistert Falfani darüber war. Disraeli schmunzelte an dieser Stelle seines Berichts. Falfani hatte ihm mitgeteilt, ein solches Vorgehen unsererseits in Italien könne nicht toleriert werden und sei auch gar nicht nötig, da ja Rom fest entschlossen sei zu handeln.«

Er nahm einen Schluck Tee. »So steht es nun, Harriet. Die Regierung wird die Lage genau im Auge behalten und notfalls eingreifen. So oder so, meine Liebe, dies ist jedenfalls der Anfang vom Ende des Antonino Greco.«

3. KAPITEL

Toto! Toto! Wach auf, Geburtstagskind!«
»Annunziata?« Alle nannten ihn Silvio, bis auf Nino, der Sylvano sagte, und Annunziata, für die er seit ihrer Kindheit immer Toto gewesen war. Warum sie ihn so nannte und was es bedeutete, hatte er vergessen.

»Du vergeudest kostbare Zeit«, flüsterte sie.

»Wieviel Uhr ist es denn?«

»Vier. Vier Uhr an deinem Geburtstag. Alle anderen schlafen. Zieh dich an.«

Silvio fand sich in dem Zimmer auch im Dunkeln zurecht und griff nach Hose und Hemd. Er hatte wirklich Glück. So mancher andere im Dorf mußte auf einer Pritsche schlafen, unter der nachts die Ziegen lagen. Der Gestank war unerträglich, doch das war immer noch besser, als sie sich stehlen zu lassen. Silvio tastete nach seinen Stiefeln, zog sie aber noch nicht an. Seine Augen gewöhnten sich an das Dämmerlicht, und er konnte Annunziatas Umrisse in der offenen Tür erkennen. Sie trug einen langen weißen Rock und eine weiße Bluse. Für eine Sizilianerin war sie hochgewachsen und hellhäutig. Ihre Haut hatte die Farbe von Mandeln.

»Komm mit, Toto«, forderte sie ihn auf und verschwand.

Er stieg die Stufen zum Hof hinunter, der mit Steinen gepflastert war. Annunziata wartete auf der gegenüberliegenden Seite. Silvio zögerte. Hinter zwei Fenstern flackerte Kerzenschein. Es waren also doch schon Leute wach. Mit den Stiefeln in der Hand schlich er lautlos an der Mauer entlang und stand bald neben Zata, wie er sie nannte, wenn sie allein waren. Hier begann eine Wiese, und er zog sich die Stiefel an.

Annunziata führte ihn zwischen Olivenbäumen hindurch. Er glaubte zu wissen, wohin sie mit ihm wollte – zu einem grasbewachsenen Felsplateau, auf dem steinerne Reste eines Tempels aus der Antike aufragten, als Sizilien unter griechischer Herrschaft gestanden hatte. Da eine kleine Quelle aus den Felsen sprudelte, wuchsen hier zwei Bäume, und im Frühling gab es sogar weiches Moos und Blumen. Sie hatten dieses idyllische Plätzchen bereits in ihrer Kindheit entdeckt, als sie einmal Ziegen einfangen wollten. Bei Tag konnte man aufs Dorf hinunterschauen und alles beobachten, ohne entdeckt zu werden. Sie nannten es ihren geheimen Garten. Oft trafen sie sich hier ganz früh, um die Sonne über dem Massa Caraciotto aufgehen zu sehen.

Nino stellte nachts Wachtposten auf, doch Annunziata und Silvio konnten sie problemlos umgehen, wenn sie einen Umweg in Kauf nahmen.

Diesmal gab es gar keine Probleme, und nach ungefähr vierzig Minuten kletterte Silvio vor Annunziata auf den Felsvorsprung. Beide legten sich auf den Rücken, ruhten sich vom Aufstieg aus, unterhielten sich dabei und schauten zu den Sternen hinauf, die zu verblassen begannen. Wie oft hatten sie schon gemeinsam erlebt, wie die Sonne höher stieg und die Landschaft in Farbe tauchte.

»Zu welcher Tageszeit wurdest du geboren? Weißt du das?« fragte Annunziata mit ihrer klaren Stimme. Ihre zarte Haut roch nach den Strohsäcken, auf denen sie alle schliefen. Beide hatten es nicht gewagt, sich zu waschen. Für Silvio klangen ihre Worte wie das melodiöse Plätschern von Wasser über Kieselsteine.

»Keine Ahnung. Ist das denn wichtig?«

Bastiano und seine Frau Smeralda hatten sich große Mühe gegeben, ihm seine Eltern zu ersetzen, und immer viel Aufhebens um seinen Geburtstag und seinen Namenstag gemacht. Aber nichts konnte darüber hinwegtäuschen, daß er Waise war. Und dabei hätte er vielleicht den Tod seiner Eltern verhindern können. Wenn er doch nur mehr Geistesgegenwart gezeigt hätte! Nicht einmal Annunziata kannte sein trauriges Geheimnis.

Ninos Bemerkung an jenem Sonntag in Bivona hatte nicht ihre Wirkung verfehlt. Den Titel »Capo« konnte man nicht erben, man mußte ihn sich verdienen. Nino hielt es offenbar für möglich, daß Silvio es eines Tages schaffen würde. Als Ninos Neffe hatte er das richtige Blut. Mut besaß er auch, wie sein Ritt nach Palermo bewiesen hatte. Aber reichte sein Verstand aus? Und welche Art von Verstand brauchte man? Die Sache mit den Orangen im Café von Bivona hatte ihm sehr zu denken gegeben. »Auf Sizilien bluten sogar die Orangen«, hatte Nino gesagt. Silvio war klar, er hatte noch eine Menge zu lernen.

Annunziata rollte sich auf die Seite, um ihn anzuschauen. Ihre braunen Augen wirkten in der Morgendämmerung besonders dunkel. »Ich muß sicher sein, daß du heute Geburtstag hast, bevor ich dir dein Geschenk gebe«, antwortete sie auf seine Frage.

»Also gut, ich wurde eine Minute nach Mitternacht geboren, und jetzt ist garantiert schon mein Geburtstag. Aber ich sehe kein Geschenk.«

Annunziata lächelte und begann, ihre Bluse aufzuknöpfen. »Zieh dein Hemd aus«, flüsterte sie und wandte sich ihm zu. Einen Arm hielt sie sich vor die Brust, um ihre Blöße zu bedecken.

Er folgte ihrer Aufforderung.

»Ich habe gestern die alte *strega* bei Cammarata besucht«, erklärte sie ihm. Die *strega* war eine Hexe. »Sie hat mir etwas gegeben, damit ich nicht schwanger werde. Jetzt leg dich hin und schließ die Augen.«

Das Gras unter seinem Rücken fühlte sich kühl und stachelig an. Er hörte, wie sich Annunziata bewegte.

»Nicht schauen!« zischte sie. »Versprich es!«

Silvio hielt die Augen fest geschlossen. »Ich verspreche es.«

Dann berührte etwas seinen Bauch an zwei Stellen, und es fühlte sich glatt und zart an. Noch immer hielt er die Augen geschlossen, und er wagte kaum zu glauben, was da passierte. Doch es gab keinen Zweifel. Sie hatte ihm für seinen Geburtstag eine Überraschung versprochen. Annunziata beugte sich über ihn, und ihre

Brüste strichen sacht über seine nackte Haut. Wo hatte sie das bloß gelernt?

Silvio hatte sich nie vorgestellt, daß Annunziata die führende Rolle übernehmen würde, wenn sie zum ersten Mal miteinander schliefen. In seiner Phantasie war immer er der Aktive gewesen. In Zickzackbewegungen schlängelte sie sich langsam an ihm höher. Einen Moment lang berührten ihn ihre Brüste nicht mehr, und er fühlte sich wie beraubt. Doch dann spürte er, was er sich so gewünscht hatte – ihre Brustwarze an seinen Lippen.

»Küß mich«, wisperte sie.

Er tat es.

»Beiß mich. Ganz leicht...«

Als er es tat, wimmerte sie leise.

Silvio war verwirrt. Er wußte nicht, ob er Annunziata weh tat, doch andererseits klang das Wimmern auch lustvoll. Er biß sie noch einmal, und sie wimmerte wie zuvor.

Nun öffnete Silvio die Augen, zog Annunziata an sich und vergrub sein Gesicht zwischen ihren Brüsten. »Zata«, stöhnte er. »Zata, Zata, Zata.« Es war ihm, als versinke er wieder im Sosia, einem Fluß, in dem sie als Kinder nackt gebadet hatten. Damals, als Annunziata auch der besondere Liebling seines Vaters gewesen war. Er hatte sie *passero* genannt, seinen Spatz, weil sie so dünn gewesen war.

Annunziata ließ Silvio eine Weile gewähren, schob ihn dann sacht von sich und stand auf. Ohne eine Spur von Scham oder Bescheidenheit öffnete sie die Knöpfe ihres Rocks und streifte ihn langsam über ihre Hüften. Es wurde allmählich heller, und Vogelgezwitscher war zu hören. Annunziata ließ sich Zeit. Silvio beobachtete sie und konnte noch immer kaum glauben, daß es geschah. Ihre Hüften kamen zum Vorschein und das dunkle Dreieck zwischen ihren Schenkeln. Dann ließ sie den Rock zu Boden gleiten, breitete ihn aus und legte sich darauf.

Sie hatten als Kinder zusammen gebadet und die Ziegen auf den Berghängen des Catera gehütet. Sie hatten immer gemeinsam in der Kirche gesessen und auch gemeinsam die erste Kommunion von Pater Serravalle erhalten. Sie hatten sich gegenseitig ihre aufgeschlagenen Knie verbunden und waren gemeinsam bestraft worden, wenn sie auf den gefährlichen Klippen der Capraria-Schlucht beim Angeln gewesen waren. Sie hatten dem anderen zuliebe Lügen erzählt. Und nun dies.

Ohne aufzustehen, zog Silvio die Stiefel aus und entledigte sich seiner Hose. Dann kniete er sich über sie.

»Noch nicht, Toto«, flüsterte sie. »Leg dich neben mich.«

Er schob ihr den Arm unter den Nacken, und sie zog ihn an sich. Während sie sich zu küssen begannen, strich sie mit den Fingerspitzen über seine Brust und seinen Bauch.

Silvio war inzwischen sehr erregt. Sie küßten sich nun noch leidenschaftlicher, und Annunziata ließ ihre Hand an Silvios Schenkeln hinuntergleiten, bohrte ihm dann die Nägel ins Fleisch und zog sie an der Innenseite seines Schenkels wieder nach oben. Es tat ihm etwas weh, aber zu seiner Verwunderung stellte er fest, daß es ihm sogar gefiel.

Als ihre Hand seine Lenden erreichte, hörte Silvio auf, sie zu küssen. Nun war er es, der stöhnte und wimmerte. Im bleichen Morgenlicht schaute er Annunziata an. Sie gab ihm lächelnd noch einen Kuß und schloß dann die Augen. Jetzt, *jetzt* war der Augenblick da, von dem er geträumt hatte. Zärtlich berührte er ihre Schenkel, die sich seidig anfühlten.

Plötzlich zerrissen unterhalb von ihnen mehrere Gewehrsalven in rascher Folge die Stille, und das Echo wurde vielfach zurückgeworfen. Geknatter von Schrotflinten antwortete, begleitet vom scharfen Knallen von Revolvern. Vögel flogen zeternd in die Luft. Stimmen kreischten.

Als Silvio die Salven hörte, sprang er hoch, doch Annunziata hielt ihn fest. »Es ist sowieso schon zu spät«, zischte sie. »Runter mit dir.«

Sie hatte recht, und er ließ sich auf seine Knie fallen. Beide krochen zum Rand des Felsplateaus, auf dem sie gelegen hatten. Es war noch nicht mal halb sechs. Die Schießerei hörte ebenso jäh auf, wie sie begonnen hatte, doch nun gab es eine Menge Geschrei.

»Schau«, flüsterte Annunziata aufgeregt. »Männer in Uniform.«

»Ja, aber es sind keine sizilianischen, sondern italienische Uniformen.« Silvio ballte die Faust. »Irgend jemand hat sie hergeführt. Wir sind verraten worden.«

Es mußte so sein, denn alle Straßen waren bewacht. Jemand hatte die Soldaten über die Berge und an den Wachtposten vorbei geleitet, jemand, der genau über alles Bescheid wußte. Silvio und Annunziata beobachteten, wie sich der quadratische Hof hinter dem größten Haus des Dorfes mit Menschen füllte. Die einzige offene Seite war bereits von Soldaten abgeriegelt, so daß an Flucht nicht zu denken war. Die Soldaten trugen die beige-grünen Uniformen der Lazio-Brigade und waren mit langen Gewehren bewaffnet.

Einer nach dem anderen wurde aus den Hütten geholt. Silvio erkannte seinen Onkel Bastiano, seine Tante Smeralda, Andreo, der für die Pferde sorgte, Ruggiero, Ninos Diener, der eine schöne Gesangsstimme hatte, die Köchinnen Laura und Elisavetta, die Kinder Pasquale, Paolo und Gaspare. Viele andere mehr. Die Soldaten trieben sie mit den Gewehren vor sich her in den Hof. Silvio versuchte, sie zu zählen... einundvierzig, zweiundvierzig, dreiundvierzig... Er gab auf. Er konnte sehen, wie Bastiano sich ängstlich umschaute, wahrscheinlich suchte er Silvio.

»Was haben sie jetzt vor?« fragte Annunziata.

»Sie trennen die Männer von den Frauen... O nein!« Silvio beobachtete entsetzt, wie sich die Männer in einer Reihe mit dem Gesicht zur Wand aufstellen mußten. »Die können sie doch nicht einfach so abknallen.« Er wollte aufstehen, aber Annunziata riß ihn wieder herunter.

»Bleib ganz ruhig! Du wirst sonst auch noch erschossen. Wir müssen alles beobachten. Wir haben schließlich Freunde... an anderen Orten.«

Sie hatte recht. Und tatsächlich wurden den Männern nur die Hände auf dem Rücken zusammengebunden. Dann wurden auch die Füße gefesselt, aber ausreichend locker, um ihnen das Laufen zu ermöglichen. Schließlich wurde noch ein Strick um den Hals des ersten Mannes geknotet, von da zum Hals des zweiten und so weiter die ganze Reihe entlang. Die gesamte Prozedur nahm fast eine Stunde in Anspruch. Währenddessen wurden die Frauen und Kinder auf der anderen Seite des Hofs bewacht. Silvio wurde immer ungeduldiger, obwohl er wußte, er konnte nichts tun.

Nach einer weiteren halben Stunde entstand neue Unruhe. Soldaten tauchten auf, die zwei Männer eskortierten, der eine schwarz gekleidet, der andere in einem hellen Anzug.

»Der englische Pfarrer«, wisperte Annunziata. »Sie haben ihn entdeckt.«

»Und befreit!« Silvio war insgeheim froh darüber, denn ihm hatte die Entführung von Anfang an nicht behagt.

»Schau, sie geben ihm und dem amerikanischen Maler einen von unseren Karren«, fügte Annunziata hinzu.

Sie verfolgten, wie Pater Livesey und dem Maler – einem bärtigen, rothaarigen Mann namens Thomas Forrester – von zwei Soldaten auf den Karren geholfen wurde. Silvio war nicht der einzige, der sich von Forresters Zeichentalent beeindruckt zeigte. Nino hatte dem Amerikaner erst nicht glauben wollen, daß er Künstler war, und eine Probe seines Könnens verlangt. Forrester hatte Nino auf einem Zeichenblatt porträtiert, und die Ähnlichkeit war so verblüffend, daß Nino das Blatt benutzte, um darin das abgeschnittene Ohr des Pfarrers einzuwickeln, das Silvio nach Palermo gebracht hatte.

Plötzlich kamen drei Soldaten eilig aus einem Haus und bezogen mit dem Gewehr im Anschlag davor Stellung. Kurze Zeit darauf tauchte in der Tür eine Gestalt auf, die von oben bis unten mit Ketten gefesselt worden war. Ketten, die seine Handgelenke banden, Ketten von den Handgelenken zu den Fußknöcheln und eine weitere zwischen den Füßen. Selbst um seinen Hals lag eine Kette, und an deren Ende war ein Felsbrocken befestigt, den der Bedauernswerte schleppen mußte.

»Nino!« stieß Silvio hervor und wäre wieder aufgesprungen, wenn Annunziata ihn nicht festgehalten hätte.

Ninos Tochter bewahrte die Ruhe. »Sie brechen auf. Wir müssen herausfinden, welche Route sie nehmen. Gehen sie zu Fuß oder nehmen sie den großen Karren?«

Sie beobachteten stumm, wie ein zweites, noch schwerfälligeres Gefährt in den Hof gerollt und ein Maultier gesattelt wurde – dasselbe, mit dem Silvio nach Palermo geritten war.

»Jetzt können wir gehen«, sagte Annunziata und erhob sich.

»Sollen wir nicht warten, bis sie weg sind?«

»Da sie die Karren mitnehmen, können sie nicht über die Berge. Also werden sie entweder bei Prizzi die Straße nach Palermo nehmen, oder aber sie wollen nach Trapani.«

»Ist Trapani nicht zu klein?«

»Ja, aber es hat einen Hafen. Von dort können sie nach Rom segeln. Wenn sie meinen Vater nach Palermo brächten, könnte das zu allerhand Problemen führen. Wir haben dort Verwandte und Freunde, was ihnen sicher bekannt ist. Trapani ist von ihrem Standpunkt aus gesehen geeigneter. Auf jeden Fall brauchen sie bei ihrem langsamen Tempo auf der Straße zwei Tage. Wir müssen zum Kloster laufen. Komm, zieh dich an.«

Es stimmte. Annunziata hatte schneller gedacht als er.

Sie reichte Silvio seine Hose. Einen Moment durchflutete ihn die Erinnerung an das, was zwischen ihnen geschehen war, und er strich Annunziata über die Wange. Dann berührte er ihre Brust. Sie schaute zu ihm auf. »Toto, Lieber. Vor einer Stunde hätte ich es dir geschenkt. Jetzt mußt du es dir verdienen.«

Das Benediktinerkloster in Quisquina war ein graues Steingebäude, tausend Meter hoch in den Bergen gelegen, ungefähr vier Kilometer östlich von Santo Stefano und gute zwölf Kilometer vom Bivio entfernt. Da Annunziata und Silvio fast die ganze Zeit unwegsames Gelände durchqueren mußten, erreichten sie erst kurz nach Mittag bei glühender Hitze das Kloster. Mönche, die in den Olivenhainen und in den Gärten mit den Mandelbäumen arbeiteten, winkten dem jungen Paar zu, denn die beiden waren in Quisquina wohlbekannt.

Auf Sizilien wurde die Kirche bereits seit so langer Zeit von der Mafia bestochen, wie alle auf der Insel wußten, daß sich niemand mehr daran störte. Der Abt von Quisquina, Pater Ignazio Serravalle, war natürlich nicht erfreut gewesen, als Nino einen katholischen Priester, wenn es auch nur ein Engländer war, und einen amerikanischen Künstler entführte. Aber er hatte sich nicht dazu geäußert. Nino war durch Einheirat in seine Familie mit ihm verwandt, und sie waren gute Freunde geworden, als Nino sich nach der Explosion im Lagerhaus der Orestanos im Kloster hatte verstecken müssen.

Zwei Mönche hielten sich gerade am Hauptportal auf, als Annunziata und Silvio eintrafen. Da die beiden erschöpft und matt wirkten, wurden sie sofort ins Arbeitszimmer des Abtes geführt.

Ignazio Serravalle war ein kleiner, adretter Mann mit tiefliegenden Augen und hohen Wangenknochen. Obwohl er gut rasiert war, lag wegen seines starken Bartwuchses immer ein dunkler Schatten auf Wangen und Kinn. Sein dunkles Haar war von silbrigen Strähnen durchzogen.

Der Pater küßte Annunziata und gab Silvio die Hand. Er bestand darauf, daß sie zuallererst ein Glas Wasser tranken.

Silvio hatte sich dem Abt gegenüber immer befangen gefühlt. Ignazio Serravalle schien sich seines Gottes so sicher zu sein. Für Silvio gab es jedoch keine solche Gewißheit, denn wie konnte es einen Gott geben, der zuließ, daß Silvios Eltern so jung starben? Warum legte die Kirche so großen Wert auf die Familie, wenn ihr Gott erlaubte, daß Silvios Familie zerstört wurde? Silvio war sich nicht darüber im klaren, ob religiöse Menschen eher glücklich oder eher dumm waren. Zum Glück hielt Pater Serravalle weder Predigten über den Segen der Armut wie so viele andere Priester, noch suchte er Frauen auf, die nicht jedes Jahr ein Kind gebaren, und hielt ihnen vor, wieso sie Gott verweigerten, was doch sein war. Ignazio Serravalle war kein Dummkopf.

»Nun erzählt mal, warum Nino euch zu mir geschickt hat«, forderte der Abt sie zum Sprechen auf, während sie durstig tranken. »Ihr zwei seht wie Küken aus, die ein Fuchs gejagt hat.«

Als sie ihm die Geschehnisse berichteten, drückte sein Gesicht zuerst Bestürzung und dann Zorn aus, doch er hörte bis zum Schluß schweigend zu. »Die Soldaten werden bestimmt die Straße nach Trapani nehmen, denn du hast ganz recht, Annunziata, Palermo ist zu riskant für sie«, sagte er dann. »Also werden Nino und die anderen durch Chiusa und Sambuca gebracht werden müssen.« Er kritzelte etwas auf ein Stück Papier und wandte sich dann wieder an die beiden. »Es war klug von euch, hierherzukommen. Allerdings frage ich euch lieber nicht, warum ihr um fünf Uhr früh nicht zu Hause im Bett lagt.« Er lächelte, als beide erröteten. »Letzten Endes war es ja gut für uns alle. Nun geht und nehmt ein Bad. Man wird euch auch etwas zu essen geben. Hinterher kommt ihr wieder zu mir. Dann habe ich vielleicht schon einen Plan. Eile tut not.«

Eine Stunde später, erfrischt, aber kaum weniger aufgeregt, standen Annunziata und Silvio wieder im Studierzimmer des Abtes, das von einem großen Kamin und einem blaugrünen Gobelin beherrscht wurde, der eine ganze Wand bedeckte. Der Abt war in Begleitung zweier jüngerer Mönche.

»Dies sind Bruder Benedetto und Bruder Francisco.«

Beide nickten.

»Wir haben beratschlagt, und ich glaube, es gibt eine Möglichkeit, Nino zu ... nun ja, zu retten. Er hat schließlich nicht umsonst den Beinamen ›Steinbrecher‹. Jeder von euch spielt eine Rolle in diesem Plan, aber es wird nicht einfach sein. Und ihr müßt bald aufbrechen. Doch zuerst erkläre ich euch alles.«

Als Ezio Fracci, Hauptmann der Lazio-Brigade, zwei Wochen zuvor zum ersten Mal sizilianischen Boden betreten hatte, war es glühendheiß gewesen, und das Gleißen und Glitzern des Meeres hatte seinen Augen weh getan. Nun regnete es, und die Berggipfel versteckten sich hinter dicken Wolken.

Zum Glück würde diese Angelegenheit bald erledigt sein. Er persönlich empfand es als entwürdigend für ein angesehenes Regiment, in diese gottverlassene Gegend abkommandiert zu werden, um einen Fremden zu retten, der noch dazu Großgrundbesitzer auf der Insel war. Außerdem war es nicht die Aufgabe von Elitesoldaten, italienische Zivilisten zu verhaften, auch wenn es sich dabei um Kriminelle handelte. Aber er hatte seine Pflicht getan. Morgen um die selbe Tageszeit würden sie bereits in Trapani an Bord eines Schiffes gehen und wenige Stunden später auf hoher See sein – in Richtung italienisches Festland. Damit wäre dann der Zwist zwischen England und Italien behoben. Vor allem aber wäre Italiens Ehre gerettet.

Die Verhaftung war problemlos geglückt. Eine gewisse Geldsumme hatte zuvor den Besitzer gewechselt, worauf der Schlupfwinkel der Mafiosi verraten worden war. Die Polizei hatte das Versteck des Steinbrechers jahrelang nicht gefunden, doch Hauptmann Fraccis Einheit hatte es geschafft, da sie über eine wichtige Information verfügte, die bei der Polizei niemand kannte. Durch einen speziellen Kontaktmann hatte Fracci erfahren, daß die Schafhirten der Gegend auf Ninos Seite standen und mit Hilfe von Warnpfiffen signalisierten, wenn ihm irgendeine Gefahr drohte. Fracci ließ zwei der Schafhirten von seinen Leuten entfernen, noch bevor sein Regiment in das Territorium des Steinbrechers vorgedrungen war. Damit war Grecos Frühwarnsystem außer Kraft gesetzt. Als die Brigade in das Bergnest gelangt war, hatte es einen kurzen Schußwechsel gegeben, einer von Fraccis Soldaten war am Bein verwundet worden, und einer der Dorfbewohner hatte eine Schramme am Kopf davongetragen, aber das war auch schon alles. Und der berüchtigte Greco lag nun in Ketten wie ein wilder Eber. Wenn es darauf ankam, waren diese Banditen richtigen Soldaten eben doch unterlegen.

Allerdings kam man nur mühsam voran. Sie hatten Greco so mit Ketten behängt, daß er nicht laufen konnte. Folglich mußten sie einen Karren benutzen, und die Straßen waren in dieser Gegend lausig. Gerade kamen sie am Arancio-See vorbei, der einen hübscheren Anblick bot als das meiste andere auf dieser kargen Insel. Fracci war Norditaliener, und die Armut Siziliens schockierte ihn. Vor kurzem hatte er einen Heuschober gesehen, in dem eine vierköpfige Familie hauste. Es stellte sich heraus, daß dieser Heuschober alljährlich neu errichtet wurde, damit die Leute ein Dach über dem Kopf hatten, wenn sie am Seeufer einige Wochen lang Frösche und Schnecken sammelten, um sie auf dem Markt in Misilbisi zu verkaufen. In Trapani hatte Fracci gehört, in Sizilien gebe es fünf tüchtige Männer für jeden Job. Er selbst hatte beobachtet, wie noch vor Tagesanbruch so etwas wie eine Auktion für Straßenbauarbeiten abgehalten wurde und wie Frauen ihre Männer beschimpften, wenn diese nach Hause kamen, ohne für den Tag einen Job ergattert zu haben.

Weiter vorne konnte er eine Weggabelung erkennen. Die eine Straße führte geradeaus, am Ufer des Sees entlang, in dem sich die ganze Szenerie spiegelte, die andere schlängelte sich nach rechts in die Berge. Fracci kam aus der Nähe von Mailand, war also an die Alpen mit ihren dunklen Tannen gewöhnt, die bis weit hinauf wuchsen. Hier gaben die knorrigen Eichen schon in den Vorläufern des Gebirges auf, so daß die Berge nackt und abweisend wirkten. Bei Sonnenschein konnte das Gleißen der weißen Felswände einem Reisenden geradezu Kopfschmerzen verursachen.

Die Soldaten hielten an der Weggabelung. Was nun? Ein Sergeant kam angelaufen. Fraccis Trupp bestand aus 250 Leuten: ungefähr sechzig Mafiosi, der Rest Soldaten. Frauen und Kinder aus Bivio Indisi hatte man laufengelassen. Der Zug aus Soldaten und Mafiosi war ungefähr 300 Meter lang.

Der Sergeant kam außer Atem an.

»Was ist?«

»Wir sind an einer Gabelung angelangt.«

»Das sehe ich. Na und?«

»Der Wegweiser stimmt nicht mit unserer Karte überein.«

»Wie kann das sein?«

»Keine Ahnung. Nach unserer Karte müßten Misilbisi und Partanna links liegen, aber auf dem Schild steht, daß es links nach Misilbisi und rechts nach Partanna geht.«

»Und wir suchen die Straße nach Partanna, stimmt's?«

Der Sergeant nickte. »Es hat keinen Zweck, die Gefangenen zu fragen, die würden uns garantiert in die falsche Richtung schikken.«

Hauptmann Fracci biß sich auf die Unterlippe. Der Mann, der sie zu Grecos Schlupfloch geführt hatte, war dazu nur unter der Bedingung bereit gewesen, daß er vor dem Überfall verschwinden durfte. Andernfalls hätte er fürchten müssen, von Verwandten des Steinbrechers getötet zu werden. Fracci hatte wohl oder übel zustimmen müssen.

Etwas ratlos sagte er nun zu dem Sergeanten: »Die Männer können eine kurze Rast einlegen.«

Fracci holte einen Zigarillo aus seiner Uniformjacke, zündete ihn an und sog den kräftigen Rauch ein. Er setzte sich auf einen Felsbrocken und nahm sein Käppi ab. Eine schwierige Entscheidung. Trapani lag im Nordwesten, und beide Wege schienen ungefähr in die Richtung zu führen. Doch er brauchte die kürzere Strecke, da die meisten seiner Leute zu Fuß gingen und es ihm verübeln würden, wenn er eine Straße wählte, die ihren Marsch um zwanzig oder dreißig Kilometer verlängerte.

»Schauen Sie mal!« Der Sergeant deutete auf zwei Gestalten, die sich näherten. Die eine war in priesterliches Schwarz gekleidet, die andere schien eine junge Frau zu sein. »Das sind bestimmt Einheimische.«

»Sie haben recht«, stimmte Fracci zu. »Kommen Sie mit.«

Er stand auf und ging an seinen Männern vorbei, die sich über die Verschnaufpause freuten und rauchten. Vorbei auch an den Gefangenen, die es sich so bequem machten, wie es ihre Fesseln erlaubten. Der Regen hatte die Straße in Morast verwandelt, so braun wie Mandelschalen. Aus der Nähe sah Fracci, daß der Mönch noch sehr jung war, etwa im gleichen Alter wie die Frau. In einiger Entfernung blieb er stehen und rief: »Pater, können Sie mir helfen?«

Der Priester wirkte überrascht, lächelte dann aber. »Wenn ich kann, Signore, wenn ich kann. Welche Hilfe brauchen Sie?«

»Von woher kommen Sie, wenn ich fragen darf?«

Der Priester schaute kurz zurück. »Dort hinten liegen Misilbisi und Dragonara.«

»Und diese andere Straße nach Norden?«

»Schmaler, unwegsamer. Sie ist auf Landkarten nicht immer eingezeichnet. Wenn ich mich nicht irre, führt sie nach Partanna, Catalfini und ... Trapani, falls Sie ihr weit genug folgen. Ich selbst war noch nie dort.«

»Aha. Vielen Dank, Pater. Sehr freundlich von Ihnen.« Er winkte ihm zu.

»Sie könnten die Freundlichkeit erwidern«, sagte daraufhin zu seinem Erstaunen der Mönch.

»Ich? Aber wie denn?«

»Wie ich sehe, haben Sie Gefangene. Sie könnten mir gestatten, sie zu segnen.«

Fracci kniff die Augen ein wenig zusammen. »Verraten Sie mir, wie lange Sie schon Mönch sind?«

»Aber gern. Natürlich noch nicht lange. Ich bin erst Novize. Dies ist meine Schwester, die mich zum Kloster begleitet. Spielt es denn eine Rolle, daß ich noch in der Ausbildung bin?«

Fracci überlegte einen Moment. Diese zwei jungen Menschen sahen völlig harmlos aus. Er nickte. »Also gut, einverstanden. Aber dann müssen wir weiter.«

Der Mönch ging in Begleitung der jungen Frau von einem Gefangenen zum nächsten und segnete sie mit dem Kreuzzeichen, bis er zu dem Karren kam, auf dem Nino Greco hockte. Dort blieb er stehen, griff in die Tasche und holte eine kleine Bibel heraus. Er hielt sie in die Höhe und drehte sich dann so weit um, daß er für einen Moment allen Männern in der langen Reihe das Gesicht zuwandte. Dabei murmelte er in holperigem Latein seinen Segen: »Quis enim peccat in eo quod cavei ...« Er verbeugte sich kurz vor dem Hauptmann, bevor er mit seiner Schwester weiterwanderte.

Der Sergeant schaute den beiden nach und gab dann seinen Soldaten den Befehl zum Weitermarsch.

Sie kamen auf die Füße, setzten sich die Mützen auf, griffen nach ihren Waffen und nahmen die Route durch die Berge.

»Ich kann mich an diese Schlucht nicht erinnern. Sie etwa?«
Inzwischen waren sie schon zwanzig Minuten auf der neuen
Strecke unterwegs, und der Sergeant blieb etwas zurück, um sich
mit dem Hauptmann zu beraten.
»Auf dem Hinweg sind wir ja auch quer durchs Land gezogen.
Warum fragen Sie?«
»Der Weg kommt mir reichlich eng vor. Irgendwie zu primi-
tiv.«
»Der Mönch sagte doch, er sei eng und mühsam.«
Achselzuckend kehrte der Sergeant zur Spitze der Kolonne
zurück. Es herrschte nach wie vor schauderhaftes Wetter.
Die Straße war immer schmaler geworden. Sie verlief neben
einem ausgetrockneten Bachbett voller Felsblöcke und Geröll.
Wahrscheinlich gab es hier nur nach einem gewaltigen Gewitter
Wasser ...
Unwillkürlich stöhnte er auf, als sie um die nächste Wegbiegung
kamen. Etwa fünfhundert Meter voraus ragte eine Felswand auf,
und es ging nicht weiter. Sie standen, wie er schnell begriff, vor
einem Steinbruch.
Ein Steinbruch. O Gott! Sie waren in eine Falle geraten.
Kaum hatte er dies gedacht, als auch schon die Explosion erfolgte
– hinter ihm, hinter der Wegbiegung, außer Sichtweite. Als erstes
spürte er die Druckwelle, und er duckte sich instinktiv, als Steine
und Felsbrocken herunterpolterten und Staubwolken im Kessel
des Steinbruchs hochwirbelten. Man hatte sie heimtückisch in
diese Sackgasse gelockt. Sicher gehörte auch der Mönch zu dem
Komplott. Nun steckten sie hier fest, und an ein Entkommen war
nicht zu denken, da die Sprengung einen Erdrutsch ausgelöst hatte, der den Weg verschüttete. Wie Vieh waren sie eingepfercht.
In Panik schaute er sich um. Seine Brigade und die Gefangenen
waren von steilen Berghängen umgeben. Es gab keine Möglichkeit, sich zu verstecken. Sie waren lebende Zielscheiben.
Er wollte gerade zum Hauptmann laufen, als die ersten Schüsse
fielen. Das hohe singende Geräusch von Gewehrkugeln und das
Knattern der Schrotladungen wurde von den Felswänden mehr-

fach als Echo zurückgeworfen. Der Sergeant mühte sich Schritt für Schritt immer weiter zurück. Die Soldaten erwiderten nun das Feuer, wenn auch ohne viel Erfolg, da sie nicht sehen konnten, auf wen sie eigentlich schossen. Verzweifelt suchten sie Deckung hinter den größeren Felsblöcken im Bachbett, doch das half nicht viel, da das Feuer von beiden Seiten der Schlucht auf sie eröffnet wurde.

Endlich entdeckte der Sergeant Hauptmann Fracci, der mit einer stark blutenden Beinwunde auf der Erde lag.

»Signore, kann ich Ihnen helfen?« fragte er atemlos.

»Die knallen uns alle ab, wenn wir hier bleiben.«

»Aber wir können nirgends in Deckung gehen.«

Gerade in dem Moment brach die Schießerei so abrupt ab, wie sie begonnen hatte.

Fracci nutzte die Gelegenheit, um sich etwas bequemer hinzulegen.

»Hauptmann!« schrie eine Stimme. »Hauptmann!«

Fracci hob den Arm, um zu signalisieren, daß er zuhörte.

»Schicken Sie Ihre Männer in den Steinbruch. Lassen Sie die Gefangenen hier. Tun Sie, was ich sage, und Ihren Leuten geschieht kein Leid. Haben Sie verstanden?«

Fracci sagte mit schmerzverzerrtem Gesicht zu dem Sergeanten: »Geben Sie Befehl zu feuern.«

»Halten Sie das für sinnvoll? Wir sind . . .«

»Befolgen Sie meine Anordnung!«

Der Sergeant brüllte: »Fertigmachen zum Feuern. Feuer!« Die Männer des Hauptmanns, die größtenteils zwischen den Felsblöcken im Flußbett Stellung bezogen hatten, feuerten mehr oder weniger aufs Geratewohl zum oberen Rand des Steinbruchs hinauf, um die Gegenseite wenigstens beim Schießen zu behindern. Nach etwa zwanzigminütigem Kreuzfeuer rannte der Sergeant zum Hauptmann zurück. »Wir haben zwölf Verluste. Drei Mann getötet, neun verwundet, davon fünf schwer.«

Der Hauptmann funkelte ihn wütend an. »Ich ergebe mich nicht! Nicht einer Bande sizilianischer Banditen. Weiterschießen.«

Kopfschüttelnd kehrte der Sergeant zu seinem Posten zurück. Er feuerte wie die anderen, beobachtete aber mit sinkendem Mut, wie immer mehr seiner Kameraden getroffen wurden. Die Brigade wurde von allen Seiten unter Feuer genommen, so daß selbst die größten Felsblöcke kaum Schutz boten. Es war nur eine Frage der Zeit, bis sie alle, einer nach dem anderen, erledigt waren.

Der Sergeant schaute in die Richtung, aus der sie gekommen waren. Einige der Gefangenen kletterten bereits über den Erdrutsch. Das war doch Wahnsinn! Die Brigade wurde abgeknallt, und die Gefangenen flüchteten. Fracci war einer von diesen arroganten Norditalienern, diesen Besserwissern...

Im nächsten Moment ließ eine weitere Detonation die Erde erbeben und jagte eine warme Druckwelle durch den Steinbruch. Ein Hagel aus Felsbrocken und Steinen folgte. Der Sergeant spähte durch den aufgewirbelten Staub. Er sah verstümmelte Körper, hörte Schmerzensschreie. Diesmal war Dynamit vom oberen Rand des Steinbruchs heruntergeschleudert worden.

Als er Fracci entdeckte, schnürte es ihm die Kehle zu. Dem Hauptmann fehlte ein Arm, und sein Kopf saß in einem unnatürlichen Winkel auf dem Körper. Er mußte tot sein.

Nun hatte der Sergeant das Kommando, und er würde dem Gemetzel ein Ende machen. Er knöpfte seinen Uniformrock auf, zog das Hemd aus der Hose und begann mit dem Messer einen Streifen herauszuschneiden. Hauptsache, das weiße Stück Stoff war groß genug.

Er riß den Fetzen ab und wickelte ihn um seinen Gewehrlauf. Dann warf er einen letzten Blick zu Fracci hinüber. Keinerlei Bewegung.

Der Sergeant hielt das Gewehr über den Felsblock und winkte mit seiner provisorischen Friedensfahne.

»Dir bleibt keine Wahl, Nino. Du mußt die Insel verlassen. Deine geglückte Flucht hat die Armee beleidigt und garantiert bis zur Weißglut erzürnt. Es ist so, als hättest du ihr die Jungfräulichkeit geraubt, wärest aber nicht bis zur Hochzeit geblieben. Nun werden sie keine Ruhe geben, bis sie dich gefunden haben. Und wenn ihnen das eines Tages gelingt, dann töten sie dich. Sie werden behaupten, du hättest dich der Festnahme widersetzt. Glaub mir, ich weiß Bescheid. Mein Bruder ist in der Armee.« Pater Ignazio Serravalle sagte all dies in seinem Studierzimmer in Quisquina. Er schenkte seinen Gästen Wein nach. »Am besten gehst du nach Amerika.«

Auf dem Tisch und dem Kaminsims brannten Kerzen in hohen eisernen Kandelabern, von denen flüssiges Wachs tropfte. Schatten huschten über den gewaltigen Gobelin, der den Raum beherrschte und verdunkelte. Durch die offenen Fenster drang das Sirren von Zikaden.

Es waren sechs Leute in dem Studierzimmer: Ignazio Serravalle, Nino, Luigi Garofali – der Sekretär des Abtes –, Ruggiero Priola aus Palermo und zu guter Letzt Bastiano mit seiner Frau Smeralda, die auch Ninos Cousine war.

Nino trommelte mit den Fingerspitzen auf seinen Lippen, bevor er sich an Bastiano wandte. »Was meinst du?«

Bastiano war nicht gerade betrunken, aber auch keineswegs mehr nüchtern. »Niemand wird hier sicher sein, zumindest eine Weile nicht. So was ist noch nie passiert. Wir haben sieben von ihren Männern getötet und dreiundzwanzig verwundet. Das ist viel Blut. Sie werden auf Verstärkung warten und dann wiederkommen. Du mußt nicht nur weg, Nino, sondern die wichtigen Leute – die Obrigkeit – müssen auch erfahren, daß du weg bist.« Er umklammerte seinen Weinbecher und nahm einen tiefen Schluck.

»Sachte«, mahnte Serravalle, doch Bastiano warf ihm nur einen mürrischen Blick zu.

Nino wandte sich an seine Cousine. »Smeralda?«

»Nino, du bist mit mir verwandt. Ich will nicht, daß du stirbst, und ich will nicht, daß Annunziata eine Waise wird. Wenn du weg bist, kümmere ich mich um sie, und irgendwann kann sie dir dann nach Amerika folgen.«

Nach ihren Worten herrschte Stille.

Nino beugte sich vor, nahm die Flasche vom Tisch und trank ein paar Schlucke. Unwillkürlich verzog er das Gesicht; der Wein der Gegend war reichlich sauer.

»Amerika ist ein großes Land. Wohin soll ich gehen?«

Der Abt schaute fragend Ruggiero Priola an, einen korpulenten Mann mit beginnender Glatze, der besser gekleidet war als die anderen. »Nino, ich bin hier, um zu helfen«, sagte er. »Wir sind Verwandte. Deine Großmutter war die Schwester meiner Großmutter. Du hast uns in der Vergangenheit beigestanden, vor allem, als uns die Orestanos geschäftlich in die Quere kamen. Nun ist es an uns, diese Schuld zu begleichen. Eine Frage der Ehre. Wie du ja weißt, haben wir Priolas auch mehrere Dampfer, die regelmäßig zwischen Neapel, Palermo und New Orleans verkehren. Die *Syrakus* sticht in sechs Tagen in See.«

»In sechs Tagen! So bald schon?« Nino war schockiert.

Der Abt ergriff das Wort. »Nino, wir haben heute erfahren, daß Rom ein Kopfgeld auf dich ausgesetzt hat. Fünfundzwanzigtausend Lire. Das wird eine Menge Leute in Versuchung führen. Nicht jeder auf Sizilien liebt dich so wie wir.«

Ein grimmiges Lächeln umspielte Ninos Lippen. »Also gut.« Er nickte Bastiano zu. »Du wirst der neue Capo. An deiner Stelle würde ich Gino Alcamo zu meinem Berater machen. Meinst du, du wirst es schaffen?«

»Wenn ja, dann verdanke ich es dir«, erwiderte Bastiano.

»Nino«, begann Smeralda zögernd, »Bastiano und ich meinen, du solltest nicht allein fahren.«

»Was? Jemanden mitnehmen? Wen denn?«

Da Smeralda den ersten Schritt getan hatte, wagte Bastiano es nun weiterzureden. »Du solltest Silvio mitnehmen.«

»Nein!« unterbrach ihn Nino. »Er ist doch noch ein Junge! Völlig unreif. Er wird eher eine Last sein als eine Hilfe.«

»Nino, du hast darüber nicht so gründlich nachgedacht wie wir«, widersprach Bastiano. »Erstens ist es gut für dich, einen Begleiter zu haben. Zweitens sind wir froh über jeden, den wir nicht durchfüttern müssen ohne dich...«

Nino wollte ihn unterbrechen, doch Bastiano hob die Hand.

59

»Nein, hör dies eine Mal zu. Du weißt, daß der Junge Talent hat. Du selbst hast ihn unterrichtet. Er ähnelt seinem Vater. Außerdem verdankst du ihm dein Leben. Wenn er in seinem Bett gelegen hätte, wäre er mit dem Rest von uns geschnappt worden und hätte nicht zum Abt laufen können, um ihm von unserem ... Mißgeschick zu erzählen.«

»Ja, das stimmt, aber ...«

»Hast du dich je gefragt, warum Silvio nicht in seinem Bett lag?«

Als Nino den Kopf schüttelte, platzte Smeralda heraus: »Er war mit Annunziata zusammen. Die beiden verbrachten die Nacht bei dem alten Tempel in der Nähe von Catera.«

Nino packte die Weinflasche. »Was! Ich breche ihm ...«

»Nichts ist passiert!« fuhr Smeralda dazwischen.

»Aber es hätte passieren können«, fügte Bastiano hinzu. »Und wenn du weg bist, wer weiß ...«

»Ihre Gefühle füreinander sind unnatürlich, Nino«, sagte Smeralda. »Sie ist schließlich seine Cousine. Aber so etwas kann immer passieren, wenn man so abgeschieden lebt wie wir. Du brauchst jemanden, der dich begleitet, und die beiden müssen getrennt werden. Dies ist die beste Lösung.«

Nun mischte sich auch noch der Abt ins Gespräch. »Er ist ein talentierter Junge. Außerdem wurde er letzte Woche schon achtzehn.«

Nino schaute von einem zum anderen. »Es gibt einen anderen Ausweg. Ich kann Annunziata mitnehmen.«

»Das könntest du«, gab Smeralda zu. »Aber wer paßt auf sie auf, wenn du in Amerika bist? Während du deinen Geschäften nachgehst, ist sie unbeaufsichtigt. Sei vernünftig, Nino, und vergiß nicht, wir sind deine Freunde. Nimm Silvio mit und laß Annunziata ein Jahr später nachkommen. Dann bist du in Sicherheit, hast ein Haus, bist vielleicht sogar reich. Silvio und Annunziata werden einander bis dahin vergessen haben. Ich bin von deinem Fleisch, Nino, ich kenne dich, du willst Annunziata nicht bei dir haben, nicht in den ersten Monaten.«

Erneut entstand ein längeres Schweigen. Nino griff immer wieder zur Weinflasche. Er atmete schwer.

Schließlich leerte er die Flasche. Dann nahm er sie beim Hals, hielt sie wie eine Keule und stand auf. Er schwang sie fast drohend und sagte dann mit erregter Stimme: »Also gut, ich nehme Sylvano mit, unter einer Bedingung.«

Die anderen schauten ihn fragend an.

»Er muß beweisen, daß er ein Mann ist.«

Noch immer schwiegen alle.

»Jemand hat uns verraten. Als ich in Ketten auf dem Karren saß, hörte ich den Hauptmann jemandem erklären, was es mit den Warnpfiffen der Hirten auf sich hat. Woher wußte er das? Er hat nichts Genaues erwähnt, aber immerhin noch gesagt, daß einer vom Regiment aus Borgo Regalmici stammt und daß dieser Mann eine Rolle bei unserer Gefangennahme spielte. Er war der Mittelsmann.«

Ninos Blicke irrten durch den Raum. »Wen kennen wir in Borgo Regalmici, der einen Groll gegen uns hegt, gegen mich? Wer ist dieser Kanarienvogel, der so laut gesungen hat?« Er schaute herausfordernd von einem zum anderen. »Ich sag's euch. Luca Mancusos Sohn Gaetano. Er machte Maria Camastras Tochter ein Kind, wollte sie aber nicht heiraten. Ich hatte eine kleine Unterredung mit Luca, und die Hochzeit sollte im nächsten Monat stattfinden. Luca zeigte Verständnis. Aber Gaetano spekulierte wohl darauf, die kleine Camastra doch nicht heiraten zu müssen, wenn ich aus dem Weg wäre.«

Zuerst sagte keiner etwas, doch dann begann Bastiano zögernd: »Und du willst...«

»Ich will Vergeltung, Bastiano. Und ich will, daß Sylvano die Sache erledigt. Damit kann er zeigen, ob er würdig ist, mit nach Amerika zu kommen. Ich will, daß Gaetano Mancuso getötet wird, und ich will, daß Sylvano es tut.«

Die Piazza von Santo Stefano war größer als die von Bivona. Auch die Kirche war eindrucksvoller, und es gab zwei Cafés und eine

Bank, die allerdings geschlossen hatte, da Sonntag war. Jetzt, zur Mittagszeit, lag der Platz in der prallen Sonne.

Silvio hatte sich in ein schattiges Gäßchen gestellt, von wo aus er das Kirchenportal sehen konnte. Drei Männer waren in seiner Begleitung. Alle drei älter und erfahrener als er. Alle hatten schon getan, was er an diesem Tag zum ersten Mal tun sollte. Versagte er – Gott behüte! –, würden sie die Sache zu einem erfolgreichen Ende führen.

Silvio war nervös. Man hatte ihn vor vollendete Tatsachen gestellt, und ihm blieb kaum Zeit zum Nachdenken. Er war überrascht und doch auch wieder nicht, daß er ausgewählt worden war. Schon als er Annunziata in ihrem geheimen Garten gesagt hatte, sie seien verraten worden, hatte er gewußt, Nino würde Vergeltung üben. So funktionierte auf Sizilien die Gerechtigkeit. Und ebenso hatte er in seinem tiefsten Inneren auch gewußt, irgendwann einmal würde er aufgefordert werden, das zu tun, was er heute tun sollte. Das war für jemanden seiner Herkunft unvermeidlich. Doch als Nino ihm die Neuigkeit überbracht hatte, war es doch ein Schock für ihn gewesen.

Inzwischen begann er zu verstehen, wie raffiniert Nino alles eingefädelt hatte. Als er Silvio den Auftrag erteilte, Gaetano Mancuso zu töten, kündigte er ihm gleichzeitig an, er müsse mit nach Amerika fahren. Diese zweite Information war für Silvio ein ebenso großer Schock und ebenso unerfreulich. Aber von Ninos Standpunkt aus ergab das alles einen Sinn. Erstens war damit Gaetanos Mörder aus dem Weg, buchstäblich immun gegen weitere Racheakte. Zweitens bot der Mordauftrag Nino die Gelegenheit, Silvios Loyalität und seinen Mut zu testen. In Amerika würden die beiden Männer notgedrungen aufeinander angewiesen sein, und da wollte Nino vorher wissen, aus welchem Holz Silvio geschnitzt war. Drittens würde die Tat, die Silvio begehen sollte, ihn auch später von Sizilien fernhalten.

Warum Nino ihn von Sizilien fernhalten wollte, war nicht schwer zu erraten. Offenbar hatte er erfahren, welche Gefühle seine Tochter und Silvio füreinander hegten.

Natürlich stellte dieser Mord auch einen Akt der Gerechtigkeit dar. Bei der sizilianischen Mafia herrschte das Gesetz des Schweigens, die *omertà*, und Gaetano Mancuso hatte gegen dieses Gesetz verstoßen. Deshalb mußte er sterben. Das akzeptierte jeder.

Gemäß alter Tradition waren Morde aus Rache die höchste Form der Pflichterfüllung, da sie in aller Öffentlichkeit geschahen, um eine möglichst starke Wirkung zu erzielen, und folglich auch besonders riskant waren.

Die Kirchentüren wurden geöffnet, der Gottesdienst war zu Ende.

»Gleich ist es soweit«, flüsterte einer der Männer, die hinter Silvio standen, und warf seine Zigarette weg. Er klopfte Silvio ermutigend auf die Schulter.

Silvios Mund war wie ausgedörrt. Einen Moment war ihm eiskalt, im nächsten lief ihm der Schweiß von der Stirn. Er merkte, wie er unwillkürlich an die Situationen in seinem Leben dachte, in denen er Angst gehabt hatte. Der Sprung von den Klippen in den Fluß Capraria. Der Waldbrand bei Lanzone. Die wildgewordene Rinderherde bei Campofelice, die ihn beinahe zu Tode getrampelt hätte. Nichts war dem jetzigen Moment auch nur annähernd vergleichbar.

Er beobachtete die Kirchgänger, wie sie aus dem Portal strömten. Junge Paare, alte Frauen, Mütter mit Babys, lachend und plaudernd, einige Männer, die sich ihre Pfeifen oder Zigaretten anzündeten. Silvio hatte Gaetano Mancuso nie gesehen, aber zwei der Männer in seiner Begleitung kannten ihn. Sie kannten auch seine Gewohnheit, nach der Messe in einem der Cafés an der Piazza einen Wermut zu trinken, mit Freunden zu reden und den Mädchen nachzuschauen. Geradezu ideal für das, was Silvio tun mußte.

»Da ist er«, murmelte der Mann hinter ihm. »Dunkelblauer Anzug, Stirnglatze, leicht vorstehende Zähne. Neben dem Mann mit dem Stock.«

Silvio nickte. Gaetano Mancuso war hochgewachsen, schlank und nicht unattraktiv, hatte aber ein großspuriges Auftreten.

Silvio stellte zu seiner Erleichterung fest, daß Mancuso keine Frau dabeihatte. Maria Camastras Tochter war nirgends zu sehen, da er ja offenbar nicht die Absicht hatte, sie zu heiraten. Wären sie ein normales Pärchen gewesen, verliebt und glücklich, dann hätte sie ihn zur Kirche begleitet. Dies erleichterte Silvio etwas seine Aufgabe. Mancuso war ein Mann ohne Ehre.

Mancuso hatte das Café auf der anderen Seite der Piazza erreicht. Einen Moment unterhielt er sich mit einer Gruppe von Männern seines Alters. Zwei von Silvios Begleitern schlenderten über den Platz, setzten sich im Café an verschiedene Tische und bestellten Kaffee. Sie würden dafür sorgen, daß niemand sich einmischte.

Die Menge vor der Kirche begann sich zu verlaufen, und Silvios Herzschlag beschleunigte sich. Wenn nun in allerletzter Minute etwas Unvorhergesehenes passierte? Würde er rasch genug reagieren? Er versuchte, seine trockenen Lippen mit der Zunge zu befeuchten. Zuschauer mußten sein, je mehr, desto besser. Falls es heute klappte, wäre er berühmt – ja berüchtigt – in ganz Sizilien.

»Jetzt setzt er sich hin.«

Gaetano Mancuso sollte sitzen, weil dann die Überrumpelung besser glückte, und außerdem war es sicherer. Silvio griff nach seiner *lupara*, der Schrotflinte, die auf Sizilien ein alltäglicher Anblick war, und drehte sich zu dem Mann hinter sich um. Sie nickten sich zu. Silvio war bereit.

Aber halt! Mancuso war wieder aufgestanden. Er ließ sich von einem Bekannten Feuer für seine Zigarette geben und wechselte mit ihm einige Sätze. Silvio fluchte. Vor der Kirche waren nur noch kleine Grüppchen von Leuten übriggeblieben.

Doch dann brachte ein Ober Mancusos Getränk und stellte es auf dessen Tischchen. Mancuso schlenderte zu seinem Platz zurück und setzte sich. Silvio konnte nicht hören, was geredet wurde, sah Mancuso aber lachen. Dann trank er einen Schluck Wermut, stellte das Glas ab, schlug ein Bein über das andere und musterte mit arrogantem Gesicht die Piazza.

»Fertig?« zischte Silvios Begleiter.

»Ja.« Silvio holte tief Luft und trat aus dem Schatten heraus auf die Piazza.

Er zwang sich, langsam zu gehen. Noch durfte er keine Aufmerksamkeit auf sich lenken. Er war nur irgendein Bauer, der nach Santo Stefano gekommen war, um sich hier vielleicht mit ein paar Kameraden zu treffen. Seine *lupara* fiel nicht weiter auf, da fast alle Männer eine bei sich trugen.

Die meisten Kirchgänger, die noch nicht nach Hause gegangen waren, standen jetzt in der Mitte der Piazza, nur wenige Meter von dem Café entfernt, wo Mancuso saß. Silvio schlenderte an ihnen vorbei. Spielende Kinder rannten zwischen den Erwachsenen herum.

Aus dem Augenwinkel erspähte Silvio ein Gesicht, das ihm bekannt vorkam. War das nicht Luca Mancuso, Gaetanos Vater? Silvio schnürte es die Kehle zu. Nein! Daran durfte er nicht denken.

Seine Blicke hefteten sich auf Gaetano, der immer noch lächelte. Er schien ständig zu lächeln, dieser Mann.

Silvio war nun beim Café angelangt. Bisher hatte ihn kein Mensch beachtet. Er wählte den kürzesten Weg zwischen den Tischen, denn er wollte sich einen raschen Abgang sichern.

Etwa die Hälfte der Tische war besetzt. Großes Stimmengewirr. Silvio trat zwischen zwei leere Tische. Einige Gäste musterten ihn ohne sonderliches Interesse. Das würde sich gleich ändern.

Er fixierte Gaetano Mancuso. Der schien Silvios Blick zu spüren und schaute hoch. Zuerst wirkte er selbstsicher, aber damit war es vorbei, als er Silvio in die Augen sah.

Rasch hob Silvio seine *lupara* und stieß gleichzeitig nur ein Wort hervor: »*Venduto!*« Ein Dialektwort für Verräter. Mancuso wollte gerade aufspringen, als die Ladung ihn in Brust und Kehle traf. Menschen schrien, als Mancusos Körper unter dem Hagel der winzigen Kugeln zusammensackte. Auf seinem Hemd breitete sich ein tiefroter Fleck aus.

Augenzeugen erinnerten sich später vor allem daran, daß in der absoluten Stille, die auf diesen einen Schuß folgte, ein schreckliches Gurgeln aus Mancusos Kehle drang, während er nach Luft röchelte. Dann verwandelte sich das Gurgeln in ein trockenes Rasseln und verstummte schließlich.

In dem Moment, als Silvio seine *lupara* abgefeuert hatte, waren die beiden anderen Männer, die im Café gewartet hatten, aufgestanden und hatten die Flinten hochgerissen, um ihm Deckung zu geben. Nun legte Silvio mit einer raschen Bewegung seine *lupara* vor dem Toten auf den Tisch. Dies war wichtig, da es signalisierte, daß es sich um einen Vergeltungsakt der Mafia handelte. Silvio drehte sich um und ging zwischen den Tischen hindurch dorthin zurück, von wo er gekommen war.

4. KAPITEL

Falls Silvio sich je elender gefühlt hatte als jetzt, so konnte er sich zumindest nicht daran erinnern. Weder als er Zahnschmerzen gehabt hatte noch als er aus Versehen in eine Wildschweinfalle getappt war. Auch nicht, als er sich mit Alesso Alcamo geprügelt hatte und sie beide in ein offenes Feuer getaumelt waren. Er war nie zuvor auf hoher See gewesen und hoffte inständig, dieses erste Mal würde auch das letzte Mal sein. Es lag nicht nur daran, daß die Wogen zwei Meter hoch waren und das Boot einem *vaccaro* gehörte, einem Kuhhirten, der damit normalerweise Rinder von Sizilien nach Nordafrika schmuggelte, weshalb es mit Kuhfladen förmlich verkrustet war. Nein, Silvio hatte sich schon zu Beginn dieser Fahrt schlecht gefühlt.

Die Mancuso-Angelegenheit war ein Erfolg gewesen. Nino und Bastiano zeigten sich mit Silvio mehr als zufrieden. Er hatte sich als Mann bewährt, war kein Junge mehr, sondern ein richtiger *soldato*. Die Nachricht von Mancusos Ermordung hatte sich rasch in Sizilien herumgesprochen. Die Polizei machte natürlich viel Geschrei, aber alle anderen fanden, der Gerechtigkeit sei Genüge getan worden. Als Silvio das Wort *venduto* hervorstieß, wußte jeder Bescheid. Der junge Mancuso hatte bekommen, was er verdiente.

Silvio hatte seine Aufgabe zwar bravourös erledigt, war aber alles andere als glücklich über die Konsequenzen. Natürlich wurde es für alle einfacher, wenn er Sizilien mit Nino verließ, und eigentlich war er auch begierig darauf, Amerika kennenzulernen. Wie jeder andere hatte er Geschichten vom Wilden Westen gehört und auch davon, welch immenses Vermögen man in Amerika machen konnte. Aber Annunziata bedeutete ihm mehr als Amerika, und er fühlte sich furchtbar elend, weil er von ihr getrennt wurde.

Außerdem haderte er damit, wie ungerecht das alles war. Anscheinend war die Entscheidung an jenem Abend im Kloster von Quisquina mit Pater Serravalle und diesem Signor Priola aus Palermo gefallen. Darüber war Silvio sehr wütend. Es mochte den Leuten nicht passen, daß sie beide einander liebten, aber wer hätte Pater Serravalle alarmiert, wenn sie nicht getan hätten, was sie in jener Nacht nun einmal getan hatten? Nino und die anderen verdankten Silvio und Annunziata vermutlich ihr Leben, ganz gewiß aber ihre Freiheit! Und nun vergalt man es ihnen, indem man ihn in ein Land schickte, das siebentausend Kilometer von Sizilien entfernt war.

Was Silvio zudem schmerzte, war Annunziatas offensichtliche Bereitschaft, die Entscheidung zu akzeptieren. In der Nacht vor seiner Abreise hatte er ihr ein Treffen beim Tempel vorgeschlagen. Wenn sie schon getrennt wurden, konnten sie doch wenigstens noch eine Nacht zusammen verbringen. Doch Annunziata hatte sich geweigert. Seit jener Zusammenkunft im Kloster schien sie verändert zu sein, schien die Beschlüsse der Älteren williger hinzunehmen als Silvio. Statt das beste aus den wenigen ihnen noch verbleibenden Stunden zu machen, schien sie ihm sogar aus dem Weg zu gehen. Er verstand das nicht.

Natürlich war sie beim Abschied dabeigewesen. Wie alle anderen Frauen hatte sie erst ihren Vater und dann Silvio geküßt, aber nur ganz züchtig auf die Wange. Als er sie kurz umarmt hielt und ihre Haut roch, durchflutete ihn die Erinnerung an jenen gemeinsam verbrachten Morgen. Ihre weichen Lippen, die seidigen Haarsträhnen, die sanfte Neigung ihres Nackens – all das zu verlieren schien ihm unerträglich. Aber sie hatte sich ihm entwunden und ihm ein Päckchen gereicht.

»Etwas zu essen, für die Reise.«

Wie für einen Flüchtling, hatte er mißmutig gedacht und das Päckchen in den alten Ledersack gesteckt, den ihm Bastiano mit den Worten gegeben hatte: »Der gehörte deinem Vater, Silvio. Als Junge habe ich ihn immer bewundert, und er schenkte ihn mir zu meinem einundzwanzigsten Geburtstag. Jetzt gehört er dir.«

Nino und Silvio brauchten zwei Tage, um bis zur Küste bei Secca Grande zu gelangen. Sie waren nur nachts unterwegs, da es auf der Insel von Soldaten wimmelte, die auf der Suche nach Nino waren. Ruggiero Priola hatte geraten, sich an der Südküste einzuschiffen, am weitesten entfernt von Palermo und Messina.

Ohne Mühe fanden sie das Boot des *vaccaro*, das in einer kleinen Bucht etwa fünf Kilometer westlich von Secca Grande vor Anker lag. Erst hieß es, sie müßten die Überfahrt in Gesellschaft einer Herde gestohlener Rinder machen, doch die Tiere waren zum Glück nicht aufgetaucht. Der Gestank im Boot war auch so schon überwältigend.

Inzwischen hatten sie vier Stunden bei sehr unruhiger See überstanden, fühlten sich aber miserabel. Silvio hockte auf einer Ruderbank und betete, das Meer möge sich beruhigen. Nino saß ihm gegenüber. Der *vaccaro* stand weiter hinten im Heck an der unförmigen hölzernen Ruderpinne. Er hatte zwei Mann Besatzung, die sich auf dem Ausguck befanden. Angeblich war nämlich die Küstenwache rings um Sizilien in erhöhter Alarmbereitschaft.

Der Wind ließ nicht nach, aber das ständige Schaukeln hatte die eine gute Wirkung, daß Silvio gegen vier Uhr früh in tiefen Schlaf sank. Es folgte sein üblicher Traum mit ein oder zwei Abwandlungen. Er und Annunziata waren noch Kinder und ritten auf Maultieren in der Nähe von Vallelunga, als Annunziatas Tier plötzlich mit ihr durchging. Silvio jagte hinterher. Er begann schon aufzuholen, doch als er auf gleicher Höhe war, lag wie immer plötzlich ein Felsblock im Weg. Sein Tier stolperte, und er fiel schreiend zu Boden. Manchmal weckte ihn sein eigener Schrei. Dieses Mal hatte der Felsblock ein Gesicht – das Gesicht von Gaetano Mancuso.

Irgendwann wachte er kurz auf und registrierte, daß die See ebenso aufgewühlt war wie zuvor. Alle an Bord, Nino eingeschlossen, schliefen fest. Also legte Silvio sich auch wieder hin.

Das zweite Mal wachte er auf, weil ihn der *vaccaro* unsanft rüttelte. »Aufstehen«, sagte er barsch. »Es ist soweit.«

Silvio schwang die Beine von der Bank und setzte sich auf. Es war dunkel, aber beim Licht des Vollmondes konnte er in der Ferne Land und etwas näher, vielleicht fünf Kilometer vor ihnen, einen gewaltigen Ozeandampfer erkennen, dessen grün-weiß-roter Anstrich glänzte. Nino setzte sich zu Silvio, als er sah, daß sein Begleiter wach war. Er hatte sich den Bart abrasiert und wirkte dadurch jünger. Doch seine buschigen dunklen Augenbrauen gaben ihm immer noch ein finsteres Aussehen. »Dort liegt Levanzo«, sagte er mit einer Handbewegung zu der dunklen Landmasse hinüber, wo einige Lichter flimmerten. Silvio wußte, daß die Insel Levanzo vor der Westspitze Siziliens lag, war aber noch nie dort gewesen. »Und das ist die *Syrakus*«, fügte Nino hinzu. »Wir gehen in ungefähr einer halben Stunde an Bord.«

»Das Schiff hält extra wegen uns?« Silvio war beeindruckt.

»Es gehört den Priolas, also sozusagen der Familie. Vielleicht werden wir uns eine Weile verstecken müssen, aber auf jeden Fall sind wir in Sicherheit. Und die *Syrakus* ist ein normales Linienschiff, nicht nur ein Schiff für Auswanderer.«

»Ist denn keine Polizei an Bord?«

»Sbirren? Nein. Ein oder zwei Regierungsbeamte, wie man mir sagte. Aber die verdanken ihren Lebensunterhalt der Familie Priola. Außerdem springt mehr Geld für sie raus, wenn sie uns in Ruhe lassen. Schließlich will Italien mich los sein.« Er grinste zu Silvio hinüber.

Als sie sich dem Dampfer näherten, zählte Silvio vier Schornsteine und fünf Reihen von Bullaugen. Ein wirklich großes Schiff. Er bemerkte auch, daß es nicht ankerte, sondern langsam Fahrt machte. Ein Fallreep war bis auf Seehöhe heruntergelassen worden, und über der Reling an Deck waren einige Leute zu erkennen, Nachtschwärmer, die natürlich neugierig waren, was es mit diesem außerplanmäßigen Rendezvous auf sich hatte.

Die Barke näherte sich der *Syrakus* von achtern. Drei Männer standen auf der kleinen Plattform am unteren Ende der Fallreeps-treppe. Zwei hatten lange Stangen mit Haken bei sich. Der dritte war ein Offizier, wie man an seiner weißen Uniform sah. Obwohl das Meer sich beruhigt hatte, schwankte die Barke immer noch heftig, während der *vaccaro* sie längsseits der Treppe zu manövrie-ren versuchte. Er winkte Nino und Silvio zur Steuerbordseite der Barke hinüber, von wo sie springen sollten, sobald sie nahe genug waren. »Die Wellen sind zu hoch, um anzulegen«, schrie er. »Springt, sobald sie mit ihren Haken unser Boot halten. Aber schnell, denn das schaffen sie nur für ein paar Sekunden.«

Silvio umklammerte den Ledersack.

Die Männer auf der Plattform streckten schon die Stangen aus, um sie in die Seitenwand der Barke einzuhaken, sobald sich eine Gelegenheit dazu bot. Doch im nächsten Augenblick schleuderte eine besonders hohe Welle das Boot gegen die *Syrakus*, und es prallte mit dumpfem Knall etwa zehn Meter hinter dem Fallreep dagegen. Nino und Silvio sprangen von der Steuerbordseite zurück, um nicht zerquetscht zu werden. Der *vaccaro* ließ den Wind aus den Segeln.

»Diesmal versuche ich's etwas schneller«, rief er ihnen zu. »Die See ist zu stürmisch für ein langsames Annähern.«

Er wendete und fuhr dann so zügig direkt auf die *Syrakus* zu, als wollte er sie rammen. Nino und Silvio standen wieder an Steuer-bord, immer bereit, im Notfall zurückzuspringen. Ein Brecher traf sie, als sie noch etwa zwanzig Meter von der *Syrakus* entfernt waren, aber im darauffolgenden Wellental beschleunigte die Bar-ke noch mehr, bis sie kurz vor der Fallreepstreppe war. Dann drehte der *vaccaro* in den Wind, ließ die Segel killen, und wie durch ein Wunder glitt das Boot direkt neben dem kleinen Podest vorbei.

»Springt!« schrien die Seeleute, als sie ihre Bootshaken in die Barke schlugen.

»Springt!« schrie auch der *vaccaro*.

Silvio wagte es als erster, warf seinen Ledersack hinüber und hechtete dann selbst hinterher. Der Offizier fing ihn mit beiden Armen auf.

Nino war nicht so behende, was vielleicht daran lag, daß er seine Reisetasche festhielt. Er versuchte, auf die Plattform zu treten, statt zu springen, doch in dem Moment, in dem er noch zögerte, riß die Strömung die Barke weg. Die Seeleute konnten nichts dagegen tun. Nino sprang doch noch, aber etwas zu kurz, und mußte von dem Offizier gepackt und hochgezogen werden. Es war gerade noch geglückt...

Als Nino und Silvio oben ankamen, wurden sie von einem weiteren Offizier und einer kleinen Gruppe von Passagieren empfangen, die sie neugierig musterten. Allen war klar, daß sie Zeugen eines etwas ungewöhnlichen Zwischenfalls geworden waren, doch niemand stellte eine Frage. Der Offizier wandte sich an Nino. »Folgen Sie mir.« Er ging vor ihm und Silvio in Richtung Achterschiff bis zu einer Tür mit der Aufschrift »Nur für Personal« und dann einige Stufen hinunter. Am Fuß der ersten Treppe machten sie eine Kehrtwendung und stiegen gleich eine zweite hinab. Insgesamt waren es vier Treppen, und die Luft wurde immer wärmer.

Schließlich kamen sie in einen schmalen, langen Korridor. Dort öffnete der Offizier eine Tür und führte sie in eine kleine Kabine, die nur das Nötigste enthielt, aber immerhin ein Bullauge hatte.

»Uns fehlen auf dieser Passage zwei Offiziere. Ein Glück für Sie, denn sonst hätten wir Sie auf dem Einwandererdeck untergebracht. Sie bleiben vorläufig in der Kabine! Das ist eine strikte Anordnung vom Kapitän, der sich schon bald mit Ihnen unterhalten wird.« Er nickte ihnen zu. »Ich lasse Ihnen etwas zu essen bringen. Wie gesagt, Sie dürfen nicht an Deck. Ist das klar?«

Nino nickte. »Gibt es hier eine Toilette?«

»Am Ende des Korridors.« Im nächsten Moment war er verschwunden.

Nino trat zur Tür. »Dann gehe ich jetzt am besten gleich.«
Silvio schnürte den Ledersack auf und holte seine paar Kleidungsstücke heraus. Einige Hemden, zwei Hosen... viel hatte er ja nicht. Dabei stieß er auch auf das Proviantpäckchen, das Annunziata ihm gegeben hatte. Es war in altes Zeitungspapier eingewikkelt.
Merkwürdig. Es fühlte sich gar nicht wie etwas Eßbares an, sondern fest und eckig. Er wickelte es aus, und es war tatsächlich ein Holzkästchen. Als er es öffnete, lag ein Ring vor ihm.

Es klopfte energisch an der Tür, und eine Stimme erkundigte sich: »Meine Herren, kann ich reinkommen?«
»Aber bitte sehr«, brummte Nino ironisch.
Ein hochgewachsener, leichenblasser Mann mit vorstehendem Adamsapfel trat ein. Er trug eine weiße Uniform.
Nino und Silvio rollten von ihren Pritschen und setzten sich auf die Kante. Hinter ihrem Besucher standen noch andere Mitglieder der Besatzung.
»Meine Herren, ich bin der Erste Offizier. Wir befinden uns nun auf dem Atlantik. Vor ungefähr drei Stunden haben wir den Leuchtturm von Gibraltar passiert, wie Sie vielleicht bemerkt haben. Der Kapitän läßt Ihnen ausrichten, daß Sie nun nicht mehr in der Kabine bleiben müssen. Aber...« Er erhob die Stimme, als er die Erleichterung auf ihren Gesichtern sah. »Aber es ist ihm lieber, wenn Sie auf dem Schiff als Mitglieder der Besatzung, als Offiziere, auftreten.« Er hielt eine weiße Hose hoch. »Wir haben hier Uniformen, die Sie jetzt bitte anprobieren wollen. Danach bringt man Sie zum Kapitän, denn er will sich selbst davon überzeugen, daß Sie korrekt aussehen.« Er nahm einige weitere Kleidungsstücke und warf das ganze Bündel auf ein Bett.
»Ich trage nicht Ihre alberne Uniform«, protestierte Nino brummig. »Sie sehen ja alle wie Kirchenkerzen aus.«
Der Offizier preßte die Lippen zusammen. »So lautet meine Anordnung, Signor Greco. Der Kapitän hat seinen Kurs geän-

dert, um Sie aufzufischen. Dabei bestand immer die Gefahr, daß wir von einem Schiff der britischen Marine vor Gibraltar aufgehalten werden, denn die ist ja Ihretwegen in Alarmbereitschaft. Dann hätten wir jetzt alle große Probleme. Man hätte Sie verhaftet, vermutlich nach England gebracht und dort gehenkt. Jedenfalls wird der Kapitän nicht zulassen, daß Sie einfach so auf dem Schiff herumlaufen und womöglich erkannt werden. Jemand wie Sie gerät leicht in Streit mit anderen, und das wäre für das Ansehen der Priola-Linie katastrophal. Falls die Amerikaner davon erführen, gäbe es vielleicht sogar Schwierigkeiten mit unserer Lizenz... Also lasse ich Ihnen nun die Uniformen zum Anprobieren hier, oder soll ich sie wieder mitnehmen und die Tür hinter mir zusperren? Sie haben die Wahl.«

Einen Moment funkelte Nino den Offizier mit geballten Fäusten wütend an und bewegte dabei unwillkürlich seinen Unterkiefer hin und her. Schließlich zog er aber doch einige Sachen aus dem Kleiderbündel auf dem Bett und warf sie Silvio zu.

Der Offizier lächelte grimmig. »Na also, Signor Greco. Ziehen Sie sich um und warten Sie hier. Ich komme in zehn Minuten wieder, um Sie zum Kapitän zu bringen.« Er ging hinaus.

Silvio war heilfroh, daß Nino wenigstens bei dieser Gelegenheit Ruhe bewahrt hatte. Die zwei Tage auf engstem Raum miteinander hatten unvermeidlich zu einer Vertrautheit geführt, die Silvio faszinierte und gleichzeitig erschreckte. So eingesperrt, blieb ihnen nichts anderes übrig, als sich zu unterhalten. Silvio wußte schon lange in groben Zügen über Ninos Leben Bescheid, aber hier an Bord der *Syrakus* war ihm kein Detail aus dessen Biographie erspart geblieben, einschließlich der Art und Weise, wie Nino dem Pfarrer das Ohr abgeschnitten hatte. Silvio brauchte dringend frische Luft.

Als er fertig angezogen war, trat er vor den kleinen Spiegel, in dem er sich zwar nicht von oben bis unten betrachten konnte, aber es reichte, um zu erkennen, daß ihm die Uniform gut stand. Nino war dagegen kein besonders erhebender Anblick, denn die enganliegende Uniformjacke ließ seinen Kopf übergroß wirken.

Sie grinsten sich an. »Ich bin doch eindeutig zu jung für einen Offizier«, meinte Silvio zweifelnd.

Nino zuckte die Achseln. »Vielleicht hat sich der Kapitän ja was ausgedacht. Sonst mußt du eben lügen, dich älter machen.«

Es klopfte, und die Stimme des Ersten Offiziers rief: »Fertig?«

Nino öffnete. Nach genauer Musterung sagte der Offizier nicht gerade begeistert: »In Ordnung. Folgen Sie mir.«

Zu Silvios großer Freude ging es gleich an Deck. Der Himmel war blau, aber ein starker Südwestwind sorgte für stürmische See, so daß die *Syrakus* schlingerte und stampfte. Das mehrere hundert Meter lange Deck, wie überhaupt alle Aufbauten, bestand aus Metall. Wie um alles in der Welt konnte soviel Metall überhaupt schwimmen? Silvio wollte darüber lieber gar nicht nachdenken.

Das erste Deck, auf das sie kamen, war mit Menschen überfüllt. Doch je höher sie stiegen, desto leerer wurde es. Silvio entdeckte Salons, Speisesäle und Bars. Auf dem obersten Deck wehte eine steife Brise. Eine letzte Treppe brachte sie bis zur Kommandobrücke.

Der Offizier drehte sich um. »Warten Sie hier«, schrie er gegen den Wind an. »Ich frage mal nach, ob der Kapitän bereit ist, Sie zu empfangen.«

Sie ließen sich vom Wind durchpusten und schauten aufs Meer hinunter. Die *Syrakus* machte ungefähr elf Knoten und zog eine breite weiß-grüne Kielwelle hinter sich her.

Eine Tür ging auf, und der etwa fünfzigjährige Kapitän winkte sie herein. Er war groß und stattlich, hatte einen dunklen Bart, der sein Gesicht einrahmte, und trug einen gewaltigen Bauch vor sich her. Seine Stimme war entsprechend laut und dröhnend.

Nino und Silvio betraten die Kommandobrücke. Drei Matrosen, nicht älter als Silvio, standen hinter drei Steuerrädern. Silvio hatte keine Ahnung gehabt, daß es auf diesen Dampfern mehr als ein Steuerrad gab.

»Lassen Sie sich anschauen«, befahl der Kapitän. Sie stellten sich vor ihn.

»Hm. Nicht gerade perfekt, aber Sie sind hier auf Wunsch von Signor Angelo Priola, und so müssen wir eben das beste daraus machen. Ehrlich gesagt, hätte es mir am besten gepaßt, wenn Sie beide während der ganzen Fahrt unsichtbar geblieben wären, aber Signor Priolas Tochter ist an Bord und wünscht, daß Sie beide heute abend an ihrem Tisch speisen. Wenn Sie als Offiziere auftreten, werden weniger Fragen gestellt.«

Er drehte sich um und gab einem der Matrosen irgendeine technische Anweisung. Dann wandte er sich wieder Nino und Silvio zu. »Wenn Sie schon die Genüsse des Speisesaals kennenlernen dürfen, erwarte ich, daß Sie sich tagsüber etwas nützlich machen. Wie alt sind Sie, mein Junge?« Silvio errötete. Er haßte es, »Junge« genannt zu werden. »Achtzehn, Signore.«

»Sie können auf dem Einwandererdeck arbeiten, dem Arzt helfen.« Dann musterte er Nino. »Haben Sie irgendwelche Fähigkeiten, irgendeine Ausbildung?«

»Sprengstoff«, erwiderte Nino achselzuckend.

»Ja, natürlich. Wie dumm von mir. Ich habe davon gehört.« Er überlegte einen Moment. »Nicht gerade von Nutzen an Bord eines Schiffes. Aber Sie wirken so kräftig und einschüchternd, daß ich Sie als Aufpasser im Casino einsetzen werde. Da gibt es gelegentlich Ärger. Nun wird der Erste Offizier, Signor Breguzzo, Ihnen zeigen, wo sich Ihr jeweiliges Betätigungsfeld befindet. Eines noch. Die Crew wird Sie akzeptieren. Auf jeder Fahrt kommen neue Leute an Bord, und viele der einfachen Matrosen haben selbst eine dunkle Vergangenheit. Übrigens einer der vielen Gründe, warum Leute zur See wollen. Trotzdem wäre es mir lieber, wenn Sie über Ihre eigene Situation *nicht* reden würden. Man wird Sie auf ... nun ja, unorthodoxe Weise an Land schaffen müssen, und da ist es besser, wenn Sie unterwegs möglichst für sich bleiben. Verstanden?«

Nino und Silvio nickten.

»Breguzzo wird dafür sorgen, daß Ihnen das Frühstück und das Mittagessen in Ihrer Kabine serviert werden. Tagsüber, von acht bis sechs Uhr abends, gehen Sie Ihrer Arbeit nach. Abends dürfen Sie dann Ihr Dinner im Hauptspeisesaal einnehmen, wo ich ein Auge auf Sie haben kann. Kommen Sie am Tag vor unserer Ankunft in New Orleans wieder zu mir. Noch irgendwelche Fragen?«

Beide schüttelten den Kopf.

»Sehr gut. Signor Breguzzo, zeigen Sie den beiden, wo sie arbeiten sollen.«

5. KAPITEL

Nino und Silvio stiegen von der Kommandobrücke herunter und betraten das Hauptdeck durch große Flügeltüren. Silvio begriff allmählich, daß es auf dem Schiff verschiedene Klassen gab, und je höher das Deck, desto höher auch die gesellschaftliche Stellung der Passagiere. Dieser Teil des obersten Decks schien hauptsächlich dem Amüsement vorbehalten zu sein. Zu seiner Verwunderung befand er sich plötzlich auf dem Balkon eines großen und sehr hohen Saales oder Salons, wie der Kapitän ihn genannt hatte. Breguzzo führte sie eine breite, geschwungene Holztreppe mit kunstvoll verziertem Bronzegeländer hinunter. Der Balkon zog sich an allen vier Wänden entlang, und darunter, auf dem Parkett, standen ein Konzertflügel und eine große Anzahl von Eßtischen rings um etwas, das wohl eine kleine Tanzfläche war. Wurde hier das Dinner serviert? Silvio hoffte es sehr. Er war noch nie in einem richtigen Restaurant oder gar beim Tanzen gewesen.

Der Salon war leer bis auf einige Putzfrauen mit Schrubbern und Wassereimern. Breguzzo überquerte die Tanzfläche und ging am hinteren Ende des Raumes durch eine zweite Flügeltür, die zu einem Korridor auf dem Achterschiff führte. Dieser Korridor beherbergte allerlei Geschäfte, wo Bücher oder Seife oder Schokolade und vieles mehr verkauft wurden. Es folgte ein Zimmer voller Bücherregale und ein anderes, in dem Männer herumsaßen und rauchten. Ja, es gab sogar einen Raum, in dem man sich porträtieren lassen konnte. Am Ende des Korridors bogen sie nach links ab, doch zuvor konnte Silvio durch eine weitere Glastür einen Blick in ein Restaurant werfen, wo Passagiere immer noch beim Frühstück saßen. Er hatte keine Vorstellung gehabt, daß solcher Luxus existierte, geschweige denn auf einem Schiff. Unwillkürlich überlegte er, ob die Via Scina in Palermo wohl so ähnlich war.

Inzwischen standen sie vor einer dritten Flügeltür, bescheidener als die bisherigen, aber immerhin aus poliertem Holz mit zwei Lampen darüber.

Breguzzo trat als erster ein. Der Raum war kleiner als der Salon, mit einer viel niedrigeren Decke in verschiedenen Farbtönen. Am hinteren Ende befand sich eine Bar, die bereits geöffnet war. Außer zwei Roulettetischen gab es einen Kartentisch für ein Spiel, das er nicht kannte, und einen vierten mit einem Würfelbecher. Das Casino!

Breguzzo sprach halblaut mit dem Barkeeper, warf auch ab und zu einen Blick auf Nino und Silvio. Dann winkte er sie herbei. »Dies ist Enrico«, sagte er zu Nino. »Er leitet die Bar und das Casino. Wenden Sie sich in allen Fragen an ihn und befolgen Sie seine Anweisungen. Falls es Ärger gibt, erledigen Sie das so taktvoll wie möglich. Bitte keine Vertraulichkeiten mit Passagieren. Dann fällt es nämlich leichter, sie notfalls auch mal härter anzufassen. Enrico wird Sie informieren, welches die Unruhestifter sind.«

Er nahm Silvio beim Arm. »Wir beide müssen noch weiter.«

Sie verließen das Casino, gingen den Gang zurück am Frühstücksraum vorbei und dann aufs offene Deck hinaus. Von dort marschierten sie in Richtung Heck. Als sie bei einer kleinen Tür mit einer Beschriftung anlangten, fragte Breguzzo: »Können Sie lesen, mein Junge?«

Silvio schüttelte den Kopf. »Aber ich bin kein Junge mehr.«

Der Offizier ging nicht darauf ein. »Hier steht geschrieben: ›Die Passagiere der Ersten und Zweiten Klasse werden gebeten, weder Geld noch Eßwaren zu den Passagieren des Zwischendecks hinunterzuwerfen, um Unruhe und Tumulte zu vermeiden.‹ Das gleiche gilt für die Mannschaft. Ist das klar?«

Silvio nickte. Das Leben auf See war nichts für ihn. Viel zu viele Vorschriften.

Breguzzo führte ihn durch die Tür und dann einige Treppen hinunter. Mit jeder weiteren sank Silvio das Herz. Er würde also wieder eingesperrt werden.

Als sie so tief hinuntergeklettert waren, daß sie nach Silvios Schätzung unter der Wasseroberfläche sein mußten, stieß Breguzzo eine Tür auf, und sie wurden von einer Flut von Geräuschen empfangen. Aber es war kein Maschinenlärm. Silvio kam in einen saalartigen Raum mit hölzernen Schlafkojen zu beiden Seiten und einem breiten Gang dazwischen. Es waren menschliche Laute. Unzählige Menschen redeten, schimpften, schrien, lachten, sangen oder weinten sogar.

»Willkommen auf dem Immigrantendeck«, sagte Breguzzo. »Hier sind dreihundert arme Teufel, die Amerikaner werden wollen, und die gleiche Anzahl gibt's noch mal auf dem Deck darunter.«

»Es gibt noch ein zweites?«

»Aber ja. Manche Schiffe bestehen nur aus Immigrantendecks. Sie haben Glück, daß Sie auf der *Syrakus* sind.« Silvio schaute sich fassungslos um. Diese Menschen – Neapolitaner, Kalabresen, Sizilianer – mußten sich von Amerika das Paradies versprechen oder zu Hause tiefunglücklich gewesen sein, um unter solchen Bedingungen zu reisen. »Dürfen sie je an Deck?« fragte Silvio, als er den Gestank wahrnahm.

»Nein, nie. Die Fahrkarte, die sie kaufen, läßt da keinen Zweifel. Es sind alles arme Schlucker, das dürfen Sie nicht vergessen. Die haben auch kein Interesse daran, an Deck herumzulungern, und die haben auch kein Geld fürs Glücksspiel. Natürlich ist es hier unten nicht ideal, aber man kann einige Tage überleben. Sie müßten das doch wissen.«

Silvio wußte es und war dennoch schockiert von dem, was er sah. Hier gab es kein Mahagoni und kein Bronzegeländer, keinen Plüsch, keine Läden oder Restaurants oder Tanzflächen. Die Kojen waren einfache Konstruktionen aus billigen Holzbrettern mit jeweils drei Ebenen: die unterste zwanzig Zentimeter über dem Fußboden, die mittlere und die oberste mit jeweils einem

Meter Abstand darüber. Menschen wie Orangen verpackt und geschichtet.

Nach ungefähr zwanzig Kojen gab es einen kleinen Alkoven mit einem Tisch, wo sich, wie er es später erlebte, die Familien abwechselnd zum Essen hinsetzten. Die Luft war verqualmt von den Schwefelfeuern, die entzündet wurden, um das neu installierte elektrische Licht, das auf Sparflamme brannte, zu verstärken. Da überall Strohmatratzen herumlagen, waren die Schwefelfeuer nicht ungefährlich.

Breguzzo ging den Mittelgang entlang, wich Kindern, grob geschnitztem Spielzeug und Bündeln mit Gepäck aus. Am hinteren Ende des Raumes führte eine Metalltreppe mit Geländer, die kaum mehr als eine Leiter war, zu einer Tür hinauf. Breguzzo klopfte, wartete aber kaum eine Erwiderung ab, sondern drängte sich hinein.

Dr. Tolmezzo war ein feister, kahlköpfiger Mann mit einer Stahlbrille. Er hatte weiche Hände mit nikotinverfärbten Fingern. Als Breguzzo und Silvio eintraten, war er gerade mit der Untersuchung einer Schwangeren fertig, die er nun rasch vor die Tür beförderte und es ihr überließ, ohne Hilfe die Metallstufen zu bewältigen. Breguzzo stellte die beiden einander vor und verließ gleich wieder den Raum.

Tolmezzo deutete auf einen Stuhl. Silvio setzte sich. »Soso, du bist also der Neffe des berüchtigten Greco.«

Silvio wußte nicht, wie er reagieren sollte. Hatte man ihm nicht eingeschärft, Stillschweigen zu bewahren?

»Nur nicht so schüchtern«, ermutigte ihn der Arzt. »Die ganze Crew weiß Bescheid. Ihr emigriert also?« Silvio zuckte mit den Schultern.

»Vermutlich ist es so am besten«, fügte der Arzt hinzu. »Früher oder später hätte man ihn ja doch erwischt. In Amerika kann man einfacher untertauchen, und New Orleans ist da besonders günstig.« Er richtete sich auf seinem Stuhl ein wenig auf. »Nun zur Arbeit. Sag mal, kannst du lesen oder schreiben?«

Silvio verneinte.

»Das habe ich schon befürchtet. Merk dir, beides wird in Amerika eine große Hilfe sein. Also fang mit dem Lernen so bald wie möglich an. Nächste Frage. Warst du schon mal dabei, als ein Baby zur Welt kam?«

Wieder verneinte Silvio.

»Ein Kälbchen?«

»Ja.«

»Das könnte sich als nützlich erweisen. Auf einer Seereise wie dieser kommt es regelmäßig zu ein, zwei Geburten. Vor allem dann, wenn es stürmisch wird und die Leute herumgeworfen werden. Gehörst du zu den Typen, die in Ohnmacht fallen, wenn sie Blut sehen?«

»Bestimmt nicht.«

»Das ist schon was. Als Schiffsarzt trägt man große Verantwortung. Nach amerikanischem Recht muß der Kapitän eines Dampfers zehn Dollar Strafe für jeden zahlen, der unterwegs stirbt und als Toter an Land geschafft wird. Da das eine Menge Geld ist, interessiert sich der Kapitän ganz besonders für das, was ich tue. Nun zur Routine. Manchmal passiert gar nichts; man muß den Leuten höchstens ein bißchen Kampfer oder Wismut gegen Seekrankheit geben. Doch dann gibt's auf einmal eine böse Überraschung, und du hast keine Unterstützung, bist ganz auf dich angewiesen. Du mußt Diagnosen stellen, mußt betäuben, mußt operieren, und meistens steht auch noch der Kapitän dabei und schaut zu.«

Er nahm seine Brille ab und begann, sie mit einem seidenen Taschentuch zu polieren. »Kannst du zählen?«

»Ja, und ich kann die Uhr lesen.«

»Hm. Vielleicht bringe ich dir bei, den Puls zu messen. Also, ich fange morgens um acht Uhr an und kümmere mich bis halb zehn um die Passagiere der ersten Klasse. Dann kommen die von der zweiten dran. Gegen elf steige ich hier runter. Wir haben sechshundert Menschen auf den Zwischendecks. Das heißt, daß ich etwa zwanzig bis dreißig Patienten pro Tag verarzten muß. Bis Mittag bleibe ich hier. Nach dem Essen bin ich in meinem Büro, das auch mein Sprechzimmer für die erste Klasse ist, und mache mir Aufzeichnungen über die Patienten. Die Leute wissen, daß ich dort bin, und können mich im Notfall von einem Matrosen holen lassen. Vor dem Mittagessen möchte ich dich die ganze Zeit bei mir haben, damit du Botengänge machst, dich vielleicht um ein Baby kümmerst, während ich die Mutter behandle, oder einen Mann festhältst, dem ein Zahn gezogen wird. Nach dem Lunch möchte ich, daß du dich hier reinsetzt, und zwar allein. Ich will dieses Loch so wenig wie möglich betreten, und du kannst mich ja holen, wenn mich jemand dringend braucht. Vermutlich wirst du die Vormittage aufregend und die Nachmittage langweilig finden. Gar nicht so übel, wenn man bedenkt, aus welchem Grund du überhaupt hier bist. Falls dich jemand fragt, wer du bist, antwortest du, du seist mein medizinischer Assistent. Das sollte dem Frager den Mund stopfen. Gelegentlich werde ich in medizinischem Fachjargon mit dir reden, um den Leuten weiszumachen, daß du über mehr medizinische Praxis verfügst, als tatsächlich der Fall ist. Dann nickst du und lächelst und stimmst mir zu. Ist das klar?«

»Ja, Signore.«

»Nenn mich nicht ›Signore‹. So reden sich Offiziere untereinander nicht an. Nenn mich ›Aldo‹ oder ›Doktor‹. Irgendwelche Fragen?«

Silvio schüttelte den Kopf.

»Gut. Jetzt setz dich da drüben hin und gib vor, eine von diesen Fachzeitschriften zu lesen. Es kommen sicher gleich noch Patienten.«

Und so spielte Silvio für den Rest des Vormittags Doktor. Er hielt das Jodfläschchen, während Tolmezzo die Platzwunde an der Stirn eines Kindes nähte, das hingefallen war. Er bekam die gelbe Fahne zu sehen, die der Arzt dem Kapitän zum Hissen geben mußte, falls an Bord die Cholera ausbrechen sollte. Er half dabei, Gips anzurühren, damit Tolmezzo das Bein einer älteren Frau schienen konnte. Sie hatte es sich beim Sturz aus ihrer Koje gebrochen. Gegen Mittag verspürte er großen Hunger.

Kurz nach ein Uhr stand Tolmezzo auf. »So, ich gehe jetzt zum Essen. Ich möchte, daß du Punkt zwei Uhr zurück bist. Verstanden?«

»Ja, Signore. Ich meine, ja, Herr Doktor.«

Tolmezzo ging zur Tür, überlegte es sich dann aber anders, setzte sich wieder und begann, in den Schubladen seines Schreibtisches zu kramen. »Warte noch einen Moment«, sagte er zu Silvio und murmelte dann vor sich hin: »Sie muß hier doch irgendwo sein ... ach, da ist sie ja.« Er nahm einen Gegenstand heraus und reichte ihn Silvio. »Steck das in deine Brusttasche. Dann siehst du gleich wie ein Arzt aus.«

Es war eine Zange zum Zahnziehen.

Als Silvio in seine Kabine zurückkehrte, warteten ein Teller mit kalter Pasta und eine Orange auf ihn. Von Nino keine Spur. Heißhungrig aß er alles auf. Eigentlich hatte er vorgehabt, möglichst viel freie Zeit an Deck in der frischen Luft zu verbringen, doch nun erinnerte er sich an die Warnung des Kapitäns, sich nicht viel blicken zu lassen. Also blieb er wohl oder übel einfach nur auf seinem Bett liegen und dachte an Annunziata. An den vergangenen Tagen war er kaum dazu gekommen.

Ihr Geschenk hatte alle seine Zweifel beseitigt, denn mit dem Ring sagte sie ihm, daß sie ihn liebte. Sogar mehr noch. Sie verlobte sich mit ihm, schenkte sich ihm, versprach ihm, sich für ihn aufzubewahren, bis er sie nachkommen lassen konnte. Womöglich hatte sie sogar mehr als er über ihre Trennung nachgedacht. Das würde ihr Verhalten jedenfalls erklären. Sie hatte sich nur deshalb so distanziert gezeigt, um den anderen weiszumachen, zwischen ihnen sei alles aus.

Silvio holte den Ring, den er in einer Uniformtasche aufbewahrte, hervor und küßte ihn. Annunziata half ihm, seine Eltern zu vergessen, und machte aus ihm einen Mann, der jenem ähnelte, den Nino zu seinem Vorbild erklärt hatte: außen weich, innen hart.

Ihre Trennung war für Silvio besonders schwer zu ertragen, weil er Annunziata nun nackt gesehen hatte. Ihre Brüste und Hüften, ihre langen Beine und das dunkle Dreieck zwischen ihren Schenkeln. Warum waren die Soldaten bloß ausgerechnet in jenem Moment aufgetaucht? In jener Nacht war Annunziata bereit gewesen. Nun würde er monatelang keine solche Chance mehr bekommen.

»Sind Sie der neue Doktor?«
Silvio zuckte zusammen. Dies war der Zwischenfall, vor dem er sich gefürchtet hatte, seit er vor fünfundvierzig Minuten vom Mittagessen zurückgekommen war. Zwei Leute mit kleinen Wehwehchen waren bereits dagewesen, hatten sich aber bis zur Sprechstunde am kommenden Tag vertrösten lassen.
Diesmal wurde die Tür von einem jungen Mann in Silvios Alter geöffnet. Blasse Haut, große braune Augen, glattes Haar von der Schwärze des Marmors in der Kirche von Bivona. Schäbig angezogen. Ein Bauer.
»Äh ... nein. Ich bin der Assistent.«
»Das genügt. Sie müssen mitkommen. Mein Bruder hatte einen Anfall.«
»Was? Wohin soll ich denn mitkommen?«
»Zum nächsten Deck runter.«
»Du gehst zu deinem Bruder zurück. Ich werde den Doktor holen.« Silvio stand auf.
»Nein!« rief der andere schrill. »Auf dem obersten Deck war ich schon, aber der Doktor war nicht aufzufinden. Darum bin ich jetzt hier. Kommen Sie! Ich habe Angst. Bitte!«
Silvio wußte sich keinen Rat. Vermutlich verstand er weniger von Medizin als irgend jemand sonst an Bord. Was war, wenn er nun mit dem Jungen mitging und der Bruder starb? Man würde Silvio die Schuld geben ...
»Bitte! « Der Junge schien große Angst zu haben. Natürlich hatte Silvio schon epileptische Anfälle miterlebt. Wer hatte das nicht? In Bivio Indisi gab es zwei Epileptiker, ein Kind und eine junge Frau. Beide waren sie Sprößlinge von Eltern, die zu nah miteinander verwandt waren. So hieß es zumindest. Normalerweise legte

man sie auf die Seite, hielt sie fest, und jemand packte ihre Zunge, damit sie die nicht schluckten und daran erstickten, bevor sie wieder zu sich kamen.

»Bitte!«

Ihm blieb nichts anderes übrig. Der Junge würde den Raum nicht ohne ihn verlassen. Silvio knöpfte sich die Jacke zu und öffnete die Tür. Er würde eben mitspielen müssen. Der Junge hastete die Treppe hinunter, machte unten kehrt, und dann ging es auf einer genauso engen und steilen Treppe weiter, die Silvio zuvor noch nicht bemerkt hatte. Sie kamen zu einem Zwischendeck, das genauso aussah wie das darüberliegende. Etwa auf halbem Weg den Mittelgang hinunter drängte sich eine Gruppe von Menschen bei einem der Alkoven zusammen. Schwefelfeuer brannten, und ein scharfer, beißender Geruch lag in der überhitzten Luft. Der Junge ging voran, und die Leute traten beiseite, um ihn und Silvio durchzulassen. Auf dem Boden lag ein stämmiger junger Mann mit lockigem braunen Haar. Seine Augen waren geschlossen, die Zunge war in dem halb offenen Mund zu sehen.

Der Junge erklärte Silvio: »Seit er vor einer halben Stunde ohnmächtig wurde, hat er sich nicht mehr gerührt.«

Silvio kniete sich neben den Mann. Was sollte er bloß tun? Inzwischen umstanden ihn an die fünfzehn Leute.

»Atmet er noch?« fragte der Junge leise.

Silvio beugte sich tief hinunter und lauschte angestrengt.

Da kam plötzlich Leben in die Gestalt, und die Gruppe schrie fast unisono: »Ja! « Ein Arm schlang sich um Silvio, und ein zweiter drückte seine Schulter auf die Holzplanken. Gleichzeitig streckte der Lockenköpfige ein Bein über Silvios Oberkörper und versuchte, sich auf ihn zu setzen. Die ganze Geschichte war also ein reiner Schwindel. Im Nu lag Silvio flach auf dem Rücken, und der Exepileptiker hockte grinsend und brüllend auf ihm, als ritte er ein Maultier. Auch der Junge feixte. Er war ein sehr erfolgreicher Köder gewesen. Aber warum bloß das alles?

Silvio versuchte, seinen Reiter abzuschütteln, doch es war sinnlos.

Selbst wenn es ihm gelänge, gab es ein Dutzend andere ringsum, die die Stelle des Lockenköpfigen einnehmen würden. Also schonte er lieber seine Kräfte. Er würde früh genug erfahren, was eigentlich los war. Steckte etwa Luca Mancuso dahinter? War es ein Racheakt? Bitte nein, lieber Gott!

Der auf ihm Sitzende riß ihm die weiße Offiziersmütze vom Kopf und setzte sie sich selbst auf. Dann lüpfte er sie wieder und sagte dabei: »Onofri Orestano, zu deinen Diensten. Der Name ist dir ja sicher nicht unbekannt.«

So war es. Silvio wußte, daß es die Orestanos gewesen waren, die versucht hatten, den Priolas bei der Organisation der Dockarbeiter in die Quere zu kommen. Das Lagerhaus voller Orangen, das von Nino vor vielen Jahren in die Luft gesprengt worden war, hatte den Orestanos gehört. Und einer der Orestanos war dabei getötet worden. Silvio lag jetzt ganz still.

»Du hast uns enttäuscht, Sylvano.« Nur Leute, die ihn kaum kannten, nannten ihn bei diesem Namen. »Mein Bruder hat sich dieses kleine ... Spiel ausgedacht. Aber ich habe gewettet, du würdest es durchschauen. Wie konntest du Massimo glauben, daß er den Doktor nicht gefunden hat. Passagiere vom Immigrantendeck haben keinen Zugang zum Oberdeck. Hat man dir das beim Medizinstudium nicht beigebracht?«

Er hatte recht. Silvio hätte den schwachen Punkt in der Geschichte des Jungen erkennen müssen.

»Du interessierst uns eigentlich gar nicht, Sylvano. Das ist dir doch klar, oder? Du bist unwichtig. Wir wollen Nino.«

Silvio erwiderte nichts.

»Natürlich arbeitet er nicht hier unten. Wie wir hörten, hat er einen angenehmen Job im Casino.«

Das war zuviel. »Ihr kriegt ihn nie. Er ist zu clever.«

»Normalerweise würde ich dir zustimmen, Sylvano. Aber diesmal haben wir alles genau durchdacht, und wir werden uns einen von Ninos eigenen Tricks ausborgen. Vielleicht schaffen wir's ja nicht bis zu ihm aufs Oberdeck, aber es gibt eine absolut sichere Möglichkeit, ihn hier runter zu kriegen.«

Onofri Orestano lächelte Silvio hämisch an. Aus seiner Jackentasche holte er ein Messer. »Wir werden ihm ein Ohr schikken.«

Auf Silvios Stirn brach Schweiß aus. Dieser Onofri meinte es ernst. Was konnte er tun, um ihn an seinem Vorhaben zu hindern? Er hatte plötzlich größere Angst als je zuvor, größere sogar als damals, als der Sbirre den Schwanz seines Maultiers befingert hatte oder als er Gaetano Mancuso erschoß.

Er hörte seinen eigenen Herzschlag so laut, daß er fast die Schiffsmotoren übertönte.

Instinktiv wollte er kämpfen, wollte es Onofri Orestano so schwer wie möglich machen, doch er wußte, bei so vielen Gegnern war das sinnlos. Er mußte nachdenken.

Die anderen drängten sich grinsend näher. Jetzt würde es gleich etwas Aufregendes zu sehen geben. Zwei Männer setzten sich auf das eine Bein Silvios, ein stämmiger Rotschopf auf das andere. Ein fünfter Mann kniete auf seinem linken Arm, ein sechster auf seinem rechten. Ein siebter, den Silvio nicht sehen konnte, packte ihn von hinten am Haar und drehte seinen Kopf auf eine Seite, so daß sein linkes Ohr auf die Planken gepreßt wurde. Onofri saß immer noch rittlings auf Silvios Bauch und polierte sein Messer. Silvio konnte ihn aus dem Augenwinkel gerade noch sehen.

»Du weißt darüber mehr als ich, Randazzo«, sagte Onofri. »Wie lange dauert es, ein Ohr abzuschneiden? Eine Minute? Fünf Minuten? Eine halbe Stunde? Da ist kein Knochen, oder? Dann geht's wohl doch eher schnell als langsam, meinst du nicht auch?«

Silvio suchte krampfhaft nach einer rettenden Idee.

»Na komm schon, Randazzo. Wie lange habt ihr gebraucht, um das Ohr des Priesters abzuschneiden? Hat er geschrien? Floß viel Blut?«

Silvio weinte. Er konnte weder sprechen noch denken.

»Soll ich das letzte Stück lieber abreißen, statt weiterzusäbeln? Wär' dir das lieber?« Onofri schnaufte tief, als würde selbst ihm allmählich übel. »Okay. Genug geplaudert. Gleich geht's los, Leute. Haltet ihn bloß gut fest. Er wird sich vermutlich wie verrückt wehren.«

Silvio spürte sofort überall mehr Druck, als die Männer Onofris Anordnung befolgten.

Schon strich die kühle Klinge über seine Wange. Er versuchte zu schreien, aber es kam nur ein halb erstickter Schluchzer. Dann schnitt das Messer in den untersten Teil seines Ohrs, und nun brüllte er wirklich los. Trotz der Schmerzen nahm er wahr, wie die Klinge hin und her glitt. Blut lief über seinen Hals. In Wellen durchflutete der Schmerz seinen Schädel.

Salzige Tränen verklebten seine Augen, und trocknendes Blut kitzelte unangenehm seinen Nacken. Die Zuschauer beugten sich tief herunter, um auch ja nichts von der Metzelei zu versäumen. Der stämmige Rothaarige, der auf Silvios rechtem Bein saß, lehnte sich noch weiter vor als die anderen und verlagerte dabei sein Gewicht. Obwohl Silvios Gesicht auf den Boden gepreßt wurde, sah er immerhin noch, daß ganz in seiner Nähe Strohmatratzen lagen und daneben ein Schwefelfeuer brannte. Hier war endlich eine Chance. Eine zweite würde er nicht kriegen.

Beim nächsten Schnitt mit dem Messer überrollte ihn heiß eine Schmerzwelle. Doch in ihrem Kielwasser stieg Wut in ihm auf, die noch heißer war. Mit übermenschlicher Anstrengung bäumte er sich jäh auf, so daß der auf ihm Sitzende von seiner Brust rutschte und zu schneiden aufhörte, während er versuchte, das Gleichgewicht zu halten.

»Laßt ihn nicht los!« brüllte Orestano. »Sonst entwischt er uns.«

Fast reflexartig zuckte Silvio mit dem rechten Bein so heftig, daß er den Rothaarigen abschütteln konnte. Dann trat er nach dem Schwefelfeuer.

Die anderen verstärkten wieder den Druck, und er wurde erneut auf die Holzplanken gepreßt. Doch sein Fuß hatte das Öfchen getroffen, in dem der Schwefel brannte, und glimmende Teilchen waren wie heiße Asche durch die Luft geflogen. Zwei landeten auf einer der Matratzen, die sofort zu rauchen und kurz darauf zu knistern begann, als sie Feuer gefangen hatte.

Orestano schrie: »Feuer! Löscht das Feuer!« Er ließ das Messer sinken und schaute über die Schulter zurück. Aus der Matratze züngelten Flammen und leckten schon an der nächsten Koje. Schwarzer beißender Rauch entwickelte sich. »Wasser!« brüllte Orestano. »Jemand soll Wasser holen.«

Einige rannten los, aber Silvio wurde weiterhin festgehalten.

Nun begann auch die zweite Koje zu brennen, und der Rauch wurde immer schlimmer. Von überall war Husten zu hören.

Silvio schrie gellend: »Feuer! Feuer! Feuer!«

Bald schlugen Flammen aus einer dritten Matratze, und alle möglichen Immigranten begannen, wie Silvio zu schreien.

Endlich schrillte eine Glocke, und Silvio hörte, wie Leute angerannt kamen. Als er den Kopf etwas drehte, sah er ganz in der Nähe drei Matrosen mit Wassereimern. Die Männer, die auf ihm hockten, versuchten, ihn mit ihren Körpern zu verdecken.

Er holte wieder mit dem Bein aus und schaffte es, den am nächsten stehenden Wassereimer umzustoßen.

»Was soll das?« schimpfte ein Matrose und wandte sich um. Silvio bäumte sich auf und rief: »Hilfe! Hilfe!«

Der Matrose traute seinen Augen kaum. Da lag ein Offizier auf dem Boden, und mehrere Immigranten saßen auf ihm. Inzwischen hatten seine Kollegen Wasser auf die brennenden Matratzen gegossen, und eine Mischung aus schwarzem Rauch und Dampf machte das Atmen auf dem Zwischendeck fast unmöglich.

»Hol den wachhabenden Offizier«, rief der Matrose einem anderen zu. »Beeil dich.«

Er selbst trat zu den Männern, die Silvio immer noch festhielten. »Loslassen! Aber schnell!«

Zögernd standen einige auf, doch die anderen wichen nicht von der Stelle. Orestano thronte weiterhin auf Silvios Brust.

»Geben Sie mir das Messer!« Der Matrose streckte die Hand aus.

Trotzig warf Orestano das Messer hoch, fing es mit der Klinge auf und schleuderte es gegen einen Holzpfosten, der die Kojen stützte. Dort blieb es zitternd stecken.

Dann erhob er sich.

Zwei weitere Matrosen erschienen in Begleitung eines Offiziers. »Was geht hier vor?« fragte dieser.

»Diese Leute haben versucht, Feuer zu legen«, sagte der Matrose, der Silvio gerettet hatte. »Außerdem haben sie diesen Offizier angegriffen. Mit einem Messer.«

Silvio war mühsam hochgekommen. An seinem Hals lief Blut hinunter, und seine Uniformjacke war befleckt.

Der Offizier trat auf ihn zu. »Kenne ich Sie?«

Silvios Schädel drohte zu platzen. Dunkel erinnerte er sich an das, was ihm der Kapitän gesagt hatte. Auf jeder Fahrt kamen neue Besatzungsmitglieder an Bord. »Ich bin der neue medizinische Assistent«, keuchte er, leicht schwankend. Der beißende Gestank und die gräßlichen Schmerzen hatten die Grenze des Unerträglichen erreicht. »Ich helfe Doktor Tolmezzo.«

»Ich glaube, Sie brauchen jetzt selbst seine Hilfe«, meinte der Offizier. Aber Silvio hörte ihn nicht mehr. Er war ohnmächtig geworden.

6. KAPITEL

Silvio lehnte an der Reling der *Syrakus* und sah auf den Ozean hinunter. Das Wasser war so dunkelgrün wie sizilianische Zypressen. Nino stand neben ihm. Silvios Wunde war von Dr. Tolmezzo gereinigt und verbunden worden, doch der Schmerz pochte immer noch unangenehm. Wenigstens würde er aber nicht verunstaltet sein. »Nur eine kleine Narbe«, hatte der Arzt ihn beruhigt.

Nino war in Wut geraten, als er von dem Zwischenfall erfuhr. Am meisten störte ihn, daß es mit der Geheimhaltung nicht geklappt hatte. Anscheinend hatten die Orestanos schon vorher gewußt, daß Nino an Bord geschmuggelt werden sollte, und einige ihrer Leute auf die Reise geschickt, um Blutrache zu üben. Von nun an müsse Silvio bei ihm bleiben, sagte Nino.

Er hatte eine Unterredung mit dem Kapitän erzwungen und war mit der Neuigkeit zurückgekommen, er und Silvio seien nun für eine der Nachtwachen eingeteilt. Von 23 Uhr bis 6 Uhr früh würden sie auf den Oberdecks patrouillieren und darauf achten, daß alles an Bord seine Ordnung hatte. Tagsüber würden sie schlafen und erst nach dem Dinner ihren Dienst antreten.

»Es ist schon Viertel nach acht«, sagte Nino. »Fühlst du dich immer noch elend, oder möchtest du auch etwas essen?«

Nach seiner Ohnmacht hatte Silvio den Nachmittag im Bett verbracht.

»Nein, mir geht's einigermaßen. Aber ich sterbe vor Hunger.«

»Na, dann wollen wir mal diese Priola-Tochter begutachten.« Nino ging voran, stieß die Tür zum Salon auf, und Silvio betrat eine Welt, wie sie bisher für ihn unvorstellbar gewesen war. Über dem Stimmengewirr konnte er Klavierspiel hören. Ein Farbkaleidoskop empfing ihn: die Samtkleider der Damen, das üppige Grün riesiger Pflanzen, das Weiß der Leinentischtücher und das glitzernde Kristall der Weinkaraffen. Abgesehen von der Tanzfläche war der Fußboden mit Teppichen ausgelegt, die Stühle waren mit Plüsch bezogen, und an den holzgetäfelten Wänden hingen gewaltige Spiegel, in denen Silvio sofort sah, daß seine neue, unbefleckte Uniformjacke ihm etwas zu groß war. Die Saaldecke wirkte wie ein goldener Baldachin, die Stützpfeiler waren mit bronzierten Muscheln verziert und mit Adlern gekrönt.

»Kann ich Ihnen behilflich sein?« erkundigte sich ein Ober. »Nur ausgewählte Mitglieder der Crew haben hier Zutritt.«

Silvio war zu verlegen, um zu antworten, doch Nino rettete die Situation. »Anna-Maria Priola erwartet uns.«

»Oh! Dann bitte hier entlang.«

Er führte sie quer über die Tanzfläche. Silvios bandagierter Kopf wurde so bestens zur Schau gestellt. Am liebsten wäre er weggerannt.

Sie kamen an einen für acht Personen gedeckten Tisch, an dem noch zwei Plätze frei waren. Eine Frau von Anfang Zwanzig erhob sich, um sie zu begrüßen. »Guten Abend, ich bin Anna-Maria«, sagte sie mit klarer Stimme und hielt Nino die Hand hin. »Du mußt Nino sein, und dies . . . dies ist wohl Silvio.« Sie lächelte. »Man hat mir schon gesagt, wie gut du aussiehst, und ich freue mich, dies jetzt bestätigt zu finden.«

Anna-Maria Priola war hochgewachsen, hatte helles lockiges Haar und einen großen Busen, den sie freizügig zur Schau stellte. Eine zarte Parfümwolke umschwebte sie. Silvio war hingerissen.

»Nino, du setzt dich bitte neben mich. Und du dich dort drüben hin, Silvio. Wir unterhalten uns später.«

Silvio war etwas enttäuscht, nicht neben Anna-Maria sitzen zu dürfen. Sie war keine eigentliche Schönheit, denn ihre Nase war zu groß, die Brauen zu schwer und die Augen zu wissend. Aber sie hatte ein so wandlungsfähiges Gesicht, daß man es immerzu anschauen wollte. Außerdem hatte sie eine königliche Haltung. Die beiden Frauen, zwischen denen er Platz nahm, waren vergleichsweise uninteressant. Die eine war zu dick und zu alt für seinen Geschmack, die andere war sogar noch älter, Ende Vierzig, aber wenigstens hübsch.

Beide hießen ihn lächelnd willkommen. Sobald er saß und die Speisekarte von einem eifrigen Ober vor ihn hingelegt worden war, sagte die Attraktivere: »Darf ich fragen, wie Sie heißen und was mit Ihrem Ohr passiert ist?«

»Sylvano Randazzo, aber man nennt mich Silvio.« Auf die zweite Frage war er schon vorbereitet. »Ach, ich habe es mir bei einer Übung mit den Rettungsbooten verletzt«, erwiderte er leichthin.

»Was möchten Sie bestellen?« fragte der Ober. Was sollte er tun? Er konnte kein Wort lesen.

»Warum nimmst du nicht zuerst Suppe und dann vielleicht Kalbfleisch. Das kann ich dir empfehlen.« Anna-Maria hatte Silvios peinliche Situation offenbar erkannt.

Er bestellte die vorgeschlagenen Speisen und nickte Anna-Maria dankbar zu.

Mit der Zeit begann Silvio, sich etwas zu entspannen. Seine attraktivere Tischdame war gebürtige Italienerin, lebte mit ihrem amerikanischen Ehemann, einem Politiker, in Georgia und hatte gerade ihre Mutter in Neapel besucht. Die Dicke, eine italienische Opernsängerin, wollte eine Konzerttournee durch Amerika machen. Da Silvio weder von amerikanischer Politik noch von Oper etwas verstand, hätte die Unterhaltung mühselig werden können, doch sein eigener Aufzug bot Gesprächsstoff genug.

»Sind Sie Sizilianer?« erkundigte sich die Frau des Politikers, kaum war die Suppe serviert.

»Ja.«

»Bei Ihrem bandagierten Kopf fällt mir dieser Mafia-Bandit ein, dieser Steinbrecher. Was halten Sie denn von seinen Taten? Hat er nicht einem Entführten das Ohr abgeschnitten? Stimmt es, daß er die Unterstützung vieler Sizilianer hat?«

Silvio wurde bewußt, daß alle Gespräche am Tisch verstummt waren. Auch Anna-Maria und Nino schauten ihn gespannt an.

»Ja, es stimmt, daß ihn viele Sizilianer unterstützen. Das ist der einfache Teil der Antwort.«

»Warum ist der andere Teil schwierig? Sie heißen doch nicht etwa gut, was er getan hat, oder?«

Silvio war unbehaglich zumute, weil ihm alle zuhörten. Äußerste Vorsicht war geboten. »Ich denke, es war ein Fehler, die beiden Männer als Geiseln zu nehmen. Und es war ein noch größerer Fehler, dem Engländer das Ohr abzuschneiden.« Das konnte er inzwischen aus eigener Erfahrung sagen. »Aber derartige Vergehen lassen sich nicht so einfach beurteilen, denn Sizilien ist anders als der Rest von Italien. Viele Sizilianer denken ja sogar, die Insel gehöre gar nicht zu Italien.«

»Das stimmt«, mischte sich zu Silvios Erleichterung nun die Opernsängerin in die Unterhaltung. »Dort sind auch andere Opern beliebt, und man jubelt sogar einem Bösewicht zu, wie dem Herzog aus *Rigoletto*.«

»Aber dieser sogenannte Steinbrecher ist doch nichts als ein gewöhnlicher Verbrecher«, wandte die andere ein.

Silvio spürte, wie Nino allmählich in Wut geriet. Er mußte die Unterhaltung unbedingt von diesem gefährlichen Thema weglenken.

»Er ist keineswegs nur ein gewöhnlicher Verbrecher. Über seine Methoden kann man streiten, aber er gibt den Armen Geld und den Hungernden etwas zu essen. Dabei fällt mir übrigens ein...«

Er versuchte, seinen Tonfall zu ändern, um anzukündigen, daß er nun über etwas anderes sprechen wollte. »Ich las in einer der italienischen Zeitungen, der Steinbrecher habe sein Porträt nach England geschickt, und hier an Bord ist ja auch ein Porträtmaler. Wer hat sich denn schon malen lassen?« Er wandte sich direkt an die Frau des Politikers. »Sie sind sehr schön. Hat er Sie denn noch nicht dazu aufgefordert?«

Sie lächelte. »Eine hübsche kleine Rede. Wenn Sie die See mal satt haben, können Sie immer noch in die Politik gehen.«

Alle lachten. Der peinliche Moment war überwunden. Anna-Maria nutzte diese Gelegenheit, um die Sitzordnung etwas zu verändern, indem sie die Männer ihre Plätze tauschen ließ. So konnte Silvio nun neben ihr Platz nehmen.

»Danke für deine Hilfe mit der Speisekarte«, flüsterte er.

»Gern geschehen. Jetzt darfst du dich revanchieren, indem du mich zum Tanzen aufforderst.«

»Ich kann nicht tanzen.«

»Unsinn. So was gibt's überhaupt nicht. Komm schon.«

Sie stand auf und ging ihm voran zur Tanzfläche, die zum Glück schon ziemlich voll war. Folglich bewegten sie sich mehr oder weniger auf der Stelle und wiegten sich nur zum Takt der Musik.

»Fürs Tanzen spricht auch, daß wir der Tischrunde entfliehen können.«

»Ja, es wurde etwas unangenehm.«

»Du hast die Situation gut gemeistert. Sehr geistesgegenwärtig. Nun erzähl mir mal, was du in Amerika tun wirst.«

»Keine Ahnung. Darüber habe ich noch nicht nachgedacht. Ich wollte nicht weg, aber man hat mich gezwungen, als Begleiter für Nino.« Silvio wußte nicht, ob er das alles so ausplaudern durfte, aber nun war es sowieso schon zu spät.

»Du willst nicht nach Amerika? Du wirst es lieben! Wie ich. Warum in Sizilien bleiben? Was ist denn da so großartig?«

Irgend etwas hielt Silvio davon zurück, Annunziata zu erwähnen. Vor dem Dinner hatte Nino ihm in ihrer Kabine erklärt, Anna-Marias Vater, Angelo Priola, sei in New Orleans ein mächtiger Mann. Silvio solle bloß nichts tun, was Anna-Maria verärgern könne. Im Gegenteil, er solle besonders nett zu ihr sein, denn wenn sie ein gutes Wort für Nino und Silvio einlege, bekämen sie vielleicht sogar Jobs in Priolas Unternehmen in New Orleans. Es sei ein gutes Zeichen, daß Anna-Maria sie an ihren Tisch bitte, hatte Nino noch hinzugefügt.

»Ich mag Sizilien«, sagte Silvio schließlich. »Was ist dagegen einzuwenden?«

»Du fliehst, bist gezwungen zu fliehen. Das ist dagegen einzuwenden. Auf Sizilien wird es immer Gewalt und Totschlag geben.
Es ist zu abgeschieden, zu arm und zu eigenwillig.« Jäh kam sie
auf etwas ganz anderes zu sprechen.

»Rauchst du?«

»Manchmal.«

»Ich wette, du kennst keine amerikanischen Zigaretten.« Er
schüttelte den Kopf.

»Was hast du sonst noch nie gemacht? Bist du auch in anderer
Hinsicht eine Jungfrau?«

Silvio wurde rot und stolperte über seine eigenen Füße. Wieso
wurde er das eigentlich so oft gefragt?

Anna-Maria lachte. »Oh, die ersten brechen schon auf. Ich muß
zum Tisch zurück. Warum kommst du nicht so gegen Mitternacht in meine Kabine? Wir können rauchen und uns noch
etwas unterhalten. In der Öffentlichkeit rauche ich lieber nicht.
Wenn mein Vater davon erführe, brächte er mich um. Er haßt
es bei Frauen. Also vergiß nicht – um Mitternacht. Ich bin in
Kabine 715.«

Silvio war hin und her gerissen, ob er Nino von der Einladung
erzählen sollte. Und er war auch hin und her gerissen, ob er sie
überhaupt annehmen sollte. Eigentlich müßte er doch auf Wachtposten sein. Und was war mit Annunziata? Anna-Maria hatte ihn
zwar nur zum Rauchen eingeladen, aber auch so kam es ihm wie
ein Verrat an der Frau vor, die er liebte.

Nach dem Dinner hatte eine kleine Band von vier Leuten den
Klavierspieler abgelöst, und es wurde nun viel schneller getanzt.
Silvio beobachtete, daß der Kapitän jede Frau auffordern konnte
und jede förmlich an seinen Lippen hing, wenn er etwas sagte.
Einmal spielte er sogar Klavier und bekam höflichen Applaus. An
beiden Schmalseiten des Saales brannten offene Feuer in Kami-
nen mit schönen Marmorsimsen. Silvio genoß jede Sekunde und
war folglich enttäuscht, als Nino ihm kurz vor 23 Uhr signalisierte, daß sie gehen müßten. Am Fuß der Treppe zur Kommando-

brücke warteten schon die beiden Offiziere, die vor ihnen Wache hatten.

»Alles war ruhig, bis auf Kabine 717«, erklärte ihnen der ältere Offizier. »Da streitet sich ein Ehepaar ganz mörderisch. Bisher nur mit Worten, aber die beiden könnten auch mit Messern aufeinander losgehen. Also bitte achtgeben.«

Sie begannen ihre Runde. Tagsüber war die See ruhig gewesen, doch nun schoben sich allmählich Wolken vor den Vollmond, und der Wind frischte auf. Die *Syrakus* begann leicht zu schaukeln. Einige Passagiere schlenderten an Deck auf und ab. Aus dem Salon drang immer noch Tanzmusik.

Als sie zu Kabine 717 kamen, war alles ruhig wie in einem Beichtstuhl. Entweder hatten sich Ehemann und Ehefrau versöhnt oder schon gegenseitig umgebracht. Die nächste Kabine trug die Nummer 715. Die ungeraden Nummern verliefen an einer Seite des Dampfers, die geraden an der anderen.

»Das ist Anna-Marias Kabine«, flüsterte Silvio. »Sie hat mir's beim Tanzen erzählt.«

»Ach ja? Was ist denn noch zwischen euch passiert?«

Da es dunkel war, konnte Nino nicht sehen, wie Silvio errötete. Er blieb stehen und zündete sich eine Zigarette an. »Silvio«, begann er nach einer längeren Pause, »die Priolas könnten für uns sehr wichtig werden. Daher ist von entscheidender Bedeutung, wie du dich Anna-Maria gegenüber verhältst. Was hat sie gesagt?«

Silvio berichtete von dem Gespräch auf der Tanzfläche. Nino pfiff durch die Zähne. »Sie will dich tatsächlich haben. Phantastisch! Wenn wir in New Orleans ankommen und Anna-Maria scharf auf dich ist, dann haben wir einen echten Fürsprecher bei Hof.«

»Du meinst, ich soll hingehen? Was ist mit der Patrouille?«

»Vergiß sie! Die Patrouille hat keine Bedeutung für uns. Aber Anna-Maria ist eine reiche Frau, ihr Vater ein großes Tier. Diese Chance kommt vielleicht nicht wieder. Ich bleibe allein auf Wache, nichts leichter als das. Natürlich mußt du dein Rendezvous einhalten. Hör auf einen älteren Mann. Lerne aus seinen Fehlern. Ich gebe dir einen guten Tip.«

»Welchen denn?«

»Komm zehn Minuten zu spät. Dann wirkst du nicht übereifrig, und sie wird nervös, weil sie denkt, daß du sie versetzt.«

Es war sogar schon fast halb eins, als Silvio an die Tür von Kabine 715 klopfte.

Anna-Maria öffnete fast unmittelbar darauf. Zum ersten Mal sah Silvio eine Kabine der ersten Klasse und war tief beeindruckt. Sie war ungefähr zehnmal so groß wie seine eigene, hatte eine Mahagonitäfelung und vergoldete Spiegel. Während seine von einer nackten Glühbirne erhellt wurde, gab es hier Lampen mit hübschen muschelförmigen Schirmen. Außer einem Plüschsofa bestand die Möblierung aus zwei Einbauschränken, einer Frisierkommode, einem niedrigen Tisch, auf dem Zeitschriften lagen, und einer Bar. Zwei weitere Türen führten offenbar in Nebenräume. Auf dem Boden lag ein Teppich, und vor dem Fenster – es war kein Bullauge – hingen üppig gebauschte rote Vorhänge.

Es faszinierte Silvio, wie Anna-Maria sich den Raum zu eigen gemacht hatte. Sie reiste mit vielen persönlichen Dingen wie gerahmten Fotografien, einer Puppe im Spitzenkleid, Seidenblumen und einem duftigen roten Stoff, den sie um eine der Lampen drapiert hatte, um das Licht noch schmeichelhafter zu machen. Und mit einem Stapel von Büchern!

Anna-Maria trat an die Bar. »Wir wissen, daß du noch nie amerikanische Zigaretten geraucht hast, Silvio«, sagte sie lächelnd. »Verrate mir mal, ob du schon Champagner kennst.«

»Ja.« Silvio war stolz, wenigstens etwas zu kennen. »Nino hat mal Champagner gekauft, und ich bekam ein Glas davon.«

»Ein ganzes Glas! Na, so was!« Sie goß aus einer bereits geöffneten Flasche zwei Gläser voll und reichte Silvio eines. »Komm, jetzt haken wir uns ein und trinken aufeinander«, schlug sie vor und zog ihn am Arm zu sich heran.

»Nicht nur nippen«, rief Anna-Maria, als sie sich einhakten. »Nur wenn du einen tiefen Schluck nimmst, spürst du die volle Wirkung.«

Sie tranken ein zweites und dann ein drittes Mal, bevor sich ihre Arme voneinander lösten. Silvio hatte es genossen, Anna-Maria so nah zu sein. Sie duftete wunderbar, und ihre Haut war so zart und milchigweiß, daß er sie berühren wollte. Mit einem gewissen Schuldgefühl dachte er an Annunziata.

Anna-Maria füllte erneut Silvios Glas und ließ sich dann auf dem Sofa nieder. »Setz dich auf den Stuhl mir gegenüber«, bat sie. Als er nach einem weiteren Schluck das Glas auf den niedrigen Tisch zwischen ihnen stellte, holte sie ein silbernes Zigarettenetui aus ihrer Handtasche. Das Schiff erbebte, als es in ein großes Wellental glitt. Anna-Maria hielt ihm das offene Etui hin, und Silvio nahm eine Zigarette. »Warum knöpfst du dir nicht deine Jacke auf«, schlug sie vor. »Es ist hier sehr warm.«

Er öffnete die obersten Knöpfe.

Nachdem beide ihre Zigaretten angezündet hatten, lehnte Anna-Maria sich zurück und schlug die Beine übereinander.

»So läßt es sich aushalten, nicht wahr?« meinte sie lächelnd. »Was willst du eigentlich tun, wenn du nach Amerika kommst?«

Er zuckte die Achseln und versuchte zu ignorieren, wie flau ihm plötzlich war. »Das entscheidet Nino.«

»Bist du für ewig an Nino gebunden? Bist du nicht dein eigener Herr?«

Silvio warf ihr einen ernsten Blick zu. »Ja, ich bin mein eigener Herr, und nein, ich bin nicht für ewig an Nino gebunden. Aber vorläufig paßt es uns beiden gut.« Sein Ton klang schroff.

»Soll ich dir helfen? Mein Vater ist ein wohlhabender Reeder und sehr einflußreich in New Orleans. Ich bin sein einziges Kind. Wenn ich ihn bitte, dir zu helfen, wird er's tun.« Sie schaute ihn durch den Rauch ihrer Zigarette an.

Silvio wußte nicht, was er erwidern sollte. Natürlich wollte er ihre Hilfe. Und Nino würde ihn umbringen, wenn er diese Gelegenheit verpaßte. Andererseits spürte er, daß Anna-Maria noch mehr zu sagen hatte. Er ahnte, wieviel von seiner Antwort abhing.

»Ich ... ich würde gern für deinen Vater arbeiten. Aber ... was ist mit uns? Bekomme ich dich dann häufiger zu sehen?«

Anna-Maria lächelte. »Ein bißchen zu glattzüngig, Silvio, aber schmeichelhaft, und das gefällt mir. Und clever. Ich werde meinem Vater sagen, du bist clever und ... reaktionsschnell. Das habe ich vorhin beim Dinner gemerkt.«

Schnell? Er war nicht schnell gewesen, als seine Eltern in den Hinterhalt gelockt worden waren.

Anna-Maria drückte ihre Zigarette aus. »Komm und setz dich neben mich.« Sie rückte etwas, um ihm Platz zu machen.

Er stand mit einem mulmigen Gefühl auf und ließ sich neben Anna-Maria in die weichen Polster sinken.

»Gut, Silvio. Als nächstes lernst du, mir eine Zigarette anzuzünden. Frauen mögen das. Ich jedenfalls.«

Als Silvio ihr das Silberetui anbot, nahm sie eine Zigarette und beugte sich dabei so weit vor, daß er die obere Hälfte ihrer Brüste sehen konnte. Er zündete ein Streichholz an, und sie näherte sich ihm mit der Zigarette zwischen den Lippen. Dabei beugte sie sich noch weiter vor.

»Nun zum Champagner«, sagte sie und zog an ihrer Zigarette. »Trink aus und schenk uns beiden nach.«

Als Silvio an die Bar trat, verlor er durch ein plötzliches Schwanken des Dampfers kurz die Balance und taumelte. Er fühlte sich alles andere als wohl.

Er goß Champagner ein und trug die Gläser zum Sofa hinüber. Wieder bäumte sich das Schiff auf.

Als er sich setzte, schlüpfte Anna-Maria aus ihren Sandaletten, schwang die langen Beine hoch und legte sie quer über Silvios Schoß. Gierig leerte sie das Glas Champagner und stellte es auf dem Tisch ab. Ihre Zigarette an den Lippen, kurz davor, erneut daran zu ziehen, fragte sie: »Wie sehen eure Pläne aus, wie werdet ihr in Amerika an Land gehen?«

»Was meinst du damit? Ich verstehe dich nicht.«

»Bist du wirklich so naiv? Ihr beide, du und Nino, werdet nicht gerade sehnsüchtig erwartet, oder? Ich sah euch in Palermo nicht an Bord kommen, und dir hat man fast ein Ohr abgesäbelt, kaum daß wir Gibraltar hinter uns hatten. Also könnt ihr in New Orleans nicht einfach an Land spazieren. Ihr müßt euch etwas ausdenken. Illegale Einwanderer werden mit dem Schiff zurückgeschickt, mit dem sie angekommen sind.«

Silvio hörte nicht mehr zu. Die *Syrakus* begann gleichzeitig zu rollen, zu stampfen und zu schwanken, da es draußen inzwischen stürmte und die See aufgewühlt war. Sein Magen schien einen Tanz aufzuführen, und er fühlte sich plötzlich zu elend, um auch nur ein Wort herauszubringen.

Im nächsten Moment schlingerte das Schiff besonders heftig, die Einbauten aus Holz knarrten, und die Champagnerflasche schlidderte auf der Bar entlang. Silvio konnte nicht länger warten. Er fegte Anna-Marias Beine von seinem Schoß und sprang auf.

»Silvio! Ist dir übel? Dann geh doch ins Badezimmer.«

Er aber wollte unbedingt an die frische Luft, riß die Tür auf und lief in Richtung Achterschiff. Als der nächste Brecher die *Syrakus* traf, konnte er sich nicht mehr auf den Beinen halten. Er wurde gegen den Luftschacht eines Ventilators geschleudert und knallte auf die Planken. Mühsam krabbelte er auf allen vieren zur Reling, zog sich daran hoch und übergab sich.

Annunziata war außer sich und schrie vor Zorn. Nein, Moment, das stimmte ja gar nicht. Sie lächelte. Oder doch nicht? Schwer zu sagen. Sie war betrunken, hemmungslos betrunken. Sie wirbelte über eine Tanzfläche, in der linken Hand eine Champagnerflasche, in der rechten eine Zigarettenspitze. Und bei jeder Drehung hielt sie einen anderen Mann in den Armen. Dunkelhaarig oder blond, hochgewachsen und attraktiv. Halt! Der eine sah wie Onofri Orestano aus. Sie sahen überhaupt alle wie Orestanos aus. Einige küßten sie auf den Hals, und sie schien es zu mögen. Silvio fühlte, wie ihm der Schweiß ausbrach. Er mußte diesem Treiben ein Ende machen. Doch er konnte sich nicht rühren, war verdammt zum Zuschauen. Er versuchte zu schreien, doch schon wurde ihm wieder schlecht. Annunziata verschwand mit ihren Tanzpartnern, und nun schüttelte ihn jemand unsanft.

»Silvio! Es ist fünf Uhr. Wie lange willst du denn noch schlafen?«

Er wachte auf. Gott sei Dank! All diese Männer hatten nur in seinem Traum existiert.

»Hier, nimm einen Schluck.«

»Einen Schluck von was?«

»Kaffee.«

Nino hatte Silvio entdeckt, wie er völlig erschöpft an der Reling lag, und ihn auf die andere Seite des Schiffes geschleppt, wo eine Tür für das Personal von außen direkt in die Bar des Casinos führte.

Der Barkeeper hatte auf das Klopfen hin geöffnet. »Wir schieben Wache. Können Sie uns etwas gegen Seekrankheit geben?« hatte Nino geflüstert.

»Kommt sofort.« Nach einer Minute war er zurück.

»Was soll das?« hatte Nino gefragt, denn der Mann brachte ihm weder Wismut noch Kampfer, sondern einen Schlüssel.

»Der Schlüssel zum Duschraum. Ihr Freund soll so lange duschen, wie er's aushalten kann. Bringen Sie den Schlüssel hinterher bitte wieder zurück.«

Nino hatte Silvio in die Duschkabine geholfen und dann weiter allein seine Runde gemacht. Nach einer halben Stunde hatte Silvio sich etwas besser gefühlt. Er hatte den Champagner ausgeschwitzt und war auch den ekelhaften Geruch nach Erbrochenem und kaltem Rauch losgeworden.

»Trink den Kaffee. Wir müssen reden«, sagte Nino nun barsch.

Silvio trank, und seine Lebensgeister erwachten, denn der Kaffee schmeckte wunderbar. Das Meer schien sich beruhigt zu haben.

»Du hast mir letzte Nacht erzählt, Anna-Maria hätte uns ihre Hilfe angeboten?«

Silvio nickte. Er mochte Ninos brüske Art im Zusammenhang mit Frauen nicht, wollte sich jetzt aber auf keinen Streit einlassen.

»Doch du bist etwas ... überstürzt weggelaufen, stimmt's? Meinst du, sie ist wütend auf dich?«

»Weil ich weggelaufen bin?«

»Nein, du Esel! Weil du sie nicht gefickt hast.«

»Was?«

»Warum hat sie dich wohl in ihre Kabine geholt? Mein Gott! Du warst gestern nacht arm dran, zugegeben. Aber deine Naivität geht mir langsam auf die Nerven. Hör zu, es ist wichtig. Sie ist dreiundzwanzig, in mancher Hinsicht eine nette Frau und in anderer Hinsicht eine Hure, aber wichtig ist nur, daß sie die Tochter ihres Vaters ist und wir – vor allem du – ihr gefallen müssen. Du bist schließlich achtzehn. Alt genug.«

Silvio schwieg mürrisch.

»Hier, nimm.«

»Was ist das?«

»Was soll's schon sein, Idiot. Geld! Um Anna-Maria ein Geschenk zu kaufen. Schokolade, Seidenblumen, teure Seife, was auch immer. Aber kauf ihr was, das dir heute nacht wieder Zutritt zu ihrer Kabine verschafft – und von nun an jede Nacht, bis wir in New Orleans sind. Du mußt dich nicht in sie verlieben, aber ich will, daß du diese Frau fickst und glücklich machst, damit sie gegenüber ihrem Vater von uns redet, als ob wir der Papst und Sankt Peter höchstpersönlich wären. Keine Widerrede, Silvio. Und enttäusch mich nicht. Hörst du!«

Silvio nickte. »Zwei Fragen noch.«

»Also gut. Raus damit.«

»Wie kommen wir an Land? Anna-Maria wollte das wissen.«

»Mach dir darüber keine Sorgen. Das wirst du schon sehen, wenn der Zeitpunkt da ist. Und die andere Frage?«

»Die Orestanos. Anna-Maria sagt, die werden sich uns noch mal vorknöpfen. Oder sie verpfeifen uns bei den Behörden.«

»Ja, darüber habe ich schon nachgedacht. Ich weiß nicht, wie viele von denen an Bord sind, das ist das Problem. Aber ich habe schon einen Plan, der davon abhängt, ob du heute nacht in Anna-Marias Kabine gelangst oder nicht. Ich erzähle dir die Details, sobald du's geschafft hast.«

Nino stand auf. »Zieh dich an. Zeit, deine Besorgungen zu machen.«

Silvio klopfte behutsam an die Tür von Kabine 715. Nino stand halb verdeckt hinter einem Luftschacht und beobachtete ihn.

»Komm rein.«

Silvio schloß die Tür hinter sich.

»Schau mal.« Anna-Maria hatte Champagner in zwei flache Kelche gefüllt. »Nichts bewegt sich. Die See ist so glatt wie der Bauch einer Jungfrau. Hoffentlich fühlst du dich wieder wohl.«

»Mir geht's prima«, erwiderte Silvio lächelnd.

Nino hatte in einer Hinsicht recht gehabt. Die Pralinen hatten Wunder gewirkt. Als Silvio am Abend beim Dinner erschienen war, hatte Anna-Maria sich mit ihrem Nachbarn unterhalten, einem Geschäftsfreund ihres Vaters, und beide schienen nicht gerade erfreut über die Unterbrechung zu sein.

Doch Silvio hatte sich eine kleine Rede ausgedacht. »Es tut mir leid, daß ich mich gestern nacht wie ein Tölpel benommen habe. Ich bin nicht an Champagner gewöhnt. Hoffentlich verzeihst du mir. Angeblich sind diese Pralinen die besten an Bord. Vielleicht versüßen sie dir die Erinnerung an das, was geschehen ist.«

Anna-Maria war nicht nachtragend gewesen. »Es ist wichtiger, gute Manieren zu haben, als zu wissen, wie man einen Drink bei sich behält.«

Er hatte sie zum Tanzen aufgefordert, um den ersten Schritt nicht wieder ihr zu überlassen.

»Pralinen schmecken sogar noch besser, wenn man dazu Champagner trinkt. Kommst du heute nacht?« hatte sie ihn nach einigen Minuten gefragt.

»Wenn du es immer noch möchtest, dann komme ich liebend gern.«

Sie hatte seine Hand gedrückt.

In ihrer Kabine reichte sie ihm nun ein Glas und ging zur Bar, wo sie einige der Pralinen auf einen Teller gelegt hatte. »Hier, probier mal. Trink einen Schluck und iß die Praline, während du noch den Geschmack vom Champagner auf der Zunge spürst.«

Er befolgte ihren Vorschlag. »Wunderbar!«

»Komm, setzen wir uns aufs Sofa.« Wie in der Nacht zuvor legte sie die Beine über Silvios Oberschenkel. Den Teller mit Pralinen stellte sie auf ihren Schoß. »Nimm dir, bitte.« Er bediente sich. Gestern hatte sie ihm viele Fragen gestellt, und er war wie ein störrischer Maulesel gewesen. Am schmeichelhaftesten war für sie gewiß, wenn er heute die Initiative ergriff.

»Nimmst du immer Bücher auf eine Reise mit?« begann er.

»Immer. Ich lese gern. Andere Welten, andere Zeiten. Auf diese Weise triffst du Menschen, die du sonst nie kennenlernen würdest.«

»Ja, das leuchtet mir ein. Aber jetzt erzähl mir mal von New Orleans. Was ist das für eine Stadt?«

Sie überlegte und knabberte dabei an einer Praline. »Jedenfalls nicht mit Palermo zu vergleichen. Beherrschend im Stadtbild ist der Mississippi. Er ist gewaltig, an die fünfhundert Meter breit. Er ist so dunkelbraun wie die abgebrannten Kornfelder von Rocca Busambra, fließt sehr schnell, ist ziemlich tief und nichts für Schwimmer, weil es große Aale darin gibt. New Orleans war früher mal eine französische Siedlung und hat daher auch den Namen einer Stadt in Frankreich. Manche Leute sprechen immer noch französisch, und viele Straßen haben französische Namen. Alles Interessante findest du im Französischen Viertel. Da gibt's offene Märkte, Spielhäuser und Bordelle. Außerdem kann man dort eine aufregend neue Musik hören. Blasorchester, aber ganz anders als bisher.«

Silvio trank heute viel langsamer. »Wohnt dein Vater im Französischen Viertel?«

»Nein, wir leben westlich davon, in der Gartenstadt. In New Orleans sind nur wenige Straßen gepflastert, und du kannst dir den Morast vorstellen, wenn der Fluß Hochwasser hat. Im Sommer ist es heiß und schwül, im Winter manchmal nebelig. Ach ja, und dann gibt's nach Weihnachten einen Karneval, der heißt Mardi Gras.«

»Was passiert da?«

»Alle verkleiden sich möglichst verrückt und ziehen in einer großen Parade mit Negerkapellen durch die Straßen bis zu einem

Tanzpalast, wo eine Jury dann die schönsten Kostüme prämiert. Anschließend findet ein großer Ball statt. Ich gehe jedes Jahr hin.«

»Welche Kostüme hast du bisher getragen?«

»Oh, einmal ging ich als spanische Flamencotänzerin, und letztes Jahr war ich eine griechische Göttin.«

Silvio verstand nur die Hälfte, fragte aber unermüdlich weiter. »Wie sind eigentlich die Neger? Ich habe noch nie einen gesehen.«

»Du wirst schon bald welche zu sehen bekommen. Ich möchte jetzt aber lieber deine Geschichte hören. Du hast einen Mann getötet.«

»Ja, es ging um Blutrache.«

»Was für ein Gefühl ist das, jemanden zu töten?«

Wie lautete Ninos Rat? Sei außen weich, innen hart – wie eine Olive. »Der Mann hat uns verraten. Jemand mußte es tun. Es war eine gerechte Tat.«

»Warum ausgerechnet du?«

»Ich mußte meine Loyalität, meinen Mut beweisen.«

»Warum? Gab es daran Zweifel?«

Er deutete auf den Bücherstapel. »Mut kann man nicht aus Büchern lernen. Vor dem Test bestehen immer Zweifel.«

»Aber du bist mit Nino blutsverwandt. Warum hat das denn nicht gereicht?«

»Verstand und Mut sind wichtiger als das gleiche Blut.«

Sie musterte ihn nachdenklich. »Mag sein. Aber du hast immer noch nicht geantwortet. Wie fühlt man sich, wenn man jemanden erschießt?«

»Ich hab's erst einmal getan. Es ist weniger schlimm, als mit anzusehen, wie deine Eltern sterben.«

Anna-Maria schwieg mit undurchdringlicher Miene. Doch schließlich bat sie: »Zieh deine Jacke aus, und schenk uns Champagner nach.«

Als Silvio beide Gläser an der Bar gefüllt hatte und sich umdrehte, stand die Tür zum Schlafzimmer offen. Anna-Maria war verschwunden.

Was nun? Silvio dachte an Annunziata. Konnte er sie schon so bald nach ihrer Trennung betrügen? Sie war viel schöner als Anna-Maria, die aber trotzdem überaus verlockend auf ihn wirkte. Er konnte nicht leugnen, daß er ihren nackten Körper sehen und spüren wollte. Außerdem blieb ihm doch gar keine andere Wahl. Nino hatte klargestellt, Silvio sollte mit Anna-Maria ins Bett gehen. Und es stimmte ja auch, ihr Vater war der beste Trumpf, den sie in New Orleans hatten.

Zu guter Letzt war zu bedenken, daß es kaum bessere Umstände gab, um seine Unschuld zu verlieren. Eine erfahrene, willige Frau, Champagner und eine Luxuskabine. Kaum acht Tage zuvor war ihm eine Welt, in der es Champagner, Pralinen und Tanzflächen gab, so fremd gewesen wie der Vatikan.

Silvio fuhr mit den Fingern der einen Hand zwischen die schlanken Stiele der Champagnergläser und hob sie hoch. Mit der anderen Hand ergriff er den Eiskübel – die Flasche war noch halb voll – und betrat das Schlafzimmer. Er hielt nur einen Moment inne, um mit dem Fuß die Tür hinter sich zuzustoßen.

»Und? Hast du sie gefickt?« Nino trat aus dem Halbdunkel hinter einem Lüftungsschacht hervor, als Silvio Anna-Marias Kabine verließ und nach achtern ging, um seinen Rundgang wieder aufzunehmen. »Du warst über zwei Stunden bei ihr, verdammt noch mal.«

Silvio wurde rot, was Nino zum Glück nicht sehen konnte, da Wolken den Vollmond verdunkelten.

»Nun sag schon.«

Dieser Nino war wirklich ein Rohling!

Eine halbe Stunde zuvor hatte Anna-Maria sich unter Silvio gewunden und auf eine Weise geschrien, die nur schwer zu beschreiben war. Es kam ihm wie eine stärkere Version des Stöhnens aus Lust und Schmerz vor, das er zum ersten Mal von Annunziata gehört hatte. Nun endlich hatte er herausgefunden, worum die ganze Aufregung eigentlich ging, und er mußte zugeben, daß es sich lohnte.

»Ja, ich habe sie gefickt.«

»Gut.« Nino fiel in Gleichschritt mit ihm. »Dann verrate ich dir jetzt auch, wie wir mit den Orestanos fertig werden. Ich hatte genug Zeit, darüber nachzudenken, während du gestern geschlafen und dich heute vergnügt hast.«

Trotz der dichten Wolkendecke war es eine warme Nacht.

»Ein, zwei Leuten ist aufgefallen, daß ich den Rundgang allein mache. Einmal habe ich behauptet, du wärst auf dem Klo, beim zweiten Mal habe ich die Wahrheit gesagt, nämlich, daß dir schlecht geworden ist und du im Duschraum bist. Nun kommt der wichtige Punkt. Die *Syrakus* ist zwar ein großer Dampfer, aber im Grunde doch nur ein Dorf, wo jeder weiß, was der andere macht. Genau das paßt mir gut in den Kram. Während du dir vorhin die Seele aus dem Leib gefickt hast, bin ich in die Bar vom Casino gegangen, wo wir gestern nacht den Schlüssel zur Dusche bekommen haben. Weißt du noch?«

Silvio nickte.

»Ich schnorrte einen Drink beim Barkeeper, quatschte ein bißchen mit ihm und erwähnte beiläufig, du hättest verdammtes Glück.« Nino kicherte in sich hinein, als ihn der vorwurfsvolle Blick Silvios traf. »Morgen nacht, wenn du bei Anna-Maria bist, gehe ich wieder dorthin und erkläre dem Barkeeper, du seist nach meiner Einschätzung für den Rest der Reise beschäftigt.«

»Aber ...«

»Sei ruhig! Hör auf einen älteren Mann. Der Barkeeper weiß, wer ich bin. Die ganze Crew weiß es. Ich wette, er wird die Information an Onofri Orestano weitergeben.«

»Welche Information?«

»Daß ich jede Nacht zwischen vierundzwanzig Uhr und drei Uhr früh allein an Deck bin. Außerdem, daß ich jede Nacht gegen zwei an der Casinobar eine Pause einlege, um einen Drink zu nehmen und zu rauchen. Eines Nachts werden mir die Orestanos auflauern, darauf gehe ich jede Wette ein.«

»Wie schaffen sie's, hier raufzukommen?«

»Wer auch immer ihnen die Information über mich verkauft,

109

wird dafür sorgen, daß das kein Problem ist. Vermutlich kommen sie als Matrosen verkleidet. Es gibt an Bord zweihundert davon, ich habe mich erkundigt. Mag sein, daß die mich alle kennen, aber bestimmt kennen sich nicht alle untereinander.«

»Wenn fünfzehn es auf dich abgesehen haben, bist du ein toter Mann. Hier an Deck gibt's keine Schwefelfeuer.«

»Es können keine fünfzehn kommen. Hör gut zu. Die Orestanos dürfen keinen Skandal riskieren, weil sie sonst der amerikanischen Einwanderungsbehörde übergeben werden und auf demselben Schiff nach Palermo zurückmüssen. Oder in Amerika vor Gericht gestellt werden. Schließlich ist dies ein Schiff der Priolas, und sie sind Orestanos, also Feinde. Außerdem will der Informant garantiert nicht, daß sich hier oben eine ganze Bande austobt. Er weiß, daß er seinen Job los ist, falls jemand herausfindet, wer die Information weitergegeben hat.

Nein, ich vermute, drei oder vier von denen sollen die Sache erledigen. Als Matrosen verkleidet, überrumpeln sie mich, stechen mich nieder und werfen mich über Bord. Danach schleichen sie sich zum Einwandererdeck zurück, wo sie nur drei oder vier anonyme Typen von sechshundert sind. Alles wird vertuscht. Ich war nicht auf dem Schiff, als es Palermo verlassen hat. Warum soll ich also drauf sein, wenn es in Amerika ankommt?«

»Ich dachte, wir werden von den Priolas beschützt.«

»Nur in begrenztem Maße. Sie haben uns an Bord geschmuggelt und lassen uns kostenlos mitfahren. Aber das war's dann auch schon. In ihrer Position können sie es sich nicht leisten, einen wie mich offen zu unterstützen. Wenn ich also geschnappt oder umgebracht werde, behaupten sie einfach, sie hätten von meiner Anwesenheit an Bord nichts gewußt.«

Inzwischen waren sie mittschiffs und stiegen zum nächsten Deck hinunter.

»Nun kommt der knifflige Teil, also hör gut zu. Morgen nacht schläfst du wieder mit Anna-Maria. Wenn ihr fertig seid, aber erst dann, schilderst du ihr meinen Plan...«

»Was?«

110

»Ja. Anna-Maria gehört zur Familie, sie ist mit uns blutsverwandt. Wir können uns auf sie verlassen. Wenn ich getötet werde, wird sie wie ihr Vater reagieren, aber sie hilft uns garantiert, wenn sie mich retten kann und nebenbei noch den Orestanos eins auswischt.«

Als Silvio zögernd nickte, redete Nino weiter. »Du sagst ihr also morgen, daß du von nun an jede Nacht zu ihr kommen wirst, immer zur selben Zeit wie bisher. Aber statt dich dumm und dämlich zu ficken, verläßt du ihre Kabine um halb zwei. Wenn man dich beobachtet, was ich vermute, wird der Betreffende dreißig oder vierzig Minuten abwarten, um sicher zu sein, daß du eine Weile in der Kabine bleibst. Wenn ich recht habe, und es sind nur drei oder vier Männer, dann kann er nicht ewig warten, sondern muß zu den andern zurück, weil er für den Überfall auf mich gebraucht wird. Wenn du um halb zwei die Kabine verläßt, wird er weg sein, aber du mußt dich trotzdem davon überzeugen, daß dir keiner folgt. Verstanden?«

Silvio nickte wieder.

»Du beziehst außerhalb der Casinobar Stellung, aber auf dem unteren Deck. Dort verbindet eine Treppe die beiden Decks. Kein Mensch wird vermuten, daß du dich da versteckst. Dort wartest du und sperrst deine Ohren auf. Gegen zwei Uhr gehe ich zur Casinobar. Vielleicht kriegst du schon was vom Handgemenge mit, aber ich mache mich auf jeden Fall bemerkbar. Dann kommst du so schnell wie möglich die Treppe rauf.«

Silvio unterbrach ihn. »Woher weißt du, daß es genau so passiert? Die könnten uns in der Kabine überfallen ...«

»Blödsinn. Wir sind nur tagsüber in der Kabine. Und nur Offiziere haben Zutritt zu unserem Kabinendeck. Nein, es muß schon nachts passieren, weil sie nach der Tat rasch und unbemerkt verschwinden wollen. Für einen Angriff auf uns beide bräuchten sie vier oder noch mehr Männer, damit es auch wirklich klappt. So viele sind aber zu auffällig. Glaub mir, sie gehen auf mich los, wenn ich allein bin.«

Silvio war immer noch nicht überzeugt. »Und wenn's nun doch

mehr als vier sind, Nino? Das ist nicht ausgeschlossen, und dann sind wir hoffnungslos unterlegen.«

»Mach dir keine Sorgen. Ich wette, die Orestanos nehmen keine Schußwaffen mit, weil sie mich möglichst lautlos erledigen wollen. Aber du wirst eine Pistole tragen.«

7. KAPITEL

Silvio hatte nie zuvor so viele Offiziere in weißen Uniformen versammelt gesehen. Sie standen in drei Reihen hinter den Passagieren der ersten Klasse und erinnerten tatsächlich an Kirchenkerzen. Da es Sonntag morgen war, hatte man den Salon für eine Stunde in eine Kapelle verwandelt.

Silvio hatte keine Lust gehabt, am Gottesdienst teilzunehmen. Er war schon in Sizilien kein fleißiger Kirchgänger gewesen, genau wie Nino. Doch heute hatte Nino darauf bestanden, daß sie hingingen. Wollte er auf Anna-Maria einen guten Eindruck machen? Oder gab es eine Seite an Nino, die Silvio noch nicht kannte?

Der Schiffskaplan stand am Flügel, und hinter ihm auf der Anrichte thronte ein großes Kreuz. Der allabendlich zum Tanz aufspielende Pianist trug nun eine weihevolle Miene zur Schau, und der Kapitän führte mit offenkundiger Freude am Klang seiner eigenen Stimme den Gesang an. Es war ein klarer, sonniger Tag, aber Silvio fühlte sich beklommen.

Er wäre morgens am liebsten nicht aufgewacht, so sehr hatte ihn die Unterhaltung mit Nino verängstigt.

Bis vor kurzem war, abgesehen vom Tod seiner Eltern, nicht viel Außergewöhnliches in seinem jungen Leben vorgefallen, doch in den letzten Wochen war buchstäblich alles auf den Kopf gestellt worden. Vor dem bewußten Ritt nach Palermo hatte er wie ein Junge gelebt. Und nun war er auf dem Weg in eine neue Welt, war ein Exilant und Mörder. Schon bald würde er sich in einem grausamen Kampf bewähren müssen, bei dem wahrscheinlich wieder jemand getötet werden würde.

Silvio sah sich um. Nicht nur der Kapitän sang aus voller Kehle.

Alle taten es ihm gleich: Anna-Maria, der Kaplan, der Erste Offizier, Dr. Tolmezzo, Enrico, der Barkeeper aus dem Casino, die Opernsängerin. Und sogar Nino.

Mit einem Mal verstand Silvio, warum Nino unbedingt den Gottesdienst hatte besuchen wollen. Er fürchtete, bei dem Kampf zu sterben, und machte nun seinen Frieden mit Gott.

Warum bin ich nicht religiöser, fragte Silvio sich. Lag es wirklich daran, daß seine Eltern tot waren? Das hatte er sich bisher immer eingeredet. Ein gütiger Gott hätte das nie geschehen lassen, oder? Er musterte aus dem Augenwinkel verstohlen Anna-Maria. Auch sie schien tiefgläubig zu sein. Warum konnte er nicht so empfinden? Plötzlich fühlte er sich zum ersten Mal im Leben einsam.

Als Silvio in Anna-Marias Kabine kam, trug sie bereits ihr Nachthemd und war in ein Buch vertieft. Sie legte es beiseite, gab ihm einen Kuß auf die Wange und zog ihn an seiner Uniformjacke zur Schlafzimmertür. »Der Champagner steht hier drin.«

Er wollte jedoch erst wissen, was sie las.

»Eine Übersetzung aus dem Französischen über eine Frau, die Paris im Sturm nimmt.«

»Wer hat das geschrieben?«

»Ein Franzose namens Émile Zola.«

»Kann ein Mann über Frauen schreiben?«

Sie musterte ihn erstaunt. »Warum interessiert dich das?«

»Warum dich?«

»Ich sagte es schon. Du kannst mit Hilfe von Büchern überallhin reisen. In die ganze Welt. In die Vergangenheit.«

»Und dann?«

Sie schüttelte den Kopf. »Silvio, du bist nicht hier, um über Bücher zu plaudern. Vielleicht später.« Anna-Maria nahm seine Hand, und beide gingen ins Schlafzimmer, wo sie sich an der Champagnerflasche zu schaffen machte. Als er ihr helfen wollte, wehrte sie ab. »Ich kann das auch allein. Du ziehst dich inzwischen aus.«

Als er aus der Jacke schlüpfte, entdeckte sie die Pistole.

»Was soll denn das?«

Eigentlich hatte er ihr die Geschichte ja erst hinterher erzählen wollen, aber nun mußte er es eben schon jetzt tun.

Anna-Maria reichte ihm ein Glas Champagner und begann dann, ihn mit Fragen zu bombardieren.

»Wessen Idee war das? Wie oft hast du schon eine Pistole benutzt? Wieso bist du so sicher, daß nur drei Orestanos kommen? Wie kannst du auf sie schießen? Das ganze Schiff wird die Knallerei hören. Was passiert, falls Nino getötet wird und du am Leben bleibst? Woher weißt du, ob sie euch überhaupt auf den Leim gehen?«

Je mehr Fragen sie stellte, desto klarer erkannte Silvio, daß sie eigentlich gar keine Antworten erwartete. Anna-Maria zählte vielmehr zu ihrem eigenen Vergnügen alle möglichen Risiken auf und wurde dabei immer erregter. In der Nacht zuvor hatte sie alles über den Blutrachemord erfahren wollen. Einerseits hatte sie zwar Angst, andererseits schien die Vorstellung, daß er ein Killer war, sie sogar zu beflügeln. Sie trat zu seiner Uniformjacke, die auf einem Stuhl im Salon lag, und zog die Waffe heraus. Silvio bemerkte, daß sich ihre Brustwarzen deutlich unter dem Nachthemd abzeichneten.

Sie kam ins Schlafzimmer zurück und gab ihm einen sanften Schubs, so daß er aufs Bett sank. Als er auf dem Rücken lag, zog sie sich das Nachthemd über den Kopf und setzte sich rittlings auf ihn.

Anna-Maria spähte das Deck entlang. »Keiner da«, flüsterte sie Silvio zu. Es war in der folgenden Nacht, und er huschte zu dem Ventilatorschacht hinunter, den er sich als Versteck ausgesucht hatte. Alles war still an Bord.

Silvio glaubte, daß ihn niemand beobachtet hatte. Er befühlte die Pistole in seiner Tasche. Obwohl er erst achtzehn war, hatte er schon viel Erfahrung mit Schußwaffen. Sie gehörten zu seinem Leben, solange er sich zurückerinnern konnte. Zahllose Tiere waren in seinem Beisein mit einer *lupara* hingemetzelt worden, und inzwischen hatte er miterlebt, wie neun Menschen durch Schüsse ums Leben gekommen waren, wenn er die Soldaten des Lazio-Regiments mitrechnete. Und Gaetano Mancuso.

Er mochte Pistolen. Er mochte es, daß sie schwer und kompakt waren und keinerlei Zweifel ließen, wofür sie konstruiert waren. Pistolen und Revolver waren schön; so sauber, glatt und glänzend, so klein und handlich. Gewehre und Schrotflinten mochte er weniger. Sie kamen ihm plump vor... Schritte näherten sich. Er trat noch weiter hinter den Schacht und hielt den Atem an.

Zwei alte Damen schlenderten vorbei. »Danke, daß du mich vor dem Roulette gerettet hast«, hörte er die eine zur anderen sagen. »Ich hatte schon viel zuviel verloren.« Der Fortgang der Unterhaltung wurde vom Wind übertönt.

Die Zeit verging. Silvio wußte nicht, wie spät es war, da er Bastianos Uhr hatte zurückgeben müssen. Falls ihr Plan in der ersten Nacht nicht klappte, würden sie sich kurz nach zwei Uhr, sobald Nino seinen Drink im Casino ausgetrunken hatte, treffen, um dann gemeinsam ihre Runde zu drehen.

Nach einer Weile hörte Silvio jemanden klappernd die Eisentreppe heruntersteigen und das Deck betreten. Es war Nino, der sich suchend umschaute.

Silvio kam aus seinem Versteck hervor.

»Und? War irgendwas los?«

»Nur zwei alte Frauen sind vorbeigekommen. Und bei dir?«

»Nichts. Aber ich habe etwas rausgekriegt.«

»Ach ja?«

»Morgen nacht hat der Barkeeper keinen Dienst.«

»Na und?«

»Ich vermute, daß er uns verraten hat. Deshalb will er natürlich nicht in der Nähe sein, wenn das Getümmel losgeht. Er will sagen können, er habe friedlich in seiner Koje gelegen. Deshalb schätze ich, es passiert morgen nacht.«

Der nächste Tag wurde die reinste Nervenprobe. Zumindest für Silvio. Nino schien das alles nicht viel auszumachen, denn er verschlief den Vormittag, reinigte die Waffe, die Silvio benützen würde, und sang sogar beim Duschen.

Beim Tanz nach dem Dinner weihte Silvio Anna-Maria ein.

»Ja, das ergibt Sinn«, stimmte sie zu, als sie Ninos Theorie zu hören bekam.

»Du scheinst an derartige Dinge gewöhnt zu sein.«

»Man gewöhnt sich nie daran, Silvio, aber man verschließt auch nicht die Augen davor.«

»Hast du denn nie Angst?«

»Aber natürlich. Ich habe deinetwegen Angst und auch ein bißchen wegen Nino. Aber als erfahrene Frau möchte ich dir jetzt einen Rat geben. Laß dir nie deine Angst anmerken. Unterschätz deinen Gegner nicht, denk aber auch daran, daß er vermutlich genauso große Angst hat wie du, sie vielleicht nur besser verbergen kann. Das gleiche gilt übrigens für Frauen: Je einschüchternder du sie findest, desto gelassener mußt du auftreten.«

»Sind Frauen denn immer Gegner für einen Mann?«

Sie schmunzelte. »Wenn es heute nacht passiert, wovon ich übrigens überzeugt bin, und du gewinnst, dann komm hinterher in meine Kabine. Da habe ich nämlich etwas, wodurch Sex noch schöner wird.«

»Was soll das sein?«

»Ich zeig's dir, wenn du es dir verdient hast.«

Es war stürmischer und auch noch dunkler als in der Nacht zuvor. Silvio hatte schon auf Maultieren gesessen, die ihn sanfter beförderten als dieses Schiff. Er stand seit etwa zwanzig Minuten gut verborgen hinter dem Lüftungsschacht. Es würde bei dem Windgebrause schwer werden, Geräusche vom oberen Deck zu hören.

Silvio war auf der Hut, um es milde auszudrücken. Er wußte genau, daß ältere Männer mehr Muskelkraft besaßen als ein Achtzehnjähriger. Wie würde er reagieren, wenn ihn ein Messerstich traf? Könnte er den Schmerz ertragen? Am Ende würde er Nino enttäuschen...

Ein Riesenbrecher ließ die *Syrakus* so schlingern, daß sie beängstigend ächzte und knackte. War dieser Dampfer überhaupt sicher?

Was war das für ein Geräusch? Es hörte sich an wie eilige Schritte auf dem Oberdeck. Er lauschte angestrengt. Sie waren sich einig gewesen, daß Nino nicht einfach »Silvio« rufen konnte, sobald es losging, denn Silvio sollte die Angreifer ja überrumpeln. Fand der Kampf etwa schon statt? Er war sich nicht sicher.

Also lehnte er sich nach vorne. War das ein Aufprall gewesen? Ein Stöhnen? Weitere hastende Schritte? Er wagte sich hinter dem Ventilatorschacht hervor.

Dann vernahm er einen Schrei. Zwar halb erstickt, aber eindeutig ein Schrei. Nino war getroffen worden.

Er zog die Pistole und stürmte die Treppe hinauf. Der Schrei war von achtern gekommen. Er wandte sich um und entdeckte Nino, der etwas in den Händen hielt, das aussah wie eine Kette, und breitbeinig vor einem Behälter mit Schwimmwesten stand. Die drei Orestanos hatten sich vor ihm aufgebaut. Silvio hatte den Vorteil, von hinten zu kommen. Rasch zog er die Schuhe aus und schlich so leise wie möglich auf die Männer zu. Das Schiff schwankte heftig, aber zum Glück fühlte er sich nicht mehr seekrank.

Er verlangsamte seine Schritte, als er sich der Gruppe näherte. Was sollte er jetzt tun? Gerade da bäumte sich das Schiff wieder auf, der mittlere der Orestanos verlor das Gleichgewicht und taumelte rückwärts direkt auf Silvio zu. Es geschah zu schnell, um noch ausweichen zu können, und instinktiv hob Silvio die Waffe, um sie dem anderen auf den Schädel zu schlagen. Doch da schlingerte der Dampfer erneut, und nun war es mit Silvios Balance vorbei. Der Pistolenknauf traf den Mann zwar noch seitlich am Kopf und warf ihn zu Boden, entlockte ihm aber auch einen Schmerzensschrei.

Die anderen fuhren herum, und der weiter rechts Stehende holte weit aus und stach auf Silvios Arm ein, der die Waffe hielt.

Die Klinge traf ihn knapp unter dem Ellbogen und schnitt bis zum Knochen durch. Sengend heißer Schmerz explodierte in Silvios Arm. Er heulte auf und ließ die Pistole fallen.

Halb betäubt nahm er dennoch wahr, daß Nino die Kette durch die Luft sausen ließ. Sie schlang sich dem Mann mit dem Messer um die Knöchel und riß ihn um, so daß er auf die Planken krachte.

Der dritte machte einen Riesensatz, um sich die Pistole zu schnappen. Silvio stand wie festgenagelt da. Er konnte nichts anderes tun, als durch Tränenschleier Nino zu beobachten, der dem Mann, den Silvio niedergeschlagen hatte, das Messer wegnahm. Während der dritte Orestano die Pistole aufhob, ließ Nino das Messer in seinem Jackenärmel verschwinden. Silvio war kurz davor, sich zu übergeben.

»Basta!« brüllte derjenige, der die Waffe hatte. Silvio preßte die linke Hand auf die Armwunde, schluchzte und versuchte, den Blutschwall zu stoppen. Nino stand ganz still.

Der von Nino umgeworfene Mann kniete sich nun neben den mit der Platzwunde am Kopf, der offenbar wieder zu sich kam. »Onofri! Onofri!« rief er ihm zu. »Wir haben ihre Pistole.«

Das verfehlte nicht seine Wirkung, denn Onofri Orestano, der Silvios Ohr hatte abschneiden wollen, öffnete die Augen. Sein Blick wanderte von Nino zu Silvio und dann weiter zu dem Mann mit der Waffe. Er begann zu grinsen.

Unbeholfen kam er auf die Beine. Das Schiff schlingerte nach wie vor. Er packte Silvio. »Stell dich dahin«, befahl er und stieß ihn unsanft gegen die Metallwand neben Nino. Dann schaute er sich auf Deck um. »Mein Messer! Wo zum Teufel ist mein Messer?«

Silvio gelang es, keuchend hervorzustoßen: »Du Esel, ich hab's über Bord gekickt. Damit schneidest du keine Ohren mehr ab.« Vielleicht war es die genialste Lüge seines Lebens – vielleicht auch die letzte.

Der breitschultrige Onofri Orestano trat zu Silvio und schlug ihm mit dem Handrücken kräftig ins Gesicht. Sein Ring schnitt in Silvios Wange. Doch seine weit ausholende Bewegung traf mit einem besonders heftigen Schlingern des Dampfers zusammen, und er taumelte zur Seite. Einen winzigen Moment folgten die Blicke des Bewaffneten dem Taumeln des anderen. Da stieß Nino einen Schrei aus und machte eine schleudernde Armbewegung. Silvio beobachtete fassungslos, wie sich ein Messer in die Brust des Bewaffneten bohrte, wie der Mann laut stöhnte, wie er auf die Knie sank, die Pistole fallen ließ und der Länge nach auf die Planken schlug.

Diesmal war Nino der Schnellste. Er machte einen Sprung vorwärts, riß die Waffe an sich und richtete sie auf die beiden Orestanos. Sie erstarrten. »Da rüber«, sagte Nino zu Onofri und signalisierte ihm mit der Pistole, daß er sich neben den anderen stellen sollte. Dann rief er: »Silvio, komm zu mir. Schnell!«

Silvio schaffte es nicht, sofort zu reagieren. Er kämpfte gegen einen starken Brechreiz an. Die Schmerzen ließen nicht nach.

Nino wandte sich erneut an Silvio, diesmal in ruhigerem Ton. »Es dauert nicht mehr lange, Silvio, das verspreche ich dir. Kein Hahnenblut. Halt durch. Ich werde die anderen zum Achterschiff bringen. Du mußt den Toten hinter mir herzerren, so rasch du kannst. Es ist sehr wichtig. Verstehst du?«

Da Silvio seiner Stimme nicht mächtig war, nickte er nur.

»Ihr zwei«, zischte Nino. »Setzt euch in Bewegung.«

Die beiden ballten die Fäuste, schlurften dann aber doch in die Richtung, wohin er sie haben wollte. Mit der linken Hand packte Silvio den Toten beim Kragen und begann, ihn über Deck zu schleifen. Ein großer Fleck hatte sich auf der Hemdbrust des Mannes ausgebreitet, doch er blutete nicht mehr. Das Messer steckte immer noch in seinem Körper wie das Preisschild an einem Stück Fleisch beim Metzger.

Silvio hinkte den anderen hinterher. Nino war inzwischen so weit an die Orestanos herangerückt, daß er sie zielsicher mit zwei Schüssen niederstrecken konnte, falls sie irgendwelche Tricks versuchten.

Aber sie erreichten ohne Zwischenfall das Schiffsheck.

Silvio hörte Nino rufen: »Halt! Stehenbleiben!« Und sah ihn auf eine Leiter deuten, die zu dem achtersten Rettungsboot auf diesem Deck führte. Ungeduldig wartete Nino, bis Silvio mit seiner schweren Last näher kam. »Leg den Toten dort neben die Leiter«, sagte er. »Aber geh nicht zu nah an diesem Gesindel vorbei. Und dann kommst du zu mir.«

Nachdem Silvio den Toten losgeworden war, konnte er wenigstens wieder die Wunde an seinem Arm mit der Hand zupressen. Er hatte schon viel Blut verloren. Ihm war im einen Moment fiebrig heiß, im nächsten eisig kalt. Wie von weit her hörte er Nino den Orestanos befehlen: »Steigt in das Boot.« Nun dämmerte es auch den Orestanos, was Nino mit ihnen vorhatte. »Nein«, rief Onofri. »Du wirst uns schon erschießen müssen.«

»Und wenn du schießt«, fügte der andere grinsend hinzu, »wird das ganze Schiff es hören. Na los, schieß doch.«

Nino ließ sich nicht provozieren. »Überlegt mal, ihr Vollidioten, wenn ihr dazu fähig seid«, sagte er so leise, daß man sich anstrengen mußte, um ihn zu verstehen. »Glaubt ihr wirklich, ich lasse euch lebend hier an Bord, damit ihr meine Ankunft in Amerika versaut? Nein. Ihr könnt entweder gleich sterben, in dieser Minute noch, oder ihr versucht euer Glück mit dem Rettungsboot. Ihr habt die Wahl. Ich zähle bis fünf, und dann schieße ich. Eins...«

Die Orestanos grinsten nicht mehr.

»Zwei....«

Vor Silvios Augen verschwamm alles.

»Drei...«

Onofri Orestano bückte sich und ergriff den Toten bei seinem Hemd. »Steig ins Boot«, sagte er zu dem Dritten.

»Aber....«

»Vier...«

Der dritte Mann stieg nun doch die Leiter zum Boot hinauf, während sich Onofri den Toten auf die Schultern wuchtete, sich mühsam erhob und zur Leiter trat. Der andere griff nach unten und zog die Leiche ins Boot. Dann kletterte Onofri hinauf und schwang sich über das Dollbord.

Silvio war am Ende. Seine Hand war blutverschmiert. Ihm war sterbensübel, und er mußte sich hinlegen.

»Hier, nimm die Pistole!« zischte Nino ihn an.

Silvio war unfähig, sich zu bewegen.

»Nimm die Pistole!«

Er ließ seinen Arm los und griff nach der Waffe.

Behende rannte Nino zu dem Ladebaum, an dem das Rettungsboot hing. Er betätigte die Hebel, die es über die Reling der *Syrakus* hinausschwenken ließen, und dann einen weiteren, der das Boot an Seilen zum Wasser hinunterließ. Das Boot begann abwärts zu gleiten.

In dem Moment begannen die Orestanos zu schreien: »Hilfe! Hilfe! Rette uns! Um Gottes willen, Nino. Hilfe!«

Nino nahm die Waffe wieder an sich. Auf Silvios Gesicht mengten sich Tränen und Schweiß, in seinem Mund spürte er den schalen Geschmack von Erbrochenem. Er bewegte sich nicht von der Stelle, als Nino zur Reling hastete und die Pistole auf die Orestanos richtete. Sie verstummten.

Das Rettungsboot klatschte aufs Wasser. Die kalte dunkle See war aufgewühlt, und das Boot taumelte und zuckte wie eine Fliege am Angelhaken. Den Orestanos blieb nichts übrig, als die Leinen zu lösen. Da die *Syrakus* zehn oder elf Knoten machte und das Rettungsboot ein Spielball der Wellen war, würde es sonst bald am Rumpf des Dampfers zerschellen.

Silvio und Nino beobachteten, wie Onofri mit den Drahtkabeln kämpfte, wie er erst jenes am Heck ausklinkte und danach auch das am Bug. Das Rettungsboot begann, hinter dem Dampfer zurückzubleiben, und Nino machte sich den Spaß zu winken. Die See ging so hoch, und die Nacht war so dunkel, daß bald nichts mehr zu sehen war.

Nino wandte sich um. »Die sind weg. Nun kümmern wir uns um...«

Doch Silvio hörte nichts mehr.

Annunziata zielte mit einer Pistole auf ihn und schrie: »Komm nie mehr in meine Nähe. Fick doch, wen du willst, du bist ja jetzt ein Mann von Welt, Sylvano Randazzo. Das macht mir doch nichts aus.« Annunziata hatte noch nie ordinäre Worte gesagt. Nun hielt sie die Pistole aufrecht, umschloß mit den Fingern den Lauf und bewegte die Hand auf und ab, als wäre er ein Penis. Sie lachte. »Macht das Anna-Maria, Toto? Aber ist sie so hübsch wie ich?« Mit erneutem Lachen richtete sie die Waffe auf ihn. »Auf Wiedersehen, Toto. Kein Rettungsboot für dich.« Und sie feuerte.

Silvio brüllte, doch kein Laut kam aus seiner Kehle. Er versuchte, der Kugel auszuweichen, merkte dann aber plötzlich, daß er sich schweißnaß im Bett herumwarf.

»Na also, endlich aufgewacht«, sagte eine Stimme.

Silvio drehte sich stöhnend um. Instinktiv griff er mit der Linken nach seinem Arm.

»Ich habe die Wunde genäht und verbunden«, erklärte ihm der Arzt. »Du wirst es überleben, obwohl wir eine Zeitlang Bedenken hatten. Du hast viel Blut verloren und bist deshalb ohnmächtig geworden. Jetzt habe ich dich in drei Tagen dreimal verarztet, Silvio. Du bist wirklich unfallgefährdet.«

»Wie ... wie spät ist es? Und wo ist Nino?«

»Es ist fünf Uhr nachmittags. Du bist sechzehn Stunden nicht zu dir gekommen. Was Nino betrifft, wie du ihn nennst, so wirst du ihn eine Weile wohl nicht sehen.«

»Was! Wieso nicht? Was ist passiert?«

»Der Kapitän weiß Bescheid über eure Tat. Ein Rettungsboot runterzulassen macht eine Menge Lärm. Der Kapitän wurde informiert und mußte dafür extra aus dem Bett. Du kannst dir sicher vorstellen, daß er nicht gerade außer sich vor Freude war. Er gab Befehl, zu wenden und zurückzufahren ...«

»Hat man sie gefunden?« Silvio geriet fast in Panik.

»Wir fuhren bei Dunkelheit und schwerer See von halb drei bis fünf Uhr einen großen Kreis und vergeudeten dann noch zwei Stunden bei Tageslicht damit, das Gebiet abzusuchen. Aber wir haben sie nicht entdeckt. Mach bloß kein solch zufriedenes Gesicht, Silvio. Der Kapitän hat drei Passagiere und fast sechs Stunden verloren. Das wird er irgendwie erklären müssen, ohne Nino und dich zu erwähnen, da ihr ja offiziell gar nicht an Bord seid. Geld wird es ihn auch kosten.«

»Aber warum kann ich Nino nicht sehen?«

»Benutz deinen Verstand. Ihr beide habt so viel Chaos auf diesem Schiff verursacht, daß ihr die Kabinen nicht mehr verlassen dürft. Da du verwundet bist, ließ man dich hier. Für Nino hat man irgendein Loch gefunden. Ihr bleibt beide eingesperrt, bis ihr in vier Tagen an Land geschafft werdet.«

Dr. Tolmezzo stand auf. »Also gewöhn dich lieber gleich daran. Ich komme zweimal am Tag, um die Wunde zu verbinden.« Er klopfte an die Tür. Jemand schloß ihm auf und gleich wieder hinter ihm zu.

Silvio starrte an die Decke. Die Orestanos waren also aus dem Weg, wenn auch zu einem hohen Preis. Diese ganze Episode, die vorerst gut ausgegangen war, bewies, daß Nino sich einige unversöhnliche Feinde geschaffen hatte. Dies war garantiert nicht das Ende der Angelegenheit, denn die Orestanos würden erfahren, was geschehen war, und Rache schwören. Rache an Nino und auch an Silvio. Dabei hatte Amerika doch ein Neubeginn werden sollen.

Er dachte an Anna-Maria. Sie hatte gestern nacht auf ihn gewartet, hatte ihm neue sexuelle Genüsse verheißen. Ob sie böse war, weil er nicht gekommen war? Bestimmt hatte sie doch inzwischen gehört, was ihm zugestoßen war.

Sollte er ihr eine Nachricht senden? Als er aufstehen wollte, drehte sich alles vor seinen Augen, und er sank zurück. Der zweite Versuch klappte schon besser. Das Schiff schwankte zum Glück auch nicht mehr so stark wie in der vorherigen Nacht. Mit unsicheren Schritten tapste er zur Tür und schlug mit der linken Faust dagegen.

Keine Reaktion.

Auch beim nächsten Mal blieb draußen alles still.

Er gab auf, legte sich wieder in seine Koje und war gleich danach eingeschlummert. Er schlief lange, erwachte kurz, döste wieder ein. Zweimal war es beim Aufwachen dunkel, beim dritten Mal endlich hell. Von Zeit zu Zeit weckte ihn der Schmerz in seinem Arm. Einmal entdeckte er ein Tablett auf dem Boden neben der Tür. Erst da merkte er, wie hungrig er war. Gierig aß er alles auf.

Als er nicht mehr schlafen konnte, lag er stundenlang einfach nur so da und langweilte sich. Jemand hatte auf einem Wandbord eine Zeitung vergessen. Silvio konnte nicht lesen, schaute sich aber wenigstens die Bilder an. Eines zeigte eine riesige Kanone. Handelte es sich da etwa um einen Kriegsbericht? Dabei fiel ihm unwillkürlich der Kampf mit den Orestanos ein.

Zufrieden war er damit, wie er vorgetäuscht hatte, Onofris Messer über Bord ins Meer gekickt zu haben, denn das war reaktionsschnell und clever gewesen. Als nächstes überlegte Silvio, ob er Ninos Brutalität besaß. War er innerlich so hart, wie er sich einredete? Hätte er, Silvio, die drei Männer an Deck erschießen können? Er bezweifelte es. Bei Nino dagegen stand es fest.

Sie waren verschieden. Und ihre Verschiedenheit trat im Verlauf dieser Reise immer deutlicher zutage. Das durfte er nicht vergessen, wenn sie in New Orleans ankamen. Sein Arm tat nur noch gelegentlich weh, aber er übertrieb seine Schmerzen, damit der Arzt weiterhin kam, der als einziger Zugang zu Silvios Kabine hatte. Von ihm erfuhr er, daß auf den Immigrantendecks die wildesten Storys über das Schicksal der Orestanos kursierten.

Davon abgesehen hatte Tolmezzo wenig zu berichten. Eine Frau vom untersten Deck hatte Zwillinge zur Welt gebracht; einige Hühner waren aus ihren Käfigen entkommen und hatten auf dem Bootsdeck eine wilde Verfolgungsjagd ausgelöst. Ein Mann hatte im Casino sein Haus verspielt. Ein Immigrant war an Typhus erkrankt und stand nun unter Quarantäne ...

Silvio lag mit offenen Augen auf dem Rücken und dachte an alles mögliche. Auch an seinen Vater. Wäre er am Leben geblieben, hätte er sicher nicht zugelassen, daß Silvio aus Sizilien wegging. Vielleicht wäre er der Capo gewesen, und vielleicht hätte es dann keine Entführung gegeben, keine Lazio-Brigade, keinen Verrat, keine Blutrache, kein Exil.

War Amerika wirklich so aufregend und wundervoll, wie alle behaupteten? Plötzlich empfand er Heimweh.

Einige Stunden nach Anbruch der Dunkelheit klopfte es, und Silvio stützte sich auf den Ellbogen, um zu sehen, wer kam. Es war Anna-Maria, die von dem Posten vor seiner Tür hereingelassen wurde. Sie trug ein bodenlanges Seidenkleid und weiße Abendhandschuhe. Lächelnd stellte sie eine Flasche Champagner und zwei Gläser auf den Klapptisch unter dem Bullauge. Die Tür wurde hinter ihr zugesperrt.

»Wie hast du das geschafft?«

»Du siehst schrecklich aus. Küß mich.«

Er stand auf und gab ihr einen Kuß. Plötzlich merkte er, wie sehr er sich nach einem Drink sehnte. Zum ersten Mal in seinem Leben verlangte es ihn nach Alkohol.

Sie begann, die Flasche zu öffnen. »Wir sind nicht mehr weit von Amerika entfernt. Und in Amerika zählt nur das Geld. In Amerika ist Geld wichtiger als Sex. Du kannst alles kaufen. Tausend Lire, in die richtige Tasche gesteckt, öffnen viele Türen.«

Er nahm ihr die Flasche ab und schenkte ein. »Tut mir leid, daß ich unsere letzte Verabredung nicht einhalten konnte.«

»Dir ist vergeben, vorausgesetzt, du machst es jetzt wieder gut.« Sie öffnete ihr Kleid.

Auch Silvio zog sich aus. Als er zu ihr treten wollte, sagte sie: »Zieh alles aus.«

»Ich bin doch schon völlig nackt.«

»Alles«, wiederholte sie und deutete auf seinen Arm.

»Du willst, daß ich den Verband abmache?«

»Ich will deine Wunde sehen.«

Verwirrt und erregt durch den Anblick ihres nackten Körpers wickelte Silvio die Bandage ab, bis schließlich die Schnittwunde zum Vorschein kam, die mit schwarzem Faden genäht war. Ringsum war die Haut dunkelrot bis bläulichschwarz verfärbt. Silvio gefiel dieser Anblick gar nicht.

»Genug gesehen?« fragte er schroff.

»Welch große Narbe du haben wirst! Ein Ehrenabzeichen«, sagte

126

sie bewundernd. »Wenn du die Wunde wieder verbunden hast, kannst du mit mir machen, was du willst«, fügte sie kaum hörbar hinzu.

Sie kam auch in den nächsten beiden Nächten zu ihm. Jedesmal wurde es teurer für sie, sich die Tür öffnen zu lassen. »Aber ich kann nicht schlafen, ohne vorher gefickt zu haben«, gestand sie ihm.

»Ich mag es nicht, wenn Frauen vulgär reden.«

»Bullshit, wie die Amerikaner sagen. Übrigens rede ich nur im Schlafzimmer vulgär, und das mögen die meisten Männer. Aber jetzt zu etwas anderem. Übermorgen kommen wir in New Orleans an, aber du und Nino, ihr werdet schon vorher an Land gebracht. Morgen nach dem Frühstück sollt ihr euch mit Doktor Tolmezzo treffen. Pack also deine Siebensachen und halte dich bereit. Verstanden?«

Er nickte.

»Folglich ist dies unsere vorläufig letzte Nacht. Ich habe dir etwas mitgebracht.« Sie reichte ihm eine Ansichtskarte.

Es war ein Kupferstich der Kirche *La Martorana* in Palermo.

»Was soll ich damit?«

»Sobald du in New Orleans bist, besuchst du mich. Wenn der Butler die Tür öffnet, gibst du ihm diese Ansichtskarte und sagst, du wirst erwartet. Falls man dich vorher verhaftet, ist das nichts, was dich mit meinem Namen in Verbindung bringt und mich kompromittiert.«

»Was ist ein Butler, und wo wohnst du?«

»Frag Nino, was ein Butler ist. Und frag irgendwen in New Orleans, wo Angelo Priola wohnt. Das weiß jeder. Komm so gegen vier Uhr nachmittags. Und bring Nino nicht mit, nicht beim ersten Mal. Hörst du überhaupt zu?«

Silvio nickte.

»Und nun laß uns die heutige Nacht zu etwas ganz Besonderem machen. Was haben wir noch nicht zusammen gemacht?«

Ich bin doch kein Perverser, dachte Silvio ratlos.

»Leg dich auf den Rücken«, sagte sie, kniete sich neben das Bett und nahm seinen Penis in die Hand. Sie beugte ihren Kopf über seine Lenden. »Manche Männer mögen das sogar noch lieber als vulgäre Sprache.«

»Setzt euch beide hierhin«, sagte Dr. Tolmezzo. Wie schon von Anna-Maria angekündigt, waren Nino und Silvio in das Sprechzimmer der ersten Klasse beordert worden.

Der Arzt zündete sich eine Zigarre an. »Man hat mich gebeten, mir etwas einfallen zu lassen, wie wir euch ins Land schaffen können. Wir werden etwas versuchen, das schon früher geklappt hat. Dank der Spezialbehandlung, die ihr den Orestanos habt angedeihen lassen, haben wir drei Passagiere zu wenig an Bord. Da die Orestanos sich als Matrosen verkleidet hatten, als sie euch auflauerten, ließen sie ihre Papiere auf dem Immigrantendeck zurück.«

Er hielt zwei blaßrosa Ausweise hoch.

»Der Kapitän hat entschieden, daß ihr nun fürs erste Orestano heißen sollt.«

»Ich denke gar nicht daran, so etwas...«

»Hören Sie mir zu, Nino, und dann werden Sie merken, wie wunderbar alles zusammenpaßt. Erstens können wir euch auf diese Weise gültige Ausweise geben, und das heißt schon viel. Zweitens muß der Kapitän dann nur einen fehlenden Passagier melden, was auf einer solchen Reise ganz normal ist. Bei gleich dreien hätte er eine triftige Erklärung gebraucht. Und außerdem muß er nur zehn Dollar zahlen statt dreißig.«

Nino brummte etwas Unfreundliches vor sich hin.

»Hier ist Ihr Ausweis, Nino. Sie sind nun Lorenzo Orestano, und Silvio heißt Livio Orestano. Allerdings gibt's da ein Problem mit den Ausweisen, da die Angaben zur Person nicht auf euch beide zutreffen. Lorenzo war massiger als Sie, Nino, und Livio hatte hellere Haut als Silvio. Doch nun komme ich ins Spiel. Etwa zwei Meilen vor dem Haupthafen von New Orleans liegt der Quarantänehafen, und dort...«

»Was ist Quarantäne?« fragte Nino aggressiv.

Tolmezzo paffte an seiner Zigarre. »Alles zu seiner Zeit, Nino. Nur Geduld. Der Quarantänehafen ist ein Krankenhaus. Wir müssen dort vor Anker gehen, und dann kommen ein Arzt und ein Beamter der Einwanderungsbehörde an Bord. Sie haben überall Zutritt. Wenn sie einen Passagier entdecken, der krank wirkt oder Fieber hat, lassen sie ihn an Land in Quarantäne schaffen, wo die betreffende Person bleibt, bis sie gesund wird oder aber stirbt. Eine simple und effiziente Methode, damit keine Infektionskrankheiten nach Amerika eingeschleppt werden.

Als Schiffsarzt habe ich die Verpflichtung, die Beamten auf etwaige Kranke an Bord aufmerksam zu machen. Ich habe dir, Silvio, ja schon erzählt, daß ein Passagier unterwegs an Typhus erkrankt ist. Mein Vorschlag lautet, daß ich euch etwa zwei Stunden vor dem Quarantänehafen ein Pulver zum Einnehmen gebe. Danach werdet ihr hohes Fieber bekommen und schrecklichen Durst haben. Alles andere als angenehm, aber so ähnlich sind nun mal die Symptome von Typhus.«

»Was? Das gefällt mir aber gar nicht!«

Tolmezzo wedelte den dicken Zigarrenrauch beiseite. »Die Wirkung hält nur zwölf Stunden an. Lange genug, daß man euch mit dem Mann, der wirklich Fieber hat, ins Hospital schafft. Ich werde meinem Kollegen, der an Bord kommt, sagen, ich hätte euch seit drei, vier Tagen von den anderen Passagieren isoliert. Eure Einwanderungsformulare werden gut sichtbar in euren Jackentaschen stecken, und ich schätze, unter diesen Umständen kommt während der Inspektion des Schiffes niemand in eure Nähe. So wird auch niemand feststellen, daß die Beschreibung nicht ganz auf euch paßt.

Dann wird man euch an Land in eine Isolierstation bringen, wo ihr euch allmählich erholt. Hört mir gut zu, denn wenn jemand im Hospital merkt, daß ihr simuliert, seid ihr in einer ausweglosen Situation. Wenn das Fieber sinkt, könnt ihr natürlich nicht das Thermometer täuschen, aber ihr müßt trotzdem so tun, als fühltet ihr euch immer noch fiebrig, schwach und durstig. Bei einer echten Typhuserkrankung hat der Patient nach einigen Tagen eine sogenannte Krise. Dann geht's entweder bergab, oder aber er fällt in sanften Schlummer und wacht Stunden später fieberfrei, aber immer noch sehr geschwächt auf. Merkt euch also, daß ihr diese Symptome vortäuscht, damit niemand Verdacht schöpft und auch möglichst niemand in eure Nähe kommt. Außerdem müßt ihr lethargisch sein und den ganzen Tag schlafen oder vor euch hin dämmern, damit man euch noch für krank hält.« Er stippte etwas Asche von seiner Zigarre. »Alles klar?«

Nino und Silvio nickten trübsinnig.

»Ihr bleibt zehn bis vierzehn Tage in Isolation. Dann werdet ihr ein zweites Mal von der Einwanderungsbehörde überprüft. Man wird natürlich eure Papiere sehen wollen, aber mit ein bißchen Glück werden alle auf sichere Distanz zu euch achten.

So, jetzt kommt noch was Raffiniertes. Drei Orestanos habt ihr überfallen, folglich haben wir noch die Ausweispapiere von Onofri Orestano übrig. Der Kapitän wird behaupten, Onofri sei auf dem Schiff an Typhus gestorben, und ich werde es bestätigen. Er hat angeblich ein Seebegräbnis bekommen, und seine Habseligkeiten wurden mit ihm versenkt, da er eine ansteckende Krankheit hatte.

Sobald wir in New Orleans sind, werde ich einen unserer Leute kontaktieren, der jemanden auftreibt, einen Freund, der Onofri Orestano ähnelt, wie er in seinem Ausweis beschrieben ist. Er wird euch im Quarantänehospital besuchen, wo nur Blutsverwandte zugelassen sind. Da er laut Ausweis denselben Namen trägt wie ihr, gibt's da sicher keine Probleme.

Bei seinem ersten Besuch müßt ihr noch völlig apathisch sein. Dann kann der Mann, den wir schicken, nämlich den Entsetzten mimen. Er wird gegenüber den Ärzten oder Einwanderungsbeamten beiläufig bemerken, daß ihr beide ja schrecklich krank ausseht. Sie, Nino, hätten Gewicht verloren und du, Silvio, hättest nicht deine übliche Gesichtsfarbe. Das ist wichtig, damit die Beamten dann bei der späteren Prüfung schon ›vorbereitet‹

sind. Sie werden erwarten, daß ›Lorenzo‹ viel dünner wirkt und ›Livios‹ Hautfarbe verändert ist. Versteht ihr?«

Wieder nickten seine beiden Zuhörer.

»Gut. Wir sind fast fertig. Sobald ihr eindeutig auf dem Weg der Besserung seid, wird man euch gehen lassen. Ihr müßt euch übrigens auch so benehmen, als wärt ihr echte Immigranten, die aus freien Stücken nach Amerika kamen und begierig darauf sind, ein neues Leben zu beginnen. Außerdem müßt ihr viel auswendig lernen. Als angebliche Brüder müßt ihr alles voneinander wissen – wie Geburtstage, Spitznamen und ähnliches. Gut möglich, daß die Beamten euch genau ausfragen.

Der Mann, der Onofri Orestano spielt, kommt euch regelmäßig besuchen und darf euch dann schließlich mitnehmen. So, das wär's. Ich nehme an, daß für alles bezahlt wird. Also müßt ihr euch nur merken, wie man krank spielt.«

Als Silvio das Pulver verabreicht bekam, dauerte es eine halbe Stunde, bis die Wirkung einsetzte, doch dann fühlte er sich absolut elend. Er wurde zusammen mit Nino in eine Kabine auf dem zweiten Deck gebracht, die vier Kojen hatte. Zuerst hockte Silvio nur da und starrte aus dem Bullauge. Die *Syrakus* befand sich nun in der Mündung des Mississippi, und er erblickte zum ersten Mal Amerika. Bis auf gelegentliche Forts war am Ufer allerdings nicht viel zu sehen. Auf dem Fluß herrschte dagegen reger Schiffsverkehr.

Als er abwechselnd zu frieren und zu schwitzen begann, legte er sich hin. Das Hemd klebte an seiner Brust, sein Körper fühlte sich an, als würde er brennen, und seine Haut juckte schrecklich. Er litt stumm vor sich hin, aber Nino stöhnte und schnaubte.

Nach einiger Zeit verlangsamte die *Syrakus* ihre Fahrt. Dann rasselte der Anker hinunter, und Silvio hörte Stimmen. Die Kabine verdunkelte sich, als Leute – vermutlich der Quarantänearzt und Beamte der Einwanderungsbehörde – durchs Bullauge hereinschauten.

Wenig später kam Tolmezzo. »Hier sind zwei Tragbahren«, erklärte er ruhig. »Sie werden jetzt an Land ins Quarantänehospital gebracht.« Er benahm sich bewußt so formell.

Die Tragbahren wurden an Land von vier Männern übernommen, die Nino und Silvio in einen zweistöckigen Ziegelbau mit Schieferdach trugen. Es ging blaßgrün getünchte Korridore entlang bis zu einem Zimmer mit zwei Betten und einem Fenster, durch das man den Fluß sehen konnte. Dort ließ man sie allein.

Zum Glück schlief Silvio ein und wurde erst viele Stunden später wach, als es stockfinster war. Er spürte gleich, daß er das Ärgste hinter sich hatte. Kein Schüttelfrost quälte ihn mehr, und er fühlte sich auch etwas kräftiger.

Am nächsten Tag begann die kritische Phase, denn obwohl es Nino und Silvio besser ging, mußten sie weiter die Schwerkranken mimen. Tag für Tag auf dem Bett zu liegen war für Silvio schwerer zu ertragen, als er gedacht hatte.

Auf dem Korridor hörte er Menschen in der merkwürdigen Sprache miteinander reden, die Englisch sein mußte.

Wenn ein Arzt oder eine Krankenschwester zu ihnen kam, gab Silvio vor, immer noch Schüttelfrost zu haben, und Nino stöhnte jämmerlich.

Eines Tages tauchte in Begleitung einer Schwester ein dunkelhaariger, bleicher Mann auf, der sie auf italienisch ansprach: »Lorenzo, ich bin's, Onofri. Erkennst du mich denn nicht? Du siehst ja schrecklich aus. Wie geht's dir? Brauchst du etwas?«

Nino stöhnte erneut und murmelte dann: »Onofri, danke für deinen Besuch. Wasser.«

Man brachte Wasser, und der vermeintliche Onofri sagte: »Es tut mir leid, Renzo, daß du dich immer noch so schlecht fühlst. Ich komme morgen wieder zu euch. Ciao, Livio.«

In jener Nacht beschlossen Nino und Silvio, daß jetzt der Zeitpunkt für die sogenannte Krise gekommen war. Am nächsten Morgen zeigten sie die ersten Zeichen einer gewissen Besserung. Als die Krankenschwester kam, hielten sie es für unverdächtig, endlich um eine richtige Mahlzeit zu bitten. Sie waren nämlich beide völlig ausgehungert, da man ihnen nur geringe Mengen an flüssiger Nahrung gegeben hatte. Folglich waren sie beide auch tatsächlich geschwächt.

»Onofri« besuchte sie täglich. Als sie neun Tage in Quarantäne gewesen waren, übersetzte er etwas, das die Schwester auf englisch zu ihm sagte. »Morgen kommen die Leute von der Einwanderungsbehörde. Falls alles klappt, kann ich euch übermorgen abholen.«

Als die Beamten erschienen, führte einer von ihnen Silvio zu dessen Erstaunen als erstes den Korridor hinunter zu einem anderen Raum, der mit mehreren Stühlen möbliert war.

Der Beamte hatte einen Dolmetscher bei sich, der nun auf italienisch sagte: »Legen Sie Ihre Papiere hier auf den Stuhl bei der Tür und setzen Sie sich dann dort hinten ans Fenster.«

Sie ließen Silvio ungefähr eine halbe Stunde allein. Er vermutete, daß sie zuerst Nino Fragen stellten und ihm hinterher die gleichen stellen würden, um herauszufinden, ob die Antworten der beiden »Brüder« übereinstimmten.

Nach einer Weile näherten sich Schritte, und die beiden Männer traten ins Zimmer. Der Beamte, der Handschuhe trug, setzte sich und las durch, was aufgeschrieben worden war. Dann verglich er einige Details, indem er immer wieder Silvio prüfend ansah, bevor er weiterlas. Es war nervenaufreibend.

Schließlich machte er eine Bemerkung, und der andere übersetzte. »Im Ausweis steht, Sie seien hellhäutig. Aber das stimmt doch nicht.«

Silvio war auf die Frage vorbereitet und hatte seine Antwort parat. »Haben Sie je Typhus gehabt? Im Ausweis steht auch, daß ich fünfundachtzig Kilo wiege. Ich glaube kaum, daß ich noch soviel auf die Waage bringe.«

Der Beamte ließ es sich übersetzen und fragte dann: »Wie heißt Ihr Vater?«

Silvio begann zu schwitzen. Bedeuteten diese Fragen, daß er mißtrauisch geworden war? Hatte jemand sie verraten? Aber immerhin konnte er problemlos antworten, denn dies war Teil der Geschichte, die er mit Nino eingeübt hatte.

»Ignazio.«

»Wann ist Ihr Bruder geboren?«

Auch das war leicht. »Am 2. März 1852.«

»Hat er einen Spitznamen?«

»Nicht direkt. Ich glaube, meine Eltern nannten ihn als Baby ›Zozo‹, aber jetzt heißt er einfach Renzo.«

»Was haben Sie in Sizilien gearbeitet?«

Auch das hatten sie bedacht. »Ich habe in den Obstgärten bei Bagheria, wo Orangen und Mandeln wachsen, als Pflücker gearbeitet. Aber es gab nicht genug Arbeit für alle. Deshalb bin ich – sind wir – nach Amerika gekommen.«

Schon folgte die nächste Frage. »Sie haben an Ihrem rechten Arm eine schlimme Narbe. Sie ist im Ausweis nicht erwähnt und offenbar neu. Wie kam es zu der Verletzung?«

O Gott! Darüber hatten sie sich keine Gedanken gemacht. Obwohl es so eine naheliegende Frage war. Was sollte er bloß sagen? Er konnte doch nicht gestehen, daß er bei einer Messerstecherei auf dem Schiff verwundet worden war. War Nino schon danach gefragt worden? Silvio mußte schnell, aber auch logisch denken. Natürlich hätte auch Nino nicht die wahre Geschichte erzählt. Er hätte behauptet, Silvio habe sich die Verletzung zugezogen, bevor sie an Bord der *Syrakus* gingen. Sie waren angeblich Brüder und angeblich Obstpflücker . . . ja, das war's! Der Obstgarten! Aber wie hatte er sich verletzt? Die Orangen wurden mit der Hand gepflückt, und die größte Gefahr bestand darin, von der Leiter zu fallen.

Der Beamte musterte ihn ungeduldig. Silvio mußte es riskieren.

»Ich bin beim Orangenpflücken von einer Leiter gefallen und habe mir an einem rostigen Nagel, der vorstand, den Arm aufgerissen. Leider war niemand in der Nähe, um mir zu helfen.«

Ein kurzer Disput zwischen dem Dolmetscher und dem Beamten.

Dann wandte sich der Dolmetscher an Silvio. »Ihr Bruder sagte, Sie seien von einem Mandelbaum gefallen.«

Silvio war geistesgegenwärtig genug, um diese geringfügige Abweichung mit seiner nächsten Bemerkung wegzuwischen. »Mein Bruder war nicht dabei. Wie gesagt, ich war ganz allein. Auf Sizilien gibt es überall Orangen- und Mandelgärten. Da hat Renzo sich einfach geirrt.«

Eine weitere Unterredung zwischen Dolmetscher und Beamten. Silvio bemühte sich, unbeteiligt zu wirken, aber sein Herz flatterte wie ein ängstlicher Vogel.

Einen Moment später erhob sich der Beamte und legte Silvios rosa Ausweis auf den Stuhl, auf dem er gesessen hatte. Auch der Dolmetscher stand auf. »Wenn der Arzt keine medizinischen Bedenken gegen Ihre Entlassung hat, können Sie gehen. Warten Sie hier.«

Silvio nickte nur, denn er wagte nicht zu sprechen. Gott sei Dank hatten sie die Narbe an seinem Ohr nicht bemerkt! Er blieb sitzen, als sie hinausgingen, und lauschte, wie ihre Schritte sich entfernten. Er war in Amerika!

8. KAPITEL

Harriet Livesey stellte die Teetasse ab und sagte: »Ich wollte das Lösegeld bezahlen und hätte dafür das Lawrence-Porträt verkauft, aber die Anwälte waren dagegen. Und nachdem die Angelegenheit im Unterhaus zur Sprache kam, waren mir die Hände gebunden.«

An diesem ersten Morgen nach Henrys Rückkehr saß Harriet mit ihm beim Frühstück. Sein Kopf war immer noch bandagiert, aber er schien sonst in guter körperlicher Verfassung zu sein. Jedenfalls aß er mit großem Appetit.

Henry war am Vortag in London eingetroffen und gleich danach von Disraeli in die Downing Street zu einer Unterredung gebeten worden. Hinterher hatte er in seinem Club diniert, so daß es nun erst zu einem ausführlichen Gespräch mit seiner Schwester kam.

»Was hat Disraeli gesagt?« erkundigte sich Harriet.

»Nun, er wollte vor allem wissen, wie ich die Entführung überstanden habe. Er betonte, die italienische Regierung habe erst gehandelt, nachdem er sie kräftig unter Druck gesetzt hatte. Außerdem erzählte er mir, Greco – der Steinbrecher – habe Sizilien verlassen. Nach dem Überfall, bei dem mehrere Soldaten getötet wurden und Greco entkam, wurde das Regiment der Lazio-Brigade verstärkt. Die Regierung in Rom war empört, daß ihr Militär von einer Handvoll Banditen übertölpelt worden war, und schickte einen zweiten Trupp. Es schien nur eine Frage der Zeit, wann Greco erneut gefaßt werden würde. Laut Disraeli glauben die Italiener nun, er sei nach Amerika geflohen...« Er brach ab und schwieg nachdenklich.

»Wann gehst du zum Arzt?« fragte Harriet unvermittelt.

»Heute mittag.«

»Möchtest du dann morgen vielleicht eine kleine Ferienreise machen, Henry? Es war solch ein Martyrium für dich. Ich dachte an Schottland, vielleicht Glenesk...«

»Nein!« Henry sagte es so vehement, daß Harriet einen Moment ganz bestürzt war.

»Tut mir leid, Liebes. Ich wollte nicht schreien. Aber eine Ferienreise kommt nicht in Frage.« Er legte sein Besteck beiseite. »Du hast keine Ahnung, wie dieses... Martyrium, wie du es nennst, mich verändert hat. Ich kann nicht entspannen, jedenfalls jetzt noch nicht. Es hätte keinen Sinn, nach Schottland zu reisen, denn selbst in der schönsten Landschaft kann ich nicht vergessen, was mir in den letzten Monaten widerfahren ist. Auch Sizilien ist in manchen Gegenden wunderschön, aber diese Schönheit ist nun befleckt, vielleicht für immer.«

»Henry, nein!«

»Es sei denn...« Seine Stimme wurde lauter. »Es sei denn, ich kann etwas gegen Greco unternehmen.« Er nahm die Gabel und stach mit ihr auf die Reste des Schinkenspecks ein. »Ich habe vor, den italienischen Botschafter in London aufzusuchen. Mir ist da nämlich eine Idee gekommen, wie sich Signor Greco vielleicht aufspüren läßt.«

Am Tag nach der Befragung durch den Beamten der Einwanderungsbehörde wurden Nino und Silvio von »Onofri Orestano« im Quarantänehospital abgeholt und über einen Damm, der mit Austernschalen gepflastert war, den sogenannten *Levée*, in Richtung Hafen geführt. »Wenn es regnet«, erklärte »Onofri«, »wird der Damm auf diese Weise nie morastig. Sobald wir in die Stadt kommen, werdet ihr sehen, daß man das gleiche nicht von den Straßen behaupten kann.«

Da die Flüsse auf Sizilien monatelang ausgetrocknet waren, trauten Nino und Silvio ihren Augen kaum, als sie den Mississippi sahen, der an dieser Stelle sicher 500 Meter breit war. Er war auch tief, und die starke Strömung beförderte jede Minute Millionen von Litern braunen Wassers ins Meer. Während Silvio die Szenerie betrachtete, erkannte er plötzlich, daß New Orleans sogar noch tiefer lag als der Mississippi. Der Damm war also errichtet worden, um den Fluß in Schach zu halten. Erstaunlich!

»Setzen wir uns doch einen Moment«, schlug »Onofri« vor, als sie an einer Bank vorbeikamen. Dann gab er ihnen die Hand. »Ich bin genausowenig Onofri Orestano, wie ich der Papst bin, aber das wißt ihr ja sowieso. Mein richtiger Name ist Francisco Faldetta. Ich bin darauf spezialisiert, die etwas... ungewöhnlicheren Immigranten in Amerika zu begrüßen.«

Nachdem er sich vorgestellt hatte, machte Francisco eine ausladende Armbewegung über die Stadt hin. »Das ist New Orleans. Direkt vor uns die Kais und Lagerhäuser, die Masten und Schornsteine der Überseedampfer. Seht ihr das rote Dach? Das ist der größte Markt hier. Dort gibt es alles zu kaufen – Obst, Kleider, Kaffee, Fleisch, Austern... Hinter dem Markt liegt das Französische Viertel. Und dort hinten«, er deutete noch weiter nach links, »seht ihr die Gartenstadt, wo die reichen Leute wohnen.«

Eine Stunde später standen sie mitten im Hafen und beobachteten, wie Baumwollballen und Orangen entladen wurden. Die Hafenbecken lagen ganz in der Nähe des Damms. Nachdem Nino und Silvio dort eine Weile mit Francisco herumgeschlendert waren, mußten sie wieder auf den Damm klettern. Oben angekommen, konnten sie auf die Stadt hinunterschauen.

Direkt vor ihnen durchschnitt eine breite, schnurgerade Straße mit Schienen in der Mitte das Häusermeer.

»Canal Street«, erklärte Francisco. »Früher war hier ein Kanal, aber den hat man zugeschüttet. New Orleans liegt eingezwängt zwischen dem Mississippi und dem Lake Pontchartrain. Viele Kanäle verbinden die beiden Wasserstraßen, so daß man Obst und Gemüse rasch befördern kann. Obst- und Baumwolltransporte sind hier das Hauptgeschäft. Obst kommt rein, Baumwolle geht raus. Da Obst schnell verdirbt, muß es flott entladen werden. Die Hafenarbeiter sind straff organisiert.«

Er ging ihnen voran den Damm hinunter. Es wimmelte genauso von Menschen wie in Palermo.

»Wofür sind diese Schienen da?« fragte Silvio.

»Für die Straßenbahnwagen. Wenn du von einem Stadtteil zum anderen willst, aber keine Lust hast, zu gehen oder naß zu werden, zahlst du einen Penny und nimmst die Straßenbahn. Wenn es regnet oder der Fluß über die Ufer tritt, werden die Straßen sehr schlammig, doch den Schienen macht das nichts aus. Die Pferde können die Wagen sogar dann ziehen, wenn der Dreck knöcheltief steht.« Er lachte. »Und das kommt oft vor.«

Als sie weiter die Canal Street entlanggingen, fielen Silvio die vielen Drähte auf.

»Telefon. Das ist ganz was Neues. Du sprichst in eine Röhre, deine Stimme wandert einen Draht entlang und kommt an der anderen Seite wieder raus, vielleicht Meilen entfernt. Unheimlich!«

Die meisten der zwei- oder dreistöckigen Häuser waren aus Holz oder Ziegeln erbaut. Silvio hatte sich New Orleans eher wie Palermo vorgestellt, mit Stein- und Marmorpalästen. Die Bürgersteige hier waren häufig durch Balkone überdacht, wodurch die Läden und Bars, an denen sie vorbeikamen, ziemlich schummerig wirkten. Es gab eine erstaunliche Vielfalt an Geschäften: Werlein-Klaviere, Eadows-Tapeten, Gay-und-Le-Fanu's-Möbel, Stevens-Feuerwaffen. Francisco las die Namen laut vor und übersetzte.

»Okay, jetzt biegen wir nach rechts ab in die Basin Street«, kündigte er an. »Am Ende dieser Straße befindet sich ein riesiges Wasserbecken, eine Art von Binnenhafen, wo der Girondelet-Kanal endet und die Lastkähne vertäut liegen. Dieser Kanal führt zum Lake Pontchartrain.«

»Ist hier das Stadtzentrum?« fragte Silvio. »Gibt's denn keine Kirche?«

»Ja, dies ist das Zentrum, und es gibt auch eine Kirche, näher am Fluß, Ecke Chartres Street und St. Peter's Street. Sie heißt St. Louis.«

»Warum nennt man das hier Französisches Viertel?«

»Hör doch auf mit deinen Scheißfragen«, zischte Nino.

»Nein, das ist schon in Ordnung«, widersprach Francisco. »New Orleans ist eine merkwürdige Stadt. Jetzt sind wir übrigens auf der Bienville Street.« Er wandte sich an Silvio. »Zuerst wurde New Orleans von den Franzosen erobert. Dann übernahmen es die Spanier, aber die Franzosen schnappten es sich zurück. Schon 1803 kauften es dann die Amerikaner den Franzosen ab – der sogenannte Louisiana Purchase. Trotzdem wirken Teile der Stadt immer noch französisch. Französische Straßennamen, der Französische Markt, und viele Leute reden auch französisch.«

In dem Moment hörten sie Klavierspiel und blieben stehen.

»Willkommen im Vieux Carré«, sagte Francisco. »Das ist französisch und heißt ›altes Viertel‹. Wißt ihr eigentlich, daß New Orleans nach New York die zweitgrößte Stadt Amerikas ist? Der Fluß bringt Obst und Baumwolle, und beides bringt eine Menge Geld in die Stadt. Und das Vieux Carré hilft den Leuten, das verdiente Geld wieder loszuwerden. Es gibt hier endlos viele Bars und Bordelle, Restaurants und Spielhäuser, Wahrsager und Blasorchester. Eine wilde Stadt, das kann ich euch sagen.«

»Was sind das für Blasorchester?« wollte Silvio wissen, dem der laute Klang und der schnelle Rhythmus gefielen.

»Hier gibt's eine neuartige Musik. Kleine Blaskapellen, manchmal mit Klavier oder Schlagzeug. Negerbands, weiße Bands und Terzeronenbands.«

»Was ist denn ein Terzerone?« fragte er verwundert. Das Wort hatte er noch nie gehört.

»Komm endlich weiter«, drängte Nino. »Verdammt noch mal.«

»Einen Block noch, dann sind wir am Ziel«, sagte Francisco. Sie überquerten die Conti Street und bogen nach ungefähr fünfzig Metern in eine Gasse ein, von wo eine Tür in einen Hintergarten führte. Dort stiegen sie eine Außentreppe zu einem Balkon hoch, wo eine Frau mittleren Alters sie kritisch musterte. Sie hatte schwarzes Haar und trug ein langes schwarzes Kleid.

»Tomassina, steh nicht so herum. Wein für unsere Gäste«, kommandierte Francisco und erklärte dann: »Tomassina weiß, wer ihr seid, und ist nicht gerade begeistert. Aber sie wird sich schon an euch gewöhnen. Ich werde schließlich dafür bezahlt. Bitte setzt euch.« Er deutete auf einen Tisch mit Stühlen auf dem Balkon, wo sie Platz nahmen.

Tomassina brachte einen Weinkrug, Gläser und Brot mit Tomatenscheiben, die mit Olivenöl beträufelt waren. Für die beiden Ausgehungerten ein willkommener Imbiß.

»Ihr könnt im Zimmer meiner Schwester wohnen«, sagte Francisco. »Sie schläft bei Tomassina, und ich schlafe im Wohnzimmer. Für zwei Wochen. In dieser Zeit werdet ihr Angelo Priola aufsuchen müssen.«

Nino schaute Silvio an, sprach aber zu Francisco. »Wann kann er frühestens Anna-Maria besuchen?«

»Ihr kennt Anna-Maria?«

»Er hat sie auf dem Schiff gefickt.«

Silvio wurde rot.

»Dann hoffe ich in seinem Interesse nur, daß Priola es nie erfährt.«

Nino grinste. »Väter mögen es nämlich gar nicht, wenn mit ihren Töchtern rumgemacht wird.« Er schaute dabei Silvio an.

Dann wandte er sich wieder an Francisco. »Im Ernst, Anna-Maria scheint sich in ihn verliebt zu haben. Sie hat ihn zu sich nach Hause eingeladen. Wo wohnen die Priolas eigentlich?«

»In der Chestnut Street, das ist in der Gartenstadt. Schönes Haus. Ich schlage vor, Silvio geht dorthin, wenn ihr Vater nicht da ist. Sonst könnte es nämlich Ärger geben. Anna-Maria ist sein einziges Kind und ihm deshalb besonders lieb und teuer.«

»Und woher wissen wir, wann Priola nicht daheim ist?«

»Das ist nicht schwierig, denn er hat so seine festen Gewohnheiten. Morgen ist er zwischen vier und sieben Uhr bei Mattie Marshall, einem Puff in der Custom House Street, der ihm zum Teil gehört. Dort gibt's jeden Dienstag eine große Pokerpartie, und Angelo Priola spielt immer mit. Du kannst vor Mattie warten, bis er reingeht, und dann weißt du, daß du drei Stunden vor ihm sicher bist.«

»Und die Mutter?«

»Trinkt. Um vier Uhr sitzt sie mit einem Minz-Julep in ihrem Zimmer, taub für die Welt.«

»Warum trinkt sie?«

Francisco machte erst ein erstauntes Gesicht, nickte dann aber. »Stimmt ja, ihr kennt Priola noch nicht. Ich garantiere dir, Nino, wenn du mit dem verheiratet wärst, würdest du auch trinken. Er ist wie einer von diesen kleinen Kampfhähnen, die's in Palermo gibt. Klein, sehnig und der reinste Blutsauger.«

Am Abend machte Francisco mit ihnen eine Tour durchs Vieux Carré. Selbst Nino, der schwer zu beeindrucken war, staunte nur so.

Als sie loszogen, hießen sie schon nicht mehr Nino Greco und Silvio Randazzo. Auf der *Syrakus* hatten sie bereits erwogen, ihre Namen zu ändern, es aber noch nicht in die Tat umgesetzt. Nun bestand Francisco darauf. »Ihr müßt Englisch lernen«, sagte er bei einem letzten Glas Wein, bevor sie sein Haus verließen. »Lernt Englisch, aber tut so, als könntet ihr's kaum. Dann unterschätzen euch die Amerikaner. Und du mußt deinen Namen ändern, Nino, weil du ja nicht gerade ein unbeschriebenes Blatt in Sizilien warst. Ich weiß, was passiert ist.«

Und so wurde Nino zu Nino Grado, und Silvio hieß fortan Sylvano Razzini. Es war nicht leicht, sich daran zu gewöhnen, aber sie sahen ein, daß Francisco recht hatte.

Sie begannen ihre Tour bei Annie Merritt in der Custom House Street, wechselten zu Fanny Decker, von dort zu Madge Leigh, wo getanzt wurde, danach zu Mattie Marshall, und landeten schließlich in Lulu Whites Mischlingspuff, dem sogenannten Mahagonipalast, in der North Basin Street. Es waren Drei-Dollar-Puffs, bis auf das Lulu White, wo es wegen der Kristallüster und der Holztäfelung fünf Dollar kostete.

Jeder von ihnen nahm eine Frau bei Annie und später noch mal eine bei Lulu, um den Abend abzuschließen. Silvio hatte keine Ahnung, woher das Geld kam, aber es war ihm auch völlig egal.

Zwischendurch tranken sie und hörten den neuen Blaskapellen zu: Sylvester Conant bei Fanny, Professor Bonfant bei Madge Leigh und den Tio-Brüdern bei Mattie.

Schließlich führte Francisco sie ins sogenannte Old Absinthe House, wo hinter der Theke eine lange Reihe von Gläsern stand, manche mit einer grünen Flüssigkeit, andere mit einer gelben.

»Was ist das?« fragte Nino mißtrauisch.

»Der beste Drink der Welt. Absinth.«

»Woraus besteht er?«

»Er wird aus Wermut gemacht.«

Nino wirkte genauso mißtrauisch wie zuvor.

»Eine Heilpflanze. Medizin. Aber sie sondert eben auch Wermut-öl ab, aus dem Absinth gemacht wird.«

Silvio starrte die Gläser an. Über jedem Glas befand sich ein Hahn, Teil eines langen Rohres, und aus den Hähnen tröpfelte Wasser in die Gläser.

»Reiner Absinth ist grün«, erklärte Francisco. »Man fügt ganz langsam Wasser hinzu, so daß die Tropfen den Absinth ›küssen‹, worauf er gelb wird. Dann erst kann man ihn trinken.« Er reichte Nino und Silvio je ein Glas.

»Seid bloß vorsichtig mit Absinth«, riet er. »Er macht nämlich süchtig. Aber in geringen Mengen verjagt er alle Probleme. Wunderbar.«

Francisco nahm selbst ein Glas und hielt es hoch. »Auf Nino und Silvio.« Er schlürfte die gelbe Flüssigkeit. »Willkommen in Amerika! Seid froh, daß ihr Sizilien los seid.«

»Ich freue mich, Pater Livesey, daß Ihre Zeit es erlaubte, heute herzukommen. Wie ich sehe, ist Ihr Ohr verheilt. Das ist nur ein schwacher Trost, ich weiß, aber wenigstens gab es keine Komplikationen.«

Henry Livesey reichte dem italienischen Botschafter, Pasquale Falfani, die Hand. Der gebürtige Mailänder war hochgewachsen und sehr elegant gekleidet. Auch das am Belgrave Square gelegene Botschaftsgebäude wirkte elegant mit seinen hohen Räumen, den dunkelroten Vorhängen und den Gemälden, zu denen auch ein Porträt von Garibaldi zählte, wenn Livesey sich nicht irrte.

Sein Brief an den Botschafter war rasch beantwortet worden. Falfani hatte ihm geschrieben, er selbst habe mit Livesey Kontakt aufnehmen wollen, und bitte ihn, an diesem Tag zu ihm zu kommen, damit er ihm jemanden vorstellen könne.

Gerade als sich Livesey fragte, wo dieser Jemand denn bliebe, ging die Tür auf, und ein großer rotgesichtiger Mann mit einem spärlichen grauen Haarkranz wurde hereingeführt.

Der Botschafter begrüßte ihn, dann sagte er: »Pater Livesey, ich möchte Sie mit William Pinkerton bekanntmachen.«

Die drei Männer setzten sich. Nachdem ihnen Kaffee serviert worden war, begann der Botschafter: »Mister Pinkerton ist der Sohn von Allan Pinkerton, der aus Schottland nach Amerika emigrierte und dort das berühmte Detektivbüro gründete. Die Pinkertons und die italienische Regierung sind übereingekommen, geheime Ermittlungen durchzuführen, die sicher Ihre Zustimmung finden, Pater Livesey. Wir erfuhren, daß Nino Greco nach Amerika geflüchtet ist.«

Livesey setzte die Kaffeetasse ab. »Ja, das habe ich auch gehört.«

»Die Information ist leider nicht präziser.« Er lächelte schuldbewußt. »Diese süditalienischen Mafiosi haben ihren eigenen verfehlten Ehrenkodex und ein Schweigegebot, das sie daran hindert, uns etwas zu verraten. Folglich habe ich keine Details darüber, wie Greco nach Amerika gelangte oder wo er ist.

Deshalb hat die italienische Regierung Pinkerton engagiert, um Greco aufzuspüren. Falls das gelingt, werden wir ihn verhaften lassen. Mister Pinkerton war wegen anderer Geschäfte in London, kehrt aber in drei Tagen nach Chicago, dem Hauptsitz seiner Firma, zurück. Nun wüßten wir beide gern, ob Sie uns die Zeichnung von Greco überlassen würden. Dann könnte Mister Pinkerton sie nach Amerika mitnehmen. Greco ist durch seine Freveltaten so bekannt, daß er sicher seinen Namen gewechselt hat, um untertauchen zu können. Aber sein Aussehen kann er nicht ändern, jedenfalls nicht entscheidend. Falls Pinkertons Agenten ihm oder jemandem, den sie für ihn halten, begegnen, würde das Porträt bei der Identifizierung sehr helfen.«

»Wir haben in allen Großstädten Amerikas unsere Agenten«, ergänzte Pinkerton. »Wir schicken Telegramme und können schnell...«

»Sie brauchen nicht weiterzureden«, unterbrach ihn Livesey. »Der Mann hat mich gedemütigt und verstümmelt. In einem Schrank zu Hause liegt das, was von meinem Ohr übrig ist, und eine Zeichnung dessen, der es abschnitt.« Er machte ein bekümmertes Gesicht. »Ich bin Priester, katholischer Priester. Als Christ dürfte ich nicht an Rache denken, aber ich muß gestehen, daß ich kaum an etwas anderes denke. Ich kann nicht die andere Wange hinhalten. Vielleicht bin ich für das Priesteramt nicht geeignet, denn, o ja, ich will Vergeltung. Ich will, daß Greco leidet, wie ich gelitten habe. Ich will, daß er gedemütigt wird wie ich. Deshalb bekommen Sie natürlich die Zeichnung, Herr Botschafter.«

Das einstöckige Haus der Priolas war aus Holz, der weiß gestrichene Balkon im ersten Stock hatte ein so kunstvoll geschnitztes Geländer, daß es wie Flechtwerk wirkte. Blumenkörbe und Laternen hingen von den Balken, die das Dach trugen. Der üppig wuchernde Garten wurde von einem gewaltigen Eukalyptusbaum beherrscht. Leises Wasserplätschern war zu hören. Umgeben war das Grundstück von einer hohen Mauer mit einem schmiedeeisernen Tor, vor dem Silvio nun stand. Er zog an einem Knauf, worauf irgendwo eine Glocke läutete.

Silvio war von einer Droschke, die Nino bezahlt hatte, hierhergebracht worden.

Ein Neger mit kurzgeschorenem silbergrauen Haar kam aus der Haustür. In leicht gebückter Haltung trat er ans Tor, öffnete aber nicht. »Ja?«

Silvio holte die Ansichtskarte hervor, die Anna-Maria ihm auf der *Syrakus* gegeben hatte. Nun kam der schwierige Teil. Francisco hatte ihm auf englisch beigebracht, was er sagen sollte. »Bitte geben Sie Anna-Maria die Karte. Hier ist Silvio.«

Der Schwarze nahm die Karte nicht gleich entgegen. »Sie kennen Miss Priola?«

Silvio verstand kein Wort, lächelte aber. »Anna-Maria, bitte.« Er steckte die Karte durch die Gitterstäbe.

In dem Moment tauchte sie auf dem Balkon auf.

»Anna-Maria!« schrie Silvio. »Anna-Maria!«

Sie stutzte, erkannte ihn dann und winkte, bevor sie zur Treppe lief. Doch dann blieb sie stehen und rief dem Schwarzen irgend etwas zu. Der öffnete daraufhin das Tor.

Wenig später kam Anna-Maria, gab dem Diener noch eine Anweisung und legte dann den Finger an die Lippen, damit Silvio nichts sagte. Sie bedeutete ihm, ihr tiefer in den Garten hinein zu folgen, und sie umrundeten einige Büsche mit orangeroten Blüten, bis sie zu einem kleinen Rondell mit einer Steinbank kamen.

»Banff bringt uns gleich etwas Limonade«, kündigte Anna-Maria an. »Vater ist beim Pokerspiel im Französischen Viertel, aber einige seiner Leute sind wegen eines Treffens am heutigen Abend schon im Haus. Deshalb unterhalten wir uns lieber hier draußen.«

Banff brachte einen Krug mit zwei Gläsern, und Anna-Maria wartete, bis er alles auf der Bank abgestellt hatte. Dann sagte sie etwas auf englisch, und wieder verschwand der Mann. Sie schenkte ein und reichte Silvio ein Glas.

»So, du hast es also geschafft. Du bist in Amerika.«

Er nickte lächelnd. Sie trug ein weißes Kleid, hatte ihr Haar hochgesteckt und sah nun irgendwie weniger italienisch aus. Kurz schilderte er ihr alles, was seit ihrem letzten Zusammensein passiert war.

Sie lachte amüsiert. »Eine der besten Geschichten, die ich kenne! Man hört hier in New Orleans ja so allerlei von Leuten, die in Salzfässern versteckt oder in Teppiche gerollt ins Land geschmuggelt werden. Aber es ist besonders originell, sich ins Quarantänehospital einweisen zu lassen. Das wird meinem Vater gefallen.«

Auf dieses Stichwort hatte er nur gewartet, denn ihm war nicht klar gewesen, wie er das Thema zur Sprache bringen sollte. »Vielleicht könnten wir beide tanzen gehen. Ich habe gestern abend ein tolles Lokal kennengelernt... Hast du es eigentlich ernst gemeint, daß dein Vater Nino und mir vielleicht helfen würde?« Er weihte sie in die Namensänderung ein.

»Wo wohnt ihr?«

Er sagte es ihr.

»War dieses Tanzlokal ganz in der Nähe?«

Er nickte.

»Du meinst Madge Leigh. Ein Bordell. Dort darf ich nicht hin.«

Er zog die Augenbrauen hoch, und sie lachte. »Nur weil ich nicht hin darf, heißt das noch lange nicht, daß ich nicht hingehe. Tja, du hast noch eine Menge zu lernen – über das Leben im allgemeinen und New Orleans im besonderen.«

Dann wurde sie ernster. »Ich habe euch meinem Vater gegenüber schon erwähnt.«

»Wirklich?«

»Ja, ich erwähnte ganz beiläufig, der berühmte Mafioso Nino Greco sei mit einem jungen Verwandten inkognito bei mir auf dem Schiff mitgefahren.«

»Und?«

»Er nickte nur, aber meinem Vater entgeht nichts. Jetzt muß ich mir noch überlegen, wie ich das Gespräch wieder auf euch bringen kann. Auf keinen Fall darf ich ihm sagen, daß du heute hier warst. Er würde durchdrehen, wenn er wüßte, daß du und ich... na, du weißt schon. Vermutlich würde er dir die Eier abschneiden lassen.«

Silvio verspürte den Wunsch, ganz schnell wegzulaufen.

»Ich muß Nino noch einmal erwähnen und Vater damit auf eine Idee bringen, von der er glaubt, sie sei seine eigene gewesen.«

Silvio lächelte anerkennend. »Sehr raffiniert.«

»Heute abend kommen Leute zum Dinner und zum Kartenspiel – mein Vater liebt die Karten. Gegen zehn Uhr werde ich sagen, ich ginge zu Bett. Eine halbe Stunde später kann ich heimlich das Haus verlassen, und eine weitere halbe Stunde brauche ich, um zu Madge Leigh zu kommen. Wir treffen uns dort um elf Uhr.«

Silvio nickte, trank seine Limonade aus und stand auf. Er wollte weit weg sein, wenn Angelo Priola auftauchte.

»Hör mal«, sagte Anna-Maria plötzlich. »Wenn ich das für dich tue, was tust du dann für mich?«

Er schaute sie erstaunt an, weil sie so ernst wirkte.

Doch kurz darauf lachte sie wieder. »Ach, ich bin sicher, uns wird schon etwas einfallen.«

Die beiden Kornetts schmetterten unisono, und darunter legte die Posaune einen stetig pulsierenden Rhythmus. Die schnellen Klavierläufe erinnerten Silvio an die Möwen, die der *Syrakus* gefolgt waren. Diese neuartige Musik faszinierte ihn. Am liebsten hätte er sich im Takt mitbewegt.

Doch auch alles andere bei Madge Leigh war für ihn aufregend: Die verzierten Spiegel hinter der Bar, Baptiste Moret, der fette schwarze Pianist, die Korsetts der Mädchen, die Berge von Austern auf der Theke, die Karnevalsmasken an den Wänden und das Kommen und Gehen der Paare treppauf und treppab.

Dann die Getränke! Silvio, der auf Sizilien nur Landwein gekannt hatte, war an Bord der *Syrakus* ein Liebhaber von Champagner geworden. Hier bei Madge Leigh trank niemand Champagner, sondern man bestellte Bier oder Whiskey, genauer gesagt Roggenwhiskey. Er mochte ihn gar nicht, trank ihn aber, weil alle ihn tranken.

Eines der Mädchen trat zu Silvio. Sie hatte eine samtige Haut, schwarze Haare und braune Augen. Als sie etwas auf englisch zu ihm sagte und er stumm blieb, versuchte sie es mit einer zweiten Sprache, möglicherweise Französisch. Silvio lächelte, doch sie wandte sich ab und lief weg.

Francisco schmunzelte. »Du mußt Englisch lernen, Silvio. Sie hat dich einen hübschen Kerl genannt. Sagte, dies sei ein Fünf-Dollar-Haus, du könntest sie aber für drei haben. Solch eine Chance darf man sich nicht entgehen lassen. Übrigens ist sie eine Terzeronin. Erinnerst du dich an deine Frage? Halb europäisch, halb afrikanisch. Tolle Hautfarbe, was?«

Silvio wurde rot. Aber Francisco hatte recht, denn das Mädchen war schön, und ganz besonders ihre Haut.

Er schaute auf die Uhr neben der Bar. Schon zehn nach elf, doch noch immer keine Spur von Anna-Maria. Er wurde nervös. Wenn sie nicht kam, würde Nino ihm die Schuld geben. Um sich abzulenken, konzentrierte er sich auf die Tanzerei. Offenbar wurden manche Frauen dafür bezahlt, mit Männern zu tanzen.

»Da ist sie«, sagte plötzlich Nino.

Anna-Maria stand in einem malerischen Cape am Eingang und blickte sich suchend um. Silvio winkte, worauf sie lächelnd näher kam.

»Nun«, begann Nino, doch Silvio unterbrach ihn.

»Hier gibt's leider keinen Champagner, Anna-Maria. Möchtest du vielleicht Bourbon?«

»Ja, gern. Ach, heute spielen Bruno und Baptiste. Großartige Band.« Sie winkte dem Pianisten, der zurückwinkte.

Silvio reichte ihr ein Glas. Er fühlte sich sehr nervös. Sie leerte es in einem Zug. »Ihr habt Glück, ihr zwei. Ich hörte zufällig, wie sich mein Vater bei Bekannten beklagte, er habe Ärger mit seinen Schiffen.«

»Was für Ärger?« blaffte Nino, und Silvio dachte mal wieder, daß er etwas zu aggressiv war. Auch er hatte etwas von diesen kleinen Kampfhähnen an sich.

»Die gleiche Art von Ärger wie in Palermo. Mein Vater kontrollierte bisher die Hafenarbeiter, die Obst und Austern ausladen und Baumwolle einladen, aber jetzt versucht eine andere Familie, sich da reinzudrängen. Die Situation ist ziemlich brenzlig, und es muß etwas geschehen. Ich hörte, wie Vater einige Leute aufzählte, die dafür in Frage kämen. Daraufhin erwähnte ich deinen Namen,

Nino, und sagte ihm, daß du inkognito auf meinem Schiff warst und nun in New Orleans bist. Prompt befahl er einem seiner Angestellten, Teresio Alfatti, dich zu suchen.«

»Warum hast du ihm nicht gesagt, daß du uns heute triffst?«

»Weil ich seine Tochter bin, Dummkopf! Ich mische mich nicht in geschäftliche Dinge. Außerdem darf ich theoretisch gar nicht hier sein.« Sie raffte ihr Cape enger. »Ich hatte eigentlich etwas länger bleiben wollen, gehe aber lieber wieder, damit mich Alfatti hier nicht sieht, falls er auf der Suche nach Nino herkommt. Das würde mein Vater rasch erfahren.«

Sie wandte sich an Silvio. »Begleite mich zur Canal Street. Dort nehme ich dann eine Droschke.«

Sie gingen die Custom House Street so rasch entlang, wie es bei den vielen Passanten möglich war. »Ich wollte dir noch etwas sagen, ohne daß dieser Esel es hört.«

»Du meinst Nino?«

»Nun, Madge Leigh werde ich wohl nicht meinen, oder? Hör zu. Erstens: Du mußt unbedingt Englisch lernen, sonst kommst du in diesem Land nie zu etwas. Zweitens: Löse dich so rasch wie möglich von Nino.«

»Was?«

Sie blieb kurz stehen. »Silvio, du hast einen gesunden Verstand, aber noch nicht gelernt, ihn zu gebrauchen. Du mußt eigenständig denken. Wenn du das tust, kannst du mit deinem guten Aussehen fast alles erreichen.« Sie kamen zur Kreuzung Custom House Street und Dauphin Street. »Aber Nino ist ein gewalttätiger, unsteter Mensch. Kurzsichtig. Wenn du bei ihm bleibst, gerätst du früher oder später in Schwierigkeiten.«

Sie waren in der Canal Street angelangt. »Hier nehme ich mir einen Wagen.«

»Wann sehe ich dich wieder?«

»In ein paar Tagen. Ich werde dich holen lassen. Aber vergiß nicht, was ich gesagt habe: Lern Englisch und trenn dich von Nino. Sonst könnte dein Leben bald zu Ende sein.«

»Francisco! Bist du wach?« rief eine Stimme auf italienisch vom Hof zum Balkon hinauf. »Francisco Faldetta!«

Silvio, der noch im Bett lag, schaute zu Nino, der ihm bedeutete, sich still zu verhalten, und gleichzeitig die Pistole aus der Hose zog, die über einem Stuhl hing. »Es könnte jemand von der Einwanderungsbehörde sein«, flüsterte Nino. »Die sind vielleicht hinter uns her, weil irgend jemand uns verpfiffen hat.«

Sie sahen zu, wie Francisco auf den Balkon trat.

»Ja? Was ist los? Es ist noch früh! Wer bist du?«

»Spielt keine Rolle, wer ich bin, Francisco. Hast du da oben zwei *malandrini* versteckt, zwei Sizilianer, die vor kurzem auf der *Syrakus* rüberkamen?«

Francisco wandte sich ab und sagte über die Schulter: »Du bist ja verrückt. Geh zurück zu der Hure, bei der du die letzte Nacht verbracht hast.« Es war eine schauspielerische Glanzleistung.

»Wenn du sie siehst, dann sag ihnen, daß Angelo Priola mit ihnen reden will, daß er einen Job für sie hat. Sag ihnen, Angelo Priola hält sie für harte *malandrini* aus Bivio Indisi. Du und ich, wir beide wissen, daß sie eigentlich Feiglinge sind, stimmt's? Sie verstecken sich wie die Hühner, wenn der Fuchs in der Nähe ist.« Er drehte sich um und wollte gehen.

»Halt!«

Nino lehnte sich übers Balkongeländer. »Du suchst mich?«

Der andere grinste. »Ah, der Steinbrecher. Mister Dynamit. Du siehst für mich nicht wie Dynamit aus, mehr wie...«

»Sag, was du zu sagen hast, und verschwinde.« Nino zeigte seine Pistole. »Dies ist kein Hahnenblut.«

Der Mann hörte auf zu grinsen. »Heute mittag. Am Luggers-Kai. Priola ist in seinem Büro. Davor steht ein Fahnenmast mit der amerikanischen und der italienischen Flagge.« Er wandte sich ab.

»Halt!« Nino hielt immer noch die Pistole. »Ich habe dir noch nicht erlaubt zu gehen. Wie heißt du?«

»Teresio Alfatti.«

»Wenn du das nächste Mal einen Auftrag für Mister Priola erledigst, dann gefälligst mit mehr Höflichkeit. Verstanden?«

Der andere erwiderte nichts.

Nino hob die Waffe höher. »Verstanden?«

Immer noch antwortete der andere nicht.

Nino spannte die Waffe.

»Ja.«

»Ja? Ja was, du Hornochse?«

»Ja ... Sir.«

Nino ließ die Waffe sinken und grinste. »Siehst du, wie einfach es ist, bessere Manieren zu lernen.«

Im Schlafzimmer wagte Silvio endlich wieder, normal zu atmen, und dachte dabei an Anna-Marias Warnung vom Vortag.

Silvio befand sich an der Kreuzung Basin Street und Canal Street, gut gelaunt trotz des Regens, denn er stand geschützt unter einem jener vielen kunstvoll geschnitzten Balkone, die eben nicht nur Schatten spendeten.

Es war Viertel vor zwölf, und Silvio wartete auf Nino, der sich gerade rasieren und die Haare schneiden ließ. Trotz seiner rüden Sprache und seines Imponiergehabes putzte Nino sich nämlich für die erste Begegnung mit Angelo Priola heraus. Er hatte sich sogar ein neues Hemd gekauft.

Auch Silvio war sehr gespannt auf Angelo Priola, vor dem alle – selbst Anna-Maria – Angst zu haben schienen.

Nino kam aus dem Barbierladen. Ohne Bartstoppeln, mit kurzgeschnittenem Haar und einem sauberen Hemd sah er viel jünger und ansehnlicher aus. Sie bogen in die Canal Street ein und rannten von Balkon zu Balkon, um nicht völlig durchnäßt zu werden.

Obwohl es immer stärker regnete, herrschte im Hafen emsige Geschäftigkeit. Gelegenheitsarbeiter, Matrosen und Zollbeamte trugen allesamt Overalls, und manche hatten sogar große Schlapphüte auf. Silvio zählte zwei Passagierschiffe, sieben Obstfrachter und fünfzehn Flußdampfer. Das Hafenareal am Ende der

Canal Street hieß Picayune-Pier, doch im allgemeinen hatten die Piers hier keine Nummern oder Namen, da kaum ein Gelegenheitsarbeiter lesen konnte. Statt dessen waren alle Örtlichkeiten durch Symbole aus einem Kartenspiel gekennzeichnet. Jeder wußte, wie Pikdame oder Karobube aussahen.

Nino und Silvio stiegen in der Nähe des Picayune-Piers zum Damm hoch und sahen, wie gerade von einem großen weißen Schiff mit einer gelb-roten Flagge blaßgrüne Melonen an Land geschafft wurden. Inzwischen schüttete es wie aus Kübeln, und leichter Nebel lag in der Luft. Das andere Flußufer war kaum noch sichtbar.

Sie kamen an mehreren Trupps von Arbeitern vorbei, die Orangen und Bananen ausluden. Fast am Ende eines Piers – er trug einen Kreuzbuben – entdeckten sie einen kleinen Mast, an dem zwei Flaggen naß herunterhingen. In dem Moment hörten sie die Mittags-»Kanone«. Wie Francisco ihnen berichtet hatte, war es vor vielen Jahren eine echte Kanone gewesen, während es sich jetzt nur noch um eine Dampfpfeife weiter stromaufwärts handelte.

Ein Mann im weiten Overall und mit breitkrempigem Hut wartete vor der Tür zum Büro. Nino sagte, wer sie seien, und der Mann trat beiseite, sobald er sie nach Waffen abgetastet hatte.

In dem niedrigen Raum standen drei Pulte und ein großer Schreibtisch, an dem ein Mann saß, während ein zweiter am Fenster lehnte und hinaussah. Der Stehende war dünn, hatte eine teigige Haut, schütteres Haar und hohe Backenknochen. Silvio schätzte ihn auf Anfang Dreißig. Der andere war älter und schwerer gebaut, hatte dichtes dunkles Haar und einen buschigen Schnurrbart. Er trug einen Gehrock und teure Stiefel. Seine linke Hand hielt eine dicke Zigarre.

»Sizilien könnte was von diesem Regen gebrauchen, hm«, sagte er zur Begrüßung. »Ich wette, ihr vermißt den Geruch von Oliven, das Gebimmel der Glocken und den Geschmack von Fettuccine.« Er lächelte. »Ich bin Angelo Priola. Dies ist Giovanni Nogare.«

Nachdem sich alle gesetzt hatten, holte Priola aus dem Schreibtisch eine Flasche und Gläser. »Whiskey?«

Die anderen nickten.

Er schenkte ein, und alle tranken.

»Sag mal, Nino, wie geht's Ruggiero? Ist er immer noch hinter jeder verheirateten Frau her?« Er lachte. »Und das Restaurant Calogero? Sind die Fettuccine dort immer noch die besten von ganz Sizilien? Selbst nach so vielen Jahren erinnere ich mich daran.«

»Immer noch die besten«, entgegnete Nino. »Ruggiero verbringt inzwischen mehr Zeit dort als bei der Jagd auf Frauen.« Er schlug sich auf den Bauch. »Er wird allmählich fett. Wie lang bist du eigentlich schon hier, Angelo? Zehn Jahre? Zwölf?«

»Länger. Ich kam vierundsechzig auf der *Rometta* rüber, einem schauerlichen Kahn. Ich war fünfunddreißig. Fünfzehn Jahre habe ich gebraucht, um dieses Geschäft aufzubauen, und nun will man's mir wegnehmen. Wie die Cholera tauchen die Kerle urplötzlich in meinem Gebiet auf. Und bevor man bis drei gezählt hat, ist die Seuche überall.«

Er musterte kurz Silvio und sagte dann zu Nino: »Du hast mit diesem Priester ziemliches Aufsehen erregt. Es stand sogar hier in der Zeitung.«

»Ich hätte lieber dem Amerikaner das Ohr abschneiden sollen. Die Amerikaner hätten das Lösegeld bezahlt.«

»Vielleicht...« Priola paffte an seiner Zigarre und schenkte Whiskey nach. »Sag mir, Nino, wie viele hast du schon umgelegt?«

Nino trank einen Schluck. »Genug.«

Priola musterte ihn durch den Zigarrenqualm, bevor er weiterredete. »Nino, ich habe ein Problem. Womöglich kannst du mir helfen. Bisher war New Orleans eine ruhige Stadt. Wir Sizilianer haben den Obst- und Austernhandel kontrolliert, was uns eine gewisse Stärke gab. Ich besitze momentan neun Schiffe. Zwei Passagierdampfer, die hauptsächlich zwischen Sizilien und Amerika verkehren, und sieben andere Schiffe, die Obst aus Italien, aber vor allem aus Südamerika importieren. Die Passagiere sind kein Problem.« Er grinste. »Mit ein oder zwei Ausnahmen... Fast alle haben Papiere und müssen nicht entladen werden. Die Dampfer bringen Menschen nach Amerika und nehmen Baumwolle mit zurück. Das klappt. Bei Obst, meine Freunde, ist es anders. Obst ist empfindlich, Obst beginnt zu vergammeln, kaum daß es geerntet ist. Folglich muß Obst auf allen Etappen seiner Reise rasch befördert werden, und das bedeutet wiederum, daß Sabotage sehr gut möglich ist. Wenn jemand auf die Idee kommt, den reibungslosen Ablauf zu stören, wird das sehr teuer für uns. Für mich.«

»Und genau das tut jemand?«

Priola nickte und leerte sein Glas. »Bis jetzt hatte ich die Kontrolle über die Hafenarbeiter, die alle Schiffe entladen – es sind meistens Gelegenheitsarbeiter –, und wir hatten jahrelang Ruhe. Sie kriegen einen Lohn, den ich mir leisten kann, und wenn sonst jemand Obst importieren will, nimmt er entweder meine Arbeiter und zahlt mir eine kleine Provision, oder aber seine Schiffe werden nicht entladen, und die Ware verfault. So einfach ist das. Auf diese Weise haben die Sizilianer Arbeit, und fast alle italienischen Immigranten in New Orleans sind Sizilianer. Außerdem bekomme ich durch das Geld, das ich mache, einen gewissen politischen Einfluß in der Stadt. Folglich gibt's bessere Perspektiven für alle Sizilianer.«

»Aber...?«

»Aber jemand versucht, all das zu ändern. Jemand versucht, sich mit mir anzulegen.«

»Wer?«

»Geduld. Ich möchte dir erst einen Überblick verschaffen. Die Schwierigkeiten begannen auf den Piers flußaufwärts von der Canal Street, als plötzlich Sizilianer aus der Gegend von Solunto herkamen, einer nach dem anderen. Mit der Zeit bildeten sie eine Gruppe, die groß genug war, um die anderen Hafenarbeiter auf den dortigen Piers einzuschüchtern. Ihr erster Schritt war, mir nicht die Provision zu zahlen, die mir zusteht, weil ich das Schiff

155

für sie entladen lasse. Hier geht's um keine große Summe, aber natürlich war's eine gravierende Veränderung, und bald wußte der ganze Hafen davon.«

Er goß sich Whiskey nach. »Der nächste Schritt war der Mord an meinem Vorarbeiter auf den genannten Piers. Offiziell ist der arme Kerl nach mehreren Drinks spätnachts in den Fluß gefallen, aber ich habe die Leiche gesehen, und er muß schon aus einem zerbrochenen Glas getrunken haben, denn seine Kehle war durchgeschnitten. Daraufhin schlossen sich alle anderen Arbeitertrupps dieser neuen Gruppe an, die sich nun, da sie die totale Kontrolle über das Gebiet jenseits der Canal Street hatte, einfach weigerte, meine Schiffe zu entladen. Rasch sprach es sich herum, und nun lassen die anderen Obstimporteure ihre Ware flußaufwärts entladen, zahlen den Neuen eine Provision und pinkeln mir ans Bein. Mein Ruf ist schwer angeschlagen, mein Einkommen sinkt.«

»Aber du hast immer noch das Gebiet flußabwärts?«

»Stimmt, aber letzte Woche brach dort in einem Lagerhaus ein Feuer aus. Brandstiftung. Eine Menge Baumwolle ist verbrannt, und einer von unseren Nachtwächtern wurde zu Tode geröstet. Er kam nicht aus seinem Büro raus.«

Diesmal blieb Nino stumm.

Priola schenkte Whiskey ein, obwohl Silvio noch nicht sein zweites Glas geleert hatte.

»Wie schon gesagt, wir hatten jahrelang Frieden hier in New Orleans. Ich bin kein gewalttätiger Mann. Ich bin Geschäftsmann. Aber ich kann auch nicht tatenlos zusehen, wie diese *malandrini* mir alles wegnehmen. Diesen Leuten aus Solunto muß Angst eingejagt werden, Nino, und zwar auf eine harte Tour. Ich will meine Piers zurückhaben. Mir ist egal, wen oder wie viele du fertigmachen mußt, aber ich will, daß die Arbeiter wieder auf mein Kommando hören.«

»Und wenn ich's tue?«

Priola nahm einen großen Schluck. »Was du willst. Ich gebe dir sogar dein eigenes Schiff. Oder den halben Anteil an einem der

Hurenhäuser im Französischen Viertel. Am Madge Leigh oder am Sally Levy. Dann hast du soviel Geld, so viele Weiber und soviel Alkohol, wie du willst. Und einen gewissen Respekt.«

»Wäre ich nach dir die Nummer zwei?«

Priola schaute von Nino zu Nogare und zurück. »Noch nicht, Nino. Zu Hause auf Sizilien wäre Giovanni mein *consigliere*, mein Berater. Du weißt, wie es dort heißt: Habgier macht fett und dumm. Ich bin ein großzügiger Mann, und ich werde dich gut entlohnen. Aber eins nach dem anderen.«

Nino überlegte kurz und meinte dann: »Ich brauche Geld, eine Wohnung, ein paar Männer und etwas technische Hilfe. Ich weiß nämlich nicht, wo ich hier Sprengstoff auftreiben kann.«

Priola nickte Nogare zu, der nun zum ersten Mal das Wort ergriff. »Ich gebe dir soviel Geld, wie du brauchst.« Er warf ein Bündel Banknoten auf den Tisch. »Hier sind erst mal hundert Dollar. Was die Männer betrifft, wie viele brauchst du? Wir haben vier- bis fünfhundert Leute in den Arbeitstrupps. Alles Sizilianer. Sag mir einfach Bescheid. Ich bin jeden Vormittag hier in diesem Büro. Um das Dynamit werde ich mich kümmern. Es gibt hier zwar keine Steinbrüche, aber beim Bau neuer Eisenbahnstrecken wird ja auch dauernd gesprengt. Was eure Bleibe betrifft, da haben wir etwas ganz Besonderes – ein Boot.«

»Ein Boot? Doch nicht...«

»Nein, nein, keine Sorge. Dieses Boot fährt nirgends hin. Ein sehr hübsches Hausboot, das am Ende dieses Piers vertäut ist.«

»Warum nicht im Französischen Viertel?« fragte Nino verdrossen.

»Sobald die Sache läuft und die Leute sich zusammenreimen, wer dahintersteckt, wirst du nicht gerade der populärste Mann von New Orleans sein. Wenn du im Französischen Viertel wohnst, bist du schwer zu beschützen. Auf einem Hausboot, zu dem man nur über einen Pier oder den Fluß gelangen kann, bist du viel sicherer.«

Es gefiel Nino nicht, aber er sah die Notwendigkeit ein.

»Und nun zu deinem Leibwächter«, begann Nogare.

»Ich hab' schon einen.« Nino deutete auf Silvio.

»Bist du sicher, daß er alt genug ist? Kann er schießen?«

»Er schafft es schon.«

Nogare schaute Priola an.

»Nino, dies ist ein hartes Pflaster...«

»Er schafft es schon.«

Priola zuckte die Achseln. »Okay, wenn du meinst. So, jetzt muß ich dich noch informieren, mit wem du's zu tun hast. Es sind zwei Brüder, Alfredo und Giancarlo Cataldo. Giancarlo ist der Clevere, der Fuchs, so an die Fünfundvierzig. Aus Solunto, in der Nähe von Bagheria. Dort begannen die beiden schon damit, Schutzgelder zu kassieren. Bagheria wird von der Liotta-Familie kontrolliert, wie du vielleicht weißt. Giancarlo stieg bei den Liottas immer höher, heiratete dann sogar in die Familie ein und tötete den Großmeister der Freimaurer in Solunto, der versucht hatte, den Obsthandel zu ›reorganisieren‹.

Wie du siehst, hatte Giancarlo zu Hause in Bagheria eine großartige Zukunft vor sich, aber er machte was Saudummes, obwohl ich ihn eigentlich für clever halte. Er konnte seinen Schwanz nicht in der Hose lassen. Zwei Jahre nach der Hochzeit mit Giulietta Liotta hat er der Frau von einem Orangenpflanzer, der unter Liottas Schutz stand, ein Kind gemacht. Der Pflanzer ging zum alten Francisco Liotta und forderte Gerechtigkeit. Der alte Mann mochte seinen Schwiegersohn, konnte den Pflanzer aber nicht abweisen, denn zuviel Ehre stand auf dem Spiel. Giancarlo hatte die Wahl: Entweder er verließ Sizilien, oder man brachte ihn um.«

Nino wurde ungeduldig.

»Ich erzähle dir dies alles, Nino, damit du Giancarlo nicht unterschätzt. Ich sage dir, er ist clever, schlau, gerissen. In Bagheria war er gewöhnt an Macht und Geld. Klar, daß er beides wiederhaben will. Er wird damit rechnen, daß ich zurückschlage. Deine Aufgabe ist jetzt, ihn zu überrumpeln, zu überlisten.«

»Wo wohnt Giancarlo?« fragte Nino.

»In der Burgundy Street, zwischen der Hospital Street und der

Barracks Street«, erwiderte Priola. »Das Viertel heißt Klein Palermo. Giancarlos Schwächen sind – abgesehen von seiner Familie – farbige Frauen und Bourbon. Zeitweise kann er von beidem nicht genug kriegen. In den meisten Nächten, so heißt es, schläft er sternhagelvoll auf einer der Nutten im Mahagonipalast ein.«

»Aber er hat sicher einen Leibwächter«, erwiderte Nino. »Wir müssen uns was anderes einfallen lassen. Was weißt du noch über ihn?«

Priola schaute Nogare an. »Giovanni?«

Nogare zuckte die Achseln. »Ich habe gehört, er soll sehr abergläubisch sein. Er läßt sich täglich von einer Wahrsagerin die Karten legen und macht nie etwas, ohne vorher die Karten gefragt zu haben, ob es gutgeht.«

»Und du hältst den Kerl für clever?« spottete Nino.

»Ja, und dabei bleibe ich auch«, sagte Priola. »Er ist wirklich schlau. Wie gesagt, unterschätz ihn nicht!«

9. KAPITEL

Annunziata war mit einer Nachricht für Abt Ignazio Serravalle unterwegs ins Kloster Quisquina. Der Fußmarsch über die Serra di Leone und den Pizzo Stagnataro brachte Erinnerungen an jene Nacht zurück, als sie und Silvio fast miteinander geschlafen hätten. Sie wußte noch ganz genau, wie das Moos in ihrem geheimen Garten gerochen hatte, wie kristallklar die Sterne funkelten und wie sie zu Silvios Entzücken die Initiative ergriffen hatte. Dann waren sie auf so schreckliche Weise unterbrochen worden...

Es war für Annunziata ein schwerer Schlag gewesen, als die darauf folgenden Ereignisse zur Abreise ihres Vaters und Silvios geführt hatten. Doch als Ninos Tochter hatte sie früh gelernt, ihre Gefühle zu verbergen. Früher als Silvio begriff sie, daß er ihretwegen nach Amerika geschickt wurde. Ihr war klar, sie mußten auf lange Sicht planen. Sie würde ihm nach Amerika folgen, wo die katholische Kirche weniger Macht über das Leben der Menschen besaß.

Also hatte sie ihn kühl behandelt, um das Mißtrauen ihrer Verwandten zu zerstreuen, hatte ihm aber auch einen Ring gegeben. Diesen Ring konnte er tragen, ohne daß ihr Vater wußte, was er bedeutete, und er würde Silvio an ihre Liebe erinnern. Und wie sie ihn liebte! Sie wagte gar nicht daran zu denken, daß er möglicherweise andere Frauen kennenlernte...

Als sie das Kloster erreicht hatte, wurde sie in einen Korridor geführt, in dem sie eine Weile wartete. Es war kühl dort und roch nach Bienenwachs. Am einen Ende stand eine geschnitzte Madonnenstatue. Annunziata hatte Quisquina schon immer gemocht.

Die Tür ihr gegenüber wurde geöffnet, und Luigi Garofali kam heraus. »Pater Ignazio wird dich jetzt empfangen, Kind.«

Sie mochte es gar nicht, wie Pater Luigi sie ansah, und sie mochte es noch weniger, Kind genannt zu werden. Pater Ignazio stand vom Schreibtisch auf, küßte sie auf beide Wangen und bat sie, Platz zu nehmen. Dann fragte er: »Nun, Annunziata, was hast du mir auszurichten?«

»Elisavetta Scalice hat ein Kind bekommen. Sie und ihr Mann möchten, daß Sie die Kleine taufen, und bitten um einen Termin.« Annunziata und Pater Ignazio wußten, daß noch mehr hinter dieser Bitte steckte. Nino und jetzt Bastiano nutzten üblicherweise Taufen, Hochzeiten und Begräbnisse zu Zusammenkünften mit dem Abt, um gemeinsam Pläne zu schmieden. Annunziatas Besuch kündigte eine solche Zusammenkunft an. An Pater Ignazio war es, einen Termin festzusetzen.

Er zog einen Kalender aus der Tasche seiner dunkelbraunen Kutte und blätterte darin. »Mal sehen. Diese Woche und auch die nächste noch nicht. Aber am Samstag darauf. Das ist der dreiundzwanzigste. Kannst du dir das merken, Annunziata? Oder soll ich's dir aufschreiben?«

»Nein, schon gut. Das merke ich mir leicht.«

Er stand auf. Der Besuch war zu Ende.

Doch sie blieb sitzen.

»Annunziata?«

»Pater, würden Sie mir bitte die Beichte abnehmen?«

Er lächelte erfreut, weil sie so religiös war. Im Bivio, wo Annunziata lebte, gab es keinen Pfarrer.

»Aber natürlich, mein Kind. Komm zu mir.«

Sie kniete sich neben seinen Stuhl. »Vater, vergib mir, denn ich habe gesündigt«, flüsterte sie.

»Wann hast du das letzte Mal gebeichtet?«

»Vor über einem Monat, Vater.« Sie zögerte. »Wissen Sie noch, als ich mit Silvio Randazzo zu Ihnen kam, da ... da sagten Sie, Sie würden es einfach ignorieren, daß wir nicht bei den anderen waren, als der Überfall stattfand.« Sie verstummte.

161

»Ja, Annunziata?«

»Wir waren zusammen, Vater«, sprudelte es aus ihr heraus. »Wir waren zusammen, und ich . . . ich war die Aktive.«

»Was ist passiert?«

»Nichts ist passiert. Das schwöre ich. Aber ich wollte es und will es immer noch. Deshalb komme ich zum Beichten. Ich denke immerzu an jene Nacht und an Silvio.«

Der Abt antwortete nicht gleich, sondern überlegte hin und her. Diese jungen Leute waren einerseits so erwachsen und selbstsicher, andererseits aber auch so hilflos. Annunziatas Geständnis kam ihm sehr gelegen.

»Annunziata, zur Buße sollst du dreimal am Tag zu Gabriel beten. Er war es, wie du weißt, durch den die Heilige Jungfrau erfuhr, daß sie das Jesuskind gebären sollte. Ich möchte, daß du dir Gedanken über das Wunder der Geburt machst. Verstehst du?«

Annunziata nickte.

»Sehr gut. Du hast meinen Segen, Kind. Nun steh auf. Bevor du gehst, bekommst du noch Wasser und Obst.«

»Danke, Vater.« Annunziata stand auf und ging zur Tür.

»Ach, Annunziata«, sagte Pater Ignazio plötzlich, als wäre ihm gerade etwas eingefallen.

Sie drehte sich um. »Ja?«

»Die Beichte ist immer gut für die Seele, mein Kind. Aber ich denke, ich sollte dir bei dieser Gelegenheit etwas sagen, das du anscheinend noch nicht weißt.«

Sie schaute ihn fragend an.

»Du bist wohl sehr in Silvio verliebt?«

Sie erwiderte nichts, errötete aber leicht.

»Dann sollst du jetzt erfahren, warum Silvio nach Amerika gegangen ist.«

»Weil mein Vater einen Begleiter brauchte.«

»Stimmt, aber es gibt noch einen anderen Grund.«

»Was meinen Sie damit?«

Pater Ignazio lächelte wehmütig. »Dies wird sicher ein Schlag für

162

dich sein, mein Liebes, aber vielleicht hilft es dir auch. Weißt du, Silvio bat darum, mitgenommen zu werden. Er wollte weg. Ich bin kein Fachmann in diesen Dingen, aber deutet das nicht darauf hin, daß er dich nie geliebt hat?«

Silvio biß in eine Banane und schaute nachdenklich auf den Fluß. Er hatte wie Nino etwas dagegen gehabt, auf einem Boot zu wohnen, doch nach seiner ersten Nacht an Bord dachte er schon anders darüber. Es war nicht gerade luxuriös, aber komfortabel genug, und die Aussicht hätte nicht schöner sein können.
Zu Nino und Silvio war ein etwa fünfundzwanzigjähriger Mann namens Garcia Furci gestoßen, der die beiden nachts beschützte, wenn sie schliefen. Tagsüber war Silvio Ninos Leibwächter, wie mit Priola besprochen. Garcia stammte aus Trapani auf Sizilien, lebte jedoch schon seit fünf Jahren in New Orleans und sprach passabel englisch. Bisher war er einer von Priolas Leibwächtern gewesen.
Silvio und Garcia saßen an einem kleinen Tisch auf Deck, aßen Obst und tranken Kaffee. Nino war noch nicht aufgetaucht, obwohl es schon halb neun Uhr war.
»Wie lange wird dieser Auftrag dauern?« fragte Garcia. Er hatte seine Waffe auf den Tisch gelegt.
Garcia wußte also von dem Plan. Wie viele wohl noch, überlegte Silvio. Laut sagte er: »Keine Ahnung. Nino behält seine Gedanken für sich, bis es Zeit ist loszuschlagen. Was heißt ›Fluß‹ auf englisch?«
»Ich bin kein Scheißlehrer!« wehrte Garcia mürrisch ab.
»Na schön. Wie lange hast du gebraucht, um englisch zu lernen?«
»Ein paar Jahre.«
»Ich muß es möglichst schnell lernen. Das ist wichtig.«
»In der Claiborne Street gibt's eine Schule, wo viele Immigranten hingehen. Aber die kostet Geld.«
Silvio nahm sich vor, Nino daran zu erinnern, ihm seinen Anteil von dem Geld zu geben, das er von Nogare bekommen hatte.

Garcia trank seinen letzten Schluck Kaffee. »Zeit für mich zu gehen. Wann soll ich heute abend wiederkommen?«

Silvio dachte kurz nach. »Ich schätze, so gegen elf Uhr. Nicht früher. Ich weiß nicht, was heute passiert. Schließlich ist dies unser erster Tag als ... nun ja, auf diesem Boot.«

Garcia stand auf. »Also gut, um elf. Ciao.«

Kaum war er verschwunden, kam Nino aus der Kajüte. »Mach mir Kaffee«, befahl er barsch, setzte sich und griff nach einer Frucht.

Bin ich etwa sein Sklave, dachte Silvio nicht zum ersten Mal. Als er dann den frisch aufgebrühten Kaffee vor Nino hinstellte, packte dieser ihn am Handgelenk. »Wir müssen miteinander reden. Setz dich.« Es klang bedrohlich.

Silvio nahm ihm gegenüber Platz. Nino aß auf, was von der Banane noch übrig war, und sagte dann: »So, der Anfang hat geklappt. Wir sind in Amerika, wir haben einen Job und etwas Geld. Deshalb, mein Freund, muß ich jetzt ein offenes Wort mit dir reden. Du bist kein Kind mehr, und bald wird sich rausstellen, ob du wirklich schon ein ganzer Mann bist. Den jungen Mancuso zu töten war ein Kinderspiel im Vergleich zu diesem Auftrag. Wie geht's deinem Arm?«

»Er heilt gut.«

Nino trommelte mit den Fingern auf seinen Lippen. »Als erstes mußt du lernen, keinem zu trauen, der nicht zur Familie gehört. Priola ist Familie, Nogare nicht. Anna-Maria ist Familie, Garcia nicht. Niemals, und ich meine niemals, darfst du unsere Pläne mit einem besprechen, der nicht zur Familie gehört. Wenn Garcia noch mal fragt, sagst du einfach, das ist Familiensache. Er wird verstehen.«

Nino trank ein paar Schlucke Kaffee, bevor er fortfuhr. »Zweitens sollst du über unsere Pläne nur in meiner Gegenwart sprechen. Wir beide werden über alles Bescheid wissen, denn zwei Köpfe sind besser als einer. Auf die Weise lassen sich vielleicht Fehler vermeiden. Wenn dir einer was scheinbar Wichtiges erzählt und ich bin nicht da, weißt du nie, ob's nicht ein Trick ist, um einen

Keil zwischen uns zu treiben. Also forderst du den Kerl auf, es mir gegenüber zu wiederholen, und zwar in deiner Gegenwart. Verstanden?«

Silvio nickte, obwohl er fand, daß Nino übertrieb.

»Das hier wird verdammt hart, Silvio, glaub mir. Bis es vorbei ist, brauchst du einen, auf den du dich verlassen kannst, und du hast nur mich. Hör auf einen älteren Mann. Lern aus seinen Fehlern.«

Er machte wieder eine Pause.

»Drittens. Ich werde dir alles über Sprengstoff beibringen. Noch weiß ich nicht genau, wie wir diesen Cataldo fertigmachen, aber Sprengstoff wird eine Rolle dabei spielen. Ich verlasse mich nicht nur deshalb auf dich, Silvio, weil du mit mir nach Amerika gekommen bist und weil wir gemeinsam ... nun, du weißt ja, was wir gemeinsam durchgemacht haben. Ich verlasse mich auf dich, weil du zur Familie gehörst. Ein Blutsverwandter bist. Noch einmal: Trau nur denjenigen, die zur Familie gehören. Wenn jemand nicht zur Familie gehört, hat er garantiert irgendein Mitglied seiner eigenen Familie, dem gegenüber er loyaler ist als dir gegenüber. Vergiß das nie.«

Nino trank wieder einen Schluck. »Und noch ein letzter Punkt. Du gehörst zwar zur Familie, aber Annunziata ist meine Tochter, sie ist mein Fleisch und Blut. Ich weiß alles über euch beide. Schlag sie dir aus dem Kopf. Sie ist deine Cousine, und du wirst sie nie kriegen.«

Er ballte die Hand zur Faust und deutete dann mit einem Finger drohend auf Silvio. »Wenn ich jemals herausfinde, daß etwas zwischen dir und Annunziata ist, werde ich dich leichter töten, als ich Giancarlo töte.«

Während der nächsten Tage erlebte Silvio Nino so, wie er an Bord der *Syrakus* vor dem Kampf mit den Orestanos gewesen war. Nino hörte mit dem Trinken auf, vergaß zu essen und wirkte ganz in sich gekehrt.

Das Dynamit war kein so großes Problem, wie sie befürchtet hat-

165

ten. Priolas Mitarbeiter berichteten, eine ganze Schiffsladung sei aus Lissabon eingetroffen und warte im Hafen auf die Weiterbeförderung nach Memphis, wo eine neue Bahnlinie gelegt wurde. Priola trieb eine alte Schuld ein, und eines Nachts wurde das Dynamit aufs Flußboot gebracht.

Giancarlo Cataldo bereitete größere Schwierigkeiten. Er verbrachte fast jeden Tag im Hafen und fünf von sechs Nächten in Lulu Whites Mahagonipalast, wo er nach dem Dinner mit einem Mädchen nach oben verschwand. Silvio und Nino stellten fest, daß gleich zwei bewaffnete Leibwächter bei Lulu White herumlungerten, wenn Giancarlo dort einkehrte.

In den wenigen verbleibenden Nächten schlief Giancarlo in seinem Haus in der Burgundy Street, das er mit seinem Bruder und dessen Familie bewohnte. Auch dort wurde er ständig bewacht.

Doch genau dieser Zeitplan machte Nino Hoffnung. Giancarlo hatte zwar immer Leibwächter bei sich, aber seine Routine war seine Schwachstelle ...

Nach knapp zwei Wochen bestellte Priola sie wieder zu sich ins Büro am Picayune Point. Nino konnte noch nicht mit einem fertigen Plan aufwarten, versuchte aber, Priola mit dem Hinweis zu trösten, daß er für die Vorbereitung des Coups im Hafen von Palermo drei Wochen gebraucht hatte. Priola war nervös, da ihm zugetragen worden war, daß ein weiteres Lagerhaus von ihm in Flammen aufgehen sollte. Der Anschlag auf Giancarlo durfte nicht endlos hinausgezögert werden.

Die beste Chance bot sich schließlich ausgerechnet bei Lulu White, obwohl Giancarlo dort nie ohne Leibwächter hinging. Silvio hatte durch geduldiges Beobachten festgestellt, daß Giancarlo immer spät kam, gegen zehn Uhr dinierte, ungeheure Mengen Wein trank und sich dann mit einem der Mädchen nach oben zurückzog, und zwar immer in dasselbe Zimmer. Nach einer Stunde körperlicher Anstrengung schlief er normalerweise ein, wie gemunkelt wurde, und das Mädchen kam wieder ins Lokal herunter. Folglich lag Giancarlo also stundenlang sternhagelvoll allein in jenem Zimmer. Die Leibwächter blieben unten im Salon und vor dem Eingang auf ihren Posten. Falls es eine Möglichkeit gäbe, vorher in das betreffende Zimmer zu gelangen, ohne daß es jemandem auffiel, könnte es klappen.

Sie beschlossen, es abwechselnd zu versuchen. In der einen Nacht nahm sich Nino eine Nutte, in der nächsten Silvio. Allerdings stiegen sie eineinhalb Stunden vor Giancarlo in den ersten Stock, so daß sie schon wieder an der Bar standen, wenn Giancarlo endlich auftauchte.

Es gab fünfzehn Zimmer, und erst in der siebten Nacht wurde Silvio, der gerade »Dienst tat«, in das Zimmer gebracht, das Giancarlo benutzte. Die Möblierung bestand aus Bett, Stuhl, Teppich und Wandspiegel sowie einem Waschständer mit einer Porzellanschüssel und zwei Handtüchern. Der einzige kleine Luxus war eine Nachttischlampe mit rotem Schirm, die alles in warmes Licht tauchte.

Nun mußte Silvio das Mädchen unter irgendeinem Vorwand loswerden, damit er ein paar Minuten allein war. Nachdem er sich Hemd und Schuhe ausgezogen hatte, lächelte er sie an und holte aus der Hosentasche einige Geldscheine.

»Heute hab' ich bestimmt Glück«, sagte er und wiederholte damit einen Satz, den er hier oft genug gehört hatte.

Die hochgewachsene Blondine lächelte zurück.

Silvio hielt ihr zehn Dollar hin. »Du spielst für mich. Drei Mal am Roulettetisch. Nimm drei Glückszahlen. Okay? Ich verliere, du kommst zurück und machst mich glücklich. Ich gewinne, du kaufst Champagner, wir trinken zusammen.«

In den vielen Nächten bei Lulu White hatte Silvio ein paar Brokken englisch aufgeschnappt und verstand schon ziemlich viel von dem, was geredet wurde.

»Haste auch genug Geld? Kannste mich bezahlen, wenn ich verliere?« wollte das Mädchen mißtrauisch wissen.

Er griff wieder in die Tasche und zeigte ihr weitere Scheine.

Kaum war sie gegangen, öffnete Silvio das Fenster. Darunter lag eine dunkle Gasse, wo kein Wächter stand, wie sich Nino und Silvio überzeugt hatten.

»Nino!« rief er halblaut.

»Hier, direkt unter dir.«

Rasch löste Silvio das dünne Seil, das er sich mehrmals um die Taille gebunden hatte, ließ es aus dem Fenster hinunter und hielt ein Ende fest.

Nino befestigte etwas am anderen Ende und ruckte dann zweimal am Seil, worauf Silvio es wieder hochzog. Vorsichtig band er das Bündel Dynamitstangen los, an dem eine lange schwarze Schnur hing. Nun kam der schwierigste Teil. Wie sie aus Erfahrung wußten, waren die Betten bei Lulu White alle gleich gebaut und auf die gleiche Weise hergerichtet. Die Unterseite der Betten befand sich in ungefähr dreißig Zentimeter Höhe, und ein spitzenumsäumtes Laken hing von der Matratze bis fast auf den Boden.

Nino hatte die Dynamitstäbe so angeordnet, daß sie unter die Matratze geschoben werden konnten. Schwierig war nur, die Zündschnur zu verstecken, die vom Sprengstoff unter dem Teppich entlang bis zum Fenster, die Wand hinauf und nach draußen gelegt werden mußte, wo Nino wartete. Um sie besser zu verbergen, rückte Silvio den Stuhl ans Fenster. Einen Teil der Schnur konnte er hinter dem Waschständer verstecken, doch das Stück, das von dort zum Teppich führte, war deutlich sichtbar. Hoffentlich war Giancarlo heute so betrunken, daß er außer der Frau, mit der er sich vergnügen wollte, nichts wahrnahm.

Sobald Silvio fertig war, warf er sich aufs Bett, und zwei Minuten später kam das Mädchen mit leeren Händen zurück. »Kein Glück, Honey. Und dabei hab' ich mich so auf 'n Champagner gefreut!«

»Was ist mit mir? Ich verliere zehn Dollar. *Allora*... zieh dich aus.« Würde das Mädchen die Zündschnur entdecken? Gerade jetzt schien sie genau dorthin zu starren, doch im nächsten Moment zog sie sich das Kleid über den Kopf, schlüpfte aus ihrer Unterwäsche und setzte sich nackt aufs Bett. Sie legte ihre Hand auf die Innenseite von Silvios Schenkel und lächelte. Erregt knöpfte er sich die Hose auf. Unwillkürlich dachte er an Anna-

Maria. Was für ein Gesicht würde sie machen, wenn er ihr erzählte, daß er auf einem Bett voller Dynamit gefickt hatte?

Langsam entwickelte Silvio eine Vorliebe für Whiskey. Er stand an der Bar und beobachtete unauffällig Giancarlo. In der vergangenen Dreiviertelstunde hatte Silvio drei Gläser Jack Daniels bestellt und mußte nun aufpassen, damit er nicht betrunkener wurde als der Mann, den er im Auge behalten sollte.
Giancarlo Cataldo hatte einen breiten Mund, eine flache Nase und dunkles, schon etwas schütteres Haar. Seine großen Augen wirkten wachsam, nichts schien ihnen zu entgehen.
Er war vor einer Stunde bei Lulu White aufgekreuzt, hatte seither Karten gespielt und sich systematisch betrunken. Er war schon bei der dritten Flasche Wein angelangt. Seine Stimme wurde immer lauter, er lachte bereitwilliger über die Witze anderer und schien trotz seiner Trunkenheit das Spiel zu gewinnen.
Silvio wurde allmählich nervös. Zehn Minuten zuvor hatte Cataldo eine Nutte zu sich gewinkt, die dünn war, aber üppige Brüste besaß. Sie hatte sich zu ihm hinuntergebeugt, damit er ihr etwas ins Ohr sagen konnte, und war dann verschwunden. Wenn er sich wie an den anderen Abenden verhielt, hatte er bei ihr das Dinner bestellt, das sie ihm oben servieren sollte. Wenige Minuten später wurde das Kartenspiel tatsächlich abgebrochen, und Cataldo ging zum Ausgang. Auch das war wie sonst. Er würde sich kurz mit einem Leibwächter besprechen und dann die Treppe zum ersten Stock hinaufsteigen. Silvio kehrte ihm den Rücken zu, beobachtete aber alles im Spiegel hinter der Bar.
Kurz nachdem sich Cataldo mit der halbleeren Flasche in den ersten Stock zurückgezogen hatte, kam das Mädchen mit einem Tablett aus der Küche und folgte ihm.
Silvio machte sich auf die nervenaufreibendste Wartezeit seines Lebens gefaßt. Theoretisch hätten sie das Zimmer in die Luft fliegen lassen können, sobald Cataldo es betreten hatte. Das hätte das Risiko verringert, daß Cataldo die Zündschnur entdeckte. Aber es hätte auch bedeutet, das Mädchen gleichfalls zu töten. Das hätte

Nino nicht weiter gestört, aber Silvio hatte ihm klarmachen können, daß es dumm wäre, sich in New Orleans mehr Feinde als nötig zu schaffen. Falls je bekannt würde, daß sie eines der Mädchen von Lulu White auf dem Gewissen hatten, wären nicht nur Cataldos Leute auf Rache aus. Außerdem wären ihnen dann fortan alle Bordelle der Stadt verschlossen. Das Argument hatte Nino umgestimmt.

Silvio mußte nun also abwarten, bis Cataldo gegessen und gefickt hatte und eingeschlafen war. Sobald das Mädchen herunterkam, würde der Plan in die Tat umgesetzt werden.

So langsam war noch nie eine Stunde verstrichen. Silvio konnte es kaum noch ertragen. Eigentlich hätte das Mädchen schon da sein müssen. Aber vorläufig war sie nicht zu sehen.

Das Lokal war gut besucht. Der Mahagonipalast hatte eine neue Band unter der Leitung des Kornettisten Theogene Baquet. Am frühen Abend spielte Baquet im Symphonieorchester des Lyre Club, doch nach halb elf bot er mit seiner kleineren Excelsior Band bei Lulu White viel heißere Musik.

Silvio wurde von Baquets Fingerfertigkeit so sehr abgelenkt, daß er nicht gleich merkte, als ein sehr schlankes Mädchen mit üppigen Brüsten neben ihn an die Theke trat. War sie Cataldos Nutte? Er war sich nicht sicher, mußte es aber unbedingt herauskriegen.

»Möchtest du 'n Drink?« fragte er sie.

Sie nickte. »Ja. Aber glaub bloß nicht, daß ich gleich mit dir abziehe, Honey. Ich komm' grad von oben runter und brauch' erst mal einen Drink.« Sie winkte dem Barkeeper und bestellte ein Bier.

Silvio verstand zwar ihre Antwort, aber wie sollte er hundertprozentig sicher sein, daß sie diejenige war, die er mit Giancarlo gesehen hatte? Andererseits konnte er sie schwerlich fragen, ob sie bei Cataldo gewesen war. Sie würde sich nach der Explosion garantiert an seine Frage erinnern.

Das Mädchen prostete ihm zu. »Danke, Hübscher. Wie heißt du?«

»Silvio.«

170

»Und woher kommste?«

»Aus Sizilien.«

Sie nickte. »Hab' mir's schon gedacht. Dieser Cataldo ist auch 'n Sizilianer. Kennste ihn?«

Silvio schüttelte den Kopf.

»Der ist sehr spendabel. Biste auch spendabel?«

Silvio atmete innerlich auf. Nun war also klar, daß sie Cataldos Nutte war. Aber er durfte die Unterhaltung nicht abrupt abbrechen, denn auch das könnte ihn im nachhinein verdächtig erscheinen lassen.

»Wieviel zahlt dieser Cataldo?«

»Fünf Dollar.«

»Ich hab nicht soviel Geld mit, aber ich hole welches. Du wartest?«

»Keine Angst, du bist hübscher und jünger. Du kannst es für drei Dollar haben.«

»Ich habe nur zwei Dollar.« Hoffentlich machte sie es nicht für zwei!

»Zwei ist 'ne Beleidigung, Sir.«

»Okay. Warte hier. Bin in fünf Minuten zurück. Okay?«

»Gut, ich warte zehn Minuten. Aber nicht mehr. So hübsch biste auch wieder nicht.«

Erleichtert verließ Silvio das Lokal. Vor dem Eingang wandte er sich nach rechts, blieb an der Hausecke stehen, zündete sich eine Zigarette an und paffte ein paar Züge. Dies war das vereinbarte Signal für Nino, der in einer dunklen Toreinfahrt lauerte. Silvio stand unter einem Balkon und schaute auf die Straße, die der tagelange Regen in Morast verwandelt hatte. Dann ging er in Richtung Royal Street, die in der Nähe des Flusses lag.

Er befolgte einen genauen Zeitplan. Nino würde bis zweihundert zählen, dann wäre Silvio zweieinhalb Blocks weit entfernt, fast an der Ecke Chartres Street und Custom House Street, wo Priola beim Kartenspiel saß.

Als Silvio an dieser Kreuzung ankam, ging er auf die andere Straßenseite und lehnte sich an den gußeisernen Pfosten von einem der vielen Balkone, die hier die Häuser zierten. Er spielte den sorgenfreien Mann, der eine kleine Pause einlegt, um seine Zigarette zu genießen. Zumindest hoffte er, so zu wirken. Im nächsten Moment spürte er einen leichten warmen Lufthauch im Gesicht – die Druckwelle. Einen Sekundenbruchteil später kam die Explosion. Jeder wußte, um was es sich handelte. Leute blieben auf der Straße stehen; man hörte Geschrei und eilige Schritte.

Silvio wartete nicht länger. Immer noch rauchend betrat er das Lokal Madge Leigh. Nach Plan bestellte er Bourbon – den vierten in dieser Nacht – und begann zwischen den Spieltischen herumzuschlendern. Ganz bewußt blieb er nicht an Priolas Tisch stehen, jedenfalls nicht gleich. Doch schließlich näherte er sich und schaute, die Zigarette zwischen den Lippen, das Glas in der Hand, beim Spiel zu.

Priola gab durch nichts zu erkennen, daß er ihn überhaupt wahrnahm, doch das war nach Lage der Dinge auch nicht nötig.

»Nino und Silvio, dies ist mein Schneider, Rocco Chivasso. Kein Sizilianer, aber fast so gut, nämlich Mailänder.«

Der Schneider half Angelo Priola gerade in sein Jackett, als Nino und Silvio hereingeführt wurden, und kritzelte dann Maße in ein kleines Heft.

Priola begleitete den Schneider zur Tür. »Rocco, ich schicke Ihnen die beiden in ein paar Tagen vorbei.«

»Aber gern, Mister Priola. Es wird mir ein Vergnügen sein.«

Als er gegangen war, sagte Priola: »Setzt euch, Gentlemen. Ich hielt es für angenehmer, wenn wir uns in meinem Haus treffen statt im Büro am Hafen.« Er grinste Nino breit an. »Dein Feuerwerk gestern nacht hat ziemliches Aufsehen erregt. Hoffentlich ist dir niemand hierher gefolgt.«

»Warum denn? Schließlich verdächtigt uns niemand, oder?«

»Giovanni wird gleich kommen und die Neuigkeiten bringen.« Er ging an die Bar. »Einen Drink?«

Nino lehnte ab. »Zu früh am Tag, selbst für mich.« Auch Silvio schüttelte den Kopf.

Priola setzte sich, zog ein Bündel Geldscheine aus der Tasche und warf es Nino in den Schoß. »Fünfhundert. Gib dem Jungen, was du für richtig hältst. Und behalt auch den Rest von dem Geld, das Giovanni dir für Unkosten gab.«

Priola war offensichtlich bester Laune. »Du hast deine Sache gut gemacht, Nino. Und du auch, Silvio. Der Plan war wirklich schlau ausgedacht. Die Arbeit von Profis. Nur der Betreffende wird erledigt, niemand sonst verletzt. Lulu White wird von mir unauffällig für die Schäden an ihrem Haus bezahlt. Sehr gut. Ah, da ist ja Giovanni.«

Giovanni Nogare kam herein ohne anzuklopfen. Nur er genoß anscheinend dieses Privileg.

»Giovanni, ich habe gerade unsere ... Leutnants bezahlt. Ausgezeichnete Arbeit. Hast du dich etwas umgehört?«

Nogare war so perfekt gekleidet, daß man ihn leicht für einen Bankier oder Rechtsanwalt hätte halten können.

»Die Sbirren haben einen Haufen Sizilianer verhört. Da die meisten Polizisten Iren sind, geben sie sich aber garantiert keine besonders große Mühe, den Mörder eines Sizilianers zu finden. Außerdem wissen sie, daß Cataldo nicht gerade ein Unschuldslamm war, und finden es vermutlich sogar gut, daß er weg ist. Man nimmt allgemein an, es habe sich um eine Art Blutrache wegen irgendwelcher Probleme im Hafen gehandelt, und da sonst niemand verletzt wurde, sieht die Polizei keine Notwendigkeit, groß einzugreifen. Was die Cataldos betrifft, die halten gerade im Hafen Kriegsrat ab. Sie wissen, daß wir dahinterstecken, haben aber keine Ahnung, wer genau es getan hat. Lulu White ist empört über die Verwüstung ihres Etablissements, andererseits aber dankbar, daß wir ihre Mädchen verschont haben. Wenn wir ihr alles bezahlen und vielleicht noch ein paar Extraeinkünfte verschaffen, macht sie keinen Ärger. Aber die wichtigste Neuigkeit ist, daß der Fluß durch die ständigen Regenfälle steigt.«

Priola merkte, daß Nino und Silvio keine Ahnung hatten, was Nogare damit meinte. »Wenn es weiterregnet, bis der Damm bricht, werden alle verfügbaren Kräfte, also Armee, Polizei, Feuerwehr und freiwillige Helfer, damit beschäftigt sein, den Damm zu reparieren, um den Schaden in Grenzen zu halten. Und dann vergißt die Polizei diesen kleinen, cleveren Mord. Also betet um mehr Regen.«

»Wir müssen vor allem überlegen, was wir als nächstes tun«, sagte Nogare. »Irgendwann schlagen die Cataldos garantiert zurück, und da stellt sich die Frage, ob wir anbieten, mit ihnen zu verhandeln, bevor sie Zeit haben, sich zu organisieren.«

»Mit wem verhandeln wir denn?« fragte Priola.

»Vermutlich mit Giancarlos Bruder.« Nogare, der die ganze Zeit gestanden hatte, setzte sich.

»Der ist lange nicht so gerissen. Und wie können wir mit ihm Kontakt aufnehmen?«

»Am besten gar nicht!«

Schweigen. Niemand hatte erwartet, daß Silvio sprechen würde, ohne gefragt worden zu sein.

Nogare wandte sich ihm zu. »Hör mal, Junge ...«

»Laß ihn ruhig sprechen«, unterbrach ihn Priola.

Silvio war selbst über seinen Mut erschrocken, sah aber die Situation ganz klar vor sich. »Sie holen bessere Bedingungen raus, wenn er zu Ihnen kommt statt umgekehrt.«

»Wieso glaubst du, daß er zu uns kommt?«

»Vorläufig noch nicht. Sie müssen ihn erst überzeugen.«

»Und wie tun wir das?«

»Schlagen Sie noch mal zu.«

Wieder allgemeines Schweigen, bis Priola endlich sagte: »Sprich weiter.«

»Ein Anschlag wie der gestrige signalisiert, daß wir uns nach all den Tiefschlägen, die Sie einstecken mußten, wehren. Der Kampf hier geht nicht nur um die Kontrolle über das Be- und Entladen der Schiffe im Hafen, sondern um die Macht über die Männer, über ihr Denken und Handeln. Alles Sizilianer. Deshalb müssen Sie zwei Dinge tun, wie Nino mir beigebracht hat.«

Nino fixierte ihn aus zusammengekniffenen Augen.

»Sie sagen, man soll wie ein Fuchs denken, Mister Priola, und Nino sagt, man soll hart zuschlagen, wenn man schon zuschlägt. Wir müssen also etwas noch Härteres als gestern versuchen, etwas Auffälligeres. Gleichzeitig sollten wir den Hafenarbeitern eine Art Belohnung dafür geben, daß sie auf unserer Seite sind.«

Priola stand auf, schenkte vier Whiskeys ein, verteilte die Gläser und meinte dann: »Ich höre immer noch zu.«

»Um eine maximale Wirkung zu erzielen, müssen wir rasch handeln. Ich schlage vor, ein Kind von Alfredo Cataldo zu kidnappen.«

Die anderen waren schockiert. Und beeindruckt.

»Wie sollen wir an die Kinder rankommen?« fragte Nogare. »Die sind rund um die Uhr bewacht.«

»Wie alt sind die denn? Die müssen doch spazierengeführt werden, und dann sind bestimmt nur relativ wenige Leute in ihrer Nähe.«

Priola nickte. »Ich glaube, mir gefällt die Idee. Wenn sie erfahren, daß ihr Kind von Nino entführt wurde, werden sie Angst haben, ein Ohr mit der Post geschickt zu bekommen«

»Ich habe noch eine bessere Idee«, sagte Nino.

Alle Blicke richteten sich auf ihn.

»Als Sizilianer werden die Cataldos ein Riesenbegräbnis für Giancarlo ausrichten. Alle werden daran teilnehmen, nur die kleinen Kinder bleiben zu Hause. Und dann schlagen wir zu.«

»Ausgezeichnet!« meinte Priola. »Sie werden das Begräbnis hinter sich haben wollen, bevor sie auf uns losgehen. Das gibt uns Zeit für eine kleine Überraschung.« Er überlegte kurz. »Okay, Giovanni wird das Datum fürs Begräbnis rauskriegen und euch Geld für eure Auslagen geben. Nino, du und der Junge, ihr arbeitet die Details aus. Noch etwas?«

Giovanni sagte nichts. Nino schüttelte den Kopf.

»Ja.«

Alle schauten Silvio an.

»Wenn die Sache klappt, würden Sie bitte aufhören, mich ›Junge‹ zu nennen?«

Sieben schwarze Kutschen standen hintereinander in der Burgundy Street im sogenannten Klein Palermo. Den Pferden hatte man schwarze Federn in die Mähnen geflochten. Eine Negerband wartete respektvoll auf den Beginn der Prozession.

Silvio schaute aus sicherer Entfernung zu. Eine kleine Gruppe Neugieriger wollte das Begräbnis des Mannes nicht verpassen, der ein so spektakuläres Ende gefunden hatte. Es regnete immer noch.

Am Vorabend hatte Silvio in der Bar von Madge Leigh erfahren, daß sich einige Risse im Damm gebildet hatten. Die Feuerwehr, einige Polizeieinheiten und Freiwillige waren schon emsig bei der Arbeit. Prompt fehlte die Polizei beim Leichenzug.

Nun wurde der Sarg von vier kräftigen Schwarzen aus dem Hof der Cataldos getragen. Silvio fragte sich, warum dafür so viele Männer benötigt wurden. Von Giancarlo konnte nach der Detonation ja nicht viel übriggeblieben sein. Grausig, aber wahr.

Nino saß in einer Kutsche mit zugezogenen Vorhängen an der Ecke Burgundy Street und St. Philip Street. Solche Kutschen waren in New Orleans ganz üblich und wurden häufig von feinen Ladys benutzt, die nicht angestarrt oder gar ihrer Juwelen beraubt werden wollten.

Der Sarg wurde auf einen Wagen gehievt, und die trauernden Hinterbliebenen, angeführt von Alfredo Cataldo und seiner Frau, stiegen in die Kutschen. Ein Angestellter des Bestattungsunternehmens in Gehrock und Zylinder überzeugte sich mit einem Blick in jede Kutsche, daß alle zur Abfahrt bereit waren. Dann schritt er nach vorne und nickte dem Bandleader zu.

Sofort wurde ein Trauermarsch angestimmt, und die Musiker setzten sich in Bewegung. Als die Prozession an Silvio vorbeizog, stand er halb verdeckt hinter einem anderen Zuschauer, so daß niemand aus der Prozession sein Gesicht genau sehen konnte. Er würde dem Leichenzug bis zum Metairie-Friedhof folgen. Da er der jüngste und schnellste Läufer des Teams war, sollte er alles beobachten und notfalls zur Burgundy Street zurückrennen und Nino warnen, damit dieser nicht etwa im Hof der Cataldos überrascht und geschnappt werden würde.

Auf der ganzen Strecke, die der Leichenzug nahm, lockte die Musik Schaulustige an. Manche Männer nahmen die Hüte ab, andere gafften nur, und wieder andere wandten sich brüsk ab. Sie wußten, wer Cataldo gewesen war, und dachten wie die Polizei, um ihn sei es nicht schade. Als der Zug an dem Etablissement von Mary O'Brien vorbeikam, wurde die Trauermusik fast von den fröhlichen Klängen von Mike Gillin und George Filhe übertönt, die dort spielten.

Mit der Zeit schlossen sich einige Männer an und marschierten hinter den Kutschen her. Silvio schätzte, es handelte sich um Sizilianer, die ängstlich darauf bedacht waren, einem mächtigen Mann die letzte Ehre zu erweisen.

Nach etwa vierzig Minuten erreichte die Prozession den Friedhof, der auf der einzigen Anhöhe weit und breit angelegt worden war. Doch auch er befand sich kaum zwanzig Meter über Meereshöhe. Überall sonst in New Orleans war der Boden so feucht, so sehr Teil des großen Mississippi-Deltas, daß man keine Leichen begraben konnte. Die sterblichen Überreste wären sonst früher oder später wieder zum Vorschein gekommen. Selbst hier, auf dem Metairie-Friedhof, wurden die Toten in Sarkophagen über der Erde bestattet. Solche Friedhöfe, in denen sich eine kleine Grabkapelle an die andere reihte, hießen deshalb im Volksmund »Totenstädte«.

Silvio blieb immer noch auf Distanz. Inzwischen mußte Nino bereits im Haus der Cataldos sein. Der Plan war simpel. Nino kam als Priester verkleidet in einer Kutsche und würde dem Wachtposten in irgendeinem italienischen Dialekt erklären, er sei ein Freund Giancarlos aus Natchez, das flußaufwärts lag. Er sei zur Zeit des Mordes in New Orleans gewesen und in das verwüstete Zimmer bei Lulu White geeilt, um notfalls dem Sterbenden die Letzte Ölung geben zu können. Doch leider sei er zu spät gekommen. Am Begräbnis könne er nicht teilnehmen, da er den Dampfer erreichen müsse, mit dem er heimfahre. Die Abfahrtszeiten waren überprüft worden, und es ging tatsächlich ein Postschiff zu dieser Stunde.

Als Priester wolle er nun wenigstens einen Blutsverwandten von Giancarlo segnen. Er habe erfahren, daß Giancarlos Neffe, Ranuccio, daheim gelassen worden sei, weil er noch zu klein war. Dürfe er bitte das Kind segnen? Unter seiner Soutane trug Nino eine *lupara*, bei der Lauf sowie Schaft abgesägt worden waren.

Auf dem Friedhof hatte die Band zu spielen aufgehört, und der Sarg wurde von dem Wagen heruntergehoben. Die Trauergäste umringten den Sarkophag. Silvio entdeckte zwei oder drei Mädchen von Lulu White. Ein Priester – hoffentlich ein echter – würde gleich mit der Zeremonie beginnen.

Silvio wanderte zwischen den Grabstellen umher, als suche er eine ganz bestimmte, und ging dann in Richtung Eingang, wo die Blumenverkäuferinnen standen. Von hier konnte er alles im Auge behalten und würde merken, falls irgend jemand vorzeitig aufbrach.

Das entführte Kind sollte auf einem Fischkutter, wie man ihn auf dem Fluß und im Golf von Mexiko benutzte, den Mississippi flußaufwärts gebracht werden. Zwei Männer und eine Frau hatte man für diese Aufgabe ausgesucht. Sie stammten aus Baton Rouge und würden dorthin auch wieder zurückkehren. Der Ort lag Hunderte von Kilometern weit weg, so daß sie von dem Kind nie identifiziert werden könnten. Das Boot würde so lange unterwegs sein, wie die Verhandlungen zwischen den Priolas und den Cataldos dauerten. Jeden Abend würde einer der Leute an Land gehen und Angelo Priola telegrafisch um weitere Instruktionen bitten. Kein Mensch käme auf die Idee, das Kind auf einem Fischkutter zu suchen.

Silvio vertrieb sich die Langeweile damit zu raten, welcher Nationalität eine der Blumenverkäuferinnen war. Ein Spiel, das er liebte, seit er in Amerika war. Doch plötzlich kam ein Mann die Straße entlanggerannt, den er schon bei Lulu White gesehen hatte. Einer von Giancarlos Leibwächtern. Der Mann keuchte und schwitzte. Rasch wandte Silvio ihm den Rücken zu und kaufte einige Nelken, während der Leibwächter durch das Tor und direkt zur Trauergemeinde hastete. Silvio konnte sich jetzt auf den Weg zurück in die Stadt machen, ließ sich aber noch Zeit, da er mitbekommen wollte, was nun geschah.

Der Leibwächter packte Alfredo Cataldo am Arm, zog ihn beiseite, und die beiden steckten die Köpfe zusammen. Dann stieß Alfredo einen Schrei aus. Alle starrten ihn an. Er winkte drei Männer zu sich und redete hastig auf sie ein, worauf sie zum Tor liefen. Alfredo trat zu seiner Frau und legte ihr den Arm um die Schulter, bevor er etwas zu ihr sagte. Auch sie schrie auf und sackte ohnmächtig zusammen. Der Priester brach mitten in der Predigt ab.

Silvio wagte nicht, länger zu warten, sondern ging die Conti Street hinunter. Cataldos Männer jagten an ihm vorbei.

Die Nelken landeten im nächsten Abfalleimer.

TEIL II

CAPOREGIME

1880

10. KAPITEL

Pater Ignazio Serravalle schaute sich zufrieden in der kleinen Kirche Madonna dell'Olio um, wo er schon viele Taufen, Hochzeiten und Totenmessen abgehalten hatte. Zwei Säulenreihen trugen das Ziegeldach, an den weiß gekalkten Wänden hingen keine Bilder, und auch die Apsis war schmucklos. Doch gerade durch diese Schlichtheit wirkte der Steinbau inmitten von Oliven- und Mandelbäumen an den Hängen des Monte Casino ganz besonders schön.

Außerdem war es für so manchen der zahlreichen Anwesenden ein großer Vorteil, daß die Kirche am Ende eines schmalen Pfades lag. Hier konnte niemand überrascht oder überrumpelt werden, und genau deshalb war sie so beliebt bei den Mafiafamilien aus der näheren und weiteren Umgebung.

Serravalle betrachtete das Paar, das vor ihm kniete.

»Bitte setzen Sie sich«, wandte er sich an die Gemeinde, als die Orgelmusik verstummte.

»Ich werde Sie nicht lange aufhalten«, begann er seine Ansprache, »denn es ist heiß, und wir alle sehnen uns nach kühlem Wein. Aber dies ist ein großer Tag für Annunziata und Gino – Signor und Signora Alcamo –, und wir sollten vielleicht doch kurz über den Schritt nachdenken, den sie mit ihrer Heirat tun. Die Ehe ist das Schönste, was wir in diesem Leben erreichen können – die Verbindung eines Mannes mit einer Frau, die das unlösbare Band zwischen Gott und den Menschen symbolisiert, die Unio mystica. Die Ehe bietet die Möglichkeit, die Liebe in all ihren Erscheinungsformen zu erfahren und Kinder zu gebären, neue Geschöpfe, die dem Herrn huldigen.«

Pater Ignazio war hochzufrieden über diese Hochzeit. Schließlich hatten seine Bemerkungen – seine Lüge, wenn er ehrlich war, die er mit Gottes Segen geäußert hatte – Annunziata dazu gebracht, sich von Sylvano abzuwenden. Es war ein göttlicher Einfall gewesen, ihr zu sagen, Sylvano sei freiwillig nach Amerika mitgegangen. Annunziata hatte Monate gebraucht, um über diesen Schlag hinwegzukommen, war wie am Boden zerstört gewesen. Sie hatte nie an der Wahrhaftigkeit seiner Worte gezweifelt.

Eine Zeitlang hatte niemand gewußt, welchen der beiden Brüder Alcamo, ob Gino oder Alessandro, sie bevorzugte. Doch dann hatte Gino den Pater gebeten, sich mit Nino in Amerika in Verbindung zu setzen und um die Hand seiner Tochter anzuhalten.

»Ich sage zu dem jungen Paar...« Pater Ignazio erhob seine Stimme. »Ich sage, vergeßt nie, daß die Ehe ein Sakrament ist. Behandelt einander mit Liebe, Respekt, Höflichkeit, und ihr werdet dafür belohnt werden.« Er lächelte der Gemeinde zu. »Und nun wollen wir ein letztes frohes Lied singen, bevor wir in den Sonnenschein hinausgehen, trinken und essen, singen und tanzen und all die wunderbaren Dinge genießen, die Gott in seiner Güte uns beschert hat.«

Als alle aufstanden und das Lied anstimmten, schaute Pater Ignazio noch einmal das glückliche Paar an. In ihrem weißen Gewand sah Annunziata so schön aus wie nie zuvor. Er hoffte, daß sie bald Kinder bekäme. Die Liebe zu ihren Kindern würde sicher auch noch den letzten Gedanken an Sylvano auslöschen.

Ein Regenschauer war in New Orleans immer willkommen, da er die Luft abkühlte und man wenigstens vorübergehend vor den Mücken sicher war. Silvio ging wie so viele andere bei Regen am liebsten in den Französischen Markt, wo ein Ziegeldach auf Steinsäulen die Marktstände vor jeder Witterung schützte.

Im letzten halben Jahr hatten sich Silvios Lebensumstände dramatischer verändert, als er es sich je hätte träumen lassen. Dies verdankte er in erster Linie dem Kidnapping von Alfredo Cataldos Sohn, das ja schließlich seine Idee gewesen war. Das Ganze war besser als erwartet verlaufen. Wie sich herausstellte, war Alfredos Frau bei der Geburt ihres Sohnes, ihres einzigen Sohnes, beinahe gestorben und konnte danach keine Kinder mehr bekommen. Als sie von der Entführung erfuhr, war sie schier hysterisch geworden und hatte Alfredo beschworen, auf sämtliche Forderungen Priolas einzugehen. Als Sizilianer hätte er auf die Meinung seiner Frau nicht viel gegeben, aber der Junge war eben auch sein einziger Sohn.

So kurz nach Giancarlos brutaler Ermordung und im Bewußtsein, daß der gefürchtete Steinbrecher, der dem Engländer ein Ohr abgeschnitten hatte, möglicherweise hinter der Entführung stand, hatte Alfredo keinerlei Risiko eingehen wollen. Als Priola ihm zugesichert hatte, seine Bordelle und Spielhäuser blieben wie bisher voll unter seiner Kontrolle, hatte er eingewilligt, sich aus dem Obsthandel zurückzuziehen. Der Junge wurde gesund zurückgebracht. Die Polizei erfuhr nichts von dem Kidnapping, denn die Priolas und Cataldos regelten ihre Angelegenheiten untereinander.

Alle wußten, dies konnte nur ein trügerischer Frieden sein, aber vorläufig hatten die sizilianischen Hafenarbeiter mehr Angst und Respekt vor Priola und Nino als vor Cataldo. Nur das zählte.

Priola hielt Wort. Nino und Silvio hatten nun die Kontrolle über den Hafen und erhielten einen kleinen Anteil von den Einnahmen der Bordelle von Madge Leigh, Sally Levy und Frankie Belmont, an denen Priola Teilhaber war. Sie hatten Geld in der Tasche, trugen maßgeschneiderte Anzüge und sprachen sogar schon ganz leidlich englisch. Silvio hatte dies einer Nutte bei Madge Leigh zu verdanken, die er besonders gern mochte. Mit ihrer Hilfe lernte er auch lesen.

Nur die Gedanken an Annunziata trübten sein Glück. Dabei hatte er mit Anna-Maria eine für beide Seiten gleichermaßen befriedigende Affäre. Sie kam jeden Dienstag nachmittag zu ihm aufs Boot, und sie schliefen miteinander. Hinterher las sie ihm vor, denn es machte ihm großen Spaß, etwas über Paris und London oder über die Renaissance in Italien zu erfahren. Insofern war ihre

Beziehung geradezu perfekt. Andererseits aber idealisierte er seine Liebe zu Annunziata – seiner lieblichen, unerreichbaren, keuschen Annunziata.

Was sollte er tun? Er verdiente mehr als genug Geld, er hatte hier mehr Freunde und Bekannte als in Sizilien, und dabei war er erst neunzehn Jahre alt. Nach dem Kidnapping war er Priolas besonderer Liebling geworden und durfte ihn nun mit dem Vornamen anreden.

Die Lösung war sonnenklar. Wenn er Annunziata haben wollte, hieß es, New Orleans, den Hafen, das Madge Leigh, Anna-Maria und die maßgeschneiderten Anzüge aufzugeben. Er müßte sich eine andere Stadt suchen und ganz von vorne anfangen. Silvio war nicht klar, ob er das auf eigene Faust schaffen könnte – ohne Nino oder Priola. Deshalb reagierte er mit gemischten Gefühlen, als Nino ihm eines Tages im April ganz beiläufig mitteilte, daß Annunziata vor kurzem geheiratet hatte.

Zuerst wollte er Nino nicht glauben, denn er war sich Annunziatas Liebe so sicher, seit sie ihm den Ring gegeben hatte. Und nun war nach knapp einem Jahr alles zwischen ihnen aus. Er war ihr untreu geworden, und sie hatte geheiratet.

Natürlich fragte er Nino, wer der Bräutigam war. Ausgerechnet Gino Alcamo! Er galt zwar als guter Reiter und Schütze, war schlau und auch temperamentvoll, aber er war kein Anführer und nach Silvios Meinung deshalb nicht annähernd gut genug für Annunziata. Trotzdem hatte sie ihm ihre Jungfräulichkeit geopfert.

Silvio versuchte, seinen Kummer mit Alkohol und mit den Mädchen bei Madge Leigh zu betäuben. Er ließ sich einige Tage lang sogar mit Absinth vollaufen, haßte die Nachwirkungen aber derartig, daß er das Experiment nicht wiederholte.

Sobald er wieder halbwegs vernünftig war, versuchte er, Annunziata eine Botschaft zukommen zu lassen. Seine Lieblingshure bei Madge Leigh, Madeleine, die ihm das Lesen beibrachte, konnte auch schreiben. Sie verfaßte einen Brief, in dem Silvio fragen ließ, warum Annunziata geheiratet und nicht auf ihn gewartet hatte, aber er bekam keine Antwort. Daraufhin trug er nicht mehr ihren Ring.

Silvio tröstete sich mit dem Gedanken, daß er New Orleans nun doch nicht verlassen mußte, sondern weiterhin alle Freuden genießen konnte, die diese Stadt ihm bot. Annunziata würde er vergessen. Und er würde nie mehr nach Sizilien zurückkehren.

Ein weiterer Trost war, daß er, wie sich herausstellte, über viel Geschäftssinn verfügte. Seit Nino und er einen geringen Prozentsatz der Einkünfte aus dem Hafen erhielten, begann er sich dafür zu interessieren, welche Waren am raschesten umgeschlagen würden und für welche Waren die Nachfrage stieg. Deshalb war er auch am heutigen Tag auf dem Markt. Er wußte, eine zufällige Bemerkung oder Begegnung konnte manchmal nützliche Hinweise auf Marktschwankungen geben. Einmal hatte er auf dem Französischen Markt gehört, wie eine Frau Orangen, »aber keine Blutorangen«, kaufen wollte. Wie hatte Nino damals in Sizilien so treffend formuliert? »Sogar die Orangen bluten in Sizilien.« Genau diese Orangen waren in Amerika unbeliebt, was er als Sizilianer zwar nicht verstand, als Geschäftsmann aber akzeptierte. Er hatte dafür gesorgt, daß kaum noch Blutorangen auf Priola-Schiffen importiert wurden, was zur Folge hatte, daß sie im letzten Monat zwölf Prozent mehr Orangen verkauft hatten. Bei einer anderen Gelegenheit hatte er gehört, wie ein Verkäufer »europäische Äpfel« anpries. Prompt regte Silvio an, daß Priola weniger Äpfel aus Südamerika und dafür mehr aus Spanien und Frankreich einführte. Auch hier hatte es sich bezahlt gemacht, und Priola war begeistert. Nun besaß Silvio schon drei maßgeschneiderte Anzüge.

Einfache Rechenaufgaben waren für ihn mittlerweile kein Problem mehr, und er konnte alle Schilder auf dem Französischen Markt lesen. Die Artikel in den Tageszeitungen waren ihm noch ein Buch mit sieben Siegeln, aber er war imstande, immerhin die meisten Schlagzeilen zu entziffern.

Abgesehen von der Neuigkeit über Annunziata fand er sein Leben schön. Er hatte sich allmählich zu einem guten Liebhaber entwikkelt, der einer Frau Lust bereiten konnte. Am liebsten mochte er die Terzeroninnen, weil sie so sinnlich waren. Und dazu noch so attraktiv. Ihre Hautfarbe – wie Milchkaffee – harmonierte wunderbar mit den dunklen Augen und Haaren. Terzeroninnen hatten meist europäische Vorfahren, doch Großmutter oder Großvater waren Schwarze. Madeleine war wie Anna-Maria einige Jahre älter als Silvio, und sie brachte das Kunststück fertig, unschuldig zu wirken, obwohl sie eine Hure war. Sie schien Silvio aufrichtig zu mögen und ließ ihn alles mit sich machen.

»Woll'n Sie da den ganzen Tag rumstehn?«

Silvio war so in Gedanken versunken, daß er einer dicken Schwarzen mit einem Korb voller Pfirsiche den Weg versperrt hatte. Er trat beiseite und entdeckte dabei einen Stapel Holzkisten mit verrottendem Obst, den man außerhalb des überdachten Marktes in den Regen gestellt hatte.

»Was ist das?« fragte er die nächstbeste Händlerin.

»Pampelmusen«, erwiderte sie. »Die kriegt man diese Tage nicht los.«

Silvio nahm sich vor, auch diese Information weiterzugeben. Der Geschmack änderte sich, das war eine Tatsache. Warum, war nebensächlich.

Er trat in den strömenden Regen hinaus, denn er hatte ein Rendezvous mit Anna-Maria und durfte nicht zu spät kommen.

Anna-Maria legte das Buch beiseite. »So, genug London für heute«, sagte sie. »Dieser Dickens ist ganz schön düster, findest du nicht auch?« Sie wickelte die Bettdecke um sich und nahm zwei Zigaretten aus einem silbernen Etui.

»Ich rechne dich zu meinen Erfolgen«, sagte sie und blies Rauch in die Luft. »Als ich dich auf der *Syrakus* kennenlernte, hattest du von nichts eine Ahnung. Jetzt bist du in allem viel besser. Ich liebe unsere Nachmittage. Ficken und lesen, rauchen und ficken.«

»Wer hat es dir eigentlich beigebracht?« fragte Silvio. Er genoß diese Stunden mit ihr auf dem Boot ebenso wie seine Nachmittage mit Madeleine.

»Natürlich ein älterer Mann. Aber das will nicht viel heißen, denn ich war erst fünfzehn.« Sie stieß eine Rauchwolke aus. »Bin ich besser als deine kleine Hure?«

Silvio wurde rot und verschluckte sich fast. Verdammt! »Woher weißt du von ihr?« wollte er schließlich wissen.

»Silvio! Meinem Vater gehört das Bordell.« Sie drehte sich auf die Seite, um ihn anzusehen. »Nun, ist sie gut?«

»Du bist doch hoffentlich nicht eifersüchtig?«

»Und ob! Wenn sie besser ist als ich.«

»Sie ist nicht besser. Nur ... anders.«

»Inwiefern? Na komm schon, verrat's mir.«

Silvio verließ das Bett und stellte sich nackt ans Bullauge, von wo er Algiers, die Stadt am anderen Ufer, sehen konnte. Ein Flußdampfer legte gerade ab. Um vier Uhr nachmittags war die beliebteste Abfahrtszeit, da die Passagiere dann rechtzeitig zum Frühstück in Baton Rouge, der nächsten größeren Stadt flußaufwärts, eintrafen.

»Silvio, nun mach endlich den Mund auf. Inwiefern ist sie anders?«

Ich komme mir schon wie ein Ehemann vor, der alles erklären muß, dachte Silvio. Sein Instinkt sagte ihm, daß er sich vorsichtig ausdrücken mußte. Er mochte beide Frauen und wollte, daß alles beim alten bliebe. Anna-Maria hatte einen festeren Körper und war im Bett einfallsreicher, ergriff auch oft die Initiative. Madeleine war sanfter, gefügiger, eher seine Sklavin. Was sollte er bloß sagen?

»Sie ist verfügbar. Dich kann ich nur einmal in der Woche sehen. Dich bezahle ich nicht, sie bezahle ich. Sie verlangt nichts von mir.«

»Ich etwa?«

»Nein! Nein!« Er stellte sich nicht besonders geschickt an, wie er selbst merkte.

»Nein, das tust du nicht. Aber du bist ... eine größere Persönlichkeit, bist anregender. Mit ihr ist es ... erholsamer.«

»Und was ist dir lieber?«

Mein Gott, gab Anna-Maria denn nie auf? »Ich mag beides, Anna-Maria. Ich brauche beides.« Er drehte sich zu ihr um. »Was empfindest du, wenn du an den ersten Mann denkst, den du hattest?«

Sie lächelte. »Der erste ist immer besonders. In gewisser Hinsicht sogar der beste.«

»Ganz genau. Vergiß nie, daß du meine erste Frau warst.« Das gefiel ihr, wie er sah. Sie schlug die Decke zurück und winkte ihn zu sich. »Komm, ich weiß etwas, das dich garantiert anregen wird.«

Er trat ans Bett, doch in dem Moment polterten draußen Schritte, und er griff automatisch zu seiner Pistole.

Dann klopfte jemand an die Tür. Dreimal.

»Ja?«

»Hier ist Gaspero«, sagte eine Stimme. Es war einer der älteren Hafenarbeiter. »Tut mir leid, Sie zu stören, Silvio. Nino schickt mich. Sie sollen sofort kommen. Es ist dringend. Unser Vorarbeiter Vito ist getötet worden.«

Zehn Minuten später stand Silvio neben der Leiche. Vito war mit einer Drahtschlinge erwürgt worden, wie es seit jeher in Sizilien Brauch war. Die Waffe hatte man beim Opfer zurückgelassen, um zu zeigen, daß der Mörder auch Sizilianer war. Ein Blutrachemord.

»Wo wurde der Tote gefunden?« fragte Silvio.

»Im Laderaum der *Goya*«, antwortete Nino.

Der Mord an Vito würde zweierlei bewirken. Erstens erschreckte er die Manager der spanischen Reederei, denen die *Goya* gehörte. Solche Probleme konnten sie nicht brauchen, und in Zukunft würden sie bestimmt Piers ansteuern, die nicht unter Priolas Kontrolle standen. Zweitens bewies der Tatort, daß die Cataldos die Priola-Mannschaften infiltriert hatten. Von nun an konnte man auf den Priola-Piers keinem mehr trauen.

Nino wandte sich an Gaspero. »Hat Vito Angehörige?«

»Ja, Frau und zwei Söhne.«

192

»Gib dies seiner Frau.« Er reichte Gaspero einige Geldscheine »Das reicht fürs Begräbnis und einiges mehr. Sag ihr, sie soll nach dem Begräbnis zu mir kommen. Und sorg dafür, daß es nicht zu aufwendig ist, denn wir wollen möglichst wenig Aufmerksamkeit darauf lenken.« Dann machte er Silvio ein Zeichen, ihm zu folgen.

Er stieg mit ihm auf den Damm, den die Bewohner von New Orleans am Abend gern entlangspazierten, um Luft zu schnappen und Bekannte zu treffen. Hinter Nino und Silvio schlenderten in einiger Entfernung ihre Leibwächter.

»Es waren mindestens drei Männer nötig, um Vito zu überwältigen«, sagte Nino. »Und es muß schnell geschehen sein, sonst hätte er geschrien.«

»Erzählen wir's Angelo?« fragte Silvio.

»Nein, noch nicht. Er würde nur toben. Schließlich bezahlt er uns für den Schutz seiner Leute. Jetzt müssen wir uns unsern Lohn verdienen. Auf wie viele Männer können wir zählen?«

»Insgesamt so an die vier- bis fünfhundert.«

Nino blieb stehen. »Wie kommen wir an die Cataldos ran?«

Silvio bückte sich, hob eine Austernschale hoch und warf sie in den Fluß. »Es gibt nur einen Weg.«

»Und der wäre?«

»Wir müssen eine Falle aufstellen. Mit einem Köder.«

Nino begriff sofort. »Ich!«

»Nein.«

Nino machte ein erstauntes Gesicht. »Wer dann?«

»Du bist der bessere Killer. Ich werde der Köder sein.«

Sie gingen weiter. Nach einigem Hin und Her meinte Nino: »Ich weiß nicht, ob ich es zulassen kann, daß du dieses Risiko eingehst.«

»Dann mach mir einen besseren Vorschlag.«

Schweigen. »Laß uns erst den Plan ausarbeiten«, schlug Nino schließlich vor. »Dann können wir entscheiden, wer welche Rolle übernimmt.«

Silvio hatte sich schon etwas überlegt. »Wir müssen einen Zeitpunkt wählen, an dem wir normalerweise immer dasselbe tun.

Dann werden sie zuschlagen. Ich treffe jeden Nachmittag, wenn ich nicht mit Anna-Maria zusammen bin, Madeleine. Doch in beiden Fällen ist mein Leibwächter auf dem Posten. Es wäre schwierig für einen Killer, unbemerkt zu bleiben. Das gleiche gilt für dich. Du gehst zwar täglich zum Barbier, aber nie ohne Begleitschutz.«

Sie liefen noch eine Stunde weiter, kamen dabei an der Baumwollmühle und der Tabakfabrik vorüber und grübelten unablässig über die beste Lösung ihres Problems nach. Als sie zum Boot zurückkehrten, hatten sie noch immer keinen Plan.

In der nächsten Woche wurden drei weitere Priola-Hafenarbeiter auf dieselbe Weise erwürgt wie Vito. Angelo ließ Nino ausrichten, er wolle die Angelegenheit rasch geregelt haben, bevor sie noch ganz außer Kontrolle geriete.

Zwei Nächte später lauschte Silvio gerade Eugene Michaels Band bei Mary O'Brien, als ihm zwei Männer auffielen, die an einem Tisch Karten spielten. Plötzlich gerieten sie in heftigen Streit. Einer beschuldigte den anderen des Falschspiels und wollte sich nicht beruhigen lassen. Er bedrohte den anderen auf brutale Weise und forderte, daß dieser sich entschuldigte und ihm sein Geld zurückgab. Der andere war jedoch viel zu betrunken, um sich bei irgend jemandem zu entschuldigen, und die beiden wurden kurzerhand vor die Tür gesetzt.

Auf dem Hausboot erfuhr Silvio dann von Nino, daß schon wieder ein Arbeiter der Priolas umgebracht worden war.

Als Silvio die Anlegestelle entlangging und über die Laufplanke aufs Boot wollte, trat ihm Gaspero in den Weg. »Warten Sie lieber noch.«

»Warum?« fragte Silvio angriffslustig. »Ich bin müde, ich wohne hier. Und ich brauche unbedingt einen Drink...«

»Tun Sie einfach, was ich sage. Verschwinden Sie für eine Weile.«

Silvio musterte ihn, als hätte er nicht richtig gehört. »Geh mir aus dem Weg!«

Gaspero wich nicht von der Stelle.

Daraufhin ballte Silvio die Fäuste. »Aus dem Weg! Ich sag's nicht noch mal.«

Nach kurzem Zögern trat Gaspero beiseite, Silvio ging an Deck, öffnete die Tür zu seiner Kabine und hielt jäh inne. In seinem Bett lagen Nino und Madeleine.

Silvio blieb einfach stehen, bis Nino das Wort ergriff. »Silvio, hör mir zu. Sie ist nur 'ne Nutte. Ich weiß, daß du 'ne Schwäche für sie hast, aber...« Silvio griff in die Tasche und zog seine Waffe heraus.

»Sie mag ja 'ne Nutte sein«, zischte Silvio ihn wütend an. »Aber sie ist *meine* Nutte.« Er wandte sich an Madeleine. »Und das ist *mein* Bett.«

»Silvio, ich war noch nie hier«, verteidigte sich Madeleine hastig. »Er hat gesagt, es ist sein Zimmer. Ich schwör's.«

Silvio fixierte wieder Nino. »Was soll das hier sein?« schrie er. »Ein Spiel? Mein Mädchen in meinem Bett zu ficken. Bist du verrückt? Willst du all meine Frauen ficken, Nino? Alle?« Er richtete seine Pistole auf ihn. »Na los! Was soll das sein?«

Aber Nino ließ sich nicht einschüchtern. Er grinste Silvio an. »Sie ist nur 'ne Hure, Junge. Sei nicht so anhänglich. Das mußt du noch lernen. Sei ein Mann. Sie fickt für Geld. Sie ist nur 'ne Drei-Dollar-Nutte, mehr nicht.«

»Warum in meinem Bett, Nino? Und nenn mich nicht ›Junge‹.«

»Das ist nicht dein Bett. Du arbeitest für *mich*! Das hast du wohl vergessen. Du tust, was ich dir sage, Junge. Und wenn ich deine Nutte in deinem Bett ficken will, dann mußt du das schlucken. Dies ist mein Boot, verstanden? *Mein* Boot.« Er deutete mit dem Finger auf ihn. »Du bist in letzter Zeit ein bißchen großspurig geworden und machst Angelo ständig irgendwelche geschäftlichen Vorschläge. Vielleicht planst du ja, mich abzulösen...«

Den Rest der Unterhaltung konnten all jene, die auf dem Kai zuhörten, nicht mehr verstehen, da Silvio in die Kajüte ging und die Tür hinter sich zuwarf.

195

Gaspero hielt den Atem an. Was passierte jetzt? Vielleicht stimmte es, daß Silvio Nino ausbooten wollte. Er war ein ehrgeiziger und cleverer Junge, das merkte jeder.

Eine Zeitlang ging die Auseinandersetzung nur verbal weiter, doch dann war aus der Kajüte plötzlich lautes Getöse zu hören, als ob Möbelstücke herumgeworfen würden. Das Hausboot begann zu schaukeln, als die beiden Männer offenbar im Kampf auf dem Boden herumrollten. Man hörte Gebrüll und das Kreischen von Madeleine. Gleich darauf klang es, als ob Möbel zu Bruch gingen. Dann flog die Tür auf, und Madeleine kam halbnackt heraus. Immer noch kreischend stolperte sie über die Laufplanke ans Ufer. Ihre Kleidung preßte sie an sich. Ein Grüppchen Neugieriger hatte sich inzwischen versammelt.

Das Gebrüll, Gefluche und Getobe dauerte noch eine Weile an. Dann wurde es jäh still, beängstigend still. War einer von ihnen tot? Oder gar beide? Es vergingen einige Minuten der Spannung, bevor Nino auftauchte. Sein Hemd war zerrissen, sein Gesicht blutig. Er atmete schwer und schwitzte. Nachdem er die Tür festgeklemmt hatte, verschwand er im Inneren und kam mit Silvio wieder zum Vorschein. Er zerrte den Jungen, der ohnmächtig war, übers Deck. Auch dessen Hemd war zerfetzt und blutig, die Unterlippe dick angeschwollen und das eine Auge rotblau verfärbt.

Nino schleppte ihn über die Laufplanke und ließ ihn auf den Kai plumpsen. Dann holte er aus der Kajüte ein paar Kleidungsstücke, einen Rasierer und mehrere Zigarettenschachteln. Dies alles warf er auf Silvio, der bewegungslos dalag.

Schwer atmend wandte Nino sich an Gaspero, deutete dabei aber auf Silvio. Seine Stimme war nur ein heiseres Flüstern.

»Er ist draußen. Er hat's versaut. Niemand richtet 'ne Waffe auf mich oder schreit mich so an. Laß ihn nicht mehr in die Nähe von diesem Boot oder in die Nähe von unseren Frachtschiffen.« Nino wollte sich schon umdrehen, besann sich dann aber anders. »Sein Schwanz hat ihm den Verstand geraubt, und er hat sich in eine Hure verknallt. Er ist immer noch 'n Kind. So was können wir nicht brauchen. Von nun an muß er allein zurechtkommen.«

Er humpelte über Deck, verschwand in der Kabine und warf krachend die Tür hinter sich zu.

Silvio begann sich zu rühren. Er stöhnte, befühlte mit den Fingern seine geschwollene Lippe, zuckte zusammen, betastete sein Auge und zuckte wieder zusammen. Dann öffnete er das andere Auge und starrte die Leute an, die ihn neugierig umstanden. Er runzelte finster die Stirn, sagte aber kein Wort. Mühsam und unbeholfen kam er auf die Füße, fluchte und stöhnte, während er seine Siebensachen zusammensuchte, die Nino ihm so verächtlich nachgeworfen hatte. Schließlich schleppte er sich mit schmerzverzerrtem Gesicht das Ufer entlang und zum Damm hinauf.

Silvio hob das kleine Glas und trank es in einem Zug aus, bevor er in den Spiegel hinter der Bar das Old Absinthe House blickte. Durch die verschnörkelte Schrift, die ins Glas eingraviert war, betrachtete er sein Ebenbild. Ich sehe wie ein Monster aus, dachte er unwillkürlich. In den Tagen, seit er sich mit Nino auf dem Hausboot geprügelt hatte, war es mit ihm zwar wieder aufwärts gegangen, aber sein Gesicht trug immer noch die Spuren ihres Kampfes. Die Haut um sein fast zugeschwollenes Auge war inzwischen gelb wie eine überreife Birne. Keine Nutte, geschweige denn Anna-Maria, wollte ihn an sich ranlassen.

Er schaute auf seine Taschenuhr. Zwanzig Minuten nach Mitternacht. Höchste Zeit zu gehen. Er legte ein paar Münzen auf die Theke und ging auf etwas unsicheren Beinen zum Ausgang. Dies war die fünfte Bar in dieser Nacht, und in jeder hatte er zwei oder sogar mehr Drinks konsumiert.

Er blieb einen Moment auf dem Gehweg stehen, um seine Augen an die Dunkelheit zu gewöhnen. Bevor er sich auf den Heimweg machte, überzeugte er sich davon, daß seine Pistole griffbereit war.

Heim? Die Auseinandersetzung mit Nino lag drei Tage zurück, und in dieser Zeit war er tagsüber und natürlich nachts fast nur in Bars herumgelungert, statt sich in der schäbigen Behausung in der Dumaine Street aufzuhalten, wo er untergeschlüpft war.

Er mußte eine ziemliche Strecke zurücklegen, bevor er leicht schwankend vor seiner Hütte ankam. Dort lehnte er sich haltsuchend an die Tür und fand nach längerem Suchen in seinen Taschen den Schlüssel.

Im Inneren entzündete er die Gaslampe, holte die Pistole aus dem Jackett, rollte es zusammen und legte es unter die Bettdecke. Dann ging er zur Hintertür hinaus und pinkelte. Das tat gut. Er kehrte in die Hütte zurück, zog die Schuhe aus, löschte die Lampe und schlich wieder in den Hinterhof, wo er mit gezogener Waffe an der Hofmauer wartete. Draußen in der Dumaine Street rumpelte eine Kutsche vorbei. In der Ferne tuteten Schiffssirenen, und irgendwo pfiff jemand.

Wenig später hörte er, wie die Vordertür beim Öffnen quietschte. Sofort war er hellwach. Stimmen flüsterten in seinem Zimmer. Er konnte nicht länger warten und flüsterte nun selbst.

»Jetzt.«

Silvio kauerte sich zusammen und drehte das Gesicht zur Mauer. Im nächsten Moment krachte es ohrenbetäubend, und jäh war der ganze Hof taghell erleuchtet, als sein neues Zuhause explodierte, Holzsplitter und Glasscherben auf Silvio herunterhagelten und sein Bett, sein zusammengerolltes Jackett und die drei Männer, die gekommen waren, um ihn zu erdrosseln oder vielleicht nur zu kidnappen, in die Luft flogen. Im Widerschein der Explosion sah er über der niedrigen Mauer Ninos grinsendes Gesicht. Sie hatten es mal wieder geschafft.

1881

11. KAPITEL

William Pinkerton stand auf der Treppe zum Rathaus am Lafayette-Platz. Vor ihm lag die St. Charles Avenue, eine breite Straße mit drei Schienenpaaren, an der sich einige Luxushotels und die Französische Oper befanden. Pinkerton war zum ersten Mal in New Orleans, und ihm gefiel diese Stadt auf Anhieb, die für Amerika nicht typisch war, sondern eher an Europa erinnerte. Er schaute auf seine Uhr. In drei Minuten hatte er eine Verabredung mit dem Bürgermeister, er mußte sich also beeilen.

Kurz darauf wurde er in das geräumige Büro von James Milton geführt, einem hochgewachsenen Mann mit Adlernase und hoher Stirn. Milton stand auf, gab Pinkerton die Hand und stellte ihm dann einen Mann mit großen blauen Augen und einem buschigen Schnurrbart vor. »Dies ist David Martell, Chef der Kriminalpolizei. Nach Ihrem Telegramm zu schließen, ist er für Ihre Sache zuständig.«

»Meine Herren«, begann Pinkerton, nachdem sich alle gesetzt hatten, »vielen Dank, daß Sie mir Ihre Zeit opfern. Wie Sie wissen, ist Pinkerton eine private Detektei, und ich bin hier im Auftrag der italienischen Regierung. Momentan mache ich eine Tour durch mehrere Städte – New York, St. Louis, New Orleans, San Francisco –, wo besonders viele italienische und vor allem sizilianische Immigranten leben. Die italienische Regierung ist sehr besorgt, da sich immer mehr Gesetzesbrecher der Verhaftung entziehen, indem sie, natürlich illegal, nach Amerika einwandern.

Ich habe hier eine Liste von einhundertzehn Kriminellen, die wahrscheinlich den Atlantik überquert haben. Diese Liste möchte

201

ich Ihnen gerne überlassen, obwohl sicher viele Namen geändert worden sind.

Ein besonders übler Verbrecher, Antonino Greco, könnte sich möglicherweise hier in New Orleans aufhalten. Wie Sie sich vielleicht noch erinnern, ist Greco der Sizilianer, der einem entführten englischen Priester ein Ohr abschnitt. Die Sizilianer, vor allem die Mafiosi, haben diesen gräßlichen Ehrenkodex, nichts zu verraten, die sogenannte *omertà*, so daß man kaum an Informationen herankommt. Von der italienischen Regierung weiß ich jedoch, daß einer ihrer Informanten behauptet, Greco sei hier in Nordamerika und lebe in einer Stadt, die mit ›New‹ beginnt, also New York, New Jersey, New Brunswick oder eben New Orleans.

Falls Sie auf jemanden stoßen, der Greco sein könnte, hilft Ihnen vielleicht dies hier.« Pinkerton zeigte ihnen das Einwickelpapier mit der Zeichnung Grecos. »Diesen Mann suchen wir. Ich kann die Zeichnung nicht hierlassen, da ich sie noch anderen zeigen muß, werde sie Ihnen aber jederzeit auf schnellstem Wege zukommen lassen, falls Sie Glück bei der Fahndung haben sollten. Dank der neuesten Technik kann ich Ihnen vielleicht sogar einige Kopien anfertigen lassen.«

Martell ergriff das Wort. »Wir haben hier eine Menge Spaghettifresser, Mister Pinkerton, hauptsächlich Sizilianer. Am schlimmsten ist, daß sie mit der Polizei einfach nicht reden wollen. *Omertà* nennen Sie das? Davon habe ich noch nie etwas gehört.«

»Ja, dieser Ehrenkodex ist weit verbreitet. Rivalen bringen sich gegenseitig um, sagen aber kein Sterbenswort zur Polizei. Das erschwert uns sehr die Arbeit. Wir bei Pinkerton haben überall unsere Informanten – nur unter den Sizilianern nicht.«

»Tja, so etwas Ähnliches gibt's offenbar auch hier in New Orleans«, sagte Martell. »Vor ein paar Wochen starben drei Sizilianer bei einer Explosion, aber wir können keinen auftreiben, der etwas gesehen oder gehört hat. Keiner macht den Mund auf.«

Ihm kam eine Idee. »Viele Sizilianer sind im Hafen beschäftigt, beim Entladen der Schiffe. Ich werde dort einen Beobachter postieren.« Er studierte noch einmal die Porträtskizze. »Dieser Greco sieht übel aus. Ich hoffe für uns alle, daß er in New York ist und nicht in New Orleans.«

»Willkommen daheim«, sagte Angelo Priola. »Wie war's auf dem Mississippi?«

»Ich mag keine Schiffe, aber wenn schon Schiffe, dann ist mir die *Crescent City* noch am liebsten«, meinte Nino leichthin.

Nach der Explosion in der Dumaine Street waren Nino und Silvio auf eine achttägige Schiffsreise nach St. Louis gegangen, dort zwei Wochen geblieben und gerade erst zurückgekehrt. Die *Crescent City* war einer der größten Flußdampfer mit Luxuskabinen, ausgezeichneter Küche und einem legendären Kartenspiel, das tagelang dauerte. In St. Louis hatten sie als Hauptattraktion den *Schwimmenden Palast* besucht, ein zweistöckiges Dampfschiff, das auch schon einmal in New Orleans vor Anker gelegen hatte. Im Inneren befand sich ein Zirkus, wo Pferde Kunststücke vorführten, Reiter auf ungesattelten Pferden akrobatische Verrenkungen machten, Zauberer Frauen entzweisägten, wo manche Männer Feuer schluckten und andere wiederum Eisenstangen mit den Zähnen verbogen. Es gab sogar einen zahmen Löwen.

Nach etwa einem Monat waren sie nun in New Orleans zurück und lebten wieder gemeinsam auf dem Hausboot, als hätte es den Streit zwischen ihnen nie gegeben, was ja auch der Realität entsprach. Sie waren zu einem Treffen mit Priola bestellt worden.

»Sehr clever!« lobte Priola, der an der Bar gerade Bourbon einschenkte. »War der Zweikampf deine Idee, Silvio?« Priola wußte inzwischen, daß Nino den Mut hatte, Leute kaltblütig umzubringen, und Silvio den Verstand, um diabolische Pläne auszuhecken.

Silvio nahm das Bourbonglas und nickte.

Priola lächelte ihm anerkennend zu. »Nun, die Cataldos werden uns keinen Ärger mehr machen. Ihr habt vielleicht gehört, daß Alfredo einer von den Getöteten war?«

Beide bejahten.

»Er konnte es nicht lassen, Silvio einen Besuch abzustatten. Er und die anderen wollten Silvio foltern, bevor sie ihn umbrachten.« Er zuckte mit den Schultern. »Nun sind wir beide Cataldo-Brüder los, und die Piers sind in unserer Hand.« Er schaute zu Nogare hinüber. »Das kommt uns sehr gelegen, weil sich in dieser Stadt einiges ändern wird.«

Er lehnte sich bequem zurück. »In einem Jahr gibt's Wahlen, und ich unterstütze einen Kandidaten ums Bürgermeisteramt, einen gewissen Harrison Parker. Jetzt will ich euch mal erklären, was für Pläne ich habe. Der Bürgermeister von New Orleans leitet unter anderem das Komitee, das den Polizeichef wählt. Falls wir die Polizei auf unsere Seite kriegen können, wird alles eine große Familie sein – wie in Palermo. Die Polizisten werden dann in gewissen Clubs ihre Nase in alles stecken, und wir profitieren davon. Außerdem wäre Polizeischutz auf unseren Piers auch nicht schlecht. Kapiert?«

Allgemeine Zustimmung.

»Der jetzige Bürgermeister, James Milton, hat einen Iren als Polizeichef, einen gewissen David Martell. Beide besitzen Anteile an einer Austernbar, der *Roten Laterne*. Mein Plan ist, sie durch Leute zu ersetzen, die unseren Interessen nützlicher sind. Aber politische Kampagnen sind kostspielig. Folglich muß ich in den nächsten Wochen und Monaten mehr Profit denn je mit dem Obsttransport machen. Zwar haben wir's nicht mehr mit den Cataldos zu tun, aber ich muß den Hinterbliebenen von den Männern, die von den Cataldos liquidiert wurden, eine Menge Geld zahlen. Also hätte ich von euch gern ein paar gute Ideen fürs Geschäft.« Er schaute Silvio an. »Du bist doch so einfallsreich. Denk dir was Schlaues aus.«

Soll ich auf Kommando Männchen machen, dachte Silvio erbost. Laut sagte er aber: »Ich weiß, was ich tun würde.«

Priola zog fragend die Augenbrauen hoch.

»In den Bars und Bordellen können Sie noch expandieren. Im Hafen auch, aber der müßte besser organisiert werden. Sie brauchen drei Arbeitsschichten fürs Be- und Entladen. Außerdem brauchen Sie eine extra Gruppe von Männern, die aufpaßt, Infiltrierung verhindert und jeden Verdächtigen rausschmeißt. Damit wären wir bei vier Gruppen ...«

»Was ist mit den Bars?« unterbrach ihn Priola.

»Dafür bräuchten Sie eine fünfte Gruppe. Wir könnten das Ganze so aufziehen wie in Sizilien, in den Orangen- und Mandelplantagen. Wir lassen die Leute ihre Bars, Restaurants, Gemüseläden auf ihre Weise führen, bekommen aber jede Woche einen Anteil vom Verdienst.«

»Einfach so?«

Silvio lächelte. »Bestimmt wird man einen oder zwei erst ein wenig überreden müssen. Aber nur einen oder zwei. Nach ein paar Brandstiftungen ...«

Die anderen hingen förmlich an seinen Lippen.

»Wir werden erstens Schutzgelder eintreiben, und wir werden zweitens die Läden und Bars ›bitten‹, bei uns ihre Waren zu kaufen. Außerdem haben wir dann überall in der Stadt unsere Augen und Ohren. Wenn die Leute für unseren Schutz bezahlen, werden sie auch melden, wenn jemand aus der Reihe tanzt.«

Priola versuchte, nicht zu beeindruckt zu wirken. »Was soll für dich dabei rausspringen?«

»Du gibst Nino den Hafen und mir das Französische Viertel. Du bist weiterhin Capo, Giovanni ist weiterhin dein *consigliere*. Nino ist *sottocapo*, also so was wie dein Vizeboß, und ich bin der *caporegime*, der Leutnant übers Französische Viertel. Die Leute werden rasch kapieren, daß die Priola-Familie in New Orleans straff organisiert ist. Wie eine Familie auf Sizilien.«

Priola wandte sich an Nogare. »Nun?«

»Er hat mit den Schutzgeldern recht. Es klappt auf Sizilien. Es könnte auch hier klappen. Aber es gibt einen großen Unterschied.«

»Und der wäre?«

»Auf Sizilien ist jeder Sizilianer. Bisher haben wir's in New Orleans auch nur mit Sizilianern zu tun gehabt. Was bedeutet, daß die

Polizei nie eingeschaltet wird. Wenn wir hier Schutzgelder kassieren wollen, legen wir uns mit Iren, Deutschen, Negern, kurz mit allen an. Und dadurch wird die Polizei immer mehr über uns rausfinden.«

Priola sagte zu Silvio: »Da hat er recht.«

»Ja, aber wir sind nun mal in Amerika. Wir können uns nicht nur auf Sizilianer beschränken. Wer sie auch sein mögen, ob Polen, Schweden, Portugiesen, Franzosen, die sind bestimmt nicht erpicht darauf, zur Polizei zu laufen, wenn sie fürchten müssen, daß dann ihr Geschäft, ihre Werkstatt oder Bar in Flammen aufgeht.«

»Nino, was meinst du?«

»Ich meine, daß schon viele Leute hier in der Stadt Angst vor uns haben, und den anderen kann man's beibringen. Jetzt ist der richtige Zeitpunkt dafür.«

Priola schmunzelte. »Silvio hat sich wie üblich was sehr Raffiniertes ausgedacht, doch auch Giovannis Argument muß erwogen werden. Ich werde darüber nachdenken. Aber jetzt Schluß mit dem Gerede über die Strategie. Dies sollte eine Willkommensparty werden, und ich hab' auch eine Überraschung für euch.« Er grinste ihnen verschwörerisch zu. »Bei Madge Leigh gibt's neue Mädchen. Frisches Fleisch! Könnt ihr euch was Besseres vorstellen?«

Sie tranken aus und gingen in die Vorhalle, wo ihnen Anna-Maria begegnete. Sie lächelte ihren Vater an, würdigte die anderen jedoch keines Blickes. Als Silvio seinen Mantel anzog, der über einem Stuhl gehangen hatte, und die Hand in die Tasche steckte, spürte er ein Stück Papier.

Nino und er stiegen in eine Kutsche, die Priola bestellt hatte. Als sie eine Viertelstunde später bei Madge Leigh eintrafen, war es schon dunkel. Silvio gab seinen Mantel der Garderobiere, behielt aber Anna-Marias Zettel, den er inzwischen problemlos lesen konnte: »Wie üblich am Dienstag. Auf dem Hausboot.«

Bei Madge Leigh gab es tatsächlich lauter neue Mädchen, viele von ihnen Mischlinge mit leicht negroidem Einschlag. Silvio war begeistert. Er liebte frisches Fleisch, wie Priola es ausdrückte, freute sich aber auch auf Madeleine, die er einen Monat lang nicht gesehen hatte. Wo war sie? Vielleicht mit einem Kunden oben? Er würde Madge Leigh persönlich fragen.

Silvio bestellte Wein und hörte der Kapelle zu, die nach ihrem Klarinettisten Alphonse Picou hieß. Langsame, sinnliche Musik.

Madge Leigh, eine kleine, zierliche Person, machte gerade ihre Runde durchs Lokal und plauderte mit den Stammkunden. Sie trug ein leuchtendrotes, schulterfreies Kleid und um den Hals eine Kette, die hoffentlich nur aus Glas war und nicht aus echten Diamanten. Sonst würde sie ihr garantiert gestohlen werden.

»Willkommen, Jungs«, sagte sie und bot ihnen die Wange zum Kuß. »Hab' schon gehört, daß ihr wieder in der Stadt seid. Hoffentlich gibt's heute kein Feuerwerk.«

»Wir sind hier, um deine neuen Mädchen auszuprobieren.«

»Das gefällt mir schon besser. Es sind alles scharfe kleine Dinger, und zwei sind noch blutjung.«

»Ich sehe Madeleine nicht«, sagte Silvio. »Ist sie oben?« Madge Leighs Gesicht verhärtete sich. »Maddie ist weg, Silvio. Sie ging schon vor über einer Woche.«

»Weg? Warum? Und wohin?«

»Wohin, keine Ahnung. Und warum, na ja, mir gehören nur zwanzig Prozent von diesem Laden. Mister Priola gehört der größere Teil. Und vor zwei Wochen kündigt er plötzlich an, daß er alle Mädchen austauscht. Gut fürs Geschäft, sagt er, obwohl's gut genug lief. Aber nein, Männer lieben frisches Fleisch, sagt er, obwohl, wenn ihr mich fragt, dann hat diese Tochter von ihm was damit zu tun.«

»Anna-Maria? Wie kommst du denn da drauf?«

»Sie war früher fast nie hier, aber letzte Woche kommt sie her und macht lauter Vorschläge ... neue Dekoration, neue Lampen, neue Mädchen. Mister Priola, wie jeder weiß, ist närrisch mit ihr und tut alles, was sie sagt.«

Silvio war empört. Er dachte an jenen letzten Nachmittag auf dem Boot, als Anna-Maria ihn nach Madeleine ausgefragt hatte. Seine Bemühungen, sie nicht eifersüchtig zu machen, waren offensichtlich gescheitert, und sie hatte sich in seiner Abwesenheit geschickt ihrer Rivalin entledigt.

Er trank aus und bestellte ein neues Glas Wein. Wütend nahm er sich vor, daß Anna-Maria nicht in allem ihren Kopf durchsetzen durfte. Er würde Madeleine finden und wieder bei Madge Leigh unterbringen. Oder er würde eben woanders mit ihr schlafen, falls Madge Leigh sie nicht zurücknehmen wollte. Schließlich hatte Madeleine ihre Rolle bei dem vorgetäuschten Streit mit Nino gut gespielt, was letztlich zu dem Sieg über die Cataldos geführt hatte. Er verdankte ihr viel.

Silvio leerte sein zweites Glas und ließ sich ein drittes geben. Während er es hinunterstürzte, dachte er voller Groll an Anna-Maria. Am kommenden Dienstag würde es auf dem Boot keinen Sex geben, sondern einen gehörigen Krach, der dieses Mal aber echt war.

An der Ecke Orleans Street und Dauphine Street befand sich ein großes Blumengeschäft. Über dem Eingang hing ein Schild, auf dem in goldenen Buchstaben ›Donovan's Garden‹ geschrieben stand. Als Silvio und Gaspero hineingingen, sahen sie sich einem dünnen, blaßhäutigen Mann gegenüber.

Silvio ergriff das Wort. »Ich möchte Mister Donovan sprechen.«

»Ich bin Patrick Donovan.«

»Sehr gut, Mister Donovan. Ich vertrete gewisse Geschäftsinteressen in New Orleans. Ein paar Freunde, denen all diese Bombenattentate und Morde der letzten Zeit zuwider sind, haben beschlossen, etwas dagegen zu unternehmen.«

Donovan schwieg.

»Die Polizei hatte nicht viel Erfolg, die Gewaltakte zu verhindern oder die Kriminellen zu fassen, denn sonst wäre mein Vorschlag überflüssig. Aber wir – besser gesagt, meine Freunde – denken, daß wir die richtige Lösung haben.«

»Und die wäre?«

»Ein Arrangement. Oder ein Vertrag. Meine Freunde garantieren Ruhe und Ordnung in dieser Gegend, so daß Sie wie bisher Ihr Geschäft führen können, und Sie, wie auch alle anderen Geschäftsleute hier, zahlen für diesen Dienst einen geringen Teil Ihres Einkommens. Eine Art Privatsteuer. Nichts, was Ihnen weh tut. Nur so viel, daß meine Freunde ihre Kosten decken können, um Ihnen diesen Dienst zu erweisen. Verstehen Sie mich?«

Donovan schob kriegerisch das Kinn vor. »Ich verstehe Sie sehr wohl, Sie schmieriger Spaghettifresser. Sie wollen Schutzgeld kassieren. Aber ich denke gar nicht daran, Ihnen oder Ihren sogenannten Freunden – vermutlich ebenfalls schmierige Sizilianer – auch nur einen Penny zu bezahlen. Dies ist eine anständige Gegend, und ich habe ein gutgehendes Geschäft, das ich mit eigenen Händen aufgebaut habe. Ohne die Hilfe von Itakern, wie ihr es seid. Also verschwindet.« Er brüllte jetzt. »Habt ihr gehört? Geht zu euresgleichen zurück, zu den anderen ekligen Aalen im Fluß.«

Silvio rührte sich nicht von der Stelle. Dann schlenderte er, statt den Laden zu verlassen, zwischen Blumenkübeln, Miniaturbäumen und Strohblumen herum. Schließlich blieb er stehen. »Was ist das?« wollte er wissen.

»Was soll's schon sein? Eis!«

Vier Eisblöcke standen langsam schmelzend an einer kühlen Stelle.

»Warum sind da Blumen drin?«

»Das ist jetzt Mode. Natürlich habt ihr davon keine Ahnung, aber die Damen der Gesellschaft stellen bei ihren Dinnereinladungen Tabletts mit Eis auf den Tisch, um für etwas kühlere Luft zu sorgen. Die Blumen lassen das Eis hübsch aussehen, und zum Schluß nimmt jede Lady eine frische Blume als kleines Geschenk mit nach Hause. Nicht überall frißt man mit den Fingern wie in Klein Palermo.«

Dieser Donovan ging Silvio allmählich auf die Nerven.

»Denken Sie in aller Ruhe über mein Angebot nach, Mister

Donovan«, sagte er. »Sie finden mich immer bei Madge Leigh. Hierher werde ich nicht mehr kommen.«

»Darum möchte ich auch sehr bitten. Tragt euren Schmutz woanders hin. Verschwindet endlich!«

Einen Moment starrten Silvio und Donovan sich nur an.

Ganz gemächlich hob Silvio einen der Eisblöcke auf. Obwohl er schwer war, schaffte er es, ihn über seinen Kopf zu stemmen und auf den Boden zu schleudern, wo er in tausend Stücke zersprang.

»Hoffentlich lohnt es sich, Silvio. Mrs. Priola achtet eifersüchtig auf den Sonntag. Das ist der einzige Tag, an dem sie mich sieht, sagt sie.«

»Wir sind gleich da«, versprach Silvio. Angelo und Nino folgten ihm. Zuvor hatten sie gemeinsam zu Mittag gegessen.

Als sie sich der Rampart Street näherten, wurde der normale Straßenlärm von rhythmischem Stampfen und Singen übertönt, und hinter der nächsten Ecke verschluckte die hämmernde Musik alle anderen Geräusche. Sie blieben stehen.

»Ich hab' schon davon gehört«, sagte Angelo, nachdem sie die Szene eine Weile schweigend betrachtet hatten. »Aber ich war noch nie hier. Alles nur Nigger.«

Vor ihnen auf dem Platz tanzten Hunderte von Schwarzen. Tanzten und sangen, tanzten und schlugen mit Knochen auf Tamburine, tanzten mit geschlossenen Augen. Einige hatten sich große Trommeln umgehängt, andere trugen schwarze Zylinder, die fleckig und zerbeult waren, wieder andere hatten Farbstreifen auf ihre Gesichter gemalt. Alle schienen außer Rand und Band zu sein.

»Okay, okay, das ist also Voodoo, Congo Square am Sonntag. Ich hab' davon gehört, und nun hab' ich's gesehen. Na und? Wir sind keine Nigger.«

Silvio deutete quer über den Platz. »Ihretwegen sind wir hier, Angie.«

Dort stand eine langhaarige Negerin in einem schwarzen Kleid mit weißem Spitzenkragen und ebensolchen Manschetten. Ihre Hände wurden von zwei anderen Frauen gehalten, während sie sich zum Takt der Musik hin und her wiegte. Ihre Augen waren geschlossen.

»Die Witwe Milan«, erklärte Silvio. »Die mächtigste Frau der Stadt.« Er machte eine kleine Pause. »Sehr gerissen.«

Angelo drehte sich zu Silvio um und fragte: »Inwiefern?«

»Sie ist eine Voodoo-Königin. Es heißt, daß sie einen Zauberbann über ihren Alten verhängte, worauf er verschwand.«

»Was hat das mit uns zu tun? Was wollen wir denn von Niggern?« Nino hatte zum Essen viel Wein getrunken und war aggressiv.

»Ich stelle dir jetzt eine Frage«, sagte Silvio. »Glaubst du an Voodoo, Angelo?«

»Natürlich nicht. Ich bin Katholik. Ich gehe jeden Dienstag zur Beichte. Voodoo ist was für ungebildete Nigger.«

»Nino?«

Nino ließ sich Zeit mit der Antwort. »Ich schätze nicht«, meinte er schließlich.

»Du hältst mich für einfallsreich«, sagte Silvio zu Angelo. »Und du willst einen raffinierten Plan haben. Wie wär's damit? Die Nigger sind die größte Gruppe in der Stadt. Größer als die Sizilianer, Portugiesen oder Deutschen. Jetzt, wo die Nigger keine Sklaven mehr sind, strömen Hunderte, ja Tausende von denen in die Stadt. Das einzige, was sie interessiert, das einzige, womit man an sie rankommt, ist Voodoo.«

»Worauf willst du hinaus?« Angelos Ton hatte sich verändert.

»Der Hafen und auch unser Geschäft boomt. Wir stellen bereits Leute ein, die keine Sizilianer sind. Schwarze, Terzeronen, Kreolen. Wir statten der Witwe einen kleinen Besuch ab und reden mit ihr.«

»Worüber denn?«

»Die Lady weiß, daß sie eine Schwindlerin ist. Tagsüber ist sie eine stinknormale Friseuse. Sie verkauft Verwünschungen und Zaubersprüche, die mal wirken und mal nicht wirken, ganz wie's der Zufall will. Nehmen wir an, wir kommen zu einer Vereinbarung, daß ihr böser Fluch auch wirklich Unheil anrichtet. Überlegt mal, wie das ihre Macht steigern würde. Allerdings nur scheinbar, denn wir würden sie kontrollieren.«

Angelo war noch nicht überzeugt. »Du meinst, so was kann klappen? Hat sie denn wirklich solche Macht?«

Silvio machte eine ausladende Armbewegung über den Platz. »Hier hast du deine Antwort. Jeden Sonntag füllt sie diesen Platz, und nachts werden am Fluß ständig verbotene Zusammenkünfte veranstaltet. Wenn wir sie kontrollieren, haben wir die Nigger in der Hand. Vergiß nicht, die kann sogar die Cataldo-Bars und -Spielhäuser verhexen. Dazu braucht's nur ein paar ›Unfälle‹, die sie vorhergesehen hat.«

Angelo schaute Nino an. »Was meinst du?«

»Es gibt immer mehr schwarze Ladenbesitzer. Für uns ist's einfacher, wenn die ihren Glückszauber von ihr kaufen, statt uns Schutzgelder zu zahlen. Das spart uns 'ne Menge Lauferei. Außerdem wird's die Polizei verwirren.« Nino boxte Silvio spielerisch. »Der Junge ist klug, Angie.«

Er duckte sich, um einem rechten Schwinger zu entgehen. Silvio konnte es immer weniger ertragen, »Junge« genannt zu werden.

Normalerweise öffnete Silvio am Dienstag nachmittag vorsorglich eine Flasche Wein und zog alle Vorhänge zu. Doch heute wartete er im Salon auf Anna-Maria.

Er hörte ihre Schritte, als sie an Bord kam, zur Kajüte ging, die Tür öffnete und seinen Namen rief. Nachdem sie überall an Deck nach ihm gesucht hatte, schaute sie auch in den Salon.

»Ach, da bist du!« sagte sie erstaunt. »Warum sitzt du hier drin? Und warum bist du noch angezogen? Wir wollen doch keine Zeit verschwenden.« Sie legte das Buch, aus dem sie später vorlesen wollte, auf einen Tisch, und bemerkte nun erst seinen Gesichtsausdruck. »Silvio! Was ist los? Du scheinst verstimmt zu sein?«

Er blies ihr Zigarettenrauch ins Gesicht. »Du hast Madeleine entfernt.«

Sie errötete. »Ich habe nicht...«

»Du wirst ja rot, du Lügnerin. Madge Leigh hat dich letzte Woche in ihrem Lokal erlebt, wie du alles verändert hast, von den Lampen bis zu den Mädchen. Du wolltest es vertuschen! Du hast wohl gehofft, daß keiner es merkt. Dabei wolltest du nur *ein* Mädchen loswerden.«

»Silvio, sie war eine Hure...«

»Ich mochte sie. Diese Hure, wie du sie nennst, half Nino und mir, die Cataldos auszuschalten, und sie half damit deinem Vater, die Kontrolle über die Piers zurückzugewinnen. Diese Hure hat mehr als du getan, um dir deine feinen Kleider und deinen Champagner zu erhalten.«

»Silvio, es tut mir leid. Ich wußte nicht...«

»Spiel hier nicht das Unschuldslamm, Anna-Maria. Du bist ertappt als eifersüchtiges, intrigantes Luder.«

»Du solltest geschmeichelt sein. Ich bin eifersüchtig!«

»Blödsinn! Du willst nur deinen Kopf durchsetzen. Es hätte monatelang, wenn nicht jahrelang so weitergehen können, aber du mußtest es ja kaputtmachen.« Er drückte seine Zigarette aus. »Wenn ich Madeleine nicht haben kann, will ich dich auch nicht. Such dir einen anderen zum Ficken.«

Sie griff haltsuchend nach einer Stuhllehne. Doch dann straffte sie sich. »Achte auf deine Worte, Silvio. Behandle mich nicht, wie Nino seine Frauen behandelt. Du vergißt anscheinend, wer ich bin. So kannst du mit mir nicht reden.«

»Ich rede mit dir, wie's mir paßt. Ich mag Madeleine, und ich werde sie suchen.«

»Sei nicht so pathetisch! Sie ist eine Niggerhure.«

»Du vergißt schon wieder, daß sie uns geholfen hat. Und wie hast du's ihr gedankt? Ich sag' dir was, Anna-Maria. Du bist die Hure.« Er musterte sie verächtlich. *»Putana!«*

Sie funkelte ihn an. Ihre Augen verengten sich, und ihr Gesicht nahm plötzlich einen bösartigen Ausdruck an.

»Das lasse ich mir von dir nicht bieten«, zischte sie ihn an. »Nur weil du jetzt lesen und schreiben kannst und weißt, wofür dieses

Ding zwischen deinen Beinen da ist, hast du noch lange nicht das Recht, so mit mir zu reden. Unterschätz mich nicht, Silvio. Wenn du auf Kampf aus bist, sollst du einen Kampf haben.« Sie nahm das Buch wieder an sich. »Und ich kämpfe, wie ich ficke. Ohne Hemmungen.«

Damit drehte sie sich um und marschierte zur Tür hinaus.

»Komm rein, Kind. Was soll ich tun?«

Silvio setzte sich auf einen Hocker, der Witwe Milan gegenüber. Man hatte ihm phantastische Dinge von ihrem Haus in der St. Ann Street erzählt. Dort sollte es einen sieben Meter langen Python geben, mumifizierte Babys, den Totenschädel ihres Mannes und zwei Altäre, der eine fürs Glück, der andere fürs Unglück zuständig. In Wirklichkeit befand er sich nun in einem kleinen, stickigen Raum, in dem es nach irgendwelchem Räucherwerk roch. Überall hingen Säckchen, Talismane, in denen sich angeblich ein Mischmasch aus getrockneten Eidechsen, Fledermausflügeln, Eulenleber und Bröckchen von Leichen schwarzer Selbstmörder befand. Silvio glaubte kein Wort davon. Heute trug die Witwe einen weißen Turban, gewaltige Ohrringe und mehrere Halsketten aus Muscheln und Perlen. Auf dem Tisch hockte das Skelett eines Alligators. Silvio war auf der Hut. Die Witwe Milan mochte eine Schwindlerin sein, aber ihre Macht war unbestritten.

»Hast du Liebeskummer? Brauchst du 'n *gris-gris*?«

Ein *gris-gris* war, wie Silvio schon wußte, ein Zauberbann, gut oder böse, je nach Bedarf.

»Nein, Ma'am.«

»Was willst du dann? Beeil dich, Kind.« Ihr Ton war scharf.

»Ein Freund von mir war bei Ihnen. Er jammerte, daß sein Mädchen mit andern Männern fremdgeht. Sie haben ihm ein *gris-gris* für einen Dollar verkauft und gesagt, daß das Mädchen von meinem Freund wieder zurückkommt. Ist es aber nicht.«

»So was braucht Zeit, Kind. Zeit.«

»Noch ein Freund kam her. Er hatte Fieber. Sein *gris-gris* kostete sogar eineinhalb Dollar. Er ist immer noch krank.«

214

»Ich sprech' nicht über Leute, die herkommen. Das ist meine Sache. Willst du jetzt 'n *gris-gris*, oder was?«

Silvio zog lächelnd die Pistole heraus. »Dies ist mein *gris-gris*«, sagte er und zielte auf die Witwe Milan.

»O Gott, o Gott«, ächzte sie.

»Wenn ich Sie jetzt totschieße, was ich nicht tue, dann kann Ihr ganzer fauler Zauber Sie nicht retten, stimmt's?«

»Ich werd' dich aus'm Grab schon noch kriegen!«

Silvio senkte die Waffe. »Nein, das würden Sie nicht. Sie haben keine solche Macht. Sie sind eine Schwindlerin.«

»Paß auf, Kind, was du sagst.«

»Keine Angst. Ich bin nicht hier, um Ihre Macht zu brechen. Ich bin hier, um ein Geschäft zu machen.«

Sie gackerte vor Lachen. »Ich mach' keine Geschäfte mit weißen Jungs. Das brauch' ich nicht. Ich bin die Witwe Milan.«

»Sie haben mein Angebot noch nicht gehört. Ich sehe das so: Sie arbeiten tagsüber als Friseuse, hören sich den Klatsch der weißen Leute an, erfahren alle Neuigkeiten, und hier zu Hause verwandeln Sie dieses Wissen in Vorhersagen. Viele Schwarze glauben Ihnen, weil Sie so aufgeputzt sind und sich mit unheimlichen Dingen umgeben. Aber die Wahrheit ist, daß Sie sich genausooft irren, wie Sie recht haben, oder sogar noch öfter.«

Er machte eine Pause und wartete vergeblich auf ihren Widerspruch.

Silvio steckte die Waffe weg. »Jetzt mach' ich Ihnen einen Vorschlag. Nächstes Mal, wenn jemand von Ihnen einen bösen Zauber gegen wen anders haben will, sagen Sie mir Bescheid. Ich und meine Freunde werden einen kleinen Unfall arrangieren. Es wird alles ganz natürlich aussehen – ein Streit, ein Feuer, so was in der Art. Kapiert? Etwas Schlimmes wird jedenfalls geschehen. Und dann wird Ihre Macht wachsen. Sie werden reich, berühmt und gefürchtet sein. Das gefällt Ihnen doch, oder?« Silvio merkte, daß er ins Schwarze getroffen hatte, denn ihre Augen glänzten. »Als Gegenleistung für diese kleine ... Unterstützung müssen Sie uns ab und zu mal helfen.«

»Wie denn?«

»Mal werden wir Sie bitten, den Schwarzen zu sagen, daß die etwas tun oder nicht tun sollen. Vielleicht ein bestimmtes Schiff nicht entladen, weil es verhext ist. Den Schnaps nicht in bestimmten Kneipen kaufen, weil er verwässert ist. Solche ganz einfachen Dinge.« Er lächelte sie an.

Die Witwe murmelte etwas in einer Sprache, die er nicht kannte. War das etwa ein Zauberspruch? Er griff wieder nach der Pistole. »Ich hab' keine Angst vor Ihnen. Ihr ganzes *gris-gris* ist nicht so viel wert wie eine Kugel. Schluß mit dem Gemurmel!«

Sie seufzte tief. »Wer bist 'n du, junger Mann? Der Teufel?«

Er schaute sie an, als würde er ernsthaft darüber nachdenken. Dann begann er zu kichern. »Ja, Ma'am. Keine schlechte Idee.«

Nun lachten sie beide. »Sie können den Leuten erzählen, daß Sie heute nacht Besuch vom Teufel hatten. Ein Pakt mit dem Teufel, wunderbar!« Silvio stand auf und steckte die Pistole weg. Dann sagte er in ernstem Ton: »Ich melde mich wieder.«

Der Abt Ignazio Serravalle war hoch erfreut gewesen, als Annunziata einen Jungen geboren hatte. Es war ihm nämlich zu Ohren gekommen, daß die Ehe mit Gino nicht sehr glücklich sein sollte, und die Geburt des Kindes schien ihm ein gutes Zeichen zu sein. Er war sofort bereit gewesen, das Kind zu taufen, und hatte sich nur etwas gewundert, als er hörte, daß es Antonino Sylvano heißen sollte. War Annunziata etwa immer noch nicht über Sylvano Randazzo hinweg, der nun schon seit zwei Jahren in Amerika lebte?

Nach der Taufe wurden in Bivio Indisi Wein, Salami und Ziegenkäse serviert. Der Abt trat zu Ruggiero Priola, der den ganzen weiten Weg von Palermo gekommen war, um bei der Feier dabeizusein.

»Ich hoffe, Sie bringen Nachrichten aus Amerika«, begann Pater Ignazio das Gespräch.

»Ja, aber leider nicht nur gute Nachrichten. Nino und Silvio arbeiten inzwischen für meinen Cousin Angelo, haben ihre Namen gewechselt und sind sehr erfolgreich. Angelo sagt, Silvio wird eine große Karriere machen, weil er intelligent ist. Ach – übrigens –, Silvio schickte Annunziata einen Brief, den wir natürlich abgefangen haben. So weit, so gut. Aber die Regierung in Rom wird langsam ungemütlich. Sie hat eine Liste mit über hundert Namen nach Amerika gesandt, darunter viele Freunde von uns, unter anderem Nino und Silvio. Wir werden die beiden warnen müssen.«

Der Abt nickte. »Und wie steht's mit der Cholera?« erkundigte er sich dann besorgt.

»Übel. Mehr als siebzig Tote allein in Palermo. Und sie breitet sich weiter aus. In Bagheria und Alcamo gibt's auch schon Krankheitsfälle.«

»Erzählen Sie's außer mir hier keinem«, bat der Abt. »Eine Taufe soll ein freudiges Ereignis sein. Wir wollen das Glück von Gino und Annunziata nicht trüben.«

»Ich suche ein Mädchen mit dem Namen Madeleine. Hochgewachsen und attraktiv. Ein Mischling. Arbeitet sie zufällig hier?«

Seit drei Tagen sagte Silvio nun sein Sprüchlein auf und klapperte alle Bars und Bordelle im Französischen Viertel ab. Seine Aufgabe wurde dadurch etwas erleichtert, daß Madeleine eine Terzeronin war, denn nicht überall wurden Farbige eingestellt. Also brauchte er auch nicht in allen Häusern nachzufragen.

Silvio schaute auf die Uhr. Schon fast zehn. Er würde es in einem weiteren Bordell versuchen und dann für heute Schluß machen. Um halb elf hatte er eine Verabredung mit Nino bei Madge Leigh.

Er betrat Carrie Freemantles Lokal, das zum Teil Harrison Parker gehören sollte, wie man munkelte, dem Mann also, den Priola gern als Bürgermeister sähe. Parker hatte in seinen Wahlreden versprochen, im Französischen Viertel gründlich aufzuräumen, aber Silvio hielt das für bloßes Gerede, womit der Politiker ein

217

paar Stimmen von den Methodisten und Baptisten gewinnen wollte, die in den Vororten lebten.

Die Bar war mit vielen Netzen und ausgestopften Fischen an den Wänden auf Seemannskneipe getrimmt. Hinter der Theke thronte ein gewaltiger Glasbehälter mit lebenden Hummern und Langusten.

Silvio bestellte einen Bourbon und lehnte sich an die Theke. Meistens war die Madame eines Etablissements leicht zu erkennen, denn sie war immer schon etwas älter, hatte mal blendend ausgesehen und trug nun auffallende tiefausgeschnittene Kleider, die ihren Busen gut zur Geltung brachten. Solch eine Madame sagte bei Lieblingskunden gelegentlich auch mal nicht nein.

Carrie Freemantle war eine rassige Rothaarige um die Fünfzig in einem leuchtendgrünen Kleid, das die Schultern und das obere Drittel ihrer Brüste frei ließ. Sie flirtete mit mehreren Männern und versetzte ihnen neckische Schläge mit einem Fächer.

Vielleicht zehn Minuten beobachtete Silvio dieses Spiel, was ihr nicht entging. Schließlich durchquerte Carrie Freemantle den Raum und baute sich vor ihm auf. »Sie sollten Ihre Augen besser im Zaum halten. Ich komme mir sonst ganz nackt vor.«

»Gerade Sie müßten sich darüber nicht schämen.«

Sie lächelte geschmeichelt. »Sie sind neu hier. So ein hübscher Kerl wär' mir aufgefallen. Was möchten Sie? Jung, alt, schwarz, weiß, eine oder zwei?«

»Ich möchte Sie erst zu einem Drink einladen. Bei diesen Dingen sollte man sich Zeit lassen.«

Sie bedankte sich und nickte dem Barkeeper zu, der genau wußte, was er ihr in einem solchen Fall zu bringen hatte.

»Ich mag Rothaarige«, sagte Silvio, nachdem sie sich zugeprostet hatten. »Grün steht Ihnen gut.«

Wieder lächelte sie. »Nicht so hastig. Ich kenne noch nicht mal Ihren Namen, und ich entscheide, mit wem ich schlafe.«

»Ich kann warten. Ich bin noch keine einundzwanzig. Sie können mich Livio nennen.«

»Tja, Livio, wenn Sie mit Ihrem Schwanz so gut sind wie mit

Ihrer Zunge, dann können Sie hier sehr beliebt werden. Möchten Sie jetzt vielleicht ein paar Mädchen sehen?«

»Ja und nein«, erwiderte Silvio. »Ich suche nämlich ein bestimmtes Mädchen. Ein Mischling. Sie heißt Madeleine.«

Carrie musterte ihn kritisch. »Was wollen Sie von ihr?«

»Also arbeitet sie tatsächlich hier?«

»Sie hat hier gearbeitet.«

»Was meinen Sie damit?«

»Jetzt ist sie im Gefängnis.«

»Was!«

»Sie hat einem Kunden die Uhr gestohlen. Er war so betrunken, daß sie dachte, er merkt's nicht. Irrtum! Er rief die Polizei, und dann wurde sie verhaftet. Die Verhandlung soll in ungefähr zwei Wochen sein, hab' ich gehört.«

»Aber sie ist doch noch ein Kind!«

»Das geschieht ihr ganz recht. Wir verlangen hier gute Preise, und die Mädchen werden anständig bezahlt. Warum muß sie einen betrunkenen Kunden beklauen?«

Was war nur mit Madeleine los? Das sah ihr überhaupt nicht ähnlich. Im Bordell von Madge Leigh war sie bei allen Kunden und auch bei der Madame beliebt gewesen. Irgend etwas mußte geschehen sein.

Er schaute auf seine Uhr. Zwanzig nach zehn. Er mußte seine Verabredung mit Nino einhalten, doch gleich am nächsten Morgen würde er Madeleine im Gefängnis besuchen, um zu sehen, ob er etwas für sie tun konnte.

Er nahm Carries Hand. »Leider kann ich jetzt nicht bleiben, aber ich komme wieder. Wie gesagt, ich mag Rothaarige.« Er trank sein Glas aus, zahlte und ging.

Bei Madge Leigh herrschte großes Gedränge. Silvio mußte zugeben, daß die neue Band besonders heiße Musik machte und viele neue Gäste anlockte. Auch der neue Drink gefiel ihm, den jemand erfunden hatte, ein sogenannter »Cocktail«. Er drängte sich zwischen den Leuten hindurch zum Hinterzimmer. Dort hatte er eine Art Hauptquartier, seit Priola sich mit Silvios Plan einer

Neuorganisation einverstanden erklärt hatte. Man wußte, daß man Silvio dort aufsuchen oder ihm eine Nachricht hinterlassen konnte. Außerdem war er gut geschützt. An den meisten Abenden nahmen Nino und er dort sogar ihr Dinner ein, bevor das große Kartenspiel begann, das nicht mehr auf Dienstag und Donnerstag beschränkt war. Gelegentlich stieß Priola mit Nogare zu ihnen.

Nino war schon da, als Silvio eintraf. Auf seinem Schoß saß Stella und gab ihm gerade einen Zungenkuß. Kaum war Silvio gekommen, schob Nino das Mädchen unsanft weg. Obwohl er Stella mochte, konnte er manchmal sehr grob sein.

Als Silvio sich setzte, schenkte Nino ihm Wein ein. »Gerade eben kam Madge Leigh mit einer Botschaft«, sagte er.

»Ach ja?«

»Donovan hat dich bei ihr gesucht. Er ist mit deinen Bedingungen einverstanden.«

»Das hab' ich eigentlich schon erwartet«, meinte Silvio. Drei Nächte zuvor war ein Schuhladen abgebrannt, der nur drei Häuser von Donovans Blumengeschäft entfernt lag.

Silvio trank einen Schluck Wein. »Geht's gut mit Stella?«

Nino verzog das Gesicht. »Ab und zu muß ich ihr eine verpassen, damit sie nicht zu übermütig wird. Doch eigentlich ist sie ein gutes Mädchen, und sie kann phantastisch kochen.« Er zündete sich eine Zigarette an. »Aber jetzt kommt eine schlechte Nachricht.«

»Wie schlecht?«

»Schlecht genug. Vito Liotta wurde im Viertel gesehen.«

Vito Liotta war der Sohn von Francisco Liotta, Mafiaboß in Bagheria und Schwiegervater von Giancarlo Cataldo. Die Liotta-Familie war eine der einflußreichsten in der ganzen sizilianischen Mafia. Vitos Anwesenheit in New Orleans bedeutete, daß die unbeschwerten Tage vorbei waren. Liotta war eingetroffen, um den Rachefeldzug anzuführen.

Nino nickte, während Silvio diese Neuigkeit allmählich verdaute.

»Jetzt wissen wir wenigstens, mit wem wir's zu tun haben.«

»Was wissen wir über ihn?«

»Das ist ein grausamer Hund. Er hat mal einem, den er gerade ausquetschte, die Fingernägel rausgezogen. Clever ist er auch. Er brachte den Polizeichef von Bagheria um, doch keiner hat ihm was nachweisen können.«

In dem Moment brachte Stella das Abendessen auf einem Tablett herein. Es gab Langusten mit Mais, eine Spezialität von New Orleans, für die Nino und Silvio inzwischen beide schwärmten.

Nino wartete, bis Stella das Zimmer verlassen hatte, bevor er weitersprach. »Liotta selbst macht mir keine Sorgen, denn er hat hier nicht die Macht wie in Sizilien. Aber er tut sich garantiert mit dem Rest der Cataldos zusammen. Zwischen ihnen gibt's Familienbande wie zwischen uns und dem alten Angelo. Vito ist schlau. Er bietet an, die Führung zu übernehmen, die Cataldos sollen Muskeln und ihr Wissen über New Orleans einbringen.«

»Was wollen wir also tun?«

»Diesmal, kleiner Neffe, ist die Antwort selbst für mich sonnenklar. Wir machen Vito fertig, bevor er eine Chance hat, alles zu organisieren und auf uns loszugehen.«

»Und wie tun wir das? Wo wohnt er überhaupt?«

»Keine Ahnung, aber Gaspero und ein paar andere werden das schon rauskriegen.«

Eine Weile aßen die beiden schweigend, und nur das Knacken der Langustenpanzer war zu hören. Silvio war nachdenklich geworden. Ihm gefiel das gar nicht, was er gehört hatte. Hoffentlich machte es sich jetzt bezahlt, daß sie für viel Geld ein paar Leute in die Cataldo-Mannschaft eingeschmuggelt hatten. Es gab wenig, was die Cataldos tun konnten, ohne daß Nino davon erfuhr. Aber Liottas Ankunft war trotzdem eine Überraschung und ein geschickter Schachzug der Cataldos. Das mußte er zugeben.

Im nächsten Augenblick flog die Tür auf, und Angelo Priola stand mit wutverzerrtem Gesicht vor ihnen.

»Angelo ...« begann Nino.

»Halt's Maul!« blaffte Priola und lief zu Silvio hinüber. »Steh auf, du mieser, kleiner Scheißer!« sagte er drohend.

221

Bevor Silvio noch wußte, wie ihm geschah, schlug Priola ihm schon mit voller Wucht ins Gesicht. Da Silvio unvorbereitet war, verlor er das Gleichgewicht, krachte seitwärts auf den Tisch und fegte dabei Geschirr und Gläser auf den Boden.

Priola beugte sich hinunter und schlug noch einmal zu. Diesmal weniger heftig, aber es war immer noch schmerzhaft genug.

Silvio schützte seinen Kopf mit beiden Armen, als Priola den nächstbesten Stuhl ergriff und ihn hinuntersausen ließ.

»Angie!« schrie nun Nino. »Was zum Teufel...«

»Halt's Maul!« Priola schaute sich nach etwas um, was er nun als Waffe benutzen konnte. Als er nichts fand, zog er sich einen Schuh aus und hämmerte damit auf Silvios Schädel ein.

»Hast du meine Tochter gefickt? Ja oder nein?« brüllte er dabei. »Ich frage dich etwas, du Scheißkerl. Hast du mit Anna-Maria geschlafen? Antworte mir!« Schwer atmend stand er über Silvio gebeugt da, der in eine Zimmerecke gekrochen war.

Nino wischte sich mit einem Taschentuch übers Gesicht. So außer sich vor Wut hatte er Priola noch nie gesehen.

Silvio nahm vorsichtig die Arme herunter. Auch er atmete stoßweise. Sein Kopf tat höllisch weh, und seine Lippe war aufgeplatzt, wo Priolas Absatz sie getroffen hatte.

»Jetzt antworte endlich! Ja oder nein?« forderte Priola ihn in etwas normalerem Ton auf.

»Ja, verdammt!« Silvio duckte sich, als weitere Schläge auf ihn herniederprasselten, und krabbelte dann behende unter den Tisch. Vielleicht hätte er es mit Priola aufnehmen können, aber damit hätte er alles nur noch verschlimmert. Anna-Maria war nun mal Priolas Prinzessin, sein Juwel.

Priola verfolgte ihn nicht, sondern wandte sich nun an Nino. »Wann hat das alles angefangen? Na, komm schon, ich will's wissen. Der Kerl wird dafür büßen. Der hält sich wohl für oberschlau. Wann fing's an?«

Silvio hielt den Atem an. Was würde Nino antworten?

»Ich weiß nicht. Ich bin nicht sein Aufpasser.«

»Doch, du weißt es. Ihr hängt wie Pech und Schwefel zusammen.

Anna-Maria hat dich mir empfohlen. Habt ihr euch etwa schon auf dem Schiff näher kennengelernt?«

Ninos Schweigen bestätigte Angelos Vermutung.

»O Gott! Dann geht das schon fast zwei Jahre lang. Es ist nur ein Wunder, daß er Anna-Maria kein Kind gemacht hat.« Angelo seufzte schwer, gab Silvio einen Fußtritt und ließ sich dann auf einen Stuhl fallen. »Gib mir was zu trinken.«

Er schien sich allmählich zu beruhigen, aber Silvio blieb vorsichtshalber noch unter dem Tisch in Deckung.

Priola stürzte ein Glas Bourbon hinunter.

»Silvio ist noch ein halbes Kind«, begann Nino, wurde jedoch gleich unterbrochen.

»Nein, das ist er nicht. Er ist zwanzig, ein Mann. Und er benimmt sich wie 'n Mann, der gerade seinen Schwanz entdeckt hat und glaubt, er kann ihn überall reinstecken, wo's ihm paßt.« Sein Zorn erwachte wieder. »Aber das kann er eben nicht. Er kann nicht meine Tochter ficken, ohne die Folgen zu tragen.«

»Was für Folgen?« fragte Nino. »Du hast doch selbst gesagt, daß Anna-Maria nicht schwanger ist.«

»Anna-Maria fickt nicht einfach jeden, verstehst du. Sie muß den kleinen Scheißer mögen, obwohl er weiß Gott wie viele Jahre jünger ist als sie.« Er schenkte sich Bourbon nach. »Nein, Nino, der Scheißer ist ein Mann, und er wird die Sache wie ein Mann durchstehen.«

»Was meinst du damit, Angie? Silvio ist kein übler Junge.«

»Er ist kein Junge. Das predigt er uns doch selbst dauernd.« Priola trank seinen Bourbon mit einem Schluck aus. »Ich lasse meine Tochter nicht entehren. Hier ist nicht Sizilien, aber Afrika ist's eben auch nicht. Wir erledigen solche Dinge wie zu Hause in Palermo.« Wieder versetzte er Silvio unter dem Tisch einen Fußtritt. »Er wird sie heiraten.«

12. KAPITEL

Silvio hatte noch nie ein Gefängnis betreten, da Leute seines Schlages immer abergläubisch waren, aber er hatte sich nun mal geschworen, Madeleine zu helfen.

Das örtliche Gefängnis lag in der Treme Street, nicht weit vom Haus der Witwe Milan entfernt. Es war ein dreistöckiges Steingebäude mit zwei Glockentürmen über dem Eingangsportal. Im Sekretariat erfuhr er, daß sich die Frauenabteilung im dritten Stock befand.

Es roch durchdringend nach Desinfektionsmitteln, die zweifellos andere Gerüche überdecken sollten. Silvio lief die Treppe hinauf. In den ersten beiden Etagen gingen Korridore vom Treppenhaus ab, die mit starken Gittertüren gesichert waren. In diesen Korridoren reihte sich eine große, vergitterte Zelle an die andere, und in jeder waren bis zu sechs Männer untergebracht.

Silvio hatte wüste Geschichten über die Haftanstalt gehört: daß es eigentlich zwei Gefängnisse waren, eines für die Reichen und eines für die Armen. Jeder, der genug Geld besaß, konnte sich ausgezeichnetes Essen und guten Wein kommen lassen und wurde von Freunden und Verwandten besucht. Nicht nur sämtliche Zeitungen standen ihm zur Verfügung, sondern auch die Mädchen von der Custom House Street. War man dagegen arm, bekam man ungenießbaren Fraß, das Brot war schimmelig, und so mancher Insasse war schon gestorben, nachdem er Wasser getrunken hatte.

Silvio kam im dritten Stock an. Wenn man einen guten Grund hatte, durfte man hier kommen und gehen, wie man wollte. Die Bestrafung erfolgte rein willkürlich. Taschendiebe wurden manchmal gehenkt, während Mörder Ausgang hatten, um Besorgungen zu machen, und dabei nicht selten flüchteten. Die Gefängnisverwaltung war eben genauso korrupt wie der ganze übrige Justizapparat von New Orleans. Silvio hoffte, sich das zunutze machen zu können.

Er rüttelte an der Gittertür, bis eine fette, weiße Wärterin auftauchte, der Schweißtropfen übers Gesicht liefen. »Was woll'n Sie, Mister?«

»Ich will eine Insassin von Ihnen sehen. Sie ist'n Mischling. Heißt Madeleine.«

Die Wärterin grinste und entblößte dabei ihre beklagenswert lückenhaften Zahnreihen. »Die Hure? Wer sind Sie?«

»Ich ... ich bin ein Verwandter.« Er gab ihr einen Dollar.

»Soso, ein Verwandter. Dann kommen Sie mal rein.« Sie nahm den Geldschein.

Nachdem sie die Tür aufgesperrt hatte, führte sie ihn den Gang entlang, vorbei an Zellen voller weißer Frauen, die zum Teil in aufreizend engen Kleidern steckten. »Zeig uns deinen Schwanz, Junge«, rief eine, und die anderen gackerten. »He, Hübscher, für'n Dollar kannst du in meinem Mund kommen«, schrie eine andere. Zum ersten Mal in seinem Leben fand Silvio diese dreisten Sprüche nicht erotisch.

»So, hier sind die schwarzen Gefangenen.«

Sie waren am Ende des Korridors angelangt, wo rechts und links je eine Zelle mit Schwarzen und ein paar Mischlingen vollgestopft war. Erst nach einigem Suchen entdeckte Silvio Madeleine, die auf einer Pritsche hockte, die Knie bis ans Kinn hochgezogen.

»Wie wär's mit 'ner schwarzen Pussy, weißer Junge?« sagte eine, die direkt am Gitter stand. »Zwei Dollar, Honey«, rief eine andere, »und du kannst ihn mir überall reinstecken.«

Silvio stellte sich direkt in Madeleines Sichtfeld. Als sich ihre Blicke schließlich trafen, schien sie zuerst ihren Augen nicht zu trauen.

Doch als er sie zu sich winkte, stand sie zögernd auf, zupfte an ihrem Kleid und strich sich übers Haar. Dann kam sie langsam näher.

Silvio wandte sich an die Wärterin und drückte ihr noch einen Dollar in die Hand. »Kann ich irgendwo mit ihr allein reden?« Sie verstaute rasch den Geldschein. »Klar, Honey. In meinem Büro.« Sie trat an die Zellentür. »Zurück, Mädchen, zurück. Laßt Miß Madeleine raus. Ihr reicher Sugardaddy ist hier.« Sie öffnete die Tür.

»Was willst'n mit der, Hübscher? Die hat gestern dem Gouverneur den Schwanz gelutscht. Paß auf, daß sie sich's Maul wäscht.« Alle kicherten.

Die Wärterin führte die beiden in ihr Büro, das kaum besser war als die Zellen. Aber immerhin waren sie allein.

»Für'n Dollar kriegen Sie zehn Minuten. Wenn Sie's zweimal tun wollen, wird's teurer. Drei Dollar.«

Nun erst begriff Silvio, daß die Wärterin ihm die Möglichkeit bieten wollte, mit Madeleine zu schlafen.

»Wir . . . wir wollen nur reden.«

Die Alte grinste. »Klar, Honey.«

Als sich die Tür hinter ihr geschlossen hatte, starrte Madeleine ihn wie ein verängstigtes kleines Tier an, das in der Falle sitzt. Sie blieb unbeweglich, bis er sie in die Arme nahm. Da begann sie zu schluchzen.

»Was ist passiert, Maddie?« fragte er liebevoll. »Du sollst angeblich eine Uhr gestohlen haben.«

Immer noch weinend nickte sie. »Wir wurden plötzlich bei Madge Leigh rausgeschmissen. Ich hab's dir nie erzählt, aber ich habe einen kleinen Jungen, und der ist krank. Ich hab' den Doktor zahlen müssen. Bei Madge Leigh hätte ich mir das Geld geborgt, aber bei Carrie bin ich doch neu . . . Ich war am Ende.«

Sie schluchzte herzzerreißend. Silvio zog Madeleine noch enger an sich und küßte sie. Er war alles andere als sentimental, aber er glaubte ihr diese rührende Geschichte.

»Weißt du noch den Namen von dem Mann, dem du die Uhr gestohlen hast?« fragte Silvio.

»Ich glaube, er heißt Cooney ... James Cooney.«

»Hast du eine Ahnung, wo er wohnt?«

Diesmal schüttelte sie den Kopf. »Ich weiß nur, daß er Schneider ist und Sachen für Priester und Chorknaben macht.«

»Okay. Wo ist dein Kleiner jetzt?«

»Bei ... bei Stella. Sie ist nicht gefeuert worden. Anna-Maria weiß, daß Nino sie mag.«

»Anna-Maria?«

Madeleine wirkte wieder völlig verängstigt. Sie wußte, daß Silvio mit Anna-Maria ein Verhältnis hatte. »Sie war da, an dem Tag, als wir alle gehen mußten.«

Dies bestätigte nur, was Silvio längst klar war. »Ich muß wissen, wieviel Zeit mir bleibt, Maddie«, sagte er. »Wann mußt du vor Gericht?«

»Montag. Das hat einer gesagt. Warum, Silvio?«

»Ich muß diesen Cooney finden, damit er seine Beschuldigung zurückzieht, damit er sagt, er hat sich geirrt.«

»O Silvio! Machst du das wirklich?« Sie preßte sich an ihn, und einen Moment war er versucht, die »Einladung« der Wärterin anzunehmen. Aber nein, im Gefängnis war es dann doch zu schäbig.

Er entzog sich ihr. »Ich muß gehen. Aber ich komme wieder. Hoffentlich mit guten Nachrichten. Es ist schlimm hier ...«

Sie legte ihren Finger auf seine Lippen. »Ich weiß, was du sagen willst, Silvio. Ich versuche, stark zu sein. Danke.«

Silvio öffnete die Tür. Die Wärterin brachte Madeleine in die Zelle zurück. Silvio hörte die anderen Frauen schreien.

»Das ging aber flott!«

»Wieviel hat er denn bezahlt?«

»Wo hast 'n das Geld versteckt?«

Und wieder gab es schrilles Gelächter.

Nach dem Gefängnisbesuch ging Silvio zur St.-Louis-Kathedrale, wo er Anna-Maria und den Erzbischof von New Orleans treffen sollte, um die Hochzeit zu besprechen. Silvio hatte anfangs nicht glauben wollen, daß Angelo Priola es ernst meinte, als er verlangte, Silvio müsse Anna-Maria heiraten. Einen oder zwei Tage hatte er gebraucht, bis er kapierte, daß Anna-Maria selbst ihrem Vater alles verraten hatte. Und warum das Ganze? Weil sie ihn anscheinend wirklich zum Ehemann haben wollte. Silvio hatte getobt und Anna-Maria samt ihrem Vater zur Hölle gewünscht.

Dann hatte Nino ihm erklärt, warum Priola in jener Nacht bei Madge Leigh so außer sich geraten war. Er hatte nämlich bis dahin die Hoffnung gehegt, seine Tochter könnte in eine der guten alten amerikanischen Familien einheiraten. Vielleicht den Erben eines Plantagenbesitzers oder den Sohn eines Generals aus dem Bürgerkrieg. Dabei waren das alles nur Hirngespinste, sagte Nino. Keine der großen Familien wollte familiäre Beziehungen zu einem Itaker, einem Obsthändler, wie sie ihn sicher nennen würden.

Nino hatte hinzugefügt, Angelo habe eine Schwäche für Silvio. »Angelo hat keinen Sohn. Überleg mal, wie mächtig du als sein Schwiegersohn sein wirst. Wenn er seinen Kandidaten bei der nächsten Wahl durchboxt, gibt's kein Halten mehr, und du wirst mal Angelos Nachfolger.«

»Aber…«

Nino wischte alle Einwände beiseite. »Fick sie sechs Monate lang, mach ihr ein Kind, damit sie was zu tun hat. Und dann gehst du wieder zu Madge Leigh wie eh und je. Das wichtigste ist, ein Mitglied von Angelos Familie zu werden.«

Mit der Zeit sah Silvio ein, daß Nino recht hatte. Erstens hatte Angelo versprochen, für Silvio und Nino richtige Pässe zu besorgen, was das Leben sehr vereinfachen würde. Zweitens würden Anna-Maria und er zuerst bei Angelo wohnen, und dort gab es Dienstboten, was er großartig fand. Sicher würde er auch einen besseren Posten bekommen. Er sprach inzwischen so gut englisch, daß er sich jede Aufgabe zutraute. Das Schreiben machte ihm noch Schwierigkeiten, aber das Lesen fiel ihm immer leichter. Und falls Annunziata von seiner Heirat erfuhr… um so besser!

Und Anna-Maria? Bis vor kurzem hatte er nicht gedacht, daß sie ihn liebte. Doch das ganze Getue wegen Madeleine ließ auf echte Gefühle schließen.

Er mußte zugeben, daß er es verlockend fand, zur Priola-Familie zu gehören und respektiert zu werden. Angelo Priola selbst kümmerte sich herzlich wenig um seine Frau, sondern ging nach Belieben ins Bordell und genoß doch die Bequemlichkeiten eines geordneten Haushalts. Silvio würde ein halbes Jahr den pflichtbewußten Ehemann spielen und es dann seinem Schwiegervater gleichtun.

Die Kathedrale war aus hellem Stein errichtet, eher breit als hoch, hatte drei schiefergedeckte Türme und war nach sizilianischen Maßstäben kein grandioses Bauwerk. Anna-Maria war schon da und besprach gerade mit dem Erzbischof und einem jungen Priester die Blumendekoration. Sie küßte Silvio auf beide Wangen und nannte ihn »Darling«, als wären sie bereits ein Ehepaar. Das ausführliche Gerede über Kirchenlieder, die Predigt des Bischofs und die Anzahl der Chormitglieder langweilte Silvio, aber er horchte auf, als der Erzbischof erwähnte, er habe angesichts der großen gesellschaftlichen Bedeutung dieser Hochzeit sogar ein neues Chorhemd in Auftrag gegeben.

»Oh, dann kennen Sie ja vielleicht einen gewissen James Cooney?« fragte Silvio interessiert.

»Aber natürlich. Ich kenne ihn seit Jahren.«

»Wo arbeitet er denn zur Zeit?«

»Noch immer bei Brodick in der Perdido Street.«

Silvio achtete nicht weiter auf den Fortgang des Gesprächs und bekam nur am Rande mit, daß sie sich am Tag vor der Trauung noch einmal zu einer Art Probe treffen würden.

Als er mit Anna-Maria die Kirche verließ, sagte sie: »Die Unterhaltung über die Hochzeit hat mich in Stimmung gebracht, Silvio. Nimm mich mit aufs Boot und fick mich.«

Ich bin doch kein Sklave, dachte Silvio wütend. Laut sagte er: »Nun, wo es legal ist, habe ich kein Interesse. Ich muß mich um geschäftliche Dinge kümmern.«

Als sie protestieren wollte, unterbrach er sie. »Du hast es geschafft, daß ich dich heirate. Sei zufrieden. Hast du denn keinen Liebhaber für die Nachmittage? Du wirst einen brauchen.«

Er ging in Richtung von Madge Leighs Bordell, um Nino abzuholen. Da sie für den Kampf mit Vito Liotta besser gerüstet sein wollten, hatten sie neue Waffen bestellt, hauptsächlich große Smith & Wessons, die einen Mordskrach machten. Die Waffen waren mit einem Boot heimlich in die Stadt gebracht worden, und Silvio war mit Nino verabredet, um sie sich anzusehen.

Als er das Bordell betrat, geriet er mitten in eine jener häufigen und immer gewalttätigeren Auseinandersetzungen zwischen Nino und Stella. Eine Flasche flog gerade durch die Luft, verfehlte Ninos Kopf nur um Zentimeter und zersplitterte an der Wand hinter ihm.

»Du Spaghettifresser! Du lausiger Bandit!« kreischte Stella. »Ist das zuviel verlangt? Ein kleines Geschenk, irgendwas zu meinem verdammten Geburtstag.«

»Tut mir leid«, rief Nino und suchte hinter der Theke Deckung. »Ich hab's vergessen.«

»Vergessen? Wie kannst'n das vergessen? Ich hab's dir letzte Woche und noch mal am Sonntag gesagt.« Nun warf sie einen Blumentopf nach ihm. »Such dir eine andere, die nach deiner Pfeife tanzt, du Itaker.« Sie begann zu weinen.

Damit war die Gefahr vorüber. Die anderen Gäste kamen aus ihren Verstecken, und Nino verließ mit Silvio fluchtartig das Lokal.

»Alle Achtung, das war'n ordentlicher Streit!« meinte Silvio.

»Meine Schuld«, gab Nino zu und schlug sich an die Stirn. »Wie kann ich nur ihren verdammten Geburtstag vergessen!«

»Sie hat dich als Banditen beschimpft, Nino. Wieviel weiß sie?« fragte Silvio, während sie zur Basin Street gingen.

»Bettgeflüster, Silvio. Keine Sorge. Sie wird nichts verraten, denn sie hat eine Scheißangst vor mir.« Er grinste. »Kannst du das von deiner künftigen Ehefrau auch behaupten?«

Er wich aus, als Silvio ihn spielerisch boxte, wurde dann jedoch plötzlich ernst. »Hör mal, ich muß dir was sagen.«

»Um was geht's?« fragte Silvio gespannt.

»Liotta will ein Treffen.«

»Was?«

»Er hat Angelo eine Botschaft geschickt. Heute morgen.«

»Warum? Und wo soll's denn stattfinden?«

»Angeblich, um Geschäftliches zu besprechen. Unsere gemeinsamen Interessen. Und wo? Stell dir vor, im Toussaint House.«

Silvio pfiff durch die Zähne. Toussaint House, ein ehemaliges Herrenhaus am Fluß im Norden von New Orleans, war nun ein Hotel inmitten eines wundervollen Gartens mit einer alten Eichenallee. Ein Treffen dort würde Liotta viel Geld kosten.

»Ist Toussaint sicher?«

Nino zuckte die Achseln. »Wir verwenden Geiseln.«

»Hast du Liotta schon mal getroffen, Nino?«

»Diesen nicht. Den Vater früher mal. Ein gemeiner Kerl. Das ist überhaupt ein mieses Pack, Silvio. Der einzig sichere Liotta ist ein toter Liotta.«

Die Maßschneiderei Brodick befand sich im ersten Stock über einem Schuhgeschäft. James Cooney erwies sich als kleiner, zäher Bursche mit straff zurückgekämmtem schwarzen Haar.

Silvio stellte sich vor und bat um ein Gespräch.

»Worüber denn?« fragte Cooney aggressiv.

»Ein Mädchen. Sie heißt Madeleine.«

»Ich kenne keine, die so heißt.«

»Sie hat Ihre Uhr gestohlen.«

»Ach die! Jetzt weiß ich, wen Sie meinen. Die Hure. Und?«

»Ich möchte, daß Sie Ihre Klage fallenlassen.«

Cooney lachte verächtlich. »Keine Chance. Sie . . .«

»Sind Sie verheiratet?«

Der Schneider schien von der Frage überrascht. »Ja.«

»Kinder?«

Er zögerte etwas. »Ja. Ein Junge und ein Mädchen.«

231

»Hören Sie mir gut zu«, sagte Silvio in sachlichem Ton. »Wenn Sie nicht heute noch Ihre Klage zurückziehen, breche ich Ihnen alle Finger, einen nach dem anderen, dann können Sie nie mehr nähen, geschweige denn Spitze klöppeln. Und falls Madeleine sechs Monate Gefängnis bekommt, und das passiert, falls Sie nicht mitmachen, zählen Sie in Zukunft lieber täglich Ihre Kinder.«

Cooney starrte ihn fassungslos an. Daß diese Drohungen ohne Geschrei, ohne besonderen Nachdruck ausgesprochen wurden, machte sie nur um so beängstigender, wie Silvio genau wußte.

Der Schneider versuchte, sich aufzuplustern. »Was glauben Sie, wer Sie sind? Sie mieser Typ! Sie können nicht einfach daherkommen...«

»Mister Cooney, beschimpfen Sie mich ruhig, soviel Sie wollen. Aber wenn Madeleine nicht heute abend frei ist, breche ich Ihnen morgen die Finger. Haben Sie mich verstanden? Sie werden nie mehr Spitze machen können, und der Erzbischof wird woanders Kunde werden. Er gab mir übrigens Ihre Adresse.«

Es dämmerte Cooney allmählich, daß es sich hier um keine leeren Drohungen handelte. »Wer sind Sie denn?«

»Sagen wir mal, ich bin ein Freund von Madeleine und...«

»Woher kennt so ein Gesindel wie Sie den Erzbischof?«

»Weil er mich trauen wird.«

»Sie!« Nun wußte Cooney, mit wem er es zu tun hatte, und er stand auf. »Heiraten Sie die Priola-Tochter?« fragte er.

Silvio nickte.

»Das hätten Sie gleich sagen sollen.« Cooney legte die Spitze, an der er gearbeitet hatte, beiseite. »Ich gehe jetzt sofort zum Gefängnis und kümmere mich um die Sache.« Er rannte hinaus.

Silvios Hausboot war von vier Männern, die sonst am Picayune-Pier arbeiteten und allesamt erfahrene Segler waren, für die Flußfahrt vorbereitet worden. Silvio sollte dafür sorgen, daß es um zehn Uhr an diesem Morgen startbereit war. Er stand mit den

Männern auf dem Kai neben dem Boot und wartete auf die Liotta-Geisel, die Angelo bringen würde.

Wenn auf Sizilien ein Treffen zweier Mafiabosse arrangiert werden sollte, schaltete man für gewöhnlich die Familie Buscetta ein, jenen brutalen und gerissenen Clan aus Caltanisetta, der auf Sicherheitsfragen spezialisiert war und natürlich saftige Honorare verlangte. Bei Zusammenkünften auf hoher Ebene nahm jede Seite ein Familienmitglied der Buscettas als Geisel und ließ dieses wieder frei, wenn beide Seiten unversehrt von der Zusammenkunft zurückgekehrt waren. Falls etwas schiefging, passierte zweierlei. Erstens verbreiteten die Buscettas, diese oder jene Familie sei nicht ehrenhaft. Zweitens stand es ihnen frei, Vergeltung zu üben. Da niemand einen Racheakt der Buscettas riskieren wollte, ging also meistens alles gut.

Weil es in New Orleans keine Buscettas gab, stellten die Priolas und die Liottas selbst jeweils eine Geisel, die von der Gegenseite versteckt gehalten wurde. Angelo hatte sich bereit erklärt, Nino als Priola-Geisel zur Verfügung zu stellen. Die Liotta-Cataldo-Geisel sollte Vincenzo Liotta sein, Vitos einundzwanzigjähriger Neffe, der ihn nach Amerika begleitet hatte.

Der Austausch mußte eigentlich um halb zehn vor der Kathedrale stattgefunden haben. Vincenzo sollte von Angelos Kutscher zum Hausboot gefahren werden, während die Liottas Nino dahin brachten, wo es ihnen am sichersten erschien. Das Ganze war für Silvio Neuland, und er kam fast um vor Nervosität.

Er schaute auf seine Uhr. Schon fünf vor zehn! Sie würden sich verspäten.

Doch im nächsten Moment erschienen drei Männer oben auf dem Damm: Angelo, sein Kutscher und ein dünner, bleicher Mann mit einem roten Muttermal im Gesicht. Vincenzo Liotta.

Silvio und Vincenzo nickten sich kurz zu, bevor die Geisel mit zwei Leibwächtern im Salon eingeschlossen wurde, wo es genug Alkohol und genug zu essen für eine Woche gab. Das Boot legte ab und steuerte langsam hinaus in die Mitte des Stromes. Der

Kapitän, Cesare Cagliari, normalerweise ein Vorarbeiter im Hafen, sollte mit seiner Crew so lange den Mississippi hoch- und wieder hinuntersegeln, bis er das vereinbarte Signal zur Rückkehr bekäme: Die italienische Fahne würde dann am Picayune-Pier ausnahmsweise über der amerikanischen wehen.

Angelo und Silvio stiegen in die Kutsche. Sie brauchten etwas über eine Stunde, um das Toussaint House zu erreichen. Während der ganzen Fahrt zog sich der Damm links von ihnen am Mississippi entlang und versperrte somit die Aussicht auf den Fluß. Sie kamen an Feldern mit Zuckerrohr, Baumwolle, Tabak, Mohrenhirse und Hanf vorbei. Dazwischen verstreut standen die Hütten von erst kürzlich befreiten schwarzen Sklaven, und gelegentlich war auch mal eine kleine, wackelige Holzkapelle zu sehen. Silvio fühlte sich an die Armenviertel von Uditore am Stadtrand von Palermo erinnert.

Gegen halb zwölf bogen sie von der Great River Road in die Eichenallee ein, die zu einem imposanten zweistöckigen Gebäude mit weißen Säulen führte. Angelo spähte zwischen den Vorhängen hindurch nach draußen. »Das ist das Toussaint«, sagte er brummig. »Ich war hier schon mal zum Essen.«

Als sich die Kutsche dem Hotel näherte, trat ein italienisch aussehender Mann an den Wagenschlag und hob die Hand, damit der Kutscher anhielt. Er schob die Vorhänge beiseite und schaute herein. Dann nickte er. »Mister Liotta ist in der *gar ... garçonnière*«, stotterte er.

Angelo wandte sich an Silvio. »Das ist ein Nebengebäude. Wie du weißt, gehörte das Haus vor dem Bürgerkrieg einer reichen Familie. Wenn die Gäste hatte, wohnten alle Junggesellen in dem Nebenhaus. Eine verdammt gute Idee, wenn du mich fragst. Da konnten sie wenigstens nichts anstellen.«

Sie fuhren um das Hotel herum zu einem kleineren Gebäude, vor dem bereits eine Kutsche stand, und stiegen aus. »Warte hier«, befahl Angelo seinem Kutscher. Dann führte er Silvio ins Haus.

Sie kamen in eine Halle mit gebohnertem Parkett, wo als erstes die hohen und üppigen Grünpflanzen auffielen. Lange Spitzenvorhänge hingen vor den Fenstern bis zum Boden. Auf der anderen Seite der Halle stand die Tür zu einem großen Raum offen. Angelo trat als erster ein, Silvio folgte ihm in kurzem Abstand. An einem Kamin lehnten zwei Männer, die sich unterhielten und dabei rauchten. Als sie ihre Besucher sahen, warfen sie die Zigaretten ins Feuer und kamen ihnen entgegen.

Aufs Händeschütteln wurde verzichtet.

»Ich bin Vittorio Liotta«, sagte der kleinere und elegantere der beiden. Er war schätzungsweise um die Fünfzig, hatte einen zarten Knochenbau, straffe Haut, graue, eng zusammenstehende Augen und graues Haar. Silvio fand, er sah aus wie ein Kardinal.

»Dies ist Natale Pianello«, stellte er seinen Begleiter vor, der größer und dicker als Liotta war und bei weitem nicht so flink wirkte.

Pianello neigte zur Begrüßung leicht den Kopf.

»Sie wissen, wer ich bin«, sagte Angelo. »Dies ist Silvio Razzini.«

»Guten Tag, Silvio«, sagte Liotta mit einem Lächeln. Silvio nickte.

Liotta machte eine einladende Handbewegung zum Fenster hin, wo vier Stühle um einen Tisch mit einer Obstschale, Gläsern und einem Wasserkrug standen.

Alle setzten sich.

Liotta schenkte Wasser ein und bot Obst an. Keiner aß oder trank.

Nach diesem Ritual begann Liotta das Gespräch. »Angie, wie ich es sehe, gibt es zwei Möglichkeiten in dieser Stadt. Entweder wir kämpfen. Vielleicht gewinnen Sie, vielleicht gewinne ich, aber auf jeden Fall fließt Blut. Und die Justiz wird eingeschaltet. Oder wir arbeiten zusammen, teilen die Stadt auf und ... entspannen uns, genießen unser Leben. Ich bin für die zweite Möglichkeit. In dieser Stadt gibt's genug für uns beide.«

Angelo nippte an seinem Wasserglas. »Vito, nehmen wir mal an, ich bin neu in der Stadt, und Sie sind schon fünfzehn Jahre hier. Sie haben hart gearbeitet, haben ein Unternehmen aufgebaut, und dann kommt jemand geradewegs aus Europa zu Ihnen und sagt, was Sie gerade gesagt haben. Na? Was würden Sie sagen, Vito?«

Liotta zuckte die Achseln. »Ich würde wie ein Geschäftsmann reagieren, Angie. Ich würde mir sagen, daß ich fünfzehn gute Jahre ohne echte Konkurrenz hatte. Doch die Erde dreht sich nun mal, und alles verändert sich. Keiner kann eine ganze Stadt nur für sich haben, würde ich mir sagen. Das gibt's nicht in Sizilien, und das kann's hier auch nicht geben. Ich wäre realistisch. Ich würde mir sagen, daß ich ein Stück abgeben muß, wenn ich keinen Krieg will.«

»Als Geschäftsmann wissen Sie, daß man sich alles verdienen muß. Man bekommt nichts geschenkt.«

Liotta biß in einen Apfel. »Stimmt, ich bin neu in der Stadt, aber das ist nicht der Punkt. Der Punkt ist, daß ich hier bin und nicht wieder weggehe. Wäre ich es nicht, wäre es eben ein anderer. Angie, Sie sind heute hier, weil Sie wissen, daß diese Stadt zu groß ist für nur einen Don. Der Hafen ist riesig. Die Bars, die Spielhöllen, die Bordelle ... eine tolle Stadt, aber sie gehört Ihnen nicht. Ich bin jetzt hier, und Sie müssen mit mir rechnen. Entweder wir reden oder wir kämpfen.«

Angelo trank einen Schluck. »Vito, Sie wissen, was mit Giancarlo und Alfredo Cataldo passierte. Ich kämpfe nicht schlecht.«

»Glauben Sie etwa, ich wäre ein so leichtes Opfer wie die beiden, Angie? Nein, das glauben Sie ganz bestimmt nicht«, sagte Vito und lächelte grimmig. Dann klatschte er plötzlich in die Hände und stand auf. »Ich habe etwas für Sie.« Er drehte sich um und rief: »Gianni! Gianni! Jetzt.«

Silvio fühlte sich unbehaglich und schaute zu Angelo hinüber, der auch nervös wirkte.

Die Tür wurde geöffnet, zwei Männer kamen herein. Der erste, ganz offensichtlich ein Italiener, mußte Gianni sein, der zweite war ein Schwarzer.

Vito war stehengeblieben. Nun sagte er: »Angie, Sie müssen zwei Dinge verstehen. Erstens, ich bin nicht Giancarlo oder Alfredo. Ich bin kein Cataldo. Zweitens, wie schon gesagt, ich bin

236

Geschäftsmann. Und als Geschäftsmann will ich nicht nur etwas von Ihnen, sondern ich mache Ihnen auch ein Angebot.« Er deutete auf den Schwarzen. »Dies ist Nelson St. Joseph. Er ist Heizer auf dem Flußdampfer *Memphis*.«

Angelo blickte interessiert hoch, und Vito Liotta schmunzelte. »Wie ich sehe, haben Sie schon von dem Rennen gehört.«

Jeder hatte davon gehört. In der nächsten Woche würden die *Memphis* und die *T. P. Leathers* eine Wettfahrt von Natchez nach New Orleans machen, und überall wurden schon Wetten angenommen.

Liotta trat zu dem Schwarzen und legte ihm den Arm um die Schulter. »Nelson wird dafür sorgen, daß der Dampfkessel der *Memphis* während des Rennens explodiert. Sie können also jede Summe auf die *Leathers* wetten. Sie werden ein Vermögen gewinnen. Ein Geschenk von mir an Sie.« Er nickte Gianni zu, der den Schwarzen wieder hinausführte.

Liotta setzte sich. »Sie sehen, Angie, ich habe Einfluß.« Er machte eine Handbewegung zur Tür hin. »Und Sie sehen, ich habe auch ... na ja, nennen wir's mal Phantasie. Wie Ihr Silvio. Köpfchen! Ich wiederhole es noch einmal, Angie. Ich will ein Stück vom Kuchen.«

Es folgte eine lange Pause. Schließlich meinte Angelo: »Ich muß das mit Silvio besprechen. Wir machen einen kleinen Spaziergang.«

»Aber gern«, erwiderte Liotta und stand wieder auf. »Der Garten ist sehr schön. Er erinnert mich an Aquasanto.«

Liotta und Natale Pianello schauten den beiden nach, wie sie die Eichenallee in Richtung Fluß hinuntergingen und am Ende in angeregter Unterhaltung stehenblieben. Beide gestikulierten. Nach einigen Minuten machten sie sich auf den Rückweg, hielten aber immer wieder an und diskutierten weiter. Die letzten hundert Meter bis zum Haus legten sie dann schweigend zurück. Sie betraten den Raum und setzten sich.

Liotta, der am Fenster gestanden und geraucht hatte, nahm ebenfalls wieder Platz.

Angelo goß sich Wasser nach, trank aber nicht. »Vito«, begann er ruhig. »Da wir beide Sizilianer sind, muß ich nicht viele Worte machen. Mir ist es lieber, meine Taten für mich sprechen zu lassen. Sie haben mir ein Geschenk gemacht. Sie haben gesagt, die *T. P. Leathers* wird das Rennen gewinnen und ich kann ein Vermögen machen, wenn ich auf ihren Sieg wette.«

Er straffte sich etwas. »Ich lehne Ihr Geschenk ab.«

Liotta preßte seine schmalen Lippen aufeinander, als Angelo weitersprach. »Ich sage außerdem, daß der Dampfkessel der *Memphis* nicht explodiert und daß sie das Rennen gewinnt. Haben Sie schon gewettet? Dann kann ich Ihnen nur empfehlen, die Wette zurückzuziehen.« Er erhob sich. »Wir gehen jetzt.«

David Martell betrat ein Büro im Polizeipräsidium und lächelte die Frau an, die hinter dem Pult mit dem Telegrafen saß. »Guten Morgen, Sheila.«

»Guten Morgen, Mister Martell. Was kann ich für Sie tun?«

»Tja, die Angelegenheit ist etwas delikat, Sheila. Ich möchte telegrafieren, aber der Inhalt ist vertraulich. Also muß ich es selbst tun. Hoffentlich haben Sie nichts dagegen.«

Sheila hatte sehr wohl etwas dagegen. Wenn das jeder täte, wäre sie bald ihren Job los. Aber Martell war der Chef der Kriminalpolizei.

»Es ist sowieso Zeit für meine Mittagspause, Mister Martell. Kommen Sie allein zurecht?«

»O ja, ich weiß, wie's funktioniert. Danke.«

Sie ging hinaus und schloß die Tür.

Martell setzte sich ans Pult, holte ein Blatt Papier aus der Tasche und strich es glatt. Dann begann er zu telegrafieren. Seine Botschaft war kurz.

AN: PINKERTON CHICAGO BITTE LIVESEY PORTRÄT SCHIK-KEN DRINGEND MARTELL NEW ORLEANS ENDE

13. KAPITEL

Dick Saltrams Begeisterung wirkte ansteckend. Die Eisfabrik sei allein seine Idee gewesen, erzählte er. Es habe über ein Jahr gedauert, bis er die Leute endlich dafür habe interessieren können, aber nun sei es soweit. Er führte Silvio, Nino und Angelo Priola durch alle Räume. Sie hatten bereits besichtigt, wo der Ammoniak kondensiert wurde, und sie hatten den Wasserfilter gesehen, der von großer Bedeutung war, weil gereinigtes Wasser erstens schneller gefror und weil die mit dem Eis gekühlten Nahrungsmittel nach dem Auftauen nicht verunreinigt waren. Jetzt standen sie in dem großen Raum im Erdgeschoß, wo das Eis geformt wurde.

»Natürlich könnten wir Eis in jeder Form herstellen«, erklärte Dick Saltram. »Aber dies ist die gebräuchlichste.« Er führte sie zu einer Reihe von Blöcken. »Die sind einfach zu tragen und halten zwölf bis achtzehn Stunden, je nach den Wetterbedingungen.«

Angelo nickte und wandte sich an Silvio. »Geh jetzt mal mit Saltram deinen Plan durch. Vielleicht findet er noch Schwachstellen.«

Silvio nickte. »Ungefähr drei Prozent von dem Obst, das im Hafen ankommt, ist bereits verfault. Kein Problem für uns, denn dafür müssen wir nichts zahlen. Je nach Obstsorte, Herkunftsland und Jahreszeit verrotten dann jedoch weitere zehn Prozent auf unseren Piers oder auf der Weiterfahrt zum Bestimmungsort. Das meiste Obst wird drei Tage nach der Ankunft weiter verschifft, doch viel davon geht flußaufwärts, und das dauert manchmal zwei Wochen. Meine Idee ist nun, ein paar Kühlhäuser am Pier zu haben und mit der Zeit auch unsere Flußdampfer mit gekühlten Laderäumen auszustatten.«

»Aber was nützt das, wenn die Eisblöcke nur achtzehn Stunden halten?« erkundigte sich Priola stirnrunzelnd. »Das macht bei einer zweiwöchigen Fahrt doch keinen großen Unterschied.«

Saltram hatte sofort eine Antwort parat. »So kurz ist nur die Lebensdauer eines Einzelblocks. Wenn man einen Raum aus Eis baut, die Wände zwei oder drei Blöcke dick, und wenn dieser Raum nicht zu groß ist, dann halten die äußeren Eisblöcke die inneren kalt. Mit Wänden, die drei Blöcke dick sind, hält die Kühlung sogar vierzig Stunden vor.«

»Immer noch zuwenig bei einer Zweiwochentour!«

Jetzt mischte sich Silvio ein. »Wir können mehrere Kühlhäuser am Fluß bauen und bei jedem Halt die Blöcke auswechseln.«

»Unmöglich! Das würde Tausende von Dollars kosten.«

»Aber soviel verlieren wir doch bisher sowieso.«

Priola schüttelte den Kopf. Die Idee war zu neu für ihn.

Saltram fürchtete, daß ihm das Geschäft zu entgehen drohte, da Priola, der zu entscheiden hatte, noch nicht überzeugt war.

»Mister Priola, wenn Sie diese Neuerung nicht einführen, wird's ein anderer tun. Aber ich will nicht lange diskutieren, sondern schlage Ihnen lieber ein Experiment vor.«

»Was für'n Experiment?«

»Ich werde einen kleinen Eisraum mit Wänden, die zwei Blöcke dick sind, hier in der Fabrik aufbauen. Dann bringen wir einiges Obst nach drinnen, anderes lassen wir draußen, und Sie sehen nach, was passiert.«

»Ja! Das gefällt mir.«

Am meisten gefiel Priola, wie Silvio genau wußte, daß diese Lösung eine Entscheidung hinauszögerte.

»Wann soll das Experiment beginnen?«

Priola schaute Silvio an. »Wann ist die Hochzeit?«

»Am Sonntag. Heute in vier Tagen.«

»Und wie rasch können Sie das Eis bereit haben?«

»Diese geringe Menge? Morgen.«

»Gut. Legen Sie los. Wir kommen am Samstag wieder. Ich zahle Ihnen alle Unkosten.«

Sie verabschiedeten sich und fuhren mit Priolas Kutsche heim. Nach ein paar Minuten konnte Silvio es nicht mehr aushalten.

»Nun?« fragte er gespannt. »Was hältst du davon?«

»Ich finde, daß du ein sehr schlauer Junge bist, Silvio, und ich bin ehrlich gespannt auf das Experiment. Dabei fällt mir ein ... Saltram ist kein italienischer Name, oder?«

»Nein, aber Saltram ist Italiener. Er stammt aus Reggio di Calabria. Sein richtiger Name ist Salice. Er hat ihn geändert, damit er amerikanischer klingt.«

»Schämt er sich etwa, Italiener zu sein? Na ja, das ist seine Privatangelegenheit.« Er nickte nachdenklich. »Eine gute Idee, die sich eines Tages auszahlen wird. Aber jetzt noch nicht.«

»Warum denn nicht?« konterte Silvio irritiert. »Ich hab' doch alles berechnet. Wir werden auf unsere Kosten kommen.«

»Vielleicht in normalen Zeiten. Aber wir haben keine normalen Zeiten, zumindest schon bald nicht mehr.«

»Was heißt das? Du redest wie ein Mailänder. Red wie ein Sizilianer, ich bitte dich.«

»Du bist clever, Silvio, und ich bin sehr froh, dich als Schwiegersohn zu bekommen. Aber du bist noch nicht erfahren genug. Wir werden in den nächsten Wochen eine Menge Geld extra brauchen, und deshalb können wir uns jetzt nicht auf riskante Unternehmen einlassen.«

»Geld? Wofür denn?«

»Für den Krieg. Die Wettfahrt der Schiffe ist nur die erste Runde. Wenn unser Schiff gewinnt, bleiben uns die Geschäfte mit den Schwarzen, und Vito Liotta muß sich was Neues ausdenken. Gewinnt er, hat er die Schwarzen in der Tasche und wird sich nicht mehr bremsen lassen, sondern frontal auf uns losgehen.«

»Austern, Sir? Muffuletta?« Der Ober trug das Tablett hoch über seinem Kopf, da er an Deck kaum noch durchkam, seit die Party in vollem Gang war. Silvio mochte keine Austern, Muffuletta aber um so mehr – ein italienisches Gericht, eine Art Sandwich mit Fleisch und Käse, triefend von Olivenöl. Er biß herzhaft hinein und schaute zum Ufer hinüber.

Auf dem Fluß wurden überall Partys abgehalten, um die Wettfahrt der Dampfschiffe zu feiern, die in etwa einer Stunde hier am Picayune-Pier durchs Ziel gehen würden. Hunderte von großen und kleinen Booten, die zum Teil geflaggt hatten, säumten die Uferkais. Und auf dem Damm drängte sich eine gewaltige Menschenmenge. Es gab Clowns, Taschenspieler, Melonenverkäufer, Zauberer, Hausierer, die Nüsse feilboten, Banjospieler, Männer, bei denen man Zigarrenstumpen kaufen konnte, Frauen, die Arien aus berühmten italienischen Opern zum besten gaben, und andere, die sich zahme Schlangen umgehängt hatten oder winzige Alligatoren in Gläsern herumtrugen.

Bei der heutigen Wettfahrt stand viel auf dem Spiel, und zwar nicht nur Geld. Als Angelo Priola bei dem Treffen im Toussaint House mit Silvio durch die Eichenallee spaziert war, um die Angelegenheit zu diskutieren, hatte er sich wütend gezeigt über Liottas Dreistigkeit und war fest entschlossen gewesen, ihm eine Lektion zu erteilen. Silvio hatte ihm einen Vorschlag gemacht, auf den er gekommen war, als Liotta ihnen den Heizer, Nelson St. Joseph, vorgestellt hatte. Vito glaubte, den Sieg beim Rennen schon in der Tasche zu haben, aber der Heizer war ein Schwarzer und stand folglich ganz im Bann der Witwe Milan.

Die Witwe profitierte inzwischen viel von ihrer Verbindung mit Silvio. Vor kurzem hatte sie einen Falschspieler verhext, weil der einen ihrer Lieblingskunden geschröpft hatte. Silvio hatte daraufhin arrangiert, daß der Mann beim Spiel mit gezinkten Karten ertappt wurde und prompt ins Gefängnis wanderte. Das hatte sich unter den Schwarzen natürlich wie ein Lauffeuer herumgesprochen. Deshalb war die Witwe auch bereit gewesen, am Sonntag auf dem Congo Square Nelson St. Joseph zu warnen, daß es ihm Unglück brächte, falls die *Memphis* das Rennen verlöre.

Auf die Weise war das Rennen zu einem Kräftemessen zwischen

Vito und Angelo geworden. Die Witwe hatte berichtet, der Heizer habe auf ihre Drohung furchtsam reagiert, aber Silvio erfuhr wenig später, daß Vito dem Mann gedroht hatte, ihn umzubringen, falls er den Kessel nicht explodieren ließe. Vor wem hatte Nelson St. Joseph nun mehr Angst?

Silvio aß seine Muffuletta auf. Angelo hatte sich mit dieser Einladung große Mühe gegeben. Ausgezeichnetes Essen und teure Weine sorgten für gute Stimmung bei seinen politischen Freunden, die alle der Einladung gefolgt waren.

Natürlich war auch Anna-Maria dabei. Ständig gratulierten irgendwelche Leute ihr und Silvio zur Verlobung. Schon jetzt behandelte man ihn als Angelos Schwiegersohn mit mehr Respekt als je zuvor, und das behagte ihm doch sehr.

Er trat an die provisorische Bar und ließ sich einen Bourbon geben. In der Nähe standen Madge Leigh, Carrie Freemantle und Stella, die wie viele andere ein kleines Fernrohr bei sich trug, um die Flußbiegung besser beobachten zu können, wo die Schiffe auftauchen würden. Silvio hatte eine Schwäche für Stella, seit sie sich in Madeleines Abwesenheit um deren kleinen Sohn gekümmert hatte. Zum Glück war Madeleine längst aus dem Gefängnis entlassen, und Silvio hatte ihr ein eigenes Zimmer gemietet. Er vermutete, Anna-Maria wußte darüber Bescheid und duldete es stillschweigend, da sie ja schließlich bekommen hatte, was sie hatte haben wollen.

Als Silvio sich gerade mit Stella unterhielt, fing er im Gedränge einen Blick von Nino auf, der eine Kopfbewegung zum Salon hin machte und wieder darin verschwand. Silvio entschuldigte sich, schaute noch einmal flußaufwärts – keine Spur von den Schiffen – und öffnete die Tür zum Salon. Angelo und Nino saßen an einem Tisch und nippten nachdenklich an ihrem Whiskey.

»Wenn Vito heute gewinnt«, begann Angelo seufzend, nachdem auch Silvio sich gesetzt hatte, »wird er dafür sorgen, daß alle Welt es erfährt. Und das heißt, daß wir das Niggergeschäft verlieren. In Null Komma nichts wird er ein paar von den Niggerpiers haben, die schwarzen Hurenhäuser, die besten Musikkapellen. Wenn er gewinnt, werden die Sizilianer hier in der Stadt sich auf einen Kampf zwischen uns einstellen.«

»Und wenn wir gewinnen?« Silvio drückte seinen Stumpen aus.

»Dann gewinnen wir Zeit. Wir behalten das Niggergeschäft. Aber das ist nicht der Punkt.«

»Was meinst du damit?« fragte Silvio ungeduldig.

»Überleg mal, wie schlau dieser Liotta ist. Als wir ihn im Toussaint House trafen, bot er uns den schwarzen Heizer als Geschenk an. Wir hätten auf die *Leathers* wetten können und ein Vermögen gewonnen.«

»Dann hätten wir uns aber auch mit ihm den Hafen aufteilen müssen«, wandte Silvio ein. »Willst du das? Denk an das sizilianische Sprichwort: Der Fuchs schläft nicht bei den Hühnern.«

»Ich gebe dir ja recht, und es war eine gute Idee, die Witwe Milan einzuschalten, und eine noch bessere, sie heute auf dem Schiff mitfahren zu lassen, um Druck auf den Heizer zu machen. Aber selbst wenn Liotta heute verliert, hat er doch was gewonnen. Die Leute wissen, daß wir mit ihm verhandeln mußten, und sie wissen, daß dieses Rennen ein Kampf zwischen uns ist.« Angelo verzog sein Gesicht. »Am Ende weiß Vito sogar, daß die Witwe Milan mit uns zusammenarbeitet.«

Nun war Silvio ehrlich schockiert. »Du meinst, er hat uns reingelegt?«

»Das kann ich noch nicht sagen. Ich sage nur, daß er ein tückischer Hund ist. Der kennt alle Tricks.«

Silvio konnte es nicht fassen. War er wirklich ausgetrickst worden? »Dann müssen wir ihn töten«, sagte er wütend.

»Bloß daß der garantiert nicht einfach dasitzt und wartet, daß wir's tun, wie's bei den Cataldos der Fall war.«

Silvio wollte es einfach nicht glauben. Er war so stolz darauf gewesen, wie er mit Hilfe der Witwe Milan Liottas Plan mit dem Heizer durchkreuzte. Dies durfte einfach keine Falle sein!

Draußen hörte man Rufe. Silvio und die anderen verließen den Salon. Alle reckten die Hälse, um flußaufwärts zu spähen. Silvio ging zu Stella, die durch ihr Fernglas schaute. »Was ist es?« fragte er drängend.

»Ein Dampfer.«

»Einer oder zwei?« Waren es zwei, dann war die *Memphis* noch im Rennen.

»Einer.«

»Welcher denn?«

»Das kann ich nicht sehen. Er ist noch zu weit weg.«

Die nächsten drei Minuten, in denen Stella sich bemühte, den Namen des siegreichen Schiffes zu entziffern, waren kaum auszuhalten. Silvio weigerte sich zu glauben, daß Liotta ihn überlistet hatte und das ganze Geschäft mit den Schwarzen einkassieren würde.

Dann kam ihm ein neuer Gedanke. Er, Silvio, hatte die Witwe Milan manipulieren können, weil er nicht an die Macht von Voodoo glaubte. Liotta glaubte aber ganz sicher auch nicht daran...

»Jetzt kann ich's gleich lesen«, rief Stella. »Die Buchstaben stehen zwischen den Schornsteinen. Ja, jetzt hab' ich's. Da steht... *T. P. Leathers*.«

Silvio wurde es eisig ums Herz. Von der *Memphis* keine Spur. Also war ihr Dampfkessel in die Luft geflogen. Liotta hatte gewonnen.

»Ich will dir zeigen, wie dankbar ich dir bin, Silvio. Du hast mich da rausgeholt. Du kannst alles haben, was du willst. Ich tu' alles für dich.«

Silvio und Madeleine waren in ihrem gewohnten Zimmer bei Madge Leigh zusammen, die das Mädchen nur zu gern wieder aufgenommen hatte.

»Du gefällst mir, wie du bist, Madeleine. Ich will dich nicht anders haben.«

Madeleine zog sich ganz nackt aus, damit Silvio ihren Körper überall berühren konnte. Ihn machte ihre Dankbarkeit verlegen, und er umarmte sie, um sich nichts anmerken zu lassen.

»Madeleine«, begann er stockend. »Ich muß dir was sagen.«

»Was ist?« Als sie seinen Gesichtsausdruck sah, sagte sie leise: »Ich weiß von der Hochzeit.«

»Wirklich? Woher denn?«

»Was meinst du, worüber wir Mädchen den ganzen Tag reden? Es war das erste, was sie mir erzählt haben, als ich aus dem Gefängnis rauskam. Die haben's kaum erwarten können.«

»Aber ich will auch weiterhin zu dir kommen. Ehrlich.«

»Männer heiraten keine Huren, Silvio. Ich hab' immer gewußt, daß du mich magst, Silvio, aber heiraten? Nie im Leben.«

»Ich werd's wiedergutmachen, das verspreche ich. In ein paar Monaten habe ich Anna-Maria ein Kind gemacht, und dann kommen wir zusammen wie immer ... am Abend oder am Nachmittag ...«

Sie legte ihm einen Finger auf die Lippen. »Ich bin immer da, wenn du mich haben willst. Das hab' ich dir schon gesagt.«

Er umarmte sie wieder, doch sie schob ihn sachte von sich.

»Aber du kannst was für mich tun, Silvio. Du hast Macht. Ich muß an meinen Kleinen denken. Ich brauche einen Mann.« Silvio schaute sie erstaunt an.

»Sei nicht selbstsüchtig, Silvio. Du hast Anna-Maria und bald eine Familie. Ich brauche einen Mann, ich muß auf so einen Mischlingsball.«

Nun begriff Silvio, worauf sie hinauswollte. Diese Bälle waren in New Orleans berühmt, weil dort schöne, aber arme Terzeroninnen reiche Männer kennenlernen konnten. Die Mädchen wurden von ihren Müttern zum Ball begleitet und dort wohlhabenden, oft verheirateten Männern vorgestellt, die eine junge Geliebte suchten. Die Verhandlungen führten die Männer mit den Müttern, die ihre Töchter in eine Art sexueller Sklaverei verkauften, die aber immerhin gut bezahlt und relativ komfortabel war. Die Geliebten bekamen eine eigene Wohnung und wurden versorgt. Viele Männer in New Orleans hatten auf diese Weise zwei Haushalte.

Silvio nickte lächelnd. »Ein schönes Mädchen wie du, Maddie, findet auf so einem Ball leicht einen Mann. Aber ich muß eine Mutter auftreiben, die dich begleitet.«

Nachdem sie sich geliebt hatten, holte Madeleine Wein aus dem Erdgeschoß, schenkte zwei Gläser ein und schlüpfte wieder zu Silvio ins Bett. »Rate mal, wer an der Bar steht?«

»Keine Ahnung.«

»David Martell, der Chef der Kriminalpolizei.«

»Und?«

»Als ich im Gefängnis saß, sagten ein paar von den Mädchen, daß Martell ein krummer Hund ist. Daß er Vito Liotta kennt und daß den beiden ein Teil von der Roten Laterne gehört. Hast du das gewußt, Silvio?«

Silvio nahm einen Schluck. Nein, das hatte er nicht gewußt. Liotta und Martell! Dieser Liotta legte ein irres Tempo vor. Der Mann war clever, sehr clever. Silvio leerte sein Glas. Sobald die Hochzeit über die Bühne war, würde es Krieg geben. Und was für einen!

»Die Hose sitzt perfekt, Sir. Probieren Sie auch das Jackett an.«

Silvio war nie zuvor mit »Sir« angeredet worden, soweit er sich erinnern konnte. Dieser neue Anzug, natürlich von Chivasso maßgeschneidert, war ein Hochzeitsgeschenk Angelos und ließ Silvio noch anziehender wirken als sonst.

Eine Zeitlang war Silvio unschlüssig gewesen, was er Anna-Maria schenken sollte, doch ausnahmsweise kam ihm ihre streitsüchtige Mutter, die den ganzen Tag lang trank, zu Hilfe und wies ihn darauf hin, daß es in einem Geschäft in der Magazine Street ein antikes Reiseschreibpult gebe, in das Anna-Maria vernarrt sei. Sie könne es auf die Hochzeitsreise nach New York mitnehmen, um Briefe nach Hause zu schreiben. Silvio hatte 35 Dollar dafür bezahlen müssen – ein kleines Vermögen –, aber sein Problem war gelöst.

Silvio freute sich auf New York, die einzige Stadt, wie man ihm gesagt hatte, die es mit New Orleans aufnehmen konnte. Dort gab es weniger Bordelle, aber mehr Theater, und er war ja noch nie in einem richtigen Theater gewesen. Sie würden in einem

Hotel wohnen, auch das eine neue aufregende Erfahrung für ihn.

»Möchten Sie den Anzug gleich mitnehmen, oder soll ich ihn schicken, Sir?« erkundigte sich der Schneider.

»Schicken Sie ihn bitte. Ich muß noch einige Leute treffen und dann zur Probe in die Kathedrale.«

»Aber gern.«

Draußen sah Silvio auf seine Uhr. Halb zwölf. Also konnte er zu Fuß zu Dick Saltrams Eisfabrik gehen, wo er mit Angelo und Nino das Experiment begutachten sollte. Angelo kam allerdings nur widerwillig. Seiner Meinung nach war es Zeitverschwendung, da er sich ja schon dagegen entschieden hatte.

Auf seinem Weg kam er am Orangenmarkt vorbei, von wo aus er das Rathaus sehen konnte, in dem auch das Polizeipräsidium untergebracht war. Bisher hatte er Angelo noch nicht erzählt, daß Martell und Liotta geschäftlich unter einer Decke steckten, denn sein zukünftiger Schwiegervater hatte schon mit den Hochzeitsvorbereitungen genug um die Ohren. Schließlich bog Silvio in die Felicity Street ein, in der die Fabrik lag.

Gerade als er ankam, hielt auch Angelos Kutsche, so daß sie zusammen hineingehen konnten. Ein Angestellter holte Dick Saltram, der sie zum hinteren Teil der Halle führte.

Dort hatte Saltram eine kleine, etwa mannshohe Eiskammer errichten lassen. »Ich habe das Eis in Behälter gepackt«, erklärte er seinen Besuchern, »denn es schmilzt nun mal, und Sie wollen ja nicht, daß im Laderaum Ihres Schiffes das Wasser herumschwappt und das ganze Obst aufweicht. Die Behälter sind so konstruiert, daß sie mehrere Stunden wasserdicht sind. Damit kommen Sie bis zur nächsten Anlegestelle. Die zwei Griffe sind dafür da, daß man sie leichter tragen kann, denn Eisblöcke sind ziemlich schwer.

Ich habe eine Kiste mit Pfirsichen, eine mit Melonen und einige Orangen in diesem Kühlraum aufbewahrt. Hier draußen steht die gleiche Menge derselben Obstsorten. Schauen wir uns erst mal die an.«

Er griff sich einige Orangen. Eine oder zwei sahen noch gut aus, waren aber sehr weich. Andere waren jedoch mit bläulichen Flekken gesprenkelt. »Schimmel!« sagte Saltram.

»Und nun zu den Pfirsichen.« Die sahen noch schlimmer aus. Die Haut war runzelig, und einige hatten sich braun verfärbt. Als er die Pfirsiche herumreichte, fühlten sie sich matschig an.

Als letztes kamen die Melonen dran, die äußerlich kaum verändert schienen. Doch als Saltram eine Melone auseinanderschnitt, war das Fruchtfleisch zwar noch dunkelrosa, aber völlig saftlos.

»So, jetzt zeige ich Ihnen das gekühlte Obst.« Er verschwand einen Moment in dem kleinen Raum und brachte einige Orangen und Melonen heraus, die er Silvio reichte. Dann holte er auch noch die Pfirsiche.

Alle Früchte waren mit winzigen Wasserperlen bedeckt und fühlten sich fest an, sogar zu fest zum augenblicklichen Verzehr. Die Pfirsiche hatten eine glatte, samtige Haut, die aufgeschnittene Melone war wundervoll saftig.

Alle warteten auf Angelo Priolas Reaktion. »Mister Saltram, wie ich höre, sind Sie Italiener. Warum haben Sie Ihren Namen geändert? Schämen Sie sich, Italiener zu sein?«

Silvio wollte dazwischenfunken, doch Saltram wehrte lächelnd ab. »Nein, nein, ist schon okay. Mister Priola, ich interessiere mich für Wissenschaft und Technik. Für meine Untersuchungen brauche ich gelegentlich einen Bankkredit. Die Banken haben leider Vorurteile gegenüber Italienern. Man hat mich dort nicht mal zu einem Gespräch empfangen, wenn ich meinen Namen, Scalice, nannte. Also lernte ich Englisch und änderte den Namen der Firma. Das ist alles. Ich bin immer noch Katholik, wir sprechen zu Hause italienisch, und meine Mutter macht die besten Fettuccine. Ich schäme mich nicht, Italiener zu sein, aber ich bin kein Dummkopf. Ich will nicht arm bleiben.«

Priola nickte zustimmend. »Nun, Ihr Experiment hat mich beeindruckt, Mister Saltram, das will ich nicht leugnen. Aber ich hab' momentan Probleme am Hals, die nichts mit Ihnen zu tun haben, mich aber zögern lassen, Geld zu investieren.«

»Angelo«, unterbrach ihn Silvio. »Warum verwendest du nicht das Geld, das du für unsere kostspielige Hochzeitsreise nach New York ausgeben willst, dazu, ein Schiff – nur ein einziges – mit Kühlboxen zu versehen, das dann zwischen New Orleans und Natchez pendelt? Diese Schiffe bringen Baumwolle flußabwärts, die nicht gekühlt werden muß, so daß wir keine Kühlanlage in Natchez brauchen.«

Angelo schien interessiert zuzuhören, und Silvio sprach rasch weiter. »Dann wartest du ab, wie sich die Gefriermethode in ... sagen wir mal, einem halben Jahr aufs Geschäft auswirkt. Ich bin nach wie vor der Meinung, daß wir bei Saltram einsteigen sollten, bevor's ein anderer tut. Wenn's so gut klappt, wie ich annehme, Angie, dann bringt uns das eine Menge Aufsehen und viele neue Aufträge.«

»Und du willst deswegen auf New York verzichten?«

»Ich verzichte nicht darauf, Angie. Dies hier wird ein großer Erfolg. Ich verschiebe die Reise nur um ein paar Monate.«

»Was ist mit Anna-Maria?«

»Sie tut, was du ihr sagst.«

Wenigstens in diesem Punkt konnte Angelo zustimmen.

Nach kurzer Überlegung sagte er: »Also gut, Mister Saltram, ich bin einverstanden. Wir suchen ein Schiff aus, das Sie mit Ihren Eisboxen vollpacken.« Er sah auf seine Uhr. »Nun müssen Sie uns aber entschuldigen. Wir können die Hochzeitsreise meiner Tochter verschieben, nicht aber die Probe in der Kirche.«

Die St.-Louis-Kathedrale war so gebaut worden, daß man vom Fluß und vom Französischen Markt auf die Fassade blickte. Der Platz vor dem Portal war teils gepflastert, teils mit Bäumen bepflanzt. Tauben und Möwen trippelten überall herum.

Als Silvio und die anderen eintrafen, sprachen Anna-Maria und ihre Mutter gerade mit dem Erzbischof in der Nähe des Altars, wo die Trauung stattfinden sollte.

»Dort müssen Sie sich morgen mit Ihrem Trauzeugen hinstellen«, sagte der Erzbischof zu Silvio, der verlegen lächelte.

Nachdem der Geistliche mit ihnen den Ablauf der Zeremonie besprochen hatte, wandte er sich an Angelo.

»Wie ich höre, werden mehrere Honoratioren dabeisein, Mister Priola. Wo sollen wir sie plazieren?«

»Möglichst weit vorne, aber bitte nicht alle auf der Brautseite. Silvio hat in Amerika keine Verwandten, und so müssen wir ihm etwas aushelfen.« Er lächelte Silvio freundlich zu. Offenkundig hatte ihm imponiert, wie sein zukünftiger Schwiegersohn das Geschäft über sein Vergnügen stellte.

Der Erzbischof nickte und sagte dann: »Nun noch einige Routinefragen. Der Ring?«

Alle schauten Silvio an.

Er griff an seinen Hals und zog eine Schnur unter dem Hemdkragen heraus, an der ein schmaler Goldreif hing.

»Eine originelle Idee, um den Ring auch ja nicht zu vergessen«, meinte der Erzbischof schmunzelnd. »Blumen?«

»Alles organisiert«, erwiderte Mrs. Priola. »Patrick Donovan wird morgen früh um neun Uhr hiersein. Ich übrigens auch.«

»Gut, dann müssen wir nur noch die verschiedenen Gebühren...«

Angelo nickte. »Ja, darum kümmern wir uns am besten gleich. Wollen wir in Ihr Arbeitszimmer gehen?«

Der Erzbischof ging voran, die Priolas folgten. Plötzlich fiel Angelo jedoch etwas ein, und er wandte sich an Silvio. »Warum besorgt ihr nicht etwas Eis für das Hochzeitsessen? Du weißt schon, diese Eiswürfel mit Blumen. Wenn wir schon ins Gefriergeschäft einsteigen, sollten wir's wenigstens mit Stil tun.«

Lächelnd schlenderten Nino und Silvio in Richtung Hauptportal.

»Ich war nie verheiratet. Doch wenn Annunziatas Mutter am Leben geblieben wäre, hätte ich sie vielleicht geheiratet«, meinte Nino versonnen. Kurz vor dem Ausgang blieb er stehen. »Ich werde übrigens dafür sorgen, daß Annunziata von der Hochzeit erfährt.« Als Silvio ihn nur stumm ansah, fügte er hinzu: »Es ist am besten so, Silvio, glaub mir. Hör auf einen älteren Mann. Lern aus seinen Fehlern. Jetzt kann ich sie herkommen lassen, jetzt ist sie vor dir sicher. Sie hat übrigens einen kleinen Jungen, der nach mir heißt.« Den zweiten Vornamen seines Enkels erwähnte er nicht.

Sie traten auf den Platz hinaus, wo zwei Kutschen neben den Bäumen standen. Die eine gehörte Angelo Priola.

Silvio war verstimmt. Nino hätte ihm nicht unbedingt zu diesem Zeitpunkt sagen müssen, daß er Annunziata herüberholen wollte. Wahrscheinlich sollte ihn diese Mitteilung beunruhigen und verletzen. Nino konnte manchmal sehr grausam sein. Am meisten hatte Stella unter dieser Eigenschaft von ihm zu leiden. Ob die Verbindung zu Nino nach der Hochzeit wohl abbrechen würde? Keine schlechte Idee. Natürlich bestand immer mal Bedarf an einem Schläger wie Nino. Aber Silvio hielt sich für klüger, und darauf kam es letztlich an ...

»Entschuldigung.«

Silvio wurde jäh aus seinen Gedanken gerissen.

Zwei Männer standen vor ihnen.

»Was ist?« fragte Nino barsch und nervös zugleich.

»Sind Sie Antonino Greco?« fragte der größere der beiden. Er hatte einen Schnurrbart und trug einen Filzhut.

»Nein, bin ich nicht.« Nino wollte an ihm vorbeigehen.

»Einen Moment«, sagte der andere Mann und trat ihm in den Weg. »Ich glaube, Sie sind Greco und werden in Italien wegen Mordes gesucht.«

Silvios Herz machte einen Satz. Das durfte nicht wahr sein, großer Gott! Instinktiv griff er zu seiner Pistole. Nino zog seine im selben Moment, doch die anderen hatten ihre Waffen schon auf sie gerichtet.

»Keine Bewegung!« sagte der Schnurrbärtige. »Ich bin Polizist und darf Sie erschießen, wenn Sie sich der Verhaftung widersetzen. Arme hoch und umdrehen! Legen Sie die Hände an die Kirchenmauer.«

Silvio gehorchte sofort. Ihm brach Angstschweiß aus. Nino ließ sich mehr Zeit, befolgte den Befehl dann aber auch.

Mit geübtem Griff wurden ihnen die Pistolen weggenommen, bevor man sie durchsuchte.

Silvios Arme wurden nach hinten gerissen, und im Nu waren ihm Handschellen angelegt. Er hatte nicht nur panische Angst, sondern schämte sich auch fast zu Tode. Zum Glück war der Platz menschenleer, und so gab es keine Augenzeugen seiner Demütigung.

Silvio wurde mit dem ebenfalls gefesselten Nino rasch zu der zweiten Kutsche geführt. Dort hatte sich also die Polizei versteckt.

Kaum saßen sie, als die Fahrt auch schon losging. Da die Vorhänge zugezogen waren, konnten sie nicht sehen, wohin man sie brachte. Die Polizisten sprachen kein Wort und hielten die ganze Zeit über die Waffen auf ihre Gefangenen gerichtet.

Schließlich verlangsamte die Kutsche für einen Moment ihr Tempo. Nino stieß einen Schrei aus und wollte sich kopfüber durchs offene Kutschfenster werfen, doch der Schnurrbärtige bekam gerade noch seine Arme zu fassen, die auf dem Rücken gefesselt waren. Der zweite Polizist bewahrte fast unnatürliche Ruhe und zielte weiterhin auf Silvios Herz.

Nach einem erbitterten Handgemenge gelang es dem Schnurrbärtigen, Nino wieder ins Innere zu zerren. »Noch ein solcher Versuch, und ich knalle Sie ab«, drohte er.

Etwa fünf Minuten später holperte die Kutsche über Kopfsteinpflaster, und irgendwelche Tore wurden krachend zugeworfen. Sie wurden in ein Gebäude geführt, wo ein Geruch sie empfing, der Silvio bekannt vorkam. Das Desinfektionsmittel im Gefängnis! Ihm wurde augenblicklich übel.

Man brachte sie in eine kleine Zelle im Keller des Polizeireviers. Die Gittertür wurde verriegelt und ein Polizist davor postiert.

»Ich will einen Rechtsanwalt sprechen!« verlangte Nino.

»Alles zu seiner Zeit. Dann können Sie Ihren Anwalt, Ihren Doktor, Ihren Schneider und Ihren Leichenbestatter sprechen«, sagte der Wächter höhnisch.

»Scheißkerl!« fauchte Nino. »Mein Freund will morgen heiraten.«

Nun lachte der Mann lauthals. »Hoffentlich ist die Braut nicht schwanger. Sonst muß der kleine Bastard nämlich als Waisenkind aufwachsen.«

Fünf Minuten später kehrten die beiden Polizisten zurück, die sie verhaftet hatten. »Aufstehen und herkommen«, befahl der Schnurrbärtige.

Nino rührte sich nicht.

»Schauen Sie sich das an.« Ein Papier flatterte in die Zelle.

Immer noch rührte Nino sich nicht.

Silvio beugte sich neugierig über das Papier. Nach einer Schrecksekunde stieß er auf italienisch hervor: »Schau's dir lieber an. Es ist ernst.«

Nino stellte sich widerwillig neben Silvio und folgte seinem Blick. Auf dem Boden lag eine Fotografie der Zeichnung, die Nino mit dem Ohr des Priesters nach London geschickt hatte. Die Zeichnung, die ihn darstellte!

»Ja, das sind Sie, Greco. Die Ähnlichkeit ist groß, obwohl der Bart abrasiert ist. Wir haben einen Hinweis bekommen und beschatten Sie und Ihren Freund schon seit einiger Zeit. Gestern kam dann dieses Foto mit der Post. Wir brauchten nicht lange, um die kleine Entführung zu inszenieren.«

»Ich will einen Anwalt!«

»Sie kriegen einen, wenn wir's für richtig halten. Der englische Priester hatte keinen Anwalt. Sie können warten.«

Schon im Weggehen begriffen, sagte er noch zu dem Wachtposten: »Sorgen Sie dafür, daß die beiden etwas zu essen bekommen. Wir sind um neun Uhr zurück.«

»In Ordnung, Mister Martell.«

Silvio hielt den Atem an. Ihm fiel ein, daß Madeleine von einer Verbindung zwischen Martell und Liotta erzählt hatte. War Liotta der Drahtzieher bei dieser Verhaftung? Und warum kamen Martell und sein Kumpan um neun Uhr abends zurück? Gericht und Gefängnis waren um die Uhrzeit geschlossen. Silvio wurde immer mulmiger zumute.

Man brachte ihnen fast ungenießbares Essen, und die Stunden vergingen quälend langsam. Inzwischen würde man sie draußen schon vermissen, denn für den heutigen Abend war zu Ehren Silvios eine Party mit großem Besäufnis bei Madge Leigh geplant.

Es wurde neun Uhr. Niemand kam. Erst um halb zwölf Uhr näherten sich Schritte auf dem Korridor, und Martell tauchte mit seinem Begleiter vor der Zellentür auf.

Er befahl dem Wachtposten, den Häftlingen auch noch Fußfesseln anzulegen und die Augen zu verbinden.

»Sie werden jetzt von Polizisten weggebracht. Denken Sie immer daran, daß ich das Recht habe, Sie zu erschießen, was ich auch ohne Vorwarnung tun werde, falls Sie Widerstand leisten oder um Hilfe rufen. Ist das klar? Sprechen Sie nichts, nicken Sie nur mit dem Kopf.«

Silvio nickte, wußte aber nicht, ob Nino es auch tat.

»Legen Sie sich auf den Boden.«

Kaum lag Silvio, als er auch schon von drei oder vier Männern hochgehoben und durch den Korridor auf den Hof hinausgetragen wurde. Dort wurde er unsanft auf einer Holzfläche abgeladen, die sich gleich darauf in Bewegung setzte. Wohl ein Karren wie der, mit dem Giancarlos sterbliche Überreste zum Friedhof gebracht worden waren.

Nach ungefähr einer halben Stunde schien das Pferd den Wagen irgendwo hinaufzuziehen. Die einzige Anhöhe in New Orleans führte zum Friedhof! Würden die Polizisten sie etwa töten und dann gleich verscharren?

Der Kutscher hielt an. Silvio wurde vom Wagen gehoben, eine Böschung hinabgetragen und dann anderen Männern ausgehändigt. Von da an klangen die Schritte seiner Träger so, als gingen sie über irgendeinen Hohlraum.

Im nächsten Moment begriff er, wo er gelandet war. Der Karren war nicht zum Friedhof gefahren, sondern auf den Damm am Mississippi, und er befand sich nun an Bord eines Schiffes. Silvio war erleichtert und besorgt zugleich. Es hatte nicht den Anschein, als würde man ihn gleich töten, aber wohin brachte man ihn? Nach Italien vors Gericht? Nach Südamerika? Wieder fragte Silvio sich, ob sie dies alles Vito Liotta zu verdanken hatten. Entführt und auf hoher See ausgesetzt zu werden hätte ja fast genau dem entsprochen, was er und Nino den Cataldos und Orestanos angetan hatten. Aber Vito Liotta hätte sich doch niemals an die Polizei gewandt. So etwas würde kein echter Sizilianer tun.

Ein Dröhnen unter ihm verriet Silvio, daß die Schiffsmotoren angeworfen worden waren. Nino und er wurden nun so klammheimlich aus New Orleans hinausgeschafft, wie sie zwei Jahre zuvor eingeschleust worden waren.

Das Motorengeräusch wurde lauter, das Vibrieren des Schiffes immer stärker spürbar. Es handelte sich hier eindeutig nicht um ein Flußboot, sondern um einen Ozeandampfer. Kurz darauf hörte Silvio, wie die Wellen gegen den Rumpf schlugen, als das Schiff Fahrt aufnahm. Trotz seiner nagenden Furcht schlief er vor lauter Erschöpfung ein.

14. KAPITEL

Der Gerichtssaal mit der Nummer 6 war ein hoher, runder Raum mit braunen Marmorsäulen, die farblich zur Bestuhlung paßten. Die erste Zuschauerreihe befand sich so weit vorne, daß man sie von der Anklagebank mit ausgestrecktem Arm hätte berühren können. Der Saal war zum Bersten voll, denn dieser Prozeß weckte großes Interesse. Jedesmal, wenn Silvio in die Menge blickte, reckten sich viele Hälse. Er war jetzt eine Berühmtheit.

Welche Ironie des Schicksals, dachte Silvio. New York hätte das Ziel seiner Hochzeitsreise mit Anna-Maria sein sollen, und sie hatten sich so vieles ansehen wollen. Statt dessen bekam er nur das Bowery-Gefängnis und die Gerichtssäle zu sehen.

Es würde nun nicht mehr lange dauern. Der Prozeß näherte sich seinem Ende. Martell und seine Leute waren wirklich clever gewesen, als sie Nino und Silvio heimlich auf ein Schiff verfrachtet hatten, was eigentlich illegal war. Andererseits hatte Martell einen Fehler gemacht, indem er die beiden Delinquenten nach New York schickte, statt sie nach Neapel oder Palermo schaffen zu lassen, wo nichts sie hätte retten können. Doch Martell hatte das erstbeste Schiff gewählt, das in See stach, die *City of New Orleans*, ein Küstenfahrzeug, das auf seinem Weg mehrere Atlantikhäfen anlief. Dies hatte Nino Zeit und Gelegenheit geboten, immer wieder lauthals zu verkünden, er sei nicht Antonino Greco, sondern Domenico Grado, und zwar seit seiner Geburt. Er wirkte so überzeugend, daß er zwei Matrosen dazu überreden konnte, in seinem Auftrag von Port Pierce und Newport News Botschaften an Angelo zu senden. Später würde er sie für diesen Dienst fürstlich belohnen.

Folglich hatte Angelo Priola beim Eintreffen der Häftlinge in New York bereits eine Woche Zeit gehabt, um alles mögliche in Bewegung zu setzen. Er versuchte, Nino und Silvio mit der Begründung freizubekommen, die Falschen seien verhaftet worden, und schickte über zwanzig Leute nach New York – natürlich auf seine Kosten –, die bezeugen sollten, daß Nino und Silvio diejenigen waren, für die sie sich ausgaben. Angelo hatte außerdem, wie versprochen, Pässe für sie organisiert, die nun ebenfalls als Beweis vor Gericht vorgelegt wurden.

Einige der Zeugenaussagen waren sehr wirkungsvoll gewesen. Doch am meisten Wirbel hatte die schriftlich vorgelegte eidesstattliche Erklärung des Erzbischofs von New Orleans ausgelöst, daß Sylvano Randazzo am Tag nach seiner Entführung hatte heiraten wollen.

Während der Untersuchungshaft im Bowery-Gefängnis hatten sie Besuch empfangen dürfen und waren anständig verpflegt worden. Durch ihre Besucher erfuhren sie, wie sie hereingelegt worden waren. Tatsächlich steckte Liotta dahinter. Doch Liotta hatte alles noch viel geschickter eingefädelt, als Silvio es sich in den langen Stunden an Bord der *City of New Orleans* zusammengereimt hatte. Liotta behauptete, die *omertà* nicht gebrochen zu haben, obwohl Martell den Tip von ihm hatte. Und zwar deshalb, weil Liotta nicht nur die Geschäfte der Cataldos, sondern auch Martell übernommen hatte. Die Cataldos und Liottas machten Geschäfte mit James Milton, dem derzeitigen Bürgermeister von New Orleans, der wiederum Martell eingestellt hatte.

Silvio überzeugte diese Argumentation nicht. Vito Liotta hatte das Schweigegebot gebrochen und würde früher oder später dafür zahlen. Silvio mußte jedoch widerwillig zugeben, daß Liottas Plan genial gewesen war. Indem er Nino und Silvio am Tag vor der Hochzeit verhaften ließ, demütigte er Anna-Maria und ihren Vater in aller Öffentlichkeit. Sicher empfand Liotta das als angemessene Rache für die Grausamkeit, mit der die Priolas die Cataldos ausgeschaltet hatten. David Martell war dadurch im ganzen Land so etwas wie eine Berühmtheit geworden, und Bürgermei-

ster Milton hatte ihn prompt zum Polizeichef befördert. Ein
äußerst geschickter Schachzug, der Milton so viel Popularität ein-
brachte, daß er wiedergewählt worden war, während Nino und
Silvio in Untersuchungshaft saßen.

Wie bei der Episode mit der Wettfahrt der Flußdampfer hatte
Liotta Silvio mit großem Geschick ausgebootet.

Das machte Silvio so wütend, daß er höchst mißgelaunt war, als
Angelo Priola und Anna-Maria ihn im Gefängnis besuchten. Sie
waren eine Woche mit dem Zug nach New York unterwegs gewesen und in dem Hotel abgestiegen, in dem Silvio eigentlich seine
Flitterwochen hatte verbringen wollen.

Anna-Maria schenkte Silvio zwar den neuesten Roman von Mark
Twain, erinnerte ihn dann aber zu seinem Leidwesen an ihre Pro-
phezeiung, seine Beziehung zu Nino werde ihn eines Tages ins
Verderben stürzen.

Nach einer Weile ließ Angelo die beiden allein. Anna-Maria wirkte so nervös, wie Silvio sie noch nie erlebt hatte. Gerade als er sich
zu fragen begann, was mit ihr los sei, sagte sie: »Silvio, ich muß dir
was erzählen.«

Auch ihr Tonfall klang irgendwie merkwürdig. »Nun! Worum
geht's?« fragte er aggressiver als beabsichtigt.

Sie nahm seine Hand. »Madeleine ist getötet worden.«

Er entriß sich ihrem Griff. »Nein! Was soll das heißen? Doch
nicht etwa ermordet?«

Sie nickte. »Es tut mir leid, Silvio. Ehrlich leid«, versicherte sie
ihm, obwohl es sie natürlich kränkte, daß er immer noch so viel
für Madeleine übrig hatte.

Am liebsten hätte er geweint. Zuviel passierte in zu kurzer Zeit.
»Sag mir alles«, bat er nach einer Weile.

Anna-Maria sprach sehr leise. »Sie ging zu einem dieser Bälle ...«

Silvio stöhnte. Das hatte er arrangiert.

»Sie war ein großer Erfolg, Silvio. Viele Männer forderten sie
zum Tanz auf, und einige führten sie auf die Terrasse hinaus. Dort
muß sie von jemandem erstochen worden sein. Man fand am
nächsten Morgen ihre Leiche.«

Silvios Kopf glühte. »Aber warum? War es einer von diesen Verrückten?«

»Offenbar nicht. Vater hält auch nichts von der Theorie. Er wußte von dir und Madeleine...« Es fiel Anna-Maria sichtlich schwer, darüber zu sprechen. »Er stellte ein paar Nachforschungen an. Zwei andere Mädchen wurden etwa zur gleichen Zeit umgebracht. Auch zwei... Huren.«

Nach einer Pause, in der Silvio wie betäubt dasaß, sprach sie weiter. »Vater denkt, Madeleine wurde getötet, weil sie zuviel wußte. Die anderen Mädchen hatten David Martell als... Kunden. Hat Madeleine dir je etwas über Martell und Liotta gesagt? Vater bat mich, dich zu fragen.«

Instinktiv verneinte Silvio. Er konnte doch nicht zugeben, was er bisher verschwiegen hatte. Aber jetzt verstand er plötzlich. Liotta hatte entdeckt – vielleicht durch eines der anderen Mädchen –, daß Madeleine möglicherweise wußte, wie er Martell auf Nino und Silvio gehetzt hatte.

Er hatte also gegen das Gesetz der *omertà* verstoßen, was bedeutete, daß ihn keiner in der Unterwelt von New Orleans mehr respektiert hätte, falls die Geschichte bekannt würde. Also mußte er Madeleine töten, damit sie ihn nicht verriet.

Silvio versuchte, sich seine Erregung vor Anna-Maria nicht zu sehr anmerken zu lassen. »Was ist mit Madeleines Kind? Wer kümmert sich darum?« fragte er mit gespielter Ruhe.

»Stella. Mach dir keine Sorgen. Sie ist eine gute Mutter.«

Nach Anna-Marias Besuch hatte Silvio sich tagelang mit den Gedanken an Madeleines Tod herumgequält, bis aus seiner Trauer blinde Wut auf Liotta geworden war. Mit Vito Liotta würde er abrechnen. Der Kerl mußte sterben!

Silvio wandte seine Aufmerksamkeit wieder dem Gerichtssaal zu. Es war der erste Tag der Schlußplädoyers. Heute war der Staatsanwalt dran, und morgen hatte der Verteidiger das Wort. Am darauffolgenden Tag würde dann noch der Richter einige abschließende Bemerkungen machen. Silvio war optimistisch. Seiner Meinung nach hatten sie gute Chancen, in Amerika zu bleiben.

Ein Gerichtsdiener kam herein. »Alle erheben sich von den Plätzen«, sagte er. »Richter Proctor.«

Der Richter, ein hochgewachsener, magerer Mann, ging mit raschen Schritten zu seinem Stuhl und setzte sich. Dann nickte er dem Staatsanwalt zu. »Mister Routledge.«

Routledge erhob sich. Mit seinem feisten Nacken glich er eher einem Dockarbeiter als einem Juristen, aber Silvio wußte, er war ein fähiger Mann.

»Euer Ehren, etwas so Ungewöhnliches ist geschehen, daß ich Sie um eine kleine Abänderung des Prozeßverlaufs bitten möchte. Darf ich zum Richtertisch treten?«

Proctor nickte und winkte auch den Verteidiger, Frank Weston, zu sich, den Angelo Priola engagiert hatte. Einige Minuten flüsterten die drei Männer miteinander, wobei sie immer erregter wurden. Schließlich hob Proctor die Hand. »Nein, das reicht jetzt, Mister Weston. Ich genehmige es.«

Routledge kehrte lächelnd zu seinem Sitz zurück. Weston hingegen machte ein finsteres Gesicht.

»Was ist los?« fragte Nino leise, doch Weston winkte ab.

»Ich muß mich konzentrieren.«

Routledge stand auf. »Vor meinem Schlußplädoyer möchte ich ins Protokoll aufnehmen lassen, daß ich mit Zustimmung des Hohen Gerichts einen zusätzlichen Zeugen aufrufe.« Er machte eine kleine effektvolle Pause. »Die Anklage bittet Henry Livesey in den Zeugenstand.«

Zuerst war Silvio nicht klar, um wen es sich dabei handelte. Doch Nino stammelte erbleichend: »Der Priester! Der englische Priester!«

O Gott! Der Mann, dem Nino das Ohr abgeschnitten hatte!

Es entstand Unruhe im Saal, als die Leute sich reckten, um den neuen Zeugen zu sehen.

Ein schlanker Mann in schwarzer Soutane betrat den Saal. Wenn ein Priester aussagte, glaubte ihm das Gericht, das stand fest. Andererseits waren zwei Jahre seit jenem Zwischenfall in Sizilien vergangen. Würde er sich noch so genau an Nino erinnern?

261

Livesey trat in den Zeugenstand und leistete den Eid.

Dann begann Routledge. »Das Gericht möchte Ihnen dafür danken, daß Sie den weiten Weg hierher gemacht haben, Pater Livesey. Darf ich Sie jetzt bitten, dem Gericht gewisse Ereignisse zu schildern, die sich 1889 auf Sizilien ereigneten.«

Eine Viertelstunde lang erzählte Livesey mit sehr beredten Worten von seiner Entführung. Als er beschrieb, wie sein Ohr abgeschnitten und nach London geschickt worden war, herrschte atemlose Stille im Saal.

»Bitte verzeihen Sie mir, Pater Livesey, wenn ich Sie jetzt auffordere, Ihren Kopf so zu drehen, daß wir alle Ihr Ohr oder das, was davon noch übrig ist, sehen können. Ich möchte nämlich, daß sich hier jeder selbst davon überzeugt, welch barbarische Tat an Ihnen begangen wurde.«

Livesey wandte sich um, so daß die wulstige Narbe an seiner linken Kopfseite gut sichtbar war.

Nach einem Moment, in dem alle Blicke auf Liveseys verstümmeltem Ohr ruhten, sagte Routledge: »Und nun zu dem Grund, warum wir Ihnen zugemutet haben, dreitausendfünfhundert Meilen zurückzulegen, Pater Livesey. Können Sie dem Gericht sagen, ob sich der Mann, der etwas so Barbarisches getan hat, heute hier im Saal befindet? Falls ja, zeigen Sie ihn uns bitte.«

Nun kam der entscheidende Moment. Falls Livesey auf Nino deutete, waren all die Falschaussagen der bestochenen Zeugen für die Katz gewesen. Dann rettete sie nichts mehr.

Der Geistliche schaute zu dem Tisch mit den Angeklagten hinüber, an dem Nino und Silvio saßen. In seinem Blick lagen Haß und Verachtung. »Das ist er.« Livesey deutete auf Nino. »Ich werde diese Augen und den kleinen roten Fleck unter dem Lid nie vergessen, und ich erinnere mich auch noch an seine abstehenden Ohren. Das ist er, das ist Nino Greco, der Steinbrecher!«

TEIL III

SOTTOCAPO

1887

15. KAPITEL

Du kriegst Besuch, Randazzo. Los, beweg dich!« Der Wächter betrat Silvios Zelle und zog ihn unsanft von der Pritsche hoch.

Das Ucciardone-Gefängnis am Stadtrand von Palermo war genauso übel wie das von New Orleans, vielleicht sogar noch übler. Tagtäglich hatte Silvio sich acht Stunden lang in einem Marmorsteinbruch abzurackern. Kam er dann zurück, konnte er sich eine halbe Stunde ausruhen, bevor er sich waschen mußte und den Fraß vorgesetzt bekam, den sie als Abendessen bezeichneten. Nun störte irgendein dämlicher Besucher diese Ruhe.

Bald hatte er schon vier Jahre in dieser einen Zelle zugebracht. Vier Jahre mit einem Bett, einem Kruzifix und Mark Twain als Gesellschaft. In diesem Gefängnis gab es keine Freundschaften, es gab nur Brutalität. Die Wächter hatten Peitschen und schlugen bei der kleinsten Provokation zu. Die Gefangenen denunzierten einander, um minimale Vergünstigungen zu ergattern, die der Direktor nach Belieben erteilte.

Nachdem Pater Livesey in New York gegen Nino und Silvio ausgesagt hatte, waren sie an Bord einer italienischen Fregatte geschafft worden, die in See stach, noch bevor ein Einspruch gegen ihre Ausweisung vor Gericht erhoben werden konnte. Sie hatten die ganze Überfahrt gefesselt unter Deck verbracht und kein einziges Mal das Tageslicht gesehen. In Palermo waren sie ins Girganti-Gefängnis im Zentrum gebracht worden, wo sie auf ihren Prozeß warteten, der dann 1882 über die Bühne ging. Nino war des achtfachen Mordes für schuldig befunden worden – es handelte sich dabei um Morde, die er in den Jahren 1866 und 1879 in Sizilien begangen hatte – sowie der Entführung und der schweren Körperverletzung. Pater Livesey hatte auch die Reise nach Palermo nicht gescheut und wie in New York gegen Nino ausgesagt. Daraufhin hatte Nino zwanzig Jahre für die Morde, zehn für die Verstümmelung Liveseys und fünf für die Entführung bekommen, also insgesamt eine Haftstrafe von 35 Jahren. Bei seiner Entlassung würde er 75 Jahre alt sein, falls er so lange lebte.

Für seine Beteiligung an der Entführung war der damals noch minderjährige Silvio zu zwei Jahren verurteilt worden. Für das Massaker an der Lazio-Brigade hatte er zwanzig Jahre Zwangsarbeit zu leisten. Liotta hatte es also geschafft, Nino und Silvio außer Gefecht zu setzen.

Silvio hatte Nino seit dem Prozeß in Palermo nicht mehr gesehen. Da die Regierung in Rom befürchtete, auf Sizilien könnte versucht werden, den berühmten Steinbrecher zu befreien, war er in ein Gefängnis bei Bologna verlegt worden.

Silvio hatte in Palermo bleiben dürfen und bekam sogar gelegentlich Besuch von seiner Ziehmutter Smeralda. Ihr Mann, Bastiano, der jetzige Don von Bivona, konnte allerdings nicht kommen, da er selbst auf der Fahndungsliste der Polizei stand. Smeralda besuchte Silvio normalerweise am Samstag, aber heute war erst Freitag.

In den ersten Monaten im Gefängnis hatte Silvio eine mörderische Wut auf alle und jeden gehabt, am meisten natürlich auf Liotta, der so verdammt clever war.

Anna-Maria hatte, wie er auf Umwegen erfuhr, gewartet, bis er verurteilt worden war, und dann Dick Saltram geheiratet, den Eisfabrikanten. Silvio nahm es ihr nicht übel. Sie wollte schließlich keine zweiundzwanzig Jahre auf ihre Hochzeit warten.

Ihr Vater schaffte es, Silvio gelegentlich Botschaften zukommen zu lassen. Vermutlich hatte er sich inzwischen irgendwie mit Liotta arrangiert. Es blieb ihm auch gar nichts anderes übrig. Vielleicht sann er nicht mehr auf Rache, weil er annahm, daß ein dauerhafter Frieden möglich war – mit zwei Dons in New Orleans. Niemand konnte ständig Krieg führen.

Inzwischen war Silvio nicht mehr wütend, sondern eher niederge-schlagen. Er fühlte sich in diesem Gefängnis, wo er die nächsten achtzehn Jahre verbringen sollte, wie ein lebender Leichnam. Und dabei konnte er, wenn er ehrlich war, niemandem als sich selbst die Schuld an seinem Unglück geben. Doch meistens schwelgte er in Selbstmitleid und weinte sogar gelegentlich nachts.

Dann kam eines Abends Carmelo Giaccone, der Gefängnisarzt, zu Silvio und brachte ihm ein Buch. Offenbar war ihm der Roman von Mark Twain aufgefallen, Anna-Marias Geschenk, den Silvio immer wieder las. Nur wenige Gefangene waren keine Analpha-beten. »Hier, das hilft Ihnen vielleicht«, sagte Giaccone.

Silvio hatte wie üblich auf seiner Pritsche gelegen und sich nicht einmal bedankt. Aber die freundliche Geste des Arztes verfehlte nicht ihre Wirkung auf Silvio. Er nahm das Buch und begann zu lesen.

Es war die Übersetzung eines russischen Romans, der von einem Mann handelte, der ungestraft mehrere Verbrechen beging, dann aber wegen etwas verhaftet wurde, woran er keine Schuld trug. Silvio war noch immer kein geübter Leser, und so brauchte er zwei Wochen für die Lektüre. Als der Arzt das nächste Mal kam, sagte Silvio: »Ich bin mit dem Buch fertig. Inwiefern soll es mir helfen?«

Dr. Giaccone lächelte. »Sie haben es zu Ende gelesen. Das ist die erste positive Sache, die Sie seit Monaten getan haben. Während des Lesens hatten Sie kein Mitleid mit sich selbst.«

»Was spielt das für eine Rolle?«

»Sie sind noch jung, Randazzo. Und gescheit. Aber wenn Sie so weitermachen, werden Sie keine dreißig. Glauben Sie mir, ich weiß, wovon ich rede.«

»Und ein Buch soll etwas daran ändern?«

»Nein, aber ein Anfang ist gemacht. Ich habe Ihnen das Buch gegeben, weil es vom Gefängnis und von einem Mann handelt, der genauso verbittert ist wie Sie. Also wußte ich, Sie würden's zu Ende lesen. Wollen Sie vielleicht noch ein anderes haben?«

Als Silvio nickte, brachte Giaccone ihm eine Geschichte von einem gewissen Edgar Allan Poe, und diesmal war Silvio schon nach einer Woche damit fertig. Es folgten andere Bücher, und mit der Zeit freute Silvio sich schon auf die abendliche Lektüre. Es waren nicht nur Romane, sondern auch Bücher über Geschichte, Malerei, Reisen, Wissenschaft.

Nach dreijähriger Haft fragte der Arzt Silvio, ob er ihm in seiner Praxis helfen wolle.

Silvio schreckte zuerst davor zurück, weil er sich nur zu gut an Dr. Tolmezzo auf der *Syrakus* erinnerte.

»Sie sind zu Zwangsarbeit verurteilt, Randazzo«, sagte Giaccone.

»Daran kann ich nichts ändern. Aber am Sonntag vormittag, wenn Sie nicht in den Steinbruch müssen, führe ich kleinere Operationen an Gefangenen durch. Ich brauche einen Assistenten, und mein bisheriger wurde gerade entlassen.«

»Wenn ich Ihnen helfe, verliere ich einen Teil meiner freien Zeit, oder?«

»Ja.«

Silvio willigte trotzdem ein, denn er mochte den Arzt, und seine Anteilnahme tat ihm gut. Von da an lernte er an den Sonntagvormittagen, Wunden zu nähen und zu verbinden, Knochen einzurenken, Gipsverbände anzulegen und vieles mehr. Deshalb war Silvio imstande, Erste Hilfe zu leisten, als im Steinbruch eine Sprengung mißglückte und schwere Gesteinsbrocken einem Aufseher das Bein zerschmetterten. Er habe dem Mann vermutlich das Leben gerettet, behauptete Dr. Giaccone später anerkennend. Nun drohten ihm die Wächter im Gefängnis nicht mehr mit der Peitsche. Am Abend nach dem Unglück wurde Silvio sogar eine Flasche Wein in die Zelle geschmuggelt.

Einige Gefangene, die neidisch auf seine gute Beziehung zu dem Arzt waren, begannen, ihn nach den geliehenen Büchern auszufragen. Da keiner von ihnen lesen konnte, bat Silvio schriftlich beim Gefängnisdirektor um Erlaubnis, an manchen Abenden interessierten Mitgefangenen vorlesen zu dürfen. Seine Bitte wurde erfüllt, und nach anfänglicher Scheu kamen immer mehr Zuhörer.

Erst nach Monaten wurde Silvio bewußt, daß er sich nicht mehr ständig selbst bedauerte. Der Arzt hatte ihn so clever manipuliert wie Vito Liotta, aber zu einem guten Zweck.

Nun stand Silvio am Ende des Korridors vor einer Gittertür und fragte sich wieder, wer ihn da wohl so unverhofft besuchen kam. Nachdem aufgesperrt worden war, stiegen er und der Aufseher eine Metalltreppe zum nächsten Stock hinunter. Dort mußten sie durch eine weitere Gittertür und dann quer durch den Besucherraum gehen. Als der Aufseher eine dritte Tür öffnete, nickte er Silvio zu. »Eine halbe Stunde, nicht länger.«

In diesem kleinen Raum, dessen Tür sofort hinter ihm verschlossen wurde, war Silvio schon oft gewesen, wenn Smeralda ihn besucht hatte. Am schönsten war daran immer, daß er hier rauchen durfte.

Aber vor ihm saß nicht Smeralda, sondern Annunziata.

Im ersten Moment war er sprachlos. Seit er inhaftiert worden war, hatte er nichts von ihr gehört, was er gut verstehen konnte. Schließlich hatte sie Familie, und auch er wäre ja längst verheiratet gewesen, wenn alles gutgegangen wäre.

Annunziata sah blaß und mitgenommen aus, war aber immer noch wunderschön. Sie trug ihr blondes Haar straff zurückgekämmt, was ihre edlen Gesichtszüge betonte.

Er war nervös, doch sie stand gleich auf, trat zu ihm und hielt ihm die Wange zum Kuß hin. Ihre Haut fühlte sich samtig an.

Als beide sich gesetzt hatten, reichte sie ihm einige Zigaretten. Er zündete sofort eine an, ließ Annunziata aber nicht aus den Augen. Sie hatte breitere Hüften, eine fraulichere Figur. Aber ihr Blick hatte sich am meisten verändert. Wirkte er härter oder furchtsamer? Silvio war sich nicht sicher.

»Wieso trägst du Trauer?« fragte er schließlich.

Ihre Augen wurden feucht. »Gino nahm den kleinen Nino mit nach Palermo zu seiner Familie. Die Cholera...«

»Beide?« fragte Silvio voller Mitgefühl weiter.

271

»Nein, nur der kleine Nino steckte sich an. Aber . . . aber nach seinem Tod war Gino nicht mehr er selbst. Er gab sich die Schuld. Er trank, um sich zu betäuben. Und er wurde unvorsichtig. Bei einem Raubüberfall in der Nähe von Caltanisetta wurde er erschossen.« Sie schaute Silvio durch einen Tränenschleier an. »Ich glaube, Gino wollte sterben. Ach, Toto! Er liebte seinen kleinen Sohn mehr als mich.«

»Zata, es tut mir so leid.« Er mußte ihr irgendwie helfen. Sie so weinen zu sehen war schlimmer als sein eigener Kummer. »Zata . . . ich habe nie aufgehört . . . du weißt schon . . . es war nur . . .«

»Nein!« Annunziata hob abwehrend eine Hand. »Toto, ich bin aus einem bestimmten Grund hier. Wir haben nicht viel Zeit.« Sie rang um Fassung, kämpfte mit den Tränen. Als sie schließlich sprach, bebte ihre Stimme. »Letzte Woche wurde auf meinen Vater . . . geschossen. Im Gefängnis von Bologna . . .«

»Nein!« Silvio sprang auf, der Stuhl polterte zu Boden. »Zata!« Er wollte zu ihr, doch sie schüttelte den Kopf.

»Toto, bitte hör mir zu. Es ist wichtig! Setz dich.«

Er nickte, und sie begann stockend: »Er ist noch am Leben. Ich bin zu ihm gefahren. Er war zu schwach, um zu reden, hat mich aber erkannt. Niemand wurde verhaftet, doch wir haben erfahren, daß vor einigen Tagen ein gewisser Concetto Pianello aus dem Gefängnis von Bologna nach Padua verlegt wurde. Pianellos Bruder, Natale, ist . . .«

»Liottas *consigliere*. Ich weiß. Mein Gott! Liotta steckt hinter diesem Mordversuch. Aber warum?«

»Willst du wissen, was Bastiano und Pater Ignazio glauben? Vito Liotta ist bekannt für seine Unberechenbarkeit. Kein Mensch kam auf die Idee, daß er es auf meinen Vater im Gefängnis abgesehen haben könnte, und das machte Vater zu einer leichten Beute. Mit dem Anschlag will Liotta Druck auf Angelo ausüben. Er zeigt ihm damit, daß keiner aus der Priola-Sippe sicher vor ihm ist, und er beweist, wie weit seine Macht reicht. Für ihn bestand ja immer die Gefahr, daß mein Vater entkommt und nach Amerika zurückkehrt, um Rache zu üben.«

Silvio war wie vom Donner gerührt. Dieser Liotta war nicht nur ein Fuchs, wie Angelo gemeint hatte. Er war ein tückischer Hai! Und Nino dem Tod nahe. Einfach schrecklich!

Silvio rauchte schweigend, ganz seinen düsteren Gedanken hingegeben. »Toto, da ist noch etwas, hör bitte genau zu«, sagte Annunziata, und ihr Ton wurde noch eindringlicher. »Seit dem Anschlag auf meinen Vater fürchten wir, daß auch dein Leben in Gefahr ist. Du und mein Vater, ihr habt drei Orestanos auf dem Atlantik ausgesetzt und zwei Cataldos in New Orleans getötet. Kein Mitglied dieser Familien wird Ruhe geben, bis ihr beide tot seid. Liotta ist clever genug, um dich im Gefängnis umbringen zu lassen.«

Silvio war gerade eben auf denselben Gedanken gekommen.

»Toto, ich kann nicht noch einen Mann verlieren.« Annunziata brachte ein kleines Lächeln zustande. »Ich habe von Pater Ignazio eine Botschaft für dich. Er hat sich einen Fluchtplan ausgedacht.«

Der Steinbruch lag knapp drei Kilometer von Ucciardone entfernt. An diesem Tag – dem großen Tag! – brannte die Sonne erbarmungslos von einem wolkenlosen Himmel, und glühende Hitze strahlte von den Felswänden zurück, obwohl es erst kurz vor halb zwölf war.

Die Zwangsarbeiter waren in Gruppen von zehn Mann eingeteilt, die von jeweils zwei mit Pistole und Peitsche bewaffneten Aufsehern bewacht wurden. Heute waren vier Gruppen zur Arbeit angetreten; zwei brachen mit Spitzhacken Gesteinsbrocken los, eine weitere Gruppe sortierte sie je nach Farbe – braun, grau oder weiß –, und die vierte lud die Marmorbrocken auf Karren. Jede Stunde gab es eine fünfminütige Pause.

Annunziata hatte Silvio zwei weitere Male besucht und ihm die Details des Plans mitgeteilt, den der Abt und Bastiano ausgeheckt hatten. Dieser Plan war allerdings äußerst riskant. Falls er fehlschlug, würde Silvio schrecklich dafür büßen müssen. Man würde ihn aufs Festland verlegen, doch zuvor würden ihn die Aufseher zusammenschlagen, wenn nicht gar töten.

273

Bei den nächsten Begegnungen hatte Annunziata nicht mehr so erloschen gewirkt, und Silvio fragte sich, ob sie ihn vielleicht immer noch ... mochte. Er empfand jedenfalls wieder dieselben Gefühle für sie wie früher. Obwohl Annunziata verheiratet war, wirkte sie immer noch unschuldig – was ihn an ihr von Anfang an so bezaubert hatte. Doch plötzlich kam Silvio ein gräßlicher Gedanke. War dies etwa Annunziatas Revanche für das Leid, das er ihr angetan hatte? Gab es wirklich einen Fluchtplan, oder machte sie ihm etwas vor, um ihn dann schließlich höhnisch auszulachen? Bei ihrem letzten Zusammensein stellte er ihr diese Frage. Statt einer Antwort beugte sie sich über den Tisch und küßte ihn.

Und nun trennten ihn nur noch zwanzig Minuten von dem Moment der Wahrheit.

Alles hing davon ab, ob die Aufseher sich wie üblich verhielten. Normalerweise aßen die vier Arbeitsgruppen mittags jeweils dort, wo sie gerade arbeiteten. Die Aufseher – jedenfalls sieben von den acht Männern – setzten sich dagegen immer zusammen, während der achte zu seinem Leidwesen die vier Gefangenengruppen überwachen mußte. Da es nur einen Weg aus dem Steinbruch gab, der noch dazu an den Wächtern vorbeiführte, schien dieses Vorgehen kein großes Risiko zu bergen.

Der entscheidende Punkt war, daß sie eigentlich immer an derselben Stelle saßen, und zwar rings um einen großen Marmorblock, der ihnen als Tisch diente.

Kurz vor 12 Uhr ertönte ein Pfeifsignal, und die Gefangenen ließen die Arbeit ruhen. Alle trugen ihre Essensration – Brot und Käse, dazu eine Flasche Wasser – bei sich. Sie ließen sich irgendwo nieder, aßen hastig und streckten sich dann lang aus.

Silvio ließ sich mit dem Essen Zeit, denn er wollte auf keinen Fall während der nächsten zehn Minuten auf dem Boden liegen.

Aus dem Augenwinkel spähte er zu den Aufsehern hinüber. Würden sie zu ihrem üblichen Eßplatz gehen? Bisher standen sie in zwei Grüppchen beisammen und diskutierten über irgend etwas.

Doch dann setzten sie sich zum Glück endlich in Bewegung und ließen einen Aufseher zurück, einen kleinen, dunkelhäutigen Mann, der weit von Silvio entfernt stand. Das war leider nicht günstig.

Silvios Hände waren feucht vor Aufregung.

Vier Wächter nahmen Platz, drei andere blieben noch stehen und redeten weiter. Die Sitzenden packten ihren Proviant aus, der sich kaum von dem der Gefangenen unterschied. Allerdings hatten sie zusätzlich Tomaten und etwas Wein. Alkohol war natürlich gegen die Vorschriften, aber wen kümmerte das schon?

Endlich hockten sich die restlichen drei auch hin. Silvio kaute an einem Stück Käse und beobachtete den Mann, der den Aufpasser spielen mußte. Er kam näher, war aber immer noch dreißig Meter entfernt.

Der Fluchtplan sah vor, daß dicht neben der Wächtergruppe sieben Dynamitstangen und eine Zündschnur unter Geröll versteckt waren, das scheinbar zufällig herumlag, in Wirklichkeit aber von Bastianos Leuten aufgehäuft worden war. Irgendwo außer Sichtweite oberhalb der Kante des Steinbruchs warteten Bastiano und die anderen auf den richtigen Moment.

Jetzt war doch der richtige Moment! Warum geschah nichts? Hatte Annunziata ihn doch reingelegt? War alles nur ein grausamer Scherz?

Im nächsten Moment spürte er die heiße Druckwelle auf seinem Gesicht, und einen Sekundenbruchteil später hörte er die Detonation, die in diesem Felsenkessel ohrenbetäubend laut war. Eine riesige Staubwolke wirbelte auf, Steine und Geröllbrocken flogen durch die Luft. Längst war Silvio auf den Beinen und rannte zu dem einzelnen Wachmann. Er mußte die dreißig Meter geschafft haben, bevor der andere sich von dem Schock erholt hatte und seine Pistole zog.

Auf halber Strecke sah er, wie der Aufseher seine Peitsche wegwarf und nach seiner Waffe griff.

Noch zehn Meter.

Fünf Meter. Der Mann hob die Pistole.

Bei drei Metern Entfernung warf sich Silvio schräg nach vorne auf den Mann, um der Kugel auszuweichen, doch sie traf ihn an der Schulter. Wie eine Stichflamme jagte der Schmerz durch seinen Körper. Trotzdem gelang es ihm, den Aufseher durch die Wucht des Aufpralls zu Boden zu werfen. Der sengende Schmerz wurde schier unerträglich, als auch Silvio hinstürzte und sich den Schulterknochen verletzte. Er stieß kurze, gequälte Schreie aus, Tränen liefen ihm über die staubverkrusteten Wangen.

Der Aufseher rührte sich nicht. An Schläfe und Ohr entdeckte Silvio Blut. Er schien bewußtlos zu sein.

Silvio schaute sich um. Die Staubwolke begann sich zu legen, und seine Mitgefangenen begriffen allmählich, daß sie nun unbewacht waren. Die Aufseher lagen alle in der Nähe des Marmorblocks, die meisten bewegungslos; ein oder zwei rührten sich mühsam, waren offenbar aber auch schwer verletzt.

Im nächsten Moment entdeckte Silvio einen Reiter, taumelte ihm entgegen und winkte mit dem unverletzten Arm.

Er war fast besinnungslos vor Schmerz und verlor viel Blut. In seinem halbbetäubten Zustand hielt er den Reiter zuerst für Nino. Dann sah er plötzlich wie Pater Livesey aus. Schließlich aber erkannte er seinen Onkel, Bastiano, der ihm triumphierend zulächelte. Da verlor er das Bewußtsein.

Wegen des starken Blutverlustes war Silvio erst nach einem Monat wieder ganz hergestellt und die Wunde gut verheilt. Seine neu erworbenen medizinischen Kenntnisse hatten sich als nützlich erwiesen; er hatte den anderen sagen können, wie sie seine Schußwunde provisorisch verbinden sollten. Bastiano hatte ihn dann auf dem Pferderücken in die Berge hinter Sambuca gebracht. Bivio Indisi erreichten sie erst nach 36 Stunden, da Bastiano nur nachts zu reiten wagte. Von einem Arzt aus Bivona war Silvio dort ein richtiger Verband angelegt worden, und nun mußte er warten, daß der gebrochene Schulterknochen wieder zusammenwuchs.

Silvio wurde wie ein Held in Bivio Indisi willkommen geheißen.

Alle Dorfbewohner waren stolz auf seine geglückte Befreiung aus dem Gefängnis. Ungefähr dreißig andere Insassen waren ebenfalls entflohen, und die Polizei hatte alle Hände voll zu tun, sie wieder einzufangen. Drei Aufseher waren auf der Stelle getötet worden, zwei schwer verstümmelt, und die restlichen hatten leichtere Verletzungen davongetragen.

Nach einigen Tagen kam Kunde zu ihnen, daß Nino in Bologna nun außer Lebensgefahr war, und alle atmeten auf.

Einiges hatte sich in Bivio Indisi geändert. Bastiano war zwar der Don, führte aber kein so autoritäres Regime, wie Nino es getan hatte. Er war mehr der Erste unter Gleichgestellten. Drei oder vier andere Männer, darunter auch sein *consigliere* Alessandro Alcamo, der Bruder von Annunziatas getötetem Mann, hatten genausoviel zu sagen wie er. Am meisten erstaunte es Silvio, über welche Autorität Annunziata verfügte, denn früher hatte keine Frau je Einfluß gehabt. Silvio erfuhr, daß Gino Alcamo immer auf seine Frau gehört hatte, da sie eine äußerst geschickte Strategin bei der Planung von Raubüberfällen war. Nach Ginos Tod hatte Annunziata ihre Stellung sogar noch festigen können. Es war nicht zu übersehen, daß Alessandro für Annunziata die gleichen Gefühle hegte wie früher sein Bruder.

Sie kümmerte sich aufopfernd um Silvio, den sie in ihre eigenen Räume hatte bringen lassen. Anfangs fütterte sie ihn sogar, half ihm beim Waschen, Rasieren und Umziehen. Bei ihren langen abendlichen Gesprächen fanden sie heraus, daß Pater Ignazio Annunziata angelogen hatte, was Silvios angeblichen Wunsch betraf, mit Nino nach Amerika zu gehen. Da der Pater jedoch maßgeblich an Silvios Befreiung mitgewirkt hatte, wollten sie ihn nicht mit seiner Lüge konfrontieren. Dieses neue Wissen riß jedoch die Barriere ein, die sie bisher voneinander getrennt hatte.

Annunziata wollte möglichst viel über Amerika erfahren. Als er ihr das Leben in New Orleans, die Bordelle und Spielhäuser schilderte, war sie zugleich fasziniert und entsetzt. Nacht für Nacht erzählte er ihr immer neue bunte Geschichten.

Silvio war Mitte Oktober aus dem Gefängnis entflohen, und zwei Wochen später wurden die Nächte schon empfindlich kühl. Ein Feuer anzuzünden war immer riskant, da der Rauch noch aus großer Entfernung zu sehen war und folglich ihren Aufenthaltsort verraten könnte. Aus diesem Grund waren Feuer, um die Räume zu heizen, allgemein verpönt.

Deshalb war es nur eine Frage der Zeit, bis Annunziata eines Nachts, als Silvio ihr gerade die Annehmlichkeiten eines Flußdampfers beschrieb, sagte: »Toto, mir ist kalt.« Er schlang die Arme um sie, zog die Decke über sie beide, und sie begannen, sich leidenschaftlich zu küssen. Seine Schulterverletzung schmerzte noch immer und schränkte ihn in seinen Bewegungen ein. So setzte sich Annunziata schließlich rittlings auf ihn. Sie trug ihr schwarzes Kleid – sie schlief sogar darin –, aber Silvio entdeckte zu seinem Entzücken, daß sie darunter nackt war. Er stöhnte, als sie ihn in sich aufnahm. Wie lange hatte er sich danach schon gesehnt! Er versuchte, im Halbdunkel Annunziatas Gesichtsausdruck zu erkennen. Sie hatte die Augen geschlossen.

Mit einer Hand öffnete er die Knöpfe an ihrem Kleid, griff hinein, umfaßte eine ihrer Brüste und küßte sie.

»Beiß mich«, flüsterte sie drängend.

Sofort wurde in ihm die Erinnerung an jenen Morgen in ihrem geheimen Garten wach, als sie das gleiche zu ihm gesagt hatte.

In dieser Nacht liebte er Annunziata mit all der Raffinesse und Zärtlichkeit, die er bei anderen Frauen gelernt hatte – wild, dann wieder sanft. Silvio merkte, daß Annunziata, die bisher nur mit einem Mann geschlafen hatte, instinktiv alles beherrschte, was sie zu einer hinreißenden, ungehemmten, wißbegierigen Geliebten machte.

In der Stille der Nacht konnten sie alle Geräusche aus dem Bivio besonders deutlich hören. Das Hüsteln von Schlafenden, das Hufescharren von Maultieren und Pferden, das Meckern von Ziegen. Doch das hielt Annunziata nicht davon ab, beim Höhepunkt einen Schrei auszustoßen, den sie gleich darauf erstickte. Dann brach sie in lautes, unkontrolliertes Schluchzen aus.

Silvio, der im selben Moment wie sie gekommen war, hielt sie eng an sich gepreßt, bis ihre Atemzüge allmählich wieder normal wurden. Während er so dalag, wurde ihm klar, daß sie ihre Beziehung nun nicht mehr geheimhalten konnten.

Als seine Kräfte allmählich wiederkehrten, begann Silvio, eine Rolle in der »Familie« seines Onkels zu spielen. Bis zu Silvios Befreiung hatte Bastiano sich hauptsächlich auf das Eintreiben von Schutzgeldern beschränkt. Alle Bauern und Besitzer von Olivenhainen zwischen Filaga und Cammarata gaben ihm 15 Prozent ihrer Ernte ab. Bastiano machte dafür allgemein bekannt, daß er ihr Beschützer war. Im Zuge dieser »Schutzmaßnahmen« hatte Bastianos Bande seit Ninos Emigration nach Amerika sieben Leute umgebracht, im Schnitt jedes Jahr einen.
Nino war ein besserer Stratege als Bastiano gewesen. Er hatte gelegentlich einen spektakulären Raubüberfall inszeniert und dann einiges von dem erbeuteten Geld an die Einheimischen verteilt. Dadurch waren gleich mehrere Ziele erreicht worden. Aufgrund seiner Aktionen waren viele Leute zu ihm gekommen, wodurch seine »Familie« sehr groß wurde und folglich besser mit Rivalen fertig werden konnte. Außerdem profitierten so viele Leute auch finanziell von Nino, daß sie ihn und den Schlupfwinkel seiner Bande nie verraten hätten. Seine Sicherheit war also größer als die von Bastiano, der sich kaum je nach Bivona traute, um dort als Don Rat zu erteilen.
Doch was Silvio wirklich beunruhigte, war die geringe Zahl an Bandenmitgliedern. Er brachte diesen Umstand zur Sprache, sobald es ihm besserging.
»Ich habe gestern abend bei einem kleinen Rundgang nur neunundfünfzig Männer gezählt«, sagte er beim Essen.
Bastiano wollte dies nicht vor den anderen besprechen und zog sich mit Silvio in seine Hütte zurück. Dort entkorkte er eine Flasche Grappa und reichte sie Silvio, der aber ablehnte.
»Das Geschäft mit den Olivenernten ist einfach, sicher, vorhersehbar, also ideal. Was willst du mehr?«

»Bastiano, wenn das Geschäft so einfach ist, wird es sich garantiert ein anderer schnappen wollen. Das gleiche gilt für unsere Sicherheit. Früher oder später wird jemand auf dich losgehen. Es ist nicht so problemlos, wie du denkst.«

»Hier ist nicht New Orleans, Silvio. Sizilien ist anders.«

»So anders nun auch nicht. Was überall zählt, ist Stärke. Es fällt anderen doch nicht schwer, eine Bande mit siebzig oder hundert Männern aufzubauen, die dann über dich herfällt. Aber vielleicht ist das nicht mal nötig. Wenn es sich rumspricht, daß eine andere Bande stärker ist als unsere, werden einige deiner Leute still und heimlich abhauen und zur anderen Seite überlaufen, bevor der Kampf überhaupt beginnt.«

Bastiano nahm einen Schluck Grappa. »Immerhin haben *wir dich* gerettet. Was weißt du schon? Das Leben hat sich geändert, seit du fortgegangen bist.«

»Nein, Bastiano. Nur so, wie Nino die Sache aufgezogen hatte, klappt es. Du mußt ab und zu mal was Aufsehenerregendes machen, mußt die Leute aus der Umgebung auf deine Seite bringen. Und du darfst dich nie auf die faule Haut legen, sondern mußt Pläne schmieden. Wie ein schlauer Fuchs. Wie Liotta. Sonst schrumpft deine Truppe immer mehr zusammen, bis irgendeine andere Familie sie schließlich einkassiert. Glaub mir!«

Bastiano schwieg mürrisch und trank.

»Beantworte mir eine Frage. Aber ehrlich! Wie viele von deinen Leuten sind in den letzten drei Monaten abgehauen?«

Nach längerem Zögern sagte Bastiano: »Sechs.«

»Nein, sechzehn! Ich hab' mich nämlich umgehört.« Nun erst nahm auch Silvio einen Schluck aus der Flasche. »Was für ein Capo bist du, Bastiano, wenn du dich schon selbst belügst? Im Grunde weißt du ja, daß ich recht habe. Warum hörst du dir nicht wenigstens meinen Plan an, mit dem wir eine Menge Geld verdienen könnten. Und Aufsehen erregen! Wenn er dir gefällt, kannst du so tun, als wär's deine Idee gewesen. Mir macht das nichts aus.«

Bastiano sagte immer noch nichts.

»Das Geschäft mit den Olivenpflanzern ist okay, aber deine Leute werden faul, weil sie immer nur das gleiche tun. Wie Esel, die auf einer Wiese grasen. Etwas Neues könnte sie wieder mehr auf Trab bringen.«

»Also gut, erzähl mir von deinem Plan«, sagte Bastiano.

»Du kennst doch Caltabellotta?«

»Meinst du das Dorf gleich unterhalb von Burgio?«

Silvio nickte. »Und das Haus von Federico di Biondi?«

»Ja, das kenne ich auch. Und?«

»Dieser di Biondi ist einer der miesesten Grundbesitzer auf Sizilien. Er zahlt den Leuten, die für ihn arbeiten, nur die Hälfte von dem, was sie woanders verdienen. Also ist er äußerst unbeliebt...«

»Aber er kommt damit durch, weil er unter dem Schutz der Carcilupos steht. Mit denen dürfen wir uns nicht anlegen.«

»Das will ich auch gar nicht. Hör zu! Di Biondi besitzt eine sehr wertvolle Gemäldesammlung – Tintoretto, die Carraccis, Luca Giordano.« Bevor Silvio im Gefängnis die Kunstbücher des Doktors zu lesen bekam, hatte er nicht die leiseste Ahnung gehabt, was diese Namen bedeuteten.

Bastiano wirkte nicht mehr ganz so mürrisch.

»Mal angenommen, wir stehlen diese Gemälde und informieren dann di Biondi, daß er sie nur zurückkriegt, wenn er seinen Landarbeitern anständige Löhne zahlt. Wir setzen ihm eine Frist, und wenn er nicht einverstanden ist, schicken wir ihm ein Bild zurück, allerdings in Streifen zerschnitten. Ich habe viel darüber nachgedacht. Ninos größter Fehler war, den englischen Priester zu entführen. Aber Bilder entführen, das ist was anderes. Wegen Bildern schickt der Staat keine Truppen aus. Wenn di Biondi auf das erste zerstörte Gemälde nicht reagiert, schicken wir ihm ein anderes, vielleicht einen Tintoretto, aber diesmal in Form eines Häufchens Asche. Und natürlich informieren wir die Landarbeiter über das, was wir tun. Alle Zeitungen werden über uns schreiben. Über dich, Bastiano. Du wirst ein Held sein.«

»Mag sein, aber was kommt für uns dabei raus? Die Landarbeiter von Caltabellotta sind mir scheißegal.«

»Da machst du einen Fehler, Bastiano. Ich habe von Nino gelernt, daß nicht nur unsere Taten zählen, sondern daß es genauso wichtig ist, wie andere Leute unsere Taten beurteilen. Mein Plan wird sich für uns auszahlen, glaub mir.«

Bastiano erwiderte nichts.

»Zurück zu di Biondi. Er besitzt insgesamt an die sechsundachtzig Bilder, wie ich von Pater Ignazio weiß. Der kennt nämlich einen Priester von dort, der sie gesehen hat. Zwei oder drei weniger wird er schon verschmerzen können. Wir erkundigen uns bei ihm, welche ihm am wenigsten lieb sind, und die behalten wir. In Palermo oder Messina gibt's Kunsthändler, die uns dafür Geld geben. Sie werden sie nach Paris, London oder New York bringen und einen guten Gewinn erzielen, aber das ist ihre Sache. Hauptsache, sie machen uns einen anständigen Preis, dann sind wir schon zufrieden.

Aber das wichtigste bei der ganzen Sache ist, daß wir großes Aufsehen erregen, Bastiano. Wenn es klappt – und es wird klappen –, dann werden wir so bekannt, daß sich uns viele Leute anschließen werden. Damit wird's einfacher für die Familie, das Olivengeschäft fest im Griff zu behalten. Gib zu, daß ich recht habe.«

Bastiano schaute ihn nachdenklich an, aber seine Augen glänzten. Silvios Plan begeisterte ihn mehr, als er anfänglich zugeben wollte. »Wie hast du das mit di Biondi rausgekriegt?« fragte er schließlich.

»Durch Annunziata. Ginos Verwandte stammen aus Caltabellotta. Einige arbeiten sogar für di Biondi.«

»Ich wußte gar nicht, daß du ein Kunstexperte bist.«

»Bin ich auch nicht. Ich hab' nur ein paar Bücher gelesen.«

»Wie kommen wir rein? Ins Di-Biondi-Schloß, meine ich.«

»Das weiß ich noch nicht. Einer von uns muß nach Caltabellotta und mit Annunziatas Verwandten reden. Die können uns vielleicht helfen.«

»Fühlst du dich kräftig genug?«

»Ich kann's jedenfalls versuchen und auf dem Weg dorthin den Arzt in Bivona aufsuchen.«

»Okay. Wir werden tun, was du vorschlägst. Allerdings werde ich deinen Plan nicht als meinen ausgeben. Es ist deine Idee, und auf deinen Kopf ist eine Belohnung ausgesetzt. Wenn du recht hast und wir mal wieder Aufsehen erregen müssen, dann wird die Wirkung viel größer sein, wenn die ganze Aktion von dem Mann durchgeführt wird, dem die Flucht aus dem Ucciardone-Gefängnis gelang.«

1888

16. KAPITEL

Silvios Plan stieß bei der Bande auf breite Zustimmung. Giacomo und Benedetto, zwei Männer, die Verwandte in Caltabellotta besaßen, begleiteten Silvio, um sich über das Schloß, die Gemälde und über die Polizei im Ort zu informieren.

Die Frauen interessierten sich weit mehr für Annunziatas Beziehung zu Silvio. Vor allem Smeralda und einige der älteren Frauen machten keinen Hehl daraus, daß sie das Zusammenleben der beiden zutiefst mißbilligten.

Annunziata ließ sich dadurch nicht beirren. Jede Nacht lag sie in Silvios Armen, und er brachte ihr allmählich alles bei, was er von Anna-Maria oder Madeleine oder den anderen Frauen gelernt hatte, mit denen er geschlafen hatte. Er fühlte sich ihr so verbunden, daß er es nun auch wagte, ihr vom Tod seiner Eltern und seiner vermeintlichen Mitschuld daran zu erzählen.

Der einzige, der offen Stellung nahm, war der eifersüchtige Alcamo. Als er die beiden einmal beim Liebesspiel überraschte, warf er Annunziata vor, das Andenken seines Bruders zu entehren. Sie schlug ihm ins Gesicht.

Nach ein, zwei Tagen in Caltabellotta ließ Silvio seine beiden Begleiter mit dem Auftrag allein, das Schloß noch genauer zu erkunden und sich in den Cafés und Bars umzuhören. Nach Bivio Indisi zurückgekehrt, berichteten sie, di Biondi werde in zwei Wochen nach Rom reisen, wo er einen Monat bleiben wolle. Nur wenige Dienstboten lasse er während seiner Abwesenheit im Schloß zurück. Am wichtigsten aber war die Entdeckung, daß von der kleinen Dorfkirche eine Tür direkt ins Schloß führte. Falls man sich den Schlüssel zum Kirchenportal verschaffen könne und nachts ins Kircheninnere gelange, sei es sicher möglich, im Schutz der Dunkelheit die Verbindungstür aufzubrechen.

Silvio nickte. »Gut, aber was ist mit den Gemälden? Wißt ihr, wo die sich befinden?«

Benedetto, der Klügere der beiden, antwortete: »Di Biondi hat eine Galerie im zweiten Stock mit Blick aufs Tal. Dort hängen seine wichtigsten Bilder. Andere befinden sich in einem Arbeitszimmer, das von der Galerie abgeht, und im Speisesaal, der am anderen Ende liegt. In seinem Schlafzimmer hängen wohl auch noch ein, zwei herum, aber die sind nicht so wertvoll.«

»Wie verläßlich ist deine Information?«

Benedetto deutete auf den anderen Mann. »Giacomos Neffe hat im Schloß gearbeitet, wurde aber gefeuert, weil er eine teure Karaffe zerbrach. Er wird uns führen.«

»Hat jemand eine Idee, wie wir in die Kirche kommen?«

Annunziata meinte zögernd: »Pater Ignazio ...«

Silvio schaute sie fragend an.

»Er soll dem Pfarrer von Caltabellotta einen Besuch abstatten. Bei ihm übernachten. Mit etwas Glück kann er vom Kirchenschlüssel einen Abdruck machen, und dann fertigt uns Cavero einen neuen an.«

Silvio nickte. Cavero stand in Ninos Schuld. Ihm konnte man vertrauen. »Eine gute Idee, Zata«, lobte er.

Es dauerte insgesamt neun Tage, um die Idee in die Tat umzusetzen, doch dann hatte Silvio den nachgemachten Schlüssel zur Verfügung.

Er wartete weitere fünf Tage, dann schickte er einen seiner Männer los, um di Biondi auf seiner Reise bis Palermo zu folgen, von wo dieser mit einem Schiff direkt nach Ostia fahren wollte, dem Hafen von Rom. Falls der Grundbesitzer unterwegs aus irgendeinem Grund seine Pläne änderte und zurückkehrte, könnte Silvios Vertrauter ihm vorauseilen und die Bande warnen.

Als der Beschatter nicht zurückkam, machte sich Silvio mit zwölf Leuten auf den Weg. In Caltabellotta sollten Giacomos Neffe, Primo, und noch ein weiterer Mann zu ihnen stoßen. Primo würde als ihr Führer fungieren, sobald sie sich im Inneren des Schlosses befanden.

Wie üblich ritten sie nur bei Nacht. Das erste Mal machten sie oberhalb des Dörfchens Cannalicchio halt, und in der zweiten Nacht erreichten sie Il Pavone, den Berg bei Caltabellotta. Tagsüber, während alle sich ausruhten, ging Bastiano zu Fuß in den Ort, um sich davon zu überzeugen, daß alles in Ordnung war.

In der Dämmerung zogen sie los, einzeln oder zu zweien. Die Maultiere ließen sie in der Obhut eines Mannes zurück. Sie brauchten zwei Stunden, um das Dorf zu erreichen. Inzwischen war es schon fast acht Uhr. Weitere zweieinhalb Stunden harrten sie in einem kleinen Flußbett aus. Um halb elf Uhr gingen sie einzeln in Richtung Kirche, wo sie sich dann alle treffen sollten. Silvio brach als letzter auf.

In Caltabellotta gab es drei Straßen, die wie ein A angelegt waren, und zwei Kirchen. Das Dorf lag an einer Bergflanke oberhalb der Straße, die an der Südküste entlang von Burgio nach Sciacca führte. In zwei, drei Häusern brannte noch Kerzenlicht, aber ansonsten wirkte das Dorf wie ausgestorben.

Die erste Kirche, zu der Silvio gelangte, stand ganz für sich auf einem Felsvorsprung, doch in einiger Entfernung entdeckte er das Schloß und gleich daneben die zweite Kirche.

Hinter einer Hausmauer verborgen, wartete Silvio zehn Minuten, denn es bestand immer die Gefahr, daß sie in einen Hinterhalt gerieten. Auf dem Platz vor der Kirche regte sich jedoch nichts. Um zehn nach elf umrundete er den Platz, trat zum Portal, steckte den Schlüssel ins Schloß und sperrte auf. Das laute metallische Knarren ließ ihn mitten in der Bewegung förmlich erstarren.

Als alles still blieb, griff er nach dem Knauf und drehte ihn. Er machte genausoviel Krach, und wieder lauschte Silvio angestrengt. In der nächtlichen Stille mußte doch jemand das Geräusch gehört haben!

Nach fünf Minuten stieß er das Portal auf und trat ein. Er tastete sich zu der Kirchenbank vor, die direkt neben der Verbindungstür stand, und setzte sich. Das Portal hatte er einen Spaltweit offengelassen.

Nach einigen Minuten nahm jemand neben ihm Platz. Dann noch einer und noch einer. Keiner sprach. Schließlich tauchte als letzter Bastiano auf und sagte: »Das Portal ist wieder zugeschlossen.«

Silvio hatte lange darüber nachgegrübelt, wie man die Verbindungstür zum Schloß aufbrechen könnte. Dynamit kam natürlich nicht in Frage. Sie mußten hindurchgelangen, ohne das ganze Dorf und die Dienstboten im Schloß aufzuwecken.

Zwischen der Holztür und dem Fußboden befand sich ein schmaler Spalt. Silvio hatte eine ganz besonders dünne Säge anfertigen lassen, die dazwischenpaßte. Abwechselnd begannen nun die Männer, entlang der Türkante zu sägen, dann quer hinüber und schließlich wieder nach unten. Es machte natürlich Lärm, aber Primo hatte ihnen versichert, keiner der Dienstboten von di Biondi schlafe in der Nähe der Tür zur Kirche.

Sie brauchten eine halbe Stunde, um ein Loch zu sägen, durch das sie alle, einer nach dem anderen, hindurchkriechen konnten. Auf der anderen Seite kamen sie in einen Raum mit einer steinernen Wendeltreppe. Ihre erste Aufgabe bestand darin, das Personal auszuschalten.

Primo ging voran. Es gab insgesamt acht Bedienstete, hatte er gesagt, die in fünf Zimmern schliefen. Silvios Methode war höchst einfach. Sie wurden alle in ihren jeweiligen Zimmern eingeschlossen, bis auf den Butler, der mitgenommen wurde. Silvio drohte den anderen, den Butler zu erwürgen, falls sie einen Versuch unternähmen, zu entfliehen, Krach zu schlagen oder um Hilfe zu rufen. Um seinen Worten Nachdruck zu verleihen, verriet er ihnen, wer er war.

Zwei Männer blieben zurück, um das Personal zu bewachen. Dann führte Primo die anderen in die Galerie.

Selbst im Halbdunkel sah man, welch ein prächtiger Raum das war. Durch vier große Fenster an der einen Längswand drang Mondlicht herein und beleuchtete die bemalten Deckenbalken, den schwarz-weißen Marmorboden im Schachbrettmuster und die etwa mannshohe helle Eichentäfelung. Silvio schoß es durch den Kopf, daß die Neue Welt zwar vieles zu bieten hatte, nichts davon aber den schönsten Dingen der Alten Welt vergleichbar war.

Sie machten sich an die Arbeit, hängten die Gemälde ab und schnitten sie aus ihren Rahmen. Zusammengerollt waren sie einfacher durch das Loch in der Verbindungstür zu schaffen und auch besser zu transportieren. Er befahl, äußerst sorgfältig vorzugehen, damit die Bilder möglichst wenig beschädigt wurden. Da er keine Ahnung hatte, welches der Tintoretto war, ordnete er an, alle Gemälde so zu behandeln, als wären sie unermeßlich kostbar.

Es war ein zeitraubendes Unterfangen. Doch allmählich wurden immer mehr zusammengerollte Leinwände aus der Galerie in die Kirche geschafft, wo sie sich im Längsschiff schon stapelten.

Mitternacht kam und ging.

Kurz nach zwei Uhr, als Silvio gerade auf dem Boden kniete und ein großes Gemälde festhielt, während ein anderer es aus dem Rahmen schnitt, hörte er hinter sich ein Geräusch. Er fuhr herum und sah, wie der Butler mit seinem Bewacher kämpfte, ihm heftig gegen das Schienbein trat und die Waffe entriß.

Silvio sprang hastig auf, doch es war schon zu spät. Die *lupara* war auf ihn gerichtet.

»Befehlen Sie Ihren Männern, sofort aufzuhören«, sagte der Butler. »Oder ich töte Sie.«

Silvio nickte.

Alesso stieß Silvio leicht an. »Wir sind elf«, flüsterte er. »Wir könnten ihn überwältigen.«

»Nein! Er braucht bloß das Ding abzufeuern, und das ganze Dorf wacht auf«, zischte Silvio zurück.

»So, jetzt stellt euch alle in einer Reihe auf, aber nicht zu dicht beieinander. Wenn einer von euch etwas sagt oder tut, was mir nicht gefällt, erschieße ich diesen Mann hier.« Er machte eine Kopfbewegung zu Silvio hin. »Ich weiß, wer er ist, und ich weiß auch, daß eine hohe Belohnung auf ihn ausgesetzt ist.«

Er trat einen Schritt näher an Silvio heran. »Jetzt geht ihr alle hintereinander zum Dienstbotentrakt. Silvio als letzter, und ich gehe direkt hinter ihm. Denkt dran, daß ich die Belohnung kassiere, ob ich Silvio tot oder lebendig bringe. Also ist es mir egal, ob er lebt oder stirbt. Wenn ihr mich hinterher umbringt, kriegen meine Witwe und meine Kinder die Belohnung, und das ist mehr, als ich je im Leben verdienen kann. Aber Silvio stirbt zuerst, da könnt ihr Gift drauf nehmen.

Unten öffnet ihr die Zimmer, wo die anderen Dienstboten eingesperrt sind, und wir tauschen die Rollen. Ihr werdet eingesperrt, bis wir Hilfe geholt haben. Wie ich sehe, sind einige von euch noch bewaffnet. Laßt die Waffen hier auf den Teppich in der Galerie fallen, und vergeßt nicht, daß diese *lupara* nur knapp einen Meter von Silvios Herz entfernt ist. Und glaubt mir, ich habe schon oft eine *lupara* abgefeuert. Wenn einer von euch mir nicht gehorcht, läßt Silvio seine Eingeweide hier bei den Bildern. So, jetzt bitte die Waffen.«

Silvio bewunderte wider Willen die Ruhe des Butlers. Die Waffen wurden auf dem Teppich abgelegt, und die Männer setzten sich in Bewegung, angeführt von Primo. Einer nach dem anderen stieg die enge Wendeltreppe hinunter. Vor dem Korridor angekommen, von dem die Dienstbotenzimmer abgingen, befahl der Butler, der dicht hinter Silvio stand: »So, drei von euch lassen jetzt die Leute raus.«

Bastiano trat als erster vor und griff nach dem Schlüssel, der immer noch im Schloß steckte.

Bastiano? Silvio hätte geschworen, daß Primo als erster die Galerie verlassen hatte. Aber nun sah er ihn nirgends.

Im nächsten Moment schrie der Butler hinter ihm auf.

Silvio wagte, sich umzudrehen, und sah gerade noch, wie der Mann zusammenbrach. Ein Messer ragte aus seinem Rücken. Primo grinste ihn stolz an. Auf der Wendeltreppe war er vorübergehend außer Sichtweite des Butlers gewesen, wie er jetzt Silvio erzählte, war die Stufen hinuntergerannt und hatte sich in einer Wandnische versteckt, um im richtigen Moment zur Stelle zu sein.

»Wir lassen den Mann einfach hier liegen«, sagte Silvio rasch. »Los, gehen wir wieder rauf und machen weiter.«

Da der Zwischenfall sie über eine halbe Stunde gekostet hatte und es schon fast drei Uhr war, arbeiteten sie nun noch emsiger und schneller.

Gegen fünf Uhr waren sie fertig. Zweiundsechzig zusammengerollte Leinwände hatten sie in der Kirche aufgeschichtet. Sie verließen auf leisen Sohlen das Schloß, damit die eingesperrten Bediensteten nicht wußten, ob Silvio und seine Leute noch da waren oder nicht.

Einer nach dem anderen schlüpfte aus dem Kirchenportal und nahm dabei bis zu einem halben Dutzend Bilder mit. Bastiano ging als erster, Silvio als letzter. Er sperrte das Portal ab. Das würde den Raub besonders mysteriös erscheinen lassen. Es tat ihm nur leid, daß der Butler tot war, denn die Tat wäre noch beeindruckender gewesen, wenn sie es ganz ohne Blutvergießen geschafft hätten. Er nahm sich vor, für die Witwe des Butlers zu sorgen, falls sie es zuließ.

Als es dämmerte, waren Silvio und die anderen schon hoch oben in den Bergen. Den Tag über schliefen die einen, die anderen hielten Wache. Nachts ritten sie nach Casteluzzo weiter, wo sie den nächsten Tag verbrachten. Zwei Nächte, nachdem sie in Caltabellotta aufgebrochen waren, schlüpfte Silvio zu Annunziata ins Bett.

Der Caltabellotta-Raub wurde von allen sizilianischen, aber auch von neapolitanischen und römischen Zeitungen groß herausgebracht. Es war eine kleine Sensation. Der Polizeichef von Palermo versicherte, alle Häfen würden strengstens kontrolliert, damit die Gemälde auf keinen Fall die Insel verließen. Der Erzbischof von Palermo verdammte in einer Predigt die Entweihung der Kirche von Caltabellotta. Di Biondi setzte eine Belohnung für jede Information aus, die zur Wiederbeschaffung der Gemälde und auf die Spur der Räuber führte. Er brach seinen Aufenthalt in Rom frühzeitig ab und kehrte nach Sizilien zurück. Der Butler sei ein guter Freund und treuer Diener gewesen, erklärte er.

Silvio sandte einen der jüngeren Mafiosi nach Messina, wo die Bande einen Kunsthändler kannte, um ihm einen Vorschlag zu unterbreiten. Er sollte nach Bivio Indisi gebracht werden – mit verbundenen Augen, um der Sicherheit willen –, die Gemälde inspizieren und Silvio beraten. Als nächstes ließ Silvio die Witwe des Butlers wissen, für sie solle gesorgt werden, aber er habe zuerst noch eine Frage an sie. Stimme es, daß ihr verstorbener Mann ein Günstling und Freund di Biondis gewesen sei?

Nein, überhaupt nicht, lautete die Antwort. Er habe ihm nicht näher gestanden als die anderen Bediensteten, die ihn wegen seiner Härte, seines Hochmuts und seiner Geringschätzung ihrer Arbeit nicht ausstehen könnten. Di Biondi sei eine *cipolla rossa*, eine in der römischen Küche sehr beliebte rote Zwiebel. Genau aus diesem Grund galt diese Bezeichnung auf Sizilien als Beleidigung. Die Witwe nahm die Hilfe von Silvio und Bastiano an. Es sei ihr gutes Recht.

Nun schrieb Silvio einen anonymen Brief an die Herausgeber der Zeitungen von Palermo und Messina. Darin wies er auf die Hungerlöhne der Landarbeiter von Caltabellotta hin, die nur die Hälfte von dem bekamen, was man für die gleiche Arbeit im nahegelegenen Menfi oder Chiusa bezahlte. Silvio betonte, die Bilder würden zurückgebracht, sobald di Biondi bereit sei, seinen Leuten den gleichen Sold zu zahlen, den sie anderswo bekämen.

Das war natürlich ein Leckerbissen für die Zeitungen, und sie berichteten alle groß darüber. Einige der Artikel bestätigten Silvios Vermutung, daß die meisten Leute mit den Räubern der Meinung waren, di Biondi müsse mehr Geld für seine Arbeiter herausrücken. Alle schienen anzunehmen, Silvio würde sein Wort halten.

Inzwischen war der Kunsthändler Fabio Ganzirri in Bivio Indisi eingetroffen. Silvio erklärte ihm, alle Gemälde, bis auf zwei oder drei, sollten zurückgegeben werden, falls alles nach Plan liefe. Dann bat er ihn, die Bilder zu taxieren. Ganzirri schätzte die Carracis am höchsten ein, dann folgten der Tintoretto, der

Luca Giordano, zwei Canalettos, ein Bellotto und ein Palma Giovane.

Silvio erklärte Ganzirri, bevor er ihn wegbringen ließ, er werde ihn bald wieder kontaktieren. Dann schrieb er erneut an die Zeitungen. Da di Biondi auf seine erste Forderung nicht eingegangen sei, gebe er hiermit bekannt, daß ein Gemälde von Palma Giovane zerschnitten an di Biondi gesandt würde, falls der Lohn der Arbeiter von Caltabellotta bis zum Wochenende nicht erhöht worden sei.

Als Zeitungsreporter sich an di Biondi wandten, um ihm die Nachricht zu überbringen, meinte dieser, Silvio bluffe sicher nur.

Silvio reagierte prompt. Am Wochenende schickte er nicht nur ein Gemälde, sondern gleich zwei an den *Corriere di Palermo*. Beide waren in Streifen geschnitten. In einem Begleitschreiben hieß es, in der nächsten Woche würden zwei weitere Bilder im gleichen Zustand eintreffen, falls di Biondi sich nicht verhandlungsbereit zeige.

Da di Biondi erkannte, daß die Polizei machtlos war, was den Bilderraub betraf, und da die Zeitungen täglich darüber berichteten, gab er am folgenden Freitag nach. Er kündigte an, die Löhne seiner Arbeiter auf das in nahegelegenen Orten übliche Niveau anzuheben. »BANDITEN BESIEGEN DI BIONDI«, trompetete die Schlagzeile des *Corriere di Palermo*.

Silvios nächster Schritt war die Mitteilung, er werde die Bilder zurückgeben, sobald die Leute von Caltabellotta einen Monat lang ihren höheren Lohn bekommen hatten. Er hielt Wort, versteckte die Kunstwerke in einer Höhle bei Sicula und kontaktierte dann wieder die palermitanische Zeitung. Allerdings verschwieg er dem *Corriere*, daß er einen Tiepolo und einen Guido Reni zurückbehielt, die dann heimlich nach Messina geschafft wurden. Er war zwar überzeugt, daß Ganzirri ihn begaunerte, aber auch so war der Preis noch gut, und der Erlös verdoppelte das Einkommen der Bande in diesem Jahr.

Die Nächte mit Annunziata waren aufregender denn je.

Innerhalb eines Monats nach di Biondis Kapitulation baten fünf der sechzehn Männer, die Bastianos »Familie« verlassen hatten, darum, zurückkommen zu dürfen. Bastiano hätte am liebsten abgelehnt, doch Silvio erinnerte ihn daran, daß diese Männer Bivio Indisi kannten und gegen eine Belohnung womöglich Polizei oder Armee herführen würden. Es sei unklug, fähige Leute aus verletztem Stolz zu brüskieren. Bastiano gab nach.

In den nächsten Monaten verübten sie einige nicht so spektakuläre Raubüberfälle, und immer mehr Banditen stießen zu ihnen, so daß sie nun schon fast hundert Leute waren. Die Bevölkerung rechnete es ihnen hoch an, daß sie nachts bedürftige Familien mit Olivenöl versorgten. Ein Zwischenfall in Palermo mehrte ebenfalls den Ruhm der Bande. Ein kostbares Goldkreuz war aus einem Kloster entwendet worden. Silvio setzte ein paar Ganoven unter Druck, erfuhr, wer dahintersteckte, und konnte daraufhin in einem weiteren Brief an den *Corriere di Palermo* mitteilen, wo das Kreuz zu finden sei. Die Zeitung ließ es durch ihre Reporter ins Kloster zurückbringen, gab gehörig damit an, verschwieg aber auch nicht Silvios Rolle bei der Wiederbeschaffung. Als Bastianos Bande immer mächtiger wurde, bekamen es die benachbarten »Familien« mit der Angst zu tun. Die Imbriaci, die das Olivengeschäft in der Gegend um Cangioloso kontrollierten, boten an, mit ihnen gemeinsame Sache zu machen. Bastiano und Silvio willigten ein.

Auf die Weise verfügten sie nun über mehr als 150 Männer, das von ihnen kontrollierte Gebiet hatte sich verdoppelt, und sie zählten zu den größten Banden auf Sizilien.

Der Zusammenschluß mit den Imbriaci brachte jedoch ein neues Problem. Cesare Imbriaci erwartete nicht, *capo* der neuen Familie zu werden, da er ja in der schwächeren Position war. Er war auch einverstanden, daß Bastiano seinen eigenen *consigliere* – Alesso – behielt. Aber er rechnete natürlich damit, *sottocapo* zu werden, und Alesso pflichtete ihm bei. Er fand, auf diese Weise werde Imbriaci der nötige Respekt gezollt. Doch Bastiano und Silvio waren anderer Ansicht. Sie wollten, daß die Führer – *capo, consigliere* und *sotto-*

capo – Mitglieder von Bastianos Familie waren. Demnach konnte Imbriaci lediglich ein *caporegime* sein, also Oberhaupt seiner eigenen Familie, was er immer gewesen war, nun aber innerhalb einer größeren Vereinigung. Bastiano als *capo* machte Silvio zu seinem *sottocapo*.

Wohl oder übel mußte Imbriaci sich mit dieser Situation abfinden, doch Alesso ärgerte sich, daß Bastiano nicht auf seinen Rat hörte. Seine Eifersucht wegen Silvios Beziehung zu Annunziata spielte dabei sicher eine Rolle, aber es steckte noch mehr dahinter. Alesso hatte immer damit gerechnet, nach Bastiano der neue *capo* zu werden. Doch jetzt merkte er, daß ihm Silvio dicht auf den Fersen war.

Drei Monate nach der di-Biondi-Affäre ließ Pater Ignazio Silvio zu sich bitten. Da Silvios Schulter völlig verheilt war, ritt er mit zwei Begleitern von Bivio Indisi nach Quisquina.

Im Kloster speiste Silvio mit dem Abt zu Abend, durfte ein Bad nehmen und die Nacht im schönsten Gästezimmer verbringen. Nach dem Frühstück am nächsten Morgen forderte der Abt Silvio auf, mit ihm durch die Oliven- und Mandelhaine spazierenzugehen.

Unter einem schattenspendenden Baum blieben die beiden stehen.

»Silvio, ich möchte mit dir über Annunziata sprechen.«

Mit jedem anderen Thema hatte Silvio eher gerechnet.

»Viele haben das Gefühl, vor allem die Frauen ...«

»Das ist mir egal«, unterbrach Silvio ihn. »Die sollen sich nicht einmischen.«

»Silvio, es geht hier nicht ums Einmischen. Im tiefsten Herzen weißt auch du, daß es nicht richtig ist, was ihr tut. Annunziata ist deine Cousine. Ein solches ... Verhältnis ist gegen die Natur, gegen Gott. Ihr beide verhöhnt damit Gott.«

Silvio überlegte einen Moment, ob es wirklich sündig war. Seine Liebe zu Annunziata war den Frauen von Bivio Indisi nie recht gewesen, aber bisher hatten sie es nicht gewagt, etwas zu unternehmen. Nun schickten sie den Abt vor, und mit dem durfte er es sich jedenfalls nicht verderben.

Silvio versuchte es mit einer anderen Taktik. Er mußte nach außen hin weich wirken, während er innerlich hart blieb, wie Nino es immer gepredigt hatte. »Pater, darf ich mit Ihnen von Mann zu Mann sprechen? Ich kann Annunziata nicht aufgeben. Es ist ein körperliches Bedürfnis. Sie übt einen so starken Reiz auf mich aus wie keine andere Frau. Ich kenne jeden Winkel ihres Körpers und ihrer Seele. Ich kann sie nicht aufgeben.«

»Silvio, obwohl du intelligent bist, willst du den Tatsachen einfach nicht ins Auge sehen. Ihr seid eng verwandt. Die Kirche legt fest, daß ihr nie heiraten dürft. Folglich würde jedes eurer Kinder ein Bastard sein. Das könnt ihr unmöglich wollen. Sei nicht töricht!«

Silvio war wütend, zwang sich aber, ruhig zu sprechen. »Pater, Sie appellieren an meinen Kopf, vergessen aber mein Herz. Mein Herz sagt mir, daß Annunziata die richtige Frau für mich ist. Bedeutet es der Kirche denn gar nichts, was ein Mann in seinem Herzen empfindet und welches Glück er einer Frau bringen kann?«

»Natürlich bedeutet es der Kirche etwas. Aber ich fürchte, Silvio, dein Herz hat dich in die Irre geleitet. Annunziata kann nie ganz die Deine werden. Du mußt sie aufgeben.«

Er wirkte unerbittlich. Da brach es aus Silvio plötzlich hervor: »Was wissen Sie denn davon, Pater? Sie waren doch noch nie mit einer Frau zusammen. Wie können Sie nachempfinden, welche Freude, welche Liebe und wieviel Gutes Annunziata in mir hervorruft? Körperliche Liebe ist mit nichts vergleichbar, und wenn Sie das noch nie erlebt haben, können Sie über andere nicht urteilen.« Seine Wut ließ nach, und er war plötzlich den Tränen nahe.

Er setzte sich unter den Baum auf die Erde. »Ich liebe Annunziata, und ich werde sie nicht aufgeben.«

Pater Ignazio wandte Silvio den Rücken zu und schaute lange ins Tal hinunter.

298

»Mein Sohn, ich begreife mehr, als du denkst«, sagte er endlich und drehte sich wieder zu Silvio um. »Ich habe schon öfter Männer erlebt – gute Männer –, die von ihrem Herzen fehlgeleitet wurden. Also belehre mich nicht. Du hast ein Problem, und ich versuche, dir zu helfen. Du mußt dieses Problem lösen, bevor es noch schlimmer wird. Deine Beziehung zu Annunziata ist eine Todsünde.«

Er brach ab, suchte nach Worten. »Meine erste Pflicht ist gegenüber Gott...«

»Pah!« schrie Silvio. »Ist es Ihre Pflicht gegenüber Gott, die Sie uns Mafiosi helfen läßt? Verstecken Sie *malandrini* in Ihrem Kloster, weil Sie Gottes Werk tun wollen? Gehört es zum Plan des Allmächtigen, daß Sie uns helfen, in Kirchen einzubrechen, damit wir Kunstwerke, und zwar häufig religiöse Werke, stehlen können? Was für eine Art von Pflichterfüllung ist das?«

Der Abt wartete, bis Silvio fertig war, und atmete dann hörbar aus. »Findest du, daß ich ein schlechter Mensch bin?«

Silvio schüttelte den Kopf.

»Wir leben in einer unvollkommenen Welt, und es passieren ringsum so viele Ungerechtigkeiten, daß es nur ganz wenig eindeutig Gutes oder Schlechtes gibt. Man muß an seiner eigenen Moral arbeiten, während man von Gott geleitet durchs Leben geht. Ich bringe das nicht als Entschuldigung vor, sondern als Erklärung. Aber dein Problem läßt sich ganz klar einordnen. Es ist schlecht, was du mit Annunziata tust. Es ist gegen die Natur und muß ein Ende haben. Sofort.«

Silvio fiel keine Erwiderung ein.

»Ich werde nicht nachgeben, Silvio. Wenn du nicht tust, was ich dir sage, muß ich mich an den Erzbischof wenden.«

»Was heißt das? Was können Sie denn tun?«

»Viel mehr, als du ahnst, mein Sohn. Ich werde den Erzbischof bitten, dich und Annunziata exkommunizieren zu lassen.«

Silvio rang nach Luft. Nein! Das durfte Pater Ignazio nicht tun! Silvio war zwar nicht besonders religiös, aber für ihn, wie für alle Italiener, war die Kirche ein Teil seines Lebens. Zu gleichen Teilen gehaßt und geliebt. In dem Moment, in dem sich Pater Ignazio an den Erzbischof wandte, würde alle Welt es erfahren. Schon bevor es zu einer Prüfung seiner Verfehlungen kam, würde Silvio als gottlos gelten, ein furchtbarer Makel in den Augen der meisten Menschen. Dann würde seine und Bastianos »Familie« keine Gefolgsleute mehr finden.

Silvio merkte, wie er unwillkürlich den Atem anhielt. »Wenn Sie das tun, können wir Quisquina nicht länger Öl, Orangen, Wein und Geld schicken«, preßte er heraus.

»Es gibt andere, die für uns sorgen, Silvio. Du profitierst ebensoviel von unserer Partnerschaft wie wir.« Es stimmte.

Silvio blieb noch minutenlang so sitzen, doch ihm fiel kein neues Argument ein. Ihm fielen auch keine neuen Beleidigungen gegen den Abt ein.

Er wußte eines aber ganz genau. Er wußte, daß er die Exkommunizierung einem Leben ohne Annunziata vorzöge.

Als Silvio in sehr gedrückter Stimmung heimritt, grübelte er über Annunziatas und seine Zukunft nach. Er wollte sie heiraten, wollte einen Sohn von ihr, aber das war in Sizilien offenbar nicht möglich. Die einzige Lösung wäre, mit ihr nach Amerika zu ziehen, wo Dinge erlaubt waren, die auf Sizilien verboten waren.

Bei Silvios Rückkehr wollte Annunziata gleich wissen, was er mit Pater Ignazio besprochen hatte, doch Silvio deutete nur vage an, es sei von Bildersammlungen die Rede gewesen.

Kurz nach seiner Unterredung mit dem Abt bekamen sie Besuch von Ruggiero Priola aus Palermo, der viele Neuigkeiten brachte und ihnen auch ein neues Vorhaben unterbreitete.

Die erste Neuigkeit betraf Nino, der sich von seiner schweren Verwundung erholt hatte und nun sogar schreiben und lesen lernen wollte. Außerdem bat er um Annunziatas Besuch.

Über Amerika wußte Ruggiero zu berichten, daß Anna-Maria inzwischen zwei Kinder hatte, zwei Jungen. Angelos Geschäfte gingen besser denn je, nachdem er sich mit Liotta zusammengerauft hatte, dem nun die Hälfte der Piers gehörte. Grund für das

Florieren von Angelos Handelsfirma waren seine neuen Schiffe, die mit gekühlten Laderäumen versehen waren, und die ebenfalls gekühlten Lagerhäuser entlang der Ufer des Mississippi. Er hatte in der Bürgermeisterwahl von 1886 sogar seinen Kandidaten durchgeboxt, so daß er jetzt die Polizei auf seiner Seite hatte und Druck auf Vito Liotta ausüben konnte.

Silvio lauschte Ruggiero mit einem gewissen Heimweh. Von Zeit zu Zeit fehlte ihm das lärmende, geschäftige New Orleans doch sehr. Er dachte daran, wie Angelo nur schwer für die Idee mit der Kühlung zu begeistern gewesen war, und nun hatte er damit sein Glück gemacht.

Schließlich kam Ruggiero auf sein Vorhaben zu sprechen. In der Gegend von Tavolacci wurde Mohn angepflanzt, und bei Bagheria war ein großes Labor eingerichtet worden, um Opium herzustellen. Die Opiumsäcke wurden von der Liotta-Familie jeden Monat nach Palermo geschafft, wo sie auf Schiffe verladen wurden, die nach Marseille fuhren, dem größten Umschlagplatz. Jede Ladung war ein Vermögen wert. Bagheria lag nur wenige Kilometer landeinwärts hinter dem Hafenort Porticello. Ruggiero schlug nun vor, daß Silvio, Bastiano und die anderen eine dieser Ladungen abfingen und sofort nach Porticello schafften, wo ein Schiff der Priola-Linie schon darauf wartete und gleich damit in See stach.

Der Plan gefiel Silvio, obwohl ihm alle Drogen zuwider waren, seit er miterlebt hatte, was Absinth aus Menschen machte. Er gefiel ihm schon deshalb, weil er sich nun endlich an den Liottas rächen konnte. Doch Silvio wollte damit noch ein anderes Ziel verfolgen. Falls es ihm gelang, aus dem Überfall eine Unternehmung zu machen, von der viele Leute profitierten, würde er in der Öffentlichkeit vielleicht so viel Ansehen erwerben, daß selbst der Abt und der Erzbischof ihm nichts mehr würden anhaben können. Und vielleicht verdiente er dabei genug Geld, um mit Zata nach Amerika auswandern zu können.

Aber wie ließ sich aus diesem ganz normalen Raubüberfall ein Politikum machen?

Er fand die Antwort eines Nachts, als er neben Annunziata lag, nachdem sie sich geliebt hatten.

Die Bande würde das Opium rauben und dann gleich die Fabrik mit dem Labor in die Luft jagen. Damit würden zwei Dinge erreicht. Erstens hätte man eine Ladung Opium, die ein kleines Vermögen wert war. Zweitens aber – und das war das Schlaue an der Idee – konnte die Bande die Zerstörung der Fabrik als hehre Tat hinstellen. Die Bande verabscheute Drogen, und so mußte man eben mit Rauschgifthändlern umgehen – man legte ihnen das Handwerk. Einen Teil der Geldsumme aus dem Verkauf des Opiums würde er in der Gegend von Bagheria an Bedürftige verteilen. So etwas machte beliebt und schädigte die Liottas. Das war überhaupt das Schönste daran – die Liottas auszutricksen.

17. KAPITEL

Silvio sprang aus dem Sattel und streckte seinen schmerzenden Rücken. Nach dem zweitägigen Ritt von Bagheria war er völlig erschöpft und durstig. Er hatte mit Ruggiero Priola gemeinsam diskrete Nachforschungen über die Opiumfabrik angestellt. Es war nicht zu leugnen, die Liottas hatten es sehr clever angestellt. Die Fabrik lag mitten im Ort in einer Seitenstraße und gehörte zu einem Gebäudekomplex, in dem auch ein Waisenhaus und Stallungen untergebracht waren. Niemand würde dort ein Opiumlabor vermuten.

Die unmittelbare Nachbarschaft des Waisenhauses schien das einzige Problem darzustellen. Doch dann fanden Priola und Silvio heraus, daß die nächste Ladung Opium an einem Feiertag zu Ehren des Schutzheiligen von Bagheria in der Fabrik lagern würde. Von halb zehn am Morgen bis in den Nachmittag hinein waren die Waisenkinder dann aus dem Haus, da in der Kathedrale und im Ort alle möglichen Festlichkeiten abgehalten wurden. Also hieß es, die Sprengladung im Labor tagsüber statt nachts zu zünden.

Der Gedanke daran, den Liottas einen so schweren Schaden zufügen zu können, versetzte Silvio in Hochstimmung.

Daher war er ganz bestürzt, als er beim Heimkommen eine völlig veränderte Annunziata vorfand. Normalerweise küßte sie ihn, nahm ihn in die Arme und brachte ihm ein Glas Wein. Diesmal schaute sie ihm mit unbewegtem Gesicht entgegen.

»Annunziata! Was ist los? Zata?«

Einen Moment standen sie schweigend voreinander. Dann begann Annunziata, ihn schluchzend mit beiden Fäusten zu bearbeiten.

»Zata! Zata! Warum weinst du? Bitte sag es mir!«

Immer noch schluchzend sank sie in seine Arme. »Du hast mich angelogen! Aber jetzt weiß ich, daß du mit Pater Ignazio über uns gesprochen hast, und ich weiß, daß er droht, uns zu exkommunizieren. O Silvio! Kann er das wirklich tun?«

Das war es also! Silvio hielt Annunziata fest und küßte sie aufs Haar. Dann führte er sie zu einem Stuhl, schenkte Wein ein und setzte sich neben sie. Mit ruhigen Worten erklärte er ihr seinen Plan mit dem Opiumlabor und behauptete, dadurch so großes Ansehen zu gewinnen, daß nichts, was der Abt oder der Erzbischof unternahmen, ihnen beiden mehr etwas anhaben könnte.

In ihren Augen las er, daß sie ihm glauben wollte. »Aber was ist mit Smeralda und den anderen Frauen?«

»Die haben doch auch bisher keine Rolle gespielt.«

»Ich dachte, sie würden sich irgendwann daran gewöhnen, aber in den vergangenen Monaten ist es eher schlimmer geworden. Wenn der Erzbischof uns exkommuniziert... Ich würde sterben.«

Silvio legte ihr den Arm um die Schultern. »Zata, ich habe dem Abt gesagt, ich werde bei dir bleiben. Und ich verspreche dir etwas. Wenn mein Plan klappt, gehen wir nach Amerika. Dort spielt die Kirche keine große Rolle. Niemand wird wissen, daß du meine Cousine bist. Du kannst mir vertrauen. Ich werde den Ring tragen, den du mir gegeben hast, und für dich auch einen kaufen. Einverstanden?«

Endlich lächelte sie und nickte.

Aber nachts, als sie miteinander geschlafen hatten, weinte sie wieder.

Für Mafiosi waren Hochzeiten nicht ungefährlich, denn in einer Kirche konnte eine ganze Sippe von ihren Gegnern ausgelöscht werden. Daher war es Silvio gar nicht wohl zumute, als zwei Tage vor dem Bagheria-Projekt Domenico Garisi und Maria Cattarelli in der Kirche Madonna dell'Olio getraut wurden.

Aber es gab noch andere Gründe, warum Silvio diese Hochzeits-feier lieber schon hinter sich gehabt hätte. Die Wiederbegegnung mit Pater Ignazio und natürlich auch die Erinnerung an jenen schrecklichen Vorabend seiner eigenen Hochzeit in New Orleans.

Da er jedoch eingewilligt hatte, Domenicos Trauzeuge zu sein, gab es kein Zurück mehr. Die Aufforderung hatte ihn allerdings etwas überrascht, da Domenico eng befreundet war mit Alesso Alcamo.

Es war sehr heiß, als die Prozession den schmalen Weg zur Kirche einschlug. Bewaffnete Männer standen zu beiden Seiten des Weges, und eine weitere Gruppe hatte in der Nähe des Portals Posten bezogen.

Das Kircheninnere war mit vielen Blumen festlich geschmückt. Maria Cattarelli hatte vier Brautjungfern, doch Annunziata war nicht gebeten worden, was sie sehr verletzt hatte, wie Silvio wußte.

Sie saß ziemlich weit hinten, fast unter der Empore. Es wäre ein Affront gewesen, wenn sie nicht gekommen wäre, aber sie blieb nun deutlich auf Distanz.

Es gab zwar keine musikalische Untermalung, aber es wurden viele Kirchenlieder gesungen. Die eigentliche Trauungszeremonie ging erstaunlich schnell vonstatten.

Dann wollte der Abt, wie bei solchen Gelegenheiten üblich, eine Ansprache halten. Silvio holte zwei Stühle, damit Braut und Bräu-tigam direkt vor dem Altar Platz nehmen konnten. Er selbst setzte sich in die erste Reihe.

Der Abt sprach über das große Glück, das eine solche Heirat zwei Menschen brachte, und erzählte dann, Domenico habe sich als kleiner Junge vor Männern gefürchtet, die schwarze Kutten tru-gen und Bärte hatten. »Mönche können einem gelegentlich schon einen Schrecken einjagen, das weiß ich wohl«, fügte er lächelnd hinzu.

Nachdem er noch einige Anekdoten über die Jungvermählten zum besten gegeben hatte, sagte er: »Ich bringe euch heute Grüße

von jemandem, den ihr alle kennt und ebenso vermißt wie ich –
von Nino Greco.«

Unruhe entstand, und überall wurde getuschelt.

Dann sprach der Abt darüber, daß die Ehe ein Sakrament sei, das
von den Sterblichen nicht angezweifelt werden dürfe. Man müsse
die heiligen Sakramente respektieren und dürfe sich nicht dagegen auflehnen.

An dieser Stelle wurde es Silvio unbehaglich zumute. Würde der
Abt ihren Zwist jetzt etwa an die große Glocke hängen?

»Keiner von uns ist vollkommen«, fuhr Pater Ignazio fort. »Wir
gehen alle zur Beichte, gestehen unsere Verfehlungen und bitten um Vergebung. Wenn sie uns zuteil wird, müssen wir zum
Dank aber auch bereit sein, uns zu ändern. Manche Änderungen
sind schmerzhaft für uns, aber unbedingt nötig. Wir Menschen
können auch einander unsere Fehler verzeihen, vorausgesetzt,
immer vorausgesetzt, daß wir nicht gegen das Gesetz der Natur
verstoßen.

Was versteht man darunter? Nun, zuallererst die Zehn Gebote,
die wir alle kennen. Aber das Gesetz der Natur regelt auch vieles
andere in unserem täglichen Leben. Die Felder müssen Jahr für
Jahr bestellt werden, weil sie uns sonst nicht mehr ernähren.
Eltern müssen ihre Kinder auch deshalb gut erziehen, damit diese
sich später um sie kümmern können. Und nun kommen wir zu
den Verstößen gegen das Gesetz der Natur. Beziehungen zwischen Menschen und Tieren sind widernatürlich. Das gleiche gilt
für Mitglieder derselben Familie.«

Nun hatte er es tatsächlich ausgesprochen! Keiner gab auch nur
einen Mucks von sich. Silvio wagte es nicht, nach rechts oder links
zu schauen, und auch dem Blick des Abtes wich er aus. Er kochte
innerlich. Für diesen Vertrauensbruch, für diese öffentliche
Zurechtweisung würde der Abt büßen ...

Doch Pater Ignazio war noch nicht fertig. »Dies ist in gewisser
Weise sogar die traurigste Verfehlung, weil ...«

Er brach ab, da Stimmengemurmel in den hinteren Bänken und
das Scharren von Füßen zu hören waren. Silvio warf einen ver-

stohlenen Blick über die Schulter und sah gerade noch, wie Annunziata mit hoch erhobenem Kopf durch den Mittelgang zum Portal schritt. Alle starrten ihr nach, auch Pater Ignazio, der nicht weitersprach. Annunziata riß die Tür auf und warf sie hinter sich wieder zu.

Silvio saß auf dem Berhang bei Solunto und bewunderte die Morgenröte am Horizont. Es war kurz nach fünf. Von hier aus konnte er Bagheria und Porticello sehen. Tagelang hatten Mitglieder der Bande nun beobachtet, wie die Liottas eine Wagenladung Mohnblumen nach der anderen ablieferten. Immer nur bei Nacht. Im Morgengrauen war die *Ustica*, ein Schiff der Priolas, in den Hafen von Porticello eingelaufen und hatte große Kisten entladen.

Der Plan, die Fabrik in die Luft zu sprengen, war höchst simpel. Alesso Alcamo würde warten, bis die Waisenkinder gegen halb zehn zur Kirche aufbrachen, dann sollte er ins Waisenhaus schlüpfen und zum obersten Stock hinaufsteigen. Alle Häuser in diesem Gebäudekomplex hatten Oberlichter. Alesso würde durch solch ein Fenster aufs Dach klettern, zur Fabrik hinüberkriechen und das Dynamit wiederum durch ein Oberlicht hinunterlassen. Dann würde er auf dem gleichen Weg zurückkehren.

Nach Ruggieros Information sollte die Opiumladung um acht Uhr früh die Fabrik verlassen. Die Straße nach Palermo führte durch unwegsames Gelände. Dort, wo sie die Bahnlinie kreuzte, würde die Opiumladung gegen halb zehn eintreffen. Da es zur Eisenbahnbrücke steil hinaufging, würde der Wagen nur sehr langsam vorwärts kommen. Silvio und die anderen, die von ihrer Anhöhe bei Solunto die Abfahrt des Wagens beobachtet hatten, würden ihm bei der Eisenbahnbrücke auflauern. Von dort führte eine gute Straße nach Porticello.

Es war ein sonniger Morgen, kaum eine Wolke am Himmel. Pünktlich um acht Uhr tauchte der Wagen am Fabriktor auf. Solunto lag fünf Kilometer von der Brücke entfernt. Da der Wagen nun unterwegs war, schickte Silvio einen Mann nach Porticello, um den Kapitän der *Ustica* zu informieren, daß das Opium zwischen elf und zwölf Uhr gebracht werden würde, falls nichts dazwischenkäme.

Dann brach er mit zehn Leuten auf. Auf dem Opiumwagen saßen nur der Kutscher und zwei Wächter, also mußten elf Mann genügen.

Eine Weile verlief die Straße neben den Schienen, entfernte sich dann und näherte sich erst wieder kurz vor der Brücke.

Die Brücke war neu und für Silvios Zwecke bestens geeignet. An dieser Stelle war die Bahntrasse in die Felsen gesprengt worden, da die Küste hier in Klippen zum Meer abfiel. Die Straße gabelte sich hinter der Brücke. Eine der Abzweigungen führte nach Palermo, die andere nach Solunto und Porticello. Silvio hatte sich mit Hilfe des Fahrplanes davon überzeugt, daß bis kurz nach zehn Uhr keine Züge vorbeikamen. Bis dahin mußte eigentlich längst alles vorbei sein.

Zwei Männer waren nördlich der Brücke zwischen Bäumen postiert, zwei weitere im Süden der Brücke, wo sich einer in einer ausgetrockneten Wasserrinne und der andere in einer halbzerfallenen Hütte versteckt hielt. Die sieben restlichen hatten sich unter die Brücke gestellt. Es war fünf nach neun.

Nach Westen verlief die Bahnlinie lange geradeaus. Nach Osten zu beschrieb sie bald eine Kurve, so daß man sie schon nach etwas über zweihundert Metern aus den Augen verlor.

Silvio zündete sich eine Zigarette an, um seine Nerven zu beruhigen, und dachte dabei an Annunziata. Seit jenem Zwischenfall in der Kirche der Madonna dell'Olio war sie verändert, in sich gekehrt. Sie schlief zwar noch mit ihm, doch ihre wunderbare Vertrautheit war zerstört. Wie gern wollte er sie mit nach Amerika nehmen, in Sicherheit bringen vor den mißgünstigen Frauen und dem unerbittlichen Abt. Pater Ignazio hatte Silvio nach der Hochzeitszeremonie mitgeteilt, er werde mit dem Erzbischof genau an jenem Tag sprechen, an dem Silvio den Anschlag auf die Opiumfabrik geplant hatte – also heute.

Es wurde halb zehn. Kein Karren! Silvio zündete sich die nächste Zigarette an.

Fünf Minuten später signalisierte ein Pfiff des Mannes, der in der Hütte versteckt war, daß der Karren nahte.

Es war ein schweres, vierrädriges Gefährt, das von einem kräftigen braunen Pferd gezogen wurde. Ein Wächter saß neben dem Kutscher, der andere döste auf der Ladung. Kisten mit Orangen lagen obenauf, um die Opiumsäcke zu verbergen. Der Karren sah wie Hunderte anderer auf dem Weg zum Markt aus.

Als es bergan ging, verlangsamte sich das Tempo. Irgendwo auf der Bahnstrecke hörte man eine Lokomotive pfeifen. Merkwürdig! Laut Fahrplan kam in der nächsten halben Stunde kein Zug. Die Strecke war jedoch in beiden Richtungen frei.

Silvio hatte einen genial einfachen Plan. Am Ende der Steigung stand ein Wassertrog für die Lasttiere, die nach der Anstrengung erschöpft und durstig waren. Silvio rechnete damit, daß auch der Kutscher des Opiumkarrens seinem Pferd eine Rast gönnte. Genau dann wollte Silvio zuschlagen.

Er hatte sich nicht geirrt. Der Kutscher hielt an.

Gerade als Silvio seinen Leuten das Signal geben wollte, kam die Druckwelle, und von ferne hörte man die Detonation. Alesso hatte die Fabrik also zum vereinbarten Zeitpunkt gesprengt. Trotz seiner Eifersucht auf Silvio war er eben doch ein Profi, wenn es darauf ankam. Instinktiv schaute Silvio nach Bagheria hinüber. Natürlich war dort nichts zu sehen, aber was er sah, war ein Zug, der in der nächsten Kurve auftauchte und langsam auf sie zukam. Das verwirrte ihn, denn nach dem Fahrplan hätte er nicht dasein dürfen. Dann dämmerte ihm, daß er einen Fehler gemacht hatte; er hatte nämlich nur den Fahrplan für Personenzüge überprüft, und hier handelte es sich um einen Güterzug mit zwei Waggons. Zu dumm! Aber sie konnten nicht warten, bis er vorbei war, denn gleich würde das Pferd seinen Durst gestillt haben und weitertrotten.

»Jetzt!« zischte er den anderen zu.

Sie kletterten zur Straße hoch. Der Wächter, der auf den Orangenkisten lag, schien tatsächlich zu schlafen. Der Kutscher erleichterte sich gerade und drehte ihnen den Rücken zu, während der zweite Wachmann seine Waffe polierte.

Rasch rannten Silvio und die anderen auf leisen Sohlen hinter den Karren. Als dies die beiden sahen, die sich oberhalb der Brücke zwischen den Bäumen versteckt hielten, kamen auch sie herunter und näherten sich dem Kutscher. Innerhalb weniger Augenblicke war das Gefährt umstellt.

Silvio schoß in die Luft, und der Schlafende fiel vor Schreck fast zu Boden. Er und sein Kollege begriffen sofort, daß die Angreifer in der Überzahl waren, und ließen ihre Waffen fallen.

Silvio wandte sich an einen seiner Leute. »Binde sie an die Bäume dort...«

Er sprach nicht weiter. Hinter ihm war ein Schuß gefallen. Er fuhr herum und sah, wie einer seiner Kameraden, der auf der Südseite der Brücke postiert war, auf den Zug schoß, der ganz in der Nähe der Brücke zum Stehen gekommen war. Die Waggontüren öffneten sich, und Männer – Männer in Uniform – sprangen heraus.

Eine Falle! Einer aus der Bande mußte alles ausgeplaudert haben. Das Militär war über ihre Pläne informiert, und das Opium war als Köder in die Falle gelegt worden. Einen Moment beobachtete Silvio wie gelähmt, daß immer mehr Soldaten zum Vorschein kamen.

»Lauft weg!« rief er seinen Leuten zu. »Wir sind verraten worden! Ihr wißt, was zu tun ist.«

Wohin sollte er fliehen? Nach Süden war unmöglich, denn da stand der Zug. Palermo – das lag im Westen – wäre nicht schlecht gewesen, aber er kannte sich zuwenig aus, um auf Umwegen dorthin gelangen zu können. Im Norden war das Meer. Also blieb nur noch der Osten, zurück nach Bagheria. Dort fand heute das Fest statt, und es liefen sicher Unmengen von Leuten herum. Das war seine einzige Chance.

Hinter ihm wurde immer noch geschossen, aber Silvio sah sich nicht um. So bald wie möglich verließ er die Straße und kletterte zwischen Bäumen den Berg hinauf.

Er rannte so schnell, daß er zweimal stehenbleiben mußte, um Atem zu schöpfen. Anscheinend wurde er nicht verfolgt, aber man hatte ihn sicher in Richtung Bagheria fliehen sehen. Sobald die

Lage an der Brücke unter Kontrolle war, könnten die Soldaten mit dem Zug dorthin fahren und ihm auflauern.

Kurz nach elf Uhr erreichte er den Ortsrand und versteckte sich erst einmal in einem kleinen Hof. Er war nach den vielen Kilometern, die er laufend zurückgelegt hatte, nicht nur völlig erschöpft, sondern auch so verschwitzt, daß er sicher unangenehm auffallen würde. Er legte sich also hin, um sich ein wenig zu erholen.

Kurz nach halb zwölf brach er auf, schlenderte die belebten Straßen entlang und versuchte, den Anschein zu erwecken, als amüsiere er sich ebenso blendend wie alle anderen beim Anblick der Akrobaten und Schausteller. Seine Waffe war gut versteckt.

Als er in die Nähe des Bahnhofs kam, wimmelte es nur so von Soldaten. Rasch bog er ab und kam kurz darauf an der Kathedrale vorbei, wo gerade die Morgenmesse zu Ende gegangen war. Überall unterhielten sich Grüppchen von Leuten auf den Stufen in der Sonne.

Hinter der Kirche gelangte er in eine Straße, wo Menschen dicht gedrängt beieinanderstanden. Alle reckten die Hälse. Silvio versuchte, sich hindurchzudrängen, mußte aber umkehren.

Ein Mann, der aus der anderen Richtung kam, hatte mehr Glück. Silvio wandte sich an ihn. »Was ist denn hier los?«

»Im Waisenhaus hat's 'ne Explosion gegeben.«

Im Waisenhaus? Was war mit der Fabrik? Aber das konnte Silvio ja wohl kaum fragen.

»Was ist passiert?«

Der Mann schüttelte den Kopf. »Wer ist zu so was imstande? Eine Bombe ging im Krankensaal hoch.«

»Was? Und...?«

»Drei Kinder – zwei Mädchen und ein Junge. Und eine Schwester. Alle tot. Die Schweine, die das verbrochen haben, werden dafür büßen. So was macht einen krank.« Der Mann ging weiter.

Silvio war wie betäubt. Alesso hatte einen Fehler gemacht, einen schrecklichen Fehler. Er hatte das Dynamit durchs falsche Oberlicht geworfen – mit verheerender Wirkung. Wie hatte er das nur tun können?

311

Doch plötzlich dämmerte Silvio die Wahrheit. Das war kein Fehler, das war Absicht! Teil eines Plans, den Alesso und die Imbriaci mit den Soldaten ausgeheckt hatten. Vielleicht war sogar die Liotta-Familie daran beteiligt. Alesso und die Imbriaci hatten sich an Silvio gerächt, weil er Bastianos *sottocapo* geworden war. Je mehr Silvio darüber nachdachte, desto plausibler kam ihm seine Vermutung vor. Der ganze Plan war eine abgekartete Sache. Silvio hatte beabsichtigt, daß der Raub des Opiums und die Detonation in der Fabrik ihnen Geld und Ansehen verschafften. Alesso hatte alles so umarrangiert, daß Silvio und die anderen beim Überfall auf den Opiumkarren gefaßt wurden. Außerdem hatte er ganz bewußt diese Kinder getötet, damit Silvios Name in Sizilien von nun an verhaßt wäre.

Wenn Alesso in diesem Ausmaß mit dem Militär oder den Liottas zusammenarbeitete, dann hatte er vielleicht sogar die genaue Lage des Schlupfwinkels Bivio Indisi verraten. Das bedeutete das Ende für Bastianos Familie. Vielleicht wartete in Bivio Indisi schon ein Trupp Soldaten darauf, daß die Bandenmitglieder erschöpft zurückkamen und leicht überwältigt werden konnten.

Wo war Annunziata? Sie war eine der Ursachen für die Rivalität zwischen Silvio und Alesso. Wollte dieser sie für sich haben?

Immer noch ließ Silvio sich mit der Menge treiben. Was sollte er bloß tun? Nach Bivio Indisi konnte er nicht zurück, das stand fest. Auch das Kloster Quisquina kam nicht in Frage. Wenn sich herumsprach, daß er die Gruppe angeführt hatte, die drei Waisenkinder auf dem Gewissen hatte, gab es nur noch wenige sichere Schlupfwinkel für ihn. Keiner hätte Bedenken, ihn der Polizei auszuliefern. Man würde ihn als Kindermörder ansehen. Falls man ihn faßte, würde er sicher gelyncht werden.

Waisen. Auch er war jetzt wieder verwaist. Getrennt von seinen Angehörigen. Manche Dinge schienen sich immer zu wiederholen in seinem Leben.

Seine Gedanken kehrten zu Annunziata zurück. Würde sie ihm vertrauen, oder würde auch sie glauben, daß er diese Kinder geopfert hatte?

Inmitten all der Menschen fühlte er sich plötzlich sehr einsam. Er konnte nirgends hingehen. Aber vielleicht würde sich die Bande später neu gruppieren. Vielleicht würde mit Alesso abgerechnet werden und das Leben wieder normal verlaufen.

Doch im Grunde wußte er, er machte sich etwas vor. Auch seine Beziehung zu Annunziata war höchst gefährdet. Endlich gestand er sich ein, daß die ständigen Sticheleien und Vorwürfe von Smeralda und den anderen Frauen sie zermürbt hatten. Und Pater Ignazios Strafpredigt in der Kirche hatte verheerend gewirkt.

Silvio schlüpfte in einen kleinen Hof dicht neben der Straße, zündete sich eine Zigarette an und dachte dabei wieder einmal, wie sehr er die amerikanischen Zigaretten vermißte.

Amerika...? Er verwarf die Idee sofort wieder. Das würde bedeuten, ein zweites Mal als illegaler Immigrant an Land zu gehen. Das italienische Festland kam eher in Frage, doch wie sollte er dorthin gelangen? Im Hafen von Messina hielt man nach ihm Ausschau.

Auf Sizilien konnte er nicht bleiben, soviel stand fest. Also doch Amerika? Das hieße, Annunziata zu verlassen. Beim ersten Mal war es ihm etwas leichter gefallen, denn da war sie noch nicht seine Geliebte gewesen. Während er an seiner Zigarette zog, dachte er an gewisse Abende in dem dunklen Raum in Bivio Indisi zurück. Würde er Annunziata je wieder in den Armen halten?

In Sizilien gewiß nicht. Aber in Amerika wäre es vielleicht möglich. Der alte Angelo schuldete ihm schließlich Dank für die Idee mit der Kühlung der Schiffe und Lagerhäuser, die ihm so viel eingebracht hatte. Sobald Silvio dort wieder Fuß gefaßt hätte, würde er Annunziata nachkommen lassen.

Natürlich war es nicht einfach. Als erstes mußte er irgendwie nach Palermo gelangen und Ruggiero Priola, der Silvio die Sache mit dem Opium eingebrockt hatte, um Hilfe bitten.

Auf einmal sah Silvio einen Ausweg. Wieso war ihm das nicht gleich eingefallen? Im Hafen von Porticello lag die *Ustica* zur Abfahrt nach Marseille bereit. Kapitän und Mannschaft wußten noch nicht, was in Bagheria vorgefallen war. Silvio brauchte also eine Ladung, die aussah, als könnte sie Opium enthalten. Die würde er mit an Bord nehmen und behaupten, er dürfe sie nicht aus den Augen lassen, bis sie Marseille erreichten.

Marseille war nicht Amerika, aber weit genug von Sizilien entfernt. In Marseille würde er Zeit haben, seine zweite Emigration zu planen. Ruggiero würde ihm helfen.

Endlich arbeitete sein Verstand wieder. Silvio verdrängte die schrecklichen Erlebnisse der letzten Stunden. Er hatte wieder ein Ziel vor Augen und fühlte sich schon gleich besser.

Er warf den Zigarettenstummel weg, trat auf die Straße hinaus und kehrte zum Platz vor der Kathedrale zurück. Dort war er verwegen genug, sich an einen Milizsoldaten zu wenden. »Entschuldigen Sie. Können Sie mir sagen, welche Straße nach Porticello führt?«

TEIL IV

CONSIGLIERE

1890

18. KAPITEL

Silvio stand an der Ecke Canal Street und Chartres Street, knöpfte seinen gummibeschichteten Mantel zu und zog den breitkrempigen Hut tiefer ins Gesicht, um sich gegen den strömenden Regen zu schützen. New Orleans hatte sich in den neun Jahren seiner Abwesenheit wenig verändert, dachte er. Die Straßen verwandelten sich bei Regen immer noch in einen Sumpf, und immer noch konnte man zu jeder Tages- und Nachtzeit überall laute Musik hören.

Er ging die Chartres Street entlang und sah beim Überqueren der Custom House Street die altvertrauten Etablissements von Madge Leigh und Mary O'Brien. In der Conti Street gab es inzwischen noch mehr Balkone und auch mehr Straßenlaternen. Wer hier wohl die Schutzgelder erpreßte? Priola oder Liotta?

Silvio kam zum St. Louis Square. Es war neun Jahre her, seit er mit Nino nach der Hochzeitsprobe aus der Kathedrale gekommen war. Seltsam...

Da er eine Art Verabredung hatte, betrat er geradewegs die Kathedrale. Es war kurz vor zwei Uhr. Er hörte, wie der Regen gegen die Lünetten in der Kuppel über der Vierung peitschte. Der Kirchenraum war bis auf zwei, drei Leute leer, die zur Beichte gehen wollten.

Silvio setzte sich in die letzte Reihe direkt neben den Mittelgang und wartete.

Auch hier wirkte alles fast unverändert, wie er im Halbdunkel erkennen konnte. Die Kanzel schien restauriert worden zu sein, und einige Bänke sahen neu aus, aber das war auch schon alles.

Hinter sich hörte er rasche, energische Schritte. Eine Gestalt ging an ihm vorbei. Ja, das war Angelo Priola, der jetzt Ende Sechzig sein mußte. Er kam also immer noch, wie Silvio vermutet hatte, jeden Dienstag zur Beichte. Angelo ging ein klein wenig gebeugt und war stark ergraut, wirkte aber immer noch kräftig und vital.

Silvios Geduld wurde auf eine harte Probe gestellt. Jeder der Gläubigen blieb zwischen drei und zehn Minuten im Beichtstuhl. Der Regen trommelte immer noch auf die Glasfenster.

Nach dem Fiasko in Bagheria hatte Silvio über zwei Monate benötigt, um Amerika zu erreichen, und war erst nach weiteren vier Monaten in New Orleans angelangt. Die *Ustica* hatte ihn drei Tage nach der Abfahrt aus Porticello in Marseille abgesetzt. Es war für Silvio nicht schwer gewesen, mit dem Kapitän zu vereinbaren, daß er an Land geschmuggelt wurde. Allerdings hatte er dem Kapitän, der Geschäftspartner in Marseille hatte, auch etwas als Gegenleistung bieten müssen. Und so war Silvio einen Monat in Marseille geblieben und hatte als Geldeintreiber bei einer Bande, die auf Schutzgelderpressung im Hafen spezialisiert war, umsonst gearbeitet. Dann hatte er sich bei derselben Bande einen weiteren Monat lang das Geld für seine Schiffspassage auf dem Zwischendeck eines Dampfers verdient, der nach New York fuhr. Dort angekommen, war er unter der Bedingung an Land geschmuggelt worden, daß er sich von Freunden des Kapitäns an den Meistbietenden verkaufen ließ. Ein italienischer Uniformschneider ersteigerte ihn bei der Auktion. Drei Monate lang gab Silvio vor, kein Englisch zu sprechen, und überzeugte auf diese Weise seinen Boß davon, daß er in Amerika auf eigene Faust nicht überleben konnte. Mit dem Erfolg, daß seine Bewachung allmählich gelockert wurde. Er hatte es sowieso nicht eilig, denn er wollte New York kennenlernen, die Stadt, von der er bisher ja nur das Gefängnis und den Gerichtssaal gesehen hatte. Außerdem vermutete er, die Sicherheitsbehörden in New Orleans seien benachrichtigt worden und warteten schon auf ihn. Also durfte er dort nicht zu rasch auftauchen.

Nach etwa drei Monaten in der Uniformschneiderei hatte er genug Geld in der Tasche und fand, es sei nun an der Zeit aufzubrechen. Eines Abends ging er nicht wie üblich nach der Arbeit in eine Bar, sondern nahm einen Zug nach Pittsburgh. Am Tag darauf fuhr er bereits mit einem Dampfboot den Ohio hinunter bis Cairo, wo er auf ein größeres Schiff wechselte. Dann folgten 1200 Meilen auf dem Mississippi, vorbei an Memphis, Vicksburg und Natchez, bis er fast drei Wochen nach seiner Abreise aus New Jersey endlich New Orleans erreichte. Unterwegs hatte er sich neue Kleidung gekauft.

Silvio meldete sich nicht gleich bei Angelo. Nach neunjähriger Abwesenheit mußte er sich erst über gewisse Dinge informieren, bevor er offen auftrat. Soweit er wußte, lag ein Haftbefehl gegen ihn vor.

Im Hafen wollte er sich lieber nicht um einen Job bemühen, denn dort würde ihn sicher irgend jemand wiedererkennen. Da er inzwischen etwas schneidern konnte, ließ er sich in einem Atelier anstellen, das Phantasiekostüme für den *Mardi Gras* entwarf und nähte. Sobald der Karneval vorüber war, würde man ihn feuern, aber das paßte gut in sein Konzept.

Er nahm sich ein Zimmer in der North Rampart Street und begann systematisch, die Bars und Bordelle in der Bourbon Street und der Burgundy Street abzuklappern, da Nutten immer bestens über allen Klatsch und Tratsch informiert waren.

Wie er erfuhr, war Angelo mit Vito Liotta zu einer gütlichen Einigung gekommen. Angelo hatte begriffen, daß Vito Liotta der klügere Kopf war, und verhielt sich entsprechend. Also gab es jetzt zwei Dons in New Orleans, die fast gleich stark waren. Nur in einer Hinsicht war Angelo überlegen: in der Kühltechnik. Angelos Partnerschaft mit Dick Saltram, seinem Schwiegersohn, hatte sich als äußerst lukrativ erwiesen. Die Priolas sackten immer noch den Löwenanteil vom Hafengeschäft ein, während Liotta am meisten an den Schutzgeldern im Französischen Viertel verdiente. Beiden Dons ging es finanziell gut, und zumindest momentan schien Liotta nicht mehr so rachsüchtig zu sein. Er fühlte sich offenbar sehr sicher.

Bei der Wahl von 1886, als Priolas Kandidat, Harrison Parker,

Liottas James Milton geschlagen hatte, war Martell zur anderen Seite übergelaufen und hatte es geschafft, wieder zum Polizeichef ernannt zu werden. Priolas Geschäfte waren also bis zur nächsten Bürgermeisterwahl gesichert.

Silvio beobachtete, wie Angelo sich erhob und im Beichtstuhl verschwand. Dabei dachte er unwillkürlich an Anna-Maria. Die Nutten hatten ihm erzählt, daß Anna-Maria, die bereits zwei Jungen hatte und inzwischen Mitte Dreißig war, ein weiteres Kind erwartete. Angeblich wurde sie allmählich dick und matronenhaft.

Was wohl Annunziata gerade tat? Gott, wie er sich nach ihr sehnte!

Vielleicht würde er in einem Jahr, wenn er sich in New Orleans wieder eine Position geschaffen hatte, einen vertrauenswürdigen Boten zu ihr schicken. Vorläufig wagte er keine Kontaktaufnahme, da Annunziata sicher bewacht wurde – von Alesso Alcamo und Pater Ignazio, vielleicht sogar von der Polizei – und er dadurch am Ende gar seinen Aufenthaltsort verriet. Zum Glück gab es die Nutten, um seine körperlichen Bedürfnisse zu befriedigen. An die andere Sehnsucht würde er sich gewöhnen müssen.

Schließlich verließ Angelo den Beichtstuhl, kreuzte das Querschiff zum Mittelgang, blieb mit gesenktem Kopf vor dem Altar stehen und bekreuzigte sich. Dann marschierte er in Richtung Ausgang, ohne nach rechts oder links zu sehen.

Silvio wartete, bis er an ihm vorbeikam. »Hallo, Angie.«

Angelo blieb abrupt stehen und blinzelte verwirrt. Doch dann flüsterte er: »Silvio!« und ließ sich neben ihm auf der Bank nieder.

»Ich dachte mir, daß du kommen würdest. Früher oder später.«

»Ich bin schon eine Weile hier. Hab' mich umgehört.«

»Ach ja? Das paßt zu dir. Du warst immer schlau.« Er wollte Silvio schon eine Zigarre anbieten, erinnerte sich dann aber, wo sie sich befanden. »Hast du eine Bleibe? Brauchst du Geld? Das war eine saublöde Sache, die du dir da geleistet hast in ... wo war's? In Bagheria?«

»Man hat mich reingelegt, Angie. Alesso Alcamo. Es war alles ein abgekartetes Spiel, um mich loszuwerden.«

»Dann war es eben saublöd, daß das geklappt hat.«

Silvio nickte. »Dreimal, Angie, dreimal bin ich ausgetrickst worden. Erst die Dampfer-Wettfahrt. Dann vor dem Portal dieser Kirche hier. Dann Alcamo. Hör mal, ich würde nie im Leben Waisenkinder töten, Angie. Mein Gott, ich bin doch selbst ein Waisenkind. Bitte sag, daß du mir glaubst.«

»Aber klar. Na, jedenfalls bist du jetzt hier. Brauchst du Geld?« fragte Angelo noch einmal und griff mit der Hand in seine Jackentasche.

Silvio legte ihm die Hand auf den Arm. »Nein, Angelo. Keine milden Gaben. Ich will, was mir zusteht.«

»Klar willst du das. Aber alles hat sich geändert, seit du weg bist, Silvio. Die Stadt ist größer, und auf dem Fluß ist mehr los denn je. Es gibt mehr Korruption, mehr Schmiergelder, mehr Leute, die bezahlt werden müssen. Die Politiker mischen jetzt auch mit. Und die Lotterie! Da sahnen wir mehr als zwanzig Prozent ab. Vielleicht vierzehn Tausender pro Monat. Aber wir müssen Leute bezahlen. Die Konzession für die Lotterie muß erneuert werden. Das erfordert Takt und viel Geld.

Überall neue Gesichter, Silvio. Nogare ist weg vom Fenster. Er hat 'n Tripper gekriegt, und sein Hirn macht nicht mehr mit. Dann gibt's noch Saltram. Er hat nicht deinen Mumm und auch nicht deinen Grips, aber er ist nett zu Anna-Maria.« Er hielt Zeige- und Mittelfinger hoch. »Zwei Jungen hat sie schon.« Er schüttelte den Kopf. »Und ein drittes Kind ist unterwegs. Meine süße, hübsche Tochter! Die sieht in fünf Jahren garantiert wie ihre Mutter aus. Vielleicht war's gar nicht so übel, daß du verhaftet wurdest.« Er versuchte es mit einem kleinen Grinsen.

Silvio setzte sich bequemer hin. »Was glaubst du eigentlich, was ich in den vergangenen Wochen getan habe? Ich hab' mir einen Überblick verschafft, Angie, Augen und Ohren offen gehalten. Deshalb komme ich jetzt zu dir. Du mußt gegen Liotta vorgehen. In ein paar Monaten ist Bürgermeisterwahl, aber vorher gibt's garantiert noch einen Bandenkrieg. Hab' ich nicht recht?«

Angelo nickte. »Er hat sogar schon begonnen. Heute früh ist die Eisfabrik in die Luft geflogen.«

Silvio war schockiert, wollte es aber nicht zeigen. Statt dessen redete er weiter, um Angelo zu beweisen, wie gut er im Bilde war. »Liotta führt Krieg, weil Martell die Seiten gewechselt hat und ihn nicht mehr unterstützt. Er hat Angst, daß er seine Vormachtstellung verliert und weniger einkassiert.«

Angelo seufzte. »Ich hätte Martell nie zu uns kommen lassen dürfen.«

»Was bedeutet, daß Liotta es mit Martell im Französischen Viertel oder mit dir auf den Piers aufnimmt, oder?«

Dieses Mal antwortete Angelo nicht, sondern ließ Silvio weiterreden.

»Und du bist einfacher zu knacken. Also nimmt er's mit dir auf, er schlägt dich, und Martell kommt dann irgendwann wieder zu ihm zurück. Martell ist clever, er hält immer zum Sieger. Dieser Anschlag auf die Fabrik heute morgen beweist, daß ich recht habe.«

Silvio fuhr sich mit der Hand übers Gesicht. Es ging gerade jemand an ihnen vorbei, und er wollte nicht erkannt werden. »Du brauchst einen Plan, Angie, einen sizilianischen Plan.«

»Und du hast einen, wie ich vermute.«

»Na klar habe ich einen. Ich komme nach der langen Zeit doch nicht mit leeren Händen zu dir. Nogare ist also weg, hm? Du brauchst einen guten *consigliere*, Angie. Einen mit Mut und Verstand. In diesem Bandenkrieg brauchst du einen General.« Er tippte sich an die Stirn. »Einen, der schlau ist.«

In der nächsten halben Stunde erläuterte Silvio in groben Zügen das, was später als »Kathedralenplan« traurige Berühmtheit erlangen sollte: eine Folge erschreckender Ereignisse, die das Leben in New Orleans für Generationen prägte. Silvio hatte das Ganze bis ins kleinste Detail ausgearbeitet, was den alten Gangster mehr als alles andere beeindruckte.

Nur ein Detail ließ Silvio unerwähnt – seinen wahren Beweggrund, diesen Plan überhaupt auszuhecken.

Aber natürlich hatte Angelo so seine Vermutungen.

Silvio stand in der Wandelhalle des St.-Charles-Theaters und ließ seinen Blick über die Reihen im Parkett und die Logen schweifen, die alle voll besetzt waren. Aus dem Orchestergraben drang Musik. Dies war der Abend der Lotterieziehung, und Silvio war äußerst überrascht, wie viele Leute geradezu lotteriesüchtig zu sein schienen. In den Tagen und Nächten vor der Ziehung hatte er manchmal den Eindruck gehabt, alles in New Orleans sei zum Stillstand gekommen. Jeder verwendete seine Zeit und Energie anscheinend nur noch darauf, die richtige Zahlenkombination auszusuchen. Er hatte beobachtet, wie Erwachsene auf der Straße Kinder ansprachen und nach deren Geburtsdatum fragten. Die Zeitungen hatten geschrieben, welche Zahlen der Aberglaube mit welchen Zufälligkeiten verknüpfte. Ein streunender Hund, so hieß es, bedeutete 6, ein Betrunkener 14, eine tote Frau 59. Wenn eine Frau zuviel Bein zeigte, deutete das auf 11 hin, und wenn man vom Wasser oder von Fischen träumte, dann mußte man die 13 wählen. Silvio hielt von der Lotterie ebensowenig wie von Voodoo, aber er konnte nicht leugnen, daß beides Macht über die Menschen ausübte.

Angelos Lotteriegesellschaft, in der Harrison Parker, der Bürgermeister von New Orleans, und Thomas Whitgift, ein anderer Freund Angelos, Kompagnons waren, durfte von Rechts wegen 37 Prozent der Einnahmen behalten, abzüglich der Unkosten. Nun hatte Angelo jedoch eine Methode entwickelt, um bei der Lotterie noch mehr abzusahnen. Die Ziehung erfolgte mit numerierten Bällen, die auf einem Glücksrad rotierten und dann von zwei Waisenjungen mit verbundenen Augen nach dem Zufallsprinzip ausgesucht wurden. Angelo war es gelungen, die Augenbandagen so zu präparieren, daß die Jungen zwar nicht die Zahlen auf den Kugeln erkennen konnten, wohl aber die unterschiedlichen Farben. Da jede Zahl einer bestimmten Farbe zugeordnet war, mußte man den Jungen also nur noch beibringen, die richtigen Farben zu wählen. Die »Gewinnzahlen« gehörten folglich sehr oft »Pöstcheninhabern« der Priola-Organisation, die für ihre Bemühungen anständig bezahlt wurden. Aber der

Großteil der Gewinne ging an Angelo, Parker und Whitgift zurück.

Silvio wollte sich mit eigenen Augen davon überzeugen, wie das Ganze ablief. Außerdem suchte er nach einer Lösung des Problems, daß im nächsten Monat die neue Lotterielizenz vergeben wurde. Irgendwie mußte er es schaffen, daß sie den Priolas für weitere fünf Jahre vertraglich zugestanden wurde. Natürlich wollte Liotta auch ein Stück von diesem Kuchen, aber Angelo war fest entschlossen, alles beim alten zu lassen. »Ich bin ein Eichhörnchen«, pflegte er verschmitzt zu sagen. »Und in Sizilien heißt es: ›Ein Eichhörnchen teilt seine Nüsse mit niemandem.‹«

Draußen regnete es immer noch. Seit fast einer Woche hatte es nicht mehr aufgehört, und der Damm war an mehreren Stellen in Gefahr.

Das Orchester ließ die Musik anschwellen, als der Moment der Ziehung näher rückte. Auf der Bühne tauchte ein Schauspieler mit den beiden Waisenkindern auf. Zwei Frauen brachten das Glücksrad herein. Ihnen folgte David Martell, der Polizeichef, der dafür sorgen sollte, daß alles mit rechten Dingen zuging.

Das Publikum applaudierte.

Die Musik brach ab, den Jungen wurden die Augen verbunden. Ein Paukenwirbel ertönte, als der erste Junge zu dem Rad geführt wurde. Silvio entdeckte Angelo, Parker und Whitgift, die das Spektakel aus einer Loge im zweiten Rang beobachteten. Jeder sollte sehen, wie weit entfernt von der Ziehung sie saßen.

Ein weiterer Paukenwirbel, und das Rad stand still. Der Junge beugte sich vor, wählte eine grünliche Kugel und ließ sie sich von dem Schauspieler abnehmen. Der rief laut: »Siebzehn.«

Applaus und Geschrei.

Nun wurde das zweite Waisenkind zum Rad gebracht. Es wurde ein zweites Mal gedreht und hielt ein zweites Mal an. Das Kind tastete nach einer roten Kugel.

»Nummer neun!«

Siebenmal wurde dies wiederholt, und siebenmal war das Theater von Applaus erfüllt. Die Leute hatten die Hoffnung, daß irgendwann einmal einer der Anwesenden den Jackpot gewann, aber heute würde das nicht passieren, wie Silvio wußte. Es stand von vornherein fest, daß der heutige Gewinner in Shreveport lebte. Das lag Hunderte von Meilen flußaufwärts, zu weit von New Orleans entfernt, um Mißtrauen zu wecken, es könnte sich um eine Schiebung handeln.

Die Veranstaltung näherte sich ihrem Ende. Der Schauspieler und die Waisenkinder verließen die Bühne, die Orchestermusiker gingen nach Hause, und auch die Menge verlief sich allmählich. Nicht ein einziger schien den Schwindel zu durchschauen. Kein Wunder, daß Liotta da ebenfalls mitmischen wollte. Dies war leichtverdientes Geld.

19. KAPITEL

Silvio lag in Mamie Christines Bordell im Bett und las Zeitung. Es war noch früh am Abend. Normalerweise interessierte er sich nicht besonders für Zeitungen, aber nun, wenige Monate vor der Bürgermeisterwahl, mußte er auf dem laufenden sein. Meistens nahm er Virginia, eine blonde Amerikanerin, mit aufs Zimmer. Keine Hure konnte Annunziatas Platz einnehmen, und nie war Sex so gut wie mit Anna-Maria, aber Virginia war ganz okay. Sie hatte eine schöne Haut, fickte gern und freute sich aufrichtig über die Geschenke, die er ihr machte. Sie liebte neumodische Apparate ebenso wie er und war begeistert, als er ihr eine Kamera mitbrachte.

Nachdem sie miteinander geschlafen hatten, ging sie im Morgenrock ins Lokal hinunter, holte etwas zu trinken und die Zeitung, kuschelte sich an Silvio und döste, während er las.

Nach der Begegnung mit Angelo in der Kathedrale hatte sich bisher alles zu Silvios Zufriedenheit entwickelt. Der alte Mann – für Silvio war Angelo das inzwischen – war sehr fair gewesen. Er hatte ihm einen Anteil am Gewinn aus dem Hafengeschäft gegeben und ihm um der alten Zeiten willen sogar seine Beteiligung an dem Etablissement Mamie Christine abgetreten. Offiziell war Silvio nun nicht mehr Silvio Randazzo. Ein zweites Mal hatte er seinen Namen ändern müssen. Jetzt hieß er Sylvano Priola, war ein Verwandter aus New York und wurde von Angelo in der Öffentlichkeit Vanni genannt. Er kämmte sein Haar anders und trug eine Brille. Außerdem war er ja neun Jahre älter, und das Gefängnisleben hatte durchaus Spuren in seinem Gesicht hinterlassen.

Er nahm die Brille ab und suchte in der Zeitung nach neuen Meldungen über die Wahl und den Mafiakrieg. Heute waren beide Themen auf der Titelseite vertreten.

Die erste Schlagzeile lautete: »KRIEG IM HAFENVIERTEL FORDERT DAS 24. OPFER.« Silvio konzentrierte sich auf den Artikel.

»Heute früh wurde die Leiche eines sizilianischen Werftarbeiters aus dem Fluß gefischt. Er ist mit einer Drahtschlinge erdrosselt worden, wie ein Sprecher der Polizei mitteilt. Bei dem Opfer handelt es sich um den 32jährigen Giuseppe Figline, der in der Esplanade Street 59 wohnte und ganz legal eingewandert war.

Mit Figline sind in diesem Jahr schon 24 Männer im Hafenviertel getötet worden. Anfangs unterstützte diese Zeitung die Ansicht des Polizeichefs David Martell, man solle nichts unternehmen, solange sich nur die Bandenmitglieder gegenseitig umbrachten. Bisher waren tatsächlich alle Opfer Italiener, die meisten sogar Sizilianer. Knapp die Hälfte davon sind illegale Einwanderer. Diejenigen, die nicht garottiert wurden, hat man erstochen, auch das eine typisch sizilianische Methode.

Stimmen wir also Mr. Martell zu, daß wir uns nicht um den Bandenkrieg im Hafenviertel kümmern sollen?

Oder ist das vielleicht doch keine so gute Lösung? Wollen wir denn, daß aus unserer schönen Stadt ein Sündenpfuhl wird, wo Mord an der Tagesordnung ist wie in New York oder Sizilien? Es besteht schließlich immer die Gefahr, daß die Kämpfe auch in andere Stadtviertel getragen werden, wo unschuldige Menschen zu Schaden kommen könnten.

24 Männer wurden dahingemetzelt. Es ist höchste Zeit, daß Polizeichef Martell einschreitet. Das Gesetz muß für alle Bürger gleichermaßen gelten!«

Silvio schmunzelte. Auf so etwas hatte er nur gewartet. Stufe eins des Kathedralenplans war in vollem Gange.

Nun wandte er sich dem zweiten Artikel zu, den er gesucht hatte:

»MILTON WILL FÜR RECHT UND ORDNUNG SORGEN

Mr. James Milton, früherer Bürgermeister und voraussichtlicher Gegenkandidat des Amtsinhabers Harrison Parker bei der Wahl im November, hat gestern abend angekündigt, er sähe es nach einem Wahlsieg als seine wichtigste Aufgabe an, die Kriminalität zu bekämpfen.

Bei einem Wohltätigkeitsdiner plädierte Mr. Milton für ein verstärktes Polizeiaufgebot und höhere Strafen für überführte Verbrecher. Außerdem müßten die Zoll- und Einwanderungsbehörden effizienter werden, damit weniger illegale Einwanderer ins Land kommen und sich in New Orleans niederlassen könnten.

Unter anderem sagte Mr. Milton: ›Als ich Bürgermeister war, haben wir neunzig berüchtigte Kriminelle wie Nino Greco verhaftet, alles illegale Einwanderer, und sie nach Europa zurückgeschickt. Wählen Sie mich, und wir werden es wieder tun.‹«

Silvio lehnte sich zurück und zündete eine Zigarette an. Neben ihm bewegte sich Virginia im Halbschlaf. Lächelnd blies er Rauch ins Zimmer. Es war Zeit für Stufe zwei.

»Wir haben Probleme mit der Lotterie«, sagte Angelo, der an diesem Tag blaß aussah und alt wirkte. Er saß mit Silvio in einem Hinterzimmer bei Mamie Christine.

»Was für ein Problem?« erkundigte sich Silvio und legte die Zeitung beiseite, in der er gerade gelesen hatte, daß nach all dem Regen der Damm des Mississippi etwa eine Stunde flußaufwärts von New Orleans gebrochen war. Zwei Menschen waren ertrunken.

»In Shreveport ist das Gelbfieber ausgebrochen. Die ganze Gegend ist abgeriegelt.«

»Warum ist das ein Problem?«

»Na ja, keiner kann rein oder raus. Neunzehn Leute sind schon gestorben. Man verbrennt Teer in den Straßen, um das Ganze zu

desinfizieren, und die Menschen werden auf dem Gehsteig verbrannt, wo sie tot umgefallen sind. Neun Artisten von einem
mexikanischen Wanderzirkus sind unter den Toten – vielleicht
haben die das Fieber eingeschleppt.«

Silvio dachte unwillkürlich an Annunziata, die ihren Sohn bei
einer Choleraepidemie verloren hatte.

»Unser Strohmann, der Lotteriegewinner, hat sich nicht gemel-
det. Vielleicht ist er tot, vielleicht geflüchtet.«

»Ich verstehe immer noch nicht, was dir Sorgen macht.«

Angelo seufzte. »Die Leute werden mißtrauisch, wenn's keinen
Gewinner gibt. Die wollen wissen, wo das Geld hinfließt. Der
Gewinner kann ruhig ein Schwindler sein, aber haben müssen wir
einen.«

»Kann nicht jemand hinfahren und ihn suchen?«

»Hab' schon Mistretta und Cuono gefragt. Nichts zu machen.
Die sind ja nicht blöd.«

Mistretta und Cuono waren zwei von Angelos Leutnants.

»Also gibt's eine Verzögerung. Na und?«

»Du verstehst nicht! Die neue Konzession wird nächste Woche
vergeben. Wenn uns jetzt ein Gewinner fehlt, haben wir keine
Chance. Und was noch schlimmer ist – Liotta kriegt die Konzession.« Angelo schüttelte sorgenvoll den Kopf. »Wir müssen uns
was ausdenken.«

Silvio bestellte eine Flasche Bourbon.

Eine Stunde später hatten sie immer noch keine rettende Idee.
Gelbfieber war Gelbfieber, und keiner wollte sein Leben riskieren, wie sehr man ihm auch drohte oder ihn zu bestechen versuchte.

Zwei Stunden waren vergangen. Eine weitere Flasche Bourbon
und die Nachmittagszeitung wurden hereingebracht. Der
Dammbruch hatte inzwischen schon vier Todesopfer gefor-
dert.

»Ich weiß nicht, welchen Tod ich schlimmer finde«, meinte
Angelo. »Am Fieber verrecken oder ersaufen.«

Silvio überlegte kurz und nickte dann. »Ich hab's! Was ist dir lieber? Diese Woche einen Gewinner zu haben oder die neue Konzession zu kriegen?«

»Die neue Konzession. Ist doch klar. Aber wieso...?«

»Der Mann in Shreveport, der Strohmann, der die Lotterie gewonnen hat, wird von dir bezahlt, oder?«

»Ja, wenn er noch lebt. Aber...«

»Und er tut, was man ihm sagt?«

»Natürlich. Was soll das?«

»Setz in die Zeitung, daß er tot ist. Und dann spendest du das Lotteriegeld, damit ein Hilfsfonds für die Opfer der Seuche und der Überschwemmung eingerichtet werden kann.«

Er lächelte grimmig. »Es ist eine Menge Geld, das du da herschenkst, Angie. Aber glaub mir, es bringt dir die neue Konzession ein. Wer könnte sie dir nach so einer großzügigen Geste verweigern?«

Angelo strahlte über das ganze Gesicht. »Clever, richtig clever, Silvio. Ich hab' mich schon gefragt, ob du immer noch so clever bist. Jetzt weiß ich's. Von nun an bist du mein *consigliere*. Ob Liotta wohl schon mitgekriegt hat, daß du zurück bist? Na, wenn nicht, dann merkt er's garantiert bald.«

Silvio empfand immer eine gewisse Beklemmung, wenn er sich der Kathedrale näherte. Als er in Begleitung einiger Leute durchs Portal trat, überlegte er, warum wohl Frauen bei Taufen immer Hüte trugen. Er sah sich um und steuerte dann auf eine Gruppe zu, die in der Nähe des Taufbeckens stand.

Kaum hatte Angelo ihn bemerkt, als er auch schon seine Unterhaltung mit einem Herrn unterbrach. Er begrüßte Silvio und machte die beiden miteinander bekannt. »Herr Richter, dies ist ein Verwandter von mir aus New York, Vanni Priola. Vanni, dies ist Richter McCrystal.«

Sie schüttelten sich die Hände.

»Entschuldigen Sie uns, Herr Richter«, sagte Angelo gleich darauf und führte Silvio etwas beiseite.

»Ich hab' Anna-Maria nicht gesagt, daß du kommst«, flüsterte er.

»Aber keine Sorge. Selbst wenn sie dich gleich erkennt, läßt sie sich bestimmt nichts anmerken. Sie ist ein Profi.«

Silvio nickte. »Und Saltram?«

»Er weiß Bescheid. Ihm mußte ich's schon sagen.«

Silvio blieb bei der Taufzeremonie im Hintergrund, doch irgendwann schaute Anna-Maria in seine Richtung, und ihre Blicke trafen sich. Silvio nahm seine Brille ab, lächelte und nickte ihr fast unmerklich zu. Einen Moment wirkte sie völlig entgeistert, fing sich aber rasch wieder und wandte sich ab.

Silvios Interesse galt nun dem Richter, dessen Gesicht ihm nicht unbekannt war, da er ihn schon bei Mamie Christine gesehen hatte. Ein Richter, der Nutten mochte! Typisch New Orleans, dachte Silvio belustigt.

Sobald die Taufzeremonie vorbei war, legte Anna-Maria ihrer Mutter das Baby in den Arm und kam zu Silvio herüber. »Wie ich höre, sind Sie neu hier, Mister Priola«, sagte sie laut.

»Ja, so ist es.«

Sie hakte sich bei ihm ein und ging mit ihm durch den Mittelgang. »Das haben wir verpaßt, Silvio«, flüsterte sie.

»Nenn mich in der Öffentlichkeit Vanni«, bat er.

Sie drückte seinen Arm. »Schön, daß du wieder da bist. Du hast Vater gefehlt.« Sie zögerte etwas. »Mir auch.«

»Wie geht's mit Saltram?«

»Er ist ein anständiger Kerl und ein guter Vater. Aber nicht so ein erstklassiger Liebhaber, wie du es warst. Das vermisse ich natürlich, aber mir macht's auch viel Spaß, Mutter zu sein. Vielleicht bin ich ja erwachsen geworden...«

Vor dem Kirchenportal standen kleine Gruppen von Leuten und unterhielten sich. Nach der Taufe sollte bei Angelo ein Empfang stattfinden, aber noch schien sich niemand in Bewegung setzen zu wollen. Anna-Maria küßte Silvio und flüsterte: »Komm bald mal zum Essen. Es gibt bestimmt viel zu berichten – und nicht nur das.« Sie zwinkerte ihm zu.

Dann ging sie zurück, um ihr frisch getauftes Baby zu holen.

In dem Moment kam ein junger Mann über den Platz vor der Kathedrale gerannt und redete hastig auf Angelo ein, der sofort Silvio zu sich winkte. Als dieser zu ihm trat, sagte Angelo: »Jetzt erzähl Mister Priola noch einmal, was passiert ist.«

Der junge Mann war immer noch etwas außer Atem. »Einige von unseren Leuten sind heute morgen angegriffen worden. An der Ecke Esplanade und North Claiborne.«

Silvios Gesicht verriet keine Gemütsbewegung. »Und?«

»Enzo Fiorano wurde getötet. Gorlasco hat es am Bein erwischt und einen anderen am Auge. Das ist schlimm genug, aber es ist noch nicht alles.«

»Was meinst du damit?« blaffte Angelo.

»Es passierte am hellichten Tag. Da waren viele ganz normale Leute unterwegs. Ein Mann wurde verletzt.«

»Schwer?«

»Keine Ahnung. Aber jedenfalls ist er nicht tot.«

Angelo sagte sorgenvoll zu Silvio: »Das ändert alles.«

Silvio stimmte zu. »Jetzt muß Martell einschreiten«

Angelo wandte sich an den jungen Mann. »Gut gemacht. Du kannst heimgehen.«

»Danke, Don Angelo.« Er verschwand zwischen den Leuten.

Angelo und Silvio entfernten sich von den Taufgästen, um ungestört zu sein. »So etwas haben wir bisher noch nie gemacht, Silvio«, sagte Angelo etwas besorgt.

»Nein, Angie. Aber Stufe eins hat geklappt, und es sieht so aus, als ob Stufe zwei auch schon gut läuft.«

Martell verlor keine Zeit. Ein Augenzeuge hatte gehört, wie einer der Killer gerufen hatte: »Das ist für Carona!« Man schloß daraus, daß dieser Überfall eine Vergeltung für den Mord an Orazio Carona war, einen der Leutnants von Liotta. Innerhalb der nächsten vierundzwanzig Stunden ließ Martell vierzehn Männer verhaften, die alle bekanntermaßen mit Vito Liotta unter einer Decke steckten. Einer von ihnen, Girolamo Regalmici, trug bei Regenwetter immer einen gelben Gummimantel. Drei Augenzeugen gaben nun zu Protokoll, einer der Bewaffneten habe einen gelben Mantel angehabt. Liotta wurde nicht festgenommen, da er beweisen konnte, an dem fraglichen Morgen bei einer Beerdigung in Metairie gewesen zu sein.

Das zügige Eingreifen Martells und die Tatsache, daß alle Inhaftierten bekannte Größen aus der Unterwelt waren, gefiel den Zeitungen. Ein Blatt spekulierte: »Vielleicht waren diese Bösewichter in einige der Verbrechen im Hafenviertel verwickelt. Die gehören alle aufgehängt.« Gegenüber Reportern, die ins Gefängnis vorgelassen wurden, beteuerten die Angeklagten ihre Unschuld. Einige hatten sogar glaubwürdige Alibis. Aber – und das schien für viele Leute das wichtigste Argument gegen sie zu sein – drei der vierzehn Männer waren illegal eingewandert.

Eine Woche später wurde Harrison Parker wiedergewählt.

Silvio saß in einer Kutsche mit verhängten Fenstern und schaute über den Platz zum Portal der Kathedrale hinüber. Es war fast elf Uhr. Was er in der vergangenen halben Stunde beobachtet hatte, war kaum zu glauben. Zuerst hatte Natale Pianello die Kirche betreten. Vito Liottas *consigliere* war seit jenem Treffen im Toussaint House merklich gealtert, und seine Haut wirkte immer noch leichenblaß. Dann war Angelo mit Vincent Mistretta und Luca Cuono aufgetaucht, zwei seiner *caporegimes*. Kurz darauf war Pino Spatole, Angelos *sottocapo*, wenige Momente vor Liotta angekommen, der von seinen *caporegimes* Vanni Brancaccio und Biagio Gela begleitet wurde. Carmen Sinagra, Liottas *sottocapo*, war als letzter eingetroffen.

Wie Silvio inzwischen wußte, hielten Angelo und Vito jedes Jahr eine solche Konferenz auf höchster Ebene ab. Sie erörterten gewisse Schwierigkeiten, diskutierten über neue geschäftliche Projekte und versuchten, Kontroversen beizulegen. Von jeder Seite kamen fünf Männer zu diesen Treffen, die immer in der Sakristei der Kirche stattfanden. Eine kluge Ortswahl, denn kein Mafioso hätte es gewagt, eine Kathedrale zu entweihen, und so bestand auch keine Notwendigkeit, Geiseln zu nehmen. Alle fühlten sich sicher.

Angelo hatte Silvio befohlen, als letzter zu erscheinen. Vielleicht wußte Vito ja immer noch nicht, daß Silvio wieder in New Orleans war, und Angelo wollte ihn überraschen. Die Zusammenkunft war auf elf Uhr angesetzt.

Als die Turmuhr die volle Stunde zu schlagen begann, überquerte Silvio den Platz, trat durchs Portal und machte sich auf die Suche nach der Sakristei.

Dort angekommen, öffnete er die Tür, ohne anzuklopfen.

Alle saßen schon an einem wuchtigen, langen Tisch mit einer grünen Samtdecke. Angelo hatte mit seinen Leuten auf der einen Seite Platz genommen, Liotta mit seiner Gruppe auf der anderen.

Liotta versuchte, sich seine Überraschung über Silvios Auftritt nicht anmerken zu lassen. Was ihm jedoch mißlang. Seine Augen weiteten sich, und er schluckte krampfhaft. Vito war nicht gut gealtert, wie Silvio schadenfroh feststellte. Er hatte dunkle Ringe unter den Augen, schütteres Haar, und an seiner Schläfe schlängelte sich eine dicke Ader wie ein Miniaturmississippi.

Silvio ließ sich auf dem leeren Stuhl neben Angelo nieder, der es sichtlich genoß, daß er mit seinem Überraschungscoup Erfolg hatte. »Vito, dies ist mein neuer *consigliere*, mein Neffe Vanni Priola«, sagte er und machte dann eine kleine bedeutungsvolle Pause. »Sollte Vanni etwas zustoßen, vielleicht ein Unfall ... würde ich es sehr persönlich nehmen. Wie Sie, Vito, halte ich mich streng an die *omertà*.«

Er hatte es ausgesprochen! Seine boshafte Erwähnung der *omertà* bezog sich auf jenes Ereignis vor neun Jahren, als Liotta das Schweigegebot gebrochen hatte, indem er Martell verriet, daß Nino und Silvio in New Orleans waren.

»Warum sagen Sie mir das, Angie? Der arme Silvio hat schließlich schon Kummer genug, weil Alesso Annunziata heiratet.«

Silvio wurde flau zumute, denn er hatte keine Ahnung von Annunziatas Heirat. Ausgerechnet Alesso!

Seine Gedanken waren in Aufruhr. Stimmte es überhaupt? Liotta war zuzutrauen, daß er so etwas erfand, nur um Silvio aus dem

Konzept zu bringen. Er strengte sich an, seine Gefühle nicht zu zeigen, doch es gelang ihm ebensowenig wie Liotta kurz zuvor.

Vito blickte Silvio unverwandt an, als er weitersprach. »Was ist bloß in Martell gefahren? All diese Verhaftungen meiner Leute. Glauben Sie wirklich, Angie, daß wir so kurz vor diesem Treffen verrückt spielen? Das wäre doch sehr dumm.«

»Jemand hat Enzo Fiorano erschossen und Maria zur Witwe gemacht. Jemand hat Gorlascos Bein durchlöchert. Er kriegt von mir weiter Lohn, kann aber nicht arbeiten. Auch die Witwe kostet mich Geld. Sie sagen, Vito, daß Sie nichts damit zu tun haben? Aber wer soll's denn dann gewesen sein?«

»Ich jedenfalls nicht, Angie. Ich schwör's.«

»Vielleicht gibt's in Ihren Reihen ein paar Unruhestifter, die auf eigene Faust zuschlagen.«

Angelo spielte seine Rolle glänzend, dachte Silvio, der jeden Gedanken an Annunziata zu verdrängen versuchte. Er mußte sich ganz aufs Geschäftliche konzentrieren.

Angelo hob die Hand. »Vito, wir haben andere Dinge zu besprechen. Ich sage nur noch dies, und dann lassen wir's auf sich beruhen. Maria Fiorano wird Vergeltung wollen. So, jetzt aber zu etwas anderem. Haben Sie was Neues?«

Liotta beriet sich kurz mit Natale Pianello und sagte dann: »Wir haben ein Angebot. Bestattungsunternehmen. Es gibt im Stadtzentrum sieben verschiedene, und keines macht viel Profit. Warum? Weil das Hauptgeschäft von den Krankenhäusern kommt, und davon gibt es in New Orleans nur drei. Zwei in meinem Gebiet, eins in Ihrem. Die Bestatter machen sich Konkurrenz und halten so die Preise niedrig. Ich schlage vor, daß wir'n bißchen Druck ausüben, damit jeweils nur noch ein Unternehmen für ein Krankenhaus zuständig ist und die Geschäfte besser laufen. Dann gehen wir allmählich mit den Preisen hoch. Sobald die drei Unternehmen gut verdienen, kassieren wir fünfzehn, zwanzig Prozent.«

Angelo konferierte nicht mit Silvio, sondern antwortete sofort.

337

»Meinen Glückwunsch, Vito. Eine hübsche Idee. Vielleicht ein wenig unspektakulär, ein wenig... wie soll ich's ausdrücken?... *cipolla rossa*, aber ein ruhiges, gutes Geschäft. Die Bestattungsunternehmen können wir unter Kontrolle bekommen, ohne daß irgend jemand was merkt. Das gefällt mir. Ich bin dabei.«

Nun war Angelo an der Reihe. »Die Brandbekämpfung erfolgt in dieser Stadt auf freiwilliger Basis. Es gibt insgesamt zehn Feuerwehrteams mit Freiwilligen, und die Teams werden von der Stadt bezahlt, je nachdem, welches als erstes beim Brand eintrifft. Die erfolgreichsten Teams machen eine Menge Geld, Hunderttausende Dollars pro Jahr. Seit 1860 funktioniert der Feueralarm mit Hilfe des Gamewell-Telegrafensystems: Wer irgendwo ein Feuer entdeckt, drückt auf einen Knopf an einem von den Feuermeldern, die überall in der Stadt aufgestellt sind, und dreißig Sekunden später druckt der Fernschreiber die Meldung gleichzeitig in den zehn Feuerwachen aus.

Vanni hat einen Lageplan von den Feuermeldern angefertigt. Dreiundzwanzig sind in Ihrem Gebiet, Vito, achtundzwanzig in meinem. Von diesen Meldern haben wir die Drähte verfolgt und eine Möglichkeit entdeckt, die Alarmmeldung zu unterbrechen, bevor sie die Feuerwachen erreicht. Also können wir arrangieren, daß manche Wachen den Alarm dreißig Sekunden vor den andern kriegen. Dadurch können wir ziemlich gut bestimmen, welche Feuerwehr als erste zu einem Brand kommt. Und das Team macht dann natürlich am meisten Geld.

Wir wissen, daß zwischen den Mannschaften große Rivalität herrscht. Im Durchschnitt brauchen sie zwischen fünf und acht Minuten, um zum Brandherd zu kommen. Sie kennen sicher auch die Storys von Feuerwehrleuten, die vor dem Rest ihres Teams ankommen und dann den Feuerhydranten unter einem Faß oder sonstwas verstecken, damit nicht eine andere Mannschaft mit der Bekämpfung des Feuers anfängt und die Belohnung einkassiert, bevor die eigenen Kumpel anrücken.

Deshalb glauben wir, daß die Mannschaften ein hübsches Sümmchen dafür zahlen werden, so einen geheimen Vorteil zu haben, der ihnen mehr erfolgreiche Einsätze garantiert. Wir haben in unserm Stadtgebiet sechs Mannschaften, Sie haben vier. Es ist bestimmt einträglicher, wenn Sie und wir uns zusammentun. Wir finden, Sie müßten uns einen geringen Anteil Ihrer Einkünfte zahlen, da wir die Drähte in der ganzen Stadt frisieren müssen, was viel kostet.«

Liotta besprach sich mit Pianello. »Wieviel?« fragte er.

»Zehn Prozent von Ihrem Gewinn.«

»Mehr als drei Prozent wäre eine Beleidigung.«

»Ich bin bereit, acht in Erwägung zu ziehen.«

»Vier.«

»Siebeneinhalb.«

»Fünf.«

»Sechs.«

»Fünf, Angie. Ohne unsere Hilfe können Sie's nicht tun. Seien Sie nicht so gierig.«

Angelo überlegte. »In Ordnung. Fünf Prozent. Suchen Sie sich Ihre Teams aus, und wir erledigen den technischen Kram.«

Die Zusammenkunft war zu Ende.

Sie verließen die Kathedrale einzeln, um nicht aufzufallen. Angelo und Silvio trafen sich gleich danach bei Mamie Christine.

»Meinst du, daß er Verdacht schöpft?« fragte Silvio.

Angelo trank einen Schluck Bourbon. »Nein, noch nicht.«

»Wann bringt uns die Sache mit der Feuerwehr was ein?«

Angelo zuckte mit den Schultern. »Keine Ahnung. Vito soll ja nur glauben, daß die Geschäfte normal laufen. Aber du und ich, wir wissen, daß es nicht stimmt.«

»Virginia, wie gut kennst du Richter McCrystal?«

»Wen?«

»Du weißt schon, dieser ältliche Mann, der eine Schwäche für Kitty zu haben scheint. Rothaarig und hustet viel.«

»Ach, du meinst Professor Perran.«

»Na schön. Wie gut kennst du Professor Perran?«

»Warum willst du das wissen?«

»Ginnie!«

»Na ja, es ist ... komisch.«

»Warum? Was ist komisch?«

»Meistens will er Kitty, aber manchmal ... manchmal zahlt er für uns beide.«

Silvio hätte beinahe gepfiffen. »Du kennst dich doch gut mit der Kamera aus, die ich dir geschenkt habe, oder?«

»Natürlich. Aber warum fragst du? Silvio ... nein, Silvio!«

Er nickte lächelnd.

»Silvio, das mach' ich nicht. Bitte zwing mich nicht!«

Silvio stützte sich auf einen Ellenbogen und strich ihr sanft über die Wange. »Ginnie, du kennst mich doch und weißt, daß ich nichts Unmögliches von dir verlange. Du brauchst mir nichts richtig Unanständiges zu liefern. Nur etwas, um ... na ja, notfalls ein bißchen Druck machen zu können.«

»Was soll denn das sein?«

»Ein Foto von ihm mit dir oder mit Kitty. Du mußt nicht ganz nackt sein. Es soll halt ein Foto sein, das er nicht gern seiner Frau oder jemand anderem zeigt.«

»Aber wie soll ich das schaffen?«

»Dir wird schon was einfallen. Sag ihm, daß du dich verliebt hast oder ... Nein, ich hab' was Besseres. Trinkt er?«

»Ja, aber ... Silvio, an was für eine Schweinerei denkst du ...«

»Mach ihn betrunken. Wenn er im Suff umkippt, ist es für dich einfacher. Paß nur auf, daß er zu erkennen ist und sich in einer ziemlich ... üblen Verfassung befindet.«

»Was machst du dann mit dem Foto?«

»Aufheben. Ich werd's nur verwenden, wenn es nötig ist. Aber ich kann mir eine solche Gelegenheit nicht entgehen lassen. Ein Fuchs, der nicht hungrig ist, ist kein Fuchs. Es gibt in dieser Stadt nur vier Richter. Wenn ich einen ... an der Kandare habe, ist das wie ein großes Los.«

Virginia überlegte. Schließlich fragte sie: »Wenn ich's mache, was tust du dann für mich?«

»Möchtest du gern auf einen Kostümball gehen?«

»O Silvio! Meinst du das ernst?« rief sie begeistert.

»Klar.«

»Ja, das möchte ich. Jesus! Alle andern Mädchen werden grün vor Neid werden.« Sie richtete sich auf. »Warum hast du das denn nicht gleich gesagt, du dummer Kerl?« Sie gab Silvio einen ausgiebigen Kuß auf den Mund.

1891

20. KAPITEL

An der Ecke Canal Street und Decatur Street beobachtete Silvio die vielen kostümierten Zuschauer, die auf die Parade warteten. Es wimmelte von Clowns, Königen und Königinnen, Teufeln und Chinesen, Uniformierten, Affen, Romeos, Hamlets und Pagen, und dazwischen liefen Hausierer herum, die gebrannte Nüsse, dicke Zigarren und Reiskuchen feilboten.

Genaugenommen war es unter Silvios Würde, die Straßen abzuklappern und von Taschendieben, die hier ihr Unwesen trieben, Abgaben zu kassieren. Aber beim *Mardi Gras* war sozusagen Hochsaison, und Angelo hatte nicht genug Leute. Es war der erste Karneval, seit Silvio wieder in New Orleans lebte. Angeblich hatte sich viel verändert. Ursprünglich abgehalten, um den Aschermittwoch und die Fastenzeit zu feiern, begann der Karneval nun schon am Dreikönigsabend, am 6. Januar, und dauerte ohne Unterbrechung bis Mitte Februar. Fast an jedem Nachmittag oder Abend fand ein Umzug statt, an den sich Bälle in den verschiedenen Opernhäusern und Festhallen anschlossen. Von überallher kamen Besucher in die Stadt und brachten Geld mit – ein gefundenes Fressen für Taschendiebe.

Taschendiebstahl gehörte seit langem zu den »Gewerben«, die Schutzgelder zahlen mußten. Angelo und Vito hatten das Französische Viertel zwischen sich aufgeteilt. Die Taschendiebe zahlten pro Tag zwanzig Dollar für das Vorrecht, in ihrem angestammten Revier zu arbeiten. Im Karneval stieg der Preis auf dreißig Dollar. Angelos Leute kassierten allein in der Canal Street täglich 120 Dollar.

Silvio beobachtete einen als venezianischen Höfling maskierten

Dieb, der hinter den Wartenden an einer Straßenbahnhaltestelle stand. Früher oder später würde jemand seine Jackentasche befühlen, um sich zu überzeugen, daß sein Portemonnaie noch da war. Genau dies erkor ihn zum Opfer. Sobald die Bahn kam, würde sich der Dieb zwischen die Leute drängen, die einsteigen wollten. Im letzten Moment würde er es »zulassen«, weggeschubst zu werden, und mit der Beute schleunigst verschwinden.

Die Bahn kam, und es verlief alles genau nach Plan. Silvio folgte dem venezianischen Höfling, der in einer Gasse verschwand.

In der beginnenden Dunkelheit lehnte er sich an eine Mauer und begann, die Brieftasche zu filzen.

»Hallo, Arthur«, sagte Silvio.

Der Maskierte fuhr herum. »Mein Gott, Mister Priola. Hab' schon gedacht, Sie wär'n die Polizei.«

»Keine Angst, ich will nur den Anteil kassieren.«

»Wer sind denn Ihre verkleideten Freunde da?«

Silvio begriff die Frage erst, als Arthurs grinsende weiße Maske unverwandt über seine Schulter spähte.

Er wandte sich um und erstarrte.

Drei Gestalten standen hinter ihm. Ein Clown, ein Teufel und ein Chinese. Sie waren ihm offenbar ebenso lautlos in die Gasse gefolgt wie er kurz zuvor dem Taschendieb.

»Verschwinde, Nigger«, sagte der Teufel auf englisch.

Arthur rannte sofort weg.

Draußen auf der Canal Street zog gerade die Parade vorbei. Das Thema war »Licht«, und viele Festwagen waren zum ersten Mal mit elektrischen Glühbirnen illuminiert. Darauf war Silvio am meisten gespannt gewesen. Er wollte nämlich, daß das Mamie Christine als erstes Etablissement von der neuen Technik Gebrauch machte.

Die Zuschauer klatschten und jubelten.

»Jetzt zu dir, du Hornochse«, sagte der Teufel und wickelte etwas von seiner Taille ab. Ein Drahtseil!

Sie umringten Silvio.

Er überlegte fieberhaft. Liottas Leute! Der hatte in der Sakristei zwar versprochen, Silvio würde nichts zustoßen, aber Liotta war bekanntlich ebensowenig zu trauen wie einem Alligator. Der Kathedralenplan lief bestens, doch es sah ganz so aus, als würde Silvio ihn nicht mehr erleben.

Die Angreifer versuchten, Silvio mit dem Rücken gegen eine Mauer zu drängen. Gelang ihnen das, dann... *finito.*

Plötzlich machte der Chinese einen Ausfall. Silvio versuchte, ihn mit einem Boxhieb abzuwehren, doch da packte der Clown seinen anderen Arm, und gemeinsam wollten sie ihn auf die Erde zwingen. Nach einem kurzen Gerangel spürte Silvio, wie ihm mit einem Fußtritt die Beine weggekickt wurden, und mit dem Rücken knallte er auf das kalte, schmutzige Kopfsteinpflaster. Zwei der Maskierten hielten ihn fest, während der dritte, der Teufel, sich hinter seinem Kopf zu schaffen machte.

Der Clown lag nun mit seinem ganzen Gewicht auf Silvios Oberkörper, und der Chinese mühte sich, ihm die Stiefel auszuziehen. Silvio zuckte und trat mit den Beinen um sich. Die schlammige Straße war mit Steinen, zerbrochenem Glas, Muschelschalen und Holzsplittern übersät. Selbst wenn es Silvio gelänge, sich loszureißen, würde er ohne Schuhe nicht schnell genug laufen können.

Inzwischen saß der Chinese auf Silvios Unterschenkeln und schaffte es, trotz verzweifelter Gegenwehr, ihm den rechten Stiefel runterzureißen. Dann nahm er sich den linken vor.

Silvio bäumte sich auf und trat gleichzeitig mit den Füßen. Der Chinese hielt sich fest, aber der Clown wurde abgeschüttelt. Dies war Silvios einzige Chance. Er schlüpfte auch noch aus seinem linken Stiefel und riß sich los. Der Teufel, der mit beiden Händen die Drahtschlinge hielt, konnte ihn nicht gleich packen und brüllte: »Haltet ihn!«

Zu spät. Silvio war schon auf den Beinen und rannte los. Die Canal Street kam nicht in Frage, da der Teufel ihm den Weg versperrte. Also wandte er sich in die andere Richtung, wo die Gasse in die Iberville Street mündete.

Gerade als er dort ankam, trat er in den herausstehenden Nagel eines Hufeisens, das ein Pferd oder Maultier verloren hatte. Er schrie vor Schmerz und blieb stehen, um sich das spitze Eisen aus der Fußsohle zu ziehen.

Aber er mußte sofort weiter, denn die anderen holten schon auf. Hinkend setzte er sich in Bewegung. Was sollte er bloß tun?

Doch als er sich der Bienville Street näherte, kam ihm die rettende Idee.

Wenn er sich nicht irrte, würde er an der Ecke Bienville Street und Royal Street Hilfe holen können. Er mußte nur noch ein paar Häuserblocks schaffen ... Im nächsten Moment rutschte er auf irgendwelchen verfaulten Gemüseresten vor einem Eßlokal aus. Um seinen Sturz abzufangen, streckte er den Arm aus und geriet prompt mit der Handfläche in die scharfkantigen Scherben eines Tellers. Zum zweiten Mal stieß er einen Schrei aus. Die Schnittwunde tat höllisch weh. Seine Brille fiel in den Unrat.

Aber immerhin sah er schon, wonach er Ausschau gehalten hatte, und kam mühsam wieder hoch. Auch die Bienville Street lag verlassen da, denn wirklich so gut wie jeder schaute sich die Parade an.

Die drei Männer waren immer noch hinter ihm her. Silvio zwang sich trotz der stechenden Schmerzen, schneller zu laufen. Dann war er am Ziel. Noch vor dem Treffen mit Liotta in der Sakristei hatte Silvio einen Plan sämtlicher Feuermelder in der Stadt angelegt. Und er hatte sich richtig erinnert, daß es an der Ecke Bienville Street und Royal Street einen gab. Humpelnd legte er die letzten Meter zurück und drückte auf den Knopf. Er drückte wieder und wieder, bevor er gegen den Pfosten sackte, der den Feuermelder trug. Nun lag sein Schicksal in der Hand der Feuerwehr, die hoffentlich in ein paar Minuten anrückte. So lange mußte er durchhalten.

Der Teufel und seine zwei Spießgesellen wußten das natürlich auch. Schon hatten sie ihn wieder umzingelt. Der Clown stürzte sich auf Silvio und umklammerte dessen Handgelenke. Der Chinese kam von hinten und umschlang Silvios Taille mit beiden Armen. Dieses Mal machte auch der Teufel mit, da ihr Ziel ganz offensichtlich war, ihr Opfer in einen finsteren Durchgang neben dem verschlossenen Laden eines Flickschusters zu schleppen.

Silvio wehrte sich mit dem Mut der Verzweiflung und versuchte, sich am Pfosten festzuhalten, doch mit vereinten Kräften zerrten sie ihn weg. Silvio schätzte, es war erst eine Minute vergangen, seit er den Alarm ausgelöst hatte. Während der Chinese und der Clown Silvio über den Gehsteig schleiften, versetzte der Teufel ihm einen heftigen Tritt mit der Schuhspitze, um seinen Widerstand zu brechen. Sobald sie ihn in dem dunklen Durchgang hatten, drückte ihn der Chinese zu Boden, während die anderen ihn mit Fußtritten bearbeiteten. Seine Unterlippe riß auf, das linke Auge begann zuzuschwellen. Doch dann schaffte Silvio es, den Teufel beim Fußgelenk zu packen. Der verlor das Gleichgewicht, krachte auf die Erde und schrie laut auf, als er mit dem Kopf gegen einen Holzschuppen knallte.

Dies verschaffte Silvio eine kleine Verschnaufpause, aber nun schäumte der Teufel vor Wut. Er rieb sich fluchend den Knöchel und zerrte die Garrotte heraus. »Haltet das Schwein fest!« zischte er. »Bringen wir's hinter uns.«

Jetzt setzte sich auch noch der Clown auf Silvio, der nicht mehr in der Lage war, sich vehement genug zu wehren. Inzwischen mußten doch schon vier Minuten vergangen sein?

Silvio spürte den Teufel hinter sich. Er versuchte, seine Arme freizubekommen, und schaffte es gerade noch, mit der Hand hochzufahren, als sich die Schlinge um seinen Hals legte. Er umklammerte den Draht direkt unterhalb seines Ohrs.

»Seine Hand! Biegt seine Finger auf!« rief der Teufel.

Aber das war leichter gesagt als getan. Einen Augenblick später verlagerte sich das Gewicht auf Silvios Körper. Der Clown hatte sich bewegt. Silvio wollte sich aufrichten, war inzwischen aber so matt, daß die anderen ihn wieder hinunterdrücken konnten.

Dann roch es plötzlich nach Rauch. Der Clown hatte sich eine Zigarette angezündet, und Silvio wußte, was geschehen würde, noch bevor ihm das glühende Ende auf die Hand gedrückt wurde.

Der Schmerz war fast unerträglich, aber Silvio ließ trotzdem nicht die Garrotte los, denn das hätte seinen sicheren Tod bedeutet. Sobald sich der Draht in sein Fleisch grub, war es mit ihm aus und vorbei.

Doch der Schmerz war kaum noch auszuhalten. Es stank nach verbranntem Fleisch, und seine ganze Hand schien anzuschwellen.

Genau da hörte er das Gebimmel der Feuerwehr ein paar Häuserblocks weit entfernt. Gott sei Dank regnete es nicht! Die Wagen waren schon oft im Morast steckengeblieben.

Der Teufel hatte es auch gehört und zog die Drahtschlinge noch fester zu. Konnte er Silvio strangulieren, obwohl dieser die Finger innerhalb der Schlinge hatte? Auf jeden Fall versuchte er es. Die Zigarette verschmorte immer noch Silvios Haut.

Das Gebimmel kam näher. Er mußte durchhalten! Vielleicht nur noch dreißig Sekunden ... Doch der grauenhafte Schmerz auf seinem Handrücken benahm ihm die Sinne. Er wollte nur noch, daß es aufhörte, wollte nur noch schlafen ...

Stimmen erklangen. Waren das die Feuerwehrleute? Silvio versuchte, um Hilfe zu rufen, brachte aber keinen Ton heraus.

Plötzlich ließ der sengende Schmerz nach, kein Gewicht drückte ihn mehr nieder, und die Schlinge um seinen Hals lockerte sich. Die drei Kostümierten richteten sich auf. Zwei versetzten ihm noch einen Fußtritt, und dann schlenderten sie betont unauffällig davon. Der Teufel humpelte, wie Silvio noch auffiel.

Zwei Tage später stand in der Zeitung *The Times-Democrat*, die Gerichtsverhandlung gegen die vierzehn Sizilianer, die im Mai des vergangenen Jahres an der Schießerei Ecke Claiborne Street und Esplanade Street beteiligt waren, sei nun schon zum dritten Mal vertagt worden. Als Grund werde angegeben, daß mehrere Zeugen inzwischen ihre Aussagen revidiert hätten und zwei der Delinquenten zu jung seien, um vor Gericht zu erscheinen.

Es hieß weiter, einige der Zeugen hätten behauptet, sie seien nach der Schießerei von der Polizei, die möglichst rasch die Verantwortlichen verhaften wollte, um die Öffentlichkeit zufriedenzustellen, unter Druck gesetzt worden.

Mehrere Augenzeugen seien nun nicht mehr so sicher, beim Polizeiverhör die wahren Schuldigen identifiziert zu haben.

Auf jeden Fall sei auffällig, daß seit diesen Verhaftungen die Zahl der kriminellen Delikte im Hafenviertel gesunken sei.

Silvio schaute in den Ballsaal hinunter. Obwohl erst drei Tage seit dem Überfall vergangen waren, hatte er sich recht gut erholt. An diesem Abend war die Französische Oper in ägyptischem Stil dekoriert, und alle Ballgäste trugen entsprechende Gewänder. Die Kapelle des 71. Regiments spielte gerade die Melodie eines bekannten Liebeslieds. Weiß gekleidete Debütantinnen wurden heute von ihren Eltern in die Gesellschaft eingeführt.

In Silvios Loge saßen Angelos Frau, Anna-Maria und Dick Saltram. Außerdem noch die überglückliche Virginia, denn Silvio hatte sein Versprechen gehalten und ihr für diesen Abend sogar ein neues Ballkleid gekauft. Vincent Mistretta und Luca Cuono, Priolas *caporegimes*, standen in der Nähe und spielten die Rolle von Leibwächtern. Angelo war noch nicht aufgetaucht, denn er hatte Probleme mit seiner Leber und war zum Arzt gegangen. Nach alter Tradition durfte man beim Karneval nicht mehr in den Ballsaal zurück, wenn man ihn einmal verlassen hatte.

Das Orchester spielte nun einen Walzer, und Anna-Maria lächelte Silvio zu. »Tanzen wir?« fragte sie.

Auf der Tanzfläche flüsterte Silvio: »Das haben wir nicht mehr getan seit... Wie hieß das Schiff?«

»*Syrakus.*«

Er schmunzelte. »Ich war damals reichlich naiv, hm?«

»Aber dabei nicht uncharmant.« Sie preßte sich an ihn.

Silvio war überrascht und sofort erregt. Das hatte sie schon immer geschafft. »Anna-Maria, was tust du?«

»Keine Angst, hier herrscht ein solches Gewühl, da kann keiner was sehen.« Sie bewegte sich mit ihm im Takt. »Hast du gemerkt, daß ich wieder schlanker geworden bin?«

»Natürlich! Ich bin doch nicht blind!«

»Übrigens habe ich ein kleines Haus auf der Esplanade gemietet. Wir könnten uns dort dienstags treffen. Wie auf dem Boot. Weißt du noch, was ich da alles mit dir gemacht habe?«

Und wie sich Silvio daran erinnerte!

In dem Moment fiel ihm aber plötzlich eine Frau auf, die ihn musterte. Zuerst kam sie ihm nur vage bekannt vor, doch dann erinnerte er sich wieder und sagte zu Anna-Maria: »Entschuldige mich bitte. Ich habe gerade eine alte Freundin entdeckt.«

»Ich entschuldige dich, wenn du einwilligst, am Dienstag zu mir zu kommen.«

Er küßte sie auf die Wange. »Sag mir die genaue Adresse, und ich werde dasein.«

Silvio trat an den Rand der Tanzfläche und sprach die Frau an, die ihn verwirrt ansah. »Stella, erkennst du mich nicht mehr? Ich bin's, Silvio.«

Sie fuhr sich unwillkürlich mit der Hand an den Mund und lächelte dann verlegen. »Ach, du bist also zurück.«

»Ja, aber mit einem neuen Namen. Vanni Priola. Du kannst dir sicher denken, warum.«

Er geleitete sie zu einem Tisch und nahm einem Kellner im Vorbeigehen zwei Champagnergläser vom Tablett. Sie setzten sich und tranken einander zu.

»Du weißt, daß Nino im Gefängnis ist?« fragte er.

»Ja, ich weiß. Zum Glück habe ich inzwischen einen anderen gefunden, einen guten Mann. Heute abend kann er nicht hier sein, weil er als Kapitän auf einem Flußschiff arbeitet. Das mit Madeleine tut mir leid.«

»Vito hat sie umbringen lassen. Das ist einer der Gründe, warum ich wieder hier bin. Er wird dafür zahlen.«

Nach einer kleinen Pause fragte er stockend: »Stella, was ist mit Madeleines ... Leiche passiert?«

»Sie ist auf dem Klosterfriedhof der Ursulinen begraben. Es war ein anständiges Begräbnis, Silvio.«

»Und ihr Kind?«

»Edward? Den hab' ich adoptiert. Er ist jetzt zwölf.«

»Und ... weiß er Bescheid?«

»O ja. Ich hab' nichts vor ihm verheimlicht.«

»Sieht er ihr ähnlich?«

Sie nickte.

Er schaute zu seinem Tisch hinüber. Angelo war gerade gekommen. »Ich muß gehen, Stella. Wo wohnst du? Ich möchte ...
Edward gern kennenlernen. Bist du damit einverstanden?«

Sie lächelte. »Klar, Silvio, ich meine ... Vanni. Dauphine Street
421. Komm zum Lunch. Ich bin eine gute Köchin.«

»Gern, Stella.« Während er die Tanzfläche überquerte, fiel ihm
Liottas *sottocapo* auf, Carmen Sinagra. Er hinkte. Damit war
zumindest eine Frage beantwortet. Der war also der Teufel gewesen.

Als Silvio sich neben Angelo an den Tisch setzte, flüsterte ihm
dieser zu: »Liottas Leute sind heute entlassen worden. Das hat
mir der Gefängnisarzt erzählt.«

»Mit welcher Begründung?«

»Nicht genügend Beweise, laut Staatsanwalt. Zwei sind noch
minderjährig, und die drei illegalen Einwanderer hat man nach
Sizilien zurückverfrachtet. Die Augenzeugen singen jetzt ein
andres Liedchen. Sie wissen nicht mehr, ob die Typen, die sie
zuerst identifizierten, auch wirklich auf sie geschossen haben.
Mist!«

»Wie nimmt's Martell?«

»Natürlich als Fehlschlag, und er ist ganz schön sauer.«

»Vermutet er irgendwas?«

Angelo schüttelte den Kopf. »Wir hatten Glück mit diesen Illegalen. Dadurch wirkt's echt.«

»Und Liotta?«

»Stinkwütend! Er weiß, daß irgendwas im Gange ist, tappt aber
noch im dunkeln. Bestimmt plant er schon einen Rachefeldzug.«

»Nicht, wenn er klug ist. Dann wartet er nämlich lieber ab, bis
sich die Lage normalisiert hat. Schlägt er zu rasch zu, weiß doch

jeder, daß er dahintersteckt. Er wird was ganz Spektakuläres inszenieren, um zu zeigen, daß mit ihm weiter zu rechnen ist. Das gibt uns Zeit für unser Spielchen. Endlich sind wir ihm mal voraus. Stufe zwei ist perfekt gelaufen.«

»Heißt das . . . Stufe drei kann beginnen?«

»Laß mich überlegen. Heute ist der elfte Februar. Wir müssen im Gegensatz zu Liotta rasch handeln. Sagen wir mal, in drei Wochen. Achte vor allem darauf, daß es eine dunkle, regnerische Nacht ist. Und natürlich muß Liotta in der Stadt sein.«

»Also, man zieht sie mit diesem Schlüssel auf, stellt die Lokomotive auf die Schienen, löst den Bremshebel . . . und los!«

Silvio beobachtete, wie die Miniatureisenbahn im Kreis herumschnurrte. Er war von der aufziehbaren Modelleisenbahn aus Deutschland und von Madeleines Sohn Edward gleichermaßen entzückt. Edward sah seiner Mutter ähnlich und war ein fröhliches, lebhaftes Kind. Stella und ihr Mann behandelten ihn offensichtlich sehr gut.

Zuerst war Silvio befangen gewesen, da er keine Erfahrung im Umgang mit Kindern hatte. Edward war dagegen ohne Scheu und hatte ihn geradeheraus gefragt: »Sind Sie mein richtiger Vater?«

»Nein, aber ich wünschte, ich wär's«, hatte Silvio geantwortet. »Ich kannte deine Mutter sehr gut. Du kannst stolz auf sie sein. Sie war eine großartige Frau.«

»Ja, das hat Stella auch gesagt. Ich kann mich nicht mehr an sie erinnern, weil ich erst zwei Jahre war, als sie das Fieber bekam.«

Stella warf Silvio einen flehenden Blick zu. Ihre Behauptung, sie habe vor dem Jungen nichts verheimlicht, galt offenbar nicht für die Umstände von Madeleines Tod, wie er jetzt merkte. Er lächelte sie an und nickte leicht.

Edward hatte ihm erzählt, daß er mit Stella manchmal zum Grab seiner Mutter ging, und so bat Silvio ihn nach dem Essen, ihn dorthin mitzunehmen.

Der Friedhof hinter dem Nonnenkloster erinnerte Silvio an

Quisquina auf Sizilien. Vielleicht lag es an der friedlichen Atmosphäre, die er als wohltuend empfand.

Edward führte ihn zu einem Grabstein unter hohen Bäumen. »Hier ist es«, sagte er. »Madeleine Dupont, gefallener Engel«, las er laut vor.

Silvios Augen wurden feucht. Madeleine war seit vielen Jahren tot, doch jetzt, als er ihren Grabstein sah, traf ihn der Verlust ganz besonders stark.

Wieder einmal fühlte er sich unendlich einsam. Madeleine lebte in Edward weiter, Nino in Annunziata, Angelo in Anna-Maria, und auch Anna-Maria hatte Kinder... Nur er hatte niemanden, weder Eltern noch Kinder.

Silvio legte gedankenverloren Blumen auf das Grab. Er hatte es geschafft, sich hier in New Orleans eine Existenz aufzubauen. Aber das reichte ihm nicht. Er war wie besessen von seiner Auseinandersetzung mit Liotta. Alte Rechnungen zu begleichen war zwar wichtig, dachte er nun, aber das konnte doch nicht das ganze Leben sein. Er war, wie er sich jetzt eingestand, ohne Annunziata nur ein halber Mensch. Er mußte etwas unternehmen, noch war es nicht zu spät. Das würde alles komplizieren und vielleicht sogar das Ende des Kathedralenplans bedeuten, aber es war machbar.

Er schaute ein letztes Mal auf Madeleines Grabstein. Wie gut, daß er gekommen war, denn hier hatte er erkannt, was er tun mußte.

21. KAPITEL

David Martells Hauptmerkmale waren sein buschiger Schnurrbart und ein Schlapphut, den er immer trug, wenn er unterwegs war. Er stammte von Iren ab, war Junggeselle und wohnte zusammen mit seiner Mutter in der Franklin Street. Meistens arbeitete er bis acht oder neun Uhr abends.

Auch am Mittwoch, dem 23. März 1891, saß er lange an seinem Schreibtisch im Rathaus. Gegen zwanzig vor neun nahm er endlich seinen Hut und trat in den Nieselregen hinaus. Er kehrte in Dominick Virguts Austernrestaurant ein, wo er Stammgast war, denn außer der Arbeit frönte er nur einer Leidenschaft, und das waren frische Austern.

Er blieb über eine Stunde dort, unterhielt sich, aß und trank dazu Milch, da er Alkohol ablehnte. Gegen fünf vor halb elf verließ er das Restaurant. Es regnete immer noch, und er krempelte seine Hosenbeine hoch, damit sie nicht schmutzig wurden.

Um nach Hause zu gelangen, mußte er in westlicher Richtung die Rampart Street entlanggehen, bevor er dann in die Girod Street einbog. Es war eine sehr dunkle Nacht, und die neuen elektrischen Laternen nützten nur wenig, da sie je nach Lust und Laune mal heller brannten und dann wieder fast erloschen.

Als Martell die Ecke Girod Street und Basin Street erreichte, kam ihm ein etwa zwölfjähriger Junge entgegen, der ihn aufmerksam musterte. Martell ging weiter. Wenige Augenblicke danach pfiff der Junge. An diesen Pfiff sollte man sich später erinnern.

Einen halben Block weiter stand zwischen den hohen Häusern ein Holzbau mit einer überdachten Veranda. Dort blieb der Polizeichef stehen, um sich eine Zigarre anzuzünden. Als er in der

Tasche nach Streichhölzern tastete, ertönte ein Schuß. Die Kugel durchbohrte Martells Schulter, und von der Wucht wurde er gegen die Holzwand geschleudert. Er ließ die Zigarre fallen und wollte nach seiner Waffe greifen, doch da trafen ihn schon die nächsten Schüsse in Bauch und Beine. Trotzdem schaffte Martell es noch, die Pistole aus dem Halfter zu ziehen und sich auf den Fahrdamm zu schleppen. Bevor er aber abdrücken konnte, durchlöcherten weitere Kugeln aus dem Dunkel der Nacht ihm die Brust.

Martell machte noch einige Schritte. Er feuerte ein, zwei Schüsse ab, die mit einer weiteren Gewehrsalve von der anderen Straßenseite zeitlich zusammentrafen. Dieses Mal wurde sein Körper förmlich hin und her geworfen. Die Waffe entglitt seiner Hand, er sackte auf die Knie und fiel vornüber in den Schlamm.

Nach dem letzten Schußwechsel war nur noch das Plätschern des Regens zu hören. Ganz von ferne drang Stimmengewirr. Vermutlich rätselten Passanten darüber, von wo genau wohl die Schüsse gekommen waren.

In der unmittelbaren Nachbarschaft blieb alles still. Kein Mensch rührte sich. Keiner wollte der nächste sein.

Dann rannten schemenhafte Gestalten polternd über die hölzernen Gehsteige davon.

Silvio beobachtete, wie Anna-Marias ältestes Kind, Angelo junior, auf dem Schoß seines Großvaters herumhopste und ihn an seinen Koteletten zupfte.

Anna-Maria brachte eine Kanne Kaffee herein. Sie sah wirklich blendend aus in letzter Zeit. Lächelnd nahm sie ihrem Vater das Kind ab.

»Kaffee?« fragte Angelo.

»Gern.« Silvio wartete, bis Anna-Maria das Zimmer verlassen hatte. »Erzähl mal, was du gehört hast«, sagte er dann.

»Parker hat sofort gehandelt. Er hat den stellvertretenden Polizeichef beauftragt, von Liottas Leuten so viele wie möglich einzubuchten – und Liotta selbst auch. Siebzehn sollen schon im Gefängnis sein. Der gelbe Gummimantel war wirklich ein guter Trick. Mindestens drei Leute haben ihn gesehen, und man erinnert sich natürlich noch von der letzten Schießerei daran. Es ist tatsächlich alles so gekommen, wie du es damals in der Kathedrale vorhergesagt hast. Da gibt's nur ein Problem.«

»Und das wäre?«

»Martell ist nicht tot.«

»Was?«

»Ja, wirklich. Er hat elf Kugeln abgekriegt und lebt trotzdem noch. Wer weiß? Vielleicht erholt er sich sogar wieder.«

»Wo hat's ihn erwischt?«

»Überall, nur nicht am Kopf, und auch das Herz ist verschont geblieben.«

Silvio schüttelte fassungslos den Kopf. Eine schlechte Nachricht. Sein ganzer Plan war in Gefahr. »Redet er?«

»Das weiß ich nicht. Natürlich versuche ich, Informationen von den Polizisten zu bekommen, die wir bezahlen. Und von Parker. Aber ich darf es nicht zu auffällig machen.«

Anna-Maria tauchte auf der Schwelle auf. »Wollt ihr die Zeitungen?«

Als beide nickten, legte sie ihnen einen ganzen Stapel auf den Tisch. Alle Blätter brachten den Zwischenfall auf den Titelseiten. »POLIZEICHEF NIEDERGESCHOSSEN«, »MARTELL VON SIZILIANISCHEN KILLERN 11 MAL GETROFFEN« und »VENDETTA!« lauteten die Schlagzeilen.

Als Silvio und Angelo die Artikel gelesen hatten, saßen beide einen Moment in Gedanken versunken schweigend da.

Dann sagte Silvio leise: »Wenn Martell überlebt, kann er vielleicht seine Angreifer identifizieren.«

»Er arbeitet für uns.«

»Angie! Sei nicht naiv. Bei so was zählt nicht mehr, von wem du dein Geld kriegst. Wenn er sehen konnte, wer auf ihn geschossen hat, wird er's sagen. Das tätest du doch auch!«

Er überlegte kurz und redete dann weiter. »Der Artikel in der *Picayune* schildert alles genau so, wie wir es haben wollen. Für die ist klar, daß es sich um Vendetta handelt. Ebenso klar ist, daß Liotta da mit drinsteckt. Was wollen wir mehr? Stufe drei verläuft wie geplant. Wir dürfen jetzt nicht die Nerven verlieren.« Er schlug mit der Hand auf den Tisch. »Wir müssen die Leute einsetzen, die auf deiner Lohnliste stehen, Angie. Es muß doch einen im Krankenhaus geben, der uns was schuldet. In dem Artikel heißt es, Martell sei sehr schwach. Da muß doch was zu machen sein.«

Angelo schüttelte den Kopf. »Das gefällt mir nicht. Es ist zu riskant. Damit gefährden wir unsern ganzen Plan . . .«

»Es gibt keinen Plan mehr, wenn Martell überlebt. Begreifst du denn nicht? Wenn Martell mit dem Finger auf seine Mörder deutet, wenn die Öffentlichkeit rauskriegt, was wir beide schon wissen, dann stecken wir in der Patsche. Also sag nicht, daß es dir nicht gefällt. Gib einem von unsern Leuten einen Tritt in den Arsch. Mir ist egal, wie's getan wird. Aber getan werden muß es. Und zwar bald!«

Das Charity Hospital lag an der Ecke Gironde Street und Cannon Street. Es war ein dreistöckiges Gebäude mit sechs Trakten, die von einem langen Mittelgang abgingen. Eine Ironie des Schicksals wollte es, daß dieses Krankenhaus mit den Steuern finanziert worden war, die Einwanderer zahlen mußten, wenn sie in New Orleans an Land gingen.

Der Bürgermeister hatte die ganze Nacht an Martells Bett Wache gehalten. Außer ihm waren noch einige städtische Beamte anwesend, Ärzte, Schwestern, Polizisten, Reporter, Martells verwitwete Mutter und zeitweise sogar Dominick Virgut, der Besitzer des Austernrestaurants.

Martell tauchte nur gelegentlich aus der Bewußtlosigkeit auf. Am nächsten Vormittag schickten die Ärzte gegen elf Uhr alle aus dem Zimmer.

»Aber was ist mit der Bewachung?« gab der Bürgermeister zu bedenken. »Die ihn umbringen wollten, könnten ja wiederkommen.«

»Na schön«, stimmte einer der Ärzte zu. »Ein Bewacher.« Parker musterte die vier anwesenden Polizisten und wählte Frank Cassidy aus. »Okay, Frank«, sagte er. »Sie sind der Kräftigste und der Größte. Sie bleiben hier.«

Cassidy erwiderte Parkers Blick. »Ja, Sir!«

Die anderen trollten sich. Cassidy stand neben dem Bett. Er lauschte, bis der ganze Trupp den Korridor entlanggegangen war, wartete noch einen Moment und öffnete dann die Tür einen Spaltweit. Niemand zu sehen.

Eilig schloß er die Tür und trat zurück an das Bett. Er durfte nicht über das nachdenken, was er jetzt gleich tun würde, denn er hatte keine andere Wahl. Seit drei Jahren bekam er nun schon Geld von den Priolas und hatte immer gewußt, daß er ihnen dafür irgendwann einen Dienst erweisen mußte.

Er zog eines der Kissen unter Martells Kopf hervor. Der Polizeichef bewegte sich und öffnete die Augen. Cassidy erstarrte förmlich. Dann schlossen sich die Augen wieder, und Martell lag ganz still da.

Ohne noch länger zu warten, packte Cassidy das Kissen mit beiden Händen und drückte es auf Martells Gesicht. Später sollte er manchmal daran zurückdenken, wie schwach sein oberster Dienstherr gewesen war, wie wenig er sich gewehrt hatte.

Am nächsten Tag meldete *The Times-Democrat* unter der Überschrift »MARTELL TOT. LIOTTA-BANDE UNTER MORDANKLAGE«.

»Der Polizeichef von New Orleans, Mr. David Martell, ist heute kurz vor Mittag gestorben. Dr. Robert Coe, der Chefarzt des Charity Hospital, erklärte, Mr. Martell sei im Schlaf seinen schweren Verletzungen erlegen.

Polizeisergeant Frank Cassidy aus Metairie war bis zuletzt bei Martell. In einem Gespräch mit dieser Zeitung sagte er, der Polizeichef habe plötzlich die Augen geöffnet und gestöhnt. ›Ich stellte mich zu ihm ans Bett‹, sagte Cassidy. ›Der Chef schaute mich an, machte dann aber wieder die Augen zu. Er versuchte, etwas zu sagen, doch ich verstand zuerst kein Wort.

*Da beugte ich mich zu ihm runter und hörte ganz deutlich, wie
er sagte: Die Itaker waren es. Ich war nicht sicher, ob er danach
gleich gestorben ist, es sah aber so aus. Also hab' ich Dr. Coe
geholt, und der hat bestätigt, daß er tot war.‹
Nach dem Tod des Polizeichefs kündigte der Staatsanwalt, Mr.
Clarence Foley, an, er werde fünf der verhafteten Sizilianer
unter Mordanklage stellen und weitere acht, Vittorio Liotta eingeschlossen, wegen Anstiftung zum Mord anklagen.
Alle dreizehn bleiben in Untersuchungshaft bis zum Prozeß,
der voraussichtlich in etwa drei Monaten beginnen wird.«*

Anna-Maria zündete sich eine Zigarette an. »Das war gut. Sehr
gut sogar. Du hast es nicht verlernt.«
»Und du benimmst dich nicht gerade wie eine Mutter.«
Sie lachte hell auf. »Auch Mütter können lüstern sein. Mein Gott,
wie sehr du mich manchmal erregst.« Sie küßte ihn.
»Was hast du Saltram gesagt?«
»Gar nichts. Übrigens ist er kein schlechter Liebhaber, Silvio,
aber er erregt mich eben nicht so wie du. Ich gehe mit Freundin-
nen essen oder einkaufen. Ich muß zur Schneiderin und verbringe
Nachmittage in der Bücherei. Solange ich um fünf Uhr zu Hause
bin, wird er garantiert nicht mißtrauisch.«
Seit Silvios Rückkehr nach New Orleans war er nun schon zum
zweiten Mal in ihr kleines Haus an der Esplanade Street gekommen, das vor allem deshalb so praktisch war, weil es einen Garten
mit einem Hinterausgang hatte, der in ein ehemaliges Sklaven-
viertel führte. Anna-Maria konnte das Haus also von vorne betreten, Silvio von der Rückseite.
Silvio hätte es ihr gegenüber nie zugegeben, aber Anna-Maria war
im Bett besser denn je, und er fand es natürlich schmeichelhaft
und erregend, daß sie ihn nach all den Jahren noch so begehrte.
Außerdem konnte er mit Anna-Maria auch Geschäftliches
besprechen, denn sogar Angelo vertraute ihr vollkommen.
»Gibt's was Neues von Liotta?« fragte sie nun.
Silvio blies Zigarettenrauch in die Luft. »Er hat einen guten

Anwalt, einen gewissen James Falmouth. Wir nehmen an, daß er die Zeugen beeinflussen wird. Bei unsern hat er keine Chance, aber ein paar von den Unabhängigen kann er vielleicht Angst einjagen. Und vor den Geschworenen wird er auch nicht haltmachen, sobald die ausgewählt sind«

»Machst du dir Sorgen?«

»Na klar mache ich mir Sorgen. Liotta ist reingelegt worden. Von uns, von mir. Und er weiß es, kann im Gefängnis aber nicht viel unternehmen. Er weiß auch, daß ich Martell benutzt habe, um ihn zu kriegen, so wie er ihn vor vielen Jahren benutzt hat, um Nino und mich auszuschalten. Jetzt sind wir quitt. Das ist für ihn so bitter, wie es für mich süß ist.«

Er zog heftig an seiner Zigarette. »Die Schwachstelle in meinem Plan ist, daß die Staatsanwaltschaft dem Gericht die Liste mit ihren Zeugen schon im voraus geben muß, die Verteidigung aber nicht. Was bedeutet, daß Liotta unsre Leute auf Teufel komm raus einschüchtern wird, wir bei seinen Zeugen aber nicht das gleiche tun können.«

»Bist du sicher, daß er das macht?«

»Es ist seine einzige Hoffnung. Frank Cassidys Geistesblitz, zu behaupten, Martell habe ihm kurz vor seinem Tod die Sizilianer als Täter genannt, wird für die Geschworenen garantiert ausschlaggebend sein.«

»Was wirst du tun?«

»Das weiß ich noch nicht. Aber ich muß mir was ausdenken, das Liotta völlig überrascht, muß zuschlagen, wenn er's am wenigsten erwartet.«

Beide schwiegen eine Weile.

Dann schenkte Silvio Champagner nach und reichte Anna-Maria ihr Glas. »Jetzt möchte ich dich aber was ganz anderes fragen.«

»Geht's um Annunziata?«

»Wie hast du das erraten?« fragte er erstaunt.

»Ich habe gemerkt, wie du meine Kinder beobachtest, und kann mir denken, was in dir vorgeht. Was willst du wissen?« Sie nahm einen großen Schluck Champagner.

»Beim letzten Treffen mit Liotta in der Sakristei faselte er was von Annunziata und Alesso Alcamo. Ist es wahr, oder hat er mich angelogen?«

Sie musterte ihn prüfend über den Rand ihres Champagnerglases hinweg. »Alesso ist nun in Alia der Don. Bastiano sitzt im Gefängnis, was du vielleicht schon weißt. Nach dem Debakel mit dem Waisenhaus hat man ihn geschnappt. Die Leute waren so außer sich, daß sie ihn verraten haben. Außerdem war natürlich eine Belohnung ausgesetzt. Imbriaci ist Alessos *consigliere*. Sie treiben immer noch Schutzgelder in der Gegend von Bivio Indisi ein, kontrollieren jetzt aber auch noch das Land rings um Valledolmo und Fontana Murata.«

Silvio nickte grimmig. »Und Annunziata?«

»Sie wird ihn heiraten«, antwortete Anna-Maria leise.

»Wann?«

»Ich weiß nicht. Anscheinend will Annunziata vom Abt eines dortigen Klosters getraut werden, der aber zur Zeit zu krank ist, um die Zeremonie durchzustehen.«

»Leben sie wie Mann und Frau zusammen?«

Sie nickte. »Ja. Das habe ich zumindest gehört.«

Wieder schwiegen sie. »Wer hat dir das alles erzählt?« wollte Silvio schließlich wissen.

»Vater steht nach wie vor in enger Verbindung mit den Priolas in Sizilien.«

»Also weiß er auch, was du mir gerade gesagt hast?«

Da sich auf diese Frage eine Antwort erübrigte, flüsterte sie nur: »Es tut mir leid, Silvio. Aufrichtig leid.«

22. KAPITEL

William Pinkerton war ein hochgewachsener, stattlicher Mann mit einem Walroßschnurrbart und beginnender Glatze. Sein gediegenes Büro in Chicago, Ecke East Van Buren Street und South Michigan Avenue, war mit kanadischem Ahornholz getäfelt. An den Wänden hingen Ölporträts seiner schottischen Vorfahren. Um Punkt halb elf führte seine Sekretärin einen kleinen, dunkelhaarigen Mann herein, dem man sogleich ansah, daß er aus Südeuropa stammte.Es war im April des Jahres 1891.

Pinkerton und Guido di Passo sahen zwar völlig verschieden aus, glichen sich in anderer Hinsicht aber sehr. William Pinkerton hatte die Firma seines Vaters zur größten Detektivagentur der Welt ausgebaut und verkehrte mit den Spitzen der Gesellschaft. Doch er war bescheiden geblieben.

Di Passo war sein bester Agent. Aus Genua gebürtig, sprach er französisch, portugiesisch und englisch ebenso fließend wie italienisch. Di Passo war es zu verdanken, daß Butch Cassidy und Sundance Kid aufgespürt und erschossen worden waren. Auch den Versicherungsbetrug in Philadelphia und den Lotterieskandal in Cincinnati hatte di Passo aufgeklärt. Wenn William Pinkerton ihn in sein Privatbüro bat, handelte es sich eigentlich immer um einen wichtigen Auftrag.

Zu di Passos Überraschung befanden sich an diesem Tag zwei Besucher bei Pinkerton.

»Guido«, sagte sein Chef, »ich möchte Sie mit Harrison Parker, dem Bürgermeister von New Orleans, bekannt machen. Seinetwegen habe ich Sie heute hergebeten, obwohl Sie ja eigentlich Urlaub haben. Und dies ist Angelo Priola, der Vorsitzende eines

Bürgerkomitees von New Orleans, das den Bürgermeister unterstützt. Das Komitee will unseren besten Mann haben, und da habe ich Sie ausgewählt, Guido.«

Man gab sich die Hand und setzte sich anschließend. Nachdem Kaffee hereingebracht worden war, kam Pinkerton zur Sache.

»Guido, Mister Parker steht vor einem schwierigen Problem, glaubt aber, es lösen zu können, und hier kommen Sie ins Spiel. Er wird Ihnen jetzt zuerst mal die Hintergründe schildern.«

Di Passo nickte und trank einen Schluck Kaffee.

Parker räusperte sich. »Mister di Passo, vor einigen Monaten wurde in New Orleans unser Polizeichef ermordet.« Parker hatte eine tiefe, nicht unangenehme Stimme. Sicher ein Raucher. »Er wurde nachts auf der Straße zusammengeschossen und starb am nächsten Tag. Da wir ziemlich sicher sind, die Täter zu kennen, wurden innerhalb weniger Stunden nach dem Mord einige Verdächtige verhaftet. Unglücklicherweise scheinen jetzt aber die Beweise gegen sie zusammenzubrechen. Wir hatten anfangs mehrere Zeugen, die behaupteten, die Schießerei gesehen zu haben. Doch in den vergangenen Wochen haben einige ihre Meinung geändert und sagen nun, daß sie wohl doch nicht imstande wären, die Leute zu identifizieren, die auf den Polizeichef feuerten. Zwei sind sogar von der Bildfläche verschwunden.

Es gibt immer noch einige Zeugen, die aussagen wollen, aber es hat ganz den Anschein, als hätten die Mafiosi oder ihre Helfershelfer die anderen Zeugen eingeschüchtert. Nun fürchten wir natürlich, daß sie das gleiche nach Prozeßbeginn mit den Geschworenen versuchen, was unsere Sache sehr erschweren würde.

Deshalb haben Mister Pinkerton und ich einen Plan ausgearbeitet. Was wir brauchen, ist jemand, der im Gefängnis mit den Verbrechern zusammen ist, der keine Angst vor ihnen hat und ein eindeutiges Geständnis aus ihnen herausholt, ein Geständnis, das ihre Schuld beweist und von den Geschworenen unmöglich beiseite gewischt werden kann.«

Nun ergriff Pinkerton persönlich das Wort. »Guido, der Plan ist simpel, aber höchst gefährlich. Sie kommen ins Gefängnis. Genauer ausgedrückt, Sie kommen ins zentrale Gefängnis von New Orleans. Wir haben schon eine falsche Identität für Sie vorbereitet. Sie werden ein norditalienischer Geldfälscher sein mit Namen Fabio Verro. Es gibt diesen Verro tatsächlich. Er sitzt gerade in Holland ein. Wir werden Sie also nach Amite schicken, einer kleinen Stadt in Louisiana. Dort hausen Sie dann in einem bescheidenen Hotel, als ob Sie auf der Flucht wären, untergetaucht. Falschgeld haben Sie auch dabei. Einer von Mister Parkers vertrauenswürdigsten Polizeibeamten wird Sie dort eines Tages ›erkennen‹ und ›verhaften‹. Er wird die Sache groß aufziehen, so daß sie in alle Zeitungen kommt. Dann bringt er Sie nach New Orleans ins Gefängnis, wo Sie auf Ihre Auslieferung nach New York warten.

Der Gefängnisdirektor wird über unsere kleine... Täuschung Bescheid wissen und Sie in eine Zelle mit einem der Kriminellen stecken, die des Mordes an Polizeichef Martell angeklagt sind. Alles Weitere liegt dann in Ihrer Hand.

Nur sechs Menschen sind außer Ihnen eingeweiht. Ich, Mister Parker und Mister Priola, der Polizeibeamte, der Sie verhaftet, der Gefängnisdirektor und der Anwalt, der Sie vertritt. Er wird Sie alle paar Tage aufsuchen, wie es ein Anwalt üblicherweise tut, um Ihren Fall zu besprechen. Doch in Wahrheit kommt er natürlich, um von Ihnen über die Inhaftierten informiert zu werden. Er kann Sie jederzeit wieder rausholen, sobald Sie es für richtig halten.

Es ist leider ein sehr riskantes Unternehmen, Guido. So riskant, daß ich Sie nicht drängen würde, es gegen Ihren Willen zu tun. Falls man Sie im Gefängnis entlarvt, wird man Sie vermutlich töten. Ich kann nur sagen, Mister Parker hat eine hohe Summe für diese Aufgabe geboten, und ich würde Ihnen doppelt soviel wie sonst zahlen. Wenn wir uns gleich an die Arbeit machen, könnte es klappen, daß Sie schon in zwei Wochen verhaftet werden. Die Gerichtsverhandlung findet in ungefähr drei Monaten statt, was Ihnen, na, sagen wir mal, zwei Monate Zeit für den Job läßt.

Überlegen Sie es sich gut, Guido. Diese Gentlemen werden mit mir eine halbe Stunde im Grant Park spazierengehen. Vielleicht können Sie sich in der Zeit entscheiden.«

Pinkerton, Parker und Priola standen auf und nahmen ihre Hüte vom Garderobenständer.

»Noch irgendwelche Fragen, bevor wir gehen?«

Di Passo schüttelte den Kopf.

Als er allein war, trank er seinen Kaffee aus, erhob sich und betrachtete die Ahnenporträts. Gedankenverloren trat er ans Fenster. Gerade verließen sein Chef und die beiden Männer aus New Orleans das Gebäude und schlenderten über die Straße in den Park. Seine Gefühle waren zwiespältig. Dieser Auftrag war äußerst gefährlich, daran bestand kein Zweifel, und kam zu einem denkbar ungünstigen Zeitpunkt. Di Passo war erst seit einem halben Jahr verheiratet, und seine Frau zeigte sich äußerst irritiert darüber, daß er in seinem Job soviel unterwegs sein mußte. Außerdem hatte ihr Arzt vor drei Wochen festgestellt, daß sie schwanger war.

Andererseits konnte er genau aus diesem Grund das zusätzliche Geld gut gebrauchen. Und wenn er ganz ehrlich war, reizte ihn die Aufgabe sogar besonders, weil sie eine so große Gefahr barg. In gewisser Weise war dies die größte Herausforderung in seiner ganzen Karriere: herauszufinden, wie er sich im Kampf gegen die Mafia bewährte.

Di Passo stand immer noch am Fenster, als die drei Männer zurückkamen. Er mochte William Pinkerton, dem er sich seit langem eng verbunden fühlte. Es sah dem alten Knaben ähnlich, daß er ihn in diesem Fall zu nichts drängen wollte. Seiner Meinung nach mußte sich ein Mann ohne Beeinflussung von außen entscheiden.

Nun, er hatte sich entschieden. Maria würde es nicht passen, aber das Geld käme seinem Sohn später zugute. Di Passo zweifelte keinen Moment daran, daß sein erstgeborenes Kind ein Junge sein würde.

»Wie schön, dich zu sehen, Silvio. Was für eine Überraschung! Edward ist aber leider mit seinem Vater – ich meine, mit meinem Mann – in Honey Island, um sich die Albino-Alligatoren anzusehen.«

»Macht nichts«, erwiderte Silvio lächelnd. »Ich wollte sowieso mit *dir* sprechen, Stella. Kann ich reinkommen?«

Als sie sich in dem kleinen Wohnzimmer gegenübersaßen, erkundigte sie sich neugierig: »Um was geht's denn, Silvio?«

»Ich möchte euch bei der Ausbildung des Jungen unterstützen.«

Als sie ihn nur erstaunt ansah, redete er gleich weiter. »Ich meine es ernst. Du weißt, daß ich genug Geld verdiene, und ich möchte, daß Edward alle Möglichkeiten offenstehen. Versteh mich nicht falsch, Stella. Ich weiß, was Schiffskapitäne verdienen. Es ist ein ordentliches Gehalt, aber nichts, womit man große Sprünge machen kann. Also laß mich euch helfen. Der Junge muß nichts davon wissen. Ich tu's für Madeleine und auch für mich.«

»Silvio, was höre ich denn da? Du hast dich ganz schön verändert!« Sie nickte ihm lächelnd zu. »Natürlich kannst du bei Edwards Ausbildung helfen, wenn du das gern tun willst. Aber ... Edward ist nicht dein Junge, Silvio. Hast du denn keine eigene Familie? Du bist nicht mehr so hart wie damals, da müßtest du den Frauen eigentlich noch besser gefallen als früher. Warum schaffst du dir keine eigenen Kinder an?«

Silvio musterte Stella, die so ordentlich und adrett aussah, daß von der ehemaligen Barfrau aber auch nichts mehr zu bemerken war. Er dachte an ihre lautstarken Streitereien mit Nino und an den Wutausbruch, als der ihren Geburtstag einmal vergessen hatte.

Ja, die Menschen veränderten sich. Und Stella hatte recht. Es war höchste Zeit, daß er sich seiner eigenen Veränderung bewußt wurde.

»Wie lange leben Sie denn schon in Amerika, Mister Russo? Und haben Sie immer im Süden gelebt?«

»Dies ist mein erster Besuch hier im Süden. Ich wohne meistens in New York.«

»Und was für einen Beruf üben Sie aus?«

Gott, was waren diese Südstaatler neugierig! Guido di Passo war nun schon seit drei Tagen in Amite und allmählich der Meinung, daß Pinkerton einen Fehler gemacht hatte, als er ihn in einem so kleinen Hotel wie dem Astoria einquartierte. Eigentlich war das Astoria gar kein richtiges Hotel mit ständigem Kommen und Gehen, sondern eher eine Art Pension, wo alte Leute ihren Lebensabend verbrachten. Die ältliche Dame, die ihm gerade beim Dinner, das alle gemeinsam an einem langen Tisch einnahmen, ständig Fragen stellte, war eine einsame Witwe. Und sehr gesprächig. Di Passo hoffte, verhaftet zu werden, bevor ihm bei einer dieser Unterhaltungen ein entscheidender Fehler unterlief.

»Ich bin im Geldgeschäft und will mich hier nach Projekten umsehen, in die es sich zu investieren lohnt.«

»Oh, wie interessant! Haben Sie schon etwas Spezielles im Auge?«

Er schüttelte den Kopf. Gab sie denn nie auf?

Amite war eine hübsche Stadt, und er hatte sie bei seinen ausgiebigen Spaziergängen gründlich erkundet. Morgens verließ er immer das Haus, um angeblich seinen Geschäften nachzugehen. Nach dem Dinner schlenderte er meistens noch zum Fluß, der in wenigen Minuten zu erreichen war. Er liebte den Uferdamm. Von dort konnte man auf der einen Seite den Fluß und auf der anderen das Land sehen. Hier hatte er seine Ruhe.

Auch an diesem Abend lief er ungefähr eine Stunde am Ufer entlang und beobachtete die vielen Schiffe, darunter sogar Ozeandampfer.

Di Passo kehrte wie immer zeitig ins Hotel zurück und schlief traumlos bis zum nächsten Morgen durch. Frühstück gab es von sieben bis zehn Uhr, und er kam immer als erster herunter, da er schon vorher gern eine Zigarette rauchte. Di Passo setzte sich in einen Schaukelstuhl auf der vorderen Veranda und fand auch heute wieder, dies sei die schönste Tageszeit in Louisiana. Die Luft war noch frisch und kühl. Er lehnte sich zurück und paffte gemütlich vor sich hin.

»Keine Bewegung, Mister.«

Endlich!

Langsam hob di Passo die Arme hoch und schaute sich um. Ein Mann in dunkelblauer Uniform tauchte hinter einer Säule auf, die den Balkon über der Veranda stützte. Er hatte eine Pistole auf di Passo gerichtet.

»Jerry!« brüllte der Uniformierte. »Du kannst kommen.«

Ein jüngerer Polizist trat hinter einem Busch hervor.

Im Hotel rührte sich etwas. Das Geschrei hatte die Gäste aufgestört, was alles zum Plan gehörte. Zwei Frühaufsteher erschienen auf der Veranda.

»Zurück, Ma'am. Zurück, Sir. Dieser Mann ist ein gesuchter Verbrecher. Jerry, leg ihm die Handschellen an. Mach schon!«

Während der jüngere Polizist di Passo die Hände auf dem Rücken fesselte, spähten vier oder fünf Leute aus dem Fenster.

»Vincent Russo, ich verhafte Sie unter dem Verdacht, daß Sie in Wirklichkeit Fabio Verro sind, ein Betrüger, gegen den in New York City ein Haftbefehl vorliegt. Ich verhafte Sie außerdem, weil Sie falsche US-Banknoten in mehreren Staaten in Umlauf gebracht haben. Noch heute schaffe ich Sie mit dem Zug nach New Orleans, wo Ihre Auslieferung nach New York beantragt wird.«

»Jerry, ich werde jetzt allein mit ihm fertig. Lauf und sag dem Stationsvorsteher, daß er den Zug nach New Orleans anhalten soll.«

Er wandte sich an die Neugierigen in der Hotelhalle. »Okay, Leute, ihr könnt weiter frühstücken. Das Drama ist vorbei. Mister Russo, Sie kommen mit mir.«

Doch di Passo wußte, die Hotelgäste würden sich den Anblick nicht entgehen lassen, wie er in Handschellen abgeführt wurde. Noch Tage oder Wochen würden sie darüber reden, und ihr Geschwätz wäre ein Leckerbissen für die Lokalzeitungen. Deren

Artikel würden wiederum die Zeitungen von New Orleans reizen, ebenfalls ihren Senf dazuzugeben, und folglich würde er als berüchtigter Krimineller das Gefängnis in New Orleans betreten. Nichts könnte für ihre Zwecke besser sein.

Also beschloß di Passo, bei der nächstbesten Gelegenheit noch eine kleine Zugabe zu geben, etwas Aufregendes für die Zuschauer.

Als die beiden Männer die Straße überquerten, rumpelte gerade ein Pferdekarren vorbei, und der Polizist war für einen Augenblick abgelenkt. Di Passo nutzte die Situation aus und tat so, als wollte er flüchten. Da der Polizist eingeweiht war, würde er natürlich nicht auf ihn schießen.

Während er schon rannte, hörte er den Polizisten, der sich ebenfalls in Bewegung gesetzt hatte, etwas rufen.

Dann fiel plötzlich ein Schuß. Im Nu war er schweißgebadet. Der Polizist schoß doch nicht etwa auf ihn, oder? Ein schrecklicher Gedanke kam ihm: Pinkerton und Parker hatten ihren Plan geändert, ohne es ihm zu sagen. Nein, so was würde Pinkerton ihm nie antun. Aber vielleicht Parker, ohne Pinkerton einzuweihen?

Ein zweiter Schuß fiel, und di Passo blieb sofort stehen. Das war kein Spaß mehr.

Der Polizist erreichte ihn und packte ihn am Arm. »Herrgott noch mal«, keuchte er. »Da schießt jemand aus dem verdammten Hotel!« Er drehte sich um und brüllte: »Aufhören mit dem Schießen!«

Di Passo wurde zurückgeführt. »Das ist genug für heute«, zischte ihn der Polizist an. »Sie wären fast getötet worden. Irgend so ein Kerl im Astoria muß ein Gewehr unter dem Bett haben. Den knöpfe ich mir später vor. Kommen Sie.«

»Liest du immer noch soviel wie früher?«

Anna-Maria zog die Bettdecke höher. »Meistens halten mich die Kinder davon ab. Aber abends nehme ich mir im Bett oft noch eine halbe Stunde Zeit dafür. Und du?«

Silvio schüttelte den Kopf. »Am meisten hab' ich im Gefängnis gelesen, und das hat mich regelrecht über Wasser gehalten. Aber hier in der Stadt ist soviel los, und außerdem muß ich ständig vor Liotta auf der Hut sein, da fällt es mir schwer, mich zu konzentrieren.«

»Wo ist eigentlich dein Leibwächter, wenn du bei mir bist?«

»Draußen. Keine Angst, der ist verschwiegen.«

»Ich verlasse mich auf dich, Silvio. Dick ist in letzter Zeit irgendwie komisch.«

»Was meinst du damit?«

»Ich kann es nicht genau festmachen. Vielleicht bilde ich es mir nur ein.«

»Macht ihr zwei es noch miteinander?«

»Natürlich. Warum nicht? Bist du etwa eifersüchtig?«

Er küßte sie. »Hast du Neuigkeiten aus Sizilien?«

»Neues von Annunziata? Das meinst du doch, oder?«

»Bist du etwa eifersüchtig?« neckte er sie lachend.

»Es gibt was Neues, aber du darfst nicht böse werden.«

»Komm, erzähl schon.«

»Der Hochzeitstermin wurde festgesetzt.«

»Auf wann?«

»Den sechzehnten August. Das ist in drei Monaten.«

Di Passo alias Fabio Verro traf tatsächlich als berühmt-berüchtigter Mann in New Orleans ein. Einige Gäste des Astoria hatten sich an die örtliche Zeitung gewandt, deren Verleger die *Picayune* in New Orleans sofort telegrafisch über die Neuigkeiten informierte. Diese wiederum berichtete sogar auf der Titelseite über Verros Verhaftung und die Schüsse aus dem Hotel. In dem Artikel hieß es, Verro werde noch am selben Tag mit dem Zug aus Amite ankommen.

Als der Zug in den Bahnhof einlief, wartete schon ein kleines Empfangskomitee aus Reportern und Schaulustigen. Di Passo wurde ins Gefängnis gebracht, wo der Direktor James Tucker seinen neuen Sträfling und den Polizisten aus Amite gleich in seinem Büro sehen wollte.

»Warum bringen Sie diesen Mann in mein Gefängnis?« fragte Tucker den Polizisten aus Amite.

»Weil es ein eiliger Fall ist, Sir. In New York liegt ein Haftbefehl gegen diesen Gauner vor. Am besten fangen Sie noch heute damit an, die Papiere für seine Auslieferung vorzubereiten. Sobald die Urkunde da ist, kann er auf einem Küstendampfer in wenigen Tagen nach New York City geschafft werden.«

Der Direktor gab vor, darüber nachzudenken, denn sein ebenfalls anwesender Oberaufseher war in das Komplott nicht eingeweiht.

»Wie lange dauern die Auslieferungsformalitäten?«

»Vielleicht ein, zwei Monate. Hängt von seinem Anwalt ab.«

Tucker wandte sich an di Passo. »Haben Sie in New Orleans einen Rechtsanwalt?«

»Warum sollte ich? Schließlich war ich noch nie hier.«

Tucker musterte di Passo mit nicht nur gespieltem Abscheu. »Sie sind Italiener, stimmt's?«

Di Passo nickte mürrisch.

Tucker überlegte kurz und sagte dann zu dem Aufseher: »Bringen Sie Verro zu den anderen Itakern. Und dann lassen Sie Ralph Freemantle holen. Der soll ihn vertreten.«

Der Polizist verstaute seine Handschellen, verließ das Gefängnis und berichtete den wartenden Reportern, wie er den Geldfälscher geschnappt hatte. Di Passo wurde inzwischen in den Trakt gebracht, wo Kriminelle mit langen Haftstrafen einsaßen. Hier waren die Zellen meistens mit zwei Männern belegt. Endlich blieb der Aufseher stehen und schloß eine Zelle auf, in der sich nur ein Mann befand.

»Mach mal Platz, du da drin. Du kriegst Gesellschaft. Was Berühmtes. Über den Kerl hab' ich heute schon in der *Picayune* gelesen. Auch ein Spaghettifresser.« Er warf die Gittertür hinter di Passo zu. »Paß gut auf, Verro. Dein Zellengenosse gehört zur Liotta-Bande. Sitzt wegen Mord hier.« Lachend verschwand er.

Silvio, Angelo und Harrison Parker frühstückten gemeinsam im Pickwick, Parkers Club, der sich in der Gartenstadt befand. Sie saßen in einem gesonderten Raum, in dem sie nicht belauscht werden konnten. Parker redete gerade.

»Di Passo teilt mit Gino Fazio eine Zelle. Es hätte keinen Sinn, ihn zu Liotta zu stecken, denn der plaudert garantiert nichts aus. Fazio dagegen ist unbeständig. Außerdem hat er – schlecht für ihn, aber gut für uns – die Ruhr und wird immer schwächer. Für uns besteht das einzige Risiko darin, daß sich di Passo ansteckt. Dann müssen wir ihn sofort rausholen.«

»Und Liotta? Was hört man von ihm?« fragte Silvio.

»Wie nicht anders zu erwarten, führt er das reinste Luxusleben. Nur das beste Essen und der beste Wein. Aber die meiste Zeit arbeitet er. Ständig kommen Leute zu ihm. Natürlich hat er auch im Gefängnis überall seine Helfer, und er gibt das Geld mit vollen Händen aus. Seine Taktik ist eindeutig. Er will so viele von euren Zeugen einschüchtern oder bestechen wie nur möglich. Ein paar hat er schon in der Tasche, und er kriegt vielleicht noch mehr rum. Nicht alle, aber wohl eben doch genug für seine Zwecke. Zum Glück weiß er anscheinend noch nichts von di Passo. Seine andere Taktik ist es, eigene ›Zeugen‹ zu finden, die ihm und seinen Spießgesellen überzeugende Alibis liefern. Wahrscheinlich wird alles davon abhängen, was di Passo rauskriegt. Falls er überhaupt was rauskriegt.«

Eine Woche später saßen sie wieder beim Frühstück im Pickwick, und Parker hatte gute Neuigkeiten. »Fazio ist ziemlich angeknackst. Mit seiner Gesundheit geht's weiter bergab, und di Passo konnte ihn davon überzeugen, daß die anderen ihn zu vergiften versuchen. Das hat ihn stinkwütend gemacht auf den Rest der Bande.«

Beim nächsten gemeinsamen Frühstück in der nächsten Woche hatte Parker noch Besseres zu bieten. »Fazio hat den Verstand verloren und quasselt unaufhörlich irgendein dummes Zeug. Aber di Passo hat trotzdem einiges erfahren. So hat Fazio zum Beispiel von den Initiationsriten des Liotta-Clans geredet. Wie man sich in den Zeigefinger stechen muß, damit Blut kommt, und ihn dann über eine Kerze hält, während jemand aus der Bibel vorliest. Er hat von Liottas Beziehung zu dem Politiker George Marr erzählt und auch davon, wie er selbst dabei war, als 1888 Fanny Deckers Puff in Brand gesetzt wurde. Er habe auch bei einigen Verbrechen gegen die Priola-Leute mitgemacht. Außerdem wissen wir jetzt, daß er anfangs Schutzgelder in der Rampart Street einkassiert hat.«

»Ausgezeichnet für uns«, sagte Angelo. »Di Passo ist wirklich ein Könner. Hoffentlich läßt der Richter ihn das alles aussagen! Zu unserem Glück fehlt nur noch, daß Fazio auch den Mord zugibt, denn dann sind wir aus dem Schneider.«

Wieder eine Woche später wirkte Parker nicht mehr so siegessicher. »Di Passo holt immer mehr Informationen raus. Hauptsächlich über Liottas Kungelei mit Deveraux, dem früheren Polizeichef. Das ist gut, weil dann klar wird, daß Liotta Martell aus dem Weg haben wollte, um ihn durch Deveraux zu ersetzen«, berichtete er.

»Warum wirken Sie dann so beunruhigt?« fragte Angelo.

»Di Passo hat jetzt selbst die Ruhr und wird täglich schwächer. Weil er aber soviel aus Fazio rausholt, will er noch nicht aufgeben. Der Kerl ist verrückt. Der bringt sich noch selbst um oder wird so krank, daß er nicht als Zeuge auftreten kann. Es ist höchste Zeit, ihn rauszuholen.«

Leichter gesagt als getan. Di Passo wollte unbedingt noch eine Woche bleiben. Doch als er sich schließlich bereit erklärte zu gehen, war der Gefängnisdirektor auf einer dienstlichen Reise, die er nicht hatte verschieben können. Da sein Stellvertreter nicht eingeweiht war, konnten die Entlassungspapiere nicht unterzeichnet werden. Und so kam di Passo erst eine Woche vor Prozeßbeginn aus dem Gefängnis, um dreißig Pfund abgemagert und schwer krank. Parker war entsetzt, als er ihn sah. Di Passo war außerstande, als Zeuge auszusagen.

»Und dabei brauchen wir ihn unbedingt«, sagte Parker beim üblichen Frühstück mit Silvio und Angelo. »Liottas Leute haben den Zeugen arg zugesetzt. Von Staatsanwalt Clarence Foley weiß ich, daß von unseren ursprünglich vierzehn Zeugen nur noch acht übriggeblieben sind. Vielleicht werden es sogar noch weniger. Und was passiert mit den Geschworenen?« Er wandte sich an Silvio. »Können Sie da was tun?«

»Vielleicht, vielleicht auch nicht. Jedenfalls können wir nichts tun, bevor die verdammten Geschworenen ausgewählt sind. Haben wir eigentlich schon einen Richter?«

»Ja, den haben wir«, meinte Parker grinsend. »Den alten Tom McCrystal.«

»Na, das nenne ich aber mal einen Glücksfall«, meinte Silvio.

»Silvio, du hier? Du gehst doch nie zur Beichte.«

»Hallo, Angie.« Es war Dienstag, und Silvio saß in der letzten Bank der Kathedrale, um Angelo abzufangen.

»Setz dich einen Moment zu mir, Angie«, bat er.

Angelo ließ sich schwerfällig nieder.

»Ich bin gern hier, Angie. Die Kirche erinnert mich an Sizilien. Dieses halbrunde Bild über dem Altar sieht wie eins in Palermo aus.«

»Hast du Heimweh? Nach so langer Zeit?«

»Nicht direkt. Aber jetzt verrat mir mal, Angie, warum du mir nichts von Annunziata und Alesso erzählt hast?«

Angelo verzog das Gesicht. »Es war zu deinem Besten, Silvio. Was kannst du denn tun? Warum soll ich dich umsonst aufregen?«

»Ich bin doch kein Kind mehr. Du hättest es mir sagen müssen, Angie. Außerdem hab' ich es ja sowieso erfahren.«

»Und was hast du davon? Du kannst schließlich nicht nach Sizilien zurück und die Heirat verhindern.«

Silvio schwieg, blickte Angelo aber direkt in die Augen.

»Also, wenn du daran denkst, bist du übergeschnappt. Du mußt hierbleiben, bis der Prozeß vorbei ist, und dann ist Annunziata längst verheiratet.«

»Stimmt nicht, denn es gibt kaum was zu tun, sobald der Prozeß anläuft. Und was getan werden muß, tust du. Du bist der Capo. Also kann ich am ersten Verhandlungstag abhauen.«

»Aber was hast du vor, Silvio? Alesso hat seine Schutztruppe. Und sobald die Sbirren erfahren, daß du in Sizilien bist, werden sie wie die Wiesel hinter dir hersein. Jeder Polizist auf der Insel will die Belohnung und den Ruhm dafür einheimsen, die Bestie von Bagheria geschnappt zu haben. Selbst ganz normale Bürger werden dich ans Messer liefern. Du kannst es nicht mit der ganzen Insel aufnehmen. Das wäre schlicht dumm von dir.«

»Erzähl du mir nicht, was ich tun und was ich nicht tun kann, Angie. Ich bin derjenige, der dir diese Stadt auf einem Silbertablett serviert. Ich bin der Typ, der Liotta doch noch austrickst... vergiß das nicht. Also halt du mir keine Predigt!«

Er brach ab, um sich etwas zu beruhigen. »Ich kann als Matrose auf einem von deinen Frachtschiffen zurückfahren. Und zwar über Nordafrika. Alles, was ich von dir brauche, ist ein Schiff und falsche Papiere. Nichts leichter als das. Sorg nur dafür, daß dieser Frachter am Tag nach dem Prozeßbeginn abfährt. Okay? Ich erledige den Rest.«

»Professor Perran?«

Der Richter, der mit Kitty an einem Tisch saß, Bourbon trank und dem Gesang der Tio Brothers zuhörte, blickte auf. »Ja?«

»Ich bin Vanni Priola, der Besitzer des Lokals.«

»Na und?«

»Ich möchte mich gern einen Moment mit Ihnen unterhalten.«

»Sehen Sie nicht, daß ich beschäftigt bin? Verschwinden Sie.«

Silvio blieb eisern stehen. »Kitty arbeitet für mich und wird tun, was ich ihr sage.«

Der Richter ballte die Faust. »Ich dachte, ich hätte klar und deutlich...«

»Es dauert nicht lange. Nur fünf Minuten. Dann lasse ich Sie in Ruhe. Es ist wichtig.« Er machte eine Kopfbewegung in Richtung einer Tür hinter der Bar. »In meinem Büro.«

»Ist schon okay«, sagte Kitty und strich dem Richter über die Hand. »Ich bleibe hier, bis Sie wiederkommen. Keine Angst.« Sie spielte ihre Rolle gut. Der Richter stand auf.

Als er Silvios Büro betrat, beschwerte er sich: »Was soll das? Ich fing gerade an, mich zu amüsieren...«

»Erinnern Sie sich nicht, wo wir uns schon mal begegnet sind, Herr Richter?«

»Was meinen Sie damit? Wo soll das denn gewesen sein?«

»Am Taufbecken in der Kathedrale. Angelo Priolas Enkeltochter wurde getauft.«

Der Richter nickte zögernd. »Stimmt. Der Name kam mir auch irgendwie bekannt vor. Aber ich weiß trotzdem noch nicht, was das...«

Silvio legte eine Fotografie auf den Tisch.

McCrystal warf erst nur einen flüchtigen Blick darauf, schaute dann aber doch genauer hin. »Was ist das?«

»Das sind Sie, Euer Ehren. Im Vollrausch, *sborniato*, wie es bei uns zu Hause heißt. Völlig hinüber und halbnackt über Kitty Clarke zusammengesackt.«

»Wann... wann wurde das aufgenommen?« Der Richter griff nach dem Foto, aber Silvio war schneller.

»Was spielt das für eine Rolle? Wichtig ist doch nur, was Ihre Frau oder der Bürgermeister darüber denken würden.«

»Sie wollen mich erpressen!«

Silvio sagte nach einer kleinen Kunstpause einfach nur: »Ja.«

McCrystal wirkte erst zornig, dann kummervoll und dann wieder zornig. Schließlich setzte er sich. »Was wollen Sie?«

»Vorläufig noch nichts. Aber es kommt ein Tag, an dem ich – oder Freunde von mir – Sie vielleicht um einen Gefallen bitten werden. Sie sollten im Moment nur wissen, was sich im Zusammenhang mit Ihrer Person in meinem Besitz befindet. Und keine Angst! Abgesehen von Kitty und demjenigen, der das Foto machte, wird kein Mensch je davon erfahren. Es sei denn...«

Der Richter schien mittlerweile in Selbstmitleid zu schwelgen, und Silvio begann, ihn zu verachten. Warum ertrug er die Konsequenzen seines Tuns nicht wie ein Mann? Er schaute ihm nach, als er das Büro verließ, zu Kitty zurückging, sie beim Arm packte und mit ihr die Treppe zum ersten Stock hinaufstieg.

Silvio lächelte in sich hinein. Der Kathedralenplan war wieder ein Stückchen vorangekommen.

Am Sonntag desselben Wochenendes hatte Silvio um drei Uhr nachmittags ein Rendezvous mit Anna-Maria. Er verließ gegen halb drei sein Büro bei Mamie Christine, wie immer begleitet von seinem Leibwächter Eduardo. Als Silvio die Royal Street entlangschlenderte, sah er völlig unerwartet Dick Saltram aus einem Tabakladen kommen, eine angezündete Zigarette zwischen den Lippen. Silvio wollte ihm gerade etwas zurufen, als eine Handbewegung des anderen ihn zögern ließ.

Saltram schlug nämlich leicht auf seine Brusttasche. Silvio hatte die gleiche Bewegung schon oft gemacht, um sich zu vergewissern, daß seine Pistole an ihrem Platz war. Warum trug Saltram eine Waffe, und wohin war er unterwegs? Saltram bog von der Royal Street in die Toulouse Street ein und von dort in die Chartres Street, die er mit zügigen Schritten in Richtung Esplanade entlangging, wo Silvio und Anna-Maria sich in Kürze treffen wollten.

Nun schon sehr alarmiert, folgte Silvio Saltram in sicherem Abstand. Er mußte sich davon überzeugen, ob er wirklich zu dem von Anna-Maria gemieteten Haus wollte.

Als Saltram die Esplanade Street erreicht hatte, schlüpfte Silvio zwischen zwei Häuser, um ihn weiter beobachten zu können. Eduardo postierte sich gegenüber.

Saltram blieb vor dem Haus stehen und schaute zum ersten Stock hinauf. Es war zehn vor drei. Wieder betastete er seine Brusttasche, bevor er im Eingang verschwand.

Silvio überlegte blitzschnell. Saltram hatte den Eingang benutzt, durch den Anna-Maria immer kam. Hatte er ihr etwa nachspioniert? Wußte er, mit wem sie sich heimlich traf? Wollte Saltram seine Frau, ihren Liebhaber oder beide erschießen? Anna-Maria mußte abgefangen werden! Selbst wenn Silvio nicht zum Rendezvous erschien, sie dort aber auftauchte, würde Saltram das Schlimmste vermuten und weiß Gott was tun. Kein Mann wollte Hörner aufgesetzt bekommen.

Aber wie konnte er Anna-Maria abfangen? Aus welcher Richtung kam sie überhaupt? Wenn er es nicht schaffte, bevor ihre Kutsche vor dem Haus hielt, wäre es zu spät.

Es blieb ihm nichts anderes übrig, als es auf gut Glück zu versuchen.

Silvio lief einige Straßen entlang und erreichte gerade die Burgundy Street, als ihm eine Kutsche entgegenkam. Heute verwünschte er die Angewohnheit, mit zugezogenen Vorhängen zu fahren. Er rief laut: »Anna-Maria! Anna-Maria!« Keine Reaktion.

Nervös zündete er sich eine Zigarette an und schaute auf die Uhr. Punkt drei Uhr. Anna-Maria kam meistens etwas später, da sie es mochte, wenn er schon vor ihr da war. Aber nicht viel später.

Wieder eine Kutsche mit verhängten Fenstern! Wieder rief er, als sie ihn passierte. Wieder fuhr sie weiter.

Silvio begann zu schwitzen.

Saltram war kein gewalttätiger Mann, aber Eifersucht verleitete Menschen zu den merkwürdigsten Dingen, wie Silvio wußte.

Eine weitere Kutsche kam angerollt, und Silvio rief wie zuvor Anna-Marias Namen.

Die Vorhänge wurden zurückgezogen, und Anna-Maria schaute heraus. Als sie Silvio erkannte, befahl sie dem Kutscher zu halten.

Silvio rannte zu ihr hinüber und öffnete den Kutschenschlag.

»Was ist los?« flüsterte sie besorgt.

»Dein Mann. Er hat es herausgefunden.«

Unwillkürlich fuhr sie mit der Hand zum Mund.

»Ich hab' ihn vorhin zufällig gesehen und bin ihm gefolgt. Er ist jetzt im Haus. Vermutlich sogar mit einer Waffe.«

Sie nickte abwesend. »Ich habe dir ja gesagt, daß Dick in letzter Zeit irgendwie seltsam ist. Und es ist täglich schlimmer geworden. Er ist mürrisch und trinkt zuviel. Behandelt sogar die Kinder schlecht, was ganz untypisch für ihn ist. Was sollen wir bloß tun?«

»Vor allem erst mal von hier verschwinden.«

»Aber danach? Ich muß dich wiedersehen. Du weißt, wie ich dich brauche.«

»Anna-Maria! Er hat eine Waffe. Wir haben noch mal Glück gehabt, aber so kann's nicht weitergehen. Er ist verrückt vor Eifersucht und ahnt vielleicht sogar schon, daß ich es bin, mit dem du schläfst.«

»Er wird sich wieder beruhigen...«

»Woher weißt du das? Er kann jederzeit explodieren.«

»Ich kenne Dick. Das ist nicht seine Art.«

»Unsinn, Anna-Maria! Ich habe ihn heute gesehen. Völlig überdreht. Er hat sogar geraucht und vermutlich auch schon was getrunken.«

»Aber er ist kein Killer!«

»Jeder Mann ist ein potentieller Killer, wenn seine Frau ihn betrügt. Aber genug jetzt. Ich bestehe darauf, daß du...«

Er sprach nicht weiter, denn in einiger Entfernung zerriß eine ohrenbetäubende Detonation die sonntägliche Stille.

»Nein!« kreischte Anna-Maria und wollte aussteigen.

»Du bleibst!« befahl Silvio. »Es ist zu spät. Bleib hier!«

Sie hörten, wie irgend etwas lautstark zusammenstürzte, ein Bersten und Splittern.

»Du bleibst hier«, sagte Silvio noch einmal, diesmal sanfter. »Wir wissen beide, was das war, und wir dürfen nicht dorthin, denn es galt mir.«

23. KAPITEL

Bei Prozeßbeginn warteten vor dem Gerichtsgebäude ganze Scharen von Schaulustigen. Um neun Uhr früh sollten Vittorio Liotta und die anderen Angeklagten nach St. Patrick's Hall gebracht werden, einem wuchtigen Gebäude an der Ecke St. Ann Street und Conde Street. Es regnete.

Silvio stand an einem Fenster und schaute in den Hof hinunter. Der Staatsanwalt, Clarence Foley, hatte ihm sein Zimmer zur Verfügung gestellt, doch es war trotzdem riskant, an diesem Tag überhaupt dort zu sein. Aber nach der Explosion vom Vortag, die Dick Saltram getötet hatte, wollte Silvio Vito Liotta noch einmal sehen. Nicht nur, daß die Bombe Silvio gegolten hatte, nein, es war auch die gleiche Methode gewesen, mit der Nino und Silvio vor vielen Jahren Giancarlo Cataldo umgebracht hatten. Liotta saß zwar hinter Gittern, war aber immer noch clever genug, um sich diese überaus passende Form der Vergeltung auszudenken. Außerdem hatte er offenbar genug Helfershelfer, denn irgend jemand hatte für ihn ausfindig gemacht, wo Silvio sich mit Anna-Maria traf, und dann Dynamitstangen unter dem Bett versteckt.

Anna-Maria stand immer noch unter Schock. Man hatte ihr nicht erlaubt, Saltrams Leiche zu sehen, denn der Anblick war zu erschreckend. Ihre Gefühle Silvio gegenüber waren zwiespältig. Einerseits hatte ihr Mann wegen ihm sterben müssen, andererseits hatte Silvio ihr selbst aber das Leben gerettet.

Endlich wurden die Tore zum Hof des Gerichtsgebäudes geöffnet. Zwei Wagen rollten herein, und die Häftlinge begannen auszusteigen. Sie waren alle aneinandergefesselt, bis auf einen Mann.

Liotta! Sicher hatte er die Wächter bestochen, denn er konnte sich frei bewegen.

Er trug einen dunkelgrauen Anzug mit weißem Hemd und Krawatte, lachte und scherzte mit den Bewachern, als hätte er allen Grund, sorglos zu sein.

Silvio starrte zu ihm hinunter. Liotta schien seinen Blick zu spüren, denn einen Moment später schaute er zu dem Fenster hoch, hinter dem Silvio stand. Ihre Blicke trafen sich, und das Lächeln erstarb auf Liottas Lippen. Beide Männer wußten, daß es ein Kampf auf Leben und Tod war, den sie miteinander ausfochten.

Die Zuschauerbänke waren längst voll besetzt, als die Hauptakteure dieses Dramas nacheinander den Gerichtssaal betraten. Zuerst erschienen die Reporter aller Tageszeitungen von New Orleans und der Künstler René Lefevre, der Zeichnungen anfertigen sollte.

Der Staatsanwalt, Clarence Foley, hatte seinen Auftritt um zehn Minuten nach zehn. Auffallend an ihm war sein dichtes, wirr vom Kopf abstehendes, eisgraues Haar. Er setzte sich, breitete seine Papiere aus und besprach etwas mit einem Assistenten. Als nächstes kamen einige Polizisten herein, die dafür sorgen sollten, daß kein Fluchtversuch unternommen wurde.

Gegen fünf vor halb elf tauchte der Verteidiger, James Falmouth, mit zwei Assistenten auf, nickte dem Ankläger höflich zu und nahm Platz.

Um eine Minute nach halb elf wurde Richter McCrystal hereingeleitet. Alle standen auf und warteten, bis auch er hinter seinem Pult saß.

Nun führten Gerichtsdiener die Angeklagten durch eine Seitentür herein. Kaum waren alle anwesend, da begannen die Zuschauer auch schon, Bemerkungen über die Häftlinge auszutauschen. Im Gegensatz zu Angelo und Silvio war Bürgermeister Parker bei dem Spektakel dabei.

Ein Gerichtsdiener trat vor und begann, die Anklage zu verlesen. Als die Angeklagten in alphabetischer Reihenfolge gefragt wurden, sagte einer nach dem anderen: »Nicht schuldig.« Jedesmal applaudierte ein Teil der Zuschauer. Liotta hatte auch im Gerichtssaal eine große Gefolgschaft.

Abends war Silvio in Angelos Haus im Gartenviertel zu Gast. Anna-Maria hatte Spaghetti mit Tomatensauce zubereitet, und aus gegebenem Anlaß tranken sie dazu sizilianischen Wein. Silvio wollte am folgenden Morgen mit der *Ragusa*, einem Obstfrachter, auf Umwegen nach Sizilien reisen. Es war das erste Mal seit Dick Saltrams Tod, daß Anna-Maria eingewilligt hatte, Silvio zu sehen.
Erst als die zweite Flasche Wein geöffnet wurde, brachte Angelo das Gespräch auf den Prozeß. »Heute wurde mit der Auswahl der Geschworenen begonnen. Foley schätzt, es kann bis zu sechs Tage dauern. Also wird die eigentliche Verhandlung erst in der nächsten Woche beginnen.«
Silvio nickte und schenkte sich Wein nach. »Das hab' ich mir schon gedacht. Ich müßte eigentlich spätestens am nächsten Donnerstag in Sizilien sein.«
»Und dann?« erkundigte sich Anna-Maria fast schroff.
Silvio zuckte die Achseln. »Man wird sehen.«
»Willst du wirklich weg?« Angelo ergriff Silvios Handgelenk. »Da ist etwas, das du noch nicht weißt.« Auf seiner Stirn standen winzige Schweißperlen. »Meine Leber ist so ziemlich beim Teufel.« Er trank einen Schluck und deutete dann auf das Glas. »Das dürfte ich eigentlich gar nicht mehr ... Hör mal, Junge. Ich weiß, du haßt es, wenn ich dich so nenne, aber nimm's mir nicht übel. Ich hab' nicht mehr viel Zeit. Vielleicht ein Jahr. Da Dick tot ist, wirst du der nächste Capo sein. Willst du das wirklich in Sizilien aufs Spiel setzen?«
Silvio nahm Angelos Hand in seine Hände und küßte sie.
»Angie, ich will Capo werden. Du weißt, daß ich es will. Aber zuerst kommt Sizilien dran. Keine Angst, ich bleibe nicht ewig weg. Sizilien ist ja nicht China. Sizilien ist meine Heimat.«
»Wo man dich kennt«, warf Anna-Maria ein. »Wo man weiß, wie du aussiehst und warum du kommst.«

Silvio betrachtete sie einen Moment schweigend. Dann sagte er: »Ich werde fahren. Und du weißt, warum.«

Angelo füllte seufzend ihre Gläser. »Mit Parker komme ich zu Rande, mit Foley auch und notfalls sogar mit di Passo. Aber da ist noch der Richter. Bisher hast du mit dem immer allein zu tun gehabt, doch wenn du jetzt weggehst, verrätst du mir lieber, womit wir ihn in der Hand haben.«

Silvio nickte. »Mach' ich, Angie. Aber merk dir, du darfst den Richter nur einmal einsetzen. Also kommt's ganz auf den richtigen Moment an.«

»Woher weiß ich, wann der Moment da ist? Und was sag' ich ihm?«

Silvio weihte ihn in alles ein.

Am Dienstag der zweiten Prozeßwoche hielt Clarence Foley, der in einen dunkelgrauen Gehrock gekleidet war, mit ernstem Gesicht eine kleine Ansprache an die Jury, auf deren Zusammensetzung man sich am Nachmittag zuvor endlich geeinigt hatte.

»Meine Herren Geschworenen, die Beweisführung der Anklage ist in diesem Fall einfach. Sie ist deshalb einfach, weil über diesen kaltblütigen, feigen Mord ausführlich in den Zeitungen berichtet wurde. Die Tatsachen sind allen bekannt...«

Der Staatsanwalt schilderte noch einmal den Hergang des Verbrechens bis zum Tod des Polizeichefs im Krankenhaus. Dann kam er auf die Augenzeugen der Tat zu sprechen.

»Über die Aussagen dieser Zeugen werden Sie zu befinden haben, meine Herren Geschworenen. Jetzt möchte ich noch zwei Punkte erwähnen. Polizeichef Martell starb zwar nicht am Ort der Schießerei, aber er starb am nächsten Tag, und deshalb handelt es sich hier um einen Mordprozeß. Der andere Punkt betrifft die Anwesenheit jenes Herrn dort...«, Foley deutete mit dramatischer Geste zu Liotta hinüber, »....auf der Anklagebank. Vittorio Liotta war nicht am Tatort und hat in jener Nacht keine Waffe abgefeuert. Warum sitzt er dann zwischen den Angeklagten? Ich werde es Ihnen sagen.

Er ist angeklagt, weil er der Anführer eines sizilianischen Clans in New Orleans ist, der Liotta-Bande. Sie ist eine von zwei Banden in dieser Stadt, die aus Rivalität viele Verbrechen begingen, die in diesem grauenvollen Mord gipfelten. Diese Mafiafamilien gibt es zum Glück erst seit kurzem in Amerika, in ihrer Heimat Sizilien aber existieren sie schon seit Jahrhunderten. Nun haben Sie die Gelegenheit und auch die Pflicht, meine Herren Geschworenen, diese Plage zu bekämpfen, ehe sie sich diesseits des Ozeans noch weiter ausbreitet. Vittorio Liotta hat dieses Verbrechen organisiert. Von ihm stammen die Idee und alle Details der Planung, wie ich Ihnen zeigen werde. Vittorio Liotta war in jener Nacht, als David Martell in der Girod Street erschossen wurde, vielleicht nicht dabei, aber er ist des Mordes ebenso schuldig wie die anderen Angeklagten.

Nun fragen Sie sich möglicherweise, warum Vittorio Liotta und seine Leute Mister Martell ermorden wollten. Wieder gibt es einen ganz einfachen Grund. Vor einigen Monaten hat die eine sizilianische Bande die andere hier in New Orleans auf offener Straße angegriffen. Daraufhin verhaftete man einige von Liottas Spießgesellen, was nicht unlogisch war, da die Angegriffenen alle zum Priola-Clan gehörten, den Todfeinden der Liottas. Nachdem einige Augenzeugen verschwanden oder ihre Aussage änderten, mußte unglücklicherweise die Anklage gegen diese Individuen fallengelassen werden.

Mister Martell hatte die Verhaftungen in dem damaligen Fall angeordnet. Der Überfall in der Girod Street war also ein banaler, aber tödlicher Racheakt an Polizeichef Martell. Deshalb sitzen auch so viele der Angeklagten nun schon zum zweiten Mal vor diesem Gericht.

Ich vertraue darauf, meine Herren Geschworenen, daß sie dieses Mal nicht auf freien Fuß gesetzt werden. Sie sehen ja selbst, was passiert ist, nachdem man sie laufenließ.« Foley nahm wieder Platz.

James Falmouth, Verteidiger, wirkte weniger pompös, war auf seine Weise jedoch ebenso beeindruckend. Er hatte große, häßliche Hände, verstand es aber, so beredt zu gestikulieren wie ein Italiener. Sein Vater hatte übrigens noch Giacomo Falmozzo geheißen.

Nach den üblichen Einleitungsfloskeln sagte er in sehr ernstem Ton zu den Geschworenen: »Sie tragen bei diesem Fall eine noch weitaus größere Verantwortung, als der Herr Staatsanwalt behauptete. Wir stehen hier nämlich kurz vor einem der größten Justizskandale, die es je in den Vereinigten Staaten gab. Warum? Ganz einfach, meine Herren Geschworenen, weil die Angeklagten des Verbrechens, dessen man sie bezichtigt, nicht schuldig sind.

Wie ich hoffe beweisen zu können, haben sie alle überzeugende Alibis. Natürlich muß irgend jemand Polizeichef Martell erschossen haben, aber wer das war, läßt sich ja im Verlauf der Verhandlung vielleicht noch herausfinden.«

Nach einigen weiteren allgemeinen Bemerkungen über das schreiende Unrecht, das seinen Mandanten mit dieser Mordanklage zugefügt werde, setzte Falmouth sich wieder hin.

Foleys erster Zeuge war Joshua Hampson, ein schwarzer Flickschuster, der zuerst sogar verhaftet worden war, weil jemand gesehen hatte, wie er vom Schauplatz des Verbrechens wegrannte. Er leugnete jede Beteiligung an der Tat und behauptete, er habe vier Männer unter einem Balkon in der Girod Street stehen sehen, die Waffen trugen und das Feuer auf Martell eröffneten, als dieser nahe genug war. Er sei aus Angst vor den Schüssen davongelaufen, so sagte er. Dann identifizierte er drei der vier Männer, die auf der Anklagebank saßen.

Emma Foster war die zweite Zeugin. Da sie in der Nähe des Tatorts wohne, habe sie die Schüsse deutlich gehört und sei ans Fenster geeilt, von wo aus sie einen der Angeklagten, Ruggiero Solazzo, gesehen habe. Im Kreuzverhör gab sie allerdings zu, daß Solazzo, als sie ihn sah, unbewaffnet und merkwürdigerweise nur halb bekleidet gewesen war.

Als dritter Zeuge kam Zachary Peeler an die Reihe, der aussagte, er sei ein Stück hinter Martell gegangen, als die Schüsse fielen. Er identifizierte drei der Angeklagten und ergänzte, Ruggiero Solazzo habe einen gelben Ölmantel getragen. Die Verteidigung bauschte die Tatsache natürlich auf, daß ein Zeuge behauptete, Solazzo sei halb ausgezogen gewesen, und ein anderer, er habe einen gelben Regenmantel getragen.

Da Angelo lieber nicht im Gerichtssaal dabeisein wollte, traf er sich jeden Morgen zum Frühstück mit Parker im Pickwick, um den Prozeßverlauf zu besprechen. Der Staatsanwalt war nach Parkers Aussage zufrieden mit den ersten Zeugen, die einen ordentlichen Eindruck auf die Geschworenen gemacht und die Kreuzverhöre gut überstanden hätten. Natürlich gebe es gewisse Widersprüche wie die Sache mit dem gelben Regenmantel, aber es sei ja auch kein Wunder, daß die Augenzeugen eines so schrecklichen Verbrechens etwas durcheinander seien, was die Details betreffe.

Die einzige schlechte Nachricht war, daß di Passo immer noch hohes Fieber hatte und keine Nahrung zu sich nehmen konnte.

»Quattro Strade! Quattro Strade! Umsteigen nach Rocalmuto und Camicetti.« Der Stationsvorsteher hatte eine so krächzende Stimme, daß Silvio aus seinem Schlummer hochschreckte.

Er fuhr zum ersten Mal in Sizilien mit dem Zug und dachte mit Schaudern daran zurück, wie mühsam und langwierig früher das Reisen gewesen war.

Bisher war alles gut gelaufen. Nach der achttägigen Überfahrt auf der *Ragusa* war er in Tunis von Bord gegangen und hatte seine Reise auf einem französischen Schiff fortgesetzt, das bei seiner Fahrt nach Marseille auch an der Südküste Siziliens, in Porto Empedocle, anlegte. Mit dem Zug war er dann durch das Aragona-Tal nach Norden in Richtung Cammarata gefahren, wo Smeralda inzwischen lebte. Er hatte nämlich beschlossen, daß vorerst nur Bastianos Frau, die viele Jahre lang für Silvio wie eine Mutter gewesen war, von seiner Rückkehr erfahren sollte. Außerdem verfügte sie bestimmt über alle Informationen, die er benötigte.

Am vierten Tag der zweiten Prozeßwoche – es war ein Mittwoch, und Clarence Foley begann gerade damit, Mary Wrighton, die vierte Zeugin, zu befragen – stand plötzlich einer der Angeklagten auf und rief: »Ich will gestehen! Ich gestehe alles!« Dann kletterte er über das Geländer vor der Anklagebank und machte Anstalten, aus dem Gerichtssaal zu laufen.

Dies kam nicht ganz überraschend für die Anwesenden. Seit Beginn der zweiten Woche hatte man nämlich beobachten können, wie nervös ebendieser Angeklagte war und daß er gelegentlich sogar in Schluchzen ausbrach. Es handelte sich um niemand anderen als jenen Gino Fazio, den di Passo in die Mangel genommen hatte und der noch immer kränkelte.

Nach diesem Zwischenfall wurde er von Gerichtsdienern hinausgeführt und in einer Zelle im Keller des Gerichtsgebäudes untergebracht. Foley machte den Vorschlag, einen Arzt hinzuzuziehen. Der Richter stimmte zu, worauf eine zehnminütige Pause anberaumt wurde. Dies kam Foley sehr gelegen, denn nun konnten die Geschworenen darüber nachdenken, was Fazio gerufen hatte.

Als die Verhandlung wiederaufgenommen wurde, erwähnte Foley mit kalkulierter Zurückhaltung den Zwischenfall mit keinem Wort, sondern fuhr mit der Befragung fort.

Die Zeugin Mary Wrighton gehörte zu denjenigen, die Männer vom Schauplatz des Verbrechens hatten wegrennen sehen. Gefragt, ob sie jemanden wiedererkenne, deutete sie auf Girolamo Regalmici, der neben Liotta saß.

Als Falmouth sie ins Kreuzverhör nahm, wollte er als erstes wissen, ob sie schon bei einer früheren Gelegenheit jemanden habe identifizieren sollen.

»Ja, im Gefängnis. Am Tag nach der Schießerei.«

»Und?«

»Ich ... ich habe keinen wiedererkannt«, sagte sie leise.

»Auch nicht Girolamo Regalmici?«

Verlegen schüttelte sie den Kopf.

Als nächstes kam der schwarze Arbeiter Joseph Lansing an die Reihe, der angeblich nicht weit von Martell entfernt gewesen war, als vier oder fünf Männer auf ihn schossen. Er erkannte in Vincenzo Liotta und Antonio Siculo zwei der Männer wieder.

Falmouth begann sein Kreuzverhör mit der Frage, ob Lansing damals direkt von der Arbeit nach Hause gegangen sei.

»Jawohl!«

»Aber die Schießerei passierte erst kurz vor halb elf Uhr abends. War das nicht etwas spät für Ihre Arbeit?«

»Na ja, vielleicht hab' ich unterwegs mal haltgemacht.«

»Vielleicht in McCleerys Bar in der Canal Street?«

Lansing wurde unruhig. »Ja, könnte sein.«

»Wie viele Drinks?«

Pause. »Ein oder zwei.«

»Sind Sie sicher?«

»Sicher bin ich sicher.«

»Ich wiederhole meine Frage, Mister Lansing. Wie viele Drinks hatten Sie an jenem Abend? Denken Sie gründlich nach.«

»Ich . . . ich muß nicht nachdenken. Zwei oder drei Drinks. Höchstens vier, das kann ich beschwören.«

Falmouth hielt einige Papiere hoch, so daß der Richter sie sehen konnte. »Euer Ehren, ich habe hier fünf eidliche Erklärungen von Gästen aus McCleerys Bar, die behaupten, in der Nacht des dreiundzwanzigsten März habe Joseph Lansing seit fünf Uhr abends getrunken und sei nicht mehr zurechnungsfähig gewesen, als er das Lokal verließ.«

Der nächste Zeuge, Raymond Hattersley, sagte aus, er habe einige Männer die Girod Street entlangrennen sehen, darunter auch einen im gelben Regenmantel. Einer der Verhafteten, Biagio Gela, hatte tatsächlich einen solchen Mantel getragen.

Während Falmouths Kreuzverhör gestand Hattersley zu, daß es in jener Nacht sehr dunkel war und der Mantel jede helle Farbe hätte haben können. Er gab weiter zu Protokoll, ihm sei die Nennung der Farbe »Gelb« von dem Polizisten suggeriert worden, der ihn zu den Vorgängen befragt hatte.

Harrison Parker bat noch am selben Abend Angelo Priola und Clarence Foley außer der Reihe um ein Treffen.

»Ich habe den Herrn Staatsanwalt eingeladen«, sagte Parker zu Angelo, als sie im Pickwick beisammensaßen, »weil wir vor einem Problem stehen. Falmouth macht Hackfleisch aus den Zeugen, die eingeschüchtert wurden und instruiert, ihre frühere Aussage zu ändern. Ich habe in Erfahrung gebracht, daß Liottas Leute sogar Verwandte von Zeugen entführt haben und so lange festhalten, bis die entsprechenden Zeugen zu Liottas Zufriedenheit ausgesagt haben.

Die Frage ist: Lassen wir wie vorgesehen all unsere Zeugen aufmarschieren und hoffen, daß allein schon die große Anzahl die Geschworenen beeindruckt? Oder verzichten wir auf all jene Zeugen, die Liotta vermutlich beeinflußt hat, und nehmen uns gleich die letzten vier vor, deren wir sicher sein können? Dadurch hindern wir Falmouth immerhin daran, unsere ganze Beweisführung in ein zweifelhaftes Licht zu bringen. Was meinen Sie?«

Angelo ergriff als erster das Wort. »Haben wir eine Ahnung, worauf die Verteidigung überhaupt aufbaut?«

Foley zuckte die Achseln. »Ich weiß nur, daß die Verteidigung für ihre Befragung acht Tage anberaumt hat, was bedeutet, daß sie zwischen acht und zwanzig Zeugen aufmarschieren läßt, die alle – darauf möchte ich wetten – Liotta und seinen Kumpanen todsichere Alibis verschaffen.«

»Die Taktik der Verteidigung ist also, ebensoviele Zeugen zu haben wie wir, stimmt's?«

Der Staatsanwalt nickte.

»Und die Verteidigung muß im Gegensatz zu uns nicht vorher die Namen ihrer Zeugen bekanntgeben?«

Wieder nickte Foley.

Angelo warf Parker einen vielsagenden Blick zu. Der Bürgermeister erhob sich prompt und geleitete Foley zur Tür. »Danke, daß Sie gekommen sind, Clarence, vielen Dank. Wir sehen uns morgen bei Gericht.« Er setzte sich wieder zu Angelo.

»Unser Problem ist also, daß die Verteidigung im voraus alles über unsere Taktik weiß, wir aber nichts über ihre in Erfahrung bringen können«, meinte Parker unzufrieden.

»Doch, das können wir«, sagte Angelo plötzlich ganz aufgeregt. »Das hätte mir schon längst einfallen müssen. Vor dem Prozeßbeginn hat der Verteidiger natürlich nicht selbst mit allen seinen Zeugen geredet, sondern Mitarbeiter geschickt, die wir zu dem Zeitpunkt noch nicht kannten. Doch es liefern ihm ja angeblich immer dieselben zwei Männer die Informationen. Das wurde mir jedenfalls erzählt.« Angelo nickte Parker zu. »Wir brauchen morgen zwei von unsern Leuten im Gerichtssaal. Ich werde alles arrangieren. Jemand soll ihnen die beiden Gehilfen von Falmouth zeigen, und die können dann beschattet werden, wenn sie zu den Zeugen der Verteidigung gehen, um die Aussagen abzusprechen. Sobald wir wissen, wer diese Zeugen sind, können wir unsererseits ein wenig Druck ausüben. Stimmt's?«

Parker lächelte. »Stimmt.«

Während der nächsten Tage schleppte sich der Prozeß dahin. Alle Zeugen, von denen sich die Anklage viel erwartet hatte, verwikkelten sich in Widersprüche oder widerriefen sogar ihre ursprünglichen Aussagen. Kurzum, der Prozeß gegen Liotta, der so vielversprechend begonnen hatte, schien im Sande zu verlaufen.

Cammarata hatte sich nicht verändert. Silvio stand am Rande der Piazza und schaute zur Kirche San Giovanni hinüber. Der Brunnen, der in die Fassade eingelassen war, funktionierte immer noch nicht. Immer noch schliefen Hunde im Schatten des Portals, und die Bäckerei gegenüber der Kirche pries immer noch ihre Waren auf derselben alten Schiefertafel an. Wie weit waren New Orleans und der Prozeß entfernt!

Da Silvio nicht wußte, wo Smeralda in Cammarata wohnte, hielt er es für das klügste, hier zu warten, denn er vermutete, daß sie am Gottesdienst teilnahm. Er war vom acht Kilometer entfernten Bahnhof zu Fuß hergelaufen und folglich ein wenig müde.

Als die Messe zu Ende war, kamen nur wenige Menschen aus der Kirche – lauter alte Frauen. Smeralda war zum Glück auch dabei. Das nun völlig ergraute Haar trug sie in einem Knoten, und ihr

392

Gesicht war sehr faltig geworden. Silvio rührte sich nicht von der Stelle. Er wollte ihr möglichst unauffällig nach Hause folgen, da er sich in der Öffentlichkeit nicht blicken lassen durfte.

Nachdem Smeralda sich eine Weile mit zwei anderen Frauen unterhalten hatte, ging sie durch mehrere Straßen bis zum Ortsrand, wo sie in einem dunklen Durchgang verschwand. Silvio folgte ihr und blieb kurz stehen, um sich zu orientieren. Der Durchgang führte in einen Hof. Silvio konnte durch ein Fenster Smeralda umhergehen sehen.

Er klopfte nicht an, sondern stieß einfach die Tür auf und sagte leise: »Smeralda.«

Sie drehte sich erstaunt um. Als sie ihn erkannte, verhärtete sich ihr Mund. »Wie kannst du es wagen hierherzukommen, du Scheusal? Warum bist du nicht in Amerika oder in der Hölle geblieben? Verschwinde!«

»Smeralda! Ich hab's nicht getan! Du kannst doch nicht glauben, daß ich es war. Ich wurde reingelegt, angeschmiert. Deshalb bin ich hier. Um Dinge zu regeln.«

»Pah! Du bist wegen Annunziata hier. Mich kannst du nicht täuschen. Laß sie in Ruhe, du Scheusal. Sie wird bald heiraten. Ich sag's noch mal. Verschwinde! *Via! Via!*«

»Smeralda, bitte! Ich schwöre, daß ich diese Kinder nicht auf dem Gewissen habe. Alesso hat's getan und die Schuld auf mich abgewälzt. Warum sollte ich denn so was tun?«

Sie deutete anklagend mit dem Finger auf ihn. »Weil du schlecht und unnatürlich bist. Unmenschlich. Dein Vater war solch ein guter Mensch. Aber in dir ist etwas abgrundtief Schlechtes. Deshalb läßt du Annunziata nicht in Ruhe, und deshalb hast du so was wie in Bagheria getan. Geh!«

Silvio war entsetzt. Ihm war nie der Gedanke gekommen, jemand wie Smeralda könnte seine angeblich unnatürliche Liebe zu Annunziata mit den Geschehnissen in Bagheria in Verbindung bringen. Aber in ihrer altmodischen, abergläubischen Welt war das wahrscheinlich ganz logisch.

Er riß sich zusammen. »Smeralda, hör mir bitte nur einen Mo-

393

ment zu. Bitte! Du warst mal meine Mutter. Also verstoß mich jetzt nicht.«

Sie wandte sich zu ihm um, wirkte aber nach wie vor unversöhnlich.

»Verrat mir als erstes, wo Bastiano ist.«

»Im Ucciardone-Gefängnis, wo du hingehörst.«

»Geht's ihm gut?«

»Nein, ganz und gar nicht. Sie brechen ihm das Herz. Er wird's nicht mehr lange machen.«

Silvio seufzte. »Smeralda, nach der Geschichte mit dem Waisenhaus mußte ich fliehen. Mir blieb nichts andres übrig. Aber jetzt bin ich hier und will versuchen, die Wahrheit ans Licht zu bringen. Ich bin kein guter Mensch, aber ich bin auch nicht die Bestie, die du in mir siehst. Bitte glaub mir.«

Doch ein Blick in ihr verschlossenes, mißtrauisches Gesicht verriet ihm, daß er umsonst gekommen war.

»Ich bitte dich nur noch um eines, Smeralda. Wenn du mir schon nicht hilfst, dann verrat bitte wenigstens keinem, daß ich zurück bin. Bitte, Smeralda.«

Sie verzog keine Miene, sondern starrte ihn nur schweigend an, bis er sich umdrehte und ging.

Nachdem Angelo die Gehilfen des Verteidigers drei Tage jeweils nach dem Gerichtstermin umsonst hatte beschatten lassen, hatten seine Leute endlich Glück.

Die beiden Männer suchten am vierten Tag gleich drei Personen auf, die sich dann tatsächlich als Zeugen der Verteidigung erwiesen. Durch geheime Kanäle erfuhr Angelo, daß es sich dabei um Kontaktleute von Liotta handelte.

Beim nächsten Frühstück im Pickwick schlug Angelo vor, den Gehilfen auch weiterhin auf den Fersen zu bleiben. »Wir müssen nach Möglichkeit die Identität aller Zeugen rauskriegen.« Er überlegte einen Moment. »Wann ist eigentlich die Verteidigung dran?« fragte er dann.

»Foley sagte mir, wir haben noch vier Zeugen, alles solide Zeugen, an die Liotta nicht rangekommen ist. Für die rechnen wir vier Tage, inklusive Kreuzverhör. Es sieht leider so aus, als könnte di Passo nicht vor Gericht auftreten, denn er ist immer noch zu schwach, hat immer noch Fieber. Tut mir leid.«

Angelo nickte. »Gut, ich hab' also vier Tage zur Verfügung, um alles zu organisieren. Das müßte eigentlich reichen. Ich darf nicht zu früh handeln, weil Liotta sonst merkt, daß wir wissen, wer seine Leute sind. Und dann hat er noch genug Zeit, um neue Zeugen aufzutreiben.«

In dieser Nacht kam Angelo erst nach Mitternacht vom Kartenspielen nach Hause. Zu seinem Erstaunen flackerte Licht im Wohnzimmer. Anna-Maria, die müde und erschöpft wirkte, war noch auf.

»Kannst du nicht schlafen?« fragte ihr Vater.

Sie schüttelte den Kopf. »Nein, aber ich hätte sowieso auf dich gewartet. Nino ist ausgebrochen.«

»Aus dem Gefängnis? Wann denn? Und wie?«

»Frank Cassidy hat's mir erzählt. Die hiesige Polizei wurde antelegrafiert, weil er vielleicht hierherflüchtet. Er hat's geschafft, irgendwie aus dem Gefängnishospital zu entwischen.«

Angelo setzte sich. »Der alte Fuchs. Ob er das wohl vorhat? Herzukommen, meine ich.«

»Mag sein. Aber das ist nicht meine größte Sorge.« Angelo sah sie fragend an.

»Wahrscheinlicher ist, daß er sich nach Sizilien absetzt. Dann werden die Sbirren dort überall nach ihm suchen und vielleicht per Zufall auf Silvio stoßen.«

»Diese Salami ist die beste von ganz Sizilien.« Ruggiero Priola reichte Silvio einen Teller.

Silvio nahm sich und sagte dann: »Angelo erinnert sich immer noch an dieses Restaurant und schwärmt davon.«

Ruggiero hatte Silvio freundlicher empfangen als Smeralda. Silvio war mit dem Zug von Cammarata nach Palermo gefahren. Er war unterwegs durch Bagheria gekommen und auch über jene Brücke, wo er dem Wagen mit Opium aufgelauert hatte und dann von den Soldaten überrascht worden war.

Wie er gewußt hatte, daß Smeralda den Gottesdienst besuchte, so wußte er auch, wo er Ruggiero finden konnte: im Restaurant Calogero. Silvio hatte sich gegen halb acht an einen Tisch gesetzt, Prosciutto und Rotwein bestellt und gewartet.

Ruggiero war etwa eine Stunde später gekommen und von allen möglichen Leuten im Lokal lautstark begrüßt worden. Nachdem das vorüber war, hatte Silvio neben ihm Platz genommen und dabei gesagt: »Versuch bitte, kein überraschtes Gesicht zu machen.«

Ruggiero hatte die Situation glänzend gemeistert und so seelenruhig weiter Brot ins Olivenöl getunkt, als käme Silvio tagtäglich vorbei. Seine ersten Worte waren: »Bist du hungrig?« Silvio nickte. »Besonders auf Informationen.«

»Gehen wir weiter nach hinten.« Ruggiero stand auf, nahm Wein und Brot mit und setzte sich an einen Tisch, der näher an der Wand stand. »Nimm du den Stuhl mir gegenüber, mit dem Rükken zum Lokal«, schlug er vor. »Ich denke, das ist sicherer.«

Nachdem er seine Bestellung aufgegeben hatte, sagte er: »Du siehst gut aus, Silvio. Du bist doch hoffentlich nicht hier, um mich zu töten?«

Silvio schüttelte lächelnd den Kopf. »Nein, aber ich bin hier, um einiges zu regeln. Du weißt, warum.«

»Ich wußte, du würdest es nicht auf sich beruhen lassen.«

»Wo ist er? Ich meine natürlich Alesso.«

»Nachdem er dich reingelegt hatte, setzten die Liottas aus Bagheria ihn zum Dank in einer ihrer kleineren Pfründen bei Alia ein, wo's jede Menge Oliven, Mandeln, Feigen, etwas Wein und einige Steinbrüche gibt. Natürlich muß er den Liottas Abgaben zahlen, aber ihm bleibt mehr als genug. Er wohnt in einem Haus in Vallelunga und ist der Don von Alia.«

»Und Annunziata? Die beiden heiraten, wie ich hörte.«

»Ja, am sechzehnten August.«

»Wo?«

»Natürlich in der Kirche Madonna dell'Olio. Die beiden hoffen, auf einem Gut in Fontana Murata leben zu können, das demnächst von einem Engländer versteigert werden soll.«

»Und Annunziata? Wo ist sie?«

»Das ist kein Geheimnis. In Quisquina. Sie hilft bei der Pflege von Pater Ignazio, der wohl bald sterben wird.«

Silvio atmete auf. Er hatte schon befürchtet, niemand würde ihm verraten, wo Alesso und Annunziata sich aufhielten.

»Was hast du vor?« erkundigte sich Ruggiero und schenkte Wein nach.

»Ich weiß es noch nicht«, gab Silvio zu. Nachdem er ein paar Bissen gegessen hatte, fragte er: »Ruggiero, du hast doch gewußt, wer in Wahrheit hinter dem Zwischenfall im Waisenhaus von Bagheria steckt. Warum hast du Alesso nicht fertiggemacht?«

Ruggiero nickte. »Die Antwort ist ganz einfach, Silvio. *Affari.* Geschäfte. Ich wollte Alesso töten, wurde von der Familie aber überstimmt. Und ich kann es sogar verstehen. Nach der Explosion spielten die Sbirren und das Militär verrückt. Sie schlossen unsere Lagerhäuser, Bordelle, Spielhöllen, mischten sich in das gesamte Schutzgeldgeschäft ein und stoppten alle Schmiergelder – zumindest vorübergehend. Es war so schlimm, daß eine Zusammenkunft aller Clans in Corleone einberufen wurde, und zwar auf höchster Ebene. Dort einigte man sich, daß es zu riskant und auch zu dumm wäre, mit der Vendetta weiterzumachen. Also traf man folgende Vereinbarung: Die Liottas mußten Alesso eine Pfründe geben, gleichzeitig aber auch für Bastianos Familie sorgen. Dafür würde es keine weiteren Morde geben, damit Polizei und Militär uns endlich wieder in Ruhe ließen. Es war eine rein geschäftliche Abmachung.«

Während Silvio die Spaghetti probierte, schaute er Ruggiero in die Augen. »Ich bin an dieser Abmachung nicht beteiligt.«

»Ich weiß. Keine Angst, ich werde dich an nichts hindern. Das bin ich dir schuldig.«

Eine Weile aßen sie schweigend, bis Silvio plötzlich fragte: »Fon-

397

tana Murata? Ist das nicht das Gut, das mal dem englischen Priester gehörte ... Livesey, den Nino entführt hat?«

»Stimmt. Du hast ein gutes Gedächtnis, was mich wiederum daran erinnert, daß Nino aus dem Gefängnis geflüchtet ist.«

Silvio pfiff durch die Zähne. »Der alte Fuchs! Auch nach zehn
Jahren Knast noch ungebrochen.«

»Sei auf der Hut! Überall wimmelt's von Sbirren. Die denken, daß
er vielleicht in diese Gegend kommt.«

Silvio zuckte mit den Schultern. »Kann sein. Aber Amerika wäre
für ihn sicherer.« Er trank einen Schluck Wein und sagte dann:
»Erzähl mir noch mehr über Alesso und die Sache in Fontana
Murata.«

Ruggiero schien sich nicht wohl in seiner Haut zu fühlen. »Silvio,
in dieser Sache sind wir, die Priolas, auf Alessos Seite. Tut mir leid,
dir das sagen zu müssen.«

Silvio wollte unterbrechen, aber Ruggiero redete schon weiter.
»Warte, hör mich erst an. Die Regierung ließ vor kurzem die ganze
Insel von Geologen untersuchen. Wie üblich haben wir geheime
Informationen. Es scheint, daß die Schwefelminen vollkommen
ausgebeutet sind, aber unter Fontana Murata gibt's Kohle, und
zwar massenhaft. Da immer mehr Bahnstrecken gebaut werden,
wird Kohle dringend gebraucht. Außerdem liegt Fontana Murata
nur zwei Kilometer von der Bahnlinie nach Caltanisetta entfernt.
Also ideal. Und am besten ist, daß keiner weiß, was wir wissen.«

Er blickte Silvio ernst an. »Ich dürfte dir das gar nicht erzählen,
aber ich stehe in deiner Schuld. Was ich damit sagen will, Silvio:
Du kannst nicht auf die Hilfe der Priolas rechnen, du bist ganz auf
dich allein gestellt.«

Nun war es an Silvio, sein Gegenüber zu fixieren. »Alesso spielt
bei dieser Sache also eine große Rolle, ja? Ist es nicht schon ungerecht genug, daß er eine Pfründe in Alia gekriegt hat, weil er mich
auf so miese Weise reinlegte?«

Ruggiero trank einen Schluck Wein und nickte.

»Wirklich großartig!« meinte Silvio bitter. »Wird das ganze Gut
versteigert?« fügte er nach einer Weile hinzu.

»Ja.«

»Und ist es eine echte Versteigerung?«

»Vorläufig schon. Ein paar große Landbesitzer der Gegend sind interessiert – Tamburello, Mancuso, Librizzi. Da sie nicht unsere geheimen Kenntnisse haben, können wir keinen Druck auf sie ausüben. Sie würden sonst den Braten riechen. Diesmal steht so viel auf dem Spiel, daß wir uns ausnahmsweise nicht einmischen. Gebäude und Grund sind auf zweihundert Millionen Lire veranschlagt worden, und wir haben drei beiseite gelegt.«

»Wer wird das Bieten übernehmen?«

»Ich. Es liegt in meinem Einflußbereich, den ich seit Ninos Zeiten habe. Deshalb weiß ich auch soviel darüber.«

Silvio schenkte Ruggiero und sich Salaparuto nach, jenen Rotwein, nach dem er sich in New Orleans so oft gesehnt hatte. Allmählich begann er, Essen und Wein zu genießen, denn zum ersten Mal seit seiner Ankunft auf Sizilien meinte er, seinen Weg klar vor Augen zu haben.

Bei den vielen Kreuzverhören der nächsten Tage hielten die Zeugen der Anklage tapfer den Angriffen des Verteidigers auf ihre Glaubwürdigkeit stand. Jeder von ihnen behauptete, einen oder sogar mehrere der Angeklagten in der Nähe des Tatortes zur entsprechenden Zeit gesehen zu haben. Für die Zeitungen ein gefundenes Fressen, und so machte der Prozeß weiterhin Schlagzeilen.

Gegen Ende der zweiten Woche wurde Gino Fazio wieder im Gerichtssaal zugelassen.

Foley war mit seiner Zeugenvernehmung gegen zwei Uhr am Freitag nachmittag jener zweiten Woche fertig. Richter McCrystal vertagte die Verhandlung auf den folgenden Montag.

Silvio saß zwischen Olivenbäumen auf dem Pratomeno, ein Fernglas in der Hand, das er in Palermo erstanden hatte, und hoffte, Alesso zu Gesicht zu bekommen. Hinter ihm graste ein Maultier. Silvio war mit dem Zug von Palermo nach Manchi gefahren und hatte sich dort das Tier gekauft, um den Berg nicht zu Fuß erklimmen zu müssen.

Als die Sonne höher stieg, erwachte unterhalb von Silvio in Vallelunga das Leben. Der Ort hatte eine schnurgerade Hauptstraße, die sich zu einer Art Piazza weitete, und drei Nebenstraßen – das war alles. An der Piazza gab es eine Kirche, ein Café und eine Bäkkerei.

Den ganzen Tag blieb Silvio im Schatten der Olivenbäume sitzen. Vallelunga war wie jedes verschlafene Dorf auf Sizilien. Zwei Dutzend Ziegeldächer... Welch ein Kontrast zu New Orleans! Zum Glück erwies sich das Fernrohr tatsächlich als scharf genug, um damit die Gesichter der Dorfbewohner studieren zu können. Aber von Alesso Alcamo keine Spur!

24. KAPITEL

Am 24. Juli 1891 begann die Verteidigung mit der Zeugenvernehmung. James Falmouths erster Zeuge war ein Bäcker aus Metairie, der erklärte, in der fraglichen Nacht mit Solazzo und Vincenzo Liotta, zwei der Angeklagten, bei sich zu Hause den Geburtstag eines gemeinsamen Freundes gefeiert zu haben.

An den folgenden Tagen traten Zeugen auf, die ähnliche Aussagen machten und auf diese Weise den Angeklagten Alibis verschafften. Mancher Angeklagte hatte sogar drei oder vier Alibizeugen. Natürlich machte das den Geschworenen Eindruck. Es konnten doch nicht alle Lügner sein, oder?

Der Staatsanwalt, Clarence Foley, ließ diese Zeugen ziemlich ungeschoren, bis am vierten Tag eine Mrs. Aquila in den Zeugenstand gerufen wurde. Sie fertigte als Schneiderin Kostüme für den *Mardi Gras* an und gab nun zu Protokoll, in der Mordnacht seien die beiden Angeklagten Carmen Sinagra und Vanni Brancaccio in ihrer Werkstatt in der Carondelet Street gewesen, um Faschingskostüme anzuprobieren. Mrs. Aquila behauptete, die Männer seien an dem Abend bis mindestens halb elf bei ihr geblieben. Nach der Anprobe hätten sie etwas Absinth zusammen getrunken.

Clarence Foley nahm Mrs. Aquila ins Kreuzverhör. »Mrs. Aquila, sind Sie ganz sicher, daß die Herren Sinagra und Brancaccio an dem Abend bei Ihnen waren, als Polizeichef Martell erschossen wurde?«

»O ja. Ich erinnere mich genau daran. Es hat geregnet.«

»Und wieviel Absinth haben Sie getrunken?«

»Ich weiß nicht. Vielleicht zwei Gläser.«

»Sie wissen also noch genau, daß es regnete, nicht aber, wieviel Sie getrunken haben.«

»Ja.«

»Trinken Sie viel Absinth, Mrs. Aquila?«

»Eher wenig.«

»Aber Mrs. Aquila! Ist es nicht so, daß Sie viel Absinth trinken, sogar sehr viel?«

»Einspruch, Euer Ehren!« Falmouth war aufgesprungen. »Mrs. Aquilas Trinkgewohnheiten tun hier nichts zur Sache.«

»Euer Ehren, wenn das Gericht mir noch etwas Zeit einräumt, glaube ich nachweisen zu können, daß diese Zeugin nicht in der Lage ist, den Angeklagten für den betreffenden Abend ein Alibi zu liefern.«

Der Richter nickte. »Fahren Sie fort, Mister Foley.«

Foley wandte sich an die Zeugin. »Mrs. Aquila, ich habe hier mehrere eidliche Aussagen von Leuten, die Sie kennen.« Er warf einen Blick auf die Papiere, die er in der Hand hielt. »Ich sehe hier die Unterschriften von Charles Harrison, Edna Denegre, James Buhl. Alle bezeugen, daß Sie süchtig nach Absinth sind und um acht Uhr abends normalerweise völlig hinüber...«

»Das stimmt nicht...«

»Und Sie arbeiten deshalb in einer eigenen Werkstatt, weil Sie wegen Ihres Alkoholkonsums Ihre Arbeitsstellen verloren haben.« Er hielt ein Schreiben hoch. »Dies bestätigt der Inhaber der Schneiderei King.«

Foley baute sich vor Mrs. Aquila auf, die mit gesenktem Blick stumm dasaß. »Wie können Sie behaupten, Carmen Sinagra und Vanni Brancaccio seien bis halb elf Uhr abends bei Ihnen gewesen, wenn Sie doch schon Stunden zuvor nicht mehr bei vollem Bewußtsein waren? Wie wollen Sie in einem solchen Zustand für irgend jemanden etwas bezeugen? Noch dazu ein Alibi...«

Alle warteten auf Mrs. Aquilas Antwort, doch sie schwieg beharrlich.

Foley kehrte zu seinem Platz zurück und setzte sich.

Er hatte sich sein Opfer gut ausgesucht. Indem er einen Zeugen als unglaubwürdig entlarvte, weckte er Zweifel an den anderen. Vielleicht gehörten ja all diese »Zeugen« zum Liotta-Clan.

Silvio wußte inzwischen einiges über das Leben in Vallelunga. So besuchte der Priester, ein kleiner, schmächtiger Mann, ein bestimmtes Haus zweimal am Tag. Lag dort jemand im Sterben, oder hatte er eine Geliebte? Silvio wußte, welche Frauen drei Brotlaibe kauften und welche nur zwei. Aber Alesso Alcamo hatte er immer noch nicht zu Gesicht bekommen.
Es war spät am Vormittag. Er beobachtete, wie ein halbes Dutzend Kinder aus einem Haus neben der Kirche kam. Sicher die Schule ... Dann tauchten plötzlich am anderen Ende des Dorfes drei Männer auf, die die Hauptstraße in Richtung Piazza entlanggingen. Silvio stellte das Fernglas auf sie ein. Zwei schienen heftig miteinander zu diskutieren.
Sie kamen näher. Silvio spürte plötzlich ein Kribbeln im Magen. Wieder spähte er durchs Fernglas. Da war er! Alesso hatte sich nicht sehr verändert. Die gleiche hohe Stirn und das gleiche selbstbewußte Auftreten ...
Die drei Männer blieben einen Moment auf der Piazza stehen, bevor der eine sich verabschiedete und Alesso mit seinem Begleiter ein Haus am Ortsrand betrat, das direkt unter Silvios Beobachtungsposten stand.
Silvio nahm das Haus ins Visier. Niemand kam oder ging, niemand war draußen postiert. Und auch Alesso tauchte für den Rest des Tages nicht mehr auf.
Offenbar machte er sich wenig Sorgen um seine Sicherheit. Zwar konnte einem auch ein einzelner Leibwächter Schwierigkeiten bereiten, aber es hätte weit schlimmer kommen können.

Zu Beginn der dritten Woche trafen sich Parker und Priola wieder zum Frühstück im Pickwick Club. »Es ist schwer zu sagen, wie die Chancen stehen«, meinte Parker. »Die Gegenseite hat Zweifel an den Aussagen unserer Zeugen geweckt, und jetzt haben wir dasselbe mit ihren gemacht.«

403

»Und?« Angelo wirkte kämpferisch.

Parker zuckte mit den Schultern. »Nach Foleys Ansicht gewinnt bei einem Kopf-an-Kopf-Rennen immer die Verteidigung.«

»Fazios Geständnis hat die Geschworenen also nicht beeinflußt?«

»Ein wenig vielleicht. Aber Geschworene mögen keine durchgedrehten Typen wie Fazio. Kann sein, daß sie ihn einfach ignorieren. Aber das ist nicht unser Hauptproblem.«

»Was dann?«

»Liotta hat die Geschworenen bearbeitet.«

Angelos Gesicht verhärtete sich. »Wie das?«

»Einbruch im Gericht. Die Liste mit den Namen der Geschworenen wurde gestohlen.«

»Können wir nicht den Richter informieren? Den Prozeß stoppen lassen?«

»Wenn wir das tun, wird Falmouth dafür plädieren, daß seine Mandanten auf freien Fuß gesetzt werden, bis ein neuer Gerichtstermin anberaumt ist. Wollen wir das?«

Angelo überlegte und meinte dann: »Warum können wir nicht dasselbe tun? Uns die Geschworenen vorknöpfen?«

Parker schüttelte den Kopf. »Nein. Ein Schuldspruch muß einstimmig gefällt werden. Also muß die Verteidigung nur zwei oder drei Geschworene bestechen oder bedrohen, damit sie sich nicht mit den anderen einigen, und schon hat man einen ergebnislosen Prozeß. Wir dagegen müssen alle zwölf bearbeiten. Das wäre kostspielig, zeitraubend und ... sehr riskant.«

Beide schwiegen eine Weile.

»Wir haben noch eine Karte, die wir ausspielen können«, meinte Angelo schließlich.

Parker zog fragend die Augenbrauen hoch.

»Wir warten, bis die Verteidigung mit ihrer Zeugenvernehmung fertig ist, und lassen dann di Passo aussagen.«

»Da wird der Richter nie zustimmen«, widersprach Parker. »Die Anklage hat ihre Vernehmung abgeschlossen.«

»Aber es gibt einen Präzedenzfall«, sagte Angelo ruhig.

»Wirklich? Seit wann sind Sie denn Rechtsexperte?«

»Bin ich nicht. Es handelt sich um einen Trick, den man früher mal gegen uns angewandt hat. In New York. Ein englischer Priester, dem ein Ohr abgeschnitten worden war. Er machte seine Zeugenaussage für die Staatsanwaltschaft, nachdem die Verteidigung ihre Zeugenvernehmung abgeschlossen hatte. Damals hat es uns erledigt. Vielleicht klappt's dieses Mal andersherum.«

Die Serra de Moneta war als Beobachtungsposten weit ungünstiger als der Pratomeno. Da das Kloster Quisquina tausend Meter hoch lag, kletterte Silvio noch höher hinauf, um das Kommen und Gehen gut überwachen zu können. Doch so weit oben gab es keine Bäume mehr, also mußte er sich hinter Felsblöcken verstecken, was reichlich unbequem war.

Er stellte sein Fernglas auf das Kloster ein. In den Mandelhainen arbeiteten Mönche wie eh und je. Pater Serravalle oder Annunziata waren nicht zu sehen.

Silvio wußte noch nicht, wie er Alesso töten würde, aber es blieben ja auch noch einige Tage Zeit bis zur Hochzeit. Plötzlich erspähte er eine Frau oder ein Mädchen auf dem steilen langen Pfad, der zum Eingangstor des Klosters hinaufführte. Aber es war nicht Annunziata, denn ihre blonden Haare wären selbst auf diese Distanz unverkennbar gewesen. Sie läutete am Tor und wurde kurz darauf von einem Mönch eingelassen.

Eine Stunde verging. Die hochstehende Sonne brannte unerbittlich und ließ die Felsen fast weiß aussehen. Hoch oben kreiste ein Adler mit ausgebreiteten Schwingen und hielt nach Beute Ausschau.

Gegen halb vier tauchte die Besucherin in Begleitung einer anderen Frau wieder auf, die schwarz gekleidet war. Silvio erkannte schon an der Art ihrer Bewegungen, daß es Annunziata sein mußte. Sein Herz schlug schneller. Er beobachtete sie durchs Fernglas. Sie war blond und hellhäutig wie eh und je, wirkte jedoch matt und ohne Schwung – wie erloschen.

Die beiden Frauen umarmten sich zum Abschied. Die Besucherin machte sich an den Abstieg, Annunziata winkte ihr nach und verschwand dann wieder im Kloster.

Silvio fühlte, daß in ihm noch immer das gleiche Feuer brannte. Er holte ihren Ring heraus und küßte ihn.

Am Dienstag der dritten Woche war die Verteidigung mit ihrer Zeugenvernehmung fertig. Falmouth hatte 23 Zeugen aufmarschieren lassen, die Alibis für die Angeklagten lieferten.

Nachdem sich der Verteidiger gesetzt hatte, erhob sich Foley und sagte: »Euer Ehren, nachdem die Anklage ihre Zeugenvernehmung abgeschlossen hat, ist ein neuer Zeuge aufgetaucht. Ich wußte schon von ihm, hatte aber angenommen, er wäre zu krank, um vor Gericht zu erscheinen. Am Wochenende erfuhr ich nun, daß er soweit genesen ist, um seiner Bürgerpflicht Genüge tun zu können...«

»Einspruch, Euer Ehren!« Falmouth erhob sich. »Die Verteidigung hatte keine Kenntnis von diesem Zeugen. Das ist nicht vorschriftsgemäß.«

»Ich stimme Ihnen darin zu, Mister Falmouth. Die entscheidende Frage ist, ob der neue Zeuge wichtig ist. Mister Foley?«

»Darf ich es Ihnen beiden in Ihrem Amtszimmer erläutern, Euer Ehren?«

»Gut, einverstanden.«

Beide Anwälte und der Richter zogen sich in dessen Zimmer zurück, wo Foley dann über di Passo berichtete, der als Agent der Detektei Pinkerton ins Gefängnis eingeschmuggelt worden war, um die Angeklagten auszuhorchen.

Falmouth wurde immer wütender, je mehr er zu hören bekam. »Herr Richter!« rief er theatralisch. »Sie können diesen Zeugen nicht zulassen. Die Beweise wurden illegal und durch arglistige Täuschung beschafft. Es ist eine Schande!«

»Beruhigen Sie sich, Mister Falmouth. Sie stehen hier nicht vor den Geschworenen. Haben Sie noch etwas zu sagen, Mister Foley?«

»Ja, Euer Ehren. Die Aussage dieses Zeugen ist nicht nur für diesen Fall wichtig, sondern erhellt auch die üblen Machenschaften der Mafia in New Orleans. Außerdem hat er sich im Gefängnis die Ruhr geholt, war wochenlang krank und möchte nun seinen Tag vor Gericht haben.«

»Ich bin weder an seiner Gesundheit interessiert, Mister Foley, noch daran, was er über allgemeine kriminelle Aktivitäten zu sagen hat. Mag sein, daß er neue Beweise für unseren Fall liefern kann, aber ich möchte damit, daß ich ihn nachträglich aussagen lasse, keinen Präzedenzfall schaffen, weil das sonst...«

»Aber es gibt schon einen, Herr Richter. Der Staat gegen Greco und Randazzo, achtzehnhunderteinundachtzig. Ein Priester, der verspätet zur Aussage nach New York kam, weil...«

»Ja, ich erinnere mich jetzt an den Fall, Mister Foley.« Er wandte sich an den Verteidiger. »Ich lasse diesen Zeugen zu, Mister Falmouth. Bitte keine weiteren Einwände.« Sie kehrten in den Gerichtssaal zurück.

Das Gutshaus in Fontana Murata war ein ansehnlicher Bau mit großer Terrasse und einem kunstvoll angelegten Garten im französischen Stil. Es gab Buchsbaumhecken, Zypressenalleen und einen Zierteich, der momentan allerdings ausgetrocknet war.

Silvio war Alesso in gehörigem Abstand dorthin gefolgt, als dieser am Morgen in Begleitung eines anderen Mannes losgeritten war.

Eine ganze Weile hatte Silvio keine Ahnung gehabt, wohin die Reise überhaupt ging. Nun beobachtete er, wie Alesso vor dem Herrenhaus das Maultier festband und dann einen kleinen Rundgang auf dem Besitz machte, der offensichtlich unbewohnt war. Er benahm sich so, als gehörte das Anwesen schon ihm.

Während Silvio ihm zuschaute, gelobte er sich stillschweigend, daß Annunziata nie in dieses Haus einziehen würde.

Als Guido di Passo im Gerichtssaal erschien, waren Foley und Parker entsetzt, denn er sah bleich und ausgezehrt aus. Seine

Augen lagen in dunklen Höhlen. Nachdem er in den Zeugenstand getreten war, sprach er mit leiser Stimme den Eid. Bei seinem Anblick wurde Gino Fazio auf der Anklagebank sichtlich unruhig.

Clarence Foley ließ sich Zeit mit di Passo. Er fragte ihn nach seinem Job in der Detektei Pinkerton aus und erwähnte andere Fälle, die er gelöst hatte, um di Passos Versiertheit zu demonstrieren. Da alle Anwesenden schon von Butch Cassidy und Sundance Kid gehört hatten, wurde es im Gerichtssaal mucksmäuschenstill, als di Passo berichtete, wie es ihm gelungen war, die beiden zu überwältigen.

Dann kam Foley auf den vorliegenden Fall zu sprechen, und di Passo schilderte alle Begebenheiten, die inszeniert worden waren, um ihn in eine Zelle mit Gino Fazio zu befördern. Auf weiteres Befragen erzählte er, wie sein Zellengenosse ihm schließlich seine Beteiligung an allen möglichen Verbrechen gestanden hatte, die im Auftrag Liottas begangen worden waren. Außerdem habe Fazio ihm auch die Zeremonie beschrieben, mit der er in die Mafia aufgenommen worden sei.

»Bitte wiederholen Sie vor Gericht, was er sagte«, bat Foley.

»Es fand irgendwo auf dem Land statt. Er mußte ein Blatt Papier halten, auf dem ein Heiliger abgebildet war. Dann ritzte ihm jemand in den Finger, und Blut tropfte auf das Bild. Fazio sagte, das Heiligenbild symbolisiere die Autorität der Mafia, die ebenso absolut sei wie die der Kirche. Durch die Blutstropfen trat er in eine Bruderschaft ein. Dann wurde das Papier angezündet, und Fazio mußte es abwechselnd mit der rechten und der linken Hand halten, bis es ganz verbrannt war. Seine Brandwunden an den Fingern symbolisierten die Qual, die er erleiden würde, falls er die Bruderschaft je verriete.«

Als nächstes sagte di Passo aus, Fazio habe ihm den Anschlag auf die Eisfabrik und einen anderen Zwischenfall gestanden, bei dem der Kapitän eines Dampfschiffs, der sich nicht bestechen ließ, ermordet worden war.

Falmouth versuchte mehrfach dazwischenzufunken. »Euer

Ehren, ich wehre mich entschieden gegen eine derartige Zeugenbefragung, denn all das hat nichts mit diesem Fall zu tun. Mister Foley führt das Gericht absichtlich in die Irre.«

Der Richter wandte sich an den Staatsanwalt. »Nun?«

»Euer Ehren, ich gebe zu, daß der Zeuge uns vorläufig nur Hintergrundwissen geliefert hat. Aber ich halte dies für wichtig, da es dem Gericht zeigt, welche Art von Menschen die Angeklagten sind. Und das Wesentliche werde ich gleich zur Sprache bringen.«

»Gut, fahren Sie fort, Mister Foley. Aber kommen Sie so rasch wie möglich zum Wesentlichen.«

Foley ließ sich aber nicht drängen, denn di Passo machte einen ausgezeichneten Eindruck, und Gino Fazio auf der Anklagebank wurde immer aufgeregter, was den Geschworenen natürlich nicht entging.

Schließlich kam Foley auf den Mord an Martell zu sprechen.

»Hat Gino Fazio je die Schüsse auf David Martell erwähnt?«

»Ja, das hat er.«

Absolute Stille im Saal. Selbst Fazio muckste sich nicht.

»Was hat er gesagt?«

»Er sagte, er wisse, wer es getan hat.«

»Hat er irgendwelche Namen erwähnt?«

»Nein, aber er sagte, er wisse nicht nur, wer in jener Nacht geschossen hat, sondern auch, wer es organisiert hat und warum es geschehen mußte. Leider hatten wir beide zu jener Zeit die Ruhr und waren folglich sehr schwach.«

»Das Gericht ist Ihnen überaus dankbar, Mister di Passo, daß Sie trotz Ihrer Krankheit diese Aussage machen. Ich werde Sie nicht mehr lange bemühen, aber teilen Sie dem Gericht doch bitte mit, ob Gino Fazio noch etwas sagte, was für den Fall wichtig ist.«

Di Passo zögerte, um die Spannung zu steigern. »Er sagte, ihm sei bekannt, wer Martell getötet hat, doch vieles sei ihm verborgen geblieben. Es gebe nur einen Mann, der über alles Bescheid wisse. Als wir eines Tages zum Waschraum gingen, zeigte er mir den betreffenden Mann in einer anderen Zelle.«

»Sehen Sie diesen Mann, der über alles Bescheid weiß, heute hier im Gerichtssaal? Schauen Sie sich genau um, und sagen Sie uns, ob er hier ist.«

»O ja, da besteht gar kein Zweifel«, erwiderte di Passo. »Dort sitzt er.« Damit deutete er auf Vito Liotta.

Silvio war Alesso von Fontana Murata nach Alia gefolgt, einem etwas größeren Ort. Alesso hielt sich nun schon seit zwei Stunden in einem Café an der Piazza vor der Kirche auf. Silvio stand gut verborgen in einem verfallenen Haus auf der anderen Seite des Platzes und beobachtete, wie ständig Leute das Café betraten und nach einiger Zeit wieder verließen. Offenbar kam Alesso als Don von Alia seinen Verpflichtungen nach. Sein Leibwächter saß draußen neben der Tür.

Inzwischen wußte Silvio schon einiges über Alessos tägliche Routine, die nicht gerade aufregend war. Noch immer hatte er keinen genauen Plan, wie und wo er Alesso töten würde, aber ihm kam schon noch die rettende Idee, da war er unbesorgt.

Ab und zu dachte er an New Orleans, wollte sich aber keine großen Gedanken über den Prozeß machen, denn er mußte sich auf seine jetzige Aufgabe konzentrieren.

Auch über Nino und seine Flucht grübelte er nach. Der alte Fuchs war dem Tod so nahe gewesen und hatte es doch wieder geschafft.

Im nächsten Moment wurde Silvio in die Gegenwart zurückgeholt. Alesso brach auf. Er und sein Begleiter ritten mit den Maultieren in südlicher Richtung davon.

Diesmal folgte Silvio ihnen nicht, denn er hatte etwas Wichtigeres vor.

Guido di Passos Zeugenaussage hatte eine kleine Sensation ausgelöst. Da Foley mit seiner Befragung erst gegen halb vier Uhr am Montag nachmittag fertig gewesen war, hatte der Richter die Verhandlung bereits vor der sonst üblichen Zeit abgebrochen. Folglich widmeten die Zeitungen ihre Schlagzeilen am Dienstag allein den Enthüllungen der Staatsanwaltschaft. »LIOTTA ALS MAFIABOSS ENTLARVT« stand in *The Times-Democrat,* »DRAMATISCHES GESTÄNDNIS AUS DEM KNAST« in der *Picayune.*

Borgo Regalmici lag auf halber Strecke zwischen Cammarata und Vallelunga, ein kleiner Weiher an den Ausläufern des Berges Perziata, ein Ort, von dem Silvio nur wußte, daß Luca Mancuso dort lebte.

Von Ruggiero Priola hatte er zum Glück nebenbei erfahren, daß Mancuso ein Konkurrent der Priolas war, da auch er Fontana Murata ersteigern wollte.

Silvio hatte Mancuso nur einmal gesehen, als er dessen Sohn Gaetano als Verräter hatte »hinrichten« müssen. Deshalb konnte er natürlich nicht mit einem herzlichen Empfang rechnen, aber vielleicht hörte der alte Mann ihn wenigstens an.

Als Silvio sich nach Mancuso erkundigte, wurde er zu einem großen Bauernhof südlich des Ortsrandes gewiesen. Dort angekommen, band er sein Maultier an einem Baum im Innenhof fest und ging auf das Wohnhaus zu. Bevor er jedoch die große Eingangstür erreichte, fragte eine Stimme ihn von der Seite: »Wen suchen Sie?«

Er wandte sich um. Zwei Männer saßen im Schatten des Vordachs an einem Tisch. Der eine war alt, hatte graues Haar und wirkte vierschrötig. Der andere mußte etwa in Silvios Alter sein und war ebenso schlank und dunkelhaarig wie er. Der Jüngere stand auf.

»Ich suche Luca Mancuso.«

»Und wer sucht ihn?« fragte der Alte.

Bevor Silvio antwortete, steckte er die Hand in die Hosentasche.

»Sylvano Randazzo«, sagte er dann ruhig.

Beide Männer stießen einen Überraschungslaut aus. Ihre Reaktion wäre vermutlich noch heftiger gewesen, wenn Silvio nicht die Pistole gezogen hätte.

»Sie sind Luca Mancuso?« fragte er.

Der alte Mann nickte.

»Signor Mancuso, ich habe eine Information für Sie.«

»Warum sollten ausgerechnet Sie mir eine Information bringen? Sie, der Sie meinen Sohn getötet haben.« Er deutet mit dem Kinn auf den jungen Mann. »Primos Bruder.«

Silvio ging nicht darauf ein. »Ich bin eine weite Strecke geritten und habe Durst. Geben Sie mir ein Glas Wein, und ich werde Ihnen alles berichten.«

»Keinen Wein! Wasser genügt«, brummte Mancuso.

Silvio nahm den Wasserkrug, den Primo ihm reichte, und setzte ihn an die Lippen. Er hatte ja gewußt, daß es mit Mancuso nicht einfach werden würde.

»Sie sind interessiert daran, Fontana Murata zu kaufen?« Zum ersten Mal änderte sich Mancusos Gesichtsausdruck ein wenig, aber er sagte nur schroff: »Reden Sie weiter.«

»Ich habe erfahren, daß Geologen unter Fontana Murata ein großes Kohlevorkommen entdeckt haben. Das Landgut ist viel mehr wert, als alle meinen. Wie ich hörte, liegt der geschätzte Kaufpreis bei etwa zweihundert Millionen Lire. Ich kann Ihnen verraten, daß die Priolas dreihundert Millionen dafür vorgesehen haben und nicht damit rechnen, daß irgend jemand so weit mitbietet. Aber der Besitz ist bedeutend mehr wert. Wenn Sie bei der Versteigerung die Priolas ausstechen, werden Sie einer der reichsten Männer Siziliens werden.«

Luca Mancuso kniff abschätzend die Augen zusammen. »Warum erzählen Sie mir das? Als Wiedergutmachung für den Mord an meinem Sohn? Meinen Sie, Sie könnten sein Leben zurückkaufen?«

Silvio wischte sich den Schweiß von der Stirn. »Signor Mancuso, Ihr Sohn wurde getötet, weil er den ganzen Clan in Bivio Indisi verraten hat. Seinetwegen mußten Nino und ich nach Amerika fliehen. Seinetwegen starben viele Menschen. Gaetano verdiente den Tod, und wenn ich es nicht getan hätte, dann hätte es eben ein anderer getan. In Ihrem Herzen wissen Sie, daß es stimmt. Sie haben nie Rache geübt, und warum nicht? Weil Sie wissen, daß es unrecht gewesen wäre.«

Er holte tief Luft. »Ich tue dies aus persönlichen Gründen. Niemals hatte ich vor, das Waisenhaus in die Luft zu sprengen. Alesso Alcamo hat es getan, um mir eine Falle zu stellen, weil er der Capo werden und Annunziata haben wollte. Ich mußte ein zweites Mal nach Amerika gehen, und in meiner Abwesenheit einigten sich die Priolas und Liottas. Alesso ist jetzt der Don in Alia und wird mit Annunziata in Fontana Murata leben, wenn ich es nicht verhindere.

Das Gut befindet sich immer noch im Besitz des englischen Priesters, den Nino entführt hat, oder vielmehr seiner Schwester, da er selbst gestorben ist. Wenn Sie die Priolas überbieten und mehr als drei Millionen zahlen, werden Sie und die Schwester des Priesters reich sein, und Alesso ist der Verlierer. Das ist mein eigentliches Ziel, daß Alesso Fontana Murata verliert. Falls alles so klappt, wie ich Ihnen vorschlage, werde ich Alesso, die Priolas und die Liottas anschließend wissen lassen, daß ich es war, der sie alle ausgetrickst hat. Und dann töte ich Alesso.

Nur deshalb erzähle ich Ihnen all das. Ich verlange nichts von Ihnen – außer Ihrem Stillschweigen. Keiner darf von meiner Anwesenheit erfahren, weil ich meinen Plan sonst nicht durchführen kann.«

Silvio stand vor den beiden Mancusos und wartete auf eine Antwort. Ausnahmsweise hatte er die volle Wahrheit gesagt, aber ein Sizilianer suchte immer nach einer verborgenen Falle. Hoffentlich war Mancuso nicht zu mißtrauisch, um darauf einzugehen.

Vater und Sohn saßen im kühlen Schatten, während Silvio der gnadenlosen Sonne ausgesetzt war.

Ohne den Blick von Silvio abzuwenden, sagte Luca Mancuso nach einer Weile: »Primo, gib ihm ein Glas Wein.«

Am Dienstag begann Falmouth mit dem Kreuzverhör di Passos.

»Mister di Passo, sehen Sie Gino Fazio im Gerichtssaal?«

Di Passo schaute zu den Angeklagten hinüber. »Nein«.

»Mister Fazio ist heute nicht hier, weil er nach der gestrigen

Verhandlung einen Nervenzusammenbruch hatte. Warum? Wegen Ihres Verhaltens, Mister di Passo. Sind Sie stolz auf sich?«

»Einspruch!« rief Foley. »Diese aggressive Fragestellung ist im vorliegenden Fall unnötig.«

»Einspruch abgelehnt«, entschied der Richter.

Falmouth preschte weiter vor. »Befriedigt es Sie, aus einem ohnehin schon nervösen Menschen ein zitterndes Nervenbündel zu machen? Sind Sie deshalb Detektiv geworden? Um Verdächtige zu quälen?«

Di Passo irritierten diese Fragen sichtlich. »Nein, natürlich nicht«, entgegnete er betreten.

Doch Falmouth war an seiner Antwort nicht interessiert. Er wollte lediglich die Geschworenen beeindrucken. »Wer hat Gino Fazio als Zellengenossen für Sie ausgesucht?«

»Vermutlich der Gefängnisdirektor.«

»Und der wußte natürlich, wer am wenigsten belastbar war. Welch miese Verschwörung, ausgerechnet diesen Unglücksraben auszusuchen, der so unbeständig ist, daß man sich auf nichts verlassen kann, was er in der Haft äußert.«

Foley sprang auf. »Euer Ehren, nur weil Mister Fazio heute kränkelt, sind die Aussagen, die er über mehrere Tage und Nächte hinweg freiwillig machte, keineswegs entkräftet.«

»Danke für die Belehrung, Mister Foley. Wir werden Ihre Worte im Gedächtnis behalten. Fahren Sie fort, Mister Falmouth.«

»Danke, Euer Ehren. Ich möchte Sie jetzt fragen, Mister di Passo, ob Mister Fazio Ihnen irgendwann den Namen der Person oder der Personen nannte, die Polizeichef Martell töteten?«

»Nicht direkt.«

»Verzeihung, aber was wollen Sie damit sagen?«

»Nein.«

»Als er sagte, er wisse, wer die Mordtat begangen hat, könnte er also jeden gemeint haben, absolut jeden?«

»Ja, aber...«

»Danke, Mister di Passo. Der Angeklagte könnte also gemeint

haben, daß der Mord von jemandem begangen wurde, der zur Zeit dieser Äußerung gar nicht inhaftiert war?«

»Ja, aber...«

»Danke, Mister di Passo.«

»Einen Moment«, mischte sich nun der Richter ein. »Was wollten Sie sagen, Mister di Passo?«

Falmouth war alles andere als begeistert, aber di Passo sagte rasch: »Wenn Gino Fazio wußte, wer der Mörder war, dieser jedoch nicht im Gefängnis saß, warum hatte er dann solche Angst, es mir zu verraten?«

Falmouth ging nicht darauf ein. »Stimmt es nicht, daß Sie mehrere Wochen auf engstem Raum mit Mister Fazio verbrachten und er Ihnen alles mögliche über die sogenannte Mafia-Unterwelt erzählte, aber nie den Namen desjenigen nannte, der Martell erschoß? Stimmt das nicht? Bitte antworten Sie mit Ja oder Nein.«

»Ja«, erwiderte di Passo. »Es stimmt.«

Falmouth äußerte als nächstes die Vermutung, Mr. Fazio habe aus Schwäche und mangelndem Selbstbewußtsein vielleicht nur Eindruck schinden wollen, als er behauptete, den Mörder zu kennen. Er schloß mit der Frage: »Glauben Sie, Mister di Passo, daß er die Wahrheit sagte? Oder gab er einfach nur an?«

»Ich zweifelte nicht daran, daß er die Wahrheit sagte.«

»Die reine Wahrheit oder die, wie er sie sah?«

»Ich zweifelte nicht daran, daß er den Mörder kannte.«

»Und jetzt?«

»Ich... ich habe auch jetzt keine Zweifel.«

Der Staatsanwalt mußte zugeben, daß Falmouth seine Sache sehr gut machte. Di Passo hatte kurz gezögert und damit unfreiwillig zu verstehen gegeben, daß er eben doch gewisse Zweifel hegte, sie aber nicht eingestand.

Mit höchst zufriedener Miene nahm Falmouth wieder seinen Platz ein.

Foley erhob sich. »Keine weiteren Fragen, Euer Ehren.«

Der Richter schaute auf die Wanduhr. Es war kurz vor zwölf.

»Wir machen jetzt Mittagspause. Um halb zwei tritt das Gericht erneut zusammen, um das Schlußwort des Verteidigers zu hören.«

Silvio sah sich in dem Zimmer um, in dem er so oft mit Annunziata geschlafen hatte. Eigentlich war ihm selbst nicht ganz klar, wieso er zum Bivio zurückgekommen war. Nur um die Zeit bis zur Versteigerung totzuschlagen, oder auch aus Sentimentalität? Die Hütten in Bivio Indisi wirkten, als hätten ihre Bewohner sie überstürzt verlassen und seither nicht wieder betreten. Ein deprimierender Anblick. Hunderte von Fliegen schwirrten überall herum. Silvio stieg die wackelige Außentreppe hinunter und starrte in das ausgetrocknete Flußbett. Welch ein Gegensatz zum Mississippi! Welch ein Symbol für das Ungleichgewicht zwischen dem großen, starken Amerika und dem kleinen, armseligen Sizilien. Er wandte sich zum Gehen. Es war ein Fehler gewesen zurückzukommen.

»Meine Herren Geschworenen, dies war zwar ein langwieriger, aber kein komplizierter Prozeß. Die Fakten sind klar.« Der Richter setzte sich seine Brille auf und überflog ein Blatt Papier. »Der Polizeichef von New Orleans, David Martell, wurde am Abend des dreiundzwanzigsten März von elf Kugeln getroffen und starb am nächsten Tag. Es steht zweifelsfrei fest, daß er von einem oder mehreren Tätern ermordet wurde. Die Frage ist daher ebenso einfach wie schrecklich: Sind seine Mörder die Männer, die hier vor Ihnen auf der Anklagebank sitzen?«
Der Richter faßte sodann noch einmal zusammen, was Staatsanwalt und Verteidiger vorgebracht hatten, bevor er auf den Agenten der Detektei Pinkerton zu sprechen kam.
»Die Zeugenaussage von Mister Guido di Passo unterscheidet sich von allen anderen schon deshalb, weil di Passo auf Anregung von Mister Parker, dem Bürgermeister von New Orleans, und mit Zustimmung des Gefängnisdirektors in eine Zelle mit dem Angeklagten Mister Gino Fazio eingeschleust wurde. Ich habe seine

Aussage zugelassen, obwohl die Verteidigung versucht hat, das Einschleusen des Agenten als moralisch fragwürdig zu verdammen. Sie, meine Herren Geschworenen, müssen sich ganz auf den Inhalt der Aussage konzentrieren. Einerseits hat Mister Fazio dem Zeugen viel über die Unterwelt erzählt, sagte über den oder die Mörder aber lediglich, daß er wisse, wer es gewesen ist. Sie mögen nun denken, im Kontext mit anderen Unterhaltungen zwischen Mister di Passo und seinem Zellengenossen sei die Bedeutung klar genug. Oder aber Sie denken, daß Mister Fazio in anderer Hinsicht sehr deutlich war, sich in diesem einen Punkt aber nur vage – oder sogar vieldeutig – ausdrückte und daß dieser Unterschied bedeutsam ist. Das müssen Sie für sich entscheiden.«

Richter McCrystal redete auf diese bemerkenswert unparteiische Weise noch mehrere Stunden weiter, erinnerte die Geschworenen an Aussagen, die sie drei Wochen zuvor gehört hatten, und betonte, daß diese genauso wichtig seien wie solche, die erst vor wenigen Tagen geäußert wurden. Seine Zusammenfassung dauerte mit Unterbrechungen bis zum nächsten Vormittag, doch gegen elf Uhr kam er zum Schluß, und die Geschworenen zogen sich zur Beratung zurück.

Nach einer Stunde wurde ihnen ein Mittagessen serviert. Anschließend berieten die Geschworenen weiter. Um halb fünf am Nachmittag baten sie um Getränke. Um sechs Uhr ließ der Richter nachfragen, ob sie voraussichtlich noch an diesem Abend zu einer Entscheidung kämen. Die Geschworenen verneinten. Um halb acht wurden sie unter strengsten Sicherheitsvorkehrungen in das Hotel St. Charles gebracht, wo man Zimmer für sie reserviert hatte.

Angelo Priola, Harrison Parker und Clarence Foley trafen sich am selben Abend gegen neun Uhr im Pickwick Club.

»Heißt es nicht immer, bei längeren Beratungen kommt eher ein Freispruch heraus?« erkundigte sich Parker bei Foley.

Der Anwalt zuckte mit den Schultern. »Das behaupten die Zeitungen. Aber ich weiß von Geschworenen, die nach tagelangem

Debattieren einen Schuldspruch fällten. Vergessen Sie nicht, daß wir dreizehn Angeklagte haben. Vielleicht können die Geschworenen sich nicht einigen, welcher von denen schuldig ist und welcher nicht.«

»Das gibt einen Freispruch«, widersprach Priola. »Die sind sich nur noch nicht einig, ob sie einen oder zwei der unwichtigeren Angeklagten für schuldig befinden oder nicht. Den Geschworenen ist klar, daß sie es schwer büßen werden, wenn sie Liotta verurteilen. Aber neun von den zwölf Mitgliedern der Jury sind kleine Geschäftsleute. Und die wissen wiederum, daß sie bei einem Freispruch aller Angeklagten die unbeliebtesten Bürger von ganz New Orleans werden – nach Liotta und seinen Leuten natürlich. Ihr Geschäft wird leiden, ihre Kinder werden Probleme bekommen, und sie selbst fliegen aus ihren Clubs raus. Im Augenblick verfluchen sie garantiert den Tag, an dem sie in diesen Prozeß verwickelt wurden. Deshalb ziehen sie es auch so in die Länge. Jeder von denen will Freunden sagen können, er habe versucht, die anderen zu einem Schuldspruch zu überreden, sei aber überstimmt worden. Auf die Weise ist dann keiner verantwortlich.«

Die anderen schwiegen, als Priola mit seiner düsteren Prognose fertig war.

»Vergessen wir die Geschworenen«, sagte Priola schließlich und seufzte tief. »Es wird Zeit, daß ich unsere letzte Karte ausspiele. Etwas ganz Raffiniertes. Silvio hatte die Idee, ich muß sie jetzt in die Tat umsetzen.«

Silvio erkannte das sonst so stille Alia kaum wieder. Am Rand der Piazza standen zahlreiche Kutschen und Fuhrwerke. Die Tische vor dem Café waren voll besetzt, und überall standen Grüppchen von Leuten herum. Außer Fontana Murata sollten an diesem Tag noch andere Besitzungen versteigert werden, die allerdings viel bescheidener waren.

Silvio hatte sich wie bei seinem ersten Besuch in einem halb verfallenen Haus versteckt und beobachtete das Kommen und Gehen der Interessenten. Luca Mancuso traf in Begleitung seines

Sohnes Primo und eines anderen Mannes ein, der vermutlich sein Bankier war. Hoffentlich bedeutete dessen Auftauchen, daß Mancuso tatsächlich auf Silvios Vorschlag einging!

Alesso war ebenfalls erschienen, in rotem Hemd und schwarzer Hose, flankiert von seinem Leibwächter und Ruggiero Priola, der für ihn bieten würde. Sie waren mit der Sorglosigkeit von Leuten, die fest damit rechneten, daß alles nach Wunsch verlief, im Rathaus verschwunden.

Silvio war auch die Ankunft einer hochgewachsenen, grauhaarigen und imposanten Frau mit einem auffallenden Hut nicht entgangen. Sicher die Schwester des Priesters, den Nino entführt hatte, und folglich die derzeitige Besitzerin von Fontana Murata. An ihrer Seite ging ein kleiner, drahtiger Mann.

Als es elf Uhr wurde, begann sich die Piazza zu leeren. Die Auktion begann. Über eine Stunde lang betraten immer neue Leute das Rathaus, und andere kamen heraus. Manche davon waren wohl Beamte, der Großteil aber Grundbesitzer, die den erfolgreichen Verkauf mit einem Glas Wein oder Bier im Café feierten. Andere hatten etwas ersteigert und standen nun mit ihren Verwandten oder Anwälten auf den Stufen des Rathauses und besprachen aufgeregt, was als nächstes zu tun sei. Einige wenige trugen sorgenvolle Gesichter zur Schau, da sie ihren Besitz vermutlich nicht losgeworden waren.

Eine weitere Stunde verstrich. Es wurde immer heißer. Unwillkürlich mußte Silvio nun doch an New Orleans und den Liotta-Prozeß denken. War es bereits zu einem Urteil gekommen?

Dann grübelte er über etwas nach, das Smeralda im Zusammenhang mit seinem Vater erwähnt hatte. Das hatte ihn auf eine Idee gebracht…

Kurz darauf wurden die Flügeltüren des Rathauses aufgestoßen. Wild gestikulierend und lauthals redend kamen die Teilnehmer der Auktion zum Vorschein. Mrs. Livesey bahnte sich lächelnd einen Weg durch die Menge und stieg in ihre Kutsche. Von ihrem Standpunkt aus war anscheinend alles gut gelaufen.

Aber wer hatte Fontana Murata ersteigert?

Luca Mancusa und sein Sohn stiegen die Stufen hinunter, ihre Gesichter verrieten aber nichts. Kurz darauf traten nacheinander zwei Männer auf Mancuso zu und schüttelten ihm die Hand. Bevor Silvio sich Gedanken darüber machen konnte, was dies zu bedeuten hatte, drängte sich Alesso zwischen den Leuten hindurch, gefolgt von Ruggiero. Beide schauten finster drein und stritten sich offensichtlich. Luca Mancuso blickte zu ihnen hinüber, und Silvio meinte, ein Schmunzeln in seinem Gesicht zu entdecken.

Nun hatte Silvio die Antwort, und der letzte Teil seines Plans konnte in die Wege geleitet werden. Aber zuerst wollte er noch etwas Persönliches erledigen.

Richter McCrystal ging täglich frühmorgens mit seinem Hund im Library Park spazieren. Seit seine Kinder aus dem Haus waren, ja sogar die Stadt verlassen hatten, war ihm dies eine liebe Gewohnheit geworden.

Er bog von der Tulane Avenue in den Park ein.

»Guten Morgen, Professor Perran.«

McCrystal blieb abrupt stehen.

Angelo erhob sich von der Bank, auf der er gewartet hatte.

»Wer sind Sie, und was wollen Sie?« fragte Richter McCrystal scharf.

»Ich bin Angelo Priola. Ein Verwandter von jemandem, den Sie kennen. Vanni Priola.«

Der Richter schaute sich hastig um. Zum Glück waren keine Spaziergänger in der Nähe. »Was tun Sie hier? Sie gehören ins Französische Viertel.«

»Stimmt, aber ich versuche, diskret zu sein. Wäre es Ihnen lieber, wenn ich zu Ihrem Haus gekommen wäre?«

»Mir wäre es lieber, Sie überhaupt nicht zu sehen.«

»Wir wissen beide, daß dies kein realistischer Wunsch ist.«

Der Richter wandte sich schroff ab. »Na schön, dann begleiten Sie mich. Das fällt weniger auf.« Sie gingen nebeneinander her.

»Glauben Sie, es kommt heute zu einem Urteil?« fragte Angelo.

»Ich vermute es. Aber Geschworene sind unberechenbar, und zwar besonders in solch wichtigen Prozessen.«

»Was wird es Ihrer Ansicht nach?«

»Darauf gebe ich keine Antwort.«

»Es gibt einen Freispruch«, sagte Angelo ruhig. »Liotta hat sich die Geschworenen vorgenommen.«

McCrystal sah so überrascht aus, als wäre ihm dieser Gedanke noch nie gekommen. »Sie wollen doch nicht etwa, daß ich den Prozeß ohne Ergebnis abbreche? Das kann ich nicht! Es sei denn, jemand bringt mir Beweise. Und wenn ich es täte, würde Liotta...«

»Immer mit der Ruhe, Herr Richter. Wir wissen beide, warum ich hier bin, aber ich verlange nicht von Ihnen, Kopf und Kragen zu riskieren. In einem Bordell erwischt zu werden ist für mich kein Kapitalverbrechen. Ich weiß, daß Sie als Richter nur begrenzte Macht haben. Aber einiges können Sie eben doch tun. Wenn es zu einem Freispruch kommt, wovon ich überzeugt bin, müssen Sie nur eine Kleinigkeit tun. Die Sache bleibt absolut im Rahmen Ihrer Befugnisse, und kein Mensch wird Verdacht schöpfen – Liotta schon gar nicht. Wenn Sie tun, was ich Ihnen sage, bekommen Sie morgen das Foto – und das Negativ. Fest versprochen!«

»Eine Kleinigkeit?«

»Etwas ganz Schlaues. Aber ohne Risiko.«

»Ich kann mir nicht vorstellen, was das sein soll.«

Angelo weihte ihn in seinen Plan ein.

Silvio band sein Maultier an das Gittertor des Friedhofs. Vor den Toren Castronuovos gelegen, hatte man von hier aus einen ausgezeichneten Blick über den Fanaco-See, an dessen westlicher Seite die Serra di Leone aufragte. Der bis zum Seeufer reichende Friedhof lag im Schatten einer langen Reihe dunkelgrüner Zypressen. Die aus Feldsteinen errichtete Mauer war hie und da mit blühender Bougainvillea überwuchert.

Silvio wanderte zwischen den Grabsteinen umher. Er war auch

früher nur selten hier gewesen, denn den Tod seiner Eltern verdrängte er am liebsten. Doch auf der Überfahrt hatte er plötzlich den Wunsch verspürt, ihr Grab noch einmal zu sehen. Wenn es ihm gelang, Alesso zu töten, und er ein drittes Mal nach Amerika flüchten mußte, würde er wohl nie mehr nach Sizilien zurückkehren.

Nach einigem Suchen entdeckte er es schließlich. Der Grabstein war mit gelblichen Flechten verkrustet, und ringsum wuchsen Brennesseln. In schlichten Buchstaben stand da eingemeißelt: LORENZO RANDAZZO 1834–1868 und SYLVANA RANDAZZO 1837–1868. Die Zeile darunter lautete: VEREINT IM LEBEN, VEREINT IM TOD.

Tränen brannten in Silvios Augen. Es machte ihn immer noch zornig, daß ihm die Eltern so früh genommen worden waren. Er kniete sich hin und begann, mit einem Zweig an der Schrift herumzukratzen. Dabei versuchte er, sich an seine Eltern zu erinnern, doch alles, was ihm einfiel, war das Aufblinken des Gewehrlaufs, das ihn hätte warnen müssen – und sie vielleicht hätte retten können. Wütend riß er die Brennesseln aus und schaute dann noch einmal über den See. Die Landschaft war hier von einer Schönheit, wie man sie in Louisiana nirgends fand. Im Geiste nahm er Abschied von Sizilien.

Er ging zwischen den vielen, zum Teil verwahrlosten Gräbern zum Ausgang. Trotz seines Kummers und seines Zorns war er aber froh, hergekommen zu sein. Er machte sich daran, sein Maultier loszubinden.

»Haben Sie Familie hier?«

Die Stimme ließ ihn herumfahren.

Zwei Polizisten, zwei Sbirren, lehnten an der Friedhofsmauer und rauchten Zigaretten. *Merda!* Scheiße!

Silvio bemühte sich, unbekümmert zu wirken. »Nein, ich hab' die Gräber von alten Freunden gesucht.«

Einer der Polizisten, ein Dunkelhaariger mit Schnurrbart, trat näher. »Ich kenne Sie nicht. Sie sind wohl nicht von hier?«

»Nein, ich lebe in Palermo.«

»Wie heißen Sie?«

»Giuseppe Chiavelli.«

»Warum sind Sie hier?«

»Wegen der Versteigerung in Alia. Ich habe für einen Freund aus Palermo mitgeboten, der nicht selbst kommen konnte.«

»Wie ist der Name?«

»Spielt das eine Rolle?«

»Der Name!«

»Stefano Ciamba.«

»Geben Sie mir Ihren Ausweis.«

»Den habe ich nicht dabei.« Sobald Silvio dies gesagt hatte, erkannte er seinen Fehler. Wer bei einer Auktion mitbot, mußte sich ausweisen, das war Vorschrift. Konnte er die Situation noch irgendwie retten?

»Ich habe all meine Papiere in Alia gelassen, als ich herritt, weil ich von dort später den Zug nach Palermo nehme.«

Aber der Polizist bohrte hartnäckig weiter. »Wie heißen Ihre Bekannten, die hier begraben liegen?«

Verdammte Fragerei! Welche Namen hatte er bei der Suche nach dem Grab seiner Eltern gelesen? Pietri? Girami?

»Girami.«

»Wer soll das sein? Nie gehört.«

Warum war dieser Kerl so mißtrauisch? Wollte er bestochen werden?

»Die Girami stammen ursprünglich aus Borgo Regalmici und zogen später nach Palermo, wo ich sie kennenlernte.«

»Und warum besuchen Sie das Grab?«

»Eine Ehrenschuld. Das verstehen Sie sicher.« Der Polizist wandte sich an seinen Untergebenen. »Beppe, unser Freund war da hinten links auf dem Friedhof. Schau mal, ob du dort einen Grabstein der Giramis findest.«

Während seiner Abwesenheit überlegte Silvio fieberhaft. Sollte er versuchen, die Sbirren zu überwältigen? Unmöglich wäre es nicht, aber damit machte er sicher einen großen Fehler. Ein Kampf mit der Polizei sprach sich rasch herum, alarmierte womöglich sogar Alesso. Nein, er mußte abwarten und das beste hoffen.

Der Schnurrbärtige zündete sich eine Zigarette an. »Wir sind hier alle in Alarmbereitschaft«, erklärte er. »Antonino Greco, der Steinbrecher, ist nämlich aus dem Gefängnis in Bologna ausgebrochen. Vielleicht kommt er in seine alte Heimat zurück.« Das war also der Grund für ihr Mißtrauen. Silvio fluchte innerlich.

Der zweite Polizist kam vom Friedhof zurück und flüsterte seinem Vorgesetzten etwas ins Ohr, der aufmerksam zuhörte, dann die Zigarette fallen ließ und seine Pistole zog. Es geschah so schnell, daß Silvio nichts mehr tun konnte.

Der Schnurrbärtige kam einen Schritt näher. »Hier gibt's keinen Girami-Grabstein, nur einen Cirami und einen... Randazzo. Ausgerechnet an dem hat jemand gerade erst die Brennesseln ausgerupft und die Schrift gesäubert. Sie kommen jetzt mit uns nach Santo Stefano. Ich kann nicht glauben, daß Sie Sylvano Randazzo sind. Sie müßten ja verrückt sein, sich in Sizilien blicken zu lassen. Na ja, das wird sich alles rausstellen. Wenn Sie wirklich Randazzo sind, werden Beppe und ich reich. So, und jetzt legen Sie Ihre Waffe vorsichtig auf den Boden.«

Als Liotta und die anderen Angeklagten am letzten Prozeßtag vom Gefängnis zum Gerichtsgebäude gebracht wurden, standen an die zweihundert Leute vor dem Eingang, einige mit handgeschriebenen Schildern. AUFHÄNGEN! stand lakonisch auf dem einen, MAFIA-MÖRDER auf einem anderen.

Der Richter verspätete sich an diesem Tag etwas. Als er um Viertel vor elf endlich eintraf, saßen schon alle Geschworenen auf ihren Plätzen. Er schickte sie sofort in Klausur und zog sich dann mit dem Staatsanwalt und dem Verteidiger zurück. Niemand im Publikum rührte sich von der Stelle. Es war undenkbar, daß die Geschworenen eine zweite Nacht im Hotel verbringen würden, und keiner wollte den letzten Akt dieses Dramas verpassen. David Martells Mutter, der Bürgermeister und andere Honoratioren saßen in der ersten Reihe. Die Zeit verging quälend langsam. Um

Viertel vor eins baten die Geschworenen um ein Mittagessen. Um halb drei wurde das Undenkbare plötzlich doch denkbar. Ein Justizangestellter wurde beauftragt, die Zimmer im Hotel für eine weitere Nacht zu buchen.

Um Viertel nach drei teilte der Sprecher der Geschworenen dem Gerichtsdiener mit, sie seien bereit. Daraufhin gab der Richter Anweisung, die Anwälte und die Presse zu benachrichtigen. Auf der Zuschauertribüne entstand Bewegung, als klar wurde, daß der entscheidende Moment nahte.

Sobald der Richter und die Anwälte Platz genommen hatten, wurden zuerst die Angeklagten und dann die Geschworenen hereingeführt.

Es war nicht zu übersehen, wie nervös der Sprecher war.

Der Gerichtsdiener bat ihn, sich zu erheben. Als er stand, folgte die Frage: »Sind Sie zu einem Urteil gekommen?«

»Ja, das sind wir.«

»Und ist dieses Urteil in allen Fällen einstimmig?«

»Ja, das ist es.«

»Sehr gut. Wir werden jetzt die Angeklagten der Reihe nach vornehmen und beginnen mit Vittorio Liotta. Halten Sie Vittorio Liotta der Anstiftung zum Mord an David Martell für schuldig oder nicht schuldig?«

Der Sprecher hatte die anderen Fragen rasch beantwortet, doch nun zögerte er. Zuerst schaute er den Richter an, dann Foley und Falmouth. Schließlich senkte er den Blick.

»Nicht schuldig.«

Die Polizeistation von Santo Stefano war neu, während sich im Ort sonst wenig verändert hatte, wie Silvio feststellte. Er wurde in eine Zelle gesperrt, und die Sbirren baten im Polizeipräsidium von Palermo telegrafisch um weitere Anweisungen.

Silvio war außer sich vor Zorn auf sich selbst. Wie hatte er sich bloß verhaften lassen können? Ich bin ein Idiot, ein Riesenidiot, wiederholte er immer wieder. Es ging ja nicht nur um seine Verhaftung. Annunziatas Hochzeit rückte näher, und vorher wollte er doch noch mit Alesso abrechnen. Wieso war er auf die dämliche Idee gekommen, das Grab seiner Eltern zu besuchen?

Doch er war nicht nur zornig, sondern hatte auch Angst. Falls man ihn ins Gefängnis steckte, würde er gelyncht werden, daran bestand kein Zweifel. Ihm fiel wieder der Prozeß gegen Liotta ein. Hatte Angelo die Trumpfkarte ausspielen müssen? Oder war die Sache in New Orleans etwa auch schiefgegangen?

Der Richter hämmerte auf das Pult. »Ruhe! Ruhe!« Noch einmal ließ er den Hammer hinunterkrachen. »Ruhe, sage ich!« Es nützte nichts, zumindest vorläufig nicht. In dem Moment, in dem der Sprecher der Geschworenen »Nicht schuldig« gesagt hatte, war im Gerichtssaal ein Tumult ausgebrochen. Die Zuschauer waren aufgesprungen und schrien nun durcheinander. Es gab schrille Pfiffe des Mißfallens, es wurde gebuht und ungläubig gemurrt. »Lyncht die Itaker!« brüllte jemand. »Und die Geschworenen!« riefen andere im Chor. »Gerechtigkeit!« kreischte eine weitere Gruppe. »Wir wollen Gerechtigkeit!« Mrs. Martell saß zusammengesunken da und weinte. Zwei Leute versuchten, über die Balustrade vor der Zuschauertribüne zu klettern, wurden aber von Ordnungshütern daran gehindert. Da der Richter kein Risiko eingehen wollte, forderte er polizeiliche Verstärkung an.

Erneut versuchte er, mit Hammerschlägen für Ruhe zu sorgen. »Gerichtsdiener, lassen Sie jeden entfernen, der stehenbleibt oder herumschreit. Und zwar sofort.«

Polizisten gingen zwischen den Zuschauerreihen hindurch und griffen sich zwei Männer, eine Frau und einen Jungen heraus, die sie sofort abführten. Zuerst wurde das Geschrei noch lauter, doch dann begriffen die Leute, daß die Polizei es ernst meinte, und immer mehr setzten sich wieder hin.

Der Lärm verebbte nur allmählich, doch nach einiger Zeit konnte der Richter sich immerhin Gehör verschaffen. »Falls es zu weiteren Zwischenfällen dieser Art kommt, werde ich den Gerichtssaal räumen lassen. Habe ich mich klar genug ausgedrückt? Der Prozeß ist noch nicht vorbei. Erst wenn sich alle wieder gesetzt haben, können wir weitermachen.«

McCrystal wartete ab, bis Ruhe im Saal eingekehrt war, und sammelte sich. Dies war ganz offensichtlich eine schwierige Situation. Ihm fiel wieder das Gespräch ein, das er am Vormittag geführt hatte.

Mehrere Polizisten, die Unruhestifter abgeführt hatten, bezogen an strategischen Punkten Stellung, um notfalls rasch eingreifen zu können.

»Ich wende mich jetzt an die Angeklagten«, sagte der Richter. »Meine Herren, Sie sind heute von dem Vorwurf des Verbrechens, dessentwegen Sie angeklagt wurden, freigesprochen worden. Wie ich jedoch vom amtierenden Polizeichef und von Mister Foley, dem Vertreter der Staatsanwaltschaft, erfuhr, sind mehrere andere Klagen gegen Sie anhängig. Dieser Prozeß hat viel Aufsehen erregt. Wie Sie soeben selbst feststellen konnten, nimmt die Öffentlichkeit äußerst regen Anteil an den Geschehnissen.«

Er rückte seine Brille zurecht. »Angesichts dessen halte ich es nicht für richtig, Sie auf freien Fuß zu setzen. Es ist schließlich denkbar, daß einige von Ihnen nach ihrer Freilassung wegen der schwebenden Verfahren gegen sie auf die Idee kommen zu flüchten, und dieses Risiko darf ich nicht eingehen. Auch Ihre eigene Sicherheit muß berücksichtigt werden. Es könnte nämlich sein, daß jemand von Ihnen zu Schaden kommt, wenn ich an manche Drohungen denke, die gerade eben hier im Saal ausgestoßen wurden.

Deshalb verfüge ich, daß Sie alle so lange in Gewahrsam bleiben, bis der Polizeichef der Meinung ist, Sie gefahrlos freilassen zu können. Gerichtsdiener, lassen Sie die Angeklagten ins Gefängnis zurückschaffen.«

»Das können Sie nicht machen, Herr Richter!« Falmouth sprang empört auf. »Die Angeklagten wurden freigesprochen, Herr Richter, und müssen auf freien Fuß gesetzt werden. Dies ist ungeheuerlich!«

Auch Liotta war inzwischen aufgesprungen. »Wir wurden freigesprochen. Wir haben diese Dinge nicht getan, Herr Richter. Ich bestehe auf Entlassung aus der Haft.«

Doch die Gerichtsdiener hatten sich schon in Bewegung gesetzt.

Wieder kam es bei den Zuschauern zum Tumult.

Der Richter schlug auf sein Pult, bewirkte damit aber nichts.

Inmitten all des Getöses wurden die Angeklagten abgeführt – bis auf Liotta, der immer noch schrie: »Das war ein Freispruch, Herr Richter. Wir sind freie Männer. Herr Richter! Hören Sie mich? Herr Richter!« Dann wurde er gewaltsam hinausbefördert. Seine letzten Worte waren: »Tun Sie das nicht, Herr Richter!«

McCrystal atmete erleichtert auf, denn das Ganze war auch für ihn nervenaufreibend gewesen. Aber er hatte es geschafft, er hatte die Aufgabe erfüllt und würde nun das Foto bekommen. Er ließ noch einmal den Hammer aufs Pult krachen und rief: »Die Verhandlung ist aufgehoben. Gerichtsdiener, räumen Sie den Saal.«

»Wach auf, Randazzo oder wie du sonst heißt. Hier ist dein Essen.«

Silvio schwang die Beine von der Pritsche.

Der Wärter schloß gerade die Zellentür auf. Hinter ihm stand noch jemand, den Silvio im Halbdunkel jedoch nicht gut sehen konnte.

Dann trat der Mann beiseite, und eine Frau kam lächelnd herein. Unwillkürlich erwiderte Silvio das Lächeln, obwohl er sie nicht kannte. Oder etwa doch? Sie brachte ihm ein Tablett mit Rotwein, Spaghetti und einem Stück Brot.

Nachdem sie Silvio fast unmerklich zugenickt hatte, sagte sie laut zu dem Wärter: »Ach, ich habe das Glas für den Wein vergessen. Ich hole es rasch.«

Sie stellte das Tablett auf Silvios Lager und verließ die Zelle, die der Polizist sofort wieder zusperrte. Beide verschwanden und ließen ihn allein.

Aber nur für einen Moment, denn die Frau kehrte ohne ihren Begleiter zurück. Sie reichte ein Glas durch die Gitterstäbe.

428

Als Silvio es ihr abnahm, packte sie ihn am Handgelenk und zischte: »Am Boden vom Weinkrug liegt ein Schlüssel. Heute abend zwischen neun und zehn ist der Wächter mit seinem Abendessen beschäftigt. Sperr die Zellentür auf, geh raus, sperr aber wieder zu, und leg den Schlüssel in den Krug zurück. Trink nicht den ganzen Wein aus. Dann kann ich den Schlüssel wieder dorthin legen, wo ich ihn herhabe, und bekomme keine Schwierigkeiten.«

Er wollte sie unterbrechen, doch sie sprach schon weiter. »Auf der rechten Gangseite ist eine Tür. Den Schlüssel dazu findest du unter der holzgeschnitzten Madonna auf dem Fensterbrett daneben. Schließ auch die Tür wieder zu, sobald du draußen bist, und laß den Schlüssel in den vollen Wassertrog fallen, der dort steht. Auch diesen Schlüssel werde ich zurücklegen. Dann mußt du nur noch über die Mauer klettern und bist frei. Viel Glück!«

Silvio glaubte zu träumen.

»Warum tun Sie das alles für mich? Wer sind Sie?«

»Silvio! Erkennst du mich nicht? Ich bin Maria Camastra. Gaetano Mancuso trieb mit meiner Tochter ein böses Spiel und brachte Schande über mein Haus. Du hast für Gerechtigkeit gesorgt, als du mit Don Bivona zusammen warst. Nochmals: *Auguri!* Viel Glück!«

25. KAPITEL

Am Abend nach dem Freispruch von Vittorio Liotta und seiner Bande trafen sich Harrison Parker und Angelo Priola um halb acht im Pickwick Club. Clarence Foley war dieses Mal nicht dabei.

»Das haben Sie gut gemacht«, sagte Angelo zu Parker.

»Es war Ihre Idee.«

»Silvios Idee, wenn wir ehrlich sind. Läuft sonst alles nach Plan?«

»Ja.«

»Glauben Sie, es klappt?«

»Bei dem Urteil bleibt uns gar nichts andres übrig, als es zu versuchen. Es muß einfach klappen.«

Silvio tauchte mit der Hand in den Wein und holte den Schlüssel heraus. Es war Viertel nach neun und das Polizeirevier so ruhig, wie Maria Camastra angekündigt hatte. In der Zelle war es dunkel bis auf den Streifen Mondlicht, der durchs Fenster fiel, doch das mußte genügen. Silvio stellte das Tablett neben die Gitterstäbe auf den Boden und steckte den Schlüssel ins Schloß. Beim Umdrehen knirschte es laut.

Silvio lauschte mit angehaltenem Atem, doch nichts rührte sich. Behutsam stieß er die Tür auf, schloß sie hinter sich wieder zu und ließ den Schlüssel in den Weinkrug gleiten.

Rasch eilte er den kurzen Gang entlang zu dem Fensterbrett, auf dem sich die Silhouette der Marienstatue abzeichnete. Er schob die Figur ein Stück beiseite und tastete nach dem Schlüssel, den er zu seinem Schrecken zuerst nicht fand. Als er ihn dann doch entdeckte, atmete er erleichtert auf. Beinahe hätte er in seiner Hast vergessen, die Madonna wieder zurechtzurücken, was Maria Camastra sicher in Schwierigkeiten gebracht hätte.

Nachdem er die Tür zum Hof hinter sich zugesperrt hatte, blieb er einen Moment stehen, sah sich um und entdeckte an der Hauswand schließlich den Holztrog mit Wasser, in den er den Schlüssel werfen sollte.

Die Hofmauer war ungefähr drei Meter hoch. Silvio suchte sich eine Stelle aus, nahm Anlauf, sprang, rutschte aber wieder ab. Er probierte es ein zweites Mal, ohne Erfolg. Ihm brach der Schweiß aus, und sein Herz schlug rasend schnell. Er durfte jetzt nicht versagen. Großer Gott, ich muß es schaffen!

Beim dritten Versuch bekam er den oberen Mauerrand mit beiden Händen zu fassen und suchte nun mit den Schuhspitzen nach einer Lücke oder einem Vorsprung in der Mauer. Zum Glück stand ein Ziegelstein etwas vor, und er konnte sich ein Stück höher stemmen. Nun lag er schon mit den Ellenbogen auf der Mauer, zog ein Knie nach und hievte sich schließlich ganz hoch. Ohne auch nur eine Sekunde zu zögern, ließ er sich auf der anderen Seite hinunterfallen.

Silvio landete so unsanft auf der Erde, daß er beinahe aufgeschrien hätte. Er wartete einen Moment, um wieder zu Kräften zu kommen, und lauschte.

Nichts. In Santo Stefano herrschte Totenstille.

Was nun? Die Hochzeit fand bereits in zwei Tagen statt, und vorher wollte er noch mit Alesso abrechnen. Er mußte herausfinden, welche Pläne das Paar für die Zwischenzeit hatte. Und zwar sehr schnell!

Es gab nur einen Menschen, der ihm helfen konnte.

Am Tag nach dem Ende des Prozesses stand Angelo zeitig auf. Anna-Maria brachte ihm mit seinem Frühstück die Zeitung, und er fand auf der Titelseite auch gleich das, wonach er suchte. Es war eine kleine Notiz:

Alle Mitbürger sind eingeladen, am Samstag, dem 12. August, um 10 Uhr zu einer Massenversammlung am Clay-Monument zu kommen, wo darüber beraten werden soll, wie das Versagen der Justiz im Fall Martell wiedergutgemacht werden kann. Bereiten Sie sich auf Aktionen vor.

Angelo lehnte sich zurück und dachte an Silvio, wie so oft. Ob er in Sizilien alles erreichte, was er sich vorgenommen hatte? In 24 Stunden würde sich herausstellen, ob sein sogenannter Kathedralenplan in New Orleans Erfolg hatte oder nicht. Falls ja, würde Silvio den Sieg überhaupt auskosten können? Angelo sah in Silvio längst seinen Erben und machte sich schon deshalb Sorgen um ihn. Er selbst würde das Jahresende wohl nicht erleben... Aber Silvio? Durch seine Reise nach Sizilien verspielte er im Augenblick des größten Sieges womöglich alles. Nicht eben klug. Angelo nahm sich vom Tisch eine Orange, schnupperte genießerisch daran und schloß die Augen. Auch nach so langer Zeit konnte er die Orangenhaine von Caltanisetta noch deutlich vor sich sehen...

»Smeralda!« rief Silvio in das dunkle Zimmer hinein.
Sie wachte nicht gleich auf, bewegte sich aber im Schlaf. Silvio war die ganze Nacht hindurch gelaufen, und jetzt dämmerte es gerade. »Smeralda!«
Sie erwachte und rieb sich die Augen. »Du? Verschwinde!«
»Smeralda, bitte hilf mir! Ich war einmal dein Sohn.«
»Du bist es aber längst nicht mehr.«
»Bitte, Smeralda. Ich habe die Kinder nicht auf dem Gewissen. Don Bastiano weiß das doch bestimmt.«
»Deine Gefühle sind unnatürlich, Sylvano. Annunziata ist bei Alessandro besser aufgehoben.«
»Er ist ein Mörder, ein Lügner und ein Feigling. Er verdient den Tod. Ich will wissen, wo er sich aufhält. Ich muß ihn noch vor der Hochzeit finden.«

»Spar dir die Mühe. Annunziata heiratet dich nie.«

»Warum nicht? Was ist geschehen?«

»Das soll sie dir selbst erzählen.«

Silvio spürte, wie Zorn in ihm hochstieg. Smeralda hatte ihn nicht verraten. Warum half sie ihm denn nun nicht? Verdammt noch mal! Er wurde noch zorniger. Die Sbirren hatten ihm leider seine Pistole abgenommen, sonst hätte er... Er erschrak über sich selbst. Was für ein Mensch war er geworden, daß er auch nur daran zu denken wagte, seine Mutter zu bedrohen?

»Smeralda, wenn du weißt, wo Alesso heute ist, dann verrate es mir doch bitte. Du weißt, daß Alesso den Tod verdient. Allein schon für das, was er Bastiano angetan hat.«

»Und Annunziata verdient es, glücklich zu werden und eine eigene Familie zu haben«, widersprach sie heftig.

Draußen wurde es allmählich hell.

»Smeralda, wieso bist du so sicher, daß Annunziata mit Alesso glücklich wird? Sie hätte ihn ja wählen können statt mich. Das hat sie aber nicht getan.«

»Spar dir deine Worte, Sylvano. Ich habe dich aus meinem Herzen verstoßen.«

Silvio begann, mutlos zu werden. Es hatte keinen Zweck!

Draußen ging jemand über den Hof. »Smeralda!« rief eine Stimme. »Bist du schon wach?«

»Ja, Kostanza.«

»Gut. Ich hatte schon Angst, daß du verschläfst. Wann ist die Probe?«

Smeralda gab keine Antwort.

»Smeralda! Um elf Uhr?«

»Ja.«

»Dann sollten wir schon um sieben Uhr aufbrechen. In einer halben Stunde habe ich das Frühstück fertig.«

Smeralda und Silvio schauten sich stumm an. Ihm fiel plötzlich ein frisch gebügeltes Kleid auf, das an der Schranktür hing. Darunter standen neue Schuhe.

»Ziehst du die Sachen zur Hochzeit an?«

Sie nickte.

»In der Kirche der Madonna dell'Olio?«

Sie nickte wieder. »Hunderte werden kommen.«

Silvio konnte Alesso nicht bei dessen eigener Hochzeit töten. Nicht, wenn die Flucht hinterher gelingen sollte.

Dann kam ihm jäh die Erleuchtung. »Heute findet also eine Probe statt?« erkundigte er sich.

Er sah ihrem kummervollen Gesicht an, daß es stimmte.

Aus eigener Erfahrung wußte er über solche Proben gut Bescheid. Und er wußte vor allem, daß dabei in der Kirche nur wenige Leute anwesend sein würden.

Vor dem Clay-Denkmal an der Ecke Canal Street und Royal Street begann sich eine Menschenmenge zu bilden. Um zehn Uhr waren es schon mehrere tausend Männer.

Das Monument war ungefähr neun Meter hoch. Clays Statue stand auf einem hohen Sockel, der wiederum auf einem quadratischen Fundament ruhte. Um zehn vor elf kletterte Harrison Parker in einem dunklen Gehrock auf dieses Fundament. Bei seinem Anblick brach die Menge in Hochrufe aus, aber er hob die Arme, um sich Gehör zu verschaffen.

»Meine Herren! Ich stehe heute nicht als Ihr Bürgermeister vor Ihnen, sondern als einfacher Bürger, der wie Sie beunruhigt, ja bestürzt über die verheerende Situation ist, in die unsere schöne Stadt zu geraten droht.

Man kann es nur als Notlage bezeichnen, wenn Menschen, die in einer zivilisierten Gesellschaft leben, feststellen müssen, daß ihre Gesetze nutzlos sind, und folglich gezwungen werden, selbst Maßnahmen zu ihrem Schutz zu ergreifen. Wenn die Justiz versagt, muß das Volk handeln! Auf welchen Schutz können wir noch hoffen, wenn unser eigener Polizeichef in unserer Mitte von der Mafia ermordet wird und seine Mörder wieder auf freien Fuß gesetzt werden?

Meine Herren! Für die Bürger von New Orleans ist der Zeitpunkt gekommen, an dem sie sich entscheiden müssen, ob sie diese

Übergriffe organisierter Verbrecherbanden weiter zulassen wollen. Ich bitte Sie, dies genau zu erwägen. Wollen Sie dies auch weiterhin zulassen?«

Parker wandte sich erst zur einen Seite, dann zur anderen, damit alle vor dem Denkmal Versammelten sein Gesicht sehen konnten. Dann erhob er die Stimme. »Werden mir alle Männer folgen und dafür sorgen, daß der Mord an David Martell gerächt wird? Gibt es hier genug Männer, um das Urteil dieser miserablen Geschworenen, die allesamt Meineidige und Halunken sind, außer Kraft zu setzen?

Meine Herren! Mitbürger von New Orleans . . . folgen Sie mir! Ich werde Ihr Anführer sein.«

Wieder erschollen Hochrufe, und jemand brüllte: »Hängt die Itaker auf!«

Parker half nun seinem Freund Thomas Whitgift aufs Fundament. Auch der hob die Arme, damit Ruhe einkehrte und er sich verständlich machen konnte.

»Freunde«, begann er. »Viele von Ihnen kennen mich. Ich habe mein ganzes Leben in New Orleans verbracht und liebe diese Stadt. Deshalb kann ich nicht tatenlos zusehen, wie sie in Kriminalität, Korruption und Schmutz versinkt. Gestern nacht wurde im Gefängnis – und nicht nur dort – gefeiert. In jenem Viertel von New Orleans, das als Klein Palermo bekannt ist, wurden Feste mit Wein, Musik, Gesang und viel Gelächter gefeiert. Ja, Gelächter! Freunde, ich brauche nicht zu betonen, daß dies alles nicht zum Lachen ist. Jeder, der bei Gericht die Zeugenaussage des Pinkerton-Agenten hörte, weiß, was für Typen gestern freigesprochen wurden. Freigesprochen!« Er spuckte aus. »Kommen Sie mit, folgen Sie Harrison Parker. Kommen Sie mit uns zum Gefängnis, und erfüllen Sie Ihre Bürgerpflicht.«

Parker und Whitgift setzten sich in Bewegung, die Menge folgte ihnen johlend und singend. Als sie alle die Royal Street entlangmarschierten, gesellten sich immer mehr Leute hinzu, und von den Balkonen winkten Frauen herunter.

In der Bienville Street wartete schon eine zweite Gruppe, die am

Vorabend von Parker zusammengetrommelt worden war. Ungefähr dreißig Männer waren von dem ortsansässigen Waffengeschäft Baldwin & Co. mit Repetiergewehren und Schrotflinten ausgestattet worden. Sie ordneten sich direkt hinter Parker und Whitgift in den Zug ein.

Die Prozession kam am Congo Square vor dem Gefängnis an. Hier lebten vor allem Schwarze, die nun neugierig aus ihren Häusern traten. Eine alte Negerin sagte: »Gott sei Dank war's kein Nigger, der den Polizeichef umgelegt hat.«

Parker gab Anweisung, daß die Leute sich verteilen und das Gefängnis umstellen sollten.

Gefängnisdirektor Tucker war in denkbar schlechter Laune. Einige seiner Angestellten waren offenbar vorgewarnt worden und prompt nicht zum Dienst erschienen. Als er die Menschenmasse sah, die sich vor dem Gefängnis zusammenrottete, bewaffnete er die übriggebliebenen Aufseher mit Gewehren und befahl ihnen, die beiden Gefängnistore – das eine führte auf den Congo Square, das andere auf die Treme Street – zu sichern. Dann ging er selbst zum Haupteingang am Congo Square, vor dem Parker stand.

»Tucker!« schrie der Bürgermeister. »Tucker! Öffnen Sie die Tore.«

»Unmöglich, Mister Parker. Das wissen Sie doch.«

»Öffnen Sie! Es ist Ihre Pflicht.«

»Reden Sie mir nicht von Pflicht, Mister Parker. Nur der Gouverneur unseres Staates kann mir etwas befehlen.«

»Dann sprechen Sie mit dem Gouverneur. Er ist auf unserer Seite.«

»Ich habe versucht, ihn anzurufen. Aber er ist nicht im Büro.«

»Glauben Sie bloß nicht, daß ich hier den ganzen Tag mit Ihnen verhandle. Wir verschaffen uns gewaltsam Zutritt.«

Parker erteilte den Befehl, und eine Gruppe von Männern warf sich mit voller Wucht gegen die Tore, die jedoch auch zwei weiteren Versuchen standhielten.

Da Whitgift befürchtete, ihrer Aktion könnte die Luft ausgehen, sagte er zu Parker: »Vielleicht klappt's beim Hintereingang besser.«

Parker nickte. »Gute Idee.« Beide eilten um das Gebäude herum. Auf halbem Weg sah Parker einen hünenhaften Schwarzen auf einer ausrangierten Eisenbahnschwelle hocken und rief ihm zu: »He, Sie da! Können Sie die hochheben?«

Der Schwarze nickte.

»Dann kommen Sie mit.«

Das Tor in der Treme Street war kleiner und offensichtlich auch nicht so robust, wie sich schon beim ersten Schlag mit der Eisenbahnschwelle als Rammbock herausstellte.

Als Tucker im Gefängnis den wuchtigen Aufprall von Holz auf Holz hörte, kommandierte er seine Männer zum Hintereingang. Wieder versuchte er, den Gouverneur telefonisch zu erreichen, doch wieder ohne Erfolg. Daraufhin ging er zu den Zellen, in denen Liotta und seine Kumpane saßen. Er holte einen Schlüsselbund heraus und wandte sich an Liotta.

»Das Gefängnis ist von einem Mob umstellt. Sie haben den Krach sicher schon gehört. Ich öffne jetzt Ihre Zellen. Aus dem Gefängnis zu fliehen, werden Sie nicht schaffen, aber vielleicht finden Sie ein gutes Versteck. Versuchen Sie's mit dem Frauentrakt im dritten Stock.« Und er sperrte eine Zelle nach der anderen auf.

Die Bandenmitglieder stürmten in Zweier- und Dreiergruppen los. Manche stiegen die Treppe hinauf, wie Tucker vorgeschlagen hatte, andere entschieden sich für den Gefängnishof.

Der Schwarze mit dem provisorischen Rammbock bekam Unterstützung. Fünf Männer machten gemeinsame Sache, und bei jedem Stoß gab das Tor etwas mehr nach, bis es schließlich aus den Angeln brach.

Die Menge jubelte und drängte durch die Öffnung. Das Gefängnispersonal hatte offenbar Hemmungen, auf Mitbürger zu schießen. Es trat einfach beiseite.

Parker wartete ab, bis etwa fünfzig Männer ins Gefängnis eingedrungen waren, die Hälfte davon bewaffnet. »Das genügt«, sagte er zu Whitgift. »Stellen Sie hier einen Posten auf. Keiner geht mehr rein, und keiner kommt raus, bevor ich es anordne.« Dann verschwand er mit den anderen im Gebäude. Dort teilte er die Männer in drei Gruppen ein, je eine für jedes Stockwerk. Rasch entdeckten sie, daß einige Zellen leer waren.

»Wo ist Liotta?« fragte Parker barsch einen Wächter.

Der war zu verängstigt, um zu antworten, schaute aber nach oben.

»Folgt mir«, brüllte Parker und stürmte die Treppe hinauf. Im zweiten Stock waren die Zellen der anderen Häftlinge noch versperrt. Parker stieg höher.

Im dritten Stock kreischten die weiblichen Gefangenen vor Schreck, als sie die vielen Männer mit den Gewehren sahen. Parker rannte den Gang entlang. An dessen Ende befand sich eine Tür, hinter der eine Außentreppe in den Exerzierhof führte. Vorsichtig stieß er sie auf. Drei Männer befanden sich auf halber Höhe der Treppe, drei weitere hatten es schon bis zum Hof hinunter geschafft.

»Da sind sie!« sagte Parker halblaut zu den Leuten, die ihm folgten, und winkte sie vorwärts.

Als seine Männer die Stufen hinunterpolterten, kam gerade eine zweite, ebenfalls bewaffnete Gruppe in den Hof gestürmt. Parker machte sich durch einen Zuruf bemerkbar.

Als er unten ankam, hatten sich die sechs Sizilianer in die hinterste Hofecke verkrochen. Zu Parkers Erleichterung gehörte auch Liotta dazu. Er trug keine Anstaltskleidung, sondern eine graue Hose und ein blaues Hemd, war an diesem Tag aber unrasiert. Seine Spießgesellen hatten sich zusammengekauert, doch er stand aufrecht da und hielt Parkers Blick stand.

Ohne ihn aus den Augen zu lassen, sagte der Bürgermeister: »Tut eure Pflicht, Leute. Dafür sind wir hergekommen.«

Die Gewehre rings um ihn spuckten ihre Munition aus, und die Sizilianer wurden rückwärts gegen die Mauer geschleudert. Manche schrien auf, andere sackten stumm zusammen.

Als die Schüsse fielen, jubelte die Menge auf der Straße.

Parker trat zu den Getöteten, die kreuz und quer übereinanderlagen. Da sah er, daß sich noch ein Arm bewegte. »Machen Sie ihm den Garaus«, befahl er.

»Ich kann nicht«, stöhnte sein Nebenmann. »Mir wird übel.«

Daraufhin nahm Parker ihm das Gewehr weg, richtete den Lauf aus nächster Nähe auf den Kopf des Mannes, der noch lebte – es war Vito Liotta –, und feuerte einen Schuß ab.

In dem Moment hörte man auch Schüsse aus dem Gefängnisinneren. Eine zweite Gruppe Bewaffneter hatte weitere von Liottas Leuten aufgestöbert. Parker überquerte den Hof, betrat das Gebäude und stieg zum zweiten Stock hinauf, wo einige Männer neben drei Erschossenen standen. Doch auch hier war einer noch am Leben – Gino Fazio.

Das brachte Parker auf eine Idee. »Schafft ihn raus«, ordnete er an. »Die Menge soll ihn sehen und mit ihm machen, was sie will.«

Die Bewaffneten waren einen Moment unschlüssig.

»Tut, was ich euch sage«, drängte Parker. »Dann können wir alle nach Hause gehen.«

Als Silvio zur Kirche Madonna dell'Olio kam, lag sie völlig verlassen da. Ihm blieben noch zwei Stunden Zeit bis zur Probe.

Die Kirche war im Inneren wie so vieles in Sizilien nach all den Jahren unverändert. Immer noch streng und schmucklos, dadurch aber besonders reizvoll. Silvio erinnerte sich an jenen Tag, als Annunziata während einer Hochzeit hinausgestürmt war, weil Pater Ignazio ihre Beziehung zu Silvio verdammte.

Silvios Hauptproblem war nun, daß er keine Pistole mehr besaß, denn die anderen Männer waren sicherlich bewaffnet. Und wenn nun Alesso gar nicht kam, weil er von der Polizei in Santo Stefano vorgewarnt worden war? Dagegen war Silvio machtlos, aber er hatte immerhin dafür gesorgt, daß Smeralda und ihre Nachbarin zu spät zur Probe kämen. Er hatte ihren Karren gestohlen und auf halbem Weg stehengelassen, da er auf dem Maultier schneller vorankam.

Er suchte sich den besten Beobachtungsposten aus. Oberhalb

vom Eingangsportal befand sich eine kleine Empore, zu der man über eine hölzerne Wendeltreppe gelangte. Dort oben gab es ein rundes Fenster mit Blick auf den Pfad, der zur Kirche führte. Er hockte sich an eine Stelle, wo er alles sehen konnte, ohne selbst gesehen zu werden.

Silvio war seinem Ziel jetzt so nah, daß er eigentlich hätte nervös sein müssen. Doch zu seinem eigenen Erstaunen fühlte er sich merkwürdig ruhig. Wie es auch ausging, er würde jedenfalls Annunziata zu Gesicht bekommen, und sie würde wissen, daß er dies alles nur für sie tat.

Gegen halb elf näherten sich von Bivona her vier Gestalten. Drei Männer und eine Frau ... Annunziata! Einer der Männer war ein Priester, aber nicht Pater Ignazio.

Sie traten nacheinander durchs Portal: Alesso, Annunziata, der Priester und Alessos Leibwächter, den Silvio wiedererkannte. Vermutlich sollte er als Trauzeuge fungieren. Trotz des Mißerfolgs bei der Versteigerung stolzierte Alesso immer noch wie ein Pfau daher. Annunziata war so blond und so schön, wie er sie in Erinnerung hatte. Keiner von ihnen schaute nach oben. Warum auch?

Alesso und Annunziata setzten sich auf die vorderste Kirchenbank. Der Leibwächter nahm jenseits des Mittelganges Platz und legte seine *lupara* neben sich. Der Geistliche blätterte in der Bibel, zupfte an seinem Chorrock und räusperte sich. »Ich sehe Ihre Trauzeugin nicht, Annunziata. Wird sie bald kommen?«

»Das hoffe ich«, erwiderte Annunziata leicht betreten. »Kostanza weiß den genauen Zeitpunkt. Smeralda bringt sie her.«

»Wir fangen trotzdem schon an«, schlug der Priester vor. »Schließlich wollen wir fertig sein, bevor es zu heiß wird. Übrigens werde ich morgen auch dabeisein, obwohl Pater Ignazio die Trauung durchführt. Er fühlt sich sehr schwach, wie Sie wissen, besteht aber auf seiner Teilnahme, und so werden wir die Zeremonie so kurz wie möglich gestalten. Ich hoffe, das ist Ihnen recht. Annunziata, Sie stehen hier und Sie, Alesso, dort.« Er deutete auf eine Stelle vor dem Leibwächter, den er gleich darauf ansprach. »Giorgio, wir sind hier in einer Kirche. Also bitte keine Waffen.«

Giorgio schaute fragend zu Alesso hinüber, der bestätigend nickte. Giorgio nahm seine *lupara* und verließ die Kirche.

Silvio beobachtete von oben, wie Giorgio die *lupara* an den Stamm eines Mandelbaumes lehnte. Das war seine Chance! Rasch schlich er die Stufen von der Empore hinunter und rannte zum Portal. Gerade als er dort ankam, hob der Priester den Blick von seinem Gebetbuch und entdeckte ihn.

»Hallo, Sie da hinten! Wer sind Sie? Was tun Sie hier?«

Silvio schaffte es, die Torflügel zu schließen und abzusperren, während Giorgio noch draußen war. Rasch zog er den Schlüssel ab. Nun hatte er Alesso, wo er ihn haben wollte. Betont langsam drehte er sich zu den anderen um.

Annunziata erkannte ihn als erste. »Silvio!« stieß sie entsetzt hervor. »Großer Gott, nein!«

Doch Alesso war kaum langsamer. »Randazzo!« rief er mit ungläubigem Gesicht.

Silvio ging den Mittelgang entlang und zog dabei aus seiner Tasche den Gegenstand, den er den ganzen weiten Weg von New Orleans mitgebracht hatte – eine Garrotte.

Ungefähr fünf Meter von Alesso und Annunziata entfernt blieb er stehen. Giorgio hämmerte von außen gegen das Portal.

»Silvio, wieso tust du das?« Annunziata war leichenblaß geworden.

»Zata, wie kannst du das fragen? Er hat mich reingelegt. Er hat uns betrogen. *Er* hat die Kinder umgebracht, Zata, nicht ich. Nur seinetwegen sitzt Bastiano im Gefängnis.«

»Das stimmt nicht!« protestierte Alesso. »Er lügt. Der ganze Plan war seine Idee.«

Annunziata sah Silvio an.

»Ich habe mit Ruggiero gesprochen. Es gab ein großes Treffen mit den Liottas. Sie gaben deinem Verlobten Alia als Belohnung, und er sollte auch noch Fontana Murata kriegen...« Silvio lächelte Alesso boshaft an. »Ich habe von dem geologischen Gutachten erfahren, von dem Kohlevorkommen, und Luca Mancuso informiert.«

Alesso wirkte einen Moment wie vor den Kopf geschlagen. »Du!«

Silvio glaubte, noch nie einen befriedigenderen Moment erlebt zu haben. »Und jetzt werde ich dich töten.« Er ging weiter.

Der Priester mischte sich ein. »Sie dürfen in einer Kirche nicht kämpfen.«

Im selben Moment rannte Alesso in die Apsis, und Silvio stürzte hinter ihm her. Im Laufen griff sich Alesso das Metallkreuz vom Altar.

»Nein!« schrie der Priester voller Empörung.

Wie um ihn zu verhöhnen, packte Silvio gleich darauf einen bronzenen Kerzenleuchter.

Alesso und Silvio standen einander gegenüber. Das Kreuz war länger als der Leuchter, aber auch schwerer, unhandlicher. Die eingelegten Edelsteine fingen das Licht ein und glitzerten wie Kiesel im Wasser. Silvio war von eisiger Gewißheit erfüllt. Hierfür war er 7000 Kilometer über den Atlantik gekommen. Endlich kam alles ins Lot.

Er versuchte einen wuchtigen Hieb mit dem Leuchter, doch Alesso wehrte ihn mit dem Kreuz ab. Auch beim nächsten Mal hatte er keinen Erfolg. Die beiden Männer ließen einander nicht aus den Augen, während sie sich langsam im Kreis bewegten. Giorgio schlug immer noch mit den Fäusten gegen das Tor.

Alesso dachte fieberhaft über einen Ausweg nach, was Silvio ihm deutlich ansah. Aber er würde keine Chance kriegen!

Silvio machte erneut einen Ausfall, und Alesso parierte den Schlag. Doch Silvio hatte nur geblufft und riß den Leuchter sofort wieder zurück. Zu spät begriff Alesso, was geschah, und war folglich unvorbereitet, als Silvio mit dem schweren Leuchter auf sein Handgelenk einhieb. Alesso jaulte vor Schmerz auf und ließ das Kreuz fallen.

Silvio versuchte, Alesso den Leuchter an den Kopf zu werfen, doch der duckte sich behende. Sofort danach war Silvio über ihm, und beide schlugen auf den Steinboden. Silvio tastete nach Alessos Kehle. Nach wie vor war er von dieser eisigen Gewißheit erfüllt. Er hatte eindeutig die Oberhand. Alesso lag zusammengekrümmt da und schien keinen Widerstand mehr zu leisten.

Doch dann spürte Silvio jäh einen brennenden, schier unerträglichen Schmerz am Arm. Alessos Messer! Er hatte den Hilflosen gemimt, um ungestört sein Messer ziehen zu können.

Silvio rollte von seinem Gegner hinunter und kam auf die Füße. Blut floß seinen Unterarm hinab. Alesso hatte ihn fast an derselben Stelle getroffen, wo er all die Jahre zuvor auf der *Syrakus* verwundet worden war. Zum Glück schien die Arterie nicht verletzt, doch der Schmerz war schlimm genug. Jetzt war Alesso im Vorteil.

Von eisiger Gewißheit konnte nun nicht mehr die Rede sein.

Silvio schwitzte, und sein Herz raste. Alesso stand auf und näherte sich leicht geduckt, das Messer in der Hand.

Inzwischen hatten sie die ganze Apsis umrundet und waren nun wieder auf einer Höhe mit dem Altar. Der Priester und Annunziata standen in einiger Entfernung dicht beisammen unter einem Fenster.

Alesso kam immer näher, und Silvio wich immer weiter zurück. Seine Hände waren blutverschmiert. Alesso bewegte sich in die Nähe des Altars, wo ein zweiter Leuchter stand. Er brauchte ihn zwar nicht, wollte aber anscheinend sichergehen, daß Silvio ihn sich nicht holte.

Dadurch bot er Silvio jedoch die Möglichkeit, die Bibel, die auf dem Lesepult lag, an sich zu reißen. Wie einen Schild hielt er den großen, dicken Folianten vor sich. Ihm kam der blasphemische Gedanke, daß die Bibel vermutlich sogar kugelsicher war.

Er hörte den Priester jammern: »Zuerst das Kreuz, dann der Leuchter und nun noch die Bibel!«

Alesso stand bewegungslos da. Jeder der beiden versuchte, den anderen zu überrumpeln.

Silvio liefen Schweißtropfen in die Augen. Er hätte sich gerne die Stirn abgewischt, wagte es aber nicht.

Schon kam Alesso wieder drohend mit dem Messer auf ihn zu.

Silvio hatte eine Idee und wich nun nicht mehr zurück. Auch Alesso blieb stehen. Kaum zwei Meter voneinander entfernt, starrten sie sich haßerfüllt an. Bevor Alesso etwas tun konnte, schleuderte Silvio die Bibel auf den Boden.

Das schwere Buch mit dem harten Einband landete auf Alessos Zehen, und er brüllte vor Schmerz.

Silvio warf sich auf ihn, griff nach der Hand, die das Messer hielt, und bohrte Alesso gleichzeitig zwei Finger in die Augen. Der schrie erneut auf. Silvio schlug Alessos Handgelenk auf die Kante einer Kirchenbank, doch der ließ das Messer nicht fallen. Silvio versuchte es noch einmal. Als das immer noch nichts nützte, beugte Silvio sich hinunter und biß ihm in den Unterarm. Wieder stieß Alesso einen Schrei aus und ließ endlich das Messer los. Silvio kickte es mit der Schuhspitze unter die Bänke.

Doch Alesso dachte gar nicht daran aufzugeben. Er sprang zum Altar und holte sich den zweiten Leuchter. So bewaffnet, drehte er sich zu Silvio um. Mit einem Ruck riß er die Kerze hinunter, so daß der zehn Zentimeter lange Metalldorn zum Vorschein kam. Dann ging er zum Angriff über.

Alesso war clever, das mußte Silvio zugeben. Wie sollte er es mit dieser neuen Waffe aufnehmen?

Er wich vorsichtig zurück und schaute sich dabei suchend um. Aber selbst wenn er Alessos Messer fand, würde ihm das jetzt nicht viel helfen. Sein Blick schweifte über den geplünderten Altar zur Kanzel...

Wie elektrisiert rannte er hinüber, gefolgt von Alesso, und stürmte die paar Stufen hinauf, um sich zu holen, was er dort vermutete – das Weihrauchfaß. Es war ein kleiner blauer Behälter aus geschliffenem Glas an einer langen schweren Kette.

Alesso stand bereits etwas unterhalb von ihm, den Leuchter mit der langen Spitze drohend auf ihn gerichtet. Silvio hielt die Kette und begann, das Weihrauchfaß im Kreis zu schwingen. Bevor Alesso reagieren konnte, kletterte Silvio auf das Geländer der Kanzel und sprang auf der anderen Seite hinab. Er fiel auf die

Knie, war aber schon wieder aufgesprungen, bevor Alesso die Stufen hinunter- und um eine Kirchenbank herumgelaufen war.

Er kam ohne Zaudern auf Silvio zu, denn seine Waffe war eindeutig gefährlicher, falls es zum Nahkampf käme.

Giorgio bearbeitete das Kirchenportal immer noch derartig heftig mit Fäusten und Füßen, daß Silvio fürchtete, es hielt nicht mehr lange stand.

Da kam ihm eine Idee.

Alesso rückte immer weiter vor. Silvio schwang die Kette über seinem Kopf und zog sich Schritt für Schritt durch den Mittelgang zurück. Als er zu einem Quergang zwischen den Bankreihen kam, bog er dort ein. Alesso folgte.

Wenige Meter weiter stand eine der Steinsäulen, die das Dach trugen. Silvio bewegte sich an ihr vorbei wieder in Richtung Altar. Hier befand sich ein breiter Zwischenraum zwischen Außenmauer und Kirchenbänken, und hier blieb er stehen.

Alesso, der gerade die Säule umrundete, blieb ebenfalls stehen, auf irgendeinen Trick von Silvio gefaßt. Der ließ jedoch weiterhin das Weihrauchfaß an seiner Kette kreisen und schaute in Alessos weit geöffnete braune Augen. *Perfetto!* Er trat einen Schritt zurück, Alesso folgte und befand sich nun auf gleicher Höhe mit der Säule. Im nächsten Moment holte Silvio besonders weit aus und schleuderte die Kette mit voller Wucht gegen die Säule. Alesso schaute instinktiv dorthin, während Silvio sich die Hände vors Gesicht hielt.

Im nächsten Moment zerschellte das blaue Glasgefäß in tausend Splitter, die durch den heftigen Aufprall in alle Richtungen flogen. Silvio sah nichts, hörte Alesso aber aufschreien, als die scharfkantigen, winzigen Geschosse seine Augen trafen.

Silvio nahm seine schützenden Hände weg und sprang Alesso wie ein Tier an. Der hatte den Kerzenleuchter fallen gelassen und rieb sich mit schmerzverzerrtem Gesicht jammernd die Augen.

Im Nu holte Silvio die Garrotte aus der Tasche und schlang sie um Alessos Hals. Endlich!

Doch es war nicht so einfach, wie er geglaubt hatte. Seine Finger waren noch so glitschig vom Blut, daß ihm das dünne Drahtseil ständig zu entgleiten drohte. Außerdem hatte Alesso, obwohl er immer noch nichts sehen konte, zufällig die Kette des Weihrauchgefäßes am Boden gefunden, wo es nach dem Schlag an die Säule hingefallen war, und wickelte die Kette nun um Silvios Hals.

Jeder versuchte, den anderen zu erwürgen.

Silvios Garrotte schnitt tief in Alessos Nacken, und dessen Gesicht lief rot an. Aber auch Silvio drohten die Kräfte zu schwinden, als die Kette ihm das Atmen zunehmend erschwerte.

Plötzlich spritzte Silvio etwas Warmes ins Gesicht, und Alesso sackte schwer über ihm zusammen. Auch der Würgegriff der Kette war gelockert.

Silvio holte keuchend Luft und schaute verwirrt hoch. Annunziata stand über ihm, das blutige Kruzifix in der Hand.

Silvio wälzte Alesso zur Seite. In seinem Schädel klaffte eine tiefe Wunde, seine Augen standen weit offen. Er war tot.

Der Priester war mit leichenblassem Gesicht etwas näher gekommen und starrte zu ihnen herüber. Giorgio hämmerte nach wie vor ans Kirchenportal.

Silvio kam mühsam auf die Beine. Ihm war schwindelig, und er fühlte sich völlig entkräftet. Als er den Arm um Annunziata legte, ließ sie das Kreuz los, das nun schon zum zweiten Mal klirrend auf den Steinboden fiel. Ihr Körper zuckte, als sie in heftiges Schluchzen ausbrach.

Silvio küßte sie zärtlich. Ihre Lippen schmeckten salzig. »Nun kannst du mit mir nach Amerika kommen«, flüsterte er. »Wir sind frei.«

Sie sah ihn nur verängstigt an.

»Zata! Was ist denn?« fragte er drängend.

Doch sie schluchzte immer noch und konnte nicht antworten.

»Smeralda sagte mir, du würdest mich nie heiraten. Aber sie wollte mir den Grund nicht nennen. Was ist es?«

Sie schob ihn sacht von sich und wischte sich über die Augen. Endlich hatte sie sich so weit gefaßt, um sprechen zu können. »Komm mit, ich muß dir etwas zeigen.«

Gino Fazio wurde aus dem Gefängnis zur Treme Street geschleppt. Ein vielstimmiger Aufschrei ging beim Anblick des schwerverletzten Sizilianers durch die Menge. Die Bewaffneten übergaben ihn den Bürgern, die ihn hoch über ihren Köpfen immer weiter reichten.

Alles strömte nun zur St. Ann Street, wo an der Ecke ein hoher Laternenpfahl stand. Irgend jemand warf ein Seil über den Querträger und knüpfte eine Schlinge, die Gino Fazio um den Hals gelegt wurde. Dann zog man ihn hoch und ließ ihn dort hängen. Blut sickerte aus seinen Schußwunden, und das Seil schnitt ihm tief in den Hals. Sein Kopf sackte zu einer Seite.

Während der ganzen Zeit hatte die Menge gejohlt. Doch sie verstummte jäh, als Fazio wieder zu sich kam und versuchte, den Pfahl zum Querbalken hinaufzuklettern. Einige Sekunden lang beobachteten alle Anwesenden diese Szene in absoluter Stille. Dann krachten mehrere Schüsse. Endlich baumelte Fazio leblos am Laternenpfahl.

Als Annunziata und Silvio in Quisquina ankamen, dämmerte es bereits. Unterwegs hatte er sie zu überreden versucht, mit ihm zu fliehen, denn die Polizei hatte inzwischen sicher schon einen Suchtrupp zusammengestellt. Aber Annunziata wollte nichts davon wissen.

Am Kloster angekommen, brauchte Annunziata nicht zu klingeln, denn sie hatte einen eigenen Schlüssel. Sie führte Silvio über den Hof zu einer Tür, die in dem Moment von innen geöffnet wurde. Ein Mönch trat heraus – Pater Luigi Garofali.

»Annunziata, ich habe schon darum gebetet, daß du bald kommst.« Er machte wieder kehrt. »Pater Ignazios Zustand hat sich verschlechtert. Ich fürchte, es wird nicht mehr lange dauern.«

Annunziata eilte sofort hinter ihm her.

Silvio folgte in einigem Abstand. Sie gingen durch den Korridor, in dem Zata und er vor so vielen Jahren gewartet hatten, um dem Abt die schlimme Nachricht zu überbringen.

Garofali und Annunziata blieben schließlich vor einer Tür stehen, die der Mönch vorsichtig öffnete. »Ich habe ihm die Letzte Ölung gegeben«, flüsterte er noch, bevor beide eintraten.

Falls Silvio sich richtig erinnerte, war dies das Arbeitszimmer von Ignazio Serravalle. Er schaute hinein und sah Garofali und Annunziata an einem Bett stehen. Lag es an Pater Ignazios Krankheit und an dem begreiflichen Wunsch, ihn bis zum Ende zu pflegen, daß Annunziata Sizilien nicht verlassen wollte?

Silvio ging nun auch hinein. Der wuchtige Schreibtisch war beiseite geschoben worden, um dem Bett Platz zu machen, doch sonst war alles beim alten. Immer noch bedeckte der blaugrüne Gobelin eine Wand, immer noch stand der Kandelaber auf dem Kaminsims, und durchs offene Fenster konnte man die Zikaden hören.

Gerade als Silvio hereinkam, begann Pater Ignazio zu sprechen. Seine Stimme klang zwar schwach, verriet aber auch jetzt noch eine starke Persönlichkeit.

»Mein Kind, ist die Probe vorüber?«

»Ja, Pater«, murmelte Annunziata.

»Gut. Wirst du mir verzeihen, wenn ich dich morgen nicht trauen kann? Ich fürchte, ich bin zu schwach.«

Annunziata stiegen Tränen in die Augen, und sie nickte nur.

Der Abt wandte sich Silvio zu. »Aber ich werde euch beide segnen. Möge das meine letzte Handlung sein.«

Silvio begriff, daß er ihn mit Alesso verwechselte. Annunziata legte unwillkürlich eine Hand auf ihren Mund, um sich am Sprechen zu hindern. Das Ende des Abtes mußte sehr nahe sein, wenn er schon so verwirrt war.

Pater Ignazio winkte Silvio näher heran, neben Annunziata.

Luigi Garofali war anscheinend sprachlos vor Schreck.

Pater Ignazio begann, etwas auf lateinisch zu murmeln, und hob die Hand, um das Kreuzzeichen zu machen.

Das war nun endgültig zuviel für Silvio. »Nein, Pater. Ich bin nicht Alesso. Ich bin Silvio, Silvio Randazzo«, widersprach er in so sanftem Ton wie möglich.

Der Abt ließ seine Hand auf die Bettdecke zurücksinken und richtete den Blick auf Silvio. Plötzlich wirkte er hellwach und klar. »Du? Warum bist du gekommen?« Er schaute zu Annunziata hinüber. »Wo ist Alesso?«

Als niemand antwortete, machte er ein gequältes Gesicht und sagte: »Nein! O Gott, bitte nein!« Nun kamen ihm sogar die Tränen. »Weiß er von …?« fragte er noch, doch dann fiel sein Kopf zur Seite.

Nach einer Weile trat Garofali ans Bett, schloß Pater Ignazio die Augen, faltete seine Hände über der Brust und sprach dabei auf lateinisch ein Gebet.

Annunziata drehte sich zu Silvio um. »Du hättest ihn in dem Glauben lassen sollen, daß du Alesso bist«, flüsterte sie vorwurfsvoll. »*Bruto!* Wie konntest du nur so grausam sein? Er ist weinend gestorben, Silvio. Weinend!«

Parker drängte sich durch die Menge bis in die St. Ann Street, wo ein Straßenbahnwagen vom Pöbel umgeworfen worden war. Dort hinauf kletterte er.

»Freunde!« schrie er. »Hört mich an!« Immer mehr Leute wandten sich von dem Laternenpfahl mit Gino Fazios Leiche ab und kamen näher.

»Freunde, unser Werk ist getan. Ich werde jetzt die Namen derer verlesen, die heute hier gestorben sind, Männer, die zu Recht von den tiefbesorgten Einwohnern dieser Stadt hingerichtet wurden.«

»Antonino Siculo!«

Hochrufe.

»Girolamo Regalmici!«

Weitere Hochrufe.

Nacheinander trug Parker die Namen aller Sizilianer vor, die man im Gefängnis erschossen hatte. Die Leute jubelten jedesmal, bis er mit den Worten schloß: »Sie sehen hier die Leiche von Gino Fazio, dem achten der Verbrecher, die wir … hingerichtet haben. Nun muß ich nur noch einen Namen nennen – den wichtigsten von allen. Ich meine damit den Mafiaboß von New Orleans, den-

jenigen, der unsere Stadt in diese schwere Krise gestürzt hat.«
Parker hob die Hand und brüllte:»Vittorio Liotta!«
Nun wollten die Hochrufe gar kein Ende mehr nehmen. Männer
warfen ihre Hüte in die Luft und feuerten sogar Pistolen ab.
Parker brachte sie aber mit beschwichtigenden Handbewegun-
gen zur Ruhe.»Freunde, ich habe euch zur Pflicht gerufen. Ihr
habt diese Pflicht erfüllt. Aber es gibt kaum Schlimmeres auf
Erden als eine entfesselte Menschenmenge. Darum geht jetzt alle
friedlich nach Hause. Wenn ich euch brauche, werde ich euch
rufen. Geht nach Hause, und Gott segne euch.«
»Gott segne Sie, Mister Parker!« riefen mehrere, als er von seinem provisorischen Podium kletterte. Kurz darauf begannen die
Leute tatsächlich, sich auf den Heimweg zu machen. Keiner
jedoch nahm den Leichnam von Gino Fazio ab.

Annunziata stand schluchzend im Hof des Klosters. Sie war nicht
in Tränen ausgebrochen, als der Abt starb, doch nun schien sie
untröstlich zu sein. Jedesmal wenn Silvio sie zu umarmen versuchte, schüttelte sie ihn ab.
Das verwirrte ihn, denn schließlich hatte sie Alesso getötet, um
ihm das Leben zu retten. Warum begriff sie denn nicht, welche
Gefahr ihm jetzt drohte und wie wichtig es für ihn war, möglichst
rasch zu verschwinden?
Silvio versuchte es wieder. Diesmal duldete Annunziata seine
Umarmung, und er küßte sie aufs Haar, auf die Wange und dann
auch auf die Lippen.
Einen Moment lang erwiderte sie seinen Kuß, stieß ihn dann
jedoch heftig von sich.
Sie entwand sich seinen Armen, rannte quer über den Hof und
verschwand in einer Tür. Als er ihr folgte, kam er in einen halbdunklen Korridor. Am Ende des Ganges stand eine Zimmertür
offen, und als er sich näherte, sah er Annunziata mit angezogenen
Beinen immer noch schluchzend auf einem Bett sitzen. Eine einzige Kerze gab spärliches Licht.
Silvio wartete geduldig, bis sie sich etwas beruhigt hatte, und sagte

dann: »Zata, es tut mir leid, aber es gab soviel Täuschung und Irreführung, daß ich vorhin bei Pater Ignazio aufrichtig sein mußte. Wenigstens dieses eine Mal. Auch dir gegenüber bin ich jetzt aufrichtig. Die Polizei weiß, daß ich in Sizilien bin. Mir bleibt nur die Flucht, denn ins Gefängnis kann ich nicht mehr gehen. Man würde mich lynchen. Ich möchte, daß du mit mir nach Amerika kommst. Jetzt, wo wir endlich frei sind. Du hast mein Leben gerettet, Zata, warum willst du nicht mitkommen?«

Sie sagte mit tränenerstickter Stimme: »Ich habe dich getäuscht, Toto.«

Er sah sie so verständnislos an, daß sie rasch hinzufügte: »Ich war nicht sehr liebevoll zu dir, damals, vor dem Unglück in Bagheria. Erinnerst du dich noch an den Tag, als ich während der Hochzeit aus der Kirche rannte? Natürlich erinnerst du dich. Du wußtest, wie sehr ich unter Pater Ignazios Drohung litt, uns aus der Kirche zu verstoßen. Aber ich habe dich und auch ihn damals getäuscht. Was ihr nicht gewußt habt, was nur ich wußte, war, daß ich . . . ein Kind erwartete.«

Silvio hätte am liebsten laut gejubelt. Die Sache mit Alesso war ausgestanden, und nun noch diese wunderbare Neuigkeit.

»Du hast eine Tochter, Toto«, sagte Annunziata leise. »Ich habe sie Sylvana genannt. Aber . . .« Sie zögerte unschlüssig.

»Zata! Was ist denn? Zata!«

»Aber du wirst sie nie zu Gesicht bekommen.«

Silvio erkannte die Stimme sofort und drehte sich um.

Er hatte in dem halbdunklen Raum beim Hereinkommen gar nicht das zweite Bett bemerkt. Dort lag jemand, der einen Arm in der Schlinge hatte. Mit dem anderen richtete er eine *lupara* auf Silvio.

»Nino!«

Schweigend musterten sich die beiden Männer. Nino war sehr gealtert und wirkte so grau, als wäre er aus Stein gemeißelt.

Silvio brach das Schweigen. »Was ist mit deinem Arm los?«

»Ich hab' mir die Schulter versaut, als ich auf dem Weg hierher vom Maultier fiel.«

451

»Ich kenne mich mit Knochenbrüchen aus. Vielleicht kann ich dir helfen.«

»Bleib, wo du bist.«

»Nino, was...?«

»Halt's Maul! Ich hab' dir gesagt, du sollst die Finger von meiner Tochter lassen. Schließlich bist du deshalb nach Amerika geschickt worden, und sie hat deshalb Gino geheiratet. Du bist gewarnt worden – von Pater Ignazio, von mir, von Smeralda. Aber hast du auf uns gehört? Nein!«

»Nino, hör dir an, was ich dazu zu sagen habe!«

»Nein! Die Kirche verbietet eine Verbindung zwischen Cousin und Cousine, und es wird höchste Zeit, daß du das akzeptierst.«

»Aber Annunziata liebt mich!« Silvio ließ sich nicht zum Schweigen bringen. »In Amerika spielt es keine Rolle, ob sie meine Cousine ist oder nicht.«

»Scheiß auf Amerika!« brüllte Nino. »Scheiß drauf! Wir sind hier in Sizilien. Jetzt erzähl' ich dir was, das ich dir schon früher hätte erzählen sollen. Ich wollte dich schonen, dachte, es wäre besser so. Aber ich hab' mich geirrt.«

Silvio schwieg. Was kam denn jetzt noch?

»Dein Vater wurde erschossen, weil er mit Aldo zusammen war.«

»Ja, das weiß ich. Das hast du selbst mir erzählt. Aldo hatte den Carcilupos irgendein Geschäft vermasselt...«

»Falsch! Das hab' ich nur behauptet, um dir die Wahrheit zu ersparen. Aldo wurde von seinen Vettern erschossen, den Brüdern Bisacquino, weil er ihre Schwester, seine Cousine, geschwängert hatte und sie ein schwachsinniges Kind zur Welt brachte. Sie fühlte sich so schuldig, daß sie erst das Kind ertränkte und sich dann selbst umbrachte.« Nino richtete sich etwas weiter im Bett auf. »Begreifst du jetzt?«

»Soll das heißen, daß...« Silvio schaute von Nino zu Annunziata. »Ist unsere Tochter...?«

»Nein, sie ist gesund«, erwiderte Nino. »Aber das kannst du dir nicht zurechnen. Wegen dir und deiner selbstsüchtigen Vernarrt-

452

heit in Annunziata sind drei Waisenkinder in Bagheria gestorben. Das kannst du dir zurechnen...«

»Aber ich war's doch nicht. Das war...«

»Wen interessiert das jetzt noch? Auf jeden Fall warst du daran beteiligt. Aber wir verschwenden nur Zeit. Ich lasse dir die Wahl, Silvio. Entweder du versprichst, Sizilien zu verlassen und nie mehr zurückzukehren...«

»Oder?«

»Oder ich erschieße dich, hier und jetzt. In diesem Kloster. Ich werde es beenden, wo es begann. Der arme Aldo hatte keine solche Wahl. Ich tue dies für deinen Vater. Der war ein anständiger Mann.«

Stille.

Dann redete Nino weiter. »Vielleicht macht's die Sache für dich leichter, wenn du weißt, daß ich sterbe. Ich hab' mir im Gefängnis was geholt. Geflüchtet bin ich nur, um noch ein paar Wochen mit Annunziata und meiner Enkelin zusammenzusein. Wenn ich dich also töte, ändert das nicht viel für mich.«

Silvio sagte verzweifelt zu Annunziata: »Aber du hast Alesso erschlagen, um mich zu retten.«

Sie begann wieder zu weinen.

Silvio spürte, wie Groll in ihm aufstieg. »Kann ich meine Tochter nicht wenigstens einmal sehen? Ich bin doch kein Menschenfresser!«

Nino schüttelte den Kopf. »Nein. Glaub mir, es ist besser so. Ich hätte dir auch gar nicht von Sylvana erzählt. Wenn du sie siehst, wird's nur noch schwerer für dich.«

»Wie kannst du so unmenschlich sein?«

»Halt du mir keine Predigt über Unmenschlichkeit. Du hast dir das alles selbst zuzuschreiben. Aber genug geredet. Verläßt du Sizilien, oder muß ich dich erschießen?«

»Du könntest mich also kaltblütig abknallen? Hast du nicht immer gesagt: außen hart, innen weich?«

Nino schwieg einen Moment. »Dies ist kein Hahnenblut, Silvio. Auch das habe ich oft gesagt, wie du dich vielleicht erinnerst.«

»Und wenn ich nun zurückkehre, sobald du tot bist?«
»Annunziata nimmt dich nicht, wenn du deinen Eid brichst.«
»Zata, ist es das, was ... auch du willst?«
Ihre Wangen waren feucht. Sie nickte kaum merklich.
Er wollte zu ihr gehen, doch Nino rief: »Bleib von ihr weg, oder ich schieße.«
Silvio hielt einen Ring hoch. »Den wollte ich ihr für unsere Tochter geben.«
»Nein!« fuhr Nino ihn an. »Das Kind wird nie etwas von dir erfahren.«
Silvio schaute zu Annunziata hinüber. Sie stand mit hängenden Schultern da, die Augen fest geschlossen.
Er ging an ihr vorbei zur Tür, wo er sich noch einmal umdrehte.
»Leb wohl, Silvio«, sagte Nino.
Annunziata liefen immer noch Tränen übers Gesicht.
Sollte dies etwa das letzte Bild sein, das er von ihr in Erinnerung behielt? Es würde ihn sein Leben lang verfolgen ...
Er konnte nichts sagen und ging schließlich über den dunklen Innenhof zum Außentor, durch das er vor so vielen Jahren gemeinsam mit Annunziata gekommen war, um Hilfe zu erbitten.
Dort blieb er kurz stehen und nahm noch einmal ganz bewußt alle Gerüche und Geräusche in sich auf. Als er gerade weitergehen wollte, hörte er etwas, was er nie zuvor in einem Kloster gehört hatte – das Weinen eines Kindes.

TEIL V

CAPO

26. KAPITEL

Nach dem Lynchmord an Vittorio Liotta und seinen Leuten, der nicht nur in Amerika Schlagzeilen machte, sondern auch in Europa, kam es in mehreren amerikanischen Städten zu italienischen Krawallen. Daraufhin zog Italien seinen Botschafter aus Washington ab und erwog sogar kurz, die italienische Flotte gegen Amerika zu mobilisieren. In New Orleans wurde ein Geschworenengericht eingesetzt, um zu entscheiden, ob Anklage wegen Lynchmordes erhoben werden sollte. Man kam aber zu dem Schluß, die Gewaltaktion sei gerechtfertigt gewesen, da der Bürgermeister sie angeführt habe. Damit sei bewiesen, daß nicht irgendeine entfesselte Menge die Tat begangen hatte, sondern eine Versammlung gesetzestreuer Bürger. Der Ausschuß lehnte es ab, irgendwelche weiteren Anklagen zu erheben.

Silvio gelangte ohne Schwierigkeiten nach Amerika zurück, war mit dem Herzen jedoch noch lange Zeit in Sizilien. Immer wenn ein Kind weinte, fühlte er sich selbst den Tränen nahe. Aber er hörte nie wieder etwas von Annunziata oder von seiner Tochter Sylvana.

Angelo konnte nur noch ein halbes Jahr als unangefochtener Capo von New Orleans regieren. In den letzten sechs Wochen vor seinem Tod war er kaum mehr als ein Schatten seiner selbst. Aber er schaffte es immerhin, mit großer Würde Silvio die Macht zu übergeben.

Der Liotta-Clan erholte sich von dem Schlag nie mehr – zumindest nicht in Nordamerika. Ein Zweig blieb in New Orleans, mußte sich jedoch damit zufriedengeben, nur noch eine Nebenrolle zu spielen. Andere, darunter auch die vier Angeklagten, die den Sturm auf das Gefängnis überlebt hatten, flohen gen Norden, nach Memphis, Chicago, Pittsburgh und New York, wo sie eigene Clans gründeten. Jahre später gelang es Guido di Passo, so viel Beweismaterial gegen Mitglieder der Mafia in Pittsburgh zusammenzutragen, daß sie verurteilt werden konnten.

Zwei Tage nach Angelo Priolas Begräbnis auf dem Metairie-Friedhof, wo auch die Cataldos lagen, bekam Silvio Besuch von Anna-Maria. Angelo hatte vor seinem Tod oft seiner Hoffnung Ausdruck gegeben, daß Silvio und Anna-Maria nun doch noch heirateten, und Silvio wäre es auch recht gewesen. Doch Anna-Maria wollte nun, da ihr Vater tot war, mit ihrer Mutter und ihren Kindern auf eine ausgedehnte Europareise gehen, um New Orleans zu vergessen, wie sie es ausdrückte, und vielleicht irgendwo einen Neubeginn wagen.

»Papa hat dir seine Zigarren vermacht«, sagte sie lächelnd und hielt ihm eine kleine Kiste hin.

Silvo wollte sie ihr abnehmen, doch sie hielt sie fest.

»Du wirst mir fehlen, Silvio.«

»Dann verzichte auf die Reise und heirate mich.«

Anna-Maria schüttelte den Kopf. »Erinnerst du dich noch an die Nacht auf der *Syrakus*, als ich deine Pistole sah? Weißt du noch, wie mich das erregt hat? Ich habe diese Art von Nervenkitzel geliebt. Damit ist es vorbei. Ich gebe dir nicht die Schuld an Dicks Tod, Silvio. Wenn einer daran schuld ist, dann in erster Linie ich selbst. Aber es ist schrecklich für meine Kinder, ohne ihren Vater aufzuwachsen. Und genauso schrecklich ist das, was das Zusammenleben mit einem Mann wie meinem Vater aus meiner Mutter gemacht hat.«

Sie küßte Silvio auf die Wange. »Nein, ich gehe lieber jetzt . . . mit vielen guten Erinnerungen. Wenn ich bliebe, würde ja doch nur alles im Unglück enden. Ich glaube nicht, daß wir je wieder aus Europa zurückkommen werden. Leb wohl.« Damit wandte sie sich um und ging.

Silvio öffnete die Zigarrenkiste, in der ein Brief mit Angelos vertrauter Handschrift lag.

Lieber Sylvano,

wenn Du dies liest, bin ich schon tot. Als erstes möchte ich Dir zu dem letzten Manöver gegen Liotta gratulieren. Eine großartige Leistung! Richtig clever. Mich hat Dein Plan gleich beeindruckt, als Du ihn mir an jenem Dienstag nach meiner Beichte in der Kathedrale schildertest. Ich war aber nicht sicher, ob Du es schaffen würdest, den Hinterhalt zu inszenieren und dafür zu sorgen, daß es ganz nach einer Fehde zwischen Liotta und Martell aussah. Daß bei Martells Tod dann der Hauptverdacht auf Liotta fiel, war nur logisch. Ich weiß, daß Du Martell erledigen wolltest, weil er Dir damals so übel mitgespielt hat. Und ich weiß, daß Du Liotta überlisten mußtest, um zu beweisen, daß Du cleverer bist als er. Aber ich hätte nie gedacht, daß es so gut klappen würde. Der Einfall, den Richter mit einer kleinen Erpressung dazu zu bringen, die Angeklagten ins Gefängnis zurückzuschicken, obwohl sie freigesprochen wurden, hat mir besonders gefallen. Selten habe ich mich so gut amüsiert. Silvio, Du bist in der falschen Zeit zur Welt gekommen. Garibaldi hätte aus Dir einen großen General machen können. Aber was soll's, Du wirst auch ein großer Capo sein. Eigentlich müßtest Du jetzt ein paar ruhige Jahre vor Dir haben. Und Du wirst sehr reich werden. Sizilien kann stolz auf Dich sein.

Tut mir leid, daß Du nicht mein Schwiegersohn geworden bist. Aber mir tut's auch um vieles andere leid, und für all das ist es jetzt zu spät. Nun besitzt Du alle materiellen Dinge, die ein Mann sich wünschen kann.

Ich hoffe, daß Du noch jemanden findest.

Angie

Silvio nahm eine Zigarre heraus, zündete sie aber nicht gleich an. Der letzte Satz hatte ihn getroffen. »Ich hoffe, daß du noch jemanden findest.« Ja, das hoffte auch er, denn im Grunde war er nach wie vor ein Waisenkind.

In den folgenden Jahren legte Silvio Priola den Grundstein zu einem Imperium des Verbrechens, das bis heute besteht, obwohl es in einem wichtigen Punkt ganz untypisch ist. Normalerweise werden die Geschäfte von »Familien-Clans« betrieben, doch Silvio war zwar Angelos Erbe, nicht aber sein Sohn, und jene, die auf Silvio folgten, waren auch keine Blutsverwandten von ihm.

Er starb 1921, kurz vor seinem 62. Geburtstag, als er gerade versuchte, den Boxkampf um die Weltmeisterschaft der Schwergewichtler zwischen Jack Dempsey und Georges Carpentier zu manipulieren. In seiner Westentasche fand man einen Goldring. Er wurde mit ihm begraben.

DIE ANFÄNGE DER MAFIA
IN DEN USA

Der Roman »Capo« basiert auf Geschehnissen, die sich gegen Ende des 19. Jahrhunderts auf Sizilien, in den USA und in England ereigneten.

Im Jahre 1879 wurde der Engländer John Forrester Rose – in manchen Berichten als Pfarrer bezeichnet – im Bergland hinter Palermo von sizilianischen Banditen entführt. Rose besaß auf Sizilien Ländereien mit Schwefelminen. Seine Entführer waren ein gewisser Leone und dessen Stellvertreter, Giuseppe Esposito. Leone forderte in einem Brief an Roses Ehefrau fünftausend Pfund Lösegeld. Um seiner Forderung Nachdruck zu verleihen, legte er dem Schreiben ein abgeschnittenes Ohr des Entführten bei. Die britische Regierung war alarmiert und forderte von der italienischen drastische Maßnahmen gegen die Verbrecher. Dies bewirkte jedoch nur, daß Mrs. Rose einen weiteren Brief erhielt, in dem sich das andere Ohr und ein Teil der Nase ihres Mannes befanden. Das Lösegeld wurde schließlich gezahlt und Rose freigelassen.

In der Zwischenzeit hatte Leones Bande einen zweiten Großgrundbesitzer und einen amerikanischen Künstler in ihre Gewalt gebracht. Dieser hatte die Briefe an Mrs. Rose schreiben und eine Zeichnung von Esposito anfertigen müssen, um seine künstlerischen Fähigkeiten unter Beweis zu stellen. Die zweite Lösegeldforderung an Mrs. Rose stand auf der Rückseite dieser Zeichnung, die Esposito vermutlich aus purer Eitelkeit verschickte. Er hielt sich nämlich für einen schönen Mann.

Nach Roses Freilassung verlangten die Engländer, daß die italienische Regierung endlich gegen die Mafiosi vorgehe. Mit Hilfe von Insider-Informationen gelang es einer *brigata* aus Kavallerie, Artillerie und Infanterie, Leones Bande in ihrem Versteck aufzuspüren und zu überwältigen. Bei dem Schußwechsel wurde Leone getötet, Esposito gefangengenommen. Er konnte später jedoch entkommen und nach New Orleans fliehen, wo er sich den Namen Randazzo zulegte und auf einem Flußboot hauste. Durch seinen Freund, Giuseppe Provenzano, bekam er einen Job im Hafen. Die Provenzanos waren eine der beiden Familien, die den Obstimport in die USA via New Orleans kontrollierten. Ihre Konkurrenten hießen Mantranga, und deren Boss war ein gewisser Joseph Machecha. Gelegentlich wurde gegen alle Vorschriften auf Espositos Boot die italienische Fahne *über* dem Sternenbanner gehißt.

Im Jahre 1881 bat die italienische Regierung die amerikanische Polizei, Esposito auf ihre Fahndungslisten zu setzen. Der Detektiv (und spätere Polizeichef) David Hennessy verhaftete Esposito, da er ihn mit Hilfe der Portraitzeichnung des amerikanischen Künstlers, die Esposito mit der Lösegeldforderung nach England gesandt hatte, eindeutig identifizieren konnte. Esposito wurde mit dem Dampfer *City of New Orleans* nach New York geschafft, wo er vor Gericht kam. Trotz einer geschickten Kampagne der Provenzanos (und anderer), die Espositos Unschuld beweisen sollte, wurde er für schuldig befunden und auf einem italienischen Kriegsschiff an Sizilien ausgeliefert. In Italien lautete die Anklage auf achtzehnfachen Mord und hundertfache Entführung. Er wurde wegen sechsfachen Mordes zum Tode verurteilt, was dann allerdings in eine lebenslange Haftstrafe umgewandelt wurde. Sieben Jahre später starb er in seiner Zelle eines natürlichen Todes.

Durch die Esposito-Affäre wurde David Hennessy in ganz Amerika berühmt und brachte es schließlich sogar zum Polizeichef von New Orleans. Er war ein wilder Typ, der einmal sogar vor Gericht stand, weil er angeblich einen anderen Detektiv umgebracht hatte. Allerdings wurde er von dieser Anklage dann freigesprochen.

Im Mai 1890 wurde in New Orleans eine Gruppe von Hafenarbeitern, die zur Mantranga-Sippe gehörte, an der Ecke Esplanade
und North Claiborne Street niedergeschossen. Daraufhin wurden mehrere Mitglieder der rivalisierenden Provenzano-Familie
verhaftet. Dieser Überfall zählt zu den Höhepunkten im Bandenkrieg zwischen den Provenzanos und den Mantrangas, in dem
während eines Jahres im Hafengebiet neunundachtzig Morde
begangen wurden.
Zu jener Zeit besaßen David Hennessy und die Provenzanos
gemeinsam das Bordell *Rote Laterne*. Bevor es zum Prozeß wegen
des Bandenkriegs kommen konnte, wurde David Hennessy unter
bis heute nicht ganz geklärten Umständen getötet. Er ging nach
dem Abendessen in Dominick Virguts Austernbar gerade die
Girod Street entlang nach Hause, als er von einer Gruppe Männer erschossen wurde. Bevor er starb, konnte er angeblich noch
sagen: »Die Itaker haben's getan.«
Während der folgenden Gerichtsverhandlung, bei der neunzehn
Mitglieder der Mantrangas angeklagt waren, fiel zum ersten
Mal in einem amerikanischen Kontext das Wort *Mafia*. Boß des
Mantranga-Clans war damals angeblich immer noch Joseph
Machecha, ein Obstimporteur. In der Anklageschrift spielten die
Aussagen eines gewissen Frank di Maio eine Rolle, eines Pinkerton-Agenten, der in das Parish Prison eingeschleust worden war,
um die Angeklagten auszuhorchen. Er wurde dort als Geldfälscher eingeliefert, den die Polizei in Amite (flußaufwärts von New
Orleans gelegen) verhaftet hatte, und kam in eine Zelle mit dem
geistig verwirrten Emmanuele Polizzi. Maio gelang es, Polizzi
einzureden, daß dessen Kumpane ihn vergiften wollten, und holte
auf die Weise viel belastendes Beweismaterial aus ihm heraus.
Maio steckte sich jedoch mit Ruhr an und konnte nicht vor Gericht aussagen. (In seiner späteren Karriere war er an der Gefangennahme von Butch Cassidy und Sundance Kid beteiligt.)
Die übrigen Beweise im Prozeß gegen jene Männer, die man des
Mordes an David Hennessy anklagte, waren so widersprüchlich,
daß die meisten Angeklagten für nicht schuldig befunden wurden

und es zu keiner Verurteilung kam. Trotzdem weigerte sich der zuständige Richter, Mr. Joshua G. Baker, die Angeklagten auf freien Fuß zu setzen, und ließ sie nach ihrem Freispruch ins Parish Prison zurückschaffen. Am nächsten Tag stürmte eine Menschenmenge, die von mehreren »besorgten Bürgern« angeführt wurde, das Gefängnis und lynchte die soeben erst Freigesprochenen. Sie wurden teils im Gefängnis, teils außerhalb vor vielen Augenzeugen erschossen oder aufgeknüpft – einer von ihnen an einem Laternenpfahl.

Später befaßte sich ein Großes Geschworenengericht mit diesen Vorfällen, lehnte es aber ab, weitere Strafen zu verhängen. Diese Affäre führte zu einer gewissen Abkühlung in den diplomatischen Beziehungen zwischen den USA und Italien. Kurzzeitig gab es sogar Gerüchte, daß selbst ein Krieg nicht ganz auszuschließen wäre. Dazu kam es zwar nicht, aber es kam noch für geraume Zeit zu Übergriffen – ja sogar von Lynchmorden wurde berichtet – gegen Italiener in anderen amerikanischen Städten und Bundesstaaten.

Bis heute blieb erstens ungeklärt, ob die Provenzanos oder die Mantrangas die Schuld an David Hennessys Tod trugen, und zweitens, ob es sich vielleicht um Blutrache handelte, da er Jahre zuvor Giuseppe Esposito verhaftet hatte. Fest steht jedenfalls, daß die Provenzanos und die Mantrangas bis zu den neunziger Jahren dieses Jahrhunderts sowohl auf Sizilien als auch in New Orleans als Mafia-Clans bekannt waren. Im Januar 1995 wurde ein gewisser Giuseppe Provenzano in Palermo wegen eines Mafia-Mordes zu lebenslänglicher Haft verurteilt.

Die sizilianischen Clans bauten gerade in New Orleans eine so perfekte Organisation auf, da der dortige Hafen vor den Zeiten der Tiefkühlung der wichtigste Umschlagplatz für Obstimporte nach Amerika war.